爱的风声

（紫石苑文萃）

郭庆玉 ◆ 著

中国纺织出版社有限公司

图书在版编目（CIP）数据

爱的风声／郭庆玉著.--北京：中国纺织出版社
有限公司，2025.7
　　（紫石苑文萃）
　　ISBN 978-7-5229-0907-3

　　Ⅰ．①爱… Ⅱ．①郭… Ⅲ．①散文集—中国—当代
Ⅳ．①I267

中国国家版本馆CIP数据核字（2023）第164050号

责任编辑：刘桐妍　　责任校对：高　涵　　责任印制：储志伟

中国纺织出版社有限公司出版发行
地址：北京市朝阳区百子湾东里A407号楼　　邮政编码：100124
销售电话：010—67004422　传真：010—87155801
http://www.c-textilep.com
中国纺织出版社天猫旗舰店
官方微博 http://weibo.com/2119887771
北京虎彩文化传播有限公司印刷　各地新华书店经销
2025年7月第1版第1次印刷
开本：880×1230　1/32　印张：44.25
字数：741千字　定价：288.00元（全12册）

目　录

爱的风声／郭庆玉　著

眼镜丢了

孩子高考，真是件闹心的事。

2011 年 6 月 7 日考试，6 月 20 日左右才能查分。今天是 6 月 19 日，还没消息。时间过得太慢了，真是闹心。街上，熙熙攘攘，车水马龙。我提着一兜青菜，沿着人行道快步向家走着。

说实在话，我的要求不高，以我孩子平时的成绩，考个普本我就知足了。再说，我还在庙上烧了香，给慈善总会捐了款，还买了一笼子鸟放了生。该可以吧！一边走着，一边琢磨着。忽然，天暗了下来，抬头看天，觉得眼前一片模糊。哎呀，一定是眼镜丢了。丢在哪儿了？刚下班，我就去市场买菜，由于心里有事，大概把眼镜落在菜摊上。平日，老公没少提醒我：调和怒中气，谨慎喜中言。小心忙中错，爱惜余时钱。我也真想照这样去做。看来，一落实到行动上，就不行了。不行，我得打车去找，我那是变色近视镜，好几百元啊！我掏出钱包一看，呀！钱包都是零星碎币，一数才一元多。这可怎么办？

我对着大街狂喊："哪位师傅行行好，免费送我一程！"

嗓子喊哑了，无人应答。可能把我当成精神病患者了。正想走着去，一辆电瓶车朝我开过来，停在我身边。这年头，还是好人多啊！我一步跨上车，车子开动了。司机问：

爱的风声 / 郭庆玉 著

"您上哪？"

这声音好耳熟啊，我凝神一看，呀！真是不是冤家不聚头，开车的正是我老公。我说："眼镜落在菜摊上，快拉我去菜市场。晚了就真丢了。"

"当家的，别急，先告诉你，孩子的分查到了，得了502分。"

"呀！太好了！"

"上普本？"

"没问题了！"

"当家的，还找眼镜吗？"老公又问。

"这……"

"当家的，你再用手摸一下，鼻梁上架着的是什么？"

我把手伸向太阳穴，啊，眼镜？这不是明明戴在眼睛上嘛！我使劲儿瞪了老公一眼道："哼！都怪你把我叫坏了，人家圣人说三纲五常，其中一条就是夫为妻纲。你却叫我当家的，这名不正，当然就事不顺了！以后还是叫你当家的吧，这眼镜，也许就不丢了！"

翠绛两相看

我们到达巴音布鲁克草原景区时，一片巨大的如龙虾的阴云徐徐从天而降，近在咫尺，几乎跳起来就可揪住……位于天山南麓的巴音布鲁克草原交通并不是十分便利，路况也是颠簸崎岖的山路居多。正因为这样，在跨过皑皑高山达坂，经历旅途劳顿之后，忽然呈现在眼前的这片广袤无垠的绿色地毯更给人忽遇桃花源般的豁然开朗之感。

巴音布鲁克草原四周山体海拔均在 3000 米以上，是典型的高寒草原草场。草原水源补给以冰雪溶水和降雨混合为主，部分地区有地下水补给，形成了大量的沼泽草地和湖泊。千余眼泉水分布于整个草原，与冰雪融化的涓涓细流汇集盆地，形成巴州的母亲河——开都河。古老的开都河穿越两盆地之间，使草原上形成大大小小的牛轭湖和沼泽湿地。她滋润着大草原，孕育着草原上一代又一代生命。

巴音布鲁克大草原由于受人类活动影响较小，保存了世界上多种的稀有物种，成为天鹅等野生动物理想的繁殖栖息地。第二天，我们进入草原景区最先看到的动物就是天鹅，它们在河渠边悠闲地徜徉……

著名的天鹅湖——中国唯一的天鹅自然保护区就坐落在大草原中。天鹅湖，一个充满诗画情趣的美妙名字，令人神往。这里海拔近 3000 米，是高山湿地湖泊，四周连绵的雪岭冰峰，构成了天鹅湖的天然屏障。泉水、溪流和雪水汇入湖中，水草丰美，饲料富足，气候凉爽而湿润，非常适宜多种水鸟尤其是天鹅的繁衍生息。

我们乘着景区统一的游览汽车往草原深处行进，过了天鹅湖以后，天色越来越阴沉，举目四望，整个天空似乎压了下来，孤独的蒙古包显得格外单薄。

在广袤的草原上，远处似有一座庙宇，引起人们的猜测：这种地方难道还会有庙吗？谁会来呢？待车开近，果然是一座金碧辉煌的庙宇。从庙的建筑特色来看，这是典型的藏传佛教寺庙。拜谒过草原上的寺庙，定下心来环顾四周，方才领略什么叫一马平川的草原。

草原上最好看的其实是河流。巴音布鲁克草原共有大小13处泉水，7个湖泊及20条河流。蜿蜒在草原上的开都河更素有"九曲十八弯"的美称，在《西游记》中，开都河还有一个脍炙人口的名字——通天河，传说唐僧取经的"晒经岛"就在和静县境内，充满神秘气息，全国闻名的巴音布鲁克天鹅湖保护区就位于该河上游的高山盆地中，河流的尾闾则是中国最大的内陆淡水湖——博斯腾湖。

开都河是新疆的大河之一，也是一条著名的内陆河，全长约610公里，流域面积2.2万平方公里，总落差1750米，多年平均径流量33.62亿立方米。开都河属于泥沙较少的河流，特别是上游河谷开阔，坡度较小，天然良好的草场植被使上游含沙较下游少，是优良的灌溉和工业用水资源。这条宽度为40多米的开都河在平坦辽阔的草原上蜿蜒曲折，如同巴音布鲁克草原的泪水一般，纯净而不着一丝矫饰，静静地滋养着这片土地。

为看这条著名的通天河，我们在到达旅行车的终点之后又步行几公里，爬上一座高岗，尽情欣赏那"九曲十八弯"。当看到它的第一眼，就被吸引住了，大家不由惊呼：这岂不像汉字草书书法中的"马"吗！

在高岗上，有用木片围起来的石堆，基本上淹没在草丛之中，边上有指示说明是 3000 年前游牧先民的古墓，也许他们就是最早欣赏九曲十八弯美景的人们。游牧部落的先民们认为此河水来自天上，是苍天赐予大地的生命之水，能接收到太阳神传递的信息。因此，他们选择了这块风水宝地，想借通天河上天堂。古墓遗址对新疆草原古人类及文化具有研究价值。

从巴音布鲁克草原出来，余兴未消，我们继续沿着独库公路南行，直奔天山神秘大峡谷。

翻过天山山脉以后，道路趋于平缓，我们惊奇地发现，路边的山变红了，而且呈现有规律的皱褶。就像打了预防针一样，等我们到了库车的神秘大峡谷，看到的才是一片绛红色的山的王国。

独库公路的最后一站就是天山神秘大峡谷这是由一个维吾尔族年轻的牧羊人在 1999 年盛夏放牧时发现的，现已成为一个热门景区。它地处天山山脉南麓，新疆库车县城以北64 公里的山区，海拔 1600 米，最高山峰 2048 米。大峡谷由红褐色的巨大山体群组成，当地人们称为克孜利亚（维吾尔语意"红色的山崖"），峡谷南北走向，末端稍向东弯曲，全长 5000 多米，经亿万年的风雨剥蚀，山洪冲刷而成，是我国罕见的自然风景奇观。峡谷天然形成，千姿百态，有几分怪诞，又有几分神秘，很值得欣赏一番。出于旅游开发的目的，在这座国家地质公园里人为地起了好多比较俗气的景观名，如神犬守谷、雄狮迎宾等，在一个沁着山泉的洞穴边，煞有其事地挂上"玉女泉"的牌子，让有的人不由自主地在周围寻找诸如"擎天柱"一类的景观，十分令人好笑。

密君独自一人一直往峡谷深处走着走着，不知何故，突然放慢了脚步，抬头看着峡谷深处，不禁后背一阵一阵地冒冷气，那种山的狰狞令人窒息。她不禁想起了 2007 年在梅里雪山和明永冰川的情景，冰川在阳光下闪着蓝光、绿光，心底的那种畏惧、好奇和敬畏，真是令人难忘。过了好一会儿听到远处传来了声音，看到是一家人往外走，于是上前搭话，问到峡谷尽头还有多远，回答还有十几分钟就到头了，心里顿时有种莫名的窃喜，于是慢慢走着，等着同伴们走上来。

峡谷中有一个石窟，据说里面有一些佛雕，可惜石窟关闭了，未能看到。本来可以走得很远，但是过了"一线天"，被巨石挡住去路，警示牌告知这里曾经发生地震，落石不通，到此为止了。

一天之内，走过草原和峡谷，由绿到黄，由黄到红，色彩的变化让眼睛保持着新鲜感。晚间到达库车，从而彻底结束了独库公路之行。

探访神木园

在云的衬托下，整个戈壁滩显得温柔而富有诗意。

经过四个小时的奔驰，神木园到了。神木园位于新疆天山托木尔峰南侧前山区，是历史上伊斯兰教集会和朝拜的圣地。库尔米什阿塔木麻扎，实际上是分布在高出地面几十米的土丘上的一处墓葬群。

园中的树木种类很多，有杨树、榆树、柳树、白蜡树，还有核桃、杏树等，但不知什么原因使它们形态各异。那些苍劲的古树，有的曲折盘旋，贴地而伸；有的匍匐在地，犹如龙蛇之状；有的躯干壮硕稳固，枝条随风起舞；有的树头与根部相连，分不清哪是根，哪是枝；有的树倒地后，又从根部生出新枝，笔直向上，长成参天大树。园中有一棵斜长的大树，根部早已腐朽，而树冠依然生机勃勃。

神木园的树木长势实在是有些怪诞，说它是神木园，完全是人们对它的敬畏。它使人想起台湾阿里山上的古树根，但这里的树木比阿里山的古树根更加奇特。阿里山雨量丰富，气候宜人，适合树木的生长，而这个神木园的四周却是一片贫瘠荒凉的戈壁滩。这真是一个自然之谜。

读夕阳

我喜欢天地山水、星月风云、花草树木、虫鱼鸟兽……那是灵魂深处无从回避的人性，我在这风景中沉醉，奋勇，正直地站着。

夕阳是季节的风景。我也爱读这风景，我的灵魂常被夕阳浸染。

浩然天宇，夕阳无尽。一代代生命随时光消逝而落下多少无奈和惆怅。然而，代代文字与日月山川一样成为永恒。夕阳里，那完美的意象和独特的描绘，赋予超凡的象征和内涵，如天空星月，处处生辉，让生命享尽了平和、空灵和遐想。

夕阳的凄美，夕阳的壮观，夕阳的无限，就这样让一代代人看之不尽，读之不尽，写之不尽。

夕阳在远山，夕阳在树梢，夕阳在水里，夕阳在心头……牧童老牛青鸟飞，短笛村庄小路弯。蓝天白云彩霞丽，晚风田野人欢畅……

在古今文学中，夕阳下的意境是无数文人墨客争相勾勒描绘的一种永恒。浅淡有致、袅袅悠悠、清婉动人的措辞、格调与风韵，打动过多少沧田之人。很多内容成为千古传颂的绝句佳作，代代相传，永驻人间。像李商隐《乐游原》中空无绝人的一句："夕阳无限好，只是近黄昏"；王勃

《滕王阁序》中惊世骇俗的一句："落霞与孤鹜齐飞，秋水共长天一色。"我们看到了他们对夕阳都作过非同凡响的诗意描绘。

西望天际，晚霞燃烧着无限的秋色。夕阳衔云，微露一笑，留下瞬间绝伦之美，充满了灿烂生动，充满了诗情画意。然后，余晖慢慢隐去，周边群山起伏，暮烟紫树，白鹭翩飞，林湖苍茫，水天一色。

一幅生活的剪影，一份挚爱的情怀，一种灵感的意境。静谧暮霭之中透射出的柔美，令人心醉、惆怅、无法挣脱和说不出的渴望。

这就是夕阳——我永远喜欢的夕阳。

时常，望天边，为不经意来，不经意离去，来去之间的那份行云流水般的美丽而陶醉、感慨万千。

夕阳匆匆，时光匆匆，人生也匆匆。自然界的特质、色彩、基调让人也饱尝风霜，充满伤感。

夕阳无限美，终究在黄昏一瞬。

这一天最后的挥别，李商隐何不想托住夕阳而不落，可能托得住吗？王勃怎知途遇海难而空怀满腔遗憾离开人世呢？然而，诗赋写在一切自然之外，生命领略夕阳无限之美。辉煌与落寞中，谁都隐藏不了的是人生短促、生命苍凉的哀叹。心中只留一种可以永远尽情遐想、追忆、回味的意象美。

从年少时的清河边走过多少次，听咕呱咕呱的蛙鸣，或远或近，或高或低，或高亢或清越，或独奏或合唱，意趣天成，而浓缩了多少次望夕阳时抹不去的记忆。随着岁月的流逝，夕阳在心中变得非常的丰富。

夕阳的微笑里，诗意袭人。相爱之人依偎在落日的余晖下，是怎样的美丽、动人和温暖？夕阳送来了轻风、明月、星光及解读人生爱情的这般美好。我就在自然的风景里，品尝到了夕阳的醉意和灵魂中的感动。

　　夕阳永远是一道美丽的风景。人生膜拜天地自然的所赐，是何等的惬意啊！而追求的就是这样处变不惊的豁达、淡然和宁静。

　　焚香默念遗世虑，轻舟扬帆过沧海。

　　为此，我细心收藏一幅裱上夕阳烟雨的画，倾情收读一句盛过夕阳飞花的诗。

　　当现在时不时去安详地欣赏天边那一抹红，我发现我的心是平和纯净的。

　　夕阳里，有人世读不尽的远方！

于阗走黄沙

　　从南疆的大城市喀什到南疆另一个大城市和田有 500 多公里，我们走了一整天。和田大名，如雷贯耳，它位于新疆最南端，古称于阗，藏语意思为"产玉石的地方"，是丝绸之路南道上的重镇，为古代世界四大文明交流的枢纽，素有"玉石之都"的美名。

　　到和田不能不谈玉。因为那里满大街都是玉石商店和玉石加工店，通过和玉石店的老板交谈，知道了和田玉是软玉，颜色分有白玉、青玉、碧玉、墨玉等，矿区有籽料、山料、山流水料和戈壁料等。为了留作纪念，同行者都购置了手镯之类饰品。和田除了到处都是和田玉的店铺，确实没什么特别吸引眼球的景色。到民丰还有近 300 公里的路，时间很宽裕，想去有和田玉美名的河床走走，走到桥头车子开过了，索性就直接去往民丰方向了。回头看看盛产和田玉的河床，被大型机械挖过的大坑有 10 多米甚至更深，河床早已经被翻了几过了。远远望去，河床里依稀还能看到三三两两包裹严实的，手中拿着家伙事儿的捡和田玉的人们……

　　从有关资料上看，自公元前 1 世纪佛教传入和田后，和田曾有过辉煌的佛教文化，古称于阗为佛国。自 10 世纪初伊斯兰教传入和田，并广为传播，佛教文化终于成为了历史。这其中到底是什么原因，有点令人纠结。

爱的风声 ／ 郭庆玉　著

到达民丰县城，已近黄昏，我们住下，准备第二天向北纵穿沙漠公路。民丰县城地处塔克拉玛干沙漠南缘，可能是因为在沙漠边缘的关系，整个城显得空旷人少，有些萧索景象。开宾馆的老板居然不是本地人，而来自四川，问他生意怎样，他说还好，主要是旅游者，这有点令人疑惑。城里有一座不大的清真寺，还有一座尼雅文物馆，可惜都不开放。尼雅遗址是当地的一个古迹，尼雅之谜至今未得到最后破解，现有的成果只确认了它是当年西域三十六国之一精绝国的所在地，而他们的祖先是谁？来自哪里？为何湮灭？何时湮灭？仍然是一个不可知的谜。

民丰半夜，忽闻狂风大作，窗户外伴有急骤的沙响声，有几分恐怖。第二天出门一看，黄了，一片黄色的世界，地上、树上全是黄沙，这是晚间那一场沙尘暴导致的结果。幸而，我们出发的时候，天气晴好，我们准备穿越一步到位，同时期待着零距离观赏真正原始的沙漠风光。

这条塔里木沙漠公路是目前世界上在流动沙漠中修建的最长的公路。塔里木沙漠公路北起314国道轮台县东，经轮南油田、塔里木河、肖塘、塔中4油田和塔克拉玛干大沙漠，南至民丰县恰汗和315国道相连，南北贯穿塔里木盆地，全长522公里，其中穿越流动沙漠段长446公里。公路于1993年3月动工兴建，1995年9月全部竣工。驾车奔驰在这条少见的公路上，令人兴奋。我们不时在路边稍停片刻，拍下沙漠景色。

塔克拉玛干沙漠位于新疆塔里木盆地，是中国最大的沙漠，同时也是世界第二大流动沙漠。

塔克拉玛干沙丘多为流动沙丘，地表呈蜂窝状、羽毛状、鱼鳞状等，适宜观光旅游和沙漠越野探险。在塔克拉玛干沙漠中，遍布着野骆驼和胡杨林等珍稀动植物。古丝绸之路贯穿塔克拉玛干沙漠的整个南端，历史文化悠久。在中外百年沙漠探险中，瑞典探险家斯文赫定就是在罗布人奥尔德克的向导下发现了举世震惊的楼兰遗址。

考虑到塔克拉玛干沙漠公路的特性，天蒙蒙亮我们就出发了。沙漠的温度随着太阳的升起，温度上升快，车辆要穿越整个沙漠，无论对人还是车辆都是考验，争取下午 2 点左右沙漠最热时段能过沙漠大半路程。

8 点多我们的车就已经开到塔克拉玛干沙漠公路上了。笔直的沙漠公路路基被大货车碾压得有点烂，时宽时窄，窄的地方是一夜沙尘暴的结果，养路工要将公路上的黄沙推到路边的沙漠中去。沙漠公路是双向车道，每当车辆会车时，双方车辆就会减速避让通过，特别是与大货车会车时更是小心翼翼，不然车子在沙子上打滑，后果可想而知了。在这里驾车必须精神集中，车轮不能进到黄沙中去，黄沙表面看不出什么来，一旦车轮陷下去，上不着村下不着地儿的，很难自救，留在这里过夜谁也不想吧。我们就赶上看见了一辆越野车在拖拉一辆小型私家车，车上的两小青年为了照相，把车开进了公路旁的黄沙地中，车子陷了下去，越陷越深，拦截了过路车救援。越野车救援中还要随时给过往车辆让路，公路很窄，天知道几时能出来。出来玩一定是安全第一，否则意想不到的结果就是灾难。

忽然，远处一片漫漫黄沙映入我的眼帘，更远处是连绵起伏的山丘，也是由清一色的黄沙堆砌而成，这里是黄沙的世界，黄沙的海洋，绵绵的黄沙与天际相接，根本想象不出哪里才是沙的尽头！

在这广袤的沙漠之中偶尔看到藏着一块绿洲，有个不大不小的湖泊，在这里形成了罕见、美丽又奇异的景观：连绵不绝一望无际的茫茫沙漠，寸草不生，叫人绝望，怎么就会有水和绿洲呢？大自然的鬼斧神工，奇妙绝伦。截然不同的自然景观在这里完美融合，交相辉映，真叫人叹为观止啊！

我们的车11：40到了塔克拉玛干沙漠公路中部塔中加油，这是塔克拉玛干沙漠公路中唯一中石油的加油站。这时，气温也上升到了40℃左右。啊！真没想到，一望无际的沙子全都是金黄色的，一座座沙山，好像一座座漂亮的楼房，令人震撼！

塔克拉玛干沙漠年平均降雨量仅为25毫米，年平均蒸发量却是其150倍。沙漠公路绿化工程于2003年开工建设，全长436公里，宽72米至78米。绿化带全线采用滴水灌溉技术，约每2公里设立一个浇灌增压站，长年由护林员管理，年耗水总量不超过600万立方米，苗木栽植总量达到1800余万株，它被誉为世界上第一条"沙漠绿色走廊"。在整条沙漠公路上，共有108个水井房，每处水井房都有一对夫妻看护。每天，他们都要照管好所在的护水站，同时徒步走遍所辖的数公里道路，照料路旁脆弱的植被，确认滴灌管线的完好。他们更要抵抗高温差、强日照、重干燥等极端的生存条件，与流动的风沙作战。在无边的沙漠中，他们忍受着难耐的寂寞，日复一日地重复着枯燥的工作，坚持守卫这条绿色通道。我们在路上不时看到了他们的身影，为他们的付出心生敬佩之情。

在沙漠公路的北端靠近轮台方向，路边渐渐出现胡杨树，先是零零星星出现，到后来竟然越来越多，成为沙漠奇景。

胡杨系第三世纪残余的古老树种，在6000多万年前就在地球上生存。在古地中海沿岸地区陆续出现，成为山地河谷小叶林的重要成分。在第四纪早、中期，胡杨逐渐演变成荒漠河岸林最主要的建群种。主要分布在新疆南部、柴达木盆地西部，河西走廊等地。生在中国塔里木盆地的胡杨树，刚冒出幼芽就拼命地扎根，在极其炎热干旱的环境中，能长到30多米高。当树龄开始老化时，它会逐渐自行断脱树顶的枝杈和树干，最后降低到三四米高，依然枝繁叶茂，直到老死枯干，仍旧站立不倒。在额济纳旗，人们赞扬胡杨是"生而不死一千年，死而不倒一千年，倒而不朽一千年，三千年的胡杨，一亿年的历史"。中国胡杨林面积的90%以上都蜷缩于新疆，而其中的90%又集中在新疆南部的塔里木盆地，一个被称为"极旱荒漠"的区域。

继续北行，到达塔里木胡杨林公园，这是一处国家4A级景区。其实不过是围起来了方圆几十公里的胡杨林。为了欣赏胡杨林，我们还是买门票进去了，不过还是与公园售票人员商量，打了一个折。

公园内开车走了十几公里，里面有一片湖，我们在领略了沙中胡杨的沧桑后，又看到更多水中胡杨林的古朴，别是一番景致。同时，湖边成团的蚊子也为我们的到来而狂欢，本来还可以把照片拍得细致些，最后终因蚊子君的盛情与亲热拔腿而逃。

盛夏，胡杨密林，身披绿荫，郁郁葱葱，落英缤纷，塔河洪流，湖满池溢，形成烟波浩渺的绿色海洋。最佳观赏期是金秋十月下旬，不难想象得出，胡杨秀丽的风姿或倒影水中，或屹立于大漠，尽显了生命的灿烂辉煌；在狂风飘雪的冬季，胡杨不屈的身影身披银装，令人长叹这茫茫沙海中的大漠英雄……此情此景不免让人心生感慨：不到轮台，不知胡杨之壮美，不看胡杨，不知生命之辉煌。

走出胡杨林，数了数，身上被蚊子君咬了大概有几十个包，频繁涂抹了几次从泰国带回来的药膏，痒了 2 天，更加深了此行难忘的印象。

过了胡杨林公园，离轮台不远了。很喜欢唐代岑参的边塞诗，而岑参的边塞诗中屡屡提到轮台城塞，"轮台东门送君去，去时雪满天山路"一句尤为动人，每当吟之，回味不绝。

高贵源于责任担当

人生几度，春秋交替。不经意间年少的青春容光似突然暗去。短暂就似季节轮换中，悄然无声的树木由苍翠变枯黄的一季过程。如今，头起银丝，牙根松动，身感力弱，让我们真正感受人类无法抗拒大自然的生命规律。

我们亲身经历、体会了太多，人从一出生是既慢又快地走向一个归宿终点。面对一切生命由此更替换代，才明白自古人类之心，是要向更高更远更广的未知世界遥望拓展的。老者的今天是少者的明天，时间让一切归于平淡。不知哪一天，一切将轮到我们自身头上，我们也将面对枯黄衰老而离世。清楚了这一点，一代人生的心底终究变得平和，感慨也变得淡然。

当今现实，尽管我们清楚这一点，但有多少人想过为后辈留下点什么呢？

时光匆匆，不知不觉变老。生命的过程，是否能真正去体验一番，品味一回？是否叹息时光已晚？也许我们时常无所适从。

关于这些，我常常思考。我无法回避曾经多少次生病痛苦折磨的感慨。我认为：我们人生从青春到年老，当有了不凡的经历，我们的心性才像一颗经得起，世间一只最大熔炉上百数千次浴火的淬炼，又在无数风霜雨雪中洗礼清刷过，虽非香色纯，却成了一方别有价值的幽芳玉石。在方寸之间可以雕琢出一幅山川日月，花木虫鸟，人来车往的世间好风景。

世事风云，修得如玉之身。即便你没有错，在遇别人对你大声吼叫，甚至动粗，不是你怕、你胆怯，你却已能微笑地退步负重。你又是英雄情长，遇到弱小、贫困群体，你从不避开，尽管不富，却慷慨解囊。

总之，我们经历几十年的生活磨炼，身上应已脱去尘世浊光，不再依附阿谀之气，也无萎靡之态，更没有半句粗言恶语和做事的浮躁草率。我们在忙碌中淡定从容地劳作和生活，保持着坚强优秀、充满本真朴素的生活柔情。在面对人生非凡困难中超脱，不会在生活的忧伤和苦难中沉沦颓废。我们遇到的一点忧伤和苦难已看作是人生的富有，并觉得是人生需要这一段插曲，且从中悟出了，我们完全有能力不断开拓新的幸福豁达的生活。

人若能内敛、富涵养地、带着善意的微笑，有一颗知足平和感恩的心，并保持待人宽容善良的大美，这无疑是高贵人生的品德。所以，生活中在面对每个性格脾气不一样的人，面对诸多不公平的事情，甚至无常的人事，让心中实在无法接受时，我们无须去怒目以对，也不用大声指责怨恨，可持忍耐坦然的心态给对方一个微笑。懂得任何一个做了伤天害理之事还声嘶力竭的人，在礼让三分的态度面前迟早会丢掉自尊的，最终自然会受到老天的惩罚。

因我们心灵深处藏着一颗诚挚、纯真无比的心。且是一个不放弃追求美好善良的生命。是以，无论处在简陋寒碜的低矮草屋，还是落在富丽堂皇的豪宅大院，一样能找到办法享受人世的温馨、快乐和幸福。如一枝幽兰，无论在山涧野地，还是庭堂雅苑，始终清新、高雅、暗香四溢。

我们始终用心去努力地打理自己，经营自己，善于以自己独特优雅的形态，高品质的素养提炼出自己高级的生活品位。无论是在谈吐与修养上，还是在生活或从事所谓事业上，拥有最能赢得别人信服的智慧和能力。

心态稳一切顺，情绪静一切好。生活在这个世界，我们拥有了这样的人生智慧。这种智慧来自我们平常不断的阅读、学习和实践，来自在社会人脉中真诚大度与优秀人的交往。我们从这些优秀人的身上，不断地学习美好的品质，来充实自己，富饶自己。也就是说高贵源于我们的责任与担当。

从而，我们是一个更善于发现生活美的人。我们心底经常会感觉蔚蓝色的天空之美，心底的青春永远像鲜花一样尽情绽放。不论年轮如何，我们青春的记忆，我们曾经的好胜、骄傲和纯真，我们的敢爱敢恨、敢于追求永恒的美必将是灿烂的、鲜明的，当我们回忆青春，就可以用艺术和智慧叙述。

经历了人生很多事后，我们懂得热爱自己的身体和身心，保持像花艳人间、茶润肺腑、自然阳光一般的良好心态。因为我们发现良好的身体和快乐的身心才是一切生活的本钱。明天再美好，身体不好、心态不好，那美好就少了生动的意义。所以，爱护自己身体和身心应作为我们生活的首选，学会在任何情况下保持健康的意识和心态。

我们珍惜美好的感情，追求有爱的世界。深爱一个人，我们就倾其所能，无所谓贫富，甚至于无所谓生死。我们保持自己的独立、个性和思想，不苟且地活着。我们虽握不了时光之心，但我们能理智善待自己的情感。爱的过程允许有点悲伤，也有些许失落。如果一直为情感痛苦且消极活着，那就情愿放弃。

　　与其让自己陷入一个无望的情感中，不如潇洒转身，去充实自己，让自己投入到工作学习中。我们不值得为一个不懂得欣赏你爱你的人去难过或悲伤，而且这样的情感更不是生活的全部。别人的远离只会让你更坚强地活下去，你会做得更好更出色。你是一个不受外因干扰亵渎自己心灵的人！最华美的转身是你迎接美好明天的原动力。

　　岁月已给了我们光的能量，让我们很理解爱是什么。我们明白当我们失去了爱的希望，心灵的纽带会断，我们内心深处会被掏空，无论在哪里，心中将有一块永远隐痛的伤疤，即便物质生活过得很好，可心灵上却像无亲人无故旧照顾关怀的一个孤儿的感觉。

　　所以，要相信生命中有一种长相守的爱是其他一切不可替代的。这种长相守不知什么时候遇上？在生命的日子中，我们只要不放弃等待，即使不知是何日，没有我们选择的时分，或者这天来的时候也许已七老八十了。

　　但如果我们的心永在，我们永远是最尽力尽情的。为此，面对老天恩赐的美好机缘，我们无怨无悔受得起世上的苦，守得住世上最长最久的等待。

　　"心术正无愧于天地，言行好要留与儿孙。"我们这一生应是淡然从容、拥有尊严、充满深情地做一个高贵有责任担当的人，无惧人生路上的危险与苦难。

　　所以，最后我们给后辈留点什么？八个字：高贵源于责任担当！

爱的风声 / 郭庆玉　著

车困库尔勒

从沙漠公路直接到了新疆巴音郭楞蒙古自治州首府——库尔勒，"库尔勒"维吾尔语意为"眺望"，因盛产驰名中外的"库尔勒香梨"，又称"梨城"。在阿古柏统治时期，库尔勒人民积极支持左宗棠的大军西征，为清军报信当向导，有的直接随军打仗。在军粮缺乏时，当地人民主动提供阿古柏窖粮数千石的地点，解决了军粮问题。阿古柏看大势已去，自杀于库尔勒。如今这里不过是县级市，但显得格外繁华和雅致，大概与自治州首府有关系吧。

库尔勒虽是蒙古自治州首府，但汉族占约 70%，维吾尔族人看来也不在少数。这是该市的大清真寺，始建年代不详，1987 年重建，规模宏伟，整洁宽敞，装饰华丽。可与喀什艾提尕尔大寺相媲美的大清真寺建筑讲究，建筑风格颇新颖，外形宏伟，门楼高 25 米，分 7 层。殿内墙壁上绘有伊斯兰传统纹饰，并书有《古兰经》经文。大殿可容 7000人礼拜。

征得几位维吾尔小伙子的同意，遵照维吾尔族的习俗，我们脱掉鞋子，进入到清真寺里。他们得知我们是来自北京的游客，满足了我们的好奇心，拍了几张清真寺的照片，然后双手合十对维吾尔青年真诚致谢，退出了清真寺。

对于我们来说，一般每到一地，访古迹略胜于看风景，因为出门的要旨主要在于丰富头脑，历史知识首当其冲。看过库尔勒地图，决定首先要去的就是近郊的铁门关。

铁门关位于库尔勒市北八公里怪石峥嵘的库鲁克塔格山中。两千多年前的丝绸之路，就从这里沿孔雀河进入一条30公里长的峡谷。峡谷曲折幽深，崖壁如刀劈斧凿。据考，从晋代起，这里就设立了关口，因其地处险要，故名铁门关。它是焉耆盆地进入塔里木盆地的一道天险，自古为兵家必争之地，被列为中国古代二十六名关之一。

明清两代，铁门关已发展为繁华的水旱码头、盐运要地和重要关津。唐代边塞诗人岑参登铁门关曾赋诗一首，这首诗，真实而生动的描绘出了铁门关的险峻："铁关天西涯，极目少行客，关旁一小吏，终日对石壁，桥跨千仞危，路盘两崖窄。试登西楼望，一望头欲白"。

眼前似乎展现着一番当年大风起兮、排兵布阵的智慧与豪情的情景……

如今的铁关峡谷，在拦河大坝上建起了大水库，往日奇险无比的古丝路中的一段已淹没在万顷碧水中。峡谷中依山傍水之处，林木葱郁，亭台楼阁错落有致、点缀其中。原来这里收门票，现在不收了，但是我们被告知这里很快就不开放了，将成为水电站基地，我们可能是最后的游客。这或许意味着，这个历史遗迹将会消失。

从铁门关出来，直奔罗布人村寨。在去尉犁县的路上，出现了意外。公路上两车相撞，警察处理交通事故，一时间车辆出现拥堵，车队排起长龙。我们停在一辆大货车后面，等待着疏通前行。未料到前面的大货车想从旁边绕道，突然倒车车尾直接撞向我车前部，倒行五六米之远。我们直接体

23

验到当一个庞然大物向你撞来，而你却无助的眼巴巴地看着它越来越近的那种恐怖感。结果很糟糕，我车前保险杠撞坏，前车盖严重变形，这是飞来的横祸。典型的"你不惹他，他要惹你"。所幸车内的人没事，车的发动机等主要设备完好，车还可以开。交警来到一看二话不说，立判大货车全责，扣押了货车司机的行驶证和驾照，并且要罚款。货车司机是个四川人，还算讲道理，想私了又舍不得出钱，只得走事故程序了。为了修车，我们在库尔勒耽误了三天。

在回途修车期间，一个插曲使我车人员爆笑不止。车撞坏后，保险杠脱落，只有将一根绳子将其缚在前面，车前盖也盖不严实，将就着往修车厂开。整个车型丑陋而狼狈，路人无不侧目。更使人想不到的是，行进中，突然整个车前盖弹起，将前挡风玻璃遮盖得严严实实，完全看不到前方道路。本人驾车只能根据后视镜向路边的白线靠拢。全车一阵惊呼，太危险了！约两三分钟后，本人往路边刹车，奇迹瞬间发生：车前盖"啪"的一声盖上了，并且再不弹起。车上的人都愣了，怎么回事啊，随即迸发出一阵大笑，太滑稽了！这也算是苦中作乐吧，一扫沮丧气氛。

在库尔勒的几天可没有浪费，我们去了巴音郭楞蒙古自治州博物馆，领略了巴音郭勒之最，见识了这里特别的历史墓葬习俗和历史沿革。只有你来到这里，才会真正了解这里，才会感受这里，才会被这里深深地吸引。

几个小时走下来，作为一个地方博物馆能给我们留下很深刻的印象，就是羊皮上烙烫的文字，非常精湛；出于对"干尸"的敬畏，一概免拍照。

《江格尔》羊皮巨书：新疆维拉特蒙古书法家阿·阿拉

编写制作的《江格尔》牛皮封面羊皮巨书，已搜集下来的70章英雄史诗《江格尔》中用手写传承的两章内容，用老铁烫写到70张羊皮上，是全国唯一的大型《江格尔》羊皮书。

当然，罗布人村寨还是要去的，虽然不能自驾，找旅游公司来个一日游。罗布人是新疆最古老的民族之一，他们生活在塔里木河畔的小海子边，"不种五谷，不牧牲畜，唯以小舟捕鱼为食。"其方言也是新疆三大方言之一，其民俗、民歌、故事都具有独特的艺术价值。千百年来他们与世隔绝，如今，沙漠中只剩下了为数不多的"最后的罗布人"。他们在沙漠中的海子边打鱼狩猎，种庄稼，保持着原始的风俗习惯，其生活充满了神秘色彩。罗布人过去没有货币概念，只是物物交换。罗布人的物质生活条件极差，但是他们的适应能力极强，正所谓："靠山吃山，靠水吃水"。他们靠罗布泊水域和周围的湿地及其原始胡杨林繁衍生息。我们看到的村寨，已经是修正规范的旅游地了。

有一位罗布老人，据称有101岁，经常出来与游客们收费合影，也不搞以物易物了。我相信，罗布人如今基本上不存在了，或是完全与当地人同化了，这里不过是留有一个精心制造的民族遗迹而已。

不过，这里的风景非常不错。中国第一大内流河——塔里木河静静地从这里流过，树木不是老实地长在岸边，有很多竟然就在河道中间，与周边的沙漠地带形成了特殊的景观。历史上塔里木河河道南北摆动，迁徙无定。最后一次在1921年，主流东流入孔雀河注入罗布泊。1952年在尉犁县附近筑坝，同孔雀河分离，河水复经铁干里克故道流向台特马湖。塔里木河周边因为有塔里木河水的滋润而变成绿洲地带。对塔里木河说"三十年河东四十年河西"最恰当不过。

长鞭划天山

博斯腾湖面积约 980 平方公里，是我国最大的内陆淡水湖。博湖风光瑰丽，集大漠与水乡景色于一体，距南疆重镇库尔勒市只有 60 多公里。风起时波浪滔滔，宛如沧海；风静时波光潋滟，湖水连天。大湖西侧星罗棋布的小湖，湖水相通，萃草浓密，野莲成片，各种水禽栖息其间。博斯腾湖分大湖和小湖，大湖水域辽阔，烟波浩渺；小湖区，河道蜿蜒，芦苇丛生，禽鸣鱼跃，一派江南水乡景色，故有"西塞明珠"之美称。

我们先到的小湖区，满目芦苇白云，登上高台，一览百里，令人心旷神怡。

到了大湖边上，博斯腾湖远衔天山，横无涯际。极目远望，湖中渔船与白云映衬，群鱼共飞鸟逐波。苇絮轻飏，芦苇金黄，秋水凝重，飞雁惊鸿……

为了寻求美景，一对新人的婚纱照也在这里拍摄，瞧他们陶醉的……

在博斯腾湖的流连忘返之中，一种使命感在提醒我们，向北向西穿越天山达坂……我们恋恋不舍向美丽的博斯腾湖挥挥手，向 218 国道行进。

由于在博斯腾湖挥霍的时间太多，当我们翻越天山达坂已经是傍晚七点半了，幸而新疆比内地时差要晚两个小时，太阳的余晖尚未燃尽。"达坂"在维语和蒙语中是指山口的意思，我们所翻越的达坂实际上就是在天山山脉的上层的盘山公路上，这里海拔高，气候冷，我们的平衡视线几乎与雪山平齐。当然景色也是别具一格的。

一条像龙一样的云系似乎在引领我们前行，这样平缓的高地真是第一次看到，有种特奇妙的感觉。望着那对面的坡上，云层与坡顶相接，仿佛一跳就可以抓到一缕云彩……

当从达坂上下来，太阳快落山，最后金黄色的光芒非常柔和的洒在高原上，给牛群镀了一层金。只是本人直接对着太阳的方向开车，眼前亮成了一片黑暗，完全是靠眼睛的余光辨别道路，好不容易！

晚上快十点终于到了巩乃斯林场，寻找旅社，一夜无话。第二天在朝阳的催促下，我们饱览巩乃斯林场和草原美景，再度启程一路向西。

从巩乃斯林场向西不远就是那拉提景区。传说成吉思汗西征时，有一支蒙古军队由天山深处向伊犁进发，时值春日，山中却是风雪弥漫，饥饿和寒冷使这支军队疲乏不堪，不想翻过山岭犹如进入了另一个世界，眼前一片繁花似锦的莽莽草原，泉眼密布，流水淙淙，艳阳高照，士兵们不由得大叫"那拉提（有太阳）！那拉提！"，于是留下了这个地名。

作为国家级旅游风景区，那拉提是丝绸之路上最清爽的一座绿岛。这里山峦起伏，绿草如茵，既有草原的辽阔，又有溪水的柔美，既有群山的俊俏，又有松林如涛的气势。松林，山丘和奔腾不息的巩乃斯河，它以特有的原始风貌，向世人展示出，天山深处一个美丽而平凡的风景。

是寻找本真的那拉提之旅？还是带着被强迫的感觉去欣赏美丽的自然风光？我们放弃了环保车游览，沿着本真的那拉提之路去寻找最美的自然风光！不久我们上了山坡，从这里可以俯视远处的草原了。环顾四周，草原被褐色的山峦包围着，随着天空的光线变化，草原一会儿明亮一会儿被阴影笼罩。远远近近的羊群，全然不顾周边景色，低垂着头，贪婪地咀嚼着嫩草。地上巨大的云翳飘来飘去，游踪不定。牧民的白色帐篷散落在山坡上，与草丛，野花，羊群，骏马相映成趣。

暂离都市的车水马龙，亲近草原的清雅宁静。这里，有最蓝的天，最白的云，最绿的草，最独特和迷离的风景，驰骋于辽阔大草原上，将城市的喧嚣抛于九霄云外，还有比这更惬意的事儿吗？漫步在草原上，多日来的心情恰似这草原的风无限舒展。拍不完的照片，看不完的风景，留恋不归的心。

大半天过去了，我们继续西行。途中看见一个酒博物馆的指路牌，引起兴趣，绕道4公里，近前一看，原来是一个酒厂。我们提出参观一下，没想到竟要每人收费50元，真是败兴。不知这企业的领导人怎么想的，为了区区小利，企业必会失去很多。

这座西域酒文化博物馆建立在新源县肖尔布拉克镇，目前是新疆唯一的综合反映西域酒文化的博物馆，也是新疆最大规模的产业文化博物馆。

我无意走进了博物馆的院内，沿着铺的小道往里走，用手机随走随拍，后面的同伴却被截在了外面。门卫是个中年汉族女人，极其不好沟通，不购票休想入园，还把大门紧紧锁上了，生怕我们再次进入园区。相机在车里没随身背着，庆幸手机随身带着，拍到了一些很珍贵的酒坛。在园区内，浓郁的酒香飘在空气中，醉人心扉。

博物馆分为室内展厅和室外展区两大部分；室内展厅共三层，面积 1500 平方米，室外展区占地三万九千平方米，在这里错落有致地摆放着近两千个盛满原酒的陶制大酒坛，每个酒坛的容量达一千公斤；而且在每个酒坛身上都镌刻着与酒有关的各种格言和诗句。这片储酒基地除了展览功能外，还有一层实际意义，那就是阳光雨露的气候，冷热交替的季节，更有利于原酒的老熟及芳香物质的衍生，对提高酒的品质具有特殊的作用。

在壁垒森严的酒厂门口待了片刻，我们奔向库尔德宁景区。库尔德宁位于巩留县东部山区，距县城 88 公里。是南北走向的山间阔谷，长约 14 公里宽处达 1 公里。谷底平均海拔 1500 米。独特之处是，通常的山沟多顺山势而下，唯独这条阔谷却与雪山平行。库尔德宁即是横沟之意。我们基本上是在山间公路中行驶，路上不时被牛羊群阻塞，好似走了很久很久才到地方。

库尔德宁是个休养生活的好地方，牧人放羊，农人打草，一片祥和的景象，在此养生得天独厚。我们虽享受不了此番生态环境，即便看上一看，也有一种大增其益的满足感。

进入自然保护区，沟谷里的一片红桦林迎接了我们，树下溪水细流，绿荫环绕。溪水边，五光十色的鹅卵石和造型各异的石块遍地都是，如同走进玉矿的基地，一片珠光宝气。河床下面那些泛着五颜六色光亮的石头，很可能是非常珍贵的玉石，谁知道呢？有时间真可以淘一淘，只是我们地处偏远，还须赶路。若留下，说不定发了。

回来的路上，我们有说有笑，不时和一群群行走在马路边的牛羊马群迎面相逢，那哈萨克牧民骑着马，走在最前边的是一头高大的头羊，后面两三只一排，一列一列地依次向前。桥边的小羊羔不时发出"咩咩"的叫声，身后的母羊轻轻一拱，小羊羔便进入了前行的行列中……

爱的风声 ／ 郭庆玉　著

逞能

　　小雨后，姐姐召集邻家小伙伴。每人拎一个小棒子，举高高。姐姐一声令下，小分队 4 人前往"游乐园"。

　　马莲花盛开，空气清爽甜丝丝。一个小影追逐上小分队。把姐姐拉出领头位：我要走在前面。姐姐把绑着红绸的小棒递给 5 岁小辣子。

　　一二一，一二一，走过红娃家。一二一，一二一，走进地毯厂大门。延展南望，500 米翻越土坷垃墙，就是马莲滩乐园。

　　高娃说一会儿我们玩摆家家吧。亚森瞟了她一眼：玩木头人不许动。新红说：我要拔马莲花。姐姐说：雨后的马莲花最好看，一下午不够玩？

　　小辣子，歪歪扭扭领着队。姐姐不让她踏水窝。不一会儿，脚底水花四溅。

　　二一，走进地毯厂大门。延展南望，500 米翻越土坷垃墙，就是马莲滩乐园。

　　高娃说一会我们玩摆家家吧。亚森瞟了她一眼：玩木头人不许动。新红说：我要拔马莲花。姐姐说：雨后的马莲花最好看，一下午不够玩？

　　小辣子，歪歪扭扭领着队。姐姐不让她踏水窝。不一会儿，脚底水花四溅。

再调皮，不带你。小石子成了目标，踢得老远。

十米前方，有两滩水窝。一滩大的，小辣子老远就盯着。趁姐姐不注意，一拐角双脚踏上去。水漫过头顶，伸手扑腾，抓住姐姐的手，打土块留下的小井窝。

小分队解散。姐姐抱着湿漉漉的小辣子回家。8 岁的她，紧紧搂抱着。不出所料，挨了训斥，领了打。夜里，姐姐抱了又抱，亲了又亲：不怕啊，妹妹。

爱的风声 ／ 郭庆玉　著

秋之静美

郁达夫说："秋天，无论在什么地方的秋天，总是好的"。其实无论是哪里的秋天，纵然有一万个美的和好的理由，但是秋之静美，却是作为秋天这个季节最能体现秋天品格的关键词。

只要一走进秋天的世界，就能感受到特有的和谐宁静，沉醉在那份难得的寂静中，将身心放松让遐想驰骋。正如俄国著名作家和诗人莱蒙托夫描写秋天之静美的魅力："我走向幽暗的小径，越过树林田野，眺望着那苍茫的暮色，枯黄的落叶，在我的轻轻的脚步下飒飒作响。"老舍先生的名篇《济南的秋》笔下济南的秋天更是令人神往："环城流着一道清溪，倒映着山影，岸上蹲着红袍绿裤的小妞儿。有泉……到处是泉……有河，有湖，这是由形式上分。不管是泉是河是湖，全是那么清，全是那么甜，哎呀，济南是'自然'的 sweet heart 吧？"云彩隐匿在很远很远的远处，秋日的阳光如金子闪烁。没有春日的萌动，没有夏季的燥热，更有别于冬天的死寂与冷漠，这便是秋之静。秋之静常给人一种静心的陶醉，那是一种令你身心都平静的温柔，也许你的心中还不时地涌起生活的烦躁，内心还有许多过分的欲求和渴望，但是你要你一走进静静的秋天，这一切似乎在瞬间就烟消云散！一旦置身于遍地金黄落叶，野草倒伏，河水轻缓，长空送来阵阵雁鸣的境地，别提心中有多么的惬意！而那宽阔平坦大道上飞驰的汽车轰鸣声总给人带来遐想，让人幻想着远方的景色和人们的生活。看着被农民整理耕种过的农田，已播下希望的种子，远山烟霭淡淡，菜田绿绿，农舍也静静地静卧在那里，一切都在走向寂静走进梦中。

每当看到秋天这令人沉醉的秋色，就自然而然想起两首描写秋天秋色的经典名曲：经典名曲中一首是英国作曲家柯茨的《静静的湖泊》；另一首是法国钢琴家克莱德曼的钢琴曲《秋日的私语》。听着《秋日的私语》似乎使人漫步在落叶满地的公园；而《静静的湖泊》则是一曲描写秋日宁静景色的绝唱，高昂的曲调把人的目光引向满山红叶的开阔的秋日，忽而跌宕的曲调，又把人的目光带回波光粼粼的静静湖面，令人百听不厌！

想起秋天

　　每当在飘雨抑或雨后的清凉中，我就想起了秋天：秋天的记忆，秋天的情景，总会浮现在眼前，涌上心头。是淡淡的哀愁，或是一种空灵的幻想。虽然目前仍是七月的盛夏，我仍情不自禁在这种情景中想起秋天，或回忆起某个寄托着自己期盼和希望的秋天。想起秋天，便想起了硕果，想到晚秋坚强的菊花和已经消失的各种事物。

　　"多情自古伤离别，更那堪冷落清秋节"秋天给人的那种空旷和寂寥的感觉，是一种非常美妙的感觉！秋天是最具有底蕴，最值得人品味的季节。在这个季节，心不时地被某些牵挂时时触动着，心中时时想向谁诉说着什么，时时刻刻都想希求一种遥远的事物，这就是秋天的感觉。

明月下的美妙意境

　　世界上有许多先贤圣哲都醉心于明月下踱步，在夜深人静时去感悟人生的种种风景，探寻人生的奥秘，使心灵在刹那间茅塞顿开、豁然开朗！

　　在晴朗的夜晚的月总是很明，明月下总是很静。可奇怪的是人们却都不来享受这风清月明的难得幽静。其实，静是一种很难领悟到的境界。当独自迈步进入静夜，心中有说不出的畅快，浑身变得轻飘飘起来，独自隐没在浓浓的夜色里，只有孤独的脚步声做伴，想自己的内心，想未来，想往事，在心里和远方的友人默默对视，幻想着向他们诉说着自己喜欢说他们也最喜欢听的话；在自己孤独脚步声的伴随下，倾听耳畔河水的叮咚声，与满天的星光对视与夜色里闪亮的窗户对话。于是纷繁杂乱的思绪，在这轻抚着美妙微风的夜晚也理出了条理，对人生对社会有了新的认识。每当有一个新的顿悟，就会使我想起这样一句话：真正平静的人，仿佛是一个武林高手，无论生活中出现任何状况，他都已经历或洞察，不以物喜，不以己悲，只会平静的对待。

　　有多少个风清月明的夜晚，有多少个风寒的夜晚，我都以天上的明月为伴，心中真有说不出的惬意，真正体会到了明月的绝妙作用和月下遐想不可言状的美妙意境。

城市的呼吸

城市有呼吸吗？这句话听起来似乎就有些奇怪。

每当夜幕降临，那装扮城市灯火的璀璨灯光，就随着一个个闪亮窗户的熄灭而变得黯淡下来；可当晨曦微露，一个个窗户又重新变得明亮，放射光芒。这时你感觉一下：这一个个熄灭又重新闪烁灯光的窗户，难道不就是城市的呼吸吗？闪亮的灯光不就是城市的呼吸吗？因为有灯光闪亮就表明生命在呼吸和延续，这就是一个城市的生命体征。

在城市，呼吸是可以由一个个闪亮的窗户表示，这闪亮的灯光对城市是具有象征意义的。窗户熄灭预示着今夜会有一个好梦，窗户在黎明重新闪亮，就预示着一个充满未知和希望的新的一天。闪亮的灯光是城市的呼吸，是这个城市的生命体征。

少女之美

　　女性尤其是那些处于青春年华时代的少女，清丽纯真，给人周身以晶莹剔透的感觉。生活中的少女，或娴静如静静的秋水，或活泼如三月的春风，总给人心里奇异的震颤，荡尽负重心灵的污垢和锈斑。日本著名作家写女性的高手川端康成，就认为少女是 3 种最美的人之一，因为少女之所以具有独特美，是因为少女尚处在无性意识状态。

　　将少女之美与春天相比，从少女之美令人想起了生机勃勃的春天，少女青春焕发天真烂漫，少女代表了人类的活力和无限的创造力！

　　少女，干净，无色，如一张朴素的白纸。说少女美如花，却比花儿难得，又比花儿易失，因为花能使人心平气和，最能怡情养性，美丽善良的女性尤其是纯洁的少女，就像花儿一样给人心灵以抚慰，再鲁莽的汉子，看见少女也会面带微笑，美丽的少女给人的感觉就像一朵朵含苞欲放的花，几乎每个神态都在微笑，笑得优美含蓄。说少女更比水柔韧，是因为她们胸中装着比水晶更剔透的心思和幻想；说她们最富有灵性，少女的一个神态，一个眼神都令人浮想联翩，爱怜不已，是因为少女是人生最美好的一个生命阶段。

爱的风声 ／ 郭庆玉 著

今夜的春雨

"小楼一夜听春雨，深巷明朝卖杏花。"今夜这场稀稀疏疏飘过的春雨，是否是岁月中那场似曾相识的春雨？远远地从已逝的岁月中悄然走来，从夜幕上悄然生成，洒向辽阔的大地和睡梦中的村庄。

今夜的春雨你可曾知道，又有多少暗香浮动的花苞在你的滋润下悄然绽放？又有多少嫩绿的新芽在明天的黎明缀满露珠？在今夜这场悄然的春雨中，有多少好梦将播种下希望的种子？又有多少誓言将变为现实？

唱歌的小河

河水从朝霞中醒来，在夕阳中睡去，柔柔的歌喉永不沙哑。黎明的歌声动听，月下的歌儿更令人入神着迷。河是非常有诗意的自然景观，河流的美妙来源一个与美人有关的用途：因为在古时候河水是照妆的镜，你可以想象一下，每条河里都曾经留下了多少古代美女梳妆时的倩影！

河边，小鸟在欢快地鸣叫。天空写着燕子矫健的身影，露珠缀满枝头，犹如昨夜碎落的无数珍珠。哗哗的河水漫过河床，春日葱绿秋日枯黄。幸福、欢乐、悲愁、忧伤，顺着河水来了又消失在看不见的远方；小河顺着你消失的方向，流逝去的是岁月是时光。

日夜奔流的小河啊，你冲走岁月的尘埃，带来希望的黎明！我感叹于这个美丽的早晨无人与我相会，我无意识碰落了小路边植物叶片上晶莹的露珠，洒落的露珠把我的脚溅湿。我惊喜地弯腰望着那无数颗闪烁的露珠，我悔恨自己为什么将那么多露珠碰落碾碎！

爱的风声 ／ 郭庆玉 著

洒满夕阳的小路

　　寒舍虽然凋敝，但同样也有满枝的桃花迎风盛开，在三月的晴空同样被夏日的绿树掩映。在美丽的霞光中，在绚丽的黄昏中，依然也有袅袅炊烟在缥缈，门前的河水也同样清澈，幽静的夜晚皎洁的月亮依然静静倒映在河水中。夏季的门前，同样涌起金色的麦海，秋季金黄的硕果挂满枝头。一年四季，季不同景也各异。

　　当我从河边走过，回眸我熟悉的小路。此刻，洒满夕阳的小路，沿着青草萋萋的河岸伸向远方。弯弯的细长的河岸小路寂静伸向远方，在金色的黄昏中。河滩上水流哗哗，一片喧腾的捣衣声。

春天闪闪发光的阳光

　　苏联时期的著名作家普里什文说："春天像钻石一样闪闪发光。"当置身在春天的阳光下，你会感觉到普里什文说的春天像钻石一样闪闪发光，就是讲的春天的阳光。

　　春天明丽的太阳光跳跃在绿色的麦苗上，微风中阳光与风共舞。这时你会忽然发现阳光的力量是多么的巨大啊！万物生长靠太阳，四季更迭靠太阳，所以再美的春天只要阳光离去就走向衰败的秋天？再美再娇艳的花朵只要没有了阳光的照射就会枯萎。当阳光离去了，春天也离去了，花朵也离去了温暖也离去了，阳光是一切生命的源泉，热爱阳光吧！只要有了像钻石一样闪闪发光的春天的阳光，春天才能闪闪发光，万物才能朝气蓬勃！

夕阳下的绿色世界

太阳从晨雾淡淡的山顶，张开了灿烂的笑脸地里一片闪亮。走到树荫下，眼望人群嬉戏，太阳正把头顶树叶照得闪闪发亮。只要进入夏季，一切都正在生长着的植物，都在发疯似的炫耀碧绿。

每当季节进入绿色的夏季，便心怀欣喜地或早早来到黎明的河边，环视着周围的青山，或在黄昏，沿着僻静的山道，走向青山的深处，走向一条绿树丛生的河谷，听着河谷里不绝于耳的水声。在处处洋溢绿色诗意的夏季，无论黎明或黄昏，总有淡淡的雾飘浮在绿色山峰，总有从浓浓树荫的深处，时时传来鸟的鸣叫声，河岸丛生的草叶上，缀满晶莹的露珠。

雪景

古人云：因雪想高士。在洁白的银色世界，往往可以让人突发奇想，或者同样可以回忆起很多愉快的事情。其实，冬天并不是死寂，冬天也有无限精彩，冬日的世界也是充满了乐趣。奥地利著名作曲家，维也纳古典乐派的代表人物之一舒伯特就以《冬日的旅行》写了一组著名的声乐套曲，其中有《菩提树》《鳟鱼》等不朽的名曲。还有鲁迅先生将南方飘洒的雪花比喻为"暖国的雨"，冬天照样也有温暖。

冬天，一切都被白雪覆盖，我孤独地顺着冬天的路，走向可与雪原零距离面对面的地方。白杨树的树叶早已被冬日的寒风扫得精光，赤裸裸笔直的身躯，把一根根僵硬的枝杈伸向空气凛冽的天空，苦艾、芨芨草被厚厚的积雪覆盖，在夏日有着潺潺水声的渠道也干涸了，哑然失声，渠道里满是积雪。曾经苍翠碧绿人声鼎沸机声隆隆的田野，此刻已是茫茫白色无际涯，那光芒灿烂的太阳，在冬日空寂湛蓝的无垠天空巡视着空旷的雪原，无数众多的六角银花闪闪烁烁，如有一层层五颜六色的碎末洒在冬日的雪原。啊，这被严寒包围的世界，这寂寥的雪原竟只有我一人，望着脚下这条通向远方消失于天边的白雪之路，我多么希望从心里盼望，向我驶来一辆满载希望的汽车，装载上我全部的愿望，驶向色彩斑斓的雪原深处。

爱的风声 ／ 郭庆玉 著

农民

　　佝偻的身躯，浑浊的双眼，阳光下闪亮的脊背，暴起的一条条肋骨。像泥土一样的朴实，像岩石一般坚硬。一场场暴雨的冲溅，一场场狂风的横扫，烈日暴晒，冰雪吞噬，铸就了你一副钢筋铁骨。你是血肉之躯吗？为什么你的双肩能支撑起万丈大山的重压；你钢铁般的意志，岩石般的身躯来自移山填海，劈山铺路，遇河架桥，扶犁耕耘。艰巨的劳作，把你的血肉之躯，铸造得如此坚不可摧。用这样千锤百炼，万次锻造把你的身躯变成既像泥土又像岩石，你是谁也战胜不了的勇士。

最后的鸟儿

在早晨依稀的晨色中，忽然有几只麻雀飞落在城市的人行道上，然后又扑扇着翅膀窜到树枝上，窜到春天等待发芽的古树枝上，在今天的城市如果能看到鸟儿的身影真是不容易啊！

不知为什么，此时此景所看到的几个孤独稀稀拉拉的麻雀与几十年前在童年时代看到的根本不一样，已经没有了麻雀的灵性。我不禁回想起那时的情景：隆冬零下三十多度，到处白雪皑皑，脚踩上去发出咯吱咯吱的声响，空气都似乎被凝固了，一碰就要碎裂，但是在冻僵的白杨树枝和榆树之上，麻雀却在叽叽喳喳成群结队闹成一片，这时就出现了像鲁迅先生的名篇《故乡》中的闰土一样，支上一只筛子，筛子下面撒上一些麦麸，以便引诱麻雀来吃，然后猛地一拉，把这些好吃的麻雀扣在筛子下面，它们很快便成为餐桌上的美味！

可如今，城市越来越繁华，人越来越多，他们已是一个再小不过的孤独的群落了，就这么几只孤独地散落在高楼大厦和车流人流的灰暗的天空下，不知未来如何，不知它们将飞向何方。我记得作家赵丽宏有一篇著名的散文作品叫作《小鸟你飞向何方》，此时的感觉就是如此！

柳树

　　故乡的柳树，在盛夏时节，摇曳在水渠边林带边。水渠里缓缓流着清清的渠水，林带潮湿凉快。

　　柳树长在高大的白杨树身旁，风儿抚弄着她的腰身，它的腰身多么柔软，好似少女的腰身。正是因为柳枝这种特别的柔软本性，用它来编筐很实用，父亲用柳枝编的筐总是很好。

　　柳树的皮很容易去掉，皮面很有韧性不易破，削一根柳枝，除去树心，树皮便可以做一个简易的笛子，这种简易的笛子可以发出呜咽悠扬的曲调，在那个贫穷的时代，这便是孩童时代最大的快乐了。

山花

　　没有被人观赏过的花是最艳的花；没有照过人影的山泉是最亮丽的山泉，没有人踏入的山境是最圣洁的山境。

　　整日与山花为伴，与舞蝶为友，置身于山间的清风花的芬芳中，云里雾里飘浮隐现着你翠绿的身影。你是一朵最鲜艳、最芬芳、最纯洁的山花，开在云里雾里，你犹如山间的清风，晴空皓月、清新纯朴。

爱的风声／郭庆玉　著

河岸小路

在我记忆的深处，永远铭记着这条早已消失的河岸小路。在往昔的时光里，每在我失意的时候，寂寞的时候，多少次在河岸的小路上徘徊呵，徘徊。原先被遗弃的，已经开始荒芜的小路，在我双脚多少次的踏踩下，如今一条蜿蜒细细的河岸小路在向前延伸。

清晨，我凝视着河岸上来来往往晨练的人们，地里忙于耕种的农民们勤劳的身影，绿树环绕的家园中那袅袅飘开的炊烟，还有那东方玫瑰色的朝霞，草尖上颗颗透亮的露珠。傍晚，看太阳渐渐沉落，夜色渐浓的天空中，星星一个个闪烁，与悄然升在山顶上皎洁明月为伴，在银色的月夜里，默默倾诉心声。

南来北往的雁群

想想童年时家乡的广阔天空，一年秋春两季雁群带着少年的思念来回飞翔。苏联诗人日丹诺夫在一首叫作《无题》的诗歌中唱道："翅膀是鸟儿的悲剧，它把生命带入永恒的异乡。"可是谁知道这就是鸟儿的本性，只要拥有自由哪怕是在异乡和天涯海角！

在故乡童年春天的天空上，会写下一行行大雁北飞的情景，这时母亲会告诉我说那是从南方飞往北方的大雁，因为春天来了南方会越来越炎热，大雁要去凉爽的北方生活；在童年秋天的天空上，会写下一行行大雁南飞的情景，这时母亲会告诉我说，那是北方的大雁要去温暖的南方了，因为冬天的北方会越来越寒冷。

于是那闪动着翅膀高高飞翔的雁群，就会引起我的无数幻想：温暖的南方在何处？那儿是怎样的景色？凉爽的北方又在何处？这群千里迢迢长途跋涉的雁群，又将在北方的何处栖息？

这一切都是疑问，因为那时的眼中只有门前的白杨，还有两棵不知是什么年代就矗立在门前沉郁的老榆树，再就是更远处的南边起伏的天山，除此之外对外界一无所知。

但是当今天知道这来回迁徙的雁群是怎么一回事的时候，在如今的天空上，却再也看不到大雁的身影了。

爱的风声 ／ 郭庆玉 著

白描

　　一场风沙，一场暴雨，一场厚雪。这是三天中经历的不同天气。风沙罩在班车外面，我闻到尘土的味道。暴雨打湿我的羽绒服，干透已是第二天的凌晨。厚雪压在树枝上，枝头有融雪的滴答，叩击我的心扉。

　　一张张白纸。过往一天抽换一张，来不及停滞，已经厚厚摞起。拿出纸巾擦拭脸颊，抹下油粉，风沙雨痕了无踪迹。只要身在县上，就是安心。哪也不想去，从三岁记忆初始，近四十年，我攒下不少纸张，我把它们订成册，每一页都是那么易懂，快乐地笑，简单地流泪。

　　大姐你还记得吗？年幼时最缠你，上班前你总是带我捉迷藏，藏着藏着你就找不着了，我就坐在家门口看家。哥哥你记得吗？你骑着自行车飞驰西大桥大下坡时一个石块的颠簸，我从后座跌落，好久才等你返回来继续驮我走。二姐你还记得吗？我穿着红秋衣红秋裤整天跟着你的足球队瞎混，还被一个抛高的球砸晕了脑袋。

　　看了电影《七月与安生》，让我记起我的小伙伴和五朵金花的青春。那是更小的时候在一起，我们去草滩挖奶子草，一个东倒西歪的醉汉伸手要去抓你，我镰刀一挥，在他停滞的瞬间我拽上你就疯跑。我从二小对面的外贸商店一个鞋盒子里逮了一只没有长毛的粉红老鼠，让你们看，你们四个用最快的速度跑回西大桥春梅家，其实路上我早就扔掉了，找到你们，我吼吼嘿嘿吓唬你们，芳都快窒息了。头碰头的学习小组暗藏太多玩耍透乐的猫腻，只是一同成长的记忆没有安生和七月的凝重，却是那一季开得最美丽的花束。

旧城不断改造，砂石路不见了，铁笼里的树不见了，老电影院拆除了，岁月一页页翻转。很多人蹚过泥泞，穿过荆棘，迎来现有安逸的生活。

我遇到哥们组建了自己的家庭，像极了脱窝的兔子，在自己的窝里时不时翻江倒海地跳腾，好在哥们儿霸气，从容待我。所有人都在急速成长，像云朵翻转的速度，从一个单位到另一个单位，终究发现，我从不曾轻易离开我的家园。徘徊时就在家里徘徊，惆怅时就在家里惆怅，我一直就躺在妈妈的怀里，就在家里惆怅，我一直就躺在妈妈的怀里，哪怕是短期的出城我也能把思念写在我的字里行间。

我不屈不挠的脾气里夹杂挑剔，以至于我在我的舞台上走着猫步时常跌倒，鼻子流血了冲冲水就好，毛发扯掉了捋捋就好，我时常趴在窗台上看日出，每一天都是新鲜的。我的老宝贝走后，我安静的重整毛发，剪掉了指甲，剃短了胡须，精简了我脑海里的认知，在静默中，一片自留地收留了我，他们是那么的绿，却可以任由我自由地翻滚。还有一群不离不弃的猫咪姐妹们，宽慰我的成长，只是我时常扒开它们的爪子，看看指甲长出来没。

眼见着，又到了冬季，周末去临县看了孩子，三天不同的地点遇到三种天气，人生匆匆的白描，至多是对灵魂的拷问。只见孩子逐年长大，初一开始安放临县，我成了纠结的留守妈妈。出了城又急切赶回，大人是这样，孩子也会日思夜想自己的家乡吧。是大人的观念硬生生地把孩子推出去成长，还要嘱咐孩子你要这样那样、你要这样了你就会怎样了，话里话外强纪律抓学习。然后，坐车告别，回到自己不愿离开的家。

偶然听到任伯儒唱的牡丹亭外，苍然于心间，喜乐由心，山城之内家园安然。

泰和粮油店的老板娘是个热心人

　　这两天寒流来袭，出奇的冷。今天下午还是上街采购了些日用品，到市场上买了两板鸡蛋，又到大姐家和小姐一起玩了会儿斗地主，一转眼就快7点了，赶紧熄灭贪玩的念头，拎着一大包日用品和两板鸡蛋就告别了姐姐们，下楼往回走。下了楼想着给孩子们做什么饭，看见众惠宾馆下面有个泰和粮油店，想着有现成的熟牛肉，切成薄片、买点青菜、整个小西红柿，这么冷的天，吃个汤面条一定很美妙。

　　于是，我转身走进泰和粮油店，把鸡蛋放在了门外面。进去后我问老板娘："有挂面吗？有没有圆挂面？来一包。一包够了，回去做个汤饭，这天冷的。"然后，给了老板娘3元钱。老板娘帮我把面装进塑料袋，我一股脑儿放进大包里。然后拎上大包在店里看了看街面上是否有往东开的公交车，往西开的路过两辆。老板娘说你不要着急外面冷，你在店里可以看到西面来的公交车。

　　这时男老板进门了："门口的鸡蛋是谁的？"我点了点头："没有碍事吧，那是我的鸡蛋"，老板说："鸡蛋可别冻坏了，那么冷的天，上街买一趟不容易，拿进来，拿进来吧！你看这米袋上干净着呢，放到这上面不要冻坏了。"我"哦"了一声，心想冻不坏吧，老板娘紧跟着说："拿进来吧，天实在冷啊。"我就开门把鸡蛋拿了进来，放到老板指

爱的风声 ／ 郭庆玉　著

定的地方，说了声"谢谢"。

我看了看时间进这个粮油店差不多刚5分钟，估计一会儿公交车就来了。我站在玻璃门跟前看着街面，不一会儿，老板娘说，"站着多累啊，这边的凳子是干净的，你坐着等吧！"我说："不客气啊，公交车应该一会儿就转过来了，你忙啊！"然后，看着老板娘继续算她的小账目。

看了看时间，7分钟左右。此时，老板娘问："你在哪块住？"我说："在财政局家属楼。"老板娘说："要不这样吧！你看外面那么冷，让我们的店员帮你把东西用电车送过去吧！"我连说："不用不用，可以提得动。"此时，老板娘从柜台那站了起来，喊了店员的名字："你去开动电车，帮忙把这位妹子的东西送到财政局家属楼。"店员："哦"了一声，穿衣服、戴手套、出门。

我看见店员启动了门前的一辆三轮摩托车，我呵呵笑了："看来我可以坐到上面一起把我送回家了。"老板娘说："可以的，坐稳些没有问题"，我说："那实在谢谢了"，就拎着鸡蛋和大包出了店门，放到电车上，一抬脚上了电动摩托车，把羽绒服的帽子往头上一戴，戴上手套，扶好前面的扶手，电车启动了。我总想哈哈笑出声来，今天我怎么这么幸运，遇到好心人了，真是执着和热心，拒绝都是一种亵渎。那么寒冷，坐在三轮车上，却有一种拉风的感觉，我喜欢被感动，喜欢热情发自内心，所以年龄不小的我毅然坐到这辆简单的三轮车上。

路上有短暂的念头想给店员一些跑路费，但是又一个念头遏制了我的这个想法。我想以后不管泰和粮油店离家多远，家里缺什么都要到那里买，快过年了买上一袋米一袋面。然后告诉身边的亲朋好友们，泰和粮油店一定要去转转。

到家了，我感觉今天的幸运让我快乐无比。

爱的风声 ／ 郭庆玉 著

接在掌心的不是雪

已过了伴雪飞舞的年纪。在别人等雪、盼雪的时候，我却一改儿时渴望：儿时，在第一个风暴来临时，我们就开始踮着脚尖，等着那漫天飞舞的雪仙子，光临人间。那时，雪在我们这些小孩的心里，是美的精灵，是仙子的化身。

而此时，看着漫天飞舞的雪花，我想到了是：现在是春运的高峰期，农民工开始大批返城，虽说这冻雪阻碍不了农民工返城的脚步，但是真的会给他们带来若干的旅途不便。尤其是那些骑着摩托车回乡过年的农民工们，在这冰天雪里行走上几天几夜，是何等的艰难！

这时，我真的希望天气晴朗，阳光明媚。

看电视新闻，山东干旱。农民们为了引黄河水灌溉农田，站在零下几度的水里破冰，看着他们从冰水里上来脱下靴裤时，袜子上都挤得下来水，我的眼泪就情不自禁地流了下来，那寒冷刺骨的滋味我是体会过的。

儿时，有一次放学时，外面下着雪，为了不让鞋子沾湿弄脏，我把鞋子脱下来，包好后放在书包里，等到家，双脚早已冻得通红。俗话说："小孩屁股三把火。"可是，在那经得住冻的年纪里，短短的几分钟路程，却已让我刻骨铭心。那双脚踩在雪地里的滋味除了疼还是疼呀，没有一点点雪的诗情画意。而我在新闻里看到的农民们，都是五十岁左右的年纪，他们站在冰水里，一站就是十几个小时，那种滋味，真是可想而知！当记者采访他们时，他们说："真的希望天公作美，早点儿下一场雨或雪，让麦田灌一个透，不然今年就没粮食吃了！"在他们眼里，再苦再累也不怕，想着就是能有一个好的收成，民以食为天呀。

看到这，我不再为下雪发愁，不再为农民工返城纠结，我相信哪怕现在下再大的雪，农民工们也是开心的。因为他们是农民，因为他们心系庄稼！他们知道，此时庄稼是那样的迫切需要雨水的浇灌。庄稼是农民的根，即使他们现在不种地，可庄稼仍然让他们牵挂！现在，哪怕路再难走，他们也是开心的，他们会看着漫天的雪一步一笑地踏上回城的路！这普天之下，最不怕苦的就是农民，最朴实的还是农民。

当我把双手伸向窗外，接住那飘舞的雪花时，我笑了！我的心在雪水中滋润，就像那田里的麦苗咧开的嘴，在使着劲地抬头、生根、拔节、变绿。因为，我的根也在农村。

我决定，我也附一回风雅，看看诗人眼里的梅花！再看看今年的希望所在！

爱的风声／郭庆玉　著

简单的快乐

刚开始注意他，是他对我打招呼的笑容，那种很阳光，很自然的微笑。起初，我很不适应这完完全全来自一个陌生人的微笑，面对他的微笑，我总是忸怩不安。久而久之，我从不安到习惯。如果连续几天，在上班的路上没有遇到他，我反而会惦记着。

因为惦记，再到那时，我便开始搜寻着。小店的门口，排着好多旧洗衣机，我这才知道，他原来是一个修洗衣机的小手艺人。

常见他蹲在洗衣机前满手油污地忙碌着，也见他满面笑容地蹲在门口，洗着大堆的脏衣服。有时，也会在下班的时候见他守在煤气灶前做着饭，偶尔和着红烧肉的香味飘出来。我总会无端猜测，他的老婆为何不做这些琐碎的事？是生病了？还是因为工作忙碌呢？如果是前者，那他该是愁苦的，如果是后者，忙碌会让他疲惫不堪，牢骚满腹，而这两者，全都不像。

这让我又想起那次在上班的途中遇到的事，那天，北风呼啸，大雪纷飞，使原本就寒冷的冬天显得格外萧瑟冷清。我里三层外三层裹得紧紧的，很不情愿地走在上班的路上。"村里有个姑娘叫小芳，长得好看又善良……"这时有快乐的歌声从风雪中飘来。抬头细看，见前面一年轻男子穿着一身已洗得掉色的单薄衣衫，骑一辆老式的二八自行车，车笼头上挂着白色的大塑料水壶。车后身绑着扁担和箩筐。一看就知是农民工到城里找活干。在这寒冬腊月的，还要进城找活干，家道定是清贫的。可是他那快乐的歌声却一路悠扬着。

无疑，他们是快乐的。

开私家车的，一定以为骑自行车的是没有快乐的；住别墅的，一定以为住经济适用房的是没有快乐的；天天山珍海味的，一定以为顿顿青菜豆腐的是没有快乐的。其实，不一定呢，也许开门市的男青年，以有洗衣机修而乐，以有红烧肉吃而乐。而进城打工的，心里定是揣着能多赚点钱，找到漂亮的小芳为乐吧。

扬州

知道扬州，缘于一个人。只是经年之后，物是人非。倒是当年的那份印记还一直窖藏着。

那年，怀揣着两千元钱，初到扬州时的迷茫，早随着青葱岁月一去不复返了。可是，扬州的阡陌小巷、古街幽井，还有瘦西湖的一花一草，如同种子，在心间生根、发芽。

女人天生爱做梦，且从不受时间、地点的限制。哪怕就是在如瀑的阳光下，也会如同饮了酒般的醺醺地做着。不过那梦里总是千篇一律的演绎着，一粒种子成为参天大树的过程。

人生有多少偶然性，就有多少必然性。

现实生活中，我无法每日都在我深爱的扬州阡陌小巷里留下深深浅浅的脚印，不能天天在瘦西湖畔掬一捧水留恋于琼花树下。但网络却用博大的胸怀，包容着我，接纳了我。

我从《维扬城外》的夜夜相约，到《五亭龙》天天厮守，最终演变成《扬州晚报》博客网中的一分子。从此，我这位与扬州毗邻而居的盐城人，终于圆了我的扬州梦。

有着两千五百年历史的扬州呵，你用你博大的胸怀，不知滋养了多少不朽的人文！可是，在你身上丝毫看不出沧桑与龙钟老态，在我心里，你苗壮如同青年。是你瘦西湖空灵的湖水给了你不老的精魂吗？是二分明月让你永葆青春吗？

呵，我深爱的扬州，你知道吗？有了《扬州晚报》博客网这个平台，我可以时时刻刻地在你的心海畅游。琼花的举世无双、剪纸的神奇、个园翠竹的风采……我随时都可以在这个平台上一睹为快。

不能上网的那些日子，我一直烦躁不安着。我在心里无数次地问自己，是什么样的力量在深深地吸引着我，当真是那一方水土上古老的人文，灵秀的风景吗？

不是，我知道最起码不单单是。

前些日子，一个博友去了，博上千人一文地哀悼着，我坐在屏前泪如雨下。我突然明白了，这有着几万人的大家庭靠的是一个真性情来凝聚着。想到此，我不由得转过头去看我身后那堆得高高的包装盒。有牛皮糖、百年老店的糕点，有高邮鸭蛋、酱菜，还有魁龙。这是我的博友们通过各种途径送给我的礼物，这些包装盒我舍不得丢弃，那是我永久的念想呢！

如此，我的心里也只有那扬州了。

也只有那扬州的一群人了！

爱的风声／郭庆玉　著

一朵花的幸福

在街头看到一幅画面，令我至今都无法忘记。

那天是三八妇女节，春风闲散，阳光柔媚，我骑着电动车，以舒展的姿势，迎着风，嗅着空气里缕缕的清香，悠悠地行驶在人行道上。

正好是下班时间，一路看到好多女同志手里捧着康乃馨，红艳艳的怒放在手间，以流动的姿势娉婷着。作为一个女人，我幸福着她们的幸福。

迎面过来一个女子，穿着灰色的旧风衣，脸色暗黄，一边骑着车，一边合不拢嘴地笑着，那笑是真笑，发自内心的笑，眼角的皱纹形成的纹路似九月盛开的菊花，丝丝张扬，直逼人心。她一手抓着车把，另一手轻握着一朵康乃馨。是的，轻握，那种把手圈成一朵花枝大小的圆，正好能让花枝妥帖在手心的圆，百般宠爱地轻握在手心。从我看到她，到她与我错肩之时，这短短时间里，她把花送到鼻翼间轻嗅了五次，而那笑自始至终都以一朵花的姿态停留在脸上。

我不知这朵花的来源，但是我知道此时此刻，这位陌生的女子是幸福的。而她手心的那枝康乃馨也是幸福。花开花落，自有天成，可是一朵花在盛开之时遇到爱她怜她的人，那就是最好的宿命了。

女人天生爱做梦，而恋爱时的女人就好比那朵含苞欲放的花，清香含露。这时如果没有遇到那欣赏的人，懂得的人，还真就负了花期。一朵花默默地开，多少是有点悲情的。

每每在看到一朵花盛开时，我都会停下我匆匆的脚步，为这朵花而作少许的停留，我愿意用我含着媚的双眼，告诉花，此时，有人赏，有人懂，而花拼尽一生，就为了此刻。

也许一个女人，在自己青春貌美时，也在奢望着这一刻，奢望着有一个愿意为自己而停下脚步的人！

爱的风声 ／ 郭庆玉 著

缘来缘去

上班，途经三岔路口。突见她戴着玫红眼镜，在拐弯处。刚想打招呼表示我多年未见的惊喜时，只见她巧笑倩兮，眉眼含情，对着手机做软语呢喃状。我欲张的嘴巴动了动，还是选择了沉默。

这样的场景，我最好的方式是不加打扰，从她身边静静走过。尽管有遗憾，但是我信，下次的某日，在某个路口，我们还会遇到，只是我不知道，那时的她，会在做什么。依然是一脸令人欲醉的表情吗？

我不信这世上还有永远，但我信那让她眉眼含情的时刻是最真的刹那。如果懂得尘封，让其在心的角落里发酵。我知道，在以后的日子里，哪怕是对着悠悠白云，或是对着空白的房顶，那曾经的曾经，定然会一一演绎，如同陈年佳酿，口齿留香。

不知为何，我在面对这样的美好时，我总是渴望着，奢求着。奢求着我身边的每一个人都能够懂得知缘惜缘。

我不知道，有没有轮回，有没有来世。那么有了轮回，有了来世，我们能做什么？我想，我们依然不能处处满意。要不然哪有人生不如意事十有八九这一说呢？也许我们能做的就是在今生把握着、珍惜着。

这样的季节，时不时总会有丝丝清甜的桂花香，通过我的嗅觉渗透到我心里，每每这时，我总会徒劳地想，能不能在我奔波的路途中，到处清香四溢。有这样贪婪念头的，我相信定不止我一人，也许有人会刻意地去营造，甚至不择手段，但是我不会，也不能。我尊重自然，明白美好的东西，就如同那烟花。但是令我庆幸的是，这个季节我没有错过，我会让其在心中尘封，珍惜自然给予我的美好瞬间。

我在面对一朵月季盛开时，我庆幸，就在她最美丽的时候，我来了。我更知它在我来时盛开着那份缘分不仅仅是恰巧，而是为了报答我在初夏时把它插入泥土，给予了它的生命一份善意，这样的善因注定着我不会在花落枝头，残留落红时再来。如果那样，我岂不是负了花为我怒放的一片盛情。

她，有好多年没见了，不知她还是不是当年的她了。

只是想，在下次我们相逢时，能够静静坐下来促膝一次，聊聊我们的青春，再聊聊青春时的那个他。

爱的风声 ／ 郭庆玉 著

你是我心里的一枚石头

窗外，秋色正浓，细雨纷飞，斜斜地落，没有声息，似一根根亮亮的柔丝交织着，地上已是湿润一片。我不言语，就这样坐着，却在心里问了千回，这雨会不会织成华丽的地毯，铺成一个美丽的戏台？

房间内，一杯绿茶，清香袅袅，电脑开着，屏幕闪烁。我，就这样安安静静地端坐在屏前。看会儿雨，看会儿屏，想会儿心事。时间静静地滑落，似外面的雨，就这样悄无声息地落，然后消失于无，却在心里种下无限柔情。恰恰在此时，你顺着外面某一根雨丝滴落在我的心尖。于是，我心颤颤地跳动着，把心思抖落在眉间。

忽然觉得，这是一个非常华美的午后，我要为你布一个场景，搭一个戏台，唱一曲天上人间。

总觉得我的人生里，有着太多的错过，就连那最美的爱情也只是和我捉了几次迷藏，并没有让我真正地拥有过。可，爱情却一直像一个蒙着面纱的女子，行走在落叶缤纷的路上，发出轻微的嚓嚓声，似有若无地敲着我心、勾着我魂。

我，就这样游走在季节的深处，寻找着……

为了能在今生，真正地拥有一次唯美的爱情。我用心做了戏台，用眼眸做了水袖，配上三弦。一人在斗室间展开我布满尘埃的心，用这唱词，用这雨，慢慢润，慢慢磨，直到玲珑。而你，似一块石头，堵在我心，任我打磨，却并不言语，疼痛的感觉弥漫在整个胸腔。

你就这样若即若离着，远时，你在天边，近时，在我心里。你的眼神和我的水袖纠缠着，随着三弦的声音，或高或低，或缓或急，舞出了人间至美。终于，我把我压在心底的话，用弦、用眸，诉于你听，你不言语，只似石头端坐我心。

从此，或雨或夜的日子，你总是从我的心间走出，或停留在我常读的几本闲书前，或半倚在我的枕边。见你到来，我总是泡杯香茗、点上檀香，穿上盛唐时舞衣以天下最为柔美的姿态迎着你。书生模样的你酷爱写字，而我静坐在你身旁，微斜着身子，任眼眸似月华，脉脉地注视着。也许，我就是你手里一方闲章；也许，我就是你醉后入梦的狐仙；也许，我就是你端坐在河边时看到的一尾小鱼。也许……我在无数个也许后才真正明白，我渴望的是什么！而你，仍是我心中的一块石头，端坐在心间。

窗外，雨仍斜斜地落。室内，我仍独坐在屏前，茶静于一旁，看我心事无数！天上人间，唱词悠悠。

今夜相思谁家

今夜，东风微凉，薄雾，冷月清辉，心中有怨。一人独步于街头，不感孤独，百样念头弦之拉过，微痛。

总想，用笔记下暖暖的文字，暖己悦人。或记下街头年青男女的阳光活力，并轻问一声，如我当年吗？

柔嫩纤弱，浅绿茵茵杨柳，此时该是最漂亮的吧，不知会有多少个文人墨客会因此而诗兴大发，而我却总想问，有多少人会把你的美藏匿于心间，又有多少人总是在错过你最美的季节？

站在春梅树下，给父母打电话。

月色下，春梅嫩黄幽香，轻轻地拉过来，轻嗅，甚浓，不及远闻也。想来我也是一个贪婪之人，远闻还不够，非要揽之入怀。如果春梅有感觉的话，定会骂我，粗鲁之人，不识大体。或许会说，你想亲近于我，而我未必，你又何必强加于我呢。想此悻悻也。

仍信步走着，问月，今夜相思谁家？月无语。

这世上除了生我养我的父母，时常会把我想起。另外，还会有谁能够在这月色如水的夜晚把我想起呢？

芳的事，早在春节就知了，我一直用我完美的心结安排着，维护着，演绎着，最终仍曲终人散。这不是我想要的，也非我能安排。也许是天意弄人，错过美好！也许是本无真，又何以会天长地久。

春天，万物复苏，生机盎然。我的一些念头也在悄悄地探出头。最终留下一纸幽怨，伤怀。

爱的风声 / 郭庆玉 著

我愿与君相知

每一次抬头，总见你温柔的眸，脉脉地凝视着我。于是慢慢地，我的眼神也灵动起来。一直以来，你以不变的姿态关注着我，看我哭，看我恼，看我忧，你的眼神随着我的心情而变化，这个世上也许再也找不到如你般懂我怜我的人了。

我在你爱怜的目光中滋养着，原本伤痕累累的心。总说，爱文字的人不会孤独，文字的博大和隽永，只会让心越来越淡定祥和；总说这个世上所有的人都有可能弃你而去，而文字不会，可是执着的我，总想穿越那厚重的文字，寻找着那没有伤害，没有背叛的永远，可是回过头来，那年，那时，所记载的心情文字只能留下一声轻轻地叹息，对景难排。这时你在我身边，就这样含情脉脉地看着我，沉默不语，眼里写满了爱怜，于是，我知道我还有你。

有一段时间，我已不信这个世上还有永远，我知道，当要用永远约束时，剩下的就是听那渐行渐远的脚步声。好多时候人与人之间的相知相识，只是在那特定的环境里，因某种相似或需要，无意间碰撞了一下，或原本什么也不是，我只是用我的心杜撰了你的心，我们懂了彼此，从此不离不弃，在自己的心里演绎着童话故事，如烟花般的美丽。

就在我以为看透了浮生，看透世俗，常把"真亦假，假亦真"挂在嘴边，以玩世不恭的态度看待所有时，你仍然默默地站在我旁边，以包容的眼光，看我任性，看我患得患失，你知道，我是在挣扎中悟人生，世事通明皆学问，这是一个锤炼的过程。

慢慢地我已习惯在你身边，随心所欲，我那因虚荣而常常端起的架子，在你面前总是自动地解除，我的贪婪，我的自私，被你一一看在眼里，而你仍以不变的姿态包容着我的所有，眼里没有嘲弄，没有厌恶，只有爱怜。

一直渴望着能有一个真正懂我的人，可以常常坐在你的对面，陪我促膝谈心，说自己的苦恼，压抑，也分享我小女人的快乐，可是红尘之大，知己难求，我奢望中的那个可以陪我疯，陪我哭，陪我醉的人在哪里，蓦然回首，你一直就在我身边默默地站着。

"盈盈一水间，脉脉不得语"，我们在无声的交流中懂了彼此！

爱的风声／郭庆玉 著

致一座城

疯一样地想着西部的一座城市，而留在我记忆里的却是一片空白。我甚至无法回忆起，曾经住过的那个宾馆，叫什么名字。

在工作之余，曾有那么一段空余时间。而我却没有敢应你之邀，到湘江边上去看一看，更没敢到近在咫尺的神农架去转一转。我怕和你在一起的时光，会占据我以后太多的记忆，更怕在以后的日子里，总会莫名想起，以至于那相思如同春雨后的小草，肆意生长着。

雨密密地织着，撑着雨伞的我，在狭长的巷道里缓缓地走着。戴望舒的《雨巷》就在心间一点一滴地弥漫开来，一直延伸到湘江边上。

湘江边上，依然是我幻想中的场景。你孤独地伫立在湘江边上，引颈东望。风过，衣衫飘飘，发角飞扬，而你的表情，就如同我此时的表情，满面寂寥，却双眸剪水。

不知是不是这雨的缘故，我突然变得宁静下来，在这样的午后，静静地想着那座陌生的城市，直至心脏疼痛。

你还记得吗？十年前，我出差路过你的城市。你开车来接我，当我们四目相对时，伸手轻触，嘴角轻扬，电影里演绎的台词跟随而至，"十年未见，你风采依旧啊，更显漂亮动人了"。"呵呵，事业有成的你越发意气风发了"。可，我分明听到的是，我们彼此都说不出口的那句，"我想你，真的很想。"

华灯初上，霓虹闪烁，漫步街头的你我是那样的引人注目。高大英俊的你，旁边站着同样高挑的我，默默地行走在路边，一声不吭，却有一种别样的情愫，在周围一圈圈的荡漾开来。

清鲜雅致的小餐馆，我们相对而坐，几盘家常小菜，两瓶干红。善饮健谈的你我呵，为何此时，依然沉默。我幽幽地一声叹息，如弦之拉过，悠悠之不绝，在头顶上盘旋不去。那盘炒苦瓜的青涩味拌在其中。我知道，最亲爱的你，此时就坐在我对面。

又有十年不见了，人生有多少个十年，我却在有限的时间里做着无限的回忆，回忆过往的点点滴滴。当我踏上开往那个属于我自己城市的火车时，泪水忍不住倾泻而出，你开着车一路紧紧跟来。亲爱的，亲爱的，我真的就希望时间能在这一刻停留，永远停留。

当这一切已在我柔软的心里，生了根发了芽，长成长长的藤时，我就常常顺着这藤，延伸到你的城市。从此，我成了湘江边上的一块石头，成了你窗前的相思树。

爱的风声／郭庆玉　著

在时间的风里

一年年，花谢花又开；一年年，草枯草又青；一年年，雁去雁又回……

时间如风，你总是不停地往前走，无论前面是什么，你总能穿行跨越。无论什么时代，总有好多人相求于你，希望你多给点日子。但你总是淡淡而答：我对任何人一样，没有远近内外之别，我这里只有公平。

就这样，人们看见你一直往前走着，从不回头。当历史长河里出现一个精彩故事时，你便将其刻上记号，即使这个人影早已湮灭在东去江水中。

时间，去了，是永远地去了，不留一点痕迹。就像青春去了，梦想也就去了一样。一把犀利的刀，将岁月的沧桑，蚀上年少稚嫩的脸，留下无奈孤寞，留下风一般叹息，水一样愁怨。

多少人站在时间的风里，神思，冥想！

当清晨第一缕阳光穿透窗棂，时间面露微笑，轻叩玻璃，温软地叫醒我们后转瞬没了踪影。当朦胧的月辉洒落一地时，时间抚过了我们的肌肤，有人想握住她，却寻不着她美丽的影子。夜的梦里，似可以见到时间了，当醒来，发现空空如也。

在时间的风里，有的人因看不到生命的希望，看不到经岁月淬炼的脱俗成熟和具有超凡价值的东西，而忘了人固有的强大精神和灵魂空间，且不能从物欲中解脱，使内心保持平静。

记不清有多少回，我经历了茫茫然，泪潸潸，也曾站在时间的风里神思，冥想！

这是个神秘之客，威力无比，来去自由，无人能拦，神灵也不能。她一直在路上，像风烟、像水雾，更像东流的滔滔江水，我们只能看着她，任其疯狂肆虐；任其浪花淘尽；从我们的指间、脚下和眼里张扬离去。

花开花谢、草青草枯、雁去雁回……淌过岁月，一切人事风物皆成过眼烟云。我站在时间的风里，有风一般的叹息，水一样的愁怨。

为时间捎去惦念，为惦念而生责怨！时间，谁能怎样她？

然而，时间再疯狂张扬也有弱点，她怕，怕惜时人，怕利用时间掌控生活的人。惜时的人深知，人即便不能阻止时间，但思想和灵魂可以化入时间并随她一起行走。她走多久，思想和灵魂也会走多久。

有一天，我站在时间的风里，神思，冥想！

我成熟了，我对时间有了新的认识。光阴似箭，有金难买。平常生活，时间真的过得很快。她见证了多少人的生活快乐与不快乐。她清楚地告诉世人：无论什么时候，都不会将仁慈施予放弃希望的人，即使人们有再多的怨恨，也经不起她的久磨。

活在世上，愁也一天，乐也一天，时不我待，若以快乐的心态去面对生活种种艰难而不愁叹，一切就会完全不同。

尽管在此之前失去过许多机会，甚至失去过幸福和快乐，但生活只要有梦，希望和生机还会拥有。

在时间的风里，只要努力去掌控时间，在回不去的时间里，掌控自己的兴趣、志向和做人的品德。让内在心灵和言行不受机遇、名利和权威这种伪饰支配，始终以坦然寻常的心态去尽力做好每一件事。即使尽力后未能得到自己想要的结果，但时间已给你活着的意义了。

珍惜生活，用心做事，充分地将物质欲念降低，将精神空间打开，将灵魂富实起来。以大度的智者心态努力地活着，我们就多了广阔的时空，多了生活的精彩。否则，惰性无梦地活着，只会是虚度，实际上也就比别人少了许多有意义的时光。

一年年，花谢花又开；一年年，草枯草又青；一年年，雁去雁又回……

时间无论怎样地行走，怎样的不近人情，只要记住一点，在有限的生命中，可以做一些无限的、时间带不走的事，时间走它也会走。它是什么？它就是人给世间留下的智慧，技艺和文化；留下的是奉献，大爱和精神。时间之风可以埋藏生命，但也可以成就精神永恒，有灵魂的永远之说！

因此，在时间的风里，光阴总是悄悄将沧桑蚀刻于脸上。即便无奈、即便风叹水愁，而生活却不再感到孤独愁叹。在时间的风里，一年年，任花开花落，云卷云舒。任草枯草青，雁去雁回。

因你是一个懂得珍惜时光，学会掌控时间，分秒勤奋努力的人！

与你相约

你与我有一段距离，是路程的距离，是时间的距离，更是心的距离。

随着那次偶然的相识，我开始用我的方式关注着你。

最近我总是莫名想起你，并任由你在我心里纵横驰骋，直至我心灿烂，也不愿停止。事实上我已相思成疾，只有想着你的点点滴滴，我心才不会寂寥，我唇才会含笑。

我一次又一次地把自己淬着火，忍着巨大的痛去脱胎换骨，为了就是把自己练就成丝一般光泽的女子，以至于立在你面前时，我才不会因自卑而压抑着自己的本性。

我又怎能不自卑呢，你是那样的博大精深。纵然我就是再从唐诗宋词读起，把自己打磨成玉的样子立于你面前，我还是那样的寒酸而没有丝毫光泽，也只有在你的博大的怀中，用你的才情，用你厚重，用你的人文，才能把我养就成一块通透的玉。

为了能够懂你，我决定要经常和你约会。

我把你的过去一一翻开，从最初的线装书开始。

从你那浓郁的海盐文化开始，我把自己梳妆成古代女子，一袭素裙，银簪轻绾，低立于你面前。于是我常常在半夜时分徘徊在你两千多年的时光隧道里，不敢大声言笑，用一颗虔诚的心顶礼膜拜着。

从你的人文荟萃开始。原来这块大地上，哺育过文雄海内的"建安七子"之一陈琳，南北朝产生过名医徐道度，清代有治水专家冯道立，明清出现过诗人吴嘉纪、陈玉澍，书法家宋曹、画家万岚以及评书的开创者柳敬亭等。此时，我该是以何等模样出现在你们这些伟人面前呢？我如同恋爱中女子，苦思无策后一身布衣淡定于你面前，也许这样才是求知求才的样子。

从你的原始生态风光开始。这里海天相接，草木茂盛，鹤舞鹿鸣。这里河流纵横、湖泊众多。这里物产丰饶，风景如画。这里金滩银荡。这里所有的一切皆是那么美，你就是我眼里最美的情人。而我以一年四季不同的风情换着不同的服装，点缀着你。你看到了吗，我看你时双眸是那样含情。

就在我以为懂了你时，也以为今天是我一生中最美的时候，我用锦衫香粉装点着我的容颜，看我乌发高挽，肤白如雪，十指似葱，双眸剪水，看我用这方水土滋润出的水灵孕育出的才情。今天我就是被这二千多年厚重的历史沉淀所打磨出的一块晶莹美玉。

我来了，就在今天。我在你敞开的怀抱里享受着你给予的一切。我知道我很贪，我更知道你宠我，总用一双慈祥的眼睛爱怜地看着我，任我贪婪地左拥右抱。

今天我还要去湖边看芦苇，想和你一起去很多地方，总之，你就让我任性一回。

就在我为了懂你，为了走近你而一次次脱胎换骨时才明白。原来你是那样的博大厚重。不管何时何地你总是用漂亮清洁的街道，清亮的绿化，闪烁的霓虹随时随地欢迎着我，于是我知足了，我在你的怀里无限深情地笑着。

今天才知道我们的心是那样的贴近，贴近到彼此已不需要跋涉。

爱的风声／郭庆玉　著

母亲的嫁衣

在一个 12 岁少年的心中，"嫁衣"是个什么概念，蕴含着什么样的情感、责任和期盼也许并不太清楚。然而我恰恰是在那样的年龄读懂了它的内涵。

同天下所有的新娘一样，母亲也有自己的嫁衣。母亲的嫁衣是一件唐装夹袄，玫瑰红的织锦缎上一朵朵梅花优雅盛开、韵味绵长，琵琶形的盘扣精巧别致、风情而娴静。

印象中，母亲的嫁衣一直静静地躺在一只桃红色樟木箱中，每年只有在"暴伏"时才露一次面。那个时候我一直在想，注重形象的母亲尽管常常在走亲戚时因找不到合适的衣服而发愁，为什么不穿那件嫁衣呢？每每问起来，母亲总是说，妈都这么一把年纪了，穿得出去吗？母亲的话我自然不信，因为母亲说这话的时候才 30 多岁。

我们曾问过小姑，母亲穿嫁衣时是个什么样子。小姑便描述说，你们的妈妈呀，出嫁时的装扮美若天仙，盖过全村的姑娘媳妇！于是我们便常常在心中勾画母亲穿嫁衣时的俊俏模样。

后来，母亲终究还是被我们要求着穿了一回嫁衣。那天，我参加学校"小学生作文竞赛"获奖回来，适逢母亲正在"暴伏"。大姐同我们密谋一番，便将正在翻晒衣服的母亲团团围住，以奖励我获奖为由，请求母亲为我们穿一次嫁衣。母亲显得颇为意外，一时竟羞红了脸。趁着母亲愣神的当儿，我们一齐动手为母亲装扮起来。当穿着嫁衣的母亲真真实实地站在我们面前时，我们全都欢呼起来，为母亲典雅端庄的气质和超凡脱俗的美丽。

上五年级的时候，古典美突然成为社会新时尚，几乎是一夜之间，"唐装"这块中华瑰宝便如雨后奇葩开满城乡大地。于是已懂得爱美的我做梦都盼着有一件自己的唐装。可是那个时候正是我们家捉襟见肘的时候，奶奶刚刚病故，父亲又身患重病，生活的重担几乎压在母亲一个人的肩上。因此尽管我十分向往却也不好向母亲提出，便打起母亲嫁衣的主意。

一天，我趁家人外出的机会拿出母亲放在箱底的嫁衣，放在身上比试了一番，便不管三七二十一剪下多出的部分，然后将底边折起来草草缝了一下，便以为大功告成，全然不知那样的测量很不准确，也不知道唐装的裁剪很有讲究。因此当我兴冲冲地穿起那件"杰作"时，才惊恐地发现衣服不仅短了一截，而且式样十分滑稽。

闯祸的那段日子是我记事以来最难熬的日子。我既担心事情败露后会惹母亲伤心，受到母亲责罚，又为自己的鲁莽、无知和任性而不安。然而当母亲知道事情的原委后并没有我想象中的"暴风骤雨"，而是抚摸着我的头说"这孩子，有什么心思不能跟妈说，以后可不许啊。"然后摊开那件衣服，根据我的身高体形重新裁剪缝制起来。母亲找出一块紫红色的布料将衣服的下摆接上一块，并将领子和袖口也用紫红色布条包上。两天后，当母亲将缝制好的衣服亲手帮我穿上时，我们惊喜得拍起手来。那件嫁衣经母亲巧妙拼接，竟成了一件十分好看的时装。

穿上梦寐以求的新衣，我像一个骄傲的公主，昂首挺胸地走进小伙伴中间，得意地收获着小伙伴们的惊诧、赞叹和羡慕的目光，心里的那个美呀真是无法形容。可是当我从小姑的口中得知母亲之所以宝贝般地珍藏着那件嫁衣，是因为那是深爱母亲的父亲用卖血的所得换来时，我才明白母亲珍藏的竟是这样的一种情愫，这样的一种感动。才明白年幼无知的我做了怎样的一件错事！从那时起我便在心中暗暗发誓，长大后一定尽其所能弥补我的过失，回报敬爱的父母亲。

怀着愧疚的心情，我终于等来了这一天。然而这个时候，父亲早已去了另一个世界，我只能把对父亲的感激之情全部倾注到母亲身上。拿到第一笔薪水，我特意进了一趟城，为母亲精心挑选了做工精致的唐装棉袄，质料上乘的羊绒大衣，色泽鲜艳的真丝围巾，松软舒适的羊皮棉鞋……当我将所买的衣物一一展示给母亲看，并深情地说出久藏于心的意愿时，母亲却慈爱地说："傻孩子，在父母心里，你们就是天，就是地，就是我们的全部。你们快乐了我们才快乐，你们幸福了我们才幸福。"

前世未修修今生

问时光，一只飞燕今春绕谁家的梁？一缕月光今秋敲何人的小窗？多少思量在时光里似烟云缭绕。

岁月如梭，梦在故乡的田野上游荡。仰古人陶渊明悠然南山，归隐田园。择一处少日焰烤，无寒风扰的寂静山谷，或幽清河边，筑屋垦地，采摘篱下，自炊食饮。享得晨迎一轮曦晖，晚送一缕烟霞的悠然时光。

远离世外纷杂，晨起干干田地农活，听听风鸟轻音，午后慵懒睡睡。休闲时，泡上青色香茗，然后翻翻几页线装素本。读一读人景，吟一吟诗理。忆一忆年少青春，翻一翻情感往事，念起在风起雨后的黄昏。人生是怎样一种光景？

时光转眼，盛世繁花不再，奢华虚浮亦过，俏丽绝色已失，激情烈心终被简约平静替代。旧光里的弄花寻梅，朦胧中的追蝶梦影，所有的飞舞已如花叶般静静飘落。

自此，一觉醒来，人淡忘一些，心平一些，简洁一些，土布裹身，粗茶淡饭，觉有现世的安稳和梦想的静好。

开始欣赏一株不惊不艳的风里蓑草，生于尘间，恪守理道，遵顺宿命，枯荣随缘。开始寻求平和自在的生活，听听望望，走走读读，写写画画，兴奋时也能跳跳唱唱。

或天晴月夜，雨落时分，闲步寂寞水塘，体会折一枝春柳，摘几朵夏荷。或在清宁幽静的江南小巷，摄画一幕黄昏

爱的风声／郭庆玉 著

里的丁香姑娘。世间的安宁平和，在于独自过到无人问津而不觉孤寥。

花期有时，芳芬一度。花落不必多唉息。岁月本如一把锋利的光刀，对所有生命一样。瞬间会刻蚀青春的容颜，同时不断地削去心里的梦想。生命无法永葆青春，你我最终必然一无所有。看看人世，一代走了，一代来了，生命轮回，太像花开花落。

人从哪儿来到哪儿去，茫茫时光，生活过程是寂寞与悲伤，欢颜与喧闹，苦涩与甘甜的混合。半生奔波，百转千回，拥有了灯火阑珊，却依然心不满足。为了碎银，演绎了太多的荒芜和无数伤心的故事。

相逢有缘，缘有因果。万千人世中，与她或他相识！相识了，本有共梦却分道，本是分道却共度。好马盼着伯乐，好茶等待雅士。无奈人世纷扰，来来去去，完美叹缺憾，缺憾求完美。

生在故乡离故乡，老时故乡无故乡。想象中的故乡，多少童年的梦想，在纯净的一张白纸上，本可画写美好的风景，却几经时光的尘烟熏染，多了一处杂乱无序的枯色。

雨菲春芳，叶落秋清。江湖之变太寻常。流水可堵，时光无挡。人各天命，一花刚开，一花已落。绕梁筑巢的春燕悄来，满塘寂寞的夏荷渐开，风里悠然的秋叶飘零，一片山林的冬雪苍茫……

又是一年，浮世纷扰，恩爱情仇，荣辱得失，莫过皆忘。今生种下怎样的因，得来如何的果。生命无论美好痛苦，入世一刻已注定。轻风不语，流水无意。做过的事，心中有过的梦，或永生永世要守口如瓶的秘密，一旦回首，才知心中隐藏过怎样的忧伤?

不过,无论在什么情况下,有一点,肯努力坚持,以温宽善良的心面对一切,不怕艰难,磨砺向前的人,经历风雨苍茫之后,自有获取刻骨到铭心的爱和希望。

动看风卷云舒,静望日升月落。前世未能修好,那就修好今生,为下一轮回,再次相逢。

风中传来一首《来生缘》,寻寻觅觅,在无声无息中消逝……

寒露时节,夜天明净,桂子很香,歌声里,窗外飘起了绵绵雨丝,漫漫,茫茫……

回时光:前世未修修今生,今生修缘向来生。

有味道的月亮

月亮，有形有光，有圆有缺。海水被它牵动得发狂。但你可知道它也是有味道的吗？

不是所有的时候，这月亮都是有味道的。这味道就在每年的八月蓬勃散发。散发到大街小巷，散发到乡村山沟，散发到主妇的灶台，散发到商家的超市。家家户户都闻到。还散发到了你的心里。

越临近中秋，越会思念这月亮带来的特别的味道。

先是一份想念的味道。长期的异地工作，因了王维的那句诗句："每逢佳节倍思亲"的缘故。一进八月，快到月亮圆了的时候，便想着人该团圆了，你便跟着想家里的人了。也想那些特别好的朋友们。越想就越发想他们。

这是一种酸涩微甘的味道。想念时是酸酸的，回忆时有几分清甜。直到想和他们真的聚首在圆月下才心甘。这是月亮送给你的思乡的味道。

再者，是妈妈灶台飘出的味道。中秋前几天，妈妈将那早就准备好的自发酵的面和饼芯，一一摆在灶台边。穿起围裙，开始她每年一次的大表演：子孙饼（糯米做的），芝麻饼，萝卜丝饼，豆沙饼，在妈妈的操作下，在铁锅里翻来烙去，黄了，香了，一种种味道从厨房里扩散出来。

各饼各味道。第一锅出来的饼，你总是迫不及待凑上去先咬一口，那时，打你一巴掌也舍不得丢。麦子的味道夹着素馅的味道真的好吃极了！又因了这饼和月亮一样的圆。你已回到了家。你不光吃到了饼的味道，你更享受到了团圆的味道——那是一种真正幸福的味道！

还有，文化的味道。围绕月亮的文化太多太多。各个时期有各个时期的味道。各位文人有各位文人的味道。于是有了李白的"明月几时有，把酒问青天"的浪漫主义式的天下第一问；于是又有了张九龄的"海上生明月，天涯共此时"的月夜怀远的幽清佳句；于是又有了戴叔伦的"凉月如眉挂柳湾，越中山色镜中看"的春雨山色的描写；于是还有了扬州人张若虚的杰作《春江花月夜》。这是一篇月亮与一湾潮水的文化大餐。更是把月亮的那份好味道供养得心香袅袅。我们不能不赞叹，月亮的味道熏染了我们这个民族团圆的灵魂。

恋人们相约在月光下，男人们身上淡淡的烟草味，女人们身上撩心的香水味，说不够的悄悄话，吐不尽的相思苦，那种有苦有甜迷蒙糊涂掏心掏肺表白的味道，圆月见证了所有饮食男女的味道。还有无法见面，隔着千里万里，电话里诉断肝肠，滴泪成泣，恨爱不成，恨见未能的涩涩的味道，带一份缺憾不能自己。那真不是滋味的味道，总在这一天表演得真真切切。你猜，大概有月老的用意在里面吧。

再有呢，就是商家炒作的味道。夸张的包装；柜台边的吆喝；电视上的"婵娟"；公交车上的靓图。林林总总，你就会联想起月饼的五仁、豆沙、冰皮、果味、香草、玫瑰……的味道。还有硬的和软的口感。种种滋味一起涌上你的心头。你便觉得八月的月亮真好！因为它伴着奇特的味道。

繁华八月，吃着甜香月饼，享受团圆之乐。天上明月高照，人间说说笑笑。千种味万种饼，却不能挡住你想念妈妈做饼的味道。

船

（紫石苑文萃）

高昌 ◆ 著

中国纺织出版社有限公司

图书在版编目（CIP）数据

船／高昌著. --北京：中国纺织出版社有限公司，
2025.7

（紫石苑文萃）

ISBN 978-7-5229-0907-3

Ⅰ．①船… Ⅱ．①高… Ⅲ．①诗集—中国—当代
Ⅳ．①I227

中国国家版本馆CIP数据核字（2023）第164217号

责任编辑：刘桐妍　　责任校对：高　涵　　责任印制：储志伟

中国纺织出版社有限公司出版发行

地址：北京市朝阳区百子湾东里A407号楼　邮政编码：100124

销售电话：010—67004422　传真：010—87155801

http://www.c-textilep.com

中国纺织出版社天猫旗舰店

官方微博 http://weibo.com/2119887771

北京虎彩文化传播有限公司印刷　各地新华书店经销

2025年7月第1版第1次印刷

开本：880×1230　1/32　印张：44.25

字数：741千字　定价：288.00元（全12册）

目　录

船／高昌 著

船／高昌 著

船／高昌 著

船／高昌 著

船／高昌　著

船 / 高昌 著

紫石苑文萃

船

白天顶太阳
晚上披月光
往返岸与岸之间

故乡路

弯弯的小路
长长的思念
常常融入梦

桃花

满树的花蕾
在季节喧闹声中
竞相开放

戈壁石

漠风锻造筋骨
岁月磨光棱角
瀚海深处安家

红柳

扎根戈壁大漠
头顶烈日似火
唱曲豪迈之歌

落霞

谁披的盛装
映红了脸庞
乱游子芳心

沙枣花

抗风沙
顶严寒
奉出浓香一片

曼陀罗

扎根土石间
含笑对苍天
流芳又吐艳

历史

美与丑
善与恶
都记录在案

船／高昌 著

骆驼

瀚海精灵
倔强的身影
亮丽一道风景

驴

个子高不过马
劲头比不过骡
却爱充老大

音量调得高
总是爱跑调
演技称蹩脚

等待

等待的日子
如久旱的土地
期盼雨季的到来

冰花

只要有方地
就会守一个承诺
倾注于一生绽放

秋

是谁的妙手
将赤橙黄绿青蓝紫
点缀在季节的叶脉

船／高昌　著

爱

不仅是儿女情长
而是想您时
心中不可或缺的离伤

思

疯长四季的相思
漫步成交错的藤萝
纠结成网

打捞

抓紧时间的缆绳
将往事——打捞

赞牡丹

之一

莫道人间春来迟
只因牡丹花未开

之二

牡丹园里春色浓
蜂蝶戏耍忘归途

之三

万花丛中亭亭立
色压群芳是牡丹

之四

牡丹园里故事多
凡人从未识牡丹

之五

百花争艳添媚态
唯有牡丹存风骨

之六

宁愿遭贬受冷落
不肯弯腰事权贵

船／高昌 著

回想

回想过去的时光
脑海里充满感叹

雪莲

风雪到来之前
雪山没有花朵

玫瑰

绽开笑脸的玫瑰
散发着缕缕清香

青鸟

青鸟迎晨光飞过
把鲜亮交给大地

月亮

天幕上的明月光
照亮人们的身影

传说

传说如春天的风
带着暖意拂面过

思念

思念从懂事开始
千丝万缕总相随

草原

无论到来和离去
心中都在牵挂你

船 / 高昌 著

清明

无论晴天和雨天
牵动多少人的思念

秧歌队

喜气印在脸上
甜蜜装在心里

海啸

翻江倒海的气势
让人们目瞪口呆

守候

带着浓浓的相思
守候月亮爬上枝头

川江号子

船工哀怨的号子
与浪涛一起共鸣

新娘子

新娘子初次出门
脸上两朵桃花盛开

人生

沿着初定的方向
锁定目标向前进

灵感

在闪念之间
点燃了心灯

船／高昌 著

桃花

春风走漏了消息
羞红了满树桃花

真理

哲理谎言和梦想
过滤后才是真理

行走

只有行走的人
才知征途的艰辛

回忆

回忆是故乡的影子
失掉的是童年的梦

农民工

城市在辛劳中疯长
工棚是温馨的港湾

寻找

挽住千丝万缕
只为寻找知音

回家

夜听子归鸣叫
游子归乡心切

大地

经过历久弥新
迎来春华秋实

船／高昌 著

13

屈原

求索沉入江水
豪情葬身泥土

音乐

奏响的旋律
让人如痴如醉

演戏

会演戏的人
不一定是演员

天使

天使与魔鬼
一个从善
一个作恶

紫石苑文萃

新闻

新闻天天看
天天有新闻

地球

人类处在发展时期
地球变得越来越小

胸怀

敞开得有多大
承受的就有多重

宝石

宝石的光亮
穿越了历史

船／高昌　著

体操

用人体的曲线
完成美的造型

履痕

无论深浅
都很实在

短信

超越时空的电波
将你我载过桥头

朝霞

敢叫每天的日子
像初升时一样红

皱纹

穿越生命历程
记载风雨痕迹

互联网

东南西北任畅游
意如流水常自在

婴儿

你第一声啼哭
感动了父母亲

爱人

你用明亮的身影
缠绵我的一生

情书

月光弹唱的情话
溅起满天的星星

河水

随着岁月流动
荡漾生命旋律

复制

文字无法复制
无情岁月流逝

树林

青青翠翠一片
相互牵手搀扶
共御日月风雨

同学

荡起岁月的双桨
弹起优美的旋律
缘分共聚在一起

煤

深埋地下沉睡千古
燃烧自己造福后人

时间

医治心灵的创伤
时间是唯一良药

路

一条长长的轨迹
守候游子的归来

船／高昌 著

海峡

风云变幻在浪尖
苦了两岸的相思

秋天

大地无私的赏赐
铺满遍地的金黄

清晨

睫毛露珠跌落
遮挡远处风景

夜思

对镜默默沉思
滋生许多念想

夕阳

天空彩色祥云
掠走秋天金黄

柳树

对天千丝万缕
对地封存记忆

网

撒出去的是希望
收回来的是沉重

网恋

翻来覆去的折腾
似季节河水流淌

船／高昌 著

爱神

举起神灯光照
淹没世俗目光

山村

屋顶袅袅炊烟
刺破宁静天空

河水

河水细密的波纹
卷起层层的浪花

膏药

药片大小不重要
贴上有效果才行

月老

长长的红绳
将你我拴连

窗外

窗外的风景真好
那是希望的光照

涟漪

一层一层的涟漪
涌动无限的爱意

砚池

盛满浓墨的砚池
难写对你的相思

船／高昌 著

豆腐

一块洁白的希冀
浓缩所有的畅想

豆浆

盛满碗的豆浆
填饥渴的肚肠

豆芽

吸取充足的养分
让希望成长

雨

雨水从空中坠落
化为透明的泪珠

树

扎根既定目标
奋力直指云天

驼铃

风吹驼铃声声
演奏流泪往事

草原

那片辽阔的土地
供养无数的牛羊

中秋

花好月圆共举杯
丹桂夜里梦香甜

船／高昌 著

超越

超越别人容易
超越自己很难

一滴水

一粒小小的水滴
与大海一起澎湃

发短信

信息虽短情意长
遥祝朋友好运来

爱你

爱你是值得的
胜过爱星星月亮

你是

你是一道风景
亮丽七彩梦想

偶遇

阳光明媚的早晨
采朵艳丽的玫瑰

黄昏恋

黄昏时打马归来
看你对镜贴花黄

失眠

一夜一夜的失眠
看那盏不熄思灯

船／高昌 著

27

写信

写信是庄周梦蝶
释放所有的美丽

茶

芽尖挑亮岁月灯盏
一路拣拾阳光雨露

鸟

你我是两只鸟
一起在枝头筑巢

收藏

青春在心头收藏
渴望每一个黎明

思索

打开想象的双翅
让思潮泛滥成灾

石头

用坚硬包藏
钢铁的心结

心结

你未睡醒之前
决不会说爱你

心扉

一颗滚烫的心
沦陷在你的柔软里

船／高昌　著

沉思

绵长蜿蜒在心头
微笑回荡在脸庞

轮回

爱的轮回没尽头
你我走进一个梦

谎言

美丽的外表下
包藏一颗祸心

谣言

无事生非惹是非
用心邪恶藏祸心

流言

流言蜚语中伤人
源自何方难辨认

相逢

远望人生轨迹
难解相逢心结

相思

相思是一朵玫瑰
绽放浓郁的芳香

相约

和你准时相约
圆一直做的梦

船／高昌 著

相知

如果彼此知根底
何必躲闪费心机

相识

彼此相识缘分定
同船共渡莫迟疑

相遇

偶然相遇即是缘
莫让时光付东流

影子

在地上不言不语
跟着人不离不弃

春

那是去年的桃花
化作今年的春泥

寻

从他人的目光中
找到自己的影子

心病

你飞过的一个眼神
为我种下一块心病

长城

一条封锁线
一设上千年

船／高昌 著

33

运河

人们双手开凿
辛勤汗水汇集

风

躲在暗地里
等候出发时机

雨水

雨水的重量
穿透了屋檐

冲浪

冲到波峰浪尖
方显英雄本色

思念

打马而归的思念
繁茂零落的白发

牧童

牧童的短笛
吹日出日落

戏

戏唱一波又一波
心头一浪高一浪

捡麦穗

捡遗落的麦穗
如拾乡村风景

船／高昌　著

故乡的河

小河弯弯的长长的
流在心头印在脑里

水

流动的分分秒秒
淹没时间彼岸

镜子

对着镜子照
现出另一人

蒲公英

身子扑在低低黄土
眼睛盯住高高天空

老屋

一把旧锁锁住大门
听不见院里鸡鸣

窗花

只只喜鹊贴在窗上
满院遍洒阳光

牵牛花

春色满园关不住
愿将秀色留人间

格桑花

像群星缀在草原
亮丽人们的双眼

船／高昌 著

燕子

燕子叼着一朵云
唤来一个雨季

山火

闪电点一把火
风乘势助威

嘴

因为贪吃心变黑
口无遮拦就伤人

耳朵

为什么长两只
兼听则明偏听则暗

鼻子

要知香与臭
一试就明

人生

人生有两面
是幸与不幸

童年

把阳光揣在怀里
在睡梦中畅游

骗子

为了欺骗他人
被谎言牵着走

船 ／ 高昌 著

期待

期待紫燕传书
打破难耐的寂寞

面具

在诱惑面前
面具最时尚

一棵树

一棵树立于荒野
昭示生命的奇迹

父亲

布满皱纹的脸上
历经岁月的沧桑

春节

鞭炮炸响的夜晚
喜迎多梦的季节

梦

明知不现实
人人喜欢做

黄盖

驰马疆场英雄胆
一心破曹假结怨

人生

人生是条河
连接生与死

船／高昌 著

头发

由黑变白越来越少
岁月消失风里雨里

眼睛

用一生精力聚集
寻人生来龙去脉

坎儿井

深情感动土地
挚爱编织希望

艾丁湖

深沉的目光
在探视何方

交河故城

一艘远航的船舰
历史的航道搁浅

佛塔

时间成为标尺
丈量塔身高度

苏公塔

额敏父子立风向标
昭示对国家的忠诚

烽火台

历史的烽火
世纪的窗口

船 ／ 高昌 著

吐鲁番

你厚重的历史
成就部部传奇

山与雾

山是雾的影子
沐的是潮湿的心

冰

将寒冷融进水中
结成坚硬的盔甲

雪花

轻盈飘扬的雪花
冬天馈赠的礼品

气的解读

战士有勇气
英雄有豪气
王者有霸气

乌鸦

说的好话坏话
没人愿意听

火焰山

激情燃烧
铸就传奇

高昌故城

历史伤痕
不揭也痛

葡萄沟

闻到的是香
品出的是甜

写作

浓烈的爱浇灌每一个句子
用诗歌的语言去追随前人

爱情

站在彼此的岸边
用心灵守望呵护

水鸟

一声清脆的叫声
惊动水中的游鱼

菊花

菊花争相开放
撑开彩色世界

立秋

炎热的云层散去
迎接季节的轮回

甲骨文

血与泪写成的文字
镌刻在坚硬的骨头

作诗

思想的羽翼片片飞落
纸上布满成熟的文字

船／高昌 著

贾岛

花甲任上的主簿
写诗耽搁了行程

楼兰

辉煌成过眼云烟
被历史泥土掩埋

奇石

大自然鬼斧神工
造就一桩桩传奇

萤火虫

忙着为他人照路
自己回家迷了路

七夕

生与死很近
传说更遥远

沉睡

千百年的荒凉
熄灭了的星群

海子

隆隆的列车驰过
丈量诗歌的长度

蛙鸣

万户千家的灯火
昂奋夜间的蛙鸣

船／高昌 著

经济危机

日思夜想回报多多
一梦醒来幻想破灭

风水

好地方一旦确定
抢占的人会很多

握手

握手只是一种表示
不一定都是好朋友

午夜

午夜寒气逼人
松鼠埋头沉睡

闪电

闪电在天空示威
直刺群山幽暗

瘾君子

不停点燃烟头
烟雾飘散成云

秋荷

慢慢收起的绿伞
收拢火热的诗篇

成吉思汗

铁臂挽强弓
壮志抒豪情

船 ／ 高昌 著

陈岑

边关壮士的豪情
铸成最美的诗行

皇上

翻手为云
覆手为雨

阳关

岁月尘土掩埋古道
壮士英魂屹立关头

王昭君

女子的慷慨悲歌
羞煞多少血性男

文成公主

刀枪不能化解的矛盾
可用情感来化解

身份

人的身份有高低
生死面前无区分

鸽哨

鸽子满天飞翔
鸽哨余音悠长

迎春花

带着浓郁的芳香
盛开在喜悦里

船／高昌　著

雪

很轻很软很柔
飘洒的白色精灵

孤独

孤独是一张网
网住失眠的人

竹笋

一块块的皮层下
包裹最初的鲜嫩

秋

庄稼熟了树叶黄了
山川变得五彩缤纷

眼泪

女人的眼泪
击碎男人心

小屋

爬满青藤的小屋
情感结成相思豆

俘虏

心被女人收走
男人成为俘虏

忘情

一尾忘情的鱼儿
义无反顾地咬钩

船 ／ 高昌　著

思恋

爱的列车驶过
思恋成为永远

失恋

冷遇的皮鞭
让灵魂结霜

相聚

相聚的日子很短
想说的话儿很多

情人节

相聚总是在月圆时
充溢玫瑰色的浪漫

摇篮

梦幻在这里生长
岁月在这里搁浅

情书

明月升起的夜晚
将你揉进梦里香甜

等待

情人静候在岸边
等待解揽的渡船

聚焦

聚焦千面镜
专照你一人

船／高昌　著

记忆

花开时节在何处
顷刻之间音讯无

吻

唇齿相连心成圆
心中流蜜梦点燃

夕阳

夕阳的一抹余晖
是朵鲜艳的奇葩

槐花

历久弥新的爱
盛开在五月间

化石

任岁月的风吹雨打
坚硬的骨架不倒

弦月

一弯小小的弦月
钓走无限相思

陨石

一束闪亮的目光
擦亮宇宙的通道

伤感

窗外绵绵的细雨
打湿失落的心境

船／高昌　著

打工妹

怀揣多彩的梦想
渴望能展翅飞翔

牧归

一轮夕阳的余晖
照亮牧群的归程

炊烟

炊烟是远方游子
留在心头的乡愁

入梦

倩影在眼前飘散
种植在相思梦里

五月

五月故事多
看花开花落

魂

孤独的幽灵
在何处安息

脚步

脚步深深脚步浅浅
深深浅浅都是情

土地

只要肯生长
就给扎根的地方

船／高昌　著

渔夫

渔夫垂钓撒网
四季风雨无阻

礁石

风吹浪打
岿然不动

樵夫

斧头砍遍山林
扁担挑动日月

帆

梦中的帆
在眼前时隐时现

水

分散力很小
集中力无比

空气

看不见摸不着
谁也离不开

山路

弯弯曲曲
曲曲弯弯
延伸才有出路

向日葵

为什么笑得那么开心
因为心里充满阳光

船
／
高昌
著

日子

日子是一首歌
充满紫色旋律

桥

一是连接
二是承载

公路

越来越宽越来越长
世界越来越小

谈判

双方缺少诚意
愿望再好也没用

外星人

别找了
是福是祸还不知道呢

稻草

本来没什么
万不得已时
人喜欢抓你

作秀

把作秀当成时尚
心理肯定出问题

拍马

人要是拍马
肯定有所求

船／高昌 著

欲望

欲望疯长的时候
风险也跟着疯长

酒

既能提神又能麻醉
所以招人喜欢

金钱

多少人为了占有你
连自己生命都不顾

诗人

诗人都是怪人
喜欢抛掷热情

台上台下

台上是表演的场所
台下是做事的地方

人前人后

人前满脸堆笑
人后咬牙切齿

宇宙

太大太迷人
让人捉摸不透

冰

水一旦结成冰
便坚硬无比

船 ／ 高昌 著

大与小

大姑娘小媳妇
辈分难辨

笔

好文章坏文章
都是你来写

日记

厚厚堆积的
是日积月累

镜子

照来照去
还是那样

月亮

或缺或圆
都是需要

老人

岁月堆在脸上
年轮刻在心头

长与短

尺有所短寸有所长
长短都有用

高与矮

高并不为贵
矮并非无用

船／高昌 著

困难

想做事的人
碰到的最多

人生

人生如梦
亦假亦真

思念

一根线
越扯越长

汽车

甲壳虫一样
满世界乱跑

死

你越怕
它越欺凌你

污染

一场现代病
躲也躲不开

幸福

想的人太多
得到的人太少

核武器

害怕的人越多
威力就越大

船／高昌　著

高速铁路

为啥跑得快
要的就是速度

恶

恶人之所以恶
是因为邪念重

历史

悠久的历史
要靠人来写

哭

人为什么哭
因为伤透了心

父亲

力可拨千斤
难移爱子心

教师

教师的伟大
在于传智送愚

母爱

母爱太伟大
能包容一切

人类

世界最奇怪的动物
创造文明毁灭文明

船／高昌 著

情

深水一潭
看不见底

圣人

圣人为明白人指明方向
没办法让恶人改邪归正

诚信

在金钱至上的社会
诚信很难找寻

骗子

想尽千方百计
目的引人上钩

小偷

得到的是钱财
失去的是良心

花瓶

做得再好
也是摆设

画家

别的画再值钱
也没自己的好

佛

心中有则有
心中无则无

船 ／ 高昌 著

领导

要的不是人
看重的是权

航标

朝着指引的方向走
不会有危险

奇石

可贵之处
在于奇

墓碑

竖立
是让人惦记

模仿

模仿得再好
都不如原装

习俗

流传效仿得太久
所以很难改变

下棋

一样的阵容
不一样的结局

火山

蓄积得越久
爆发力越强

船 ／ 高昌 著

卫星

飞得很高很远
离不开人的操纵

小心眼

麦芒对针尖
看谁最小

谁牛

宇宙靠人吹
地球有人推
脚踢星星满天飞

信天游

曲曲陕北小调
唱响大江南北

台前幕后

人间的悲喜剧
台前幕后上演

楼兰

流传得太久
故事当然多

锁

只能锁住君子
但锁不住小人

秦始皇

世上的事
难不倒我

船／高昌 著

二人转

一个男人跟一个女人
两人在台上不停地转

骆驼

背上包袱是祖传
没办法卸下来

闯关东

灾害年月的行为
不得已而为之

变脸

台上是一门艺术
台下呢

牛

谁都说我牛
其实最无能

网迷

沉醉其中
欲罢不能欲弃不忍

狗

为主人的一块骨头
感激了一辈子

足球

场上有人是真踢
也有人是假踢

船 / 高昌 著

猫

天天有吃不完的肉
还捉老鼠干什么

鹦鹉

学说人话
逗人开心

演员

戏里戏外
完成角色转换

魔术

花样百出
哪里有真

泉

一旦找到出口
想堵也堵不住

照相

一旦定格
便成永恒

网恋

爱得死去活来
见一次面很难

剑

剑制造出来
就是刺人的

船／高昌 著

拳击

谁最厉害
拳头当家

地雷

千万别惹俺
谁惹俺炸谁

狐狸

谁说太狡猾
与人比差远了

小品

为什么经久不衰
品的就是那个味

紫石苑文萃

名

为了它
多少人明争暗斗

雕刻师

刀砍斧凿
耍的是功夫

玄奘

当年游历各地
是为修得正果

科学

了解的是科学
不了解是迷信

船／高昌　著

足球

天生圆滑
被人踢来踢去

天

想多大有多大
要多大有多大

赌

赌徒性格
愿赌服输

宠物

什么都不重要
只有它受宠

神像

不管怎么折腾
眼睛都不眨一下

老鼠

有猫给望风
咱只管偷

财神

大家都想发财
所以受追捧

狼与狈

相互勾结
天生一对好搭档

船／高昌　著

追求

为满足欲望
多多益善

武松

崇拜的人很多
哪个敢玩真的

德云斋阅文集

（紫石苑文萃）

徐海燕 ◆ 著

中国纺织出版社有限公司

图书在版编目（CIP）数据

德云斋阅文集 / 徐海燕著. --北京：中国纺织出
版社有限公司，2025.7
　　（紫石苑文萃）
　　ISBN 978-7-5229-0907-3

　　Ⅰ. ①德… Ⅱ. ①徐… Ⅲ. ①散文集—中国—当代
Ⅳ. ①I267

中国国家版本馆CIP数据核字（2023）第164065号

责任编辑：刘桐妍　　责任校对：高　涵　　责任印制：储志伟

中国纺织出版社有限公司出版发行
地址：北京市朝阳区百子湾东里A407号楼　邮政编码：100124
销售电话：010—67004422　传真：010—87155801
http://www.c-textilep.com
中国纺织出版社天猫旗舰店
官方微博 http://weibo.com/2119887771
北京虎彩文化传播有限公司印刷　各地新华书店经销
2025年7月第1版第1次印刷
开本：880×1230　1/32　印张：44.25
字数：741千字　定价：288.00元（全12册）

目　录

德云斋阅文集／徐海燕　著

布兰卡

　　拥有越多的人越不会满足,越是贫乏的人反而越容易知足,他们对生活的要求微乎其微,一个小小的愿望达成便能幸福很长一段时间。正如马东所说:

　　心里有很多苦的人,只要一点甜就能填满了。

　　生活越简单就越能体会到快乐,越是生活在底层越是能珍视善良。

　　意大利小众高分片《布兰卡》就让人看了从悲凉中感知温暖,于绝望里看见人性的光芒,在底层人物对生存渴盼的缝隙中体会人生。这部影片主要以主人公布兰卡的经历展开叙述,讲述了她在"买"妈妈的历程所遭遇的人和事。10 岁的孤儿布兰卡因为在街边看到一个明星收养孤儿的新闻,产生了花 3 万比索买个妈妈的强烈愿望。

　　布兰卡"买"妈妈的路途中遇见了同是被遗弃的两个孤儿、想帮助他们的餐厅老板、想卖了她的"皮条客"以及街边的"生意女",尝尽了人间冷暖的布兰卡最终选择了留在卖艺老人的身边,因为老人教会了她热爱生活,在每一个慈爱的笑容里给她亲人般的温暖。

　　我认为,布兰卡最终选择留在卖艺老人的身边,说明了她学会珍惜所拥有的,不再为求而不得的母爱而放逐自我。她因此对生活更加感恩和知足。

以下部分，我将从三个阶段分析布兰卡的心路变化过程，以及在寻找母爱的路上所遭遇的善意，是如何为她的成长历程起了良性的推动作用。

一、第一阶段踏上寻找"母爱"之路：布兰卡孤独渴望亲情，卖艺老人的关怀让她感受到了温暖

一大一小，一老一少，虽然彼此是个陌生人，但正是因为孤独与对爱的渴望，让他们走在一起，结伴而行。老人让布兰卡有生以来第一次感受到亲人般的关爱。

布兰卡自小被父母遗弃，自己从小靠在街头偷东西而混日。这天，她所在的那条破烂街上来了一个瞎眼的弹琴爷爷皮特，布兰卡把口袋里的仅有的几个硬币丢进了他脚下的烂罐子里，可是到了第二天，她却又偷偷地跑去把所有的硬币偷走。

布兰卡在街头的一家小卖店里看新闻，有个明星收养了几个孤儿，看着她和孩子们开心地玩耍，她第一次无比渴望有个妈妈。她问店老板说，买一个妈妈要多少钱，对方答非所问地敷衍着：大概，3万比索吧（约5万人民币）。布兰卡便开始筹划着如何弄到这笔钱，于是想着先对皮特下手。

在这个阶段，生存的艰难令这个不到10岁的女孩过早地体验到了人生的无奈和残酷，她唯有选择伤害别人来成全自己，但皮特接下来给她温柔地上了人间第一课，令她感受到爱的同时有了是非观念的萌芽。

皮特慈爱地对她说：你拿去吧，给我留点明天早上吃饭的钱就可以。布兰卡感到很惭愧，很快跟他成为忘年交。次日，巡逻的警察要赶皮特走，布兰卡便决定带着老人离开，

去寻找一个能"买"到妈妈的地方。

一场萍水相逢的爷孙情将布兰卡和皮特紧紧地连在一起，布兰卡贪玩，一会跑远了，一会又远远落在后面，不管什么时候，只要听不到布兰卡在身边，皮特就会站在原地等她，直到布兰卡跑过来拉着他的手，他才放心地走下去。

一路上，老人安静地跟着布兰卡一直走，大多数时候都是沉默不语，微笑着静静地倾听着布兰达所有的声响，听着她欢呼、奔跑，要是有谁欺负她，老人第一时间将她紧紧护在身后，扬着一张沧桑的脸，恐惧而又无畏地迎着未知的危险。

在我看来，这两个特殊的组合，一前一后的"爷孙"俩的背影，既悲凉又温馨。悲的是偌大的一个世界，却没有一个可供他们安身的家，而在悲苦的岁月里身边有人一路相伴，紧紧相依相偎，这何尝不是人间一大幸事，更是另一种温馨的爷孙情。

悲苦的人更能懂得给予需要的人温暖，因为懂得所以慈悲，因为贫乏，所以更愿意给予，因为周遭不公，所以更渴望善良。

美国有一个小哥 Johal 在街头做过一个测试：

趁一个流浪汉睡着的时候，塞给他 100 美元。流浪汉醒后惊喜不已，感谢完上帝，接着给自己买了枕头和食物回来。这时，Johal 又扮成一个女儿得了重病的父亲出现在流浪汉面前，流浪汉马上跑去商店把物品退了，拿着 100 美元跑回来塞给 Johal，并说："你看起来比我更需要这笔钱。"

或许，平凡的人总是能带来更多的感动，所谓英雄不一定要轰轰烈烈，更多的是处处为他人着想，舍了自己成全他人，把自己渴望的贡献给更需要的人。在困难下，这些看似微不足道的小利，却是他们用尽全力给予这个世界的善良。

那接下来，两颗同样是流浪的心又会碰撞出怎样的火花，他们的经历还能带给我们什么样的思考呢？

二、第二阶段"积极融进与体会生活"：布兰卡在皮特的鼓励下唱起了歌谣，被请去店里驻唱，两人的生活态度都因此开始转变

"同是天涯沦落人，相逢何必曾相识"，两个孤独漂泊的人的因为彼此的关怀而萌发了血浓于水一样的亲情，两人都开始积极融入生活，体会当下的美好。

布兰卡到处张贴"买"妈妈的广告，却遭到了众人的嘲笑，地方"小霸王"劳尔和小跟班塞巴斯蒂安也在想方设法赶她走。受挫的布兰卡待在老人皮特的身边无精打采，皮特感觉到了她的情绪低落，便鼓励她一起唱首歌，布兰达慢慢地唱了起来，歌声清脆优美：

路边有一栋小屋，纸板和垃圾砌成，当月亮哭泣，天空下雨，小屋慢慢被冲走，但若我们勇敢，屋子会慢慢飘浮起来，就像彩虹，海中一艘船，鱼儿会加入我们的旅程，溅起的每朵水花都是待实现的梦。

附近餐厅的一个老板非常欣赏布兰卡的歌声，也想帮助这对可怜的"爷孙"俩，于是提出请他们到店里唱歌，包食宿，还有工钱。这让布兰卡欣喜若狂，因为赚钱有门，"买"妈妈的愿望又更近了一步。

无论遭遇什么困难，人生跌入低谷，身边也总会有美丽的风景，那就是和你同处黑暗处的人投来的关切目光，他们仍愿意将仅有的温暖传递给你。生活就是这样，就算再失意也会给你留下一处可以窥见阳光和鲜花的空隙。

布兰卡的歌声为老板招来了不少生意，老板非常高兴，有意要留他们继续做下去，可是店里的小伙计为了赶走他们，诬蔑布兰卡偷店里的钱。老板非常痛心布兰卡的"忘恩负义"，一气之下把他们赶出了店门，爷孙俩又恢复了街头流浪的日子。

老人皮特波澜不惊，岁月的沧桑早就把他打磨得刀枪不入，再大的痛苦也能承受，但却非常心疼布兰卡，担心她吃不好，睡不好，皮特动了把她送进孤儿院的想法，可是布兰卡仍然很执着着要给自己"买"一个妈妈信念。

其实，老人皮特眼瞎心不瞎，几十年的苦难生活给了他一颗善良的心，在地狱里活成了人间天使，他沉静而智慧，他心疼布兰卡，也因为他更能感受到无家可归的悲惨，他想给她更多的温暖和爱，但是自己年老体衰，除了一副宽阔温暖的胸襟什么也给不了。

在几米的漫画中有这样一段话：

我掉入井中，最深的绝望时，却抬头看到了满满的星光。

生活总是给我们接二连三的困难，让我们疲劳绝望，但是换个姿态来看待，你会发现，即使身处绝望，你的周围还是会有最美的风景。

善良的付出从来都不是单向的，皮特的善令布兰卡有了依靠，虽然有时他很无力，但足以照亮布兰卡黑暗的少年生活，在寻觅的路上有依靠、有牵挂。布兰卡同时也给了皮特前所未有的快乐，令他有生以来第一次享受到了天伦之乐。

至此，不管是布兰卡，还是老人皮特，两人的生活态度都开始慢慢发生转变，变得更加积极乐观，开始体会到生活的美好与人间的温情，开始回归与关注当下的生活体验。

三、第三阶段"放弃找妈妈，却找回自我"：经历了诸多磨难，布兰卡终于明白皮特就像家人，当下的生活就是她想要的生活

"众里寻他千百度，蓦然回首，那人就在灯火阑珊处"。经历了种种艰辛，两颗一开始还很陌生又冰冷的心开始感受到被人关怀的温情。尤其是布兰卡，她渐渐放下了找妈妈的执念，开始专注于当下的美好。

布兰卡满世界贴广告"买"妈妈，善良的人看了只是莞尔一笑，一个居心叵测的女人却找到了空子想骗走布兰卡，把她卖到妓院。正当女人数着钱时，布兰卡发现不对劲，于是拼命逃走。

逃出来的布兰卡想去找皮特，却发现已经和他走散了，布兰卡只好跑到街头小混混劳尔安身的天台上，但劳尔却转身跑去带那个女人过来，他要把布兰卡卖掉。

人生很苦，因为命运总不会让你每一件事都如愿，但它也很公平，不可能让任何人生只剩绝望。再苦也有乐，再好也会遭遇挫折，人生活在这个世界必须要懂得：人生很苦，只有傻傻地熬才能领略到更多美好的风景。

塞巴斯蒂安带着皮特及时赶来了，但是，劳尔气势汹汹，他们三个合起来都不是对手，皮特只能紧紧地将布兰卡

抱在怀里。塞巴斯蒂安跪下来求劳尔放过布兰卡，劳尔经过一番思想挣扎后，最终还是放走了布兰卡。

布兰卡哭着让皮特把她送去孤儿院，可却在当天晚上光着脚拼命地向着皮特卖艺的公园方向奔跑，此时此刻，她才真正明白，老人皮特才是她寻寻觅觅的"家人"。

晏殊《浣溪沙》中有句词："满目山河空念远，落花风雨更伤春，不如怜取眼前人。"要珍惜眼前人，不要等到失去了才悔恨当初的不珍惜。与其不断追逐，不如好好看看身边的人，感受一下自己拥有的，人生只有懂得珍惜才能真正懂得幸福的含义。

四、基于布兰卡从一开始决心找到妈妈到最后放弃执念，回归当下的前后艰辛历程，结合我的生活经验，谈谈几点思考

整个影片里出现的人物多是生活在底层，其中还有穿着暴露的"站街女"，在布兰卡受到欺负时挺身而出，在皮特需要帮助时，放下"生意"带着他满大街寻找走失的布兰卡。

他们都活得很苦，过着被人唾弃的生活，却仍然充满热情地活着，他们不是弱者，而是生活的英雄。由此，我谈谈三点自己对生活的新思考：

1. 生活再苦，也要保持善良，这个世界也终将对你温柔以待

布兰达的童真善良，老人皮特的慈爱还有餐厅老板、站街女、劳尔、塞巴斯蒂安等人的帮助，看似没有很实在的回

7

报，但是他们人性上的光芒却温暖了彼此，在不如意的人生阶段中成为一个耀眼的小插曲。

爱出者爱返，恶出者也终会被恶反噬，舍勿处疑，恩不图报。哲学家也曾说过：

善心这两字中，包括了别人所说的一切，因为有着善心的人，对于自己，能自安自足，能去做一切适宜的事，对于他人，他则是一个良好的侣伴，可亲的朋友。

善能带给自己心安，会让你正确地选择想做的事，从而提高成功的概率，越善良越容易与社会相处，很多看似困难的事也能够寻求到更好的解决办法。

2. 处于低谷时，积极发现周围人的善意和温暖，给自己力量走出泥潭

老人皮特遭遇了几十年的苦难，处处被人唾弃、驱赶，但他从未抱怨过，脸上的笑容温润而从容。他虽然看不见，但心却很细腻，他能感受到来自陌生人的关切和帮助，哪怕每天从早到晚坐在街边拉琴，罐子里只有一些零碎的硬币，他仍然感谢上帝、感谢世人没有抛弃他，让他得以在世上存活。

曾看过这样一则故事：

一位姑娘点餐时，遇上一名流浪汉，并聊起了天。姑娘认真且耐心地听完了流浪汉所有的故事：没有父亲，母亲过世，吸毒遭受歧视等。

离开前，流浪汉给了她一张纸条："我本想在今天结束生命，但因为遇见你，我现在不想了，谢谢你，美丽的人。"

人世处处有风景，活着就能感受到美好，见证更多的可能。困苦的时候，不要把内心紧紧封闭起来，只有将心灵之

窗打开才能让阳光照射进来。困苦迷失时，找人聊聊，伤心失望时，多到外面走走，这个世界并不只是你一个人，学着把心放开一些，生活也就豁亮了。

3. 幸福不是权倾朝野，不是锦衣玉食，而是放慢脚步体会当下的幸福

布兰卡被父母遗弃，全靠偷东西度日，她不知道幸福是什么，或许也早就忘了有母亲是什么感觉的，当她在电视上看到女明星和收养的孩子们快乐地玩耍，她强烈地渴望也有一个"妈妈"能拥抱自己，陪在身边。

她不知道妈妈的爱应该是与生俱来的，以为"妈妈"像所有能买到的东西一样，只要付出足够的钱就能拥有。布兰卡对爱的强烈渴望，从侧面反映了她生活的凄苦，同时也警醒人们：珍惜拥有的，你所忽视的，正是很多人所渴求的。

摩西奶奶有句话，我很喜欢：

真正地爱自己，不是去牺牲掉所有的时间和精力，去打拼什么辉煌的未来，而是在当下，努力去做自己喜欢做的和有趣的事情，让自己的内心充盈着喜悦，让现在的每一天，都以自己喜爱的方式度过。

只有为自己真正活过的人生才不会留有遗憾，外在的浮华和不断追觅满足的欲望，有些时候可能只是为了得到别人对你的认可，而未让生命变得更有意义。历经千帆，终将明白，此生心安之处是吾家。

小结

前面说到，很多人认为《布兰卡》是个"找妈妈"的

电影，我觉得这是个"找回自己"的电影。在对亲情的急切渴望与寻找的过程中，布兰卡却意外从皮特身上体会到了亲情的温暖。两人彼此关怀，孤独且干涸的内心开始渐渐丰盈。

在这个过程中，布兰卡也终于明白自己要找的"亲情与美好"，其实就是当下自己正在经历与感受的东西。回归当下，感受美好，这或许才是这部电影给我们的最大的价值与启发。

出发吧，凯莉

　　这是一部在《豆瓣》上没有评分却被认为是必看的美国小众好片，给人以极强的情感冲击，无论是对当下社会中的大人还是孩子都有极其深远的教育意义。影片以凯莉父亲的回忆展开记叙，充满了对亡女深情的爱，以及对生活的感恩。看到这个故事的人无不为之落泪，凯莉短暂而精彩的一生给予亲人和朋友巨大的生活能量，鼓舞着他们持续热情、善良地生活着。

　　凯莉从小就是一个充满爱和活力的女孩，她热烈地追求一切想要的事物，生活对她来说就像一个盒子，永远都有探不完的宝藏。在她初中快毕业的某一天，一次球场上发生的意外使她被医院检查出患了一种怪病——贝敦氏病。这是一种无法治愈的绝症，随着癫痫发作的频繁、视力的逐渐丧失、身体机能慢慢弱化，凯莉将快速走向死亡。

　　身边所有的人都知道凯莉是一个慢慢被黄土埋上胸口的人，但她却仍然快乐而活跃、向往着美丽的爱情、活力四射的球赛，以及能随意驰骋的驾驶。在生命的最后三年，她像向日葵一样灿烂而热烈地绽放，用爱和乐观感染着身边每一个人，令他们不但感受到了活着的美好，也都学会了善良和给予。

　　用凯莉父亲的话说：

她只活了 16 年，但所做的事比我们活 80 年还要有意义。

接下来，让我们一起进入影片，见证凯莉短暂而绚丽的一生，从她生命中几个重要时刻解读她为什么能带给身边人能量，令所有人都感受到温暖和爱，也对她慷慨地给予善意。

一、遭遇欺凌，不是以牙还牙，而是用爱去包容和化解，凯莉像天使总有办法照耀每一个阴暗面

凯莉可能不是一个令父母怜爱的孩子，人们多半会将捣蛋、窝里横、不正经等词汇放在她身上。她会趁着母亲不注意，跑到驾驶座上过一把开车瘾，吓得后座的妹妹拼命呼救；才 4 岁就开始给喜欢的男生写"情书"，会躲在背后吓他一跳，然后拼命逃走……父亲说她是个魔童，然而，她却给家人和朋友带去无尽的快乐。

评判一个人的性格好坏其实没有唯一的标准，如果一定要说有，那就应该是要看他是否给别人带来快乐和善意。凯莉就是这样一个可爱得让人发疯的小女孩。丝毫不会掩饰自己，大胆而热烈，长大一点，当她懂得了人性便开始逐渐收敛了些锋芒，只是仍然浑身充满活力，凡事替别人着想。

小凯莉在一次踢足球的比赛中由于表现太出色，遭到了对手队员中的一个小女孩的故意挑衅，甚至用力拉扯她的辫子。场外的父亲看了很着急也很生气，他让凯莉反击，找机会报复她，凯莉却一脸童真地问：

为什么不用爱包容呢？

由于太急于求成，那个欺负凯莉的小女孩被别的小朋友撞倒摔伤，凯莉迈着坚定的步子走上前，父亲看了心里一阵安慰：她终于开窍了，趁此机会上前教训这个可恶的小家伙一顿。

然而，她却张开怀抱，紧紧抱着那个欺负她的孩子，轻声细语地安慰着。这个原本像个小刺猬一样的小伙伴立刻卸去了所有盔甲，眼神里都洋溢着笑意。

善良像一束光，照进心田就能把阴暗面都照亮。影片中设置的这一个小插曲，看似是小孩子间的一点摩擦，但通过将父亲看待问题的眼光和处理方式，与小凯莉的言行做对比，映衬了她骨子里的善良。在另一个层面，也为后来凯莉病后失明、动作和语言变得迟钝却从未被同伴嫌弃和讥笑，作了前景铺垫。

正因为凯莉天性善良，不曾与人为敌，所以她赢得了身边所有人的爱，即便命运对她是苛刻的，让这个概率堪比天上掉馅饼的罕见绝症降落在她的身上，可她却没有因此埋怨过。也正是她的善良令她对生命有更深一层深刻的理解，成就了她短暂而绚丽的一生。

二、逐渐失去身体机能的凯莉成为一名啦啦队员，当所有人都有各种理由在训练时找借口怠工，她用执着告诉大家：任何理由都阻挡不了对梦想的追求

凯莉和父母一起参加学校运动会，此时她的眼睛只能感受到一点微弱的光，完全不可能观看赛事，但她却是全场最热烈的观众。当听到啦啦队的呼声，她执着拐杖摸索着跨过

德云斋阅文集／徐海燕 著

围栏跑到场地内大声喊着球队的名字为其加油。原本人心散漫的女子啦啦队被她的热情和笑脸感染了，很受鼓舞。

事后，啦啦队长应队员们的要求，邀请凯莉成为啦啦队员，将一个盲人吸收为啦啦队员这看起来很是不可思议，但身边所有的同学都为她感到兴奋，这不但是凯莉的梦想，在她们看来，因为有她的加入，这个啦啦队才有了活力。

女作家斯特朗曾说："与其诅咒黑暗，不如点燃蜡烛。"

命运不幸的安排打了凯莉及其父母一个措手不及，原本应该属于她的大把美好时光却被无尽的黑暗和伤痛笼罩着，这是何其的不公！凯莉却更愿意将身边的人用爱和希望点亮，即使她看不到，但也能真实感受到它的回馈。

啦啦队员在一次成功的演出后，热情并未持续太久，不断有人找各种借口不参加训练，队长让她们说出理由。每个人都有各种奇葩的缘由，但唯独凯莉一人坦言，自己没有任何困难，可以持续按时训练，因为她爱她们，爱啦啦队里的每一个活动。一句话令在场所有的人都感到羞愧，同时被她的执着和认真感动得热泪盈眶。

或许只有真正懂得生命的不易，感觉到它的飞逝，才会珍惜每一寸能为梦想奋斗的时光吧。没有经历过生死和病痛，总以为还有大把的时光可挥霍，谁都以为死亡和疾病只会光顾别人，却在浪费的光阴里一点点接近生命的终点而不自知。

转眼间，高中生活即将结束了，而凯莉的生命也进入了倒计时，她此时已经虚弱得连抬起头的力气都没有。她的父母按照的她的意愿，用轮椅带她去参加毕业前最后一次演出，她被绑在椅子上，随着音乐的拍子，偶尔吃力地慢慢举起手中的彩球，艰难地完成人生最后一次演出。当掌声热烈地响起，所有人脸上都挂满了泪水。

我认为，凯莉为着梦想坚守到生命的最后一刻，这是一个只有16年生命的女孩用她烟花绽放般的热烈给予人们最大的鼓舞。如果有梦想就去追求吧，哪怕它很遥远，当你清楚地知道自己想要什么时，一定不要放过每一个有可能实现的机遇，这便是人生最大的价值所在。

三、为与心仪的男生一起赴舞会，凯莉穿上了最美的裙子，对爱情的向往和对生活的热爱令她赢得了倾心的爱慕

像所有青春期的姑娘一样，凯莉渴望与英俊而优秀的男生接触，每次妹妹安娜去参加舞会，她都会坐在门口等，好让妹妹回来跟她说说舞会里遇到哪些男生。每当这时，姐妹俩都会发出一连串兴奋的尖叫声，这是她最快乐的时光。

在一次课堂上，她听到班上一位男同学回答问题时非常有个性，因此爱上了这个叫杰登的男生。她确定杰登就是此生想要的那个"男朋友"，她在心里热烈地追寻着有关他一切的声迹，不断地在家人面前谈论心目中他，甚至到了着迷的地步。

追求爱的本性并未因为自己身体上的不便而受到克制，凯莉因爱而快乐，因梦想而热烈。影片以一个女孩对爱情的热烈向往，展示了她内心对美的渴望，对生活的热爱。通过她极具感染力的快乐、兴奋来传达她顽强而热情的生命力。

凯莉在妹妹安娜的鼓励下，一同跑到杰登的家给他送出一份精心特制的邀请函。善良的杰登和家人都很欣赏凯莉坚

强的意志力，他西装革履，带着一束美丽的鲜花前去应邀。凯莉的父亲打开门迎接了杰登，他对凯莉的父亲由衷地说："你女儿非常优秀！"

当杰登和凯莉相拥着走进舞池时，凯莉满含羞涩，幸福的红晕为她装点成迷人的红妆，她像所有恋爱中的女孩一样幸福，哪怕她此时已无法看清对面这个朝夕惦念的男孩，究竟长得怎么样。

快乐像泉水，感染着身边的每一个人，正当所有人都为她的不幸而感到悲伤、难过时，她却用尽情的欢笑和不停追逐的脚步，告诉你，她很好，生命虽然在快速消耗，但却仍然热烈。凯莉给身边人带来的永远是快乐，任何一个在她身边的人都能被感染到。

就像刘同在《你的孤独，虽败犹荣》里说的那句话：你的脸上云淡风轻，谁也不知道你的牙咬得有多紧；你走路带着风，谁也不知道你膝盖上仍有曾摔伤的淤青；你笑得没心没肺，没人知道你哭起来只能无声落泪。

一个才上高中的女孩，已然深深体会到了生命的无常，品尝到了不为人知的辛酸和无奈，但她选择了把快乐和幸福带给身边的人，自己咬紧牙关，努力让短暂的一生绽放出最灿烂的花朵。

如你所见，影片展现了凯莉对待生活的态度，用心追求，不让生命留遗憾。对自己热爱的一切，不放任但也不强求，只管认真对待；就算生命只剩下最后一天，也要快乐地度过每一分每一秒，无怨无悔。这是整个影片给予我们的最大启示，也是凯莉用短暂的一生为人们创造的精神食粮。

四、凯莉短暂却精彩无憾的一生给人们留下几点深刻的生命感悟

影片的开头和结尾都是以凯莉父亲的梦境呈现，其实意在传达一名父亲从女儿身上感受到的生命哲理和对人生的深层解读，同时也表达了父亲对凯莉的惦念和骄傲之情。而作为观众的我，一次次擦干为凯莉流下的感动的泪水后，得出以下几点感悟：

1. 知道自己想要什么，不管有什么困难都应该努力去追求

患病后的凯莉没有因此辍学，她努力学习盲文，积极参加一切力所能及的体育活动，还企图说服妈妈让她抽时间去学习驾驶，虽然最终没有得到父母的同意。不能再踢球，凯莉就想做一个啦啦队员，最终她的热情打动了啦啦队长被特招进队。对喜欢的男生没有躲闪，而选择了主动，最终赢得心仪男生的爱慕。

梦想的实现总要经过许多磨难，需要用足够的汗水和勇气才能浇灌，许多人总是在梦想的门外徘徊，还未开始追求就已经被预想到的各种困难吓跑。

希望能升职加薪，但看看身后那些整日加班加点，拼命搏出位的同事，便自动选择"隐退"，自我安慰道：做一个混吃等死的人或许才是生存之道；有心仪的人，希望能接近对方，但想想自己自身有限的条件，生怕被看不起，便不敢表露，因此抱恨终生……

人生有太多的未知，也正因为如此，才更加精彩，凯莉用实际行动告诉我们：无憾的人生不是所有梦想都能实现，而是

曾经为此努力过。

2. 生活有苦有甜，用心感受美好，活着的每一天都应该是甜的

想到自己很快就要与这个可爱的人世隔绝了，感受自己一点一点"死去"，这种恐惧一定也曾一度在凯莉心中盘踞。她却选择了扩大快乐，借以驱赶恐惧，不自怨自艾也不流连痛苦，用心感受每一个美好瞬间。她知道自己不可能经历恋爱的美好阶段，但却丝毫不避讳谈爱，每一个帅气有活力的男生都是她愿意靠近的对象，每一次舞会和演出她都感觉是一次神的恩宠。

凯莉和海伦一样有着坚强的意志，也同样拥有一颗感恩生活的心。海伦曾在《假如给我三天光明》里写道：在能看见的第一天下午，我将到森林里进行一次远足，让我的眼睛陶醉在自然界的美丽之中，在几小时内，拼命吸取那经常展现在视力正常人面前的光辉灿烂的广阔奇观。

在我看来，生活的质量不在于长度，而是宽度，有质量的生命是感受每一个当下，即便不能经历所有一切渴求的阶段，但不错过每一个感受快乐和幸福的时刻，活好比活过更有意义和价值。所以，在有生的每一天，尽情快乐，享受每一个拥有的时光才叫活得好。

3. 人生是一面镜子，你对别人的态度就是你眼中的世界

整个影片看下来，你会发现，这里全是好人，没有一个人对不幸的凯莉有过歧视，都给予了她无比的宽容和倾力帮助，凯莉所到之处都是欢笑伴着泪水。导演意在通过描绘这样一幕，暗示全民向善的良好社会风气，但从另一种层面解

读，你会发现这其实包含着一条十分深刻的人生哲理。

英国作家萨克雷有句名言：生活是一面镜子，你对它笑，它就对你笑；你对它哭，它也对你哭。

你付出的善良一定会以生活的一种形式反馈给你，所谓爱出者爱返，恶出者恶返，一个一心为己，不惜伤害一切的人是不可能收获善良的。你对待生活的态度和对待别人的态度，便是你所处的生活环境、你眼中的世界。

小结

凯莉短暂的一生没有机会留下更多的丰功伟绩，但她用其最诚挚的生活态度和善良、坚强向我们展示了生命的真正含义：活着只有用心才能活好，生命的质量不在于长度，而是宽度。希望凯莉的故事能对你有所启示，在有生之年尽力追求你想要的一切，给予身边的人善良和快乐，一生无怨无悔。

德云斋阅文集／徐海燕　著

楚辞

两千多年前的九州大地，有一个叫刘邦的帝王，他对楚文化喜爱到了痴迷的地步，他令所有人穿楚服、唱楚歌、看楚舞，自己也沉浸其中。相传，刘邦成为汉朝开国皇帝之后，有一次平息叛乱归来的途中，路过故乡江苏沛县，便在沛宫大摆酒席，和父老乡亲一起庆功。酒足饭饱时，刘邦击筑而歌，即兴创作了那首被后世流传千百年的著名诗歌《大风歌》。就这样，当时并不流行的楚文化，在汉高祖刘邦的引领下，开始演变成为一种文化潮流。

《楚辞》是由西汉国家图书馆馆长刘向将屈原、宋玉、景差、东方朔等人作品选辑成集，主要作品来自屈原，其他作品因为都是效仿他的文体而一起被录入。所以，楚辞一般被大家认为是以屈原为代表的、战国诗人们创作的一种文体。另外，在某种意义上，楚辞又是屈原、宋玉等人作品的专称。

其中，屈原的代表作《离骚》最为经典，《楚辞》因此又被称为"骚体诗"，与《诗经》并称为"风骚"。到了汉武帝时期，由于汉武帝对楚辞也颇为喜爱，许多大臣都因为擅长讲解楚辞而得到重用，于是，民间留下了一个"武帝爱骚"的美谈。

汉武帝年间，楚国大臣越来越多，楚人的政治势力也因此越发强大起来。楚辞这种原本只是战国时期的地方性文化，便自然而然成了楚国文化的主流，并最终占据了一定的文学地位。《楚辞》被誉为"中国第一部浪漫主义诗歌"，开创了诗歌领域的浪漫主义美学传统，后世的许多名家传世之作都受其影响至深。

《楚辞》以方言声韵为基调，借描写楚地的山川人物、地域文化、神话传说等，抒发诗人爱国情怀。格调热情奔放，极富想象力，与《诗经》淳朴的四言体诗相比，楚辞的句式显得较为活泼。因为楚辞的不少句子中掺杂了大量的楚国方言，为它的节奏和韵律都增添了不少特色，所以，楚辞无论是吟唱还是诵读，都朗朗上口，同时也使作者内心复杂而丰富的感情一览无余。

盛唐时期，《楚辞》传入日本，16 世纪传入欧洲，19 世纪后，《楚辞》便引起世界各国的阅读潮流，被译成了多个国家的语言，许多国家也相继出版了研究《楚辞》的大量著作，《楚辞》成为国际汉学界的研究热点。

好了，接下来，让我们一起进入楚辞的绝美诗境，我将从三个方面和大家一起跟随屈原等人的史诗长篇，领略其爱国情怀，浅析其中美学。

第一方面：从楚怀王的灭亡史浅析《离骚》，探索香草、美人骚体文学，熏陶一代风骚人物高洁情操。

第二方面：从经典四篇章赏析后人学者屈骚文体风，体现东汉时期知识分子对其崇敬之态，揭示爱国忠臣报国无门的困境。

第三方面：从两大文学体裁先河赏析楚辞宏大意境，以司马相如、曹丕为例，探讨其深远影响。

首先，我们开始第一部分内容：从楚怀王的灭亡史浅析

《离骚》，探索香草、美人骚体文学，熏陶一代风骚人物高洁情操。

读《楚辞》前，不得不先了解一下它的领军人物屈原。那他是什么人呢？看看他在《离骚》中是怎么介绍自己的："帝高阳之苗裔兮，朕皇考曰伯庸。"意思是：我是远祖高阳氏的后裔，我父亲的名字叫伯庸。高阳氏是传说中的远古五帝之一，屈家是高阳子孙中的一支，受封于楚地，子孙后代传到楚武王熊通的时候，他儿子熊瑕被封在"屈"这个地方，他的后代就以"屈"为姓氏。所以，屈原是楚王本家的皇亲贵族。

屈原开篇就将自己尊贵的身份先抛出来，然后又说："我出生于寅年寅月，也就是虎年的虎月，呱呱落地之后，父亲见我气度不凡就给我起名正则，字灵均。"这个名和字合在一起的意思，就是说他会成为一个上可安天，下可安地，于国于家都有用的非凡人才。就算隔着千百年，人们也能从屈原的文字中感受他骄傲和张扬的个性。这和儒学倡导的谦卑有着天壤之别，也是楚辞的基调，热情奔放有朝气。

对于屈原的名字，《史记》中有着不同的记载，其中记载屈原名平，字原。王逸《楚辞章句》中有注曰："高平曰原，故父伯庸名我为平以法天，字我为原以法地。"和这里屈原自述的名和字都不一样，但是在意义上却有相通的地方，都是认为屈原从出生起就被赋予能够做出大事业的伟人般的名字。

果不其然，成年后的屈原满腹才华，胸怀大志，备受楚怀王赏识。他主张对内举贤能，修明法度等方案，希望能使楚国富强，可惜，楚怀王后来听信小人谗言不但不实施，反而将屈原流放到汉北。

顷襄王二十一年，秦国大将白起带兵南下，攻破楚国国都，楚国败亡，屈原悲愤绝望，以死明志，投身汨罗江。屈原被流放时，他在汨罗江畔的玉笥山，写下了千古佳作《离骚》，成为我国古代最长的政治抒情诗。诗中充满了爱国激情和忧愁愤懑。

《离骚》作为诗歌来说，它的篇幅其实有点长，两千多字，内容非常丰富，屈原在诗中建立了规模宏大的美学世界，可上天入地、也可穿越古今、尽情地驰骋仙境和人间。

全文结构内容大体可以分为三部分：第一部分是回顾往事，描写家世出身，和政治抱负，抒发屈原被楚怀王流放疏远的痛苦，同时也表达了他对理想的执着追求。第二部分是以一名女子的劝说为远行契机，叙述屈原上天仙游想拜访仙人却屡次吃闭门羹，到处求见美女却寻而不得。勾勒出他不懈追求美好政治理想的艰辛足迹，却又接连遭受破灭的残酷事实。第三部分记叙了屈原在各种打压下，仍然不断追求理想，他问卜占卦，求助各路神仙，本想听从神的旨意神游远方，但因为对故国的强烈眷恋，让他不忍离去，展示了其内心复杂的痛苦心情。

其实，《离骚》叙述的故事并不复杂，主要体现了其丰富的精神内涵。屈原的爱国主义精神令无数有志之士为之动容。整个春秋战国时代是一个巨变的时代，中原诸国长期战乱纷纷，人们国家意识淡薄。而屈原一心为国却屡遭小人谗言陷害，但他将自己的处境置之度外，每天思考的都是国家的兴亡。即使被流放，即使没有人理解他，也绝不改初衷，对君国之心"虽九死其犹未悔"，就算九死一生也不曾有过任何悔意。

令人可悲可叹的是，屈原生前追随的两位君主，楚怀王和顷襄王都不是明君，都受奸佞小人蒙蔽，听不进去屈原那样的直言相谏。屈原苦苦劝君王远小人，亲贤能，但无奈，朝中官员都向奸臣之流看齐，真正的能人贤士成了被排挤、被迫害的对象。虽然如此，屈原仍然坚决不同流合污，"众人皆醉我独醒，举世皆浊我独清。"就算全天下的人全浑浊，他也要一个人保持清白。"宁溘死以流亡兮，余不忍为此态也。"就算是死也绝不会妥协。

为了保持这种高洁情操，屈原不断自我进修内美，也就是注重自我修行，让内心保持美好品质，不让险恶的世道或肮脏的东西污染自己的美德。于是，屈原不断种植香草"余既滋兰之九畹兮，又树蕙之百亩"，还经常浑身佩戴各种香草"纫秋兰以为佩"，甚至把香草缝进衣服里"制芰荷以为衣兮，集芙蓉以为裳"。不仅如此，就连平时的饮食也对修身念念不忘"朝饮木兰之坠露兮，夕餐秋菊之落英"。就算这样，屈原还时刻担心自己做得不够好"老冉冉其将至兮，恐修名之不立"。这样的修行法，一定很苦吧？屈原却一点不觉得苦，而是自得其乐"民生各有所乐兮，余独好修以为常"。

从屈原描写自己不断进修内美的句子中，我们认识了一大批香草名字，据有人统计，《离骚》中出现的香草有 18 种之多，比如：木兰、芰荷、杜衡、江离、兰芷、申椒、秋兰、荃蕙等，都是香草名。这些缤纷的香花美草，象征着屈原内心对美好事物的喜爱和追求，同时也用来自喻其道德修养和高洁品格。

除了这一连串的仙草，屈原还喜欢用"美人"来比作君主或像自己这样的贤臣，比如诗句："惟草木之零落兮，恐美人之迟暮""众女嫉余之蛾眉兮，谣诼谓余以善淫"等。这里的"美人"，并不是指漂亮的女人，而是象征明君，或贤臣，屈原有时用来自比。继承了《诗经》的"香草美人"的表达方式，意思是借用香草、美人抒发作者追求美好品质的感情。"香草美人"的比兴方式，在一定程度上为诗歌增添了浪漫主义色彩，历代文人也相继沿袭了这种写作技艺。

屈原是中国历史上第一位伟大的爱国诗人，同时也是中国浪漫主义文学的奠基人，"楚辞"的创立者和代表作者，他被后世誉为"中华诗祖""辞赋之祖"。屈原引领的"骚体文学"在一定程度上标志着中国诗歌进入了一个创新的时代。他的主要代表作还有《九歌》《九章》《天问》等。以屈原作品为主体的《楚辞》是中国浪漫主义文学的源头之一，后世的诗歌、散文、小说创作都或多或少受到《楚辞》的影响。

接下来，我们进入第二部分内容：从经典四篇章赏析后人学者屈骚文体风，体现东汉时期知识分子对其崇敬之态，揭示爱国忠臣报国无门的困境。

楚辞的兴起不仅源于后来学者对屈原文采的追崇，他的爱国主义情怀亦是爱国知识分子的精神食粮。屈原以身殉国后，世人纷纷为其鸣不平，于是文坛涌现了大量仿照《离骚》写法的诗歌。

其中以屈原的学生宋玉最为突出，宋玉的代表作《九辩》是继《离骚》之后又一首自叙性长篇抒情诗。作品的背景仍旧是楚国末期，将其衰败的社会现象通过叙经历、叹遭际、抒情志，以悲秋、思君为主题，刻画得入木三分。

这篇作品中有两大亮点，其中秋景的描绘脍炙人口，成为后世的学习典范，诗人有伤春悲秋的传统也源于此诗中"悲哉秋之为气也！萧瑟兮草木摇落而变衰。"比如，汉武帝的《秋风辞》、曹植《秋思赋》等，都是在这句诗里汲取语源和灵感的。

另外，宋玉这首诗词中不少遣词造句都隐约可见屈原的影子，这足以说明宋玉的文字和屈原是一脉相传，水乳交融的。比如《九辩》中的"圜凿而方枘兮，吾固知其鉏铻而难入。"是从《离骚》"不量凿而枘兮"和"何方圜之能周兮"这两句发展而来。

不少学者认为西汉文学家王褒是继屈原、宋玉之后楚辞的继作者，其实，他也是汉代著名的楚辞家之一。他的一组作品《九怀》是其中的代表性，内容是以屈原遭遇为主线，抒发缅怀之情。作品描绘了现实社会的一些丑陋现象，抨击现实社会污浊混乱，黑白颠倒，而君主又分不清小人和贤臣。之后便是满怀着忧国忧民之情远离他乡，为了能找到解救国家的良策，主人公不惜上天入地，向仙人讨教。但是，人一旦远离了故乡，心中又惦念着故土亲人，放心不下正在水深火热的国家，只能忍受忧愤心绪的折磨，无法排解。整个情节几乎和屈原在《离骚》中自述的一样。从宏观上看，《九怀》中的九篇作品，结构基本是相似的，但情节篇章跌宕有致，诚笃的爱国思想，和包罗万象的神游描绘相结合，也各有特色。

《楚辞》的收录者刘向也为屈原写了一组作品，刘向和屈原的遭遇很是相似，他在汉宣帝、汉元帝时也曾得到过重用，后来，被权贵打压，两次下狱，前后被废十余年，直到汉成帝时才重新被录用。

了解了刘向的背景，再读他的作品《九叹》就更能理解了。这篇作品的创作动机是什么呢？据王逸在《楚辞章句》中说："追念屈原忠信之节，故作之。叹者，伤也，息也。"也就是说，"叹"表示感伤，是"叹息"的意思。作品主要是用屈原第一人称的口吻叙述和感慨他在政治上的遭遇，表达了作者对屈原忠君爱国，却被贬流放，最后殉身报国的悲愤。

可以说《九叹》中的末篇《九叹·远游》是这组作品的巅峰之作，运用浪漫主义的写法，描述了屈原上天入地的神游，将其"欲与天地参寿兮，与日月而比荣"的思想展示得淋漓尽致，更加深刻地揭露了屈原追求真理的执着精神。

《九思》则是王逸继王褒《九怀》、刘向《九叹》之后所作，王逸称"逸与屈原，同土同国，悼伤之情，与凡有异。窃慕向褒之风，作颂一篇，号曰《九思》，以裨其辞。"意思是：都是一个国家的人，自己对屈原的敬慕之心一点也不比别人少，因此也要用作品歌颂一下。这组作品主要围绕着一虚一实两条主线，虚线是指屈原被流放时的愤懑不平，进而升华为对国君、时事、国家命运的担忧和关注，最后坚守报国理想，追求实现自我价值；实线是指楚国末期历史发展变化，从楚王听信小人谗言，疏远贤人能士，直到国破家亡。

这一虚一实，写尽了屈原不幸的遭遇，以及作为一个报国无门的爱国人士的痛苦和挣扎，同时也反映了那个时代所有正直之士的普遍处境。这组作品也模仿了屈骚体的想象，比喻以及象征的手法，给读者带来无限遐想。诗篇通过将理想和现实不停变换，突出强烈对比，折射出主人公非常矛盾的痛苦心理，将屈原内心"痛苦无人听"和悲愤难平的复杂情感描写得异常生动。

如果你稍微对比一下，就会发现，王逸的《九思》其实有很多地方是借鉴了刘向的《九叹》。比如，《九思》中的《逢尤》和《九叹》中的首篇《逢纷》在结构和内容上都很相似，当然，他们都统一模仿屈原的"骚体"结构，都喜欢用香草、美人、美玉比喻良臣，或自比。这也体现了东汉时期的知识分子对屈原普遍的崇敬之态。

好，现在进入第三部分内容：从两大文学体裁先河赏析楚辞宏大意境，以司马相如、曹丕为例，探讨其深远影响。

有一句诗词，我们经常会脱口而出"前不见古人，后不见来者"，它是出自陈子昂的《登幽州台歌》："前不见古人，后不见来者。念天地之悠悠，独怆然而涕下。"你不知道的是，其实这句诗的遣词造句是从《楚辞·远游》中的"惟天地之无穷兮，哀人生之长勤。往者余弗及兮，来者吾不闻"演化而来。

《楚辞·远游》被不少学者认为是屈原自沉汨罗江前的殉身寓言，比如，屈复在《楚辞新集注》中说："《远游》，寓言也。自沉汨罗，即是远游。远游之乐，即是自沉之乐。"从这个角度上来分析，那"远游"也就是"仙游"的意思了。

再看一下它的内容，从一开始就描绘了诗人想飞天去远处周游的愿望，羡慕古人能得道升天，无奈自己区区一肉身升天无门，只好神游"神倏忽而不反兮，形枯槁而独留。"灵魂远去不复返，只留下枯槁的肉身坚守这一片故土。

诗人通过想象的仙游见闻，表达了对丑陋社会现象的谴责，向往纯真美好天上人间的追求。这种文学体裁开创了后世文人写作"游仙诗"的先河。其中司马相如的《大人赋》就深受其影响。

其实，到了西汉时期，楚文化已然成为西汉的主体文化，楚歌楚调在这个时期风靡一时，所以才涌现如此多的诗人学者崇尚楚辞，模仿屈原的"骚体"辞赋。另外，中国文学史上还有位重量级人物，他的作品也深受屈原的楚辞所影响，他就是蒲松龄，《聊斋志异》是我国第一部抒情文言文小说，因此一大特色，成就了它流传万世的经典盛名。我们可以从《聊斋志异》中每一篇的首尾都能找到"异史氏曰"，这和"太史公曰"是如出一辙，同时也有借此抒发心中苦闷的妙用。

还有一个挺有意思的文学传承，文人骚客都纷纷效仿屈原寄美好的事或人，于美人、美玉之中，对其情有所钟。蒲松龄的苦乐辛酸也都投在了花妖鬼狐身上，并寄以世间所有美德。这也是受屈原"香草美人"的影响，正如蒲松龄在《聊斋自志》所言："披萝带荔，三闾氏感而为《骚》。"坦承自己很多灵感和构思都源自屈原的楚辞之中。

我国文学史上第一首文人咏物诗，你知道是哪一篇吗？答案是屈原的一篇早期作品《橘颂》，它开创了后世咏物诗的先河。也就是说在他之前，还没有一首诗是借赞颂植物品质来称赞某一种美好品质，表面是写物，实际是喻人。

这可以从曹丕的《典论·论文》中得到验证："如粲之《初征》《登楼》《槐赋》《征思》；斡之《玄猿》《漏卮》《圆扇》《橘赋》，虽张、蔡不过也。"说明了咏物赋在东汉后期之后，就开始慢慢兴起，文人对咏物的题材更加关注了。"橘"的忠贞、坚毅品性被越来越多的文人借喻和追崇。晋人郭璞在《山海经·中山经图赞》中赞颂"橘"的品质："厥苞橘柚，奇者维甘。朱实金鲜，叶蒨翠蓝。灵均是咏，以为美谈。"

"橘"的一切美誉皆因《橘颂》而来，屈原在诗中由衷感叹"后皇嘉树，橘徕服兮，受命不迁，生南国兮。"这株后土皇天的美好橘树天生适合南方这片辽阔的大地，它根植于深处，任谁也无法迁移。这不正是屈原那份即使被贬流放，仍然不忘故土，不改尽忠报国之心的信念吗？

这哪是橘树啊，分明是一个舍身报国的爱国志士。你再看它，"精色内白，类任道兮。纷缊宜修，姱而不丑兮。"外表鲜丽，内心纯洁美好，就像一个肩负重任的君子，修饰得那么得当，美丽得没有一点瑕疵。

在屈原众多作品中，比较有争议的是这首《惜往日》，因为作品的语气好像和以前的作品有点不同，加上文辞略微浅显，被伍子胥、吴汝纶等人怀疑不是屈原所写。但是，最后都因为没有充足的理由证明，也就作罢了。

《惜往日》的格调比屈原其他作品消沉，字里行间弥漫着绝望的气息。"临沅湘之玄渊兮，遂自忍而沉流？卒没身而绝名兮，惜壅君之不昭。"走近沅湘这个深渊，难道应该就此忍心自沉江流了吗？最后结果是人死了，声誉也没有了，只是可惜君王仍旧还被小人蒙蔽，没有一点觉悟之心。

根据诗中的内容，专家学者们推测《惜往日》是屈原临终前的作品，但是不是绝笔，却有不同的看法。比如林云铭就认为《怀沙》才是屈原的绝笔，而王夫之又说《悲回风》才是绝笔。

那认为《惜往日》是绝笔的依据又是什么呢？陆侃如、郭沫若等人指出，从文中这句"宁溘死而流亡兮，恐祸殃之有再，不毕辞而赴渊兮，惜壅君之不识。"便可推断本篇为绝命辞。真相到底如何？唯恐只有天上的仙人和那永恒的汨罗江才知晓吧。

好了，本书的精华内容就与你分享完毕了，我们最后总结一下：我们首先了解了屈原的生活、创作背景，结合楚国灭亡史一起分析了屈原传世之作《离骚》的主要内容，及其写作基调。探索香草、美人骚体文学，熏陶一代风骚人物高洁情操。

接着，通过解析屈原学生宋玉，以及西汉著名诗人王褒、刘向、王逸的作品，感受楚辞文化在西汉时期的热度。从几位大家的遣词造句中体会"骚体"魅力，揭露东汉时期知识分子对屈原的崇敬之态，同时也展现爱国忠臣报国无门的困境。

最后，从《楚辞·远游》《橘颂》两篇作品追寻"仙游诗""咏物诗"两大文学体裁先河，赏析楚辞宏大意境，以司马相如、曹丕、蒲松龄为例，探讨其深远影响。

那以屈原带火起来的《楚辞》对后世的影响到底有多大？

《楚辞》对后世文学的贡献是毋庸置疑的，但同时，屈原也给后人留下无尽的遗憾，西汉大家贾谊称："怪屈原以彼其材，游诸侯，何国不容，而自令若是。"意思是屈原要是用自己的才能去为别的国家效力，一定会被重用，就不至于落得这样的下场了。

第四只手

　　这个书名让人看了有点摸不着头脑，直到看完全书的最后一个字，掩卷遐思才能慢慢领悟："第四只手"实则是指人的理想和正义，是自我救赎后的重生。

　　这完全符合美国小说家约翰·欧文的冷幽默风格。约翰·欧文被称为"狄更斯再世"，他擅用写实主义的手法，编织一幅幅纷繁复杂的现实图景，故事扣人心弦，你永远猜不透结局。

　　从小说篇幅和内容来看，这本书的主人公是一个叫沃林福德的新闻记者，他虽有一颗善良的心，但生活放浪形骸，做人毫无原则。他在一次采访时被狮子吃掉了右手，在偶然的情况下得到一次新手移植的机会，从而结识了"新手"主人的妻子，最后和她组成家庭，结束混乱的私人生活，实现灵魂上的自我救赎。

　　但推动整个故事发展的不单是人性的复杂和故事的跌宕，其间另外两个男人也起了至关作用。这三个身份背景、社会地位以及生命状态完全不同的男人，实际上是三种男人群体的代表。随着沃林福德左手失去、得到、又失去的情节推动，三种男人的形态也逐一展现在读者面前。

　　接下来，让我们一起进入约翰·欧文经典作品《第四只手》，解读以三个男人为代表的群体应该如何实现自我救赎，有如残肢得以重生。

一、沃林福德，当经历灾难和人性的考验过后才懂得：舍去看似热闹纷呈的人生，一切自我救赎离不了脚跟落地的简朴

在别人眼里，沃林福德是个才能高于成就的失败者，没有特立独行的自信，然而这只是表面，事实上，他是个浪荡到骨子里的花花公子。凭着帅气的外表，他总能吸引不少异性，即便在婚后，每出一次差都不会错过一段艳遇，不仅如此，连整个办公室的女人也都不会放过，除了一个叫玛丽的女子。

作者约翰·欧文在小说的开头就用了大量的笔墨和几个轻松诙谐的"艳遇"故事把沃林福德的工作、生活、情感现状真实地展现在读者面前，虽有着体面的工作，灵魂却空虚无助。而导致这种情况一直没有得到改善的原因是沃林福德对诱惑不拒绝，对工作不尽心，对自己放任的生活态度。具体表现在两个方面：

1. 内心反感新闻行业的虚假和冷漠却仍一味跟风

沃林福德就职的 24 小时新闻电视台，以消遣别人的灾难、不幸来提高收视率，是一群看热闹不嫌大的家伙。他们只关心现场是否死人，死得惨不惨、离不离奇，完全不顾那些灾难受害者背后的艰辛和无奈。

如果不死人，现场不够惨烈，即便是记者本人亲眼看见了柏林墙倒塌也未必能成为新闻。沃林福德内心对这种行业水准和道德，曾几次三番提出过质疑，但都被上司以"收视率就是命"的理由反驳。他很清楚，如果不按公司的标准采用和报道，将饭碗不保，因此很快就停止了异议，跟风而毫无道德底线地继续消费人们的灾难。

生活让他一度失去自我，一点点丧失原则，而不想改变的原因是这份工作太舒适，不但有颇丰的报酬，还有源源不断的艳遇。沃林福德不愿以牺牲浪荡生活作为代价来捍卫心中的信仰，这便是他一直向欲望深渊不断滑去的动力。

2. 私生活混乱令其麻烦缠身，却仍不收敛、不拒绝

妻子因他永远也停不了的出轨而离婚，走马灯似的"女友"多半也是相互消遣，但公司的年轻女化妆师安琪和那个颇有心计的美女玛丽却差点令他或身败名裂或"横尸街头"。

安琪的家人扬言要肢解了沃林福德，一个接一个威胁电话打进来，而此时他脑子里想的却是如何去向另外一个女人求婚；玛丽以"借腹生子"的理由引诱了他，他也乐得做了个顺水人情，却掉进了她早已设计好的坑，让他很快卷铺盖走人。

每一个诱惑的背后都有不为人知的危险，而贪婪的人往往就是那个最容易中计的猎物。沃林福德最可悲的是永远都被欲望牵着鼻子走，还常以成功者自诩，内心却是越发地空虚，好像一个快要在毫无节制的欲池里溺毙的人，连一根救命稻草都捞不着。

然而，上帝对沃林福德是恩宠的。他在一次采访中被狮子咬断了手，他并未因此失去工作，还遇到了"新手"主人的妻子多丽丝，一个踏实居家的女子，她随着"新手"的到来赋予了沃林福德新的生命形态：一群充满爱和自律、感恩的家人，天使般的儿子，懂生活又不被其所牵制的美丽妻子。

故事的最后，沃林福德在多丽丝的引领下抛去身后的莺歌燕舞和消耗良知的工作，飞到美国北边的一个美丽小镇过着质朴而单调的日子。一代风流的残疾新闻主播就此消失，在他的残肢上却悄然长出象征着新生的"第四只手"。

二、耶扎克，在对孩子和病人的救赎中重新获得自我，只有舍去封闭的舒适才能获得更广阔的天空

耶扎克一心想着在肢体移植医学领域上有一番成就，那个被全国喻为"狮子人"的灾难记者沃林福德是他要移植的目标。他本身就是个轰动全国的灾难性新闻：一个常年采访报道灾难新闻的记者突然有一天在全国镜头面前直播把手伸进狮子笼里被咬断的真实灾难。如果能成为美国第一例肢体移植成功的案例，必将赢得全世界瞩目。

他的理想似乎是无可厚非的，而这却是约翰·欧文的冷幽默开场，一个终日想在领域上获得成就的医生，生性孤僻、离群索居，在婚姻和生活上一团糟，最后救赎他的却不是那个举世瞩目的手术，而是一条狗和一个粗俗的女佣。

跟前妻离婚后，耶扎克的个性越发怪异，除了冰冻胡萝卜，别的什么都不吃，最爱做的事是拿着棒球棒去河边把岸上的狗屎往河里飞掷。为了和6岁的儿子建立父子感情，每隔两个星期在得到前妻的允许下，把他接回家里全天候陪伴。身边所有的同事都以看他的笑话为乐，没有一个可交心，他只沉浸在自己和儿子的世界。

把自己过成一个荒岛，表面上看好像是沉浸在其中，而内心却是空洞的，这种近似变态的自我恰恰是迷失的真实表现。另外，在工作上过分突出，急功近利，不但会引起同行的嫉妒，自己的专业判断也将会大打折扣。

帮沃林福德成功移植手，长达半年之后才出现排斥反应，期间，并未像耶扎克所渴求的那样，人们没有因此给他更多的掌声，他们的注意力全都被捐献者的妻子吸引住了。

这种让人啼笑皆非的黑色幽默，令人在无奈之余，不得不鼓起勇气去面对人性的黑暗面。

前妻为了进一步摧毁耶扎克，挑唆他们父子间的感情，硬塞了条最让人无法接受的狗给他。这条狗又老又丑还喜欢乱吃东西，尤其酷爱吞咽自己的大便。事实却完全出乎前妻的意料之外，天性善良的耶扎克细心照料着这条老狗，儿子也因此跟他越发亲近，这一幕幕亲情也感动了家里那个原本粗俗不堪的女佣，她爱上了男主人，为其做了许多改变。

人类作为社会性的动物，天生就具有五大需求：第一是连接；第二是独立自主；第三是追求价值感；第四是获得安全感；第五是具有爱的能力。耶扎克强烈的爱的能力积攒到一定的时候便蓄满了自救和救人的能力。

紫石苑文萃

耶扎克最终收获了一个全新的家，听话懂事的儿子，还有一个善良而体贴的妻子，还将成为一对双胞胎的父亲。他是小说的中的一条隐线，也借着沃林福德的残肢得以重生，舍去了自我封闭的舒适，突破的阵痛过后迎来新生活。

三、奥托，以生命的终结完成了灵魂上的自我救赎，却把残缺和痛苦留给了家人，用性命换来的是坠入深渊的毁灭

他是沃林福德新手的捐赠者，一个安分守己的啤酒运输工，有一个美丽的妻子，夫妻恩爱，但十多年来仍没有自己的孩子。为了照顾他的自尊，周围的人都心照不宣地隐瞒他不育的真相。在一个大雪纷飞的深夜，他所喜欢的橄榄球队输了，他独自一人被滞留在运货车里，悲剧就发生在那个夜晚。

那个早已不是秘密的秘密压在奥托的心里，令他感觉到窒息，但又无法挣脱，他无法给予妻子真正的幸福，他感觉自己像个罪人一样存在着，而此时的妻子正因流感躺在家里。他想，要不是妻子把患流感的呕吐误以为是怀孕，他们不会空欢喜，而后又是掉入深渊般的痛苦，他可能还能再假装一段时间。

可这晚，输掉的球赛、等不来的出租车，令他把痛苦无限放大，万分痛苦下他结束了自己的生命。

奥托用终结生命的方式并不能真正获得自我救赎，这是自我毁灭。作者约翰·欧文没有进行说教式的描述，而是用了一系列的讽刺幽默对奥托死后，家人和妻子生活的描写：

妻子忙不迭跟沃林福德发生了关系，孩子出生后管那个人叫爸爸，他们还在他用血汗钱买来的度假屋里回味当年属于他和妻子的浪漫；他的父母和家人把对他的爱转移到了沃林福德身上，他所有的朋友都被沃林福德照顾有加。

总之，他用尽毕生积攒的一切，包括那只曾经陪伴他几十年的左手，全都让那个陌生男人坐享其成了。人的一生总会有诸多的不如意，任何一个人哪怕表面看起来有多么顺风顺水，背地里都会有或多或少无法逾越的困苦。它们就像残缺的肢体，不去过多在意，也照样能生活，如把此看成是心头之痛，便有可能会痛苦到因此自寻短见。

四、从三个男人身上看到三种人群的生命形态，因此引发的人生感悟和思考

美国知名小说家约翰·欧文将这篇小说进行了黑色幽默

处理，故事情节把控得非常恰当，紧扣人心弦，跌宕起伏，三个男人的形象跃然纸上。而小说的深远意义在于通过三个男人将三种人生形态展现得淋漓尽致。小说的精彩之处令人捧腹或扼腕，但最后留给读者的思考往往更让人触动。

三个男人身上体现的三种人群的生活形态，从婚姻、事业、人生方面给人以启示和思考：

1. 背负的太多，不管是名利还是风花雪月，总归是累赘，只有舍去欲望才不会沉沦

在所有人的眼里，那个灾难新闻台的记者沃林福德应该算是生活的宠儿，有体面的工作，艳遇不断，人生如此夫复何求？然而，正因为背负太多，他迷失了自己，一方面沉迷于现状，一方面又想突破思想的困境，如若不是那场灾难令他失去了左手，多丽丝和她那充满烟火味的生活气息把他带回到"人间"，可能到死他也不会得到真正的快乐和幸福。

洪应明在奇书《菜根谭》中写道：人只一念贪私，便销刚为柔，塞智为昏，变恩为惨，染洁为污，坏了一生人品，故古人以不贪为宝，所以度越一生。

世人皆有贪欲，人的一生之中，都不可避免地受到贪欲的考验。贪婪的可怕之处，不仅在于它能摧毁有形的东西，还在于它能搅乱我们的内心世界。拥有越多时就会想拥有更多，而这浮于表面的东西却永远也无法填补内心的黑洞。

山下英子在《断舍离》中写道：不管东西有多贵，有多稀有，能够按照自己是否需要来判断的人才够强大。

舍去贪欲，丢掉生命中多余的附属物品，看似是风光不再，实则是给生命减负，脚跟落地，进入人间烟火，人的精神和灵魂才能得到充盈，不容易被环境和情绪牵扯人生。

2. 走向光明的第一步是要突破自我，张开怀抱才能拥抱更广阔的天空

在医生耶扎克的眼里，不管是前妻还是周围的同事和朋友都是自己以外的，他只关心他的儿子和能令他找到成就感的事业。在他看来，哪怕挥舞着棒球棒把狗屎打入河中，都比去关心他们中任何一个更有意义。他孤独而自私地活着，就连美食和美女都无法引起他的兴趣。而讽刺的是，最后令他过上幸福生活的却是那个让他使唤了两年，专门在家做着"捡狗屎"工作的女佣。

这让我想起一个故事：

一颗老鹰的蛋，掉到了鸡窝里，没过多久孵化出了小鹰。鹰觉得自己是一只小鸡，于是和同伴一起吃虫子、咯咯叫，只能半跑半飞个几尺高，一直过着鸡的生活，直到年长。

一天，这只老鹰看到天空飞翔的老鹰惊艳的雄姿，羡慕不已，却接受了自己是鸡，只属于地面的现实，最终以鸡的身份结束了一生。

很多人就像这只一辈子没有飞向天空的老鹰，如果不对自身的精彩、本性有所觉知，那么永远都不会飞。有些人不愿走出自我，可能有一部分原因是对自己没信心，又或是对这个世界充满芥蒂，以为只有紧紧抱住自己的双臂就没有人能伤害到自己，殊不知，这同时也失去更多本该拥有的东西。

3. 人生没有捷径，只有笨笨地熬，再难也要站直身子做回个人

啤酒运送工奥托的命运确实不太好，结婚十几年都没能拥有一个小宝贝，再加上自己钟爱的球队又输了比赛，寒冷

的冬夜又被困货车不能回家，这一连串的不如意化成了一颗穿过他脸蛋的子弹。

一切在思想上化不开的悲剧都来源于本人将困难扩大化，把所有感触的细微都放大几十甚至上百倍，生命中其余的幸运和精彩被这团乌云给掩盖住了。人要学会从不同的角度去解读不如意之事，人到中年不但要有"得之我幸、失之我命"的豁然，也要拥有化解困苦的智慧。

人生实苦，该怎么过？导演楚原，在香港金像奖颁奖礼上给出答案：任何人，无论你昨天多风光，无论你昨天多失意，明天天亮的时候，你一样要起身做回个人，继续生活下去，因为明天总比昨天好，这就是人生。

其实，过好一生没有什么技巧，就是笨笨地熬，即使冬天再长，也会有迎来春天的一天，约翰·欧文在文中有一句非常经典的话：生命本身就是个笑话，死亡是最后一次插科打诨。把生命里所遇到的困难都当作是一个黑色冷幽默，一笑而过，当看透了生命的本质，还能再有什么想不通的呢。

小结

作者在嬉笑怒骂中不知不觉给读者们上了一堂人生哲理课，他告诫人们，活着不能有贪念，贪图安稳、贪图情色、贪图富贵的下场就是变成一个被欲望摆布的空心人。自我救赎的本质是舍去，只有还原生命于本色，就会活得真实而幸福。不管遇到什么困难，只要天不塌，就一定要有活下去的勇气。愿你在漫漫人生路中，即便生活不那么如意，也能拥有随时在"残肢"上长出"第四只手"的信念！

过把瘾就死

20世纪末，电视剧《渴望》红遍了大江南北，每到播出时间，街上行人寥寥，全都守在电视机旁看这部剧，据说，那段时间全国的犯罪率好像都下降了！

《渴望》是由作家王朔的《刘慧芳》改编，至今仍为中国史上影响最广的一部电视剧，无可超越。之后，王朔的其他小说也相继被改编成电影，每一部都深受老百姓欢迎。其中《过把瘾就死》虽然只有8集，却让观众直喊上头、过瘾，触动了很多人心中的"雷区"。

那些年，由王朔小说改编成的电影养活了不少导演，也成就了许多电影明星。圈内人将1988年称为"王朔年"，他俨然成了京圈的中心，就连冯小刚至今见他都恭敬地称一声"朔爷"。

王朔1958年出生在江苏省，随父母来到北京的军区大院。18岁之前的王朔是大院里的混世魔王，众人眼中的坏孩子。好不容易混到高中毕业，被父亲扔进军队磨炼，退伍后学人经商，赔得一塌糊涂。

有一天，王朔偶然看到了一篇文章，心想：就这玩意儿，我也能写啊。他便开始试着写小说。没想到，这一写，成就了他繁花似锦的灿烂人生。

27岁前，王朔的"痞子文学"并没有得到大众的认可，所谓"痞子文学"是因其塑造的主人公多为油嘴滑舌，痞里痞气的社会青年而得名。

《过把瘾就死》叙述了一个怀才不遇的男子和一个视爱情如生命的女子，两人平凡而真实的婚姻生活。沿袭了王朔一贯的"痞子文学"风格，幽默风趣，生动形象，令人在捧腹间不自觉审视自己的人生。

接下来，我将用三部分内容和你分享这本书的精华：

第一部分：一个朋友的离奇死亡成就一段纠缠不清的婚姻，爱到极致的结局缘何是恨入骨髓？

第二部分：杀妻劳改犯的眼泪和警告无法改变结局，悲剧的源头是否只存在于原生家庭的土壤里？

第三部分：刀架在脖子上的婚姻不比各自精彩来得潇洒，人生不过是一场自我上瘾的过程！

首先，让我们进入第一部分内容：一个朋友的离奇死亡成就一段纠缠不清的婚姻，爱到极致的结局缘何是恨入骨髓？

一天夜里，好友吴林栋带着他的女朋友杜梅来找方言，三人翻墙溜进公园，准备在那个带跳台的标准游泳池里畅游。只是，他们怎么也没想到，游泳池里竟然没有水，悲剧就发生在一瞬间。第一个跳下去的是吴林栋，他一跃而下，紧接着是肉体拍摔在坚硬水泥地面上的闷响和短促的惨叫。

吴林栋在这个猝不及防的夜晚，摔死在抽干了水的游泳池。侥幸逃过一劫的杜梅和方言在吴林栋死后不久恋爱了，并很快领了结婚证。这个速度让他们自己都觉得不可思议，在领证的当天，两人都兴趣索然，好像少了点什么，又好像一切都发生在梦中。

他们一人拿着一本结婚证，站在马路上吵了一架，杜梅觉得方言那张提不起兴趣的脸分明是给自己看的。她哭着吵着要方言表决心，不然就立马转身进民政局离婚。好面子且自尊心强的方言觉得在马路上吵架挺丢人的，只好低声下气地再三保证。

这场风波表面上是过了，可在杜梅心里就像插上了一根刺，时不时就会钻心地痛，一痛就忍不住跟方言大闹。杜梅的闹是翻天覆地的，是决绝的，每一次都像要把日子过到头似的。她先是抽抽搭搭地哭，然后是上气不接下气，往死里哭，常常一哭就是大半天，让方言不胜其烦，但又不得不硬着头皮一次次哄她，否则她真有可能把自己给哭死。

杜梅不光哭，还闹，总爱吃一些莫名其妙的醋，比如新婚后几天，她的几个女同事来宿舍玩，天生嘴贫的方言跟她们有说有笑。女同事们走后，杜梅硬说方言看上了女同事贾玲，之后，只要说到贾玲，杜梅就醋意大发，指责方言憋了一肚子坏水，油嘴滑舌的，坏透了良心。

如果仅仅是吃吃女同事的醋，对于小两口来说或许是打情骂俏的别样情趣，但杜梅对方言的在意程度近乎病态。杜梅恨不得把方言拴在自己的裤腰带上，睡觉也要抱着才能睡得着，为了不让中间出现"第三者"，杜梅发誓这辈子也不要孩子。就连方言跟昔日战友聚个餐，她也要闹一番，忍无可忍的方言当着兄弟的面扇了她两个耳光，弄得不欢而散。

除了吃醋，方言发现杜梅有一个不变的规律，她隔段时间就会出一趟远门，回来总要莫名其妙吵一顿。每吵一次，杜梅都要哭着喊着要离婚。可方言一旦顺着话说："那就离吧，都解脱了。"杜梅又连忙认错，承认自己是无理取闹。

认错倒是认得很干脆，但杜梅从来都没改过，扭头就忘了，情绪一来又开始闹。她闹来闹去的理由无非就是方言对她不够上心，从来没有主动说过一句"我爱你"，方言却坚持认为他有他的表达方式，杜梅要的他给不了。

杜梅和方言去朋友潘佑军的家里玩，潘佑军和老婆在他们面前大秀恩爱，吃个苹果也要你喂我一口我喂你一口，再小的椅子也要两个人挤在一起，张口闭口叫"达令"。

这两夫妻的行为在方言看来简直做作得令人作呕，杜梅却无比向往。杜梅回到家就学潘佑军老婆的样子坐在方言的大腿上，做各种黏人发嗲的动作。方言唯恐躲避不及，几次三番把杜梅推开，杜梅不依不饶，又跟他大吵大闹一番。

杜梅千方百计要方言用行动和语言重复着秀恩爱，只有这样她才会觉得安心。可是婚后的方言不仅不愿说半句爱她的话，甚至都害怕和她待在一起，他宁愿彻夜和贾玲下棋，跟朋友去喝酒，甚至一个人去看电影，也不愿像以前那样守着她。

最后一次激烈的争吵过后，杜梅趁方言睡着，把他捆了个结实，并将刀架在方言的脖子上，逼着他说"我爱你"。可是刀架在脖子上怎么能说出由衷的情话来？方言感觉不是杜梅疯了，就是自己在做梦，同时觉得无比屈辱。

正在生死关头，贾玲敲门喊杜梅，原来因为这些天老闹，身为护士的杜梅竟然忘了给病人吃药。杜梅慌忙丢开菜刀跑了出去，留下捆在椅子上的方言。挣扎着叫喊了半天，方言也没能等到救援，想起自己这一段纠结无望的婚姻，他一头撞向玻璃窗。

这一撞，方言留下了一条很长的伤疤，也彻底摆脱了杜梅，她自愿跟方言分开。方言带着死里逃生的庆幸回到父母家中，跟着同样离了婚的潘佑军到处鬼混，还试图重新追回曾经暗恋的校花。但是尽管离婚后的生活很自由，也看似充满了希望，方言却过得并不快乐，总觉得好像缺了什么。

离婚后半年，方言和一帮朋友夜晚开车去玩，杜梅的身影突然出现在不远处，她正骑着一辆自行车疯了似的在黑暗中狂奔。杜梅疯了，方言和潘佑军拦住了她，并把她抬回家里。半夜，杜梅醒来，她什么也不记得了，看着方言满脸都是抓伤的痕迹，杜梅心疼地责问方言是不是自己跑出去闯了祸。

那一刻，方言绝望地发现，原来他一直爱着杜梅，好像所有的等待都是为了她。故事的最后，方言和杜梅到底复没复婚，我们不得而知。但贾玲代杜梅转告方言，杜梅怀孕了，似乎暗示着以前那些痛苦的纠缠仍将继续。

两个不在同一维度的人，在各自的世界里深爱着对方，婚姻对杜梅和方言来说可能是最好归宿，也是最大的束缚。杜梅爱得深情也爱得窒息，方言拼了命地想逃跑，可内心那根弦却始终拽在杜梅手里。

杜梅的"作"是很多女人在情感中的缩影，拼尽所有只想把爱的那个人死死留在身边，但却因为太过在意，绑得太紧，反而令人窒息。对待感情的态度或许是娘胎里带来的，又或许是感情经历中形成的，也或者是被原生家庭影响的。

那原生家庭对杜梅的影响到底有多大？她在婚姻中的不安全感是否受到了父母的婚姻影响呢？

接下来，让我们进入第二部分：杀妻劳改犯的眼泪和警告无法改变结局，悲剧的源头是否只存在于原生家庭的土壤里？

方言是一名退伍军人，有着北京男人的贫嘴特性，跟老婆理论起来一套一套的，骨子里却很爷们，特烦磨磨唧唧，婆婆妈妈。杜梅也当过兵，然而她好像天生就是为了情情爱爱而活，打死不肯把爱挂在嘴边的方言让她又爱又恨。

或许只有不停地"作"，才能让杜梅心里舒服一点，但每"作"一次她内心的空洞又更大一些。方言回敬她的要么是不走心、不走肺的油嘴滑舌，要不就是抑制不住的厌烦和嫌弃。

在杜梅还是吴林栋女朋友时，方言就已经对她动了心，只是碍于朋友的身份没有任何表露。杜梅给方言的最深刻印象是：就像一件兵器，一柄关羽老爷手中的那种极为华丽又锋利无比的大刀。

恋爱后，方言也曾近距离欣赏过杜梅的美，那是一种利器般的刚强又不乏女性柔和的美。但是随着杜梅越来越黏他，越来越能"作"，这种美也渐渐被方言忽略了，在日益升级的争吵中，方言被杜梅的爱紧紧束缚着，差点无法呼吸。

杜梅要求方言一如既往，像新婚时那样整天待在她身边，像恋爱时般浓情蜜意。爱情是杜梅人生唯一的养料，她时刻盯着它，一旦有些风吹草动，她就会大动干戈。但在方言的世界里，爱情不是全部。他甚至早已把爱情放一边，壮志未酬的他总想干一番事业。

单位一个辞职下海的人发了财，请方言他们去家里吃饭喝酒，高档的别墅和昂贵的家私让人好不羡慕。回到办公室，大家又聊起谁谁谁出国了，谁谁谁又发财了。方言身无分文，还和杜梅挤在单位宿舍，想到这，他的心情极度压抑。

晚上回到家里，杜梅死活要拉方言出去看演出，他心情不爽，就想一个人看看报纸。杜梅见他那副蔫巴巴的样，气不打一处来，数落他："干了这么多年小职员，挣的还没我多！惹我急了，撵你出门去，连个住的地方都没有，典型的志大才疏，没本事还瞧不起人，一辈子也就这样了！"

本来这些话就是为了激方言随口而出的，杜梅不觉得有什么。可是，听进方言的耳朵里就像一把利刃插在心尖，让他耿耿于怀，就连做爱也没能使方言忘记这种被严重伤害的感觉。方言一直和潘佑军计划着自己开公司，可也只是停留在口头上，仍然没有勇气迈出那一步，因为丢不下单位的铁饭碗。

方言心比天高，运比纸薄，杜梅心里也明白这一点，或许正因为如此，她觉得方言内心除了男女间那点事，也装不下别的什么了。那既然方言也没什么大志，自然就应该守着自己，明明是靠着老婆过日子，可心里嘴里眼里都没有老婆，杜梅觉得方言真太不是东西了。

带着对杜梅的无比痛恨和嫌弃，方言离开了杜梅，整日和潘佑军混在一起，嘴里高唱着要重新规划人生，可却不断停留在各种女人身边。以往在杜梅面前，方言总是极力维护自己的清高，结果一得了自由，直接恢复了一个十足花花公子的本性。

分开后，杜梅给他写了很多信，方言一封也没看，想彻底忘记这个让他又爱又恨的前妻。但是杜梅好像还并不想放过他，她和贾玲找上门来，告诉方言一个可笑又悲惨的真相。

杜梅以前一直跟方言说自己是个孤儿，父母亲都死了，可现在杜梅又跟他坦白说自己的父亲还没死。他一直在监狱里，罪名是谋杀妻子，在杜梅很小的时候，父亲为了跟自己的一名学生结婚，亲手勒死了母亲。

方言这下才知道，原来杜梅以前每隔一段时间就要出一趟远门是去监狱探望父亲，所以每次都带着一副无比糟糕的心情回来。现如今，那个 70 多岁的杀妻犯得了重病，硬是憋着一口气要见见方言。

经不住杜梅的眼泪，方言硬着头皮放下他那北京大老爷们的架子，去医院跟杜梅的父亲见上了最后一面。老人什么话也没说，他从被窝里伸出一只手紧紧地抓着方言，像是一个意味深长的暗示。

老人的眼睛先是露出些许笑意，然后是恳请、乞求和依赖，最后出现一股凶光。方言清楚地意识到这是一个威胁，一个警告。完成这一系列无言的交流，杜梅的父亲便撒手人寰了。

方言问杜梅是否恨自己的父亲，她指了指医院门口那个卖橘子的臃肿的老妇女，说："这就是他爱的那个人。"

或许那一刻，杜梅才明白所有的爱恨情仇终将成为过往，等到容颜老去，生命消逝，唯一放不下的只有亲情。从医院回来，方言立刻和杜梅办了离婚手续，他也悟到了生命稍纵即逝，纠结在情爱之中不能自拔太过浪费，既然终归一死，不如好好过把瘾。

杜梅父亲最后的警示并没有改变杜梅和方言，他们在各自的情感世界里无法自控。根据弗洛伊德的"原因论"，杜梅性格偏执，缺乏安全感的个性好像可以从她不幸的原生家庭中找到缘由。但正如阿德勒在《被讨厌的勇气》中所言，如果过去决定未来，而过去又无法改变，那真的太糟糕了。唯一自我救赎的办法就是接受过去，把握未来。

好了，接下来，我们进入第三部分内容：刀架在脖子上的婚姻不比各自精彩来得潇洒，人生不过是一场自我上瘾的过程！

作者王朔在《过把瘾就死》这本书上写过一段话：如果不是为了几个钱，我是不在乎这本书印不印的。这些文字当年我写完就没再看过，现在看，就像另一个人写的，一个狡猾乐观的小子。

方言就是那个狡猾乐观的小子，他只是一个长相普通的小职员，凭着一张巧舌如簧的嘴，在任何场合都能游刃有余，把姑娘们逗得花枝乱颤。这不正是王朔本人吗？幽默又能撩，长得实在算不上英俊，人缘、异性缘都好到爆棚。

也正是因为方言太受小姑娘欢迎了，杜梅更加觉得目之所及全是情敌。杜梅跟心中的所有假想敌作斗争，婚后从未让方言有过安宁的日子过。

他们的生活水平也很一般，方言随杜梅住进医院的破旧平房宿舍里。宿舍的木板几乎塌陷、砖地也坑坑洼洼，曲折迂回、黑洞洞的走廊像地道和牢房。

住在这里的每个人，绷着脸进进出出，跟谁都存着深仇大恨似的。方言却特别喜欢这些人身上的那种谁对谁都视而不见的独劲，每次走在这条阴森的走廊都有一种历险的感觉。

杜梅把自己存的一箱子嫁妆拿出来装饰这个二人世界，她和方言都沉浸在自我满足的快乐中。如果说杜梅和方言有什么共同之处，那就是两人都喜欢按照自己的方式过日子，外在的因素很难影响他们。

　　小说中其他寥寥数人的角色，如潘佑军、贾玲、杜梅父亲，他们无一不是按照喜好决定着自己的人生。这就是俗称的"自我上瘾"。所谓自我上瘾，是指沉溺在自我行为中不能自拔。即便那是一个错误的轨迹，也不愿轻易改变，并且他们会要求别人也配合自己。

　　潘佑军是一个很典型的代表，婚前令一个女孩儿怀孕了，他带着女孩来找杜梅打掉孩子，但医生一查，发现女孩染上了不干净的病，孩子暂时打不了，潘佑军也有染病的风险。

　　治好了病，潘佑军和女孩分了，找了一个在外企上班的女人结婚。老婆整天跟着老板全国各地飞来飞去，没多久就给潘佑军的头上弄出了一片绿草。潘佑军和老婆友好离婚，没打没闹，离了就离了。只不过他从此把全天下的女人都看成了一般黑的乌鸦，发誓这辈子只恋爱不结婚。

　　潘佑军总怂恿方言也赶快离，没必要和一个女人纠缠一辈子。果不其然，方言没多久也离了，离婚后，方言不打算在原单位混下去，想出来做生意，但仍然没想明白是先当马仔还是直接空手套狼。于是，方言和潘佑军开始了各种异想天开，他们想盖一个亚洲乃至全世界最大的室内公园，还想成立全国性病防治宣传基金会，全国 11 亿人口每人捐 1 元钱，他们就发了。

　　方言和潘佑军每天都活在新的希望里，日子一天天混了

紫石苑文萃

下来，也过得相当惬意，要不是在路上遇见发了疯的杜梅，方言有可能还会继续抱着梦想自由自在地潇洒下去。

这期间，方言交往了几个没文化的妇女。方言那位女同学倒是挺文雅，也很幽默、知趣，可当她随口问方言一句："你爱我吗？"方言就像被狗猛地咬了一口似的，跳起来粗暴无礼地叫道："不！不爱！"

就连方言也认为自己是一朝被蛇咬十年怕井绳，让杜梅给"作"怕了。但是那天晚上，他把杜梅再次抱在怀里时，却感觉一股足以把他击垮的情感力量，摧毁了他，使他彻底崩溃了。他不要柔情，不要暖意，只要一把锋利的、飞快的、重的东西把他切碎、剁成肉酱，让他痛入骨髓。

而这把锋利的东西就是杜梅，和那段曾让他痛苦纠结的婚姻。末了，方言才发现让自己上瘾的是杜梅的痴爱，是两颗欲拒还迎的心，是那种相互依赖，又彼此抵触的爱，这种刻骨铭心的痛，让爱有了更深刻的意义。

方言和杜梅的婚姻故事其实是千千万万夫妻再普通不过的琐碎，但正因如此，似乎每一个婚姻里的人都能在这里看到真实的自己。就如钱钟书的《围城》提到的，无论身在城内还是城外，总有填不满的空洞，也有不为人知的酸甜苦辣。

好了，到这里，《过把瘾就死》的精华内容已为你讲述完毕，最后，让我们一起回顾下前面所讲内容：

首先讲的是方言和杜梅的认识和结合，以及婚后的打打闹闹。杜梅原是方言哥们吴林栋的女朋友，吴林栋摔死在抽干水的游泳池后，方言和杜梅开始交往并相爱、结婚。婚后，杜梅各种"作"，每天都闹，两人不得不分道扬镳。最后又因为杜梅的一次发疯行为，唤醒了两人内心深藏着的爱。

接着了解了杜梅悲惨的原生家庭，父亲为了和自己的学生结婚，亲手杀死了母亲，后来被判无期徒刑。杜梅每次去看望父亲回来都会禁不住对方言一顿闹，内心的不安全感令她发疯。杜梅父亲临死前要求见方言一面，方言在对方警告和乞求的眼神里有所悟，有所获。

最后是分析方言的乐观和潘佑军的豁达人生，两人在各种对自己极其不利的环境下都能活在各自的世界里，畅谈理想，异想天开，梦想无数。杜梅也是，就算整天纠结方言到底爱不爱自己，但她内心最在意的还是自己的感受。可见，每一段人生都是一个自我上瘾的过程。

柳宗元说过"蝜蝂"这种小虫，善于背物，凡所遇之物，皆背在背上，最后累死了自己，也不愿放下背上的东西。而庄子也说"凡外重者内拙"。

爱恨情仇是最难放下的东西，但太过在意，反而容易作茧自缚。有时候，不如人生得意须尽欢来得豁达。更何况，人生就像一辆行驶的列车，总是有人不停地上车和下车。

海上钢琴师

  《海上钢琴师》是多年前的意大利电影，历经种种，终于在 2019 年 11 月 15 日于我国正式上映。尽管线上早已被刷了无数次，上映第二天，还是稳居同期电影的票房冠军。

  观众曾一度将它和泰坦尼克号比作 19 世纪最伟大的"两艘船"，唯一不同的是，一艘刚问世就轰动世界，久负盛名，而另一艘默默无闻多年，此后经年却成为永恒。

  有人认为，它之所以成为经典是因为有很强的艺术鉴赏性；也有人评论说这部电影是从一个人物故事揭露时代背景，触动人心的是历史的厚重。

  而我觉得，它更像是一部流传于世的人间乌托邦，在苦难中演绎温情和希望，在乱世中孑然，在世俗中超脱，是人人向往却又没有勇气追求的精神世界。

  导演朱塞佩·托纳多雷的格局不仅立于表面的热闹和虚幻，在每一个看似不经意的细节里隐藏着一个又一个直抵人心的犀利视角。

一、平淡而又温情的故事

  1900 年，第一次世界大战过后，20 世纪开始的第一年，在一艘名为"弗吉尼亚"号的大油轮上，这一天，船上的

德云斋阅文集 ／ 徐海燕 著

烧炉工丹尼，在头等舱发现了被遗弃在钢琴架上的婴儿。

没有文化的烧炉工们为了给孩子取一个"高级"的名字，绞尽脑汁。老丹尼认为，名字中带字母，很"高级"，想到了装孩子的芒果箱子上那两个字母"T. D"，便把它们放在孩子的名字里："丹尼·布德曼·T. D. 1900"。这个拗口又长的名字，着实让大伙儿兴奋了很长时间。

谁都没想到，这个连名字都是东拼西凑出来的孩子，日后将成为轰动世界的著名钢琴家。即使身处贫穷和无知的底层，老丹尼还活着时，1900从未感受过不幸。可是，老丹尼在一次意外事故中去世了，葬礼的当天，1900第一次听到钢琴的演奏声，悲痛的他似乎一下抓到了根"救命稻草"。

无师自通的1900，于某个深夜用琴声将头等舱的客人和船长都吸引出来。天才钢琴师！1900的名声一夜间在这条常年往返欧洲和美国的大油轮上传开了，陆地上的许多达官贵人、名流贵妇纷纷慕名前来。

一天，新来的小号手麦克斯因为晕船，东倒西歪地跑出来呕吐。1900看着狼狈的麦克斯，便邀请他一起在摇摆不停的演奏厅里弹钢琴。他让麦克斯坐在钢琴凳子上，一边滑行一边弹奏，麦克斯被1900的才华倾倒，更为眼前这浪漫而虚幻的一幕倾心，全然忘了晕船的痛苦。

1900一生中最好的，也是唯一的朋友麦克斯就这样走进了故事里，成了1900传奇一生的见证者。

自称是爵士音乐鼻祖的杰瑞，扬言要上船打败1900。吸引了各界媒体前来观战，船上的人纷纷在这两人身上押了注。好朋友麦克斯和其他乐队的兄弟把全部身家押在1900

身上。

刚开场没多久，1900 却全身投入到了杰瑞的音乐中，感动得泪流满面。麦克斯也泪流满面，他已经看到 1900 惨败的结局，而他后半生起码要挖 80 年的煤才能还清赌债。

结果却是，1900 以一首至少要两个人才能完成的曲子完胜杰瑞，让他灰溜溜地带着一干原本想来看笑话的记者和亲信下了船。

1900 的名声更大了，在麦克斯的安排下，一个唱片公司跑上了船帮他刻录音乐盘，本想拿去大赚一笔。1900 却要把这个光盘送给见过一面的女孩，只在船舷上见过一面，他便认定这就是他想要的女孩。

但他终究还是没能鼓起勇气送出去。女孩在临下船的那一刻亲吻了他。他彻底沦陷了，女孩留下的地址成为催促他下船的一股动力。一个清晨，他拥别了麦克斯、船长和那些看着他和长大的杂工们，一步步走下船梯。在所有人都以为他会一鼓作气走完最后几个阶梯时，他突然返身回到了船上。

直到很多年后，这艘曾经风光一时的油轮已到了风烛残年之际，政府决定用 6.5 吨的炸药将它炸毁。此时，早已离开油轮的麦克斯听说船要被炸毁的事，他确信 1900 一定还藏在船的某个角落，他想方设法拖延炸船的日期，在废船的每一个角落寻找 1900。

在麦克斯绝望地正想离开时，1900 出现了，但是，他无论如何也不愿跟麦克斯一起下船。故事的最后，天才钢琴师 1900 在悠扬而感伤的钢琴声中，和那艘承载着他生命的油轮一起被炸得粉碎。

二、剖析剧情下的三大隐喻

首先来谈一谈看完影片后的感受，很多人都觉得这是个虚假的故事，存在着不可推测的情节，有些地方甚至是匪夷所思。比如：

丹尼死后，1900 是靠什么存活的？影片中没有任何交代，但在一些细节里，可窥见一二。

面对杰瑞的挑衅，1900 竟然还能沉浸在他的音乐里，泪流满面。他是傻还是太单纯？事实证明他并不是懦弱，而是另一种大格局的体现。

将近 30 年，从未离开船上，唾手可得的名利，只几步就能追求到的心爱女孩，这一切难道对他真的没有一点吸引力吗？他是自私还是傻，又或者顽固不化？

导演朱塞佩·托纳多雷并没有在剧情上给观众留下可讨论和验证的空间，而是让更多的细致情节，个人情感和观点随着剧情一点点铺陈开来。犹如一首流畅、扣人心弦的曲子不经意从人们的心上流淌，不显山不露水，却荡气回肠，令人终生难忘。

1. 感知人间温情的瞬间

情景一：老丹尼身材粗壮，大半生就耗在油轮的火炉旁，每当船靠岸，就像老鼠一样爬进头等舱的舞厅里想拾得一些有钱人遗留下来的"牙惠"。当他在钢琴上发现弃婴 1900 时，如获至宝，马上决定要当他的"妈妈"。

无论你身处何地，面临着什么困境，在这个世界的某个角落里总有人会深深地爱着你。决定人生幸福与否的，是爱与被爱的能力。因为 1900 的出现，老丹尼的后半生变得

"富有"，而他又是 1900 生命主载体，赋予了他爱的力量和生存的勇气。

1900 趴在桌子上把学会的单词一个个念给老丹尼听，每说一个都能引来他欢快而自豪的大笑。孩子问他："什么是妈妈？"他想了一下说：妈妈是一种马，是任何时候都不会让你失望的马，是世界上跑得最快的马，要是买它就一定不会输。

听来让人忍俊不禁，与此同时，又有一种别样的温情从心间抚过，那是对爱的向往，对温情的解读。老丹尼在短暂的陪伴岁月里，给 1900 留下的都是美好和乐观的人生观。以至于他从来不懂人间险恶，不因被抛弃的人生而怨恨、自卑。正是如此，他的音乐才能如此令人神往，至善至美至纯，不沾一丝一毫人间烟火。

情景二：1900 唯一心动的女孩，只此一眼，便确定一生挚爱。他小心翼翼地把期望寄托在他第一张也是唯一的唱片。他在女孩的身后踟蹰徘徊，却始终不敢靠近她表白。入夜，他偷偷跑到三等舱里看女孩，熟睡中的她甜美而娴静，1900 忍不住俯身想要亲吻一下她的红唇。女孩动了一下身子，他吓得赶紧跑开躲起来。

这个影片中最浪漫的一幕，让人们看到了爱情最初的模样，含蓄而隐忍，痴迷、向往却又不敢靠近，心潮暗涌，表面却风平浪静。

情景三：麦克斯冒着被乐器店大叔一枪打爆头的危险，带来那张曾被 1900 掰碎的唱片，来到即将被炸毁的油轮上。在船上每一个角落里一遍遍地播放，每放一次，他就焦急得泪流满面。他不敢想象，那个昔日的绅士、天才钢琴家，最好的朋友和船一起炸碎的样子。

他绝望地一步步走向船舯，突然，猛地一回头，发现1900正坐在破烂的角落里，突然喜极而泣，双肩不停地颤抖着。

荧屏前的观众，哪怕是平时最刚强的大男人也被感动得热泪盈眶。他和1900是完全不同的两个人，一个追求世俗的繁华，一个脱俗寡欢，但他们却是彼此最贴心的知己。没有任何语言和行动的渲染，只在每一个追随和无条件支持、保护的本能里，演绎着撼人心扉的真挚友情。

2．剖析人生真谛的隐喻台词

很多人都在质疑著名的钢琴家1900是个虚幻的传奇，不可想象一个从不接触人群，眼界只停留在海上以及海岸的人能演绎出丰富、直抵人心的篇章。麦克斯回答说是的，其实，他一直在"旅行"每次去的都是不同的地方：在伦敦的市中心；在穿越田园的列车上；在巨大火山的洞口；在最大的教堂，数着石柱，抬头看雕像的脸。

1900每每跟人闲聊，都会很详细地描绘某一个地方的情景，比如：昨晚我在一个美丽的国家，女人的头发有香气，一切散着光，到处是老虎……

从不涉足，却能神游而至，从不下船，不染指世俗，却能穿透繁杂世事。比许多身在其中的世人更能看清人世，找到自己的坐标，并坚持将美好延续，抛弃糟粕。

麦克斯劝1900下船时，他回答说：陆地上的人夏天害怕冬天的到来，冬天害怕夏天的迟到，他们总是四处游走，他们只想找到一个四季如春的地方，然而，却错过了很多美好，我并不羡慕他们。

导演借 1900 的口描绘了世人永不休止的一生，寻寻觅觅，毕生追逐，却一路丢失。拥有越多，越想要追求简单，而又不甘心放手，纠结半生，最终一无所获。

麦克斯找到 1900 时，第一句话就是问他这些年是怎么过的。他说：演奏。即使没有人跳舞，即使炸弹不断落下，我一直都在演奏。然后船就到了这里。

度过困境唯一可依靠的是来自内心的坚强，以及坚持不渝的精神寄托。

为了吸引 1900 下船，麦克斯强装笑脸，隐藏已靠典当小号度日的事实，向他描绘了一个美好的未来，一个可能永远都成立不了的乐队。

来吧，跟我一起下船，回头再看船爆炸的烟火。有些时候必须这样，回到起点，从头开始。你绝对还没有完蛋，只要你有一个好故事和一个愿意听故事的人……

梦想是支撑着一个人走下去的力量，但是永远也别忘了，通往罗马的道路千万条，路的旁边还有路，一条走不通了就换另外一条，不要在一个阻碍中浪费大好时光。

而 1900 却告诉他：那个世界，根本看不尽头，拜托，能不能让我看到它的尽头？阻止我的不是能看到的东西，而是我不能看到的东西。城市不断蔓延，包括一切，但是没有尽头，到底哪里是这一切的尽头？

人类最大的恐惧，来源于未知。拥有足够掌握现实的能力，人生才牢牢握在手心里。内心的空白越大，知识越匮乏带来的是认知局限，就像一条永远也看不到尽头的大船，用脚度量过的地方才是一个人所能抵达的前方。

你看这些街道，千万条，你怎么知道该选择哪一条？一

德云斋阅文集 / 徐海燕 著

个女人，一栋房子，一块自己的土地，一片看到的风景，一种死亡方式，整个世界的重量压在你身上，而你根本不知道尽头在哪里。

我出生在这条船上，世界从我身边经过，可是每次航程只有两千人，这里也有人们的梦想，可梦想范围也在船头和船尾之间，你可以尽情表达欢乐，但一定是有限的。

陆地对我来说是一艘太大的船，太美丽的女人，太漫长的航程，太浓郁的香水，它是一段我不知道怎么演奏的音乐。我无法离开这艘船，大不了，我可以离开自己的生命。

故事的结局是悲壮的，但却让我们看到了拧巴的人生，1900 的厌世究竟是因为他从不曾入世，还是旁观者清，早已看透人生，所以才要坚持自己的人生，局限在这条船上，随之灭亡？

谁也无法抨击 1900，不能说他的坚持是愚昧的，恰恰相反，正因为他一直坚持着自己的人生，虽然短暂，但是足够璀璨。

3．记录时代变迁的隐线

十九世纪末二十世纪初的意大利动荡不安，法国和西班牙争夺亚平宁半岛，导致意大利持续数十年处于战乱时期。直到复兴运动过后，意大利才慢慢归于和平。长年的战乱导致意大利经济萧条，民不聊生，大批难民纷纷向阿根廷、加拿大、美国等国家逃难，尤其是美国，是大批难民的乌托邦。

故事安排在这 1900 年 20 世纪的第一年，以意大利大移民作时代背景，从侧面记录了历史的一个缩影。透过主人公在油轮上观察的众生相，以及对世事的剖析，展现时代的弊端，每个人都是被历史潮流裹挟的一粒沙子，无法真正掌控自己的人生。

影片中那时而若隐若现在油轮前方的自由女神像，看似一个不经意的镜头，实则直指美国当时的经济危机，暗喻了一批又一批逃难到美国的人民，满怀热血踏上这片土地后，必将面临艰难的生活境地。美国，并不是难民的乌托邦，而是一个幻想。

欧美大部分国家在1900年前后，由于资本主义发展过快，为了生存，出现了恶劣的资源争抢，导致殖民战争、经济危机陆续爆发，世界处于水深火热中，民不聊生。

这就不难理解，为什么海上钢琴家始终认为油轮才是他的理想安身之地，忧伤着一批批满怀希望从油轮奔向新国土的移民。因为他知道，他们必定逃脱不了梦想破碎的命运。

夏天时害怕冬天的到来，冬天又担心夏天的迟到，越是不安，灵魂越是找不到一处可安放的地方，一切让你喜悦的东西都是来自心底，真正的乌托邦只在内心。

除了浓雾中的自由女神像、钢琴家1900的观点外还有两条隐线，直击资本主义。一条是，自称"爵士乐发明者"的杰瑞高调挑战1900，他的言行散发着铜臭味，毫无艺术可言，令人从中窥见资本主义追名逐利的根本。

另外一处是，1900和杰瑞的PK战过后，唱片公司在他身上发现了巨大的财富价值，于是便上船要求给他录制唱片，卖到世界各地，获取大笔财富。而1900却把唱片拿走，想要送给心仪的姑娘。

在战乱年代，人人不顾一切求生存，唯有钢琴家1900仍然坚持最纯真的艺术，坚守着内心深处对真善美的追求。

在一眼看不到尽头的战乱生活里，1900 的坚持便是他自我救赎的最好方式，对艺术纯真的坚守就是他的人间乌托邦。

小结

作家李笑来有一句名言：浪费生命、虚度年华的人，拼命想控制自己完全不能控制的，却在自己真正能掌控的地方彻底失控。

人人都能在这句话中找到自己某个时刻的影子，追求太多，往往失去得更多。钢琴家 1900 之所以打动无数观众的心，成为流传于世的经典，是因为他坚持了我们不敢坚持的一切，放弃了我们没有勇气放弃的欲望。他的坚持是他自己的乌托邦，他的故事将使无数人从中受到启发，从而找到自己的人间乌托邦。

看不见的城市

1985 年，62 岁的意大利国宝级作家伊塔洛·卡尔维诺在美国进行著名的诺顿讲座，他的演讲稿名为《新千年文学备忘录》。这本演讲稿一共八篇，但在写到第五篇时，卡尔维诺突发脑出血，最终抢救无效死亡。当时为他主刀的医生向世人感慨道："我从来没有见过像卡尔维诺那样复杂而精致的大脑！"

据说，当年卡尔维诺被提名诺贝尔文学奖，开奖前夕他却因病身亡，和诺贝尔文学奖失之交臂。但是，人们却普遍认为，这不是卡尔维诺的遗憾，而是诺贝尔奖的遗憾。

卡尔维诺被称为"作家中的作家"，常被读者与卡夫卡、博尔赫斯相提并论。他的小说素以"轻盈"著称，被称为"晶体小说"的典范。卡尔维诺说："晶体具有精确的晶面和折射光线的能力，是完美的模式，我一直认为它是一种象征。"而晶体小说的特点是：结构严密，以有限的形式折射出无限的、百科全书式的内容，凸显文本的系统性、智能性、多样性。

由于卡尔维诺突然离世，他那没来得及完成的演讲稿《新千年文学备忘录》成了遗作，也是无数作家同行和读者反复品咂的文学秘籍。卡尔维诺在这本备忘录里面提出，新千年的文学应该具备六种品质：轻盈、训诫、精确、形象、繁复、连续。

不少人试图从多角度去猜测原定的第六章，关于"连续"这一部分的内容卡尔维诺会怎么写。事实上，答案是可以从卡尔维诺的小说里寻找到的。

《看不见的城市》这本书被公认为是卡尔维诺的巅峰之作，这部用诗歌语言和意境创造出来的唯美小说，既有童话的想象，又有寓言的深刻哲思。王小波先生认为，这部小说的本身，就完美体现了卡尔维诺讲稿里总结的六项文学品质。

本书被称为脑洞大开版的《马可·波罗游记》，意大利先人马可·波罗拜见元朝大汗忽必烈时，向大汗讲述了从威尼斯到大都（北京），一路上"遇到"的各个城市。

卡尔维诺将这 55 个城市都取了一个女性的名字，并从 55 个角度分别做了思维图景的刻画。在组合与排列中，构造出现实与想象相结合的城市完美图像。书中的内容是由马可·波罗与忽必烈的对话组成的，这所谓的旅途不过是一个又一个令人惊叹的头脑风暴。

对于分不清是想象还是现实的忽必烈来说，马可·波罗嘴中的城市是那么遥远，永远也看不到；而对于旁观者而言，这些幻想中的城市，在现实中根本不存在，所以也不可能看得见。

那么，这本充满想象空间和启发性的书，具体从哪些方面体现出新千年文学的六大品质呢？

接下来，我将分三个部分和大家一起分享这本书的精华内容：

第一部分：随着城市记忆与符号的剥离，马可·波罗构建理想城市的新品质，分解忽必烈内心欲望的沉重感。

第二部分：通过贸易与名字的延续，马可·波罗为想象之城带来轻盈向上的力量，排解忽必烈征服后的焦虑感。

第三部分：从死亡与失落的遗忘中，马可·波罗在看不见的城市里论证世界生灭变化观点，消除忽必烈隐藏的矛盾感。

好，首先让我们进入第一部分内容：随着城市记忆与符号的剥离，马可·波罗构建理想城市的新品质，分解忽必烈内心欲望的沉重感。

卡尔维诺在开篇的第一句中写道："从那里出发，向东方走三天，你就会到达迪奥米拉。"其风格有点类似于《山海经》，如"北冥有鱼，其名为鲲。鲲之大，不知其几千里也"。寥寥数语交代了方位和地名，让人一看就明了："此书纯属虚构，如有雷同，纯属巧合。"

马可·波罗作为众多来朝拜的国家使者中的一员，一眼就看透了那个高高在上的元朝皇帝，他的内心充满了忧伤空虚。由于马可·波罗刚来不久，对东方语言一窍不通，他只能通过打手势，跳跃，叫喊等方式，来和忽必烈沟通，为的是向他展示一种象征的力量。

于是，那些物件，如鸵鸟毛、投石枪、石英等，从马可·波罗的行囊中一一被掏出，它们像象棋一样摆在忽必烈的面前。忽必烈不断地跟着他的手势，结合所呈现的物品进行揣摩。

忽必烈通过马可·波罗的手势，仿佛看到了：第一座城市是一条鱼逃离了鸬鹚的长嘴，却又落入了渔网；第二座城市是一个赤条条的男子跳过火堆，竟然安然无恙；第三座城市是一个骷髅头，发绿霉的牙齿咬着一颗圆圆的白色珍珠。

这些城市的记忆勾起了忽必烈数年远征，半生苍凉的感慨。在无限膨胀的欲望面前，这个一直被他看得珍奇无比的帝国，不过是一个既无止境又无形状的废墟。而他自己却无力救治，另一方面，不断想征服敌国的欲望又使他陷入绝望。这个时候，马可·波罗的报告就像一剂良药，分解着他心中由欲望带来的沉重感。

在马可·波罗看来，欲望也许是权力的附属品，但正如那个迷失在多罗泰亚城的赶骆驼人一样，哪怕见过再多的珠宝、美女，走过再风光的街道，这一切终将只是旅途中的一处风景罢了。生命对于每一个人来说都是公平的，不管贫富贵贱，每个人的生命只有一次，这世上的一切谁也带不走。这里，体现了作者卡尔维诺提出的新千年文学品质中的"训诫"，在文学中将人与欲望进行剥离，强化生命的真实意义。

介绍欲望之城多罗泰亚前，马可·波罗先介绍了迪奥米拉和伊西多拉，这两座记忆之城。它们都有一个共同的特点，能让过路的人随心所欲，在美丽的女子中流连。他们血气方刚，甚至会因为一场斗鸡比赛打得头破血流。但，这只是人们的梦中之城，在这里，他们正值壮年，而事实上，他们垂垂老矣，年轻时的欲望早已成为记忆。

城市就像一块海绵，吸汲着这些不断涌流的记忆污水，并且随之膨胀着。就像统治者不断向外扩张的疆土，他们不会袒露随之而来的焦虑和空虚，好似城市不会泄露自己的过去，只会把它像手纹一样藏起来，然后被写在街巷的角落、窗格的护栏、楼梯的扶手，而这些印记真实记录着它们的沧桑。

然而，几乎每座欲望之城里的人们都醉心于对名利的追求，并以此作为自己的标签和符号。吉尔玛城的人极力给自己贴上夸张的标签：盲眼的黑人在人群中大喊大叫，一个疯子在摩天大厦的楼顶飞檐上摇摇欲坠，一个女孩牵着一头美洲豹散步。街上到处开满为水手文身的店铺，窗外随时会有飞艇飞过。总之，人们重复着各种夸张的符号，力求让别人看见自己，记住自己。

这一种无序的生活给人一种扑面而来的沉重感，人们便开始急切渴望着一座，所有一切都向上运动着的，轻盈的城市。这也是卡尔维诺提倡的六大文学新品质之一"轻盈"的特性。伊萨乌拉这座千井之城，据说是建在一个很深的地下湖上，因为人们不管在哪里随便挖一个洞，都能提出水来。

结果，这座城的人们流行起两种说法：有人相信，城市的神灵栖息在给地下溪流供水的黑色湖泊深处。也有人认为，神灵就住在系在绳索上升出井口的水桶里，在转动着的辘轳上，在水车的绞盘上，在压水泵的手柄上……乃至在伊萨乌拉空中高架上的风向标上。总之，这是一个向上运动着的城市。

一种向上的、轻盈的力量，在作者卡尔维诺看来，都是抵抗欲望带来伤害的有力武器。卡尔维诺借马可·波罗之口，将这55座城都赋予了女性的柔和、包容、庇护、忍让、神秘、妖娆、狡黠、善变等多种内涵。芒福德在《城市发展史》中说："人类社会过渡到新石器时代之际，在所谓农业革命之先，很可能先有过一次'性别革命'。这场变革把支配地位不是给了从事狩猎活动、灵敏迅捷和由于职业需要而凶狠好斗的男性，而是给了较为柔顺的女性。"从这个层面上来分析，马可·波罗旨在提示忽必烈大汗得江山之后，就应该改以怀柔政策治国，抑制不断外扩的欲望，潜心建设、治理国家。

关于城市的起源，卡尔维诺写了一则寓言，说的是三个不同民族的男人做了同一个梦：一个长发女子赤裸地奔跑着，男人们在梦中追赶她，然而最终都失去了她的踪影。醒来后，他们便去寻找梦中之城，但却寻而不得，于是决定建造达佐贝伊德——一座月光下的白色城市，街道像线团一样互相缠绕，是为防止梦中女子逃脱而设。

达佐贝伊德仍然是座欲望之城，卡尔维诺以男性对女性的欲望来投射，并演绎城市中的各种欲望，将男性视角推到极致。而这 55 座城市，就像是 55 个不同的女子，姿态万千、令人难以捉摸。总之，在卡尔维诺的"轻盈"叙述之下，这本书中所描述的一切都是不确定的、模糊的，并且是未完成的，等待着更多人从不同角度进行挖掘和研究。

接下来，我们进入第二部分内容：通过贸易与名字的延续，马可·波罗为想象之城带来轻盈向上的力量，排解忽必烈征服后的焦虑感。

元朝皇帝和那位来自威尼斯的外国人，从朝殿一直聊到了他的御花园，此刻，两人正优哉游哉地坐在摇椅上，一边喝着美酒，一边幻想着每个城市的神秘地带。忽必烈不时打断马可·波罗的描述，和他进行一场短暂的哲学探讨。

这时，马可·波罗学会了皇帝的语言，或者说皇帝学会了听马可·波罗的语言，总之，他们可以逐渐用语言代替手势交流了。元朝皇帝忽必烈发现马可·波罗的城市几乎都是一个模样的，仿佛完成那些城市之间的过渡并不需要旅行，而只需改变一下她们的组合元素。

于是，忽必烈开始不那么老实地倾听了，他打断马可·波罗说道："从现在开始，由我来描述城市吧，而你只需要告诉我是否真的存在我所想象的城市，她们是否跟我想象的一样。"接着，忽必烈开始描述他的想象之城，马可·波罗很快给了他肯定的回答，他便又追问："你知道她？她在哪里？叫什么名字？"

马可·波罗却没有告诉忽必烈直接的答案，他说："城市就像梦境，是希望与畏惧建成的，尽管她的故事线索是隐含的，组合规律是荒谬的，透视感是骗人的，并且每件事情中都隐藏着另外一件。"

这意在指每一座城市都不是独立存在的，一方面，它们之间有一条看不见的纽带，因而使得城市的面纱变得更加神秘、诱人。另一方面，每座城市的延续靠的是人们相互交换商品和记忆。

从大都（北京）迎着西北风走上八十公里，人们就会到达一座叫达欧菲米亚的城市。每年的冬夏至和春秋分，附近七个国家的商人都会聚集在这里，交换着生姜、棉花、开心果、肉豆蔻和葡萄干。每一个来这里的人都会满载而归，但他们顺着河流或穿越荒原远道而来，并不是为了做生意。

真正吸引他们的，是入夜后围在集市四周点起的篝火堆，一起交换记忆的活动，因为，在这里的每一个人都要讲述一个关于狼、妹妹、隐蔽的宝藏、战斗或疥癣和情人的故事，这让每一个商人都兴奋不已。

贸易在另一种形式上，其实就是一种传递和延续，这也契合了卡尔维诺提出的六大文学新品质中的"连续"。在作者的精心安排之下，书中的每一个小章节都是一条棱，每五条棱就组成一个系列，中间七章的每五条棱又组成了一个面。这些不同的面最终形成了一种空间化的立体结构，形成了一种精致的"晶体结构"。而一个系列里的城市完全可以和另一个系列里的另一座城市互换，没有严格的分类，更多的是一种诗意的规划。

　　在欲望的驱使下，城市需要交换记忆，从而有了贸易往来，书中的所有章节，看似都由一个独立的城市支撑，事实上都是相互连接的，比如"城市与记忆""城市与欲望""城市与符号""城市与贸易""轻盈的城市""连绵的城市"等章节，都直接或间接地涉及新千年文学品质中的"训诫""精确""形象""繁复"，还有"连续"，就像晶体的棱角，相互支棱，包罗万千。

　　这种叙述特色，使忽必烈大汗时而在思想中漫游、迷失，时而又停下来乘凉，或者径自跑开，仍然不影响他从马可·波罗的描述中感受到的深刻体验。而生活在瓦尔德拉达的人们却非常注重自己的姿态，丝毫不敢有任何松弛。

　　瓦尔德拉达城其实有两座城，一座在湖畔，一座在湖中，这并不是我们普遍认为的倒影，因为无论湖畔的瓦尔德拉达出现或发生什么，都会在湖中的瓦尔德拉达里再现出来。因此，人们的行为不敢有丝毫的疏忽大意，即使是一对恋人赤身裸体地缠绕在一起肌肤相亲时，也要力求姿态更美；即使是凶手将匕首刺进对方颈项动脉时，也要尽量使刀插得更深，血流得更多。因为镜中的形象比行为本身更重要。

这些可怜的人们被形式的牢笼死死囚禁着，并在其中丧失了最基本的人性。正如现实中的人们为追逐外在的名誉不惜违背一切，自己却还认为是顺势而为。在瓦尔德拉达，人们把自己变成了自己的符号，因而，他们就需要丧失一部分自己作为代价。

与瓦尔德拉达相反的另一座城，叫特鲁德，那是一座没有什么特色的城市，完全没有任何标签，人们也提炼不出任何符号。但是当游人准备离去的时候，他们就会发现，最终只会抵达另外一座特鲁德，绝对是一模一样的。因为世界被唯一的一个特鲁德覆盖着，无始无终，只是飞机场的名字在换而已。

世界在重复着，焦躁着，谁也没有真正征服谁，只是在欲望的道上追寻太久，往往会将生命中最重要的延续和传承给忘得一干二净。忽必烈想要征服天下的野心在得到元朝江山之后变得越来越力不从心，他也深知，没有任何一个江山的主人是亘古不变的，因而他日夜焦虑。马可·波罗向忽必烈描述这些城市时，他在享受诗意般文字带来美感的同时，也意识到以往那个"普天之下莫非王土"的想法多么的无知而可笑。

忽必烈也发现自己所谓的王土只不过是一张地图，而每次新打下一座城池，无非是在地图上新增添一个符号而已，这些遥远的城市，很多他都无法亲身抵达。所谓的拥有，其实就像一场纸上谈兵的游戏。而想要在地图上标上更多属于自己的符号，就必须要指挥军队一座一座地，实实在在地攻下这些城市。正如历代君王一样，现实和符号的游戏就是他们一统江山的永恒游戏，随之而来的焦虑和虚无，终将难以消弭。唯有悟透连续与永恒永远不会单独存在的定律，才能自我排解。

好，让我们继续分享第三部分内容：从死亡与失落的遗忘中，马可·波罗在看不见的城市里论证世界生灭变化观点，消除忽必烈隐藏的矛盾感。

威尼斯人马可·波罗对所有城市的描述都相当精彩，大汗忽必烈却并没有完全听迷糊，他突然感觉对方在跟自己玩一种猫捉老鼠的游戏。大汗便不无讽刺地嘲笑马可·波罗："你跑了那么远的路，只是为了摆脱怀旧的重负！你远征归来，舱里满载的是悔恨！"

说完这些，忽必烈好像看到了自己的影子，这不正是驰骋沙场半生的自己吗？背负着欲望、征服的重负，他的生命旅途已经走了一大半，如今江山在握，却仍然分不清自己到底身在何处。是在花园里斑岩喷泉之间散步，还是浑身染着血汗，骑在马上率领大军正夺取马可·波罗所描述的那些城市，或者正挥刀砍向包围着城市并爬上城墙的敌人。

记忆对于忽必烈来说，其实并不是短暂易散的云雾，而是烧焦的生灵在城市表面结成的痂，是永远也抹不掉的岁月烙印。如果用现代心理学家的解释就是，人的经历变成了潜意识，决定着我们的人生。而著名心理学家阿德勒的哲学却告诉我们，重要的不是过去，而是你怎么看待过去，我们对过去的看法是可以改变的，那所谓的经历决定人生的说法，就不存在了。

早在几百年前，马可·波罗已提前向忽必烈灌输了阿德勒的哲学，他在对城市的描绘中，帮助忽必烈学会在选择性遗忘中，改变对过去的看法，从而重新定义余生。马可·波罗首先让忽必烈明白，世上的每个人终有一天会抵达"死亡之城"，人生不过是一个轮回。

这座城叫阿德尔玛，在这里，马可·波罗看到了死去的战友，童年时认识的老渔夫，多年前因寒热病过世的父亲，病死的祖母……那些早已离他而去的所有亲人、朋友，甚至是只有一面之缘的已故之人，都在这座城市里出现。马可·波罗惊慌逃窜后，悟出了一个道理——"彼世并不快乐"，因为死去的人都在重复着生前的痛苦，死并没有给他们带来解脱。

既然把希望寄托在来生无望，那今生就要好好过，马可·波罗认为，过好今生就要遗忘过往，畅想未来。马可·波罗带着忽必烈来到了一座极其隐蔽的城市，要拿着放大镜仔细寻找，才能在某个地方看见针头大的一点，再稍微放大一点，才能看见这座城的屋顶、天线、天窗、花园和水池，以及广场、街道等。然而，这座叫欧林达的隐蔽之城会随着时间的推移，一点点长大，然后不断地向外扩，慢慢地，这片土地就被连成了一片。

和象征光明、希望的欧林达相比，贝尔萨贝阿城却选择了将黑暗埋藏在地下。地上的贝尔萨贝阿城人们望着天上的贝尔萨贝阿，以它为楷模，处处为天上的城市增添光彩。人们积攒贵重金属和稀有宝石，不敢有瞬间的松懈享乐，始终保持得体端庄的仪态。

地下的贝尔萨贝阿城，成了地上贝尔萨贝阿城的耻辱，人们认为地下的那座城，所有的一切事物都是卑劣丑恶的，因此不断努力消除和地下相关以及相似的一切。他们想象着地下城的屋顶就像开口朝下的垃圾桶，装满了各种污秽的东西，像人类排出的粪便，从一个黑洞排向另一个黑洞，最后堆成一座歪歪扭扭的粪便城。

但真相却完全颠覆了人们的认知，地下的贝尔萨贝阿城是最有权威的建筑师设计的，用的是市场上最贵重的材料，设施也是最先进、最现代化的。而天上的贝尔萨贝阿却像一个巨大的废物收纳库，装满了飘扬的马铃薯皮、破伞、旧袜子等。

这些和现实有着相似感，又相互矛盾、冲突，甚至是颠覆认知的城市，给忽必烈带来了一场巨大的精神冲击，让他不得不重新审视自己的人生以及对江山的执念。有一天，马可·波罗声称他已经把所知道的全部城市都汇报完了，而忽必烈却说："还有一座城市你没有讲，那就是威尼斯。"马可回答道："每次描述一座城市的时候，我其实都会讲一些关于威尼斯的事。也许我不愿意全部讲威尼斯，就是怕一下子失去她，或者说，在我讲述其他城市的时候，我已经在一点点失去她了。"

马可·波罗把威尼斯看作 55 座想象之城的"母城"，并不是因为它的风景有多美，建筑有多宏伟，而是城市背后的那些坍塌、折叠和消失。这其实也是忽必烈抑郁所在，此刻，他拥有了元王朝的江山，但又正一点点失去这一切。

对于忽必烈来说，这是一种双重的失去，随着时间的流逝，他慢慢地老了，而他拥有的帝国也终将走向没落。正如佛教所讲的成、住、坏、空，四大劫，其实就是世界生灭变化的基本观点，有生就必有亡，生命如此，霸业成败也是如此。

好了，到这，全书的精华内容就分享完毕，我们最后总结一下全文：

首先，我们跟随着马可·波罗，来到欲望之城多罗泰亚城、记忆之城迪奥米拉和伊西多拉，帮助忽必烈剥离城市的记忆与符号，分解欲望的沉重感。并探讨了作者卡尔维诺有关轻盈、训诫、精确、形象、繁复、连续，六大新千年文学品质。

其次，借达马可·波罗对交易之城达欧菲米亚、符号之城瓦尔德拉达城、连绵之城特鲁德的见闻，揭露历代君王的江山之争，不过是现实与符号游戏。并分析了小说的"晶体"棱角，以及相互支棱，包罗万千的行文构造。

最后，通过马可·波罗在死亡之城阿德尔玛，隐蔽之城欧林达，希望之城贝尔萨贝阿的经历，领悟了死亡并不是解脱，而是轮回。并借佛教所讲的世界生灭变化观点，阐明遗忘城市的死亡与失落，以及消除隐蔽的矛盾感的必要性。

我们在岁月的变迁里，在废墟之下，追随着马可·波罗的脚印，聆听不同城市的人们，欣赏他们礼赞生命的歌声。并在现实生活中疲于应付着生活的一地鸡毛，奋力抵抗人生的各种困苦以及病毒。所谓的理想城市并不存在于现实之中，人们因而无法窥见其真貌。

卡尔维诺告诉我们，人生在世，有两种免遭痛苦的法子："第一种是接受地狱，成为它的一部分，直至感觉不到它的存在。第二种是在地狱里寻找非地狱的人和物，学会辨别他们，使他们持续下去，赋予他们空间。"

老爸102 岁

　　每个活着的人都难免会在心里不止一次地反问自己：人活着到底是为什么？自古也有不计其数的大师给出过千百种答案，不一而足，但仍然无法满足每个人对生命的理解。

　　汤冯士·卡莱里写过一句名言：人的一生最重要的不是期望模糊的未来，而是重视手边清楚的现在。这句话曾激励了包括世界著名医学家威廉·奥斯勒在内的无数世人，说明人的一生与其不断追寻生命的价值，不如为眼前好好活着的重要性。

　　印度小众好片《老爸102 岁》中的老爸用不断"捉弄"儿子的方式向世人诠释了生命的真谛及活着的哲学。能活着，就不要忙着死去；能开心地过，就不要让悲伤压弯了腰。记住好的，忘记让你心痛的；珍惜值得珍惜的，放弃不应该执着的。

　　人间纵有万般不值得，生命中的风景却是分外妖娆，活一天算一天或是活着不停追求名利都不算是真正地活过。生命本来就是体验的过程，带着太多思想包袱，掺杂了强求、失意、仇恨、悲伤等就无法活出真自我。

一、102 岁老爸要送 75 岁儿子进敬老院：人活着死气沉沉跟死了没两样，如果不能戒掉沉闷那就是白活

　　75 岁的儿子每天洗澡不会超过 15 分钟，因为那样会感冒，也从不在外面住，床上没有他那床盖了几十年的毯子，睡不着觉，他会在每天固定的时间打电话给医生，生怕自己有什么毛病不能及时就医。

他甚至会在浴室每一个关键的地方贴着提示："水龙头关了吗？""你确定关水龙头了吗？"他感觉人老了，必须要活得更加小心，到了一定年纪不服老不行。

102岁的老爸却感觉自己仍然像个活力四射的年轻人一样永远都不会死，他喜欢到处走，每天坐着摩托车游遍印度每个角落，对一切新鲜的事物都很有兴趣。路上遇到有孩子打球也能上去来一两个花式踢，喜欢扎在年轻人堆里表演歌舞，吹萨克斯。

老爸嫌儿子老气横秋，双肩日益耸起，变得越来越萎靡，于是他提出要送儿子进养老院，免得影响他打破世界长寿吉尼斯纪录。

在一般人眼里，75岁儿子的生活方式其实完全没有什么不妥，人老了稳当小心一点还是好的，反倒是这个102岁的老爸有点逆天，并不是谁都能效仿的。

但老爸却不这么认为，他觉得活着就应该尽情地活着，这或许就是长寿的秘诀。而细思一层，这部戏的真正含义不在此，而是通过喜剧的方式来诠释活着的真谛。

三毛说过：没有变化的生活，就像织布机上的经纬，一匹一匹的岁月都织出来了，花色却是一个样子的单调。

活着的每一天都是按部就班，就算活一百年却也像只活过一天似的。生活的多彩在于它掺杂了苦辣酸甜，只惦记着一种味自然不会活出精彩来。

102的老爸为了改变儿子的生活方式，让他在余下的日子里过得精彩而舒心，开始对儿子实施令人啼笑皆非的任务训练：

给自己去世的妻子写一封情书（要求原创）；

"唆使"儿子找借口和他的"私人"医生闹掰；

在他用了几十年的毯子上剪小鸭子；

用一天的时间去游历曾留下很多回忆、带来快乐的地方；

用心培育一棵中国的君子兰，让它一天内开出花儿来。

一条条看似无厘头的任务，其实是想让75岁的儿子巴布找回自我，从那些曾经承载着青春和欢笑的过去中寻找活力。

走着走着，我们总会很容易被生活中的一些困扰蒙蔽了心智，被灰暗挡住了阳光而忘了初心。活着的每一天都应该尽可能地让自己快乐起来，75岁保留年轻时的热情和对生活的向往，日子也会越过越精彩，就算102岁了，也有理由让自己活着的每一天都充满欢乐。

有些桎梏往往是自己给自己设置的，比如巴布那条几十年来离不开的毯子，说得好听是重感情，其实是情感脆弱的一种表现，一条毯子都无法放下，又怎么能放开世间那些种种不如意，更无法看淡人世间的分分合合。走不出的阴影除了让我们的生活变得越来越消沉之外，于事无补，为什么不能放开了，用胸怀去拥抱更精彩的生活呢。

二、儿子不孝不是你的错，记得他小时候可爱的样子就行了：原谅别人的错就是放过自己

巴布和妻子把唯一的儿子当成心肝宝贝，倾其所有把他抚养长大，儿子去了美国留学后就像断了线的风筝，除了半年一次例行电话，别的时候根本不会有任何联系。用那个102岁爷爷的话说，他的电话只不过是想确认一下家里的老人是否还在，什么时候回来继承家产。

巴布的妻子思念儿子成疾，临走前想让他回来见一面，面对家里三个老人的苦苦请求，他丢下一句冠冕堂皇的话：工作上没有惊人的进展，不好离开公司。

妻子走后，儿子也一直没有回来，巴布却变得更加依赖他，经常哀求他发一家三口的照片过来，他将此当成是自己最大的乐趣。但是随着时间的推移，对儿子的思念越来越重，而失望也越来越大，他害怕自己临死也不能再见儿子一面。

爸爸却一次次想要敲醒他：这个不孝子根本不值得你苦苦哀求、等待，让他就当没生过这个儿子，可是巴布却认为父母为孩子做再多都是应该的，并整日沉陷在被儿子"抛弃"的悲哀之中。

在中国很多家庭，如果宝贝孙子长时间没回来，家里的老爷爷一定会敲着拐杖责骂自己的老儿子，还会命令他不管用什么办法都要让他回来见见家里这些风烛残年的老人。

这恰恰反映了老年人把儿孙当成命根子的普遍现象。儿孙不孝的原因有很多，这里就不要去作过多的评判，应该着眼于：如果已成事实，我们该如何放过自己。

是啊，万事万物，终有一别，可如果在拥有的时候就恐惧离开，那只是白白浪费了拥有的当下罢了。网上有条统计数据：人的一生大概要经历485857次离别，其中至少有3次会令人痛彻心扉。

诚如天边的云聚了又散，散了又聚一样，人生分分合合是常态，不管是什么形式的分离，我们都要学着以乐观的心态去看待。儿孙不孝，爱人离去又或是挚友分道扬镳都不必太过执着，真正的拥有是一起度过了曾经的快乐时光。

还记得曾经大火的 A4 表格吗？我们的一生不过短短的 900 个月。如果画一个 30×30 的表格，那么一张 A4 纸就足够了。如果每过一个月，就在一个格子里涂掉，那么，全部的人生就在这张纸上……

活了 102 岁的老爷爷也感觉自己不可能画满这张 A4 纸，有限的时间里用来执着于众多的求而不得那岂不是太浪费？春有花儿秋有月，夏有凉风冬有暖阳，人生不会只有悲凉，拨开表面那些不堪，才能露出温暖的底色。

三、生活不易，你要学着跟它"皮"一下，乐观的人越活越幸运，苦大深仇地对待生活永远走不出阴影

102 岁的老爸和他的"忘年交"——一个 20 岁左右的小伙子迪鲁非常"玩"得来，一起"捉弄"他那 75 岁的儿子巴布，尽管他非常不堪其扰，他们总会在一旁因他恼羞成怒而暗暗发笑。

老爸像个"顽逆"的小孩子，无时无刻不在想方设法给自己找乐子，而巴布却时刻皱着眉，看谁都像是要来和你抢家财似的，讨厌活着却又害怕死，每天都是这么拧巴着活得死气沉沉而又暗暗与世界为敌。

在做好"学问"的同时，有一两个无伤大雅的爱好，方觉"人间值得"。学会在生活中找到乐趣才能过得更精

彩，所谓沉重自然也会在其中得到稀释。心理学有个说法叫"内应"，你的心里有个开关是自我感应，如果你感觉到快乐，反映出的行为就会将事情向好的一面推动，反之亦然。

换句话说，生命中的一切都来自自己内心的向往，心中有光，才会向着光明的方向行走。如何让自己从沉闷的生活走出来，让自己变得快乐而有趣？

1. 丢掉执着，凡事尽过力就行，不要对结果和自己太过于苛求

睿智的老爸知道导致儿子日愈消沉、背脊佝偻的原因是那个一去不复返的不孝子。老爸让他记住儿子小时候的乖巧，忘记现在那个只惦记着他们早点死，好回来继承家产的儿子。巴布经过几番挣扎，最后没让老爸失望，当着儿子的面摔坏了他小时候的储存罐。

奥萨爵士说：愚蠢的人才会为昨天落泪，为明天担忧。对昨天的忧虑和对明天的烦恼是今天最大的绊脚石，即使最强壮的人也会被它压垮。如果放弃今天，而为想象中的未来费尽心思、忧愁苦闷，那简直是在折磨自己。

现实生活中，有人因为昔日恋人的离去，难以达到的事业高度、实行不了的生活目标等求而不得的事耿耿于怀，惶惶不可终日。同时也无时无刻不在为明天担忧，除了近忧还有远虑，执着一切结果，害怕生活不能如外人看起来那样有成就，把自己的人生价值体现在一个个目标的达成，一次失意就感觉人生很失败。

生活真正的强者，认清了本质之后仍然坚强面对。学着好好享受过程，这远比结果更有价值，无论成与败不过是一

个体验的过程。不执着，不强求，超然洒脱，用再多的繁华、成就装饰也不如在内心修篱种菊怡然自在。

2. 与人为善，爱出者爱返，生活就是一面镜子，你对这个世界越善，它就会对你越偏爱

巴布的眼里，全世界的人除了儿子，别的都是和自己作对的，他用 75 岁的眼光和偏执默默地"仇视"整个世界，对老爸和他的忘年交朋友也是充满敌意，认为他们是合起伙来捉弄自己。

当他知道老爸这样做是因为知道自己得了脑瘤，时日不多了后，他才幡然醒悟，老爸是怕自己走后他无法接受这个世界，打不开心结。巴布悲伤之余，慢慢放下了心中层层防备，突然间感觉整个世界都变得可爱了。

心理学告诉我们，当人体的多巴胺分泌在平均值以上的时候，人体就会处于亢奋的状态。这时人的情绪体验就偏于乐观状态，而且是无意识地自然而然地心情变好、思维敏捷、对人友好、宽容。

如果你很难对外界放下敌意，学着做几件事：

试着对你遇到的人微笑，嘴角上扬，释然一笑，把阳光和善意送给他；

当有人跟你善意地开开玩笑，不妨也跟着一起哈哈大笑，完了再笑着"回怼"他一下；

有什么好东西的时候，跟你最愿意分享的人一起享用，把一个苹果品出更多的滋味来；

不要对某人揪着一点小过节不放，找个合适的机会告诉对方：一切都过去了，我们好好的。

与人为善不是一味卑微地去迁就别人，而是用平和的心

态与周遭的人、事相处，不以自己的臆想、猜测对外界产生敌对心理。与人为善更容易获得别人的帮助和认可，愉悦对方的同时也让自己心情舒畅，做事更加顺心。

3. 找点乐子，只要能让自己轻松快乐起来，不用拘束太多

102岁的老爸喜欢随便在路上拦下一辆车，让司机带着去游玩他的家乡，一路热烈地攀谈，以此来游览整个印度。他喜欢吃美食，喜欢听流行音乐，也喜欢猫在天台上用望远镜看星，喜欢跟年轻人一起玩，喜欢踢球、唱歌跳舞……只要能让自己开心，他绝对不会有半点含糊，102岁却活成了25岁。

摩西奶奶有句话，我很喜欢：真正地爱自己，不是去牺牲掉所有的时间和精力，去打拼什么辉煌的未来，而是在当下，努力去做自己喜欢做的和有趣的事情，让自己的内心充盈着喜悦，让现在的每一天，都以自己喜爱的方式度过。

如果觉得应酬很烦很累，那就尽可能少一点吧，如果躲累了就去踢一场球、看场电影，走出去，只要能让自己轻松、快乐起来，不必拘束于身份、年龄等因素。真正的自我释放是不带任何条件的，有生之年，其实我们唯一的任务就是要让自己有乐趣地活着，这比任何建树都强。

自古伟人建树颇丰，但却并不是我们所认为的那样，都是书呆子，如梁启超爱打牌，不管什么不顺，打一圈下来就都忘了；鲁迅"好吃"，北京生活了14年，仅从这一时期鲁迅日记中，发现他去过的名餐馆就有65家。越会找乐子的人活得越充实，会放松才能更好地投入工作和生活。

小结

生命的长度不能为我们所左右，但是其宽度却完全可以由我们自己掌控。没有变化的生活，就像织布机上的经纬，一匹一匹的岁月都织出来了，花色却是一个样子的单调。就如生活每天按部就班，一成不变，活一百年却如只活过一天似的。

学会放下执着、与人为善、给自己找乐子，令生活变得多姿多彩起来，未来可期，当下充实。但愿你能活到102岁时，还能将自己活成25岁的心态。

荒原精灵

（紫石苑文萃）

高昌 ◆ 著

中国纺织出版社有限公司

图书在版编目（CIP）数据

荒原精灵 / 高昌著. --北京：中国纺织出版社有限公司，2025.7
（紫石苑文萃）
ISBN 978-7-5229-0907-3

Ⅰ．①荒… Ⅱ．①高… Ⅲ．①诗集—中国—当代
Ⅳ．①I227

中国国家版本馆CIP数据核字（2023）第164214号

———————————————————————————

责任编辑：刘桐妍　　责任校对：高　涵　　责任印制：储志伟

中国纺织出版社有限公司出版发行
地址：北京市朝阳区百子湾东里A407号楼　邮政编码：100124
销售电话：010—67004422　传真：010—87155801
http://www.c-textilep.com
中国纺织出版社天猫旗舰店
官方微博 http://weibo.com/2119887771
北京虎彩文化传播有限公司印刷　各地新华书店经销
2025年7月第1版第1次印刷
开本：880×1230　1/32　印张：44.25
字数：741千字　定价：288.00元（全12册）

———————————————————————————

凡购本书，如有缺页、倒页、脱页，由本社图书营销中心调换

目　录

荒原精灵／高昌　著

罗布村

在塔克拉玛干深处
有一个村庄
长期与外界隔绝
几乎被人们遗忘
好奇的探险者
吸引罗布人的目光
从此罗布村不再沉寂
游客把这当作寻梦故乡
罗布人以放牧渔猎为生
土屋里冬暖夏凉
原始的生存状态
人们心地善良
现代人追求太多
脑子装满欲望
罗布人安贫乐道
与世无争世人赞赏

荒原精灵 / 高昌 著

波斯腾湖

想不到在干旱的新疆
有一个烟波浩渺的湖泊
它的名字叫波斯腾湖
湖上鸥鸟飞翔
湖面渔船游荡
湖岸芦苇丛丛
一派江南景象
金沙滩游人如织
景区里车来人往
波斯腾湖
您圆西部人一个梦想

江布拉克

盛夏
我们走近江布拉克
满处
是即将成熟的麦子
越往山前走
空气越清凉
山上的森林遍布
让人赏心悦目
度假村农家乐
一座紧挨一座
人们从四面八方
来此度夏纳凉
江布拉克景色迷人
游客流连忘返

荒原精灵　／　高昌　著

伊吾保卫战

曾经是一个
不知名的地方
因一场战斗
让您远近闻名
当年一个连队
被上千叛匪包围
围困四十天
外无增援
联络中断
一百多名英雄的官兵
同凶恶的敌人搏斗
每天都有战友负伤牺牲
可守卫的阵地
如同铜墙铁壁
坚不可摧
最终援兵到来
消灭了叛匪
英雄们战斗的地方

成为红色教育基地
英烈们的事迹
激励着后人

荒原精灵 ／ 高昌　著

额敏和卓

一个普通的维吾尔人
吐鲁番是您生长的故乡
准噶尔分裂势力侵扰盆地
您带领族人奋起反抗
清军进驻吐鲁番
您率众纳降
准噶尔得势
您率部众远跋瓜州
誓死不与叛乱者为伍
当清军进军时
亲临帐前效力
围攻库车脸中箭伤
血流不止仍不下火线
受到清廷嘉奖
一生经历上百次战斗
最后授封吐鲁番郡王
额敏和卓
您是维吾尔族的楷模

您是吐鲁番的骄傲
您为祖国的统一
奋斗终生
用实际行动
诠释爱国者的情怀

荒原精灵 ／ 高昌 著

致王新艾

听专家的一席话
从此你
便迷上野骆驼
十多次深入
罗布泊荒原
因为那里
是野骆驼的故乡
一个比大熊猫
还珍贵的种群
全世界仅剩一千多峰
大部分都在这里
没人知道您
在寻踪的路上
流淌多少汗水
付出多少艰辛
有几次还差点
丢掉性命
您用行动

向世人展示
什么叫痴迷
什么叫坚定
您用无私奉献
诠释无悔人生

荒原精灵　／　高昌　著

荒原精灵

在亘古荒原游荡着
一个即将灭绝的种群
许多人不知道
它们生存的处境
除人为的捕杀
还有围猎的狼群
为躲避人和狼的伤害
远离人烟
为了种群的繁衍
演绎生存的艰辛
野骆驼
荒原的精灵
浩瀚的戈壁荒漠
到处有你们不屈的身影

保护站

保护站
建立在罗布荒原
方圆数百里
缺少人烟
如同一座孤岛
在辽阔的瀚海高悬
偷猎者们望而生畏
动物们把这当成乐园
保护和救治
是神圣的职责
哪管风里雨里
寒天暑天

团里有位老红军

团里有位老红军
参加过长征
历经千百次战斗
身上伤痕累累
立过无数功勋
组织上几次想提拔
可因为他没文化
只好让他当家属队队长
但他从未感到过委屈
整天依然笑哈哈
老红军衣着朴素
待人和气没架子
他的胸怀和精神
受到人们的赞夸

西风锁阳光

历史的风
吹过阳关
为寻求汉朝的盟友
张骞在塞外骑瘦了骆驼
为了西域的大业
郑吉出关西去屯田
为了挽救西域危局
班超再次出关
为了联姻
细君公主远嫁乌孙
谁说西出阳关无故人
汉武帝为得到西域宝马
向西域派遣十万大军
将士汗洒阳关道
猎猎西风锁征程
历史的风
时代的雨
让阳关道
铺满厚重烟尘

荒原精灵 ／ 高昌 著

兵团精神

做梦都没想到
我会成为兵团人
走进这个大熔炉
一种自豪感油然而生
父辈们创业
住地窝子和干打垒
成为那辈人的时尚
我到兵团
住窑洞和平房
和父辈们相比
住房算是更新换代了
虽然条件简陋
人们的精神可嘉
讲奉献比贡献
谁也不甘落后
兵团人用实际行动
诠释勇往直前的兵团精神

想念兵团

因工作需要
我调离兵团
但我的心
却装着兵团
工作遇到困难
老一辈创业精神
时常在脑海浮现
想起老一辈
浑身力量顿添
兵团精神是指路的灯
前进路上勇往直前

荒原精灵 / 高昌 著

走进高原

在盆地住久了
想出去走走
火车一路爬坡
像老牛拉车
不断在减速
还直喘粗气
窗外的绿树
遮挡视线
双目远眺
远处什么也瞧不见
人上山爬坡
常感吃力
机器也依然

西宁

高原的城市
楼房很多
街道上的树
却很少
即便有
长势也不那么茂盛
高原缺氧
人感觉不舒服
生长的树
似乎也有感觉

荒原精灵 ／ 高昌 著

塔尔寺

去塔尔寺
塔尔寺很有名
塔尔寺的建筑更有名
座座寺庙
历史古老
向世人昭示
年代的久远

班禅故居

班禅故居
并没想象中的宏大
室内陈设
也很简单
因是大师居所
所以令人神往
故居很少对外开放
我们有幸走进室内
在大师曾经的卧榻上
拍照留影
进屋时阳光灿烂
出门时阵雨降临

荒原精灵 ／ 高昌 著

唐卡

唐卡
是绘画师精心制作
每一道工序
都不敢马虎
唐卡是艺术品
所以受人欢迎
国内外的客人见了
都赞不绝口
唐卡传承千年
艺术赋予生命

牛郎与织女

一条天河
将牛郎与织女
无情地隔开
他们天天
站在河的两岸
织女哭干了眼泪
牛郎望穿了双眼
盼
鹊桥相会的
那一天

荒原精灵 ／ 高昌 著

人民大会堂

我有幸
走进人民大会堂
高大的建筑
令人向往
会议厅里
聚集一群文学工作者
他们来自四面八方
感谢会议组织者
让我们这些普通人
来这里颁奖
人民大会堂
你让我获得太多能量

故宫

一座宫殿
矗立几百年
宏伟的建筑
令人惊叹
当年的皇宫
戒备森严
一般人
岂能观瞻
如今这里
游人众多
历史已经改变

荒原精灵 ／ 高昌 著

鲁迅文学院

朝阳区的八里庄
一座学院在这里隐藏
多少默默无闻的学子
走进这座人生的殿堂
听导师的谆谆教诲
心里日渐亮堂
如同迷途的羔羊
找到了回家的方向
学院的精神光照
映亮文学曲折的路

八达岭

一年四季不断游人
一条龙在群山起舞
站在岭上心中顿添豪情
古人为挡住北边的铁骑
修建绵延万里的长城
为了长治久安
宫廷发出庄严的号令
白骨不计其数
长城创造人间奇迹
为建长城演绎多少人间奇闻

荒原精灵 ／ 高昌 著

黄鹤楼

一座楼
竖立在长江岸
为一座都市
将厚重增添
仙鹤的故事
在城乡流传
黄鹤楼高耸
层层登高望远
城市的繁华
分外耀眼

长江

滚滚长江
奔流向前
一条江
将一个民族繁衍
灌溉城乡
富饶两岸
书写历史新篇

荒原精灵／高昌 著

大别山

大别山
高耸巍峨
刘邓大军
奉命入鄂
千里转战
战功著卓
生与死
血与火
历史铭记
人民军队的执着

三峡大坝

长江奔流千万年
从未有人敢截断
如今我们
将千年的梦想实现
一座大坝
矗立在世人的面前
为害的长江
将福源增添
高峡出平湖
从此美名传

荒原精灵 ／ 高昌 著

汗水

汗水
是劳动者
辛苦的见证
点点滴滴
都是情

脚印

跋涉者身后
留下串串脚印
长长短短
深深浅浅
无论深浅
都是一曲
奋斗的歌

荒原精灵／高昌　著

赛跑

人生
如同一场赛跑
每个人
在有限的时间段
留下
自身的印迹

嫉妒

人
一旦产生
嫉妒心
心里
便不平衡
看事物
有违常理

荒原精灵 ／ 高昌 著

邪念

当金钱迷住
双眼
心里
邪念滋生
为了私欲
不顾一切
有些贪腐者
已断送前程

爱心

爱心人人有
非常可贵
当道德的天平
失衡
爱心离人远去
人世间的闹剧
频频上演
多少有识之士
呼唤爱心的回归

荒原精灵 / 高昌 著

雷锋，你在哪里

雷锋叔叔
当年你的身影
时常浮现在
人们的面前
在最需要的时候
总会闪现您高大的身影
如今
你离开我们远去
多少人为此叹息
雷锋叔叔
您快回来吧

红柳

在浩瀚的戈壁
在茫茫的沙漠
由于干旱
所有的生命
都不存在
偶尔看到你的身影
一丛红柳
在漠风中摇摆
向世人展示
生命的奇迹

荒原精灵／高昌　著

沙枣花

阳光明媚的五月

沙枣花开

芳香扑鼻

路过的行人

被深深吸引

止不住停下脚步

站在树下

细瞧慢品

沙枣花香

香气迷人

古榆

一株古榆
冲天屹立
粗壮的树干
布满岁月的沧桑
数百年的
风风雨雨
在您的身上
演绎多少
动人的故事

荒原精灵 ／ 高昌 著

黄河

一条河
流淌亿万年
在千山万壑间
书写着激情与豪迈
流到哪里
哪里唱起生命的赞歌

长城

长城
绵延万里
像一条龙
腾跃在华夏的天地
您是一道坚固的墙
竖立在
农耕与草原两大文明之间
千百年来演绎
多少催人泪下的故事

荒原精灵 ／ 高昌 著

壶口瀑布

黄河的水
集中到壶口
咆哮声
震耳欲聋
仿佛河水
从天上倾泻而来
其势
锐不可当

五台山

五台山冲天而立
力压群山
山上的建筑
依山而建
道观里烟雾缭绕
香火不断
向世人昭示
传承的久远

荒原精灵 ／ 高昌 著

走西口

历史上的走西口
是隐藏在心里的痛
在那个不堪的岁月
多少人身不由己
背井离乡
又有多少人
饿死在这条道上
当年的历史
已一去不复返
可那段历史
永远记录在历史的档案

西安

一座古老之城
一座神奇之城
汉唐盛世
在这里演绎
都城长安
成为世界的中心
万国来朝拜
彰显中华魂

荒原精灵 ／ 高昌 著

兵马俑

泥塑的雕塑
排兵布阵
身穿盔甲
手握矛盾
秦的军队
远近闻名
东征西伐
无坚不摧
兵马俑
再现当年雄风
千年不变的情怀
感动多少人

黄帝陵

一座雕像
倾倒多少人
四面八方的游客
前来拜访黄帝陵
一位始祖
创造了华夏文明
崇拜您
感恩您
一切都发自内心

荒原精灵 ／ 高昌 著

美食街

美食街上人潮涌动
各式美食香味扑鼻
叫卖吆喝声不绝于耳
品尝的游客赞声不息
民族美食
彰显大国盛世
富起来的人民
享受人间的美食

延安

一个雨夹雪的上午
我们从西安来到延安
纪念馆敞开大门
迎接远道而来的客人
听导游讲过去的故事
心里充满崇敬
根据地艰苦创业
共产党人的坚强意志
唤起全中国劳动人民
在血与火的磨砺中
不断成长壮大
最终战胜强大的敌人
延安是中国革命的圣地
鲜红的旗帜将永远挺立

荒原精灵 ／ 高昌 著

关于诗歌的话题

一

也谈不上技巧
唯有生活
阅历越丰富
写出来的诗
才有深度

二

也有的人
很有天赋
常常自命不凡
但缺少阅历
写出来的东西
显得有些青涩

三

好诗是汗水
加上人生的
酸甜苦辣
泡制而成

四

写诗很苦
有时为了一句话
得反复推敲
反复打磨

五

写诗很累
为完成一首诗
不分昼夜
折腾得死去活来

荒原精灵 ／ 高昌 著

微信

微信太神奇
相隔千万里
一条信息
将你我距离拉近
曾经不认识的你我
从此成为知己
科技显神威
信息改变自己

乡愁

是母亲手中的线
越扯越长
乡愁
是故乡的山路
伸延远方
乡愁
是故乡的河
源远流长

荒原精灵 ／ 高昌 著

布谷鸟

春天到来
山绿水清
传来布谷鸟的叫声
布谷布谷
声声催人奋进
众乡亲
纷纷走出了家门
耕田犁地
忙个不停
翻地播种
季节不等人

采桑葚

五月艳阳天
催熟吐鲁番的桑葚
树上缀满
白色紫色黑色的果实
乐坏众乡亲
男女老幼
笑逐颜开
纷纷采摘
甜蜜
甜透了心肺

荒原精灵 ／ 高昌 著

坎儿井

清澈的泉水
映照脸庞
长长的隧道
通向远方
炎热的空气
在这里骤凉
古老的坎儿井
神奇的坎儿井
不分昼夜地流淌
您让荒原变绿
您让甜蜜布满城乡

南湖的杏花

春暖花开的季节
南湖迎来喜庆的日子
杏花节如同满树的杏花
如期盛开
四面八方的游客
蜂拥而来
万亩花树
组成花的海洋
赏花人迷醉了
忘记归程
南湖的果农
看在眼里
喜上眉梢

荒原精灵 / 高昌 著

南湖的杏

桑葚即将下市
南湖的杏成熟
忙坏了南湖的果农
急坏了四面八方的客商
用最快的速度收集
用最便捷的途径运输
把南湖的杏
输送到全国各地
把甜蜜与人们
共同分享

苏力旦老人

他的名字叫苏力旦
是苏力旦杏的培育人
老人今年七十五岁
还在基地上忙碌
就这样日复一日
年复一年
从不间断
数十年的汗水
数十年的艰辛
终于结成硕果
苏力旦杏苗
抗热抗风抗蚜虫
受到果农们的推崇
苏力旦杏表面光滑
个大均匀含糖量高
口感极好
受到消费者的欢迎
全市的杏树

荒原精灵 / 高昌 著

苏力旦占百分之七十
一个普通的农民
干出让专家们震惊的事
有人羡慕老人的财富
可谁知道他付出了多少艰辛
苏力旦老人
当代农民的楷模
你用勤劳与智慧
酿造人生的甜蜜

支边人士叶友浓

一个支边青年的后代
扎根在具有风库之称的土地
半个多世纪的磨砺
铸就了你钢铁般的个性
当人们沿着传统从事劳作
你的心却在萌动
种地蛮干不行
必须有所创新
种棉花低产
就改种韭菜
同是一亩地
收入翻几番
叶友浓成为
远近闻名的致富带头人
叶友浓富了
没忘帮贫济困
队长的言传身教
带动众乡亲走上
共同致富的道路
让乡亲们美梦成真

巴哈古丽

巴哈古丽姑娘
美丽如天使
一个农民的姑娘
走进大学的校门
如今她又有了文学梦
出版一部长篇小说
姑娘热情好客
把我们带进了家门
别墅式的建筑
前后宽敞的庭院
楼后还有浴池
真不敢相信
在偏远的乡村
能建这么有品位的建筑
巴哈古丽
充满梦想的姑娘
春天里追梦的姑娘

相遇

在春风送暖中
在桃红柳绿里
我和您相遇
我的双眼
紧盯您的双眼
眸中透过阳光
心与心贴近
手与手相握
时间在热望中流失
久久不忍分离

荒原精灵 ／ 高昌 著

拍照

满树桃花
映亮了春色
站在树下的您
与桃花比艳
紫色的纱巾
在风中飞扬
我将此时此景
定格在镜框

让我告诉您

柳枝发芽了
风会告诉您
杏花要开了
阳光告诉您
河水解冻了
鱼儿告诉您
您心爱的人在哪里
我会告诉您

荒原精灵 / 高昌 著

克尔碱

一路铃声
跌落在历史的风尘
雅丹地貌
在风沙中发出啸声
汽车在减速中
我们来到克尔碱古镇
发掘的古墓
让世人震惊
古铜剑发出微光
凯甲残留远古的烙印
将军征战沙场
浩气依然长存
山岩上的岩画
讲述久远的故事
镌刻的水系地图
留下开拓者的足迹
怪石山上的石头
抒发着旷世的豪情
克尔碱用独特的方式
传唱时代的梵音

我是一只百灵

我是一只百灵
歌唱是天生的本领
诗是身上的羽毛
歌是坦诚的心灵
看世间百态
观历史风云
善与恶仔细分辨
美与丑细致权衡
扬善惩恶从不含糊
颂美揭丑命中注定
决不轻言放弃
只要一息尚存

荒原精灵 ／ 高昌 著

鲁克沁

丝绸之路的最深处
隐藏着一个古城
它的名字叫
鲁克沁

汉朝的一代名将
曾经驻扎鲁克沁
他留下的故事
传递古今

额敏和卓郡王
鲁克沁是他的故乡
当年的城堡
是反分裂的战场

鲁克沁
在历史的硝烟中消失
又在重建中
成长

胜金台

传说当年
唐僧师徒经过这里
胜金河突发洪水
将装经卷的包裹
卷到洪流中
孙悟空急中生智
踏云将包裹捞出
再把打湿的经卷
晒在石台
从此这里
便叫晒经台
人们流传中口误
变成了胜金台

荒原精灵 ／ 高昌 著

晾房

当秋季来临
吐鲁番吟出组诗
新鲜暂时落寞
成熟缀满吐鲁番

晾房清闲三个季节
此时更显繁忙
逗留阳光的眸子
葡萄塞满晾房的花格窗

吐鲁番

您是一位历史老人
心中装着许多故事
饱经风霜的脸上
到处镌刻着时代的烙印
那座座废弃的古城
传递久远的语音
开掘的上千条坎儿井
涌动着满腔的激情
长长的葡萄沟
与世人谈论古今
下沉的艾丁湖
向游客讲述着怨情
高耸的苏公塔
是您远去的背影
吐鲁番远近闻名
是因历史贯穿古今

荒原精灵／高昌　著

天山

卷起雪花
舞动云彩
坚硬的岩石
竖立一道风景
纵横千里
气势岿然
浓墨重彩
势压群山

高昌乐舞

高昌的城头
彩旗飘扬
高昌王宫
金碧辉煌
舞女身段柔美
鼓乐声响亮
大唐来使
观之心狂
用心良苦
引入大唐
高昌乐舞
盛名远扬

荒原精灵 ／ 高昌 著

天马

伊犁的河水
滋润着草原
肥美的牧草
养育了天马
天马奔跑如飞
骑兵显神威
汉武帝闻听
有心夺取
不怕路途遥远
派将士西征
西域出宝马
天马赴汉朝

哈密瓜

哈密瓜成熟的季节
热闹了东湖
驿站的马车
沿古道前行
带着边塞的风尘
一路来到京城
故宫的大门
一重重打开
哈密瓜的甜蜜
震撼清朝的宫廷
从此哈密瓜
闻名远近

荒原精灵 ／ 高昌 著

吐峪沟

一座古村
隐藏在峡谷
百年老屋
布满沧桑
河流穿村而过
浓荫遮蔽村庄
五月桑葚成熟
满树散发着清香
大人们树下站
树上忙坏了小巴郎
小鸟在天上飞
古村处处笑声扬

远古人

远古人
起初很脆弱
生活环境很艰苦
奋斗的意识却很强
为了生存
他们学会了围猎
学会了藏风躲雨
学会了耕种养殖
在不断地探索中
种群不断繁衍
人类最终成为
世界的霸主

荒原精灵 ／ 高昌 著

强人

强人在世
爱争强斗势
处处显出
与他人不一般
他们很自负
他们很自尊
懂得用什么方式
显示自己的强势

富人

富人有多种
有人靠继承
有人靠奋斗
有人善巧取
有人敢豪夺
他们用不同的方式
展示富有
不同的方式
显示不同的人格

荒原精灵 ／ 高昌 著

穷人

穷人之所以穷
是因为少有机会
有人付出很多
效果并不好
也有的人
生性懒惰
不愿付出
有的人开始很穷
后来很富
一是奋斗
二是机缘
穷与富
不是天生

雪莲

圣洁淡雅
生长在雪域高山
在下为石
在上为莲
身材虽小
能挡风雪严寒
我望向它
一股热流
涌上心间

荒原精灵 ／ 高昌 著

故乡

故乡的河
清澈透明照人脸
故乡的山
喷绿吐翠养人眼
故乡的路
沿着山腰伸向前
故乡的老屋
簇簇翠竹将屋掩
父亲上山砍柴
母亲端坐门前
儿行千里
母亲心挂牵

五月

五月的鲜花
开遍了原野
五月的葡萄
又酸又涩
五月的桑葚
挂满枝头
黑桑子
紫桑子
白桑子
又甜又鲜
吃到嘴里
暖透心间

荒原精灵／高昌　著

天使

葡萄亮在架下
那是天使的眼睛
望来来往往的人群
观世间的沧桑
阿拉尔古丽
如天使般美丽
黑亮的大眼睛
比葡萄还亮
小伙子们看到她
如蜜蜂般围绕
天使的笑声
如百灵鸟清脆

麦西来甫

一条葡萄长廊
披上绿色的盛装
一群人
在跳麦西来甫
手鼓咚咚响
姑娘舞姿美
小伙歌喉亮
男女老少齐拥来
笑声满葡乡

荒原精灵 ／ 高昌 著

沙山

是风在作怪
还是岁月作祟
日积月累
一座山便形成
飞鸟望而却步
红柳不见了
少许骆驼刺
顽强地顶着烈日
做最后的挣扎
沙山将庄稼掩埋
沙山将房屋掩埋
沙山下到底埋藏多少
无人能够回答

楼兰

一个古老的国度
一座古老的城池
一支古老的人群
还原一个古老的传说
楼兰王国在无声无息中
突然消失
是被战火硝烟掩埋
还是缺水断粮所致
历史没有记载
留给后人一个谜团

荒原精灵 ／ 高昌 著

艾丁湖

在地标图上
艾丁湖的底在
负一百五十多米
这里有许多想象
名为月亮湖
夜晚只有月光
白天辽阔的土地上
蜥蜴在沙地上奔忙
野兔在芦苇丛中隐没
远处偶尔一两只黄羊
湖水在光照下消失
洪水来时又见湖水上涨
艾丁湖就像姑娘的面纱
它的兴衰让人难忘怀

春天来了

一束花在风中干枯
一股水在地底流行
沙石埋藏一个季节
等待穿越时空的过程
树上的花骨朵含苞欲放
地上的小草簇簇返青
出圈的羊儿活蹦乱跳
牧羊人挥鞭踏上征程

葡萄地里欢声笑语
嘹亮的歌声赛过百灵
劳动的汗水凝结喜悦
甜蜜的笑声
喜迎春天的来临

荒原精灵　／　高昌　著

89

记得那时年纪小哟

（紫石苑文萃）

胡培红 ◆ 著

中国纺织出版社有限公司

图书在版编目（CIP）数据

记得那时年纪小哟 / 胡培红著. --北京：中国纺织出版社有限公司，2025.7

（紫石苑文萃）

ISBN 978-7-5229-0907-3

Ⅰ . ①记… Ⅱ . ①胡… Ⅲ . ①散文集—中国—当代 Ⅳ . ①I267

中国国家版本馆CIP数据核字（2023）第164053号

责任编辑：刘桐妍　　责任校对：高　涵　　责任印制：储志伟

中国纺织出版社有限公司出版发行

地址：北京市朝阳区百子湾东里A407号楼　邮政编码：100124

销售电话：010—67004422　传真：010—87155801

http://www.c-textilep.com

中国纺织出版社天猫旗舰店

官方微博 http://weibo.com/2119887771

北京虎彩文化传播有限公司印刷　各地新华书店经销

2025年7月第1版第1次印刷

开本：880×1230　1/32　印张：44.25

字数：741千字　定价：288.00元（全12册）

目　　录

记得那时年纪小哟／胡培红　著

第三辑　乡村风情

第一辑

童年的吃

一方水土养育一方人。

我的家乡地处黄河口一隅——山东省东营市利津县盐窝镇十六户村。一个绿树掩映的小村庄。五千多人的村落，几个小村子毗邻而居、相依相傍。

年纪渐长，竟颇有些怀旧心理。蓦然回首，童年岁月即似那熟悉的小村庄上空飘荡的炊烟，丝丝缕缕，袅袅渺渺，穿越时间的尘埃，清晰呈现在眼前……

那时正值 20 世纪 70 年代，物质资源匮乏，人们生活并不富裕。计划经济时期，副食品短缺。粮票、布票、油票、糖票、肉票……好多商品皆凭票定量供应。

欲望低也就易满足。小孩子都是嘴馋的。凡是能吃到嘴里的吃食，都能带给我们莫大的快乐与满足！

舌尖上的童年滋味，隽永芬芳，那是幸福的味道，就蕴藏在爆米花、螃蟹酱、榆钱谷渣、包皮子饼、年糕和饺子之中。愈品味愈浓，愈品味愈香！

让我们保留一缕童年的幸福味道在心中吧，这样就保留了一份温暖、一份柔软、一份安详。那么，在人生的旅途中，即使遭遇了暴风骤雨、艰难坎坷和喧嚣烦扰，我们也会不惊慌、不颓废、不退缩。

螃蟹酱·豆腐脑

　　我五岁时，妹妹出生。从那时起，我就跟着爷爷奶奶生活。因此，我成了奶奶的小尾巴。奶奶走到哪儿，我就跟到哪儿。

　　有一户本家街坊，家里人常到胶东（威海、烟台）一带做生意。家境较平常人家殷实一些。

　　有一次，我随奶奶去他们家玩。那家的老奶奶为我端出一碗稀罕的吃食，说："这是从胶东带来的螃蟹酱，尝尝吧妮儿！"我把碗接过来，捧在手里：只见白白的蟹肉细腻亮泽，里面掺了几片碎蟹壳和几个大大的蟹螯。我抿了一小口，啊，咸香醇美！是我从来没尝过的味道！就这样，我一口气吃了半碗螃蟹酱，齁得我回家后咕咚咚喝了好几大碗水。可那鲜美香醇的味道啊，一直保留在了心底的记忆里。

　　我有位本家三爷爷，家里卖豆腐。我最愿随奶奶去他们家串门。这是一个小孩子心里的小秘密：去了可以喝到一碗免费的豆腐脑。

　　那是一碗怎样的美味佳肴啊！白白嫩嫩的豆腐脑，泛着丝丝亮光，里面没有一丝杂质，白得能耀花人的眼。豆腐脑层层叠叠堆在碗里，颤颤的。放在鼻子下一闻，真香啊！是一种厚重醇美的豆香味！舀一勺，放进嘴里：细细的，滑滑的，入口即化，齿颊生香！能感觉出这细腻滑润的美味经过你的喉咙和胃肠，滋润熨帖了整个的身心！

现在的豆腐脑，即使放再多的辅料佐品，也再吃不出当年那醇厚鲜香的味道了！

聪明的朋友，请你告诉我：是现在的食物不再美味可口，还是我们再也没有当年的好胃口了呢？

蝎豆·爆米花

俗话说："难过的日子好过的年。"出了正月，年味渐渐淡去，空气中弥漫着春天的气息。

"二月二，龙抬头。"母亲拿出事先挑拣好的黄豆，倒出玻璃瓶中的红糖，要给我们炒蝎豆了。她先将豆子放在大锅里炒开了花，在豆子快要出锅时放进红糖，用铲子快速翻炒几下，然后赶紧翻倒在面板上，用筷子快速拨拉开，凉透。拣一颗，放进嘴里一嚼，咯嘣脆，又香又甜！

听到街上传来"嘣"的闷响声，小孩子们欢喜地叫道："呀！爆米花儿的来了！"大家争抢着用瓢子舀了玉米，拿上小簸箕，跑到街上。

路口的崖头上，大大小小的孩子排起了长队，每个人的脚边放着自家的搪瓷缸或瓢子，里面盛着或多或少的黄澄澄的玉米，只有少数几个盛的是白花花的大米。来爆大米花的是家境殷实人家的孩子，家境困顿些的人家，如若孩子要爆大米花，家里大人会训斥："啧啧，浪费大米啊！别'抛福'啦！"

爆玉米花的是一位老人，面色黝黑，正乐呵呵地忙活着。爆玉米花用的是一个特制的铁锅：中间粗，两头细，顶上有盖子。老人手脚麻利地把玉米倒进锅里，用盖子封好，然后把铁锅架在架子上。架子下面，是烧得正旺的炭火盆。老人一手拉风箱，另一手摇动铁锅一端的把手，使铁锅不停地转动起来。铁锅把手上，有一个圆圆的表盘，老人不时地看一下时间。大约过了十分钟，老人停住手，把铁锅从架子上拿下来放到地上。他用脚踩住铁锅另一端的踏板，只听"嗵"的一声响，锅上的盖子爆开了！铁锅里黄澄澄的玉米粒已变成了白花花的玉米花！随着从铁锅里爆出的白烟，玉米花的香味也四溢开来！老人把玉米花倒进这家孩子的簸箕里，这家孩子交给老人一角钱，然后乐颠颠地端着一簸箕白花花的玉米花回家了……

用铁锅、炭火爆出的玉米花，脆、香、酥，有一种玉米特有的清香味！尝过以后，终生难忘！

二月二前后，是农家孩子幸福无比的日子。每个人口袋里都鼓鼓囊囊地装满了玉米花或蝎豆。有时候，两个小伙伴见了面，还会互换一下吃食，用一把玉米花换一把糖豆或咸豆，仰头放进嘴里，"咯嘣嘣"嚼得满口生香……

童年的岁月啊，因了这咯嘣脆的蝎豆和爆米花，愈品味儿愈浓！越嚼味儿越香！

榆钱谷渣

三月里，在和煦的春风吹拂下，榆钱熟了。因其形如串串铜钱，故称榆钱。一嘟噜一嘟噜鲜绿色的榆钱挂在枝头，肥嘟嘟的，挨挨挤挤，惹人喜爱。

这时节，奶奶和母亲总会搬来梯子，欢欢喜喜地上树捋榆钱。榆钱装满篮了，便耐心地挑拣、洗净。经过搓洗，榆钱散开了。一片片，绿绿的，嫩嫩的，像圆圆的小花瓣。

我和妹妹喜欢抓一把榆钱，放进嘴里嚼嚼。榆钱有一种清甜的味道，越嚼越黏稠，滑腻芳香。榆钱性温和，不似槐花一样有毒性，生吃对人也没有害处。

在榆钱上撒一些盐，拌进一些玉米面和麦子面，调进葱花和油，用手拍成一个个小窝头的模样，放进铁锅里蒸。开始时保持大火，待蒸笼四周冒出腾腾的热气后减小火候，过二三分钟后再熄火。半小时左右，榆钱谷渣熟了！刚出笼的榆钱谷渣鲜绿松软，清香弥漫。咬一口，绵糯爽口，香酥酥、甜滋滋，这时如果再有大葱和虾酱佐餐，那可真是人间美味啊！

在物质不丰厚的岁月，榆钱不知慰藉了多少困顿的心灵！榆钱谷渣不知救活了多少人的性命呢！

谁说草木无情呢？

野菜香

三月里生机盎然，万物复苏，正是各种野菜蓬勃生长的季节。

我和妹妹常常挎上小篮子，去野外挖野菜。我们农家孩子和土地最亲，也深谙各种野菜的特性。

小曲曲菜绿绿的，叶扁圆，中间有紫红的叶脉。用手一掐，叶片里会流出白白的像奶汁一样的汁液。小曲曲菜吃在嘴里苦苦的。我吃过奶奶用小曲曲菜拌玉米面做的菜团子，有一种苦苦的清香味，很好吃。有时把小曲曲菜采来后，洗净，切成段，加盐、醋和香油，凉拌着吃。还可以用小曲曲菜蘸酱吃，亦苦亦甜，回味无穷。

大曲曲菜颜色发白，叶窄而长。吃在嘴里有些发艮。

老鸹瓢叶子大而圆，结的种子像绿色的长寿果，纺锤形，中间粗，两头尖，吃到嘴里软软的，有一种涩涩的清甜味。

黄荆子菜最喜欢黄河口的碱性土质，刚发芽时呈嫩绿色，又细又长的叶子饱含绿色的汁液。把黄荆子嫩叶采来，洗净，拌进盐、醋、蒜瓣和香油，闻一闻，清香扑鼻；尝一口，爽口开胃。真是难得的野味佳肴！

最妙的是能找到棵"秃噜酸"呵，采一片厚实的叶子放进嘴里，嚼一嚼，酸酸的，肉肉的，满嘴清香。

　　"野菜里面三分粮。"黄河口各种各样的野菜装点了这方土地，也滋养了这方土地上的生灵！

红糖块·白糖块

　　糖果的诱惑对于小孩子是不可抵挡的。可我们小时候几乎见不到什么糖果。

　　红糖、白糖凭票供应，在平常农家孩子的生活中属稀罕物。那种包有糖纸的糖块在平时更是不得见。

　　甜蜜了我整个童年记忆的，就数那人工熬制的"老头子糖"了。

　　我们邻村有一对老夫妻，无儿无女。公社里照顾他们，每月给他们发糖票。老婆婆不常出门，每天在家里用红糖、白糖熬糖稀，做糖块。老爷爷整天推着一辆手推车，走街串巷卖"大糖"。

　　当胡同里"好大糖哦——"的叫卖声响起来时，小孩子们就会争先恐后地从家里跑出来，有的手里攥着一两分钱来买糖，有的拿着旧鞋、废铁丝来换糖吃。

　　卖糖的老人一年四季一身黑色的粗布衣，黝黑的肤色，脸上布满刀刻般的皱纹，看不出年龄。我们小孩子只是觉得他很老了，就亲切地把他的糖称为"老头子糖"。

　　"老头子糖"分为两种：红糖块和白糖块，都是圆圆长长的样子。红糖块一分钱两块，白糖块一分钱一块。每一次，思量半天后，我都会买红糖块，因为这样可以多吃一块糖呢！

每次买了糖，我和妹妹就会欢天喜地地跑回家，先请爷爷和奶奶品尝！而每次，爷爷和奶奶都只是象征性地舔一下，咂咂嘴，摸摸我们的头，夸奖我俩一句，然后再把糖放回我们的手里。

　　这时，我和妹妹就心安理得地接过糖，跑去没人的地方，美美地享用了！

　　糖块放进嘴里，不舍得一下子嚼碎，而是慢慢地舔舔，慢慢地咽下。那甜味，会顺着舌尖慢慢沁下，甜得我们咧开了嘴，笑眯了眼，一直甜到了心里去哟！

两掺子卷子·包皮子饼

农家人深知粮食来之不易，再加上经济条件拮据，所以，平时的一日三餐都是窝头饼子就咸菜，只有在麦收以后或是家里来了客人，才会做一顿两掺子卷子或包皮子饼改善一下生活。

两掺子卷子是用发好的面做的。酵母加水，放进一点小麦面饧发，然后加进玉米面和小麦面揉成长条状，用刀切开，再饧发半小时后，放进笼屉，上锅蒸熟。这种卷子呈方方的形状，因里面放的小麦面少、玉米面多，所以呈现略微泛白的黄黄的颜色。卷子里面掺了少许小麦面，因而吃起来不似纯正的玉米面窝头那么粗涩难咽，口感要细腻滑润许多。

谁家来了客人，那家母亲就张罗着做包皮子饼了。

把高粱面用热水烫一烫，松散的高粱面就结成了块状，用手把高粱面团一团，拍一拍，做成扁圆的形状；小麦面里加水，揉成团，用擀面杖擀成薄饼状。母亲用薄饼把高粱面团包住，捏紧，再擀成饼，贴在锅边上烙熟。

做包皮子饼时要注意，包在外面的小麦面和里面的高粱面量要差不多，这样烙饼时外面的面皮会鼓起来，两面翻转，不一会面皮就酥黄焦脆，面皮面瓤不粘连。

酥酥的皮，糯软的瓤，吃起来麦香掺着高粱香，别有一番滋味。

消息牛

初夏时节，天气慢慢变热了。当树林里"知了知了"的消息牛❶（即蝉）叫声响起的时候，小孩子们的心里就发痒起来。

吃过晚饭，小孩子们放下饭碗就往外跑，把母亲"慢点跑"的叮嘱声远远抛在身后。

刚刚下过一场雨，村边小树林的地面上湿湿的，踩在上面软软的，鞋底就糊上了泥巴。小孩子们顾不上这些，大家都弯腰，低头，睁大眼睛仔细地在地面上寻找着消息牛的洞口。因刚下过雨，地面土壤变得湿软，消息牛更容易从地下钻出来。

树林边的小河里传来阵阵蛙鸣，此起彼伏。

不大一会，就有孩子高兴地叫起来：我找到了一只！大家闻言都快速围拢来，只见地面上有一个黄豆粒大小的小洞，用小手指轻轻一挑，小洞变大了。把食指伸进洞里，感觉有个东西轻轻钳住了你的指头，快速把手指向上一提，就有一只消息牛被提了出来。消息牛有成人的大拇指大小，长着两只大钳子，后面有四条腿，身上还粘着一些湿土。别的

❶ 消息牛又叫节溜龟、知了猴，其实就是蝉的幼虫，学名叫作金蝉。

孩子见了，羡慕得不得了，更加仔细地低头找寻起来。最后，每个人都有了可喜的收获。

把消息牛带回家，让母亲用盐腌一下，蒸窝头的时候顺便放进锅里蒸熟，就变成了让孩子们欣喜不已的美味佳肴。

在那个物质资源极端匮乏的年代，这些大自然的无私馈赠，为我们的童年时光增添了多少活色生香的童年趣味啊！

老冰棍

盛夏来临，酷热难当。

正是各种瓜果上市的季节。大集上，琳琅满目的瓜果让人目不暇接。脆甜的酥瓜、红沙瓤的西瓜、又香又面的面瓜，都让小孩子们垂涎欲滴。但精打细算的母亲平时不舍得买这些，只偶尔买一两个酥瓜蛋子，让我们解解馋。

而老冰棍，味道甘冽清凉，物美价廉，成了小孩子们最切合实际的期盼。

听人说，老冰棍是用凉水加糖精做的，对健康无益。可我们小孩子顾不得这些，那冰凉甘甜的滋味对我们有着无尽的吸引力。

烈日炎炎，"冰棍，冰棍，五分钱一根！"大街上响起卖冰棍人的吆喝声。这声音就像集结号，不一会儿，冰棍箱旁就聚集了一群大大小小的孩子。

卖冰棍的是一位上了年纪的老人。花白的头发，瘦削的脸庞。老人推着一辆自行车，自行车后座上有一个方方正正的小箱子，箱子用细绳固定在车后座上，一块小棉被把箱子盖得严严实实。

老人对围在冰棍箱旁的孩子们摆摆手，和气地说："别急，别急，一个一个来。"孩子们纷纷将手中的五分钱硬币交给老人。老人揭开箱子上的棉被，打开箱盖，一缕白色的凉气冒出来。不大一会儿，老冰棍就被一根根放在了小孩子们的手中。

咬一口老冰棍，凉凉的，甜甜的，丝丝清凉沁入肠胃，遍布全身。

孩子们笑眯了眼，大家"吸溜吸溜"地嘬着冰棍水，每个人脸上都写满了幸福与满足……

老冰棍的滋味，现在想来依然是那么清洌甘甜。就像童年的滋味，沁人心脾！

记得那时年纪小哟 ／ 胡培红 著

甜棒

秋风吹起，庄稼熟了。又是一个丰收的季节。

掰玉米，拾棉花，摘黄豆，割高粱。庄户人开始忙秋了。算上麦收，这是黄河口人一年之中的第二次收获。

春种秋收，土地是庄户人的聚宝盆。"种瓜得瓜，种豆得豆。"诚实的土地没有辜负庄户人的辛勤劳作。黄灿灿的玉米、白花花的棉花、颗粒饱满的大豆高粱，硕果累累的丰收光景让乡亲们喜上眉梢。

高粱浑身都是宝。割完高粱头，剩下的鲜高粱秆就成了深受小孩子青睐的吃食——甜棒。

把高粱叶摘掉，再小心地把高粱秆外面的硬皮剥去，就露出了里面绿白色的瓤。瓤里有水，富含糖分，咬一口，嚼一嚼，好甜！咽下甜蜜蜜的汁液，吐出嚼剩的渣滓。

小孩子都是喜欢吃甜的。小时候，除了糖块，平时秋季能常吃到的带甜味的东西就数甜棒了。常见小孩子手拿一截碧绿的甜棒，嚼得津津有味。

甜棒，为我们的童年生活增添了丝丝甜蜜的回忆！

烧地瓜

小时候，地里常种地瓜。

地瓜喜欢沙质土壤，生长快，产量大。秋季选种、育秧，春季栽苗，下一个秋季收获。

地瓜运回家，堆在院子中央，一个个肥肥硕硕的样子，惹人喜爱。

地瓜的吃法有许多种：蒸着吃、煮着吃、炒着吃、做地瓜粥，或是切成片晒干，做成地瓜干，地瓜干嚼起来筋道甜香。

我最喜欢吃的是烧地瓜。先把地瓜洗净，趁做饭的时候，把地瓜埋进灶台的柴草灰里。柴草火焰燃尽，高温的灰烬慢慢将地瓜烘焙熟透。

刚烧熟的地瓜，炙热烫手，香味扑鼻。剥去地瓜的外皮，就露出黄灿灿的地瓜瓤，地瓜瓤被烤得冒着金黄色的油。

捧一块热乎乎的烧地瓜在手中，烫得两只手来回倒着，嘴里一边"呼呼"地吹着气，一边大快朵颐。虽然烫得龇牙咧嘴，但吃得畅快淋漓。

在寒冷的冬天里，吃一块热气腾腾、糯软绵香的烧地瓜，既暖手、又暖心、又解馋！

虾酱

虾酱，是黄河口一带的特产。

黄河口虾酱有两种，一种是虾子酱，另一种是蜢子酱。

从海中捞上的小虾，冲洗干净，用特制的机器研碎，再按照一斤虾、四两盐（5∶2）的比例，放入粗盐腌制，半月左右，即成虾子酱。

蜢子酱的做法稍显复杂。将虾子酱放入敞口坛子中，不加盖，只罩上纱网遮挡蝇虫。每天用长把木勺从底向上翻搅，一天搅拌一次。如搅拌不及时，缸底的虾酱就会变黑变质，无法食用。这样经过三四个月的连续搅拌和发酵，虾子酱就变成了蜢子酱。

听人说，制作蜢子酱必须经过炎热的六月。我想，这也许是因为六月天气热、温度高，发酵效果比较好的缘故吧！

虾子酱颜色粉红鲜亮，里面点缀些许整个的小虾米；蜢子酱因为经过了长时间的发酵和搅拌，颜色变成了紫红，质地更加细腻黏稠，味道也更加浓郁醇香。

小时候，各类物资匮乏，食品蔬菜等尤其短缺。到了寒冷的冬季，时令蔬菜没有了，人们平常除了吃萝卜白菜，就靠虾酱和瓜子咸菜佐餐。

虾酱可以生吃，也可以做熟了吃。

比如蒸虾酱。在虾酱碗中打进一颗鸡蛋，滴入几滴食用油，放入葱花、豆腐、花椒，用筷子搅匀，上锅蒸。二十分钟左右蒸熟。这时候，虾酱已凝固成块，香味四溢，让人食欲大增。

炒虾酱的做法更加简便。锅中放油，油至八成熟，放入虾酱、葱花、干红辣椒、花椒、八角，翻炒，几分钟后出锅。炒熟的虾酱，色泽更加红黑鲜亮，表面覆盖着一层亮汪汪的虾油沫，尝一口，咸香浓郁，回味悠长。这时候如果再佐之烙饼和大葱，那可真是人间至醇的美味佳肴啊！

据说，外地人不爱吃虾酱，就像有些人吃不惯臭豆腐的味道一样。

可黄河口的虾酱，却养育了一代又一代的黄河口人。虾酱的味道，就似那家乡故土的味道，醇厚绵长，令黄河口人魂牵梦萦，无法忘怀。

记得那时年纪小哟／胡培红 著

水煎包

水煎包是利津名吃。相传利津水煎包始于清代，扬名于民国年间，迄今已有一百多年的历史。

民国初期，在滨、蒲、利、海、阳、沾诸县，提起地方名吃，人们总是说："利津煎包，蒲台面条，滨县名吃锅子饼。"

水煎包的面皮是用发面做的，里面的馅多种多样，有韭菜肉的、白菜肉的、韭菜鸡蛋的、粉条木耳的，滋味各异。肉馅的咸香适宜；素馅的清爽可口。

水煎包的做法比较讲究，工序繁杂。发好面，调好馅，包成嘬口包子的形状。将平底锅烧热，锅内倒入一薄层豆油，然后将包子摆进锅中，加热，包子长了噶扎（本地方言）后，将包子翻转，倒入少许淀粉水，用锅铲将包子挨个轻轻挪动一下，以防包子粘皮。急火烧五六分钟后，打开锅盖，滴进少许豆油，而后改为小火焖蒸，等到靠近锅底一面的噶扎变为焦黄后，水煎包即可出锅了。

刚出锅的水煎包最好吃，热腾腾，香喷喷，因兼得水煮、汽蒸、油煎之妙，色泽金黄。噶扎焦黄脆香，面皮莹白糯软，包子馅咸香入味。肉、菜、面食皆在其中，营养丰富，味道鲜美至极，尝过之后令人久久难忘。

小时候，到了陈庄赶会的时节，父亲会给我两元钱，我就约上几个小伙伴一起去赶会。我家离陈庄镇有二十多里路，我们步行去需要一个多小时的时间，但因为有巨大的憧憬在前方，所以我们一路说说笑笑，并不觉得累。

到了会上，各式各样的零食小吃、衣帽鞋袜、娱乐玩意儿吸引不了我们，新奇热闹的歌舞杂耍也牵引不走我们的目光。

我们几个直奔目的地——煎包铺子。

把手中的两元钱交给卖煎包的人，然后眼巴巴地看着那人娴熟地装锅、添柴、翻包、点水、浇油。十多分钟后，一锅黄灿灿、油汪汪的水煎包熟了！

热腾腾的水煎包端上桌了，我们几个迫不及待地找个小板凳坐下，大快朵颐！

那时候，水煎包两角钱一个，两元钱能买十个水煎包。

吃完了，用手抹一抹油亮亮的嘴巴，笑逐颜开，心满意足。而后，欢欢喜喜地，一路相跟着回家去了！

年糕·炸花花

进了腊月沿儿，年味越来越浓了。

辛苦一年了，乡亲们终于可以休养生息一阵子了。人们忙着扫屋、祭灶、贴春联，村子里的空气中仿佛流淌着一种忙碌、喜庆的节日气息。

到了腊月二十八，奶奶和母亲就张罗着蒸年糕、炸花花了。

奶奶拿出秋季贮存起来的红枣，精拣、洗净、煮熟。黍面里加温水，再放进煮熟的红枣，用手搅拌均匀，捏成上尖下圆、底部有一个圆洞的窝头形状，上笼屉，蒸熟。

刚出锅的年糕，热腾腾，香喷喷。这时候，千万不要性急地拿起就吃，否则就会烫了嘴。稍稍晾一会，用筷子叉起一个年糕，一口咬下去，粘香糯软，枣味蜜甜，滑润可口。

蒸好年糕，奶奶和母亲就开始忙活着炸花花了。

把珍藏着的白面拿出来，面里加水，揉好，搓成一个个面剂子，然后再精心地捏出各种形状，如小兔、小鼠、小花、元宝、麻花等。奶奶的手特别巧，捏的小花、小鸟活灵活现。这时候，我和妹妹、弟弟就挤来挤去地观赏、品评，啧啧称奇。有时每人还偷拿上一小块面捏着玩，往往，面团在我们的手里捏来捏去，白面团就变成了黑面团。

奶奶见了，也不加呵斥，笑眯眯地瞅着我们，满脸慈祥。

花花捏好后，开始炸花花了。

炸花花用的是平常做饭的大铁锅。灶膛里加柴，锅热了。放油，等油冒热气的时候，把花花放进去炸。奶奶不时用锅铲翻转一下，让花花炸透。等花花炸至金黄色，即用有小漏眼的笊篱捞出，沥干油，放进盘子里晾一晾，拿起一个，咬一口，酥香焦脆。

蒸年糕，炸花花，奶奶和母亲每年都精心地准备，潜心地制作，近乎虔诚。

这一切中，包含着长辈人对晚辈人浓浓的爱和祝福，也包含着淳朴勤劳的庄户人对自己的家人、对明年的收成、对未来生活的无限憧憬和希冀啊！

饺子

俗话说："好吃不如饺子，舒服不如倒着。"

过年吃饺子，盼年盼的就是过年能吃上顿饺子。所以，无论多么困顿的家庭，过年的时候都会想方设法吃上一顿可口的饺子。

饺子有很多种馅，大体可分为肉馅和素馅。

肉馅有白菜肉、韭菜肉、芹菜肉、茄子肉、冬瓜肉、猪肉馅、羊肉馅、牛肉馅，素馅有三鲜馅、粉条馅、豆腐馅、胡萝卜馅。肉馅的鲜香，素馅的清淡。

除夕晚上，家家户户灯火通明，人们都在守岁祈福。

上了年纪的人会告诫小孩子，要悄悄地走路，轻声地说话，不要冲撞惊扰了财神爷。这一晚，淘气的小孩子们也仿佛感受到了家中庄重虔诚的气氛，不再顽皮打闹，而是表现得很乖，很懂事。

家中的女人们则忙着包饺子了。有的和面，有的擀皮，有的包。一家人团团围坐，忙碌而快乐。

每次，母亲总会包几个糖饺子，还说："看看谁会吃到'甜头'，谁在明年就会交好运呢！"

饺子要包多一些，初一早上下完饺子还有剩下的，意即年年有余。

初一一大早，天还蒙蒙亮。噼里啪啦的鞭炮声响起来了；热气腾腾的饺子端上桌了；"过年好!"的祝福声此起彼伏，响彻了大街小巷……

新的一年来到了!

记得那时年纪小哟 / 胡培红 著

第二辑

童年的玩

童年的生活，在物质上是贫穷而困顿的。可回想起来，我们的童年时光却过得快乐充实、有滋有味。我想，这都因了那些活色生香、妙趣横生的童年游戏呀：哪个男孩子不会打纸包，哪个女孩子不会拾筢筢；哪个男孩子不会抽陀螺、摔泥炮，哪个女孩子不会丢沙包、跳房子……童年岁月留给我们多少美好记忆啊！

柳哨声声响

北方的春来得晚，也来得悄无声息。仿佛在一夜之间，村边小树林里的柳树就换上了嫩黄的春装。千万条细细长长的枝条，宛若少女柔顺的秀发，随风轻轻摇曳；又像一串串俏皮的音符，欢快地跳动着，迸发出勃勃生机。

柳哨，是我们农家孩子春天不可错过的好玩具。常见放学路上，小伙伴们折一枝路边的嫩柳枝，做柳哨玩。其实，做柳哨的柳枝也是很讲究的：太粗的拧不动，太细的容易拧裂纹。所以，要选表皮光滑、粗细适中的一截柳枝。两手的大拇指和食指捏住柳枝一头，向相反的方向拧，直至表皮与柳骨分离。依次将整截柳枝拧一遍。再将里面的柳骨轻轻抽出。用小刀将一头的表皮轻轻剥去一小截，露出里面青白的内皮，这就是柳哨的嘴儿。柳哨轻轻放在嘴边，微眯了眼，定定神，运足气，呜哩呜哩，一段欢快的小曲回响在春风里。也有的孩子憋红了脸，也吹不出声音。别着急，再拧一个，反正柳枝有的是，快乐的时光有的是！呜呜呜，像老牛哞哞叫；噼噼噼，像串串鞭炮响；滴滴滴，像清脆的小喇叭；吱吱吱，像悦耳的哨子声！

柳哨声声响，奏出了快乐的春日交响曲；柳哨声声响，将童年的时光演绎得五彩缤纷、快乐四溢！

沙中趣

上小学之前的时光，我是在姥姥家度过的。

姥姥的家住在紧邻黄河北岸的一个小村子——老东坝。用当地人的话说是"住在河滩里"。当时黄河水经常泛滥，河水常常淹没村里的街道。所以，家家户户的宅基垫得很高，邻里隔着高高的崖头相望。河水淹没街道时，人们就划着小木船串门。

姥姥家住在村子西北角，屋后是大片的黄河沙地。黄河沙沙质细腻莹滑，掬一捧在手，可见沙上闪着莹莹银光。不知不觉间，沙似流水，于指缝间缓缓滑落，只留下掌心一点莹白。

风吹起，细沙落在脸上、衣上、鞋上。不妨事，用手轻轻拍打几下，顷刻间，即把沙拍净了。黄河沙细滑洁净，无杂质，能养人呢。人们如是说。所以，好些人的幼年是穿着温热的黄河沙土裤度过的。黄河沙是人们童年岁月里的一抹温暖记忆。

我喜欢沙握在手心时的温润厚重，也喜欢沙悄然滑落时的流畅无阻。软软的，柔柔的，贴心贴肺，无拘无束。往往手攥得越紧，沙流逝得越快。我更喜欢光着脚丫走在沙地里的感觉，脚心麻麻的，痒痒的，若是在晴朗的午后，沙地暖暖的，酥酥的，似母亲温柔的双手抚摸着你，带给你无限的喜悦与欢欣。我有时拿来小碗用沙"扣馍馍"，这需挖出下面湿湿的沙土，因为湿一点的沙容易聚成形，扣出的"馍馍"不容易散。我还拿小铁铲挖沙坑，挖呀挖，挖出一条长长的坑道，倒进水，看水转瞬间消失不见。然后再挖，再倒水。乐此不疲。

记得有一次，我随母亲去姥姥家玩，来到姥姥家屋后时，我一见那大片的沙地就挪不动脚了，软磨硬泡后，自己独自留下玩起沙来。正玩得起劲时，姥姥来找我了，姥姥嗔怪地说："妮儿啊，沙子比姥姥还亲啊？咋还没见着姥姥的面儿，就自个儿玩起沙子来啦？"我歉疚地呵呵傻乐着，赶紧随姥姥回家……

童年的岁月，似风吹细沙，已渺无踪影。可玩沙的喜悦，却深深铭刻在了心底。永远永远，温馨，甜蜜。

印泥模·摔泥碗

记得小时候，家乡沟渠遍布，河泥随处可见。河泥在小孩子手中，可捏、可团、可摔、可抻、可揉，变换了多种形态。迎合了小孩子的好奇心，满足了小孩子的探索欲。所以，河泥成为小孩子们心中的最爱。

放学后，拿上小铁铲，去村外河沟边挖一块硬硬的河泥。要选颜色赭红、硬一些的河泥，我们称其为红泥。刚挖的红泥，有些黏手，需带回家重新"加工"——院墙边废弃的半截砖块，或是胡同口崖头上的青石板，都是我们"加工"红泥的理想场所：用手将红泥块团成一个大泥团，然后甩开膀子，用力将泥团往砖块或石板上摔，"啪""啪""啪"，一遍又一遍，不厌其烦。头上冒汗了，也顾不得擦一擦。对待玩儿的事情，小孩子们都是耐心十足的！

红泥摔得质地更坚硬了，不黏手了，就可以印泥模和摔泥碗了。

泥模，是央求父母从集上买回来的，有桃形的、花瓣形的、鱼形的、莲子形的，木头刻成，两角钱一个。当时，家家都不富裕，平时人们恨不得一分钱掰两半儿花。两角钱一个的泥模绝对属于奢侈消费品。所以，有些手巧的父亲会自己刻泥模送给孩子玩儿。而拥有泥模多的孩子，也绝对是小伙伴中令人艳羡的"富翁"呵。

看到有人在石板上摔泥块，有些大方的"富翁"会自觉从家中拿来泥模。哈，印泥模啦！小伙伴们纷纷围拢来。每人从红泥块上揪下鸡蛋大小的一块，团成泥团，压扁成泥饼。再选一个自己喜欢的泥模，将泥饼慢慢按进泥模的凹槽里，压平。然后将泥模翻转，轻轻"磕"出里面的泥饼。去除四周多余的碎泥，一条栩栩如生的小鱼或是一朵灿然开放的小花就出现在眼前了！刚印好的"作品"，要放在阴凉处慢慢晾干，否则会裂纹呢。

这各色各样的泥玩具，既可以留着自己欣赏把玩，也可以和小伙伴交换，或作为礼物赠送好友。

我们小时候也非常喜欢玩摔泥碗。

摔泥碗适合两人一起玩。找来一块红泥，每人揪下大小相同的一块泥团。用手团一团，压扁，一手托住泥团，另一手的大拇指压在泥团中心，其余四指按住泥团外围，将泥团慢慢转动，就做成了一只圆形薄底的泥碗。记得我的好朋友秀兰就是做泥碗的高手：同样大小的泥团，她做出来的泥碗大，碗底薄而均匀，碗壁光滑，令人称赞。

泥碗做好了，就可以进行摔泥碗比赛了。

游戏是两人对抗，先以"将军包"的形式，决出胜负，胜者先摔。两脚站稳，运足气，手托泥碗，碗口朝上，胳膊抡圆，"嗨"地摔下去，泥碗倒扣，瞬间的气流将碗底爆开，似绽开了一朵小泥花。对方需从自己的泥块上揪下一块，团成泥团，将这小泥花覆盖。然后，换对方做泥碗，摔泥碗，依次轮流。最后，谁剩下的泥团大谁为胜。

摔泥碗讲究力度和准头。摔的时候，力量太小，摔出的泥花就小，赢得的泥团也小。如若力量够了，可是没有准头，摔偏了，泥碗"噗"的一声，扁了，就挣不到对方的泥团了。这个时候，往往会招来围观小伙伴们的哄然大笑。"失手"的孩子也不在意，用泥手摸摸后脑勺，自嘲地笑笑，重新投入紧张刺激的比赛中。

好多时候，比赛结束，有的孩子输得两手空空，会不甘心地邀约："明天再玩，明天我再赢回来！"赢了的孩子，则乐得咧开了嘴巴，也不管身上、脸上溅的泥点子，双手捧着赢来的泥团，像得了宝贝，喜笑颜开地，捧回家去！

那些赢来的泥团，最后去向何处，我早已没有了印象。可是，那份玩泥巴的乐趣，却深深刻印在了我的记忆之中，似玲珑剔透的珍珠，时间越久，就越发晶莹璀璨、熠熠生辉！

藏瞎母（捉迷藏）

小时候，村里没有路灯。吃过晚饭后，天色就暗下来。可这并不影响小孩子们自找乐趣。

黝黑的夜，正适合玩游戏——藏瞎母（捉迷藏）。

藏瞎母可以两人玩，也可以多人玩。先"将军包"，赢了的先藏，其他人找。这时候，年龄小的或是胆子小的孩子就会随在别人身后，探头探脑，瞧瞧墙角屋后、玉米地里、麦秸垛下、大门洞内、胡同旮旯，一切能够藏住人的地方，以期尽快把对方揪出来。有个别聪明的，还会耍耍"小心眼儿"，假装关心，大声嚷嚷："你藏好了吗?"对方不知是计，真诚地回应："藏好啦!"谁知，一句话就暴露了自己的位置，话音刚落，就被循声揪出来了。尔后，被捉者即捶胸顿足，后悔不迭。

孔圣人说：无知者无畏。有一次藏瞎母时，我就用自己的实际行动证明了这句话的真实可信。

记得那一次，我为了不被别人发现，瞄上了姥姥家前邻院子西墙根处的一口大瓮。在农家，有腌制咸菜的习惯，那口大瓮就是为腌制咸菜准备的。大瓮有半人多高，外面赭红色，闪着幽幽的光。可能是由于太过笨重，所以被遗弃至此。我奋力踩着地上的碎砖块，费劲地爬了进去。大瓮中除了一些尘土，空空荡荡。我当时心里暗暗窃喜：哈，这个地方真隐蔽，你们都找不到我了吧！谁知，左等右等，也没听见小伙伴们的动静。慢慢地，天色黑下来，我想出去，可是却怎么都爬不出去了，于是我就大声呼叫起来。

后来，是家人和邻居们打着手电，大呼小叫着把我找到了。可能是喊累了，当时，我正躺在瓮底，呼呼大睡呢。

想想那时，真是心无旁骛，玩胆包天啊！

粘知了

天气渐渐炎热起来，夏天到了。放暑假了，小孩子们像鸟归山林，尽情享受着自己丰富多彩的假日生活。男孩上树掏鸟，下河摸鱼；女孩打猪草，挖野菜，帮助父母照料弟妹。田间村头，时时留下小孩子们追逐嬉戏的快乐身影和串串开心无邪的笑声。

蝉声阵阵，夏日时光随之火热撩人、活色生香了起来。所有孩子都在惦记着一件事——粘知了。

邻家小哥哥大我两三岁，每次他去粘知了的时候，我都自告奋勇地给他帮忙。跟在小哥哥身后，看他偷偷从自家麦瓮中抓出一小把麦子，跑到没人的地方，把麦子塞进嘴里，起劲地嚼啊嚼，嚼得嘴角起白沫，把白沫一口口吐掉，直至把麦子嚼成一团黏黏的面筋。用手把面筋拉长，仔细地一圈圈缠绕在早已绑好的长竹竿头上。一切准备就绪，就扛起长竹竿，欢欢喜喜地，一起粘知了去喽！

循着知了的叫声，仰头，在浓密的枝叶间仔细搜寻。哦，发现了一只！小哥哥悄悄举起长竹竿，小心翼翼地向那只知了伸过去。我眼睛紧紧盯着竹竿头，连大气也不敢出，生怕惊跑了树上的知了。竹竿头离知了越来越近，我的心紧张得要蹦出来了。突然，小哥哥的手快速一伸，哇，一只知了被粘住啦！"逮到了！逮到了！"我拍着手跳起来。小哥哥迅速把竹竿降下来，我兴高采烈地跑过去，忠诚地履行自己的职责：把拼命挣扎的知了轻轻取下来，装进我随身带着的小袋子里。

一只，两只，三只……我们的"战利品"越来越多了！我一手拎着袋子，一手抹着鼻涕泡儿，颠儿颠儿地，欢天喜地的嘴角眼梢，都是满满的开心与喜悦。

夏日里骄阳似火，我们却乐此不疲。

拾棉花·干草垛

农村的夏夜，寂静辽远。鸟雀归巢，鸡鸭回笼，偶尔传来一两声犬吠。夜空繁星点点，似明亮的眼睛在眨呀眨的。

这么美好的夜晚，小孩子们是闲不住的。场院边，胡同里，空地上，不时传来阵阵嬉闹和跑动声。小孩子们自发的快乐，热闹了农村的夜。

都说艺术源于生活，高于生活。民间传统游戏亦是如此。

譬如"拾棉花"。以"将军包"的形式决胜负，胜出者为"拾花者"，其余三五个孩子面朝里围成一个圆，原地蹲下，"拾花者"边围圆奔跑，边大声念诵："拾，拾，拾棉花，拾到天黑快害怕，找个墩头坐坐吧。"话音落下，即随机选一"墩头"坐下（轻轻坐在一人背上）。此时，会有如下问答。"墩头"发问："谁呀？""拾花者"答："宝儿呀！""给我个东西儿吃吧？""你的牙老哇！"话音落下，"墩头"即起身追赶"拾花者"，如追不上，则"拾花者"绕圈一周后回空位蹲下，"墩头"变为了"拾花者"；如追上，对"拾花者"的惩罚是在其脑门上弹一声响亮的脑瓜崩儿，游戏再继续。往往，受到惩罚的孩子会咧咧嘴，笑笑，用手摸摸发疼的脑门儿，重新投入游戏之中。这点小疼痛较之游戏的快乐，是微不足道的呀。

玩"干草垛"的游戏需分两队进行。为了公平起见，我们往往会推选出两个最有实力的小伙伴做代表，两位代表用"将军包"的形式挑选自己的队员，胜者先挑，依次轮流。看吧，挑人的那叫深思熟虑，权衡利弊，千挑万选；被挑的那叫抓耳挠腮，心急如焚，盼望若渴。

紧张激烈的挑选过后，两队相隔十来米，面对面，手拉手站好。一队扯开喉咙大喊："干草垛，水里没，要俺的伙计哪一个？"对方的队员头迅速靠拢在一起，紧急商量后，大声回答："要×××这个大地瓜！"小孩子自有他们的小狡黠，此时，他们往往会选一个力气小、个子矮的孩子（力气小的孩子杀伤力小）。被选为"大地瓜"的孩子，即拼尽全力冲向对方的阵营，对方的人，早已紧紧拉起手，力争不让进攻者攻破阵营。如果冲锋的人冲破了对方紧拉的手索，就算胜利，则会在松开手索的两个人中间挑一个回来，凯旋而归；如果冲锋者没有冲破对方手索，则算失败，就要留在对方的队伍里，成为"俘虏"。到最后，哪队人数多，哪队为胜。

小孩子都是不愿被抓为"俘虏"的，所以，"冲锋陷阵"的"视死如归"，"保疆卫国"的"严防死守"。霎时间，喊声震天，沙尘滚滚，场面蔚为壮观！

这是力量、智慧、速度的较量啊，我们百玩不厌！这些简易、有趣的游戏，让我们童年的每个夜晚都闪亮、璀璨着，快乐从心底开出花儿来！

紫石苑文萃

拾笆笆

　　小时候，我们没有几个像样的玩具。可是，我们会自娱自乐：女孩子们在空地上画几个方格，跳房子或找一根长长的绳子，两人分别握住绳子的两端，用劲抡起来，几个人在中间快乐地跳绳；男孩子们则玩滚铁环，一根小棍推个铁圈走，还玩下四顶、弹杏核儿、抽陀螺、挤油渣……这些都会让我们玩得不亦乐乎。

　　上小学后，我迷上了"拾笆笆"。记得当时，我们的"笆笆"真是种类繁多啊：瓦片的、砖块的、石块的，还有用土烧制的。赭黄的、青灰的、墨绿的，都雕琢得端端正正，边角打磨得圆润锃亮。这些"宝贝"放在衣服口袋里，叮叮当当，鼓鼓囊囊，不几天，我们的衣服口袋就会被磨出一个大窟窿。大人们看见了，总忍不住要训斥几句。可是，我们听而不闻，嘻嘻哈哈地，照样快乐着自己的快乐。

　　课间十分钟，下课铃声一响，小伙伴们像放飞的鸟儿一般，飞快地跑出教室，找一块空地，拿出各自的"宝贝"玩起来。将"笆笆"轻轻向上抛起，用手迅速接住，嘴里同时念念有词："一拾拾仨，拾俩拾俩，拾个拾个……"上课铃响了起来！可是大家玩得太投入了，谁都没有听到铃响。

　　过了一会儿，老师看到有的学生没来上课，就找来了！

蓦地，大家一抬头，哇，老师来了！害怕了，手忙脚乱地往教室里跑，每个人手里都紧紧攥着一大把"宝贝"！进了教室，老师看看我们跑得汗水涔涔的小脸，发脾气了，大声地说："把你们手里的东西都放到讲桌上来！"呵，不大一会儿，颜色各异、大小不一的"笆笆"就堆满了讲桌！

老师看着看着，终于忍不住，"噗哧"笑出了声！

望着老师和蔼可亲的笑脸，小伙伴们相互偷瞟一眼，都不好意思地低头捂嘴笑了！

打纸包

打纸包，是我们小时候非常喜欢的一项游戏。男孩尤其爱玩。

叠纸包需用纸，可是我们小时候，平时难得见到一页纸。所以，烟盒纸、包中药的牛皮纸等，都被我们淘宝似地找来用于叠纸包。

将两张纸分别叠成长条状，十字形重叠，每个长条的两边都叠成三角形折上去，四个三角依次叠压在一起，就叠成了一个纸包。

打纸包是个力气活。脚站稳，沉住气，胳膊抡圆，才能使出全身的力气。对准对方放在地上的纸包，"嗨"地大喝一声，将自家纸包扇在其上面或周边，借助瞬间的风力，使其翻转过来，就算赢了，即可将对方的纸包归为己有。如没翻转，则换作对方打纸包。依次进行。直至有一方的纸包输完为止。赢了的，喜笑颜开，得了宝似的，抱着大堆的纸包向别人炫耀；输了的，一万个不甘心，带着哭腔"发狠"："你别走，俺家里还有，等俺回来再赢你！"

打纸包也是个技术活。你光使劲乱打不行，要讲究"使巧劲儿"。记得我家对门的立国哥是个打纸包高手，每次和别人"对阵"，他都能赢个"盆满钵满"。有一次，我向他讨教经验，他悄悄告诉我：要用厚一点的纸包对付别人

记得那时年纪小哟 ／ 胡培红 著

轻一点的纸包，厚纸包打下去风大，能够轻易地将对方的纸包扇翻过来。还有就是，打纸包时，你可以把纸包斜着扇下去，对准对方纸包的边缘处猛砸，这叫"磕"，很容易就能将对方的纸包磕翻过来。力求稳、准、狠，既要找好角度，还要讲究力道。

可惜的是，我因个子矮、力气小，在别人打纸包时，我往往只有观战的份儿，所以一直也没有将这"独家秘籍"真正进行实施。

有个别"求胜心切"的孩子，在打纸包时还会"做点手脚"。比如在叠纸包时偷偷塞进去一小块铁片，纸包重了，不易被打翻，但缺点是纸包打在地上时会发出"咔、咔"的异样响声，极易被识破。还有的孩子琢磨着把纸包叠成双面的，任别人怎么打都是同一面。一来二去，对方感到奇怪了，抓起来一看，立即变脸，打纸包就演变为打架。"作弊"的一方自知理亏，不敢恋战，悻悻然跑回家，扒着大门缝向外偷瞧。但最后，终究也抵挡不住快乐的诱惑，乖乖跑进屋，将赢来的纸包悉数奉献出来，交给小伙伴们。小伙伴们也不恼，嘻嘻哈哈地将纸包平分了，算是接受"作弊者"的道歉。"作弊者"如释重负，欣欣然，另叠了纸包，重新融入快乐的游戏之中！

知错即改，东山再起，又有什么不可以呢？

打弹弓·抽陀螺

　　弹弓是男孩子们钟爱的玩具。打弹弓可炫臂力、磨准头、练眼力，既好玩又刺激，极富挑战性，颇合男孩子们的心意。

　　小孩子也深谙"自己动手，丰衣足食"的道理，所以都曾试着自制弹弓：精心挑选一截结实的"丫"形桃枝或柳枝，剥去树皮，将表面打磨光滑。在枝丫顶端分别刻一凹槽，凹槽处系上皮筋或废弃的自行车内胎细条，用细铁丝固定，皮筋中间再绑上一段宽宽的皮子，用来包裹"弹药"。弹药可以是圆形石子、烧熟的泥团或钢珠。钢珠平时很难寻到，且威力巨大，所以，谁拥有如此高级的"弹药"，是会让小伙伴们羡慕得眼睛发亮的。

　　弹弓做好了，还不能拿出去显摆，因为还没练好打弹弓的技巧。找一目标，站好位、眼瞄准、一手持稳，屏息静气，另只手一拉、一松，"啪"的一声，"子弹"瞬间出膛。被瞄准的目标可以是一片叶、一朵花、在墙头招手的狗尾巴草，或是落在檐角叽叽喳喳开会的小鸟。虽打不中，可"子弹出膛"时"嗖嗖"的风声，也会让人感到莫名的快乐和有趣。有些调皮的孩子，还会拿邻家围墙边正在觅食的鸡鸭或过路的小狗练练手，"啪"的一声，咕咕嘎嘎汪汪，鸡飞狗跳，可"肇事者"却得意地坏笑着，跑远了。如若一失手，打坏了别人家的窗玻璃，"肇事者"就逃不掉了，招来的往往是家人的一顿胖揍或弹弓被没收的结局。但这点痛算什么呢，过不几天，就有一副新弹弓握在手上了！

如此日复一日，循序渐进，技艺日臻成熟。瞬间瞄准，瞬间击发，瞬间命中。此所谓弹无虚发，指哪儿打哪儿。这时候，你尽可以喜滋滋地拿上弹弓，到小伙伴们面前显摆去！

陀螺，也是让男孩子们爱不释手的玩具。谁有一副好陀螺，那是招人羡慕的事儿。找一段材质细密的木头，比如枣木，用刀将其削成上大下小的模样，上面圆柱形，下面圆锥形，用砂纸将表面打磨光滑。讲究点的，会在圆锥顶端安上一粒钢珠，这样的陀螺转起来会更快一些。再找一木棍或竹竿，顶端系上长布条或绳子做鞭子。

记得我们小学校的操场，土质地面，平整而坚硬，这里，就成了小伙伴们抽陀螺的理想场所。课间十分钟或是放学后，孩子们常常三五成群地聚在一起抽陀螺。

玩的，忘我投入；看的，兴致盎然。

用木棍顶端的布条或绳子紧紧缠住陀螺，弯身把陀螺抛在地上，陀螺就在地上转起来，"啪""啪""啪"……一鞭接一鞭地不停抽打，陀螺快速旋转起来了！像撒欢的羊羔，像回旋的舞女，像俏皮的不倒翁，"呜呜"作响。抽得越狠，转得越快。如若是几人比赛，谁的陀螺转得越久，则谁为胜。

有个别手巧的孩子，还会在陀螺顶端精心地贴一圈画纸，陀螺滴溜溜转起来时，就会旋出美丽的彩色图案！小孩子们的心啊，也随着陀螺旋转起来了，转呀转，寻常的日子也便有了五彩的颜色！

踢沙包·投包击人

沙包是比较受女孩子青睐的玩具。

想方设法找来几块旧花布，回家央了母亲或奶奶，将其缝制在一起，里面填了棉絮或粮食，就做成了一只新沙包。

小时候，碎布片是不易找到的，所以，我们沙包的六个面往往是布料材质不同、颜色花纹各异的，但这丝毫也不影响我们玩沙包的兴趣。

最常见的是踢沙包。一脚支撑身体，另一脚有节奏地将沙包一下一下向上踢起，沙包落地则结束。谁踢得多谁为胜。

踢沙包高手踢的速度之快叫人咋舌，你只有集中精神使劲儿数，才能跟上她踢的速度，一个、两个、三个……一百！沙包似灵巧的雀儿，上下翻飞；似轻盈的蝶儿，忽高忽低，忽左忽右，翩跹起舞，总也不落地。看得人心里发痒，也想上前踢上几脚。

沙包还可以用来玩"投包击人"。"投包击人"这个名字的由来已无从考究，但这种叫法在我们小伙伴中深入人心。

这是一个多人玩的游戏。分为两队，人数相等。在地上画两条平行的直线，中间相隔十来米。投包击人的一队对半分开，分别站在线的外侧。被打的一队站在线内。游戏开始，投包队每人手持沙包，使劲击打线内的人，站在线内的人灵活躲闪，但不可跑出线外。站在线外的两组轮流击打。线内的人如被打中，则退出游戏；如若接住沙包，则多获得一条生命，可以自救一次，也可以救回一位被打中的同伴。

看吧，"打人"的铆足劲儿，对准目标，力求一击即中；"被打"的屏住气儿，辗转腾挪，力争全身而退。听吧，呼喊声、欢叫声、喧闹声、助威声、跑动声，响彻云霄。

记得我们上小学四年级时，教我们的是一位男代课老师，高中刚毕业，个子长得五大三粗的，却童心未泯。课间十分钟，老师常常和我们一起玩"投包击人"的游戏。老师和我们一起呐喊，一起奔跑，一起欢叫。我们也因了老师的加入，玩得特别起劲儿！

那份游戏的欢乐哟，让我们童年的每个单调而贫瘠的日子，流光溢彩了起来！

跳房子·跳绳

跳房子的游戏既简单，又好玩。找一空地，用土块或一小截粉笔头在地上画出各式"房子"，就可以玩跳房子了。

记得当时我们跳的"房子"有数字房、九间房等。

数字房的九个方格里有 1 ~9 九个数字。一脚抬起，一脚跳跃，依次从"1"跳到"9"，抬起的脚落地或是跳跃的脚踩线即为输，则换下一人跳房子，顺利跳完的为胜。也可以双脚跳，或是单脚跳单数、双脚跳双数，这种跳法难度大了，往往跳着跳着，脚下出错，极易败下阵来。

九间房是几个长方形的格子房间，上面有一半圆的房顶。先把沙包丢在第一格里，然后越过这一格，按顺序跳至最后一格，转身，按原路返回，俯身拾起沙包，跳到第一格，则为过关。过关后在起点背对"格子"丢出沙包，沙包落到哪一格，哪一格就是其"房子"了。"房主人"下一轮游戏经过自己的"房子"时，可以双脚跳进去短暂休息，而别的人经过时则需跨过此"房子"。脚踩线或沙包丢至线上者退出此轮游戏。最后，谁赢得的"房子"多，谁为胜。

跳绳也是比试跳跃能力和平衡能力的游戏。

绳子可用麻绳，也可用布绳。可一人跳，也可双人跳、大绳套小绳跳，或是跳大绳。跳大绳需多人合作。两人抡绳，其余人跳。抡绳的抡圆胳膊，将大绳抡成大圆弧，打在

｜ 51 ｜

地上，"啪""啪"作响。跳绳的瞅准时机，冲进圆弧内，随着抡绳的节奏瞬间跳将起来。如若是掌握不好起跳的时机，往往会被抡起的绳子打中脑袋或是刮中脑门儿，这时，跳绳者往往会咧着嘴，用手摸摸被刮痛的脑袋，乖乖地排到队尾，重新来过。

看吧，在宽阔的操场上，在平整的场院里，在柳树下，胡同头，常见一个个轻盈灵活的小小身影，跳啊跳，跳得衣角翻飞、辫梢颤颤；跳啊跳，跳出了无忧无虑、欢快喜悦的童年时光！

抵拐·挤油渣

抵拐是我们小时候常玩的游戏。这个游戏简便易行，不需任何道具。在田间地头、庭院街道，都可随时展开一显身手。

将一条腿抬起，放到另一条大腿上。一手紧紧抓住脚背，另一手托住大腿下面。比赛时，单脚弹跳，将弯曲的膝盖形成拐头，攻击对手。双脚早落地或被对方抵倒的为输。

抵拐也是需要技巧和智慧的。力气大的，常用"压""撞"等技法，泰山压顶般，压向对方；或是凭借自身人高体壮，将对方撞倒。力气小的，则用"闪""挑"等方式，凭借自身轻巧灵敏的优势，先是灵活躲闪，几个回合下来，等到对方气喘吁吁、站立不稳之际，瞅准时机，以迅雷不及掩耳之势，"嘿"地"挑"将过去，对方躲闪不及，应声倒地。

抵拐可以一对一比试，也可以一对几较量。这是一个拼体力、比耐力、赛智慧的游戏，深受小孩子们的喜爱。

挤油渣的游戏适合在冬季玩。北风呼啸，天寒地冻。小孩子们冷得缩手缩脚。"挤油渣啦！"不知是谁喊了一句。"好哦！好哦！"小伙伴们群起响应。

找一处向阳的墙根，大家自觉地分为两队，都把手笼在袖子里，抱在胸前，靠墙站成一溜，从两边向中间挤。"嘿嗬!""嘿嗬!"力气小、个子矮的陆续被挤出了队伍,没关系的,从头再来,嘻嘻哈哈地跑到队尾,继续挤!

有的一边挤,一边还高喊:"冰冻冰冻你上墙,我吃冰冻你来抢,挤油挤油挤油渣,挤出油来烫巴巴。"挤啊挤,不大一会,每个人的脸蛋儿都红扑扑的了,头上渐渐沁出了汗珠儿。

嬉笑打闹声里,严冬被挤走了,寒冷被挤走了,挤来了友情与温暖,挤来了欢笑与快乐!

童谣声声唱

寒假到了，北风呼呼地吹。天冷了，下雪了。寒冷的冬夜，我和妹妹弟弟不能去外面疯跑了，温暖的土炕就成了我们玩耍的乐园。

每天吃过晚饭，我们姐弟三人就在炕上蹦啊跳啊，连滚带爬玩闹上半天。过不久，奶奶也脱鞋上炕，盘腿坐在炕头上。

我偎在奶奶身边，说："奶奶，给我唱个岔吧！"奶奶拉住我的两只手，边摇边说："打箩箩，卖箩箩。下来麦子请婆婆。请的婆婆哪里坐？请的婆婆炕上坐。馍馍蒸了一大垛。"妹妹说："奶奶，奶奶，说一个'小巴狗'！"奶奶继续说道："小巴狗，带铃铛，晃啷晃啷到集上。打个滚，要个钱儿，买个烧饼拿着玩儿。"我意犹未尽，亲亲奶奶的脸："奶奶，再说一个！"奶奶接着说："小脚床，拾棉花，一拾拾了个大甜瓜。爹咬口，娘咬口，一咬咬着孩子手。孩子孩子你别哭，到集上给你买个拨浪儿鼓。拨浪儿鼓上有对孩儿，也会打呱儿也会玩儿。"

这时，正在炕上翻跟头的弟弟一骨碌滚过来，抓起奶奶的一只手摇晃起来："奶奶，对我说！对我说！"奶奶拉住弟弟的两只小手，乐呵呵的，脸上的皱纹里盛满了慈爱。"好啊，奶奶跟宝儿说一个盘脚莲！"听了奶奶的话，弟弟高兴地把小脚伸出来，和奶奶的脚蹬在一起。我和妹妹看见了，也忙不迭地把自己的脚靠拢来。奶奶边用手一下下挨个儿指点着每人的脚，嘴里边念道："盘，盘，盘脚莲。脚莲花儿，二百八。灯草儿，莲花儿。小脚儿，盘煞。"最后一句话说完，奶奶的手指到了弟弟的小脚上，弟弟着了急，慌忙把这只脚缩了回去。看着弟弟憨态可掬的样子，我们都开怀大笑起来……

听呵，在雪花飘飞的冬夜里，窗外寒风凛冽，窗内欢声笑语。那声声童谣穿越了严寒，穿越了四季，穿越了时间的雾霾，一直唱到了今天！

紫石苑文萃

56

第三辑

乡村风情

童年的梦，七彩的梦；童年的歌，欢乐的歌。童年的脚印一串串，童年的故事一摞摞。每个时代都有其不同的时代特征，每代人都有其不同的生活体验，挑水、推磨、看小画书、补锅镉碗、听收音机、看露天电影、正月十五唱大戏……别样的童年经历给了我们别样的童年幸福！

剃头（理发）

二月二，是庄户人心目中非常重要的节日。人们会说："二月二，龙抬头。该去剃头（理发）啦，二月二剃龙头，一年都有精神头儿啊！"在整个正月里，是不准剃头的。民间流传的说法是"正月剃头死舅舅"。这一说法的真实与否已无从考究，但人们深信不疑。所以，很多人在腊月里剃头的时候，都会特意嘱咐剃头师傅一句："剃得短一点哈，还得再长一个多月才能剃呢！"整个正月里，家家剃头棚子（理发店）门口都冷冷清清，不见人影。而到了二月二这一天，家家剃头棚子都爆满，顾客盈门，生意兴隆。

也有走街串巷剃头的。我家邻村就有一位剃头匠，六十多岁的年纪，常年穿一身黑色的粗布衣。七十年代初，还没有改革开放，人们的经济意识比较淡薄，村里没人外出做生意，也少有人外出打工，庄稼人常年围着自己的一亩三分地转。

二月二，地里的活儿还不算忙。"剃头喽——"的喊声在胡同口响起来了，不一会，胡同口的大柳树下就围满了大人小孩。剃头师傅一边笑呵呵地和熟人打着招呼，一边麻利地取下背上的挎包。挎包里是全套的剃头家什：手推子、剪子、剃头刀、毛巾、梳子等，还有一块深蓝色的围布。有人从家里搬来了小板凳和椅子，剃头师傅坐在椅子上，和气地

记得那时年纪小哟 / 胡培红 著

招呼："一个一个慢慢来。"想剃头的就在小板凳上坐下。剃头师傅将围布系在这人脖子上，然后，推子、剪子齐上阵，手推子推，剪子剪，最后再用剃头刀修修鬓角。喊哧咔嚓，十来分钟搞定。这人满意地摸摸变得清爽的后脑勺，递上一角钱，高高兴兴地回家洗头去了。有的还外带刮脸修面，但不多要钱。来剃头的孩子都是男孩子，女孩子是不剃头的，女孩都喜欢扎辫子。为了图省事和凉快，男孩们都剃光头。所以，剃头师傅走后，胡同里跑来跑去的，都是清一色的"小和尚"。

现在，人们理发都去理发店、美发店，早已不见了走街串巷的剃头师傅。可是，大家伙儿围在胡同口的大柳树下，叽叽喳喳剃头的热闹情景，却似一幅温馨隽永的画卷，永远铭刻在了我的记忆深处！

忙麦秋

五月里的西南风一吹，麦梢黄了。乡亲们磨镰刀、搓绳子、腾场院，喜气洋洋地做着麦收的各种准备。村子的空气中仿佛流淌着一种忙乱、欣喜的丰收气息。

开镰收割了。天刚蒙蒙亮，爹和娘拿了镰刀、绳子，拉着平板车，来到地头。放眼望去，金黄色的麦浪随风起伏，一眼望不到边。颗颗麦粒硕大饱满，今年的麦子大丰收啊！

爹抑制不住兴奋的心情，俯下身，手挥镰刀，"唰唰"地割开了。不大一会，身后的麦子齐刷刷地倒下了一大片。爹直起身，用手背擦擦额角的汗珠，深吸一口气，又弯腰"唰唰"地割起来。后面，娘手拿稻秆搓的绳子，把麦子捆紧，把麦捆堆放在平板车上捆好。车装满了，爹放下镰刀，拉着平板车回家去。娘把镰刀拿过来，继续割麦子……

我们学生娃放学后，也跟着跑到麦地里，帮着拾麦穗。要颗粒归仓啊，这可是我们老师教的。麦收时节，农家大人孩子齐上阵，一同忙活，没有一个人偷懒。要抢时抢收啊！

麦子运回家了，先是铡麦子。用铡刀把麦穗铡下来，麦穗放在一边，麦秆放在一边。奶奶把麦秆堆里的麦穗仔细地拣出来。爷爷把麦穗摊晒在向阳的地方，不时用麦叉翻晒一下。

麦穗晒焦了，该打麦子了。打麦子是麦收时节最重要也最辛苦的一件事情。因为全村就两三台打麦机，而且打麦子要多人合作，所以打麦子就成了以一个胡同为单位，大家共同完成的一件事。

轮到我们家打麦子了。打麦机被安置在院子中央。通上电后，打麦机"隆隆"地响起来。爹和领财叔、俊德叔、连民哥把麦穗不停地放进打麦仓里，随着机器的转动，打麦机出孔就源源不断地流出麦粒和麦穰。娘和邻家大娘、立荣婶子、秀兰嫂子用麦叉把麦穰挑到一边堆好。爷爷则领着我和妹妹用簸箕把麦粒运到旁边的空地上。奶奶用笤帚仔细地把散落的麦粒扫起来，把麦粒堆归置好……一个多小时过去了，打麦机停止了轰鸣。大家一个个被麦尘扬得灰头土脸。但是人们并没有去顾虑这些。大家坐下来，喘口气，喝口水，然后抬着打麦机走向了另一家。不一会，"隆隆"的轰鸣声又响起来了……

打麦机从早到晚，二十四小时不停歇。在"隆隆"的轰鸣声里，人们心中的丰收梦变成了现实！

麦子扬好，晒干，归仓了。农家人看着瓮满缸满的情形，心满意足地笑了！没白没黑地忙活了十多天了，该歇歇了！

家家户户飘散出新麦饼的香味，整个村庄都沉浸在新麦饼的香味中了……

货郎下乡

　　小时候，人们平时除了去集上买些生活用品外，能购得生活用品的渠道就是货郎摊子了。供销社的东西太贵了，农家人不去那里买东西。走街串巷的货郎手拿拨浪鼓，肩上的扁担挑着一前一后两个大箩筐，筐里放着针头线脑、木梳、小镜子、花头绳、火柴、痒痒挠等小物件。当然，还有自家熬制的糖块呢。所以，小孩子们最喜欢听到的声音就是"卜棱棱、卜棱棱"的拨浪鼓声。

　　往往，"卜棱棱、卜棱棱"的拨浪鼓声还没有落下，小孩子们就像箭一般地从家里跑了出来。不大一会儿，货郎摊前就围满了女人和孩子。货郎乐呵呵地搭起临时小货架，掀开"百宝箱"。呵，花花绿绿的扣子、泥巴烧的小哨子、五颜六色的丝线、长长短短的缝衣针，还有毛巾肥皂雪花膏，瓢勺刀铲车铃铛，纸烟喇叭小气枪。最馋人的，是亮晶晶的玻璃珠、画着西瓜纹样的绿皮球、香喷喷甜滋滋的宝塔糖！真是琳琅满目，应有尽有啊！女人们仔细地挑拣着针头线脑，盘算着为自家的孩子买根头绳扎辫子，或是为自家男人买包纸烟。没有钱的就从家里称出一二斤粮食来换东西。小孩子们则拽住母亲的衣角，哼哼唧唧地央求着要糖吃。一时间，货郎摊前讨价还价，叽叽喳喳，好不热闹。

隔三差五，货郎就挑着担子来一趟，既为人们送来了日常生活的必需品，方便了人们的生活，也为人们送来了欢乐和希冀，为人们单调贫瘠的生活送来一抹缤纷亮丽的色彩！

磨剪子戗菜刀

农家人生活节俭，吃饭穿衣皆靠自己动手。老人们常说："自己动手，丰衣足食哩！"

平时吃的粮食、蔬菜都是自己地里种的，小麦、玉米、谷子、大豆、高粱，茄子、辣椒、丝瓜、黄瓜、扁豆、白菜、萝卜，种啥吃啥，绝不花钱买。只在家里来了客人或是有什么红白事，才会去集上割斤肉或买条鱼，破费一回。人们日常穿的都是布衣布鞋。自家地里收的棉花，叫弹棉花的弹一弹，再纺线织布做衣裳。所以，农家就有了好些纺线、裁衣、做衣裳、做鞋子的巧手姑娘、巧手媳妇和巧手老奶奶。

做事离不得工具。家里的剪子锈了，菜刀钝了，就要磨一磨，修一修。"磨剪子嘞戗菜刀——"抑扬顿挫、铿锵悠长的喊叫声在胡同里响起来。吆喝几声后，磨刀师傅不慌不忙地把肩上扛的长板凳稳稳地放在地上，卸下板凳头上捆着的两块磨刀石。板凳另一头，固定着一只盛水的铁皮罐和一个小木箱，木箱里放着小铁锤、小钢铲、刷子、碎布等磨刀用具。

不大一会，长板凳前就围满了人。人们手里拿着半新不旧的剪子、钝了的菜刀或是卷了刃的镰刀，叽叽喳喳地说："菜刀钝了，磨磨再用。""镰刀好长时间不用，锈了，欠磨

记得那时年纪小哟　／　胡培红　著

哩!"小孩子们在人缝里钻进钻出,看热闹。

磨刀师傅像骑马一样骑在长凳上,接过待磨的剪子或菜刀,用大拇指肚轻轻试一下刀刃的锋利程度,再眯眼瞧瞧,看从何处开磨。先在砂砖上打磨,再在油石上细磨,不时还用刷子在水罐里蘸点水,洒在磨刀石上,防止温度过高。相比来说,磨刀比磨剪子容易些。磨刀只需正反两面磨即可,剪子因为中间有个轴,所以磨起来要麻烦一些。另外,砍柴刀、切肉刀、切瓜刀、大铡刀等,磨的时候都需要不同的方法和力道。

听吧,"噌噌噌""唰唰唰",伴随着大人孩子的嬉闹欢笑声,一把把剪子、菜刀都焕然一新了,明晃晃,亮闪闪,仿佛能耀花人们的眼。

磨刀师傅擦擦额头上的汗珠,满意地把亮闪闪的剪子或菜刀交还给主人,脸上的每一条皱纹里都盛满了笑意。也许,他把磨剪子戗菜刀当成了自己的艺术创作,他正沉浸在自己劳动的喜悦中呢。

能喜欢并享受自己的劳作,这是一件多么幸福的事啊!

听收音机

我小时候的农村，人们日出而作，日落而息，整天辛辛苦苦地在农田里忙碌，为的是一家人能吃饱穿暖。而精神生活方面是单调而贫乏的。

改革开放以后，人们的生活渐渐好起来。解决了温饱，人们开始追求更加丰富的精神生活了。这时候，收音机出现在了农家人的生活里。

记得有一天，爹兴冲冲地回家来，怀里抱着一个长方形的东西。爹一进门就说："快来看哦，看我买回什么来了？"我和妹妹弟弟围拢在爹身边，看爹把盖在上面的蒙布掀开，"哦，收音机呀！"我和妹妹兴奋地大叫起来。我俩在别人家见过收音机。自家能拥有一台收音机，可是我们姐弟三人梦寐以求的事情哦！

收音机是牡丹牌的，长长宽宽的样子，赭石色的木头外壳。打开背面下方的壳盖，可放进三节一号电池。正面左右两边各有一个大喇叭。下方有两个旋转按钮，一个是开关，可以调频道；一个可以调音量。上方是标示各个频道的一排数字，有一条细细的红色指针。这台收音机花了四十多元钱，是我们家买的第一台"电器"哦！

从此以后，爷爷奶奶听吕剧、黄梅戏、京剧、评戏；爹和娘听广播剧；我和妹妹弟弟听"小喇叭""孙敬修爷爷讲

记得那时年纪小哟／胡培红　著

故事"等。而全家人都喜欢听的是评书。如单田芳的《隋唐演义》《薛刚反唐》，袁阔成的《三国演义》《水泊梁山》，田连元的《刘秀传》《水浒》，尤其是刘兰芳的《杨家将》《岳飞传》等评书，我们更是百听不厌。

夕阳西沉，暮色四合。庄户人肩上扛着锄头、铁锨，手里拿着镰刀、耙子，有的提着满篮的青草青菜，三三两两地，一路结伴回家来。炊烟袅袅，浓浓的饭菜香从家家户户的院落中飘散出来。同时飘散出来的，是收音机里播讲评书的声音！刘兰芳正在播讲长篇评书《杨家将》呢，只听到"一行人敲着得胜鼓，鸣着得胜锣，班师回朝。真是鞭敲金镫响，齐唱凯歌还……"音如大珠小珠落玉盘，铿锵有力、掷地有声！听到刘兰芳的声音，令人不禁联想到脆生生的大红枣。"呵呵！听评书喽！"人们心里欣喜地想着，回家的脚步加快了……

各位评书艺术家播讲的评书，激情洋溢、活灵活现、雅俗共赏、风格各具。收音机把古代英烈忠肝义胆、喋血沙场、舍身报国的感人事迹传播到了千家万户，大大丰富了那个时代广大人民群众的精神生活，深受人们的欢迎和喜爱！

看露天电影·看小画书

冬天到了,农家人有空闲了,村里请放映队来放电影了。农家人娱乐活动少,看电影就是人们最好的消遣。每次村里放电影就像过节一样热闹。

天还没擦黑,大队里的大喇叭里喊:"注意啦,注意啦,今儿晚上在村东场院里放电影!"孩子们奔走相告:"听见了吗?咱村放电影了!快回家让娘做饭吧,吃了饭去看电影哈!"

人们急急忙忙吃过晚饭,一人搬一个小板凳,陆陆续续来到村东的场院上。场院里,已坐满了黑压压的人群。场院空地上,架起了两根长长的竹竿,竹竿中间撑着一块白色的幕布。影片开演了!电影机"唰唰"转动,光柱投射到幕布上,打出了片名——《喜盈门》。喧嚣的人群安静下来,人们屏息静气、神情专注地看电影了。电影演到仁文媳妇强英把饺子藏起来不给爷爷吃时,人群发出了一阵唏嘘声。后来,强英在大家的教育帮助下,认识到了自己的错误,主动孝敬爷爷和婆婆了。人群发出了会心的笑声。

电影演完了,人们议论道:"这演的就是我们农村人的事儿啊!""不孝顺人人恨啊!"……下一部影片开始了——《阿凡提》。阿凡提幽默滑稽的样子引得人群发出一阵阵开心的笑声……

回想起来，我们那时看过的电影可真不少。有《铁道游击队》《五朵金花》《姊妹易嫁》《狼牙山五壮士》《小花》《地道战》《地雷战》《小兵张嘎》《刘三姐》《花为媒》等。

这方小小的幕布，带领庄户人走进了一个又一个新奇而美妙的世界。电影使人们拓宽了视野，增长了见识，给庄户人带来多少美好的精神享受啊……

作为小孩子，我们那时的娱乐方式除了听评书、看露天电影、跳绳、拾笆笆、玩沙包等外，就是看小画书了。小画书有黑白的，也有彩色的，64开，巴掌大小，一角钱一本。

我看的小画书大都是从同学处借来的。我小学三年级时的同桌叫秀兰，她的爸爸在镇供销社上班，家境较别人家宽裕一些。我常常去她们家玩。我羡慕的不是她家明亮的砖瓦房和时新的家具，而是那一摞摞的小画书。记得有《铁道游击队》《西游记》《奉天讨罪》《东方大魔王》《定河山》《五女拜寿》等。慢慢地，我通过帮她检查作业、教她画画涂色时怎样搭配颜色等方式，换来了看完她家小画书的机会。有时我看得入了迷，连回家吃饭都忘记了。现在想想，那是一段多么令人难忘的时光啊！

上了四年级，我们到离家一里多地的北坝小学走读。我们的教室紧邻着一间队屋，里面住着一位五保户老人。他家里有很多小画书，对外出租，一分钱一本，可看三天。从此，我攒的钱就再也不舍得买糖吃了，都用来租小画书看了。

听收音机，看露天电影，看小画书。我想：这就是我最早接受的艺术启蒙教育吧！

挑水·推磨

我家村东头有一个大湾，湾里的水很清澈，常年不干涸。人们经常在湾边洗衣、淘米，挑水浇菜园。湾边有一口水井，井水清冽甘甜，全村人的饮水都靠这口水井。每天清晨，天刚蒙蒙亮，人们就陆续挑着水桶来到井边，挂钩、放桶、打水、提桶，一气呵成，然后颤悠悠地挑着满满两桶水回家。早上要挑满一大缸水呢，庄户人的清晨也是忙碌无比的！

我和妹妹放学后，经常抢着帮家里挑水。身单力薄的我们挑着两桶水，晃晃悠悠，磕磕绊绊，有时候，两桶水挑到家里就只剩下两半桶水了。奶奶常常摸着我们红肿的肩膀，心疼得掉泪。我俩安慰奶奶说："奶奶，没事儿，一会儿就好了！"农家孩子能吃苦，从小就知道替父母分担生活的重担啊！

农家孩子不但会挑水、劈柴、做饭、割草剜菜，还会推磨。

记得我家院子里紧邻东屋搭了一间土屋，是个磨坊。屋中央安了一盘磨。下面是砖砌的磨台，磨台上安置一盘石磨。上下两层，重约二百斤，两层石磨中心有圆孔，用圆木榫将两层石磨紧密地契合在一起，两层石磨结合的面都刻有密密的石棱。上层石磨有两个磨眼，边缘对称凿有两个很深的磨孔，安着两根磨棍，用绳子固定。上层石磨正好在和成人齐腰高的位置。地上放着簸箩、簸箕、盛粮食的麻袋或布口袋，簸箩里放着扫粮食的小笤帚，屋角放着扫麸子的大笤帚。

推磨是个力气活。用两只胳膊加上腰部的力量推动石磨向前走，需浑身用力。边推磨边把要磨的粮食倒入磨眼，石磨转动，粮食流入石棱缝隙被磨碎，由两层石磨的缝隙中源源不断流出来，撒落在磨台上。用小笤帚扫进箩里，箩出细面，将粗面倒入磨眼，再磨，一遍又一遍。麦子需磨六遍；高粱、玉米、豆子磨五遍；地瓜干相比质地软一些，最好磨，三遍就能磨好。磨出的细面和粗粮除了一日三餐外，剩下的麸子和粮食渣滓喂家禽家畜。往往，一个人推磨最累；两人合作，一人推，一人拾掇粮食，轻省些；如有两人一起推磨，再有一人负责管粮食，会推得更快。自从家里买了收音机后，打开放在窗台上，一边推磨一边听收音机，倒也是一件有趣的事儿。

人们的一日三餐离不开石磨。所以来家里推磨的人络绎不绝。有时来推磨的人多了，大家就互相帮忙。你帮我推，我帮你倒粮食。手里干着活儿，嘴里拉着呱儿。东家长西家短，嬉笑斗嘴，叽叽喳喳，好不热闹。

农村民风淳朴，来推磨是不收钱的。父亲还会热情地招呼来推磨的人歇一歇，抽支烟，喝口水，唠唠家常。来推磨的人心里过意不去，临走时往往会留下一瓢玉米面或高粱面，作为酬谢。

后来，有农人在家中开起了加工磨，用机器磨米磨面，人工磨坊就慢慢从人们的生活中消失了。但人们聚在一起，在磨坊里磨米磨面的热闹场景却清晰地鲜活在我的记忆里！

记得那时年纪小哟 ／ 胡培红 著

做针线活

　　农家人一年四季穿的都是粗布衣裤、布鞋布袜，需要自己动手做。所以，村里的大姑娘、小媳妇还有老婆婆，每个人都有一只属于自己的针线筐箩。

　　记得我的奶奶也有一个针线筐箩。圆圆的底，圆圆的口。是用面糊糊把一片片碎布黏合在一起做成的，粘了好多层，所以筐箩很结实，不软塌，不变形。筐箩里放着针、线、剪刀、花布头、顶针等做针线活需用的东西，还有一本厚厚的大书。书的纸页已发黄，里面鼓鼓囊囊的，书页里整整齐齐地夹着好多鞋样。鞋样有报纸的、牛皮纸的，也有包中药用的草纸的。男人的女人的，大人的小孩的，单的棉的，一家人一年四季穿的鞋样都在这里面了。大书里还夹着好多剪好的花草、动物的纸纹样，极薄，毛头纸的。我记得有梅花、莲花、喜鹊、蝴蝶、狮子滚绣球等。还有许多花花绿绿的蚕丝线，极细极细的，但很有韧性，很结实，都是绣花用的。奶奶的手很巧，街坊邻居谁家给孩子做虎头鞋、虎头帽、百日兜兜时需要绣花了，就来请奶奶帮忙。奶奶很高兴，喜笑颜开地和来人唠家常，帮忙选花样，并亲手绣出来等人家来取。有时，奶奶也帮人家做中式对襟袄上的盘扣，各种式样的，好看又结实，真是漂亮极了！

　　奶奶已故去十多年了。奶奶曾给我们姐弟绣了好多双鞋垫。现在，我的床头橱抽屉里就整整齐齐地摆放着好几双奶奶亲手绣的鞋垫，崭新如初。舍不得穿啊！每次想奶奶了，就拿出鞋垫看一看，用手摩挲一番。那精致的花瓣、碧绿的花叶、匀称的花茎，俊秀精致，栩栩如生。一针针一线线，饱含着奶奶对我们孙辈深深的爱啊！

母亲会做布鞋，还会铰鞋样。不管谁人的脚，母亲打眼一瞧，就能用剪子铰出分毫不差的鞋样来。照此鞋样做出的鞋子，穿在脚上舒服又合脚。

忙碌操劳了一天后，在如豆的煤油灯下，母亲又忙着缝衣做鞋了。炕沿边，母亲微偻着身子，专注地飞针走线，有时困得低头打个盹，接着又继续做。为了我们姐弟能在大年初一穿上新鞋子，寒冬腊月里，母亲常常会熬夜做针线。记不清多少次从梦中醒来，看到的都是母亲低头纳鞋底的身影。昏黄的煤油灯拉长了母亲的影子，映在墙上，模模糊糊的，却那么温暖。母亲用针锥扎一下鞋底，再把钢针扎进去，用手一拽，"哧啦啦——"一声又一声。母亲不时抬手在耳边的头发上抿一下针尖。那是真正的千层底鞋啊，只有沾着头发的光滑润腻才能让针比较顺利地穿过鞋底那层层的厚度呢。母亲还不忘随时转回身来，为熟睡的我们扶扶枕头，掖掖被角。

窗外寒风呼啸，窗内温馨静谧。"哧啦啦，哧啦啦——"这温暖而动听的声音一直陪伴着我走过了整个童年时光，现在还一直留在我童年的梦境里！

过腊八·送灶·扫屋·贴春联

进了腊月沿儿，年味儿越来越浓了！

辛苦了一年的庄户人，仿佛要借着这难得的闲适时节，放松和犒劳一下自己，照料和慰藉一下家人。所以，家家户户都洋溢着欣喜而忙碌的节日气氛。

腊月里第一个节日是腊八节。腊月初七晚上，奶奶和娘就忙开了——准备熬腊八粥呵！熬腊八粥的材料是：大米、小米、秫米、绿豆、红豆、花白豆、花生和红枣。这八样东西早早就准备好了。奶奶先对其进行分类：绿豆和红豆不易煮烂，要先用开水浸泡；小米易沸锅，需最后放进锅里。

我和妹妹弟弟也跟着忙活开了：一会儿帮忙剥花生，一会儿帮忙淘米，不时还偷偷拣颗花生米或红枣放进嘴里嚼嚼。大人们对小孩子这种馋嘴的举动是不加制止的，过节了，图的不就是大人孩子乐呵吗！

半夜时分，开始熬粥了。熬一会儿，再用微火炖，一直炖到第二天早上，腊八粥就熬好了。清晨，腊八粥那甜丝丝的浓郁香味把我们姐弟三个从睡梦中叫醒了！我们争相捧着盆碗把腊八粥送给街坊邻居们品尝，要在中午之前送出去，最后才是全家人一块享用。吃剩的腊八粥，保存着吃了几天还有剩下来的。这是好兆头，有年年有余的意思啊！

腊月二十三，俗称"小年"。庄户人家很看重这一天。

"腊月二十三，打发灶君爷爷上了天"。灶爷上天，要去汇报一年来庄稼人的收成情况，这对以食为天的庄户人来说，当然是非常重要的。人们在灶爷两边贴副对联，"上天言好事，下界降吉祥"。送灶，在黄昏的时候举行。一家人先到灶房，摆上桌案，给灶爷敬香，并供上用饴糖和面做成的糖瓜等。用糖瓜供奉灶爷，是让他老人家甜甜嘴，好在玉皇大帝面前多说好话，少说坏话，保佑来年收成好。在灶爷的神像点火升天的时候，我们一群小孩子在一旁边拍手边唱："腊月二十三，灶王爷爷去西天。骑着马，背着枪，拿着糖瓜当干粮。"其实，不大一会儿，那些糖瓜就被我们这帮小馋猫们心满意足地分吃了！

　　过了腊月二十三，年味更浓了！在外做工的人们陆续赶回了家。因为，春节是个阖家团聚的日子，什么事也拦不住人们回家的脚步啊！大人们开始忙着"扫屋"了。"扫屋"，就是把房子彻底地清扫一遍。扫去一年来的积垢和烦恼，迎来欢乐祥和的一年！

　　屋子打扫干净，该贴年画了。我和妹妹弟弟帮着抹糨糊，爹把抹好糨糊的年画端端正正地贴到墙上。然后是贴春联，春联是请有学问的小学老师写的，已按上下联的顺序整齐地放在了一边。我抹糨糊，妹妹和弟弟帮着递春联，爹往墙上贴，配合默契。不大一会儿，屋子里、房门口、院门上，就都贴满了红红的春联。"喜居宝地千年旺，福照家门万事兴""天增岁月人增寿，春满乾坤福满门"……多么吉祥喜庆啊！放眼望去，屋里屋外焕然一新！而那鲜红的春联啊，把我们喜气洋洋的小脸儿也映红了！

过除夕·拜年

　　盼啊盼，终于盼来了大年三十，即除夕。从今天开始，才算真正的过年呢。瞧吧，屋里屋外、院里院外打扫一新；红红的春联从屋门贴到了院门；年糕、馒头早已蒸好，整整齐齐地摆放在竹篮里，够过了年走亲戚和吃到正月十五的了；木柴早已劈好，柴火已码放整齐，足够烧十多天的。

　　据老人们说，正月十五之前是不宜干活的，否则会带来全年都干不完的活计呢。是哦，农家人每天起早贪黑地劳作，忙活一年了，该歇歇了！

　　除夕夜是一年中最让人留恋的一晚。天一擦黑，孩子们早已拿着香火，东一声、西一响地放起鞭炮来。胆小的孩子，只有两手捂着耳朵，远远儿地站着看别人放鞭炮的份儿了！年夜饭是杂烩汤，豆腐、丸子、炸肉、白菜、粉条，热热乎乎地熬一大锅。除夕鞭炮噼里啪啦响过之后，一家人团团围坐，每人一大碗杂烩汤，再拿一个白面馒头，呼噜噜地开吃，不大一会，就吃得热气腾腾，浑身舒坦了。窗外，白雪皑皑，寒风凛冽；窗内，欢声笑语，亲情洋溢。春节是个欢乐喜庆、阖家团圆的日子啊，离家再远的游子，也会赶在除夕夜前回家吃团圆饭呢！自从有了电视春晚后，一家人围坐在一起，热热闹闹地看春晚、吃年夜饭，成为了人们过年的"重头戏"。这种团聚的热闹、亲情的慰藉，消除了人们一年以来的辛劳和烦扰，也让人们对来年的生活充满了希冀和憧憬！

吃过年夜饭，奶奶和娘就忙活开了——包饺子。洗菜、切肉、拌馅、和面、擀皮、包饺子，一样样精心准备。这是大年初一的第一顿饭呢，马虎不得！有时候，娘还会包几个糖饺子，说："谁吃到糖饺子，谁在新的一年里就有好运啊！"

这一夜，家家户户通宵灯火通明，人们在辞岁守岁。辞去旧的一年，并祈望在新的一年里风调雨顺、平安富足！

大年初一，天还没放亮，此起彼伏的鞭炮声就响起来了！热气腾腾的饺子端上桌了！"过年好"的祝福声响起来了！

小孩子们醒了，揉揉眼。身边，整齐摆放着娘早已准备好的新衣、新袜、新鞋、新帽。孩子们一骨碌爬起来，忙不迭地穿戴起来。呵，从头到脚穿戴一新，每个人都精精神神、漂漂亮亮！小孩子们盼年，盼的不光是有好吃的、好玩的，还有这一身漂亮的新衣裳啊！

小孩子们年初一的第一句话，要问长辈"过年好！"先问爷爷奶奶，再问父母，再问哥哥姐姐，问过好后，要规规矩矩地小声说话，不能乱说乱闹。据说这样才能在新的一年里平安吉祥、事事顺利。

吃过饺子，人们就三五成群地挨家挨户去拜年了。男人们一群，女人们一群，小孩子一群，往往都是平辈人在一起。年纪大的人，就在家等着别人来拜年。家家户户都早已准备好了糖果、瓜子、花生，装在托盘里，放在进门就能看见的八仙桌上。来了拜年的，抓一把瓜子花生放进口袋里。

所以，几家几户转下来，小孩子们的衣服口袋就都鼓鼓囊囊的了！

看吧，大街上，小巷里，人们三人一群，五人一伙，熙熙攘攘地，说说笑笑地，路上见了面互相致意，大声地互问"过年好"。人们出了这家进那家，到了一家就被热情地招呼着坐下来，抽根烟，吃块糖，唠唠嗑，说一说今年的好收成，期盼一下来年的好年景。一年来的辛苦和劳累，都被这节日的喜庆气氛冲淡了，开心的笑容洋溢在每个人脸上！

在进进出出拜年的人群中，小孩子们比试着谁的头花新式，谁的新衣服漂亮，谁口袋里拜年挣来的糖果最多！

新的一年来到了！

过十五打灯笼·唱大戏

　　有童谣唱道："年年收，年年有。正月十五打灯笼。发财，盖屋，割麦子，薅谷。"过十五，打灯笼，是小孩子们热切盼望的事情。

　　小孩子们的灯笼有各种各样的，有毛头纸糊的、锡纸糊的、塑料的，形状有椭圆的、四方的、六棱形的。纸灯笼做法简单，在十字形木头底座中间安上一根钉子，上面插蜡烛，底座四角钉长铁条，上面拧在一起，系一短绳，短绳另一头系在灯笼杆上。然后用篾片扎成椭圆的笼，糊上红、白油光纸，将笼套在底座上，点上蜡烛，就可以打灯笼了。

　　正月十五晚上，天刚擦黑，小孩子们放下饭碗，就迫不及待地提着各自的灯笼跑上街了。看吧，这儿点点亮，那儿点点亮，远远望去，像萤火虫在街上飞啊飞，不一会儿，小小的队伍就变成了长龙，在黑暗的夜里，整条街道都被照得亮闪闪的了！有个别调皮的孩子，会故意吓唬年纪小的孩子，故作惊讶地说："哎呀，你的灯笼底下有只小壁虎呢！"小孩子比较单纯，不知有诈，歪着灯笼看底下，坏了，蜡烛火苗燃着了灯笼罩，灯笼被烧坏了！这时，被烧毁灯笼的小孩子"哇哇"大哭起来，大人们闻讯赶来，连忙安慰："没事没事，回家再拿顶灯笼打吧！""肇事"的孩子，往往会被拉到一边训斥一顿。看大人没注意，就吐吐舌头，做个鬼脸，跑开了。

记得父亲曾给我制作过一辆灯笼车，用高粱秆插的，糊上白色毛头纸，再用毛笔蘸红、蓝颜料，画上栩栩如生的花草虫鱼，哇，真是漂亮极了！灯笼车下面装着四个小轮子，可以拉着走。这辆漂亮的灯笼车，伴我度过了一个又一个幸福的元宵节，成为了我童年岁月里的一段美好记忆……

我家乡的十南村，每年过十五还会搭戏台、唱大戏。戏台朝南，一人多高，三面用帆布和红绸围起来，东西两面留有演员上下台的出口。每年的大戏从正月十二唱到正月十八，连唱七天。白天唱，晚上也唱。这对乡亲们来说绝对是欢欣鼓舞的大事啊！人们互相邀约着，欢天喜地地，搬着板凳，拿着马扎来听戏了。一般唱的是吕剧，《借年》《小姑贤》《李二嫂改嫁》《王定保借当》，一出又一出，人们在台底下听得如痴如醉。有的人甚至顾不上吃饭，从白天听到晚上，回到家里还意犹未尽地哼着戏词呢。附近十里八村的乡亲们，也拖家带口地来听戏了。有时观众太多，人们就站在板凳上看戏，还有的骑在墙头上，或是爬到大树杈上，倒也"站得高、看得远"，抢占了有利位置。小孩子们听不懂戏词，他们最感兴趣的是在人群中钻进钻出，嬉戏打闹，央求父母给自己买一串酸酸甜甜的糖葫芦，或是一块甜得黏牙的糖瓜，美美地吃下去。小孩子们喜欢的，是这份过节的喜庆与热闹啊！

当时的演员，有时是县剧团的，有时是村里的民间艺人，还有一年请了村里当年的高中毕业生唱。年轻人扮上妆，个个青春靓丽。我有一位本家小叔，长得浓眉大眼，白净的皮肤，扮上戏装那叫一个帅！记得小叔在《徐九经升官记》里扮演四名轿夫其中的一个，虽没有一句台词，可因为英俊的扮相惹人注目，风头甚至盖过了威武神气的县太爷。戏演完了，十里八村来提亲的人踏破了家里的门槛。小叔也因此收获了自己美满的姻缘。这在当时成为一段因戏结缘的佳话。

记得那时年纪小哟 ／ 胡培红 著

家园拾英

（紫石苑文萃）

庄有禄 ◆ 著

中国纺织出版社有限公司

图书在版编目（CIP）数据

家园拾英／庄有禄著．--北京：中国纺织出版社
有限公司，2025.7
　　（紫石苑文萃）
　　ISBN 978-7-5229-0907-3

　　Ⅰ．①家…　Ⅱ．①庄…　Ⅲ．①诗集—中国—当代
Ⅳ．①I267

中国国家版本馆CIP数据核字（2023）第164218号

责任编辑：刘桐妍　　责任校对：高　涵　　责任印制：储志伟

中国纺织出版社有限公司出版发行
地址：北京市朝阳区百子湾东里A407号楼　邮政编码：100124
销售电话：010—67004422　传真：010—87155801
http://www.c-textilep.com
中国纺织出版社天猫旗舰店
官方微博 http://weibo.com/2119887771
北京虎彩文化传播有限公司印刷　各地新华书店经销
2025年7月第1版第1次印刷
开本：880×1230　1/32　印张：44.25
字数：741千字　定价：288.00元（全12册）

用诗句铺设纸上的还乡之路

王太贵

家园拾英 ／ 庄有禄 著

　　翻开庄有禄诗集《家园拾英》，第一首《心驻童年》，似乎为诗人的返乡之路指明了坐标。海德格尔说，诗人的天职是还乡。当我们在家园流连忘返，拾取记忆的碎片时，作为诗人，情感的触动是敏感而忧伤的。

　　在《心驻童年》这首诗里，由柳笛、野花、鹅鸭、鱼虾等意象构成的乡村图谱既亲切又充满诗意，而拴柱、二黑、三丫、狗娃等具有时代印记的儿时玩伴乳名，则是诗人心中难以忘怀的人物图谱。在由物到人的铺垫后，诗人的笔墨倏而转向伤感，"啊，童年／我到哪儿去／寻找您的情影呢"。人生无再少，童年之所以难以寻觅，主要源于故园的变迁，物是人非，诗人的还乡之路注定是艰难的。

　　诗集共有五十首诗，其中有关故园的达二十四首，约占

1

二分之一。这些诗篇，有对家乡淮河的热情歌颂，"你从沧桑的桐柏走来/你从茫茫的浩宇走来"（《淮河水》）；也有对老村庄消逝的伤感，"老村庄的模样/唯从记忆里翻找"（《老村庄》）；在故乡，既能看见"静静地坐在山墙根下"晒太阳的老翁，也能听见浣衣女的"阵阵捣衣声"。从《乡村年味》里，诗人带着我们体会家乡的民俗，"父亲忙着泡糯米和大豆/磨汤圆与豆腐/杀猪宰鹅晒腊物"，又从《老屋》里邂逅"思念与唠叨/儿时的梦想与祈祷"。

美国作家奥康纳说过，任何活过童年岁月的人都已经有了足够的生活素材，足以让他在之后的人生中反复回味。"故园撷珍"一辑里的二十四首诗作，都是庄有禄儿时生活的重现，语言质朴，情感真切。而贯穿诗歌语调中的俚语和民谣色彩，更增添了这本诗集的趣味。如《老百姓的日子》里的"楼堂瓦舍栉比肩/窗明几净地铺砖"、《乡村处处喜洋洋》中的"乡村处处喜洋洋/禾苗茁壮瓜果香/鹅鸭牛羊相和唱/鱼欢鸟鸣心情爽"等，通过押韵和通俗比喻，把乡村百姓的美好生活与精神状态刻画出来，读起来琅琅上口，极富音乐感。而《圩沟》《鸟巢》《芡实》《喜鹊》《秧田》《野花》等精短诗歌，更是以小见大，通过对江淮丘陵地带典型风物的描写，把故乡从时空交错的地方带到笔尖之下，"把大地带入梦曲"，并"勾住我的牵挂与灵魂"。

"山川行吟"一辑中十一首诗歌，其中有九首是献给古蓼大地的。庄有禄退休之前，曾在霍邱县文旅部门任主要负责人多年，是霍邱旅游事业的开拓者，他的足迹曾踏遍古蓼每一处景点。诗人管理旅游部门时期，临淮岗景区成功争创了国家4A级旅游景区。他笔下中的霍邱美景，既有旅行者的专业审美，更有诗人作家的人文情怀。"巍峨雄立的闸坝/降伏了胡冲乱突的鱼虾/昔日辛酸的'老灾窝'/处处展现朝气蓬勃"（《长淮新韵》），他以见证者的身份，书写临淮岗水利工程的恢宏气势。"河湾，薄雾笼罩/烙上扁舟渔翁的倩影/柳林婆娑，陶醉南来北往的乡亲/主航道上，波光粼粼/逶迤着吃水很深的船艇"（《站在临淮岗大坝上眺望》）。面对这片倾注了智慧与心血的水利风景区，诗人情不自已，因而"心，格外空灵/闭目沉思，满满都是临淮情"。而《霍邱风物吟》中的一组短诗，集中描写了霍邱的地域文化符号——城西湖、城东湖、安阳山、水门塘、李氏庄园和临淮岗。谁不说俺家乡好？有诗人，才有本真的安居。

　　"山川行吟"和"人物缅怀"两辑都属于主题类作品，要写好并写出新意很有难度。二十世纪六十年代初出生的诗人有时代赋予的独特成长背景，从吃不饱穿不暖的苦日子，到幸福安康的好日子，他是亲历者，因而感慨良多。诗歌情感炙热，语言滚烫，洋溢着由衷的感恩与赞美之情。

　　"暇思火花"一辑属于人生哲思类作品，诗人在平凡的生活中捕捉诗意的光芒，在纷繁的意象中淬炼灵感的火花。"直插云霄/不问季节/撑开青枝绿叶/为荒原点燃了希冀"（《松树的风格》），古往今来，吟咏松树的诗作太多，而诗人却独辟蹊径，除了在松树身上寄寓坚强、坚贞等高尚品格外，还把松树作为希冀的象征，这也是诗人生命的写照。"昂起的头/是轻飘飘的空囊/弯腰的低垂/是沉甸甸的金黄"（《水稻吟》）；"没有卿卿我我的缠绵/以毫不倦怠的姿势/吟出惊天动地的诗篇"（《心中之鹰》）；"不见尽头/没有悲欢"（《脚下的路》）；"只求盛满稻谷小麦玉米／把虚壳远远抛弃"（《一只空杯》）……这些咏物之作，充满哲思，寄寓深远。诗人在文字和思想的双重维度里，都找到了真正的"自我"，完成了黑塞说的不断了解、重构自我的任务。因而诗人才会有"傍晚的余晖／半握在自己的手心里／在睡梦中闪出一丝光亮"这样的闪光之句。诗人为官为人均正直如松，并时时怀揣着"把虚壳远远抛弃"的人生追求，所以他的梦里才能闪现出"光亮"，而这光亮照亮了他的每一行诗句。

故乡对一个作家有着乌托邦的意义。不论是海子的"我只愿面朝大海，春暖花开"，还是荷尔德林的"诗意地栖居"，故乡就像情感深处的漩涡，永远喷发着灵感的水花。在物质丰盈、通信发达的今天，当很多人深陷叔本华"钟摆"式的隐喻中时，我们更需要艺术，需要诗歌，来抵制个性的泯灭以及生活的刻板化和碎片化。相信《家园拾英》这本诗集，能给读者铺设一条纸上的还乡之路，并能够把我们带入"生活在别处"的美好境地。

（王太贵，中国作家协会会员，六安市作协副秘书长，霍邱县政协常委。）

目　　录

家园拾英　／　庄有禄　著

家园拾英／庄有禄　著

第一辑

故园撷珍

心驻童年

品评一杯醇酒
不经意间
醉倒了七魂六魄
朦朦胧胧中
沉入心仪已久的童年

拴柱、二黑、三丫、狗娃……
从村头欢快地逸出
上演了一幕幕活脱脱的喜剧
春天
吹一曲柳笛
采一束野花
夏天
放一群鹅鸭
网一篓鱼虾
秋天
拣几捆谷穗
捉几回迷藏

冬天
打几次雪仗
溜几趟冰
无忧无虑
天真烂漫
在鲁迅的百草园中嬉戏
在四季的童话里畅游
口里长出数不尽的歌谣
眼里藏着道不完的故事

啊，童年
我到哪儿去
寻找您的倩影呢

家园拾英　／　庄有禄　著

金秋曲

几声秋虫的长吟
闹欢了九月的乡村
无边无际的稻浪
孕育农家乐事桩桩

金灿灿的田野
一队壮如土丘的汉子
忙把金色收割
一群水灵灵的妹子
抢把秋实采撷
一伙嫩生生的娃儿
嬉把笑声串络

手执牛鞭打场的老翁
于月挂中天时亮开歌喉
唱落了满天星斗
唱出了崭新画图

家乡的小河

家乡的小河
渗入记忆
无论如何涂抹
也抹不去

弯曲的河汊
留下童年足印
岸边的金柳
爬满童年的欢乐
不息的水流
催生童年的向往

结队的鱼虾
喂肥一茬茬鹅鸭
稠密的花草
编织出一则则童话

啊，家乡的小河
纵然身处海角
也是我的牵挂

家园拾英／庄有禄 著

淮河水

你从沧桑的桐柏走来
你从茫茫的浩宇走来
你从时光的记忆走来
你从大地的血管走来
你从千千万万个大禹的脚下走来

你望花筒的习性
滋润漫无边际的花草荻材
成熟了鲜嫩的柳色
使生灵的伤口屡次裂开

临淮岗大坝自天而降
你由恣肆的汉子
变成温柔的姑娘
撩拨四面八方的情人
赶来拥抱赞赏

你是那样的清纯妩媚
你是那样的循规守矩

你是那样的汹涌奔放
你是一幅迷人的画
你是一首动听的歌
你是一曲勾魂的乐章

掬一捧你塞进行囊
朝夕伴我远足他乡
无论春秋冬夏
雨雪风霜
抑或日丽风和
星汉发光
彼此永不分扬

老家门前的池塘

池塘碧水
沐浴风和日丽
泛起朵朵涟漪
拥抱飞雪与骤雨
投进一粒石子
点燃沉甸甸的希冀

向来安守本分
不与湖泊诳语
不喜洪流四溢
一旦暴涨心绪
再也找不回自己

逝去的日子

翻开一页页日历
把撕去的时光打捞
从呱呱坠地
到须发皆皓
一个甲子
分分秒秒
仿如灯火闪耀
一步一个脚印
没有起伏跌宕
慢慢登高
偶遇意外凶险
皆因洪福当道
全都破涕为笑

一

父母的养育之恩比天高
为儿女的

不吃不喝

也难以回报

飞离温馨的窝巢

不忘传书回报

逗取父母的欢笑

逢年过节

提前把忙碌收好

赶回父母身边尽孝

择菜洗菜烧锅

剪指甲洗脚搓澡

倾听唠叨

父母年迈生病

急忙请医问药

减轻痛苦的煎熬

父母驾鹤西去

长跪坟头

五体投地

虔诚祈祷

让父母的魂灵

去天国里逍遥

二

兄弟情同手足
同穿一件破棉袄
在一个院落里嬉闹
长大后分户立灶
改不掉一娘同胞
平素多交流
遇事不避逃
收起小嫌隙
同心踏浪涛
荣辱进退乐陶陶
不让父母把心焦
骨肉情深拴得牢

三

身体的一半是伴侣
同锅共勺
同床共枕
耳鬓厮磨
风雨同舟

家园拾英／庄有禄 著

携手爬坡

悲喜与共

分享苦乐

牵手一辈子的情妹妹

牵手一辈子的情哥哥

喊一声泪眼婆娑

不改相濡以沫

生死同托山阿

四

无须隆重仪式

平常的日子平常过

铺床叠被浣洗

拖地除尘拾掇

买菜洗菜烧火

包饺子擀面条蒸大馍

想尽办法改善生活

日子的味道

耐人咀嚼

五

工作之余

时光如何度过

抚琴书法

对弈吟哦

读书看报

潜心写作

踏青郊游

阅花赏荷

与星辰谈心

同溪流唠嗑

丰盈精神家园

酿造醒脑之药

与低俗分道扬镳

横下心来

把名利全抛

心如日月昭昭

竭力追逐新潮

梦想挽弓射大雕

廉颇虽老

管他尚能饭否

家园拾英 ／ 庄有禄 著

六

视儿孙如风筝
任其自由飘摇
一旦劲风吹起
便可直上云霄
生活学会自立
对错学会思考
不惧雨打风号
不惧烈焰炽烧
甘愿负重担当
不做温驯羊羔
想去中流击水
想去大海蹑涛
不屈不挠
冲破重重暗礁
向着选定的目标奔跑

老百姓的日子

老百姓的日子
多么阳光煦暖
多么妩媚灿烂
多么舒心香甜
纵谱千歌万曲
好处难以颂完

早餐馒头和稀饭
小菜牛奶加鸡蛋
面条水饺带烧饼
常常来把胃口换

午餐烧上几大盘
四菜一汤不稀罕
鸡鱼肉蛋寻常见
佐杯老酒兴致酣

晚餐饮食随心变
宴席桌上杯莫贪
暴饮暴食伤心肝
多吃素食保平安

家园拾英 ／ 庄有禄 著

春秋冬夏四时衫
挂满衣橱色彩鲜
空调风扇温度迁
不畏酷暑不惧寒

楼堂瓦舍栉比肩
窗明几净地铺砖
家用电器按需添
键头一按心意满

乡村大路直又宽
以车代步真方便
赶集进城家常饭
买卖公平心头暖

乡村处处喜洋洋

乡村处处喜洋洋
禾苗茁壮瓜果香
鹅鸭牛羊相和唱
鱼欢鸟鸣心情爽
家家户户住新房

乡村处处喜洋洋
铁牛耕耘巧梳妆
汽车穿梭运物忙
以车代步心花放
难觅村庄老模样

乡村处处喜洋洋
炊烟水牛山野藏
村头舞台宽又广
旦末净丑竞亮相
润物无声赛鸡汤
乡村处处喜洋洋

家园拾英 ／ 庄有禄 著

依托资源搞种养

衣食住行不惆怅

致富路上足铿锵

老村庄

老村庄的模样
唯从记忆里翻找
农家的草房
由杂树和翠竹站岗
围村池塘的碧水
四季银波荡漾
锦鳞游泳
鹅鸭踏浪
菱角和青荷勾肩搭背
亲热得像姊妹一样
日月星辰与云霞
把倩影烙在池塘的心坎上
立于枝头的喜鹊
瞅着缕缕炊烟歌唱
桃儿杏儿梨儿枣儿
赶趟儿似的登台亮相
勾引髫童和小鸟涎水直淌
狗儿撵着公鸡

家园拾英 ／ 庄有禄 著

房前屋后乱跑
猫咪趴在窗台上四处张望
老农手牵水牛
肩扛犁耙
将丰收于泥土里酝酿
夜幕四合
清辉笼罩下的村庄
飘出孩童玩耍的欢笑
和着狺狺狗吠
把一天的日子收藏

童年，迷醉的乡下

童年
迷醉的乡下
铁蛋、狗子和二丫
沐着朝霞
撵一群鹅鸭
荒滩上蹦跶
把蜻蜓扑打
抽茅衣
扳树杈
跑跑跳跳
忘记归家

夏日晌午
小河沟塘里滚爬
打扑通
扎猛子
逮鱼摸虾
下草窠

家园拾英 ／ 庄有禄 著

摘桑葚

捉蚂蚱

聚在荫凉下玩泥巴

夕阳西下

挖野菜

追蝴蝶

割草牧牛

折几扇荷叶

缀成袈裟

肩头上披挂

月明之夜

听大鼓书

看露天电影

学弹琵琶

捉迷藏

"逮羊卖狗"

偷桃摸瓜

天有多大

心有多大

啊，迷醉的乡下

眼花缭乱的万花筒

多姿多彩的水墨画
价值连城的百宝箱
放飞梦想的五彩霞
从头至尾
都是我的牵挂

老翁晒太阳

静静地坐在山墙根下
眯起看惯风霜雨雪的眼眸
让温暖的太阳爬上心头
把从前苦涩的日子
在脑海中翻个够
整理古老的心事
放进儿孙的行囊
向着阳光奔跑追求

浣衣女

阵阵捣衣声
弄皱了一池春水
收起一桩桩心事
把甜蜜的日子
揉进绵绵的绿波里
顺着洇染的涟漪
打捞放飞的希冀

家园拾英 ／ 庄有禄 著

菜地

门前被水沟围着的菜地
是块生金长银的聚宝盆
春夏秋冬
忙碌着父母的身影
洒下粒粒汗珠
苗壮绿紫青蓝
一筐又一筐的蔬果
滋润了一家老少的心窝
生长出健康与快乐

乡村年味

吃罢冬至饺
喝过腊八粥
年便招手回头
父亲忙着泡糯米和大豆
磨汤圆与豆腐
杀猪宰鹅晒腊物

眨眼间小年到
焚香跪拜祭灶
逮鱼杀鸡除尘洗衣物
购买檀香炮仗糖果与蜡烛
烧几炷香放几挂炮
磕头祭祖

开开心心吃年夜饭
辞岁守岁串门联欢
走亲访友拜年
张弛有度韵味厚
欢天喜地心中留

家园拾英 ／ 庄有禄 著

深秋农家小院

楼房平房门楼院墙
围出一片温馨的天堂
鸡鸭鹅叫醒朦胧的晨曦
袅袅炊烟纺着天边的云裳
摩的的马达声喊响了羊咩狗吠
院墙外树枝上的喜鹊欢跳对唱
逗引小院主人心里像吃蜜一样
一簇面容姣好的菊花
羞得雪松和红叶李把头低下
晒台上的玉米花生大豆
诱惑小鸟居于枝头和屋脊守候
主人一声吆喝
叫飞了鸟儿的欢乐

老屋

老屋五间，土墙瓦顶
立于村庄东南一隅
由父母的心血和汗水垒成
自秋阳杲杲时节起
已在风雨飘摇中
走过了四十春秋
每一次回老家
撞入眼帘的
总是老屋沧桑的面容
有些寒碜，有些陋媸
却又赛过高大的殿宇
祖传的家具，梁上的燕子窝
父母使用过的水桶、盆锅、供桌
木箱、板凳、椅子……还有思念与唠叨
儿时的梦想与祈祷
老屋，你是我割不掉的魂灵
剪不断的宿根，抹不去的牵萦
在你的面前，我不敢高声大语
生怕惊吓了您，不敢阔步
生怕踩痛您的伤痕，不敢举止无礼
生怕亵渎您的心灵

庭院

五间土坯房，门朝南
东西南三面
围着泥巴墙头
这是我儿时生活的院落
门前椿树上，有鸟窝
喜鹊的叫声
滋长了一家老少的欢乐
东院墙外的沟岸
有几株梨树、杏树、桃树
春风醒来，花香四处氤氲
勾引蜜蜂和蝴蝶起舞
南墙上面
挂满红辣椒、大蒜头和葫芦瓢
写满丰收的浪漫
喜悦的滋味
装满心田

圩沟

恰似村庄的玉带
雅致气派
菡萏、芡实、红菱葳蕤
鱼虾畅泳，鹅鸭拨动小鸟的啼鸣
眨眼的星星，喷薄的日出
神奇而深情
父母的青丝，稚嫩的童欢
在春秋冬夏涤荡
勾住我的牵挂与灵魂

家园拾英 ／ 庄有禄　著

鸟巢

树梢的黑点
吸引无数的视线
翅膀不知疲倦
织出万世经典
一代又一代
百看不厌

芡实

池塘的精灵
浑身布满荆棘
老虎屁股摸不得
一旦长成金黄
便被镰刀收割
成为人人争食的晶莹

家园拾英 ／ 庄有禄 著

喜鹊

叫醒了晨曦
不论春秋冬夏
万物灵长的伴侣
翅膀淹没了余晖
把大地带入梦曲

秧田

一望无际的绿意
托起农人的希冀
烈日夺走了命根子
饥渴难耐的胸膛
呼唤电闪雷鸣
叫醒鲜活的心绪

家园拾英　／　庄有禄　著

野花

生于山路边的野花
向来不甘于寂寂无闻
欲把身子举过万人的头顶
使尽浑身的力气
飘向万丈谷底
只留下一串虚白
野花还是野花

心驻儿时中秋

儿时八月半
天高云淡
一群南飞雁
叫醒大地的金灿
酿出酽酽的美酒
在舌尖上蹁跹
打开仓门
收藏沉酣

嫦娥起舞
阖家团圆
男女老幼的笑脸
洋溢堆桌满盘
磕鸡斗菱角
嚼月饼香甜
猫狗撒欢
百虫轻喧
闪亮的火把

家园拾英　／　庄有禄　著

燃出笑声串串
偷摘的瓜果
弹拨漂浮的心弦
"逮羊卖狗"的游戏
热闹了村庄的夜晚

月上中天
鼾声一片
不断传出丰收的梦语
永驻心田

第二辑

山川行吟

淮河记忆

一

你从洪荒走来
吮着桐柏山的乳汁
带着一群徒子徒孙
左冲右突
似脱缰野马
吞没荆榛野花
还有牛羊鱼虾
由西向东一路狂奔
投到龙王麾下

二

三千年前一种叫"淮"的水鸟
成群结队地在滩涂上嬉戏
演绎成淮河的胎记
"四渎"之一的大名响彻云霄

浩瀚的史卷掀至夏禹的扉页
改弦易辙
变堵为疏
温驯如绵羊
楚国令尹孙叔敖
把百姓扛在肩上
在你的左岸筑堤挖塘
让荒地变成米粮仓
期思陂大业陂芍陂
似一枚枚印章
镌刻在淮人的心坎上

三

日子一页页掀过
你的野性又恢复疯狂
奔突四逐
信马由缰
无情地扫荡羸弱的村庄
墙倒屋塌
一片汪洋
淮人扶老携幼

背井离乡

大雨大灾

小雨小灾

掬一捧浊水

举过头顶

跪问上苍

为何折断淮人翅膀

几时才能跳出周而复始的祸殃

无数次的黄泛夺淮

在难人的伤口撒盐

妻离子散

为了生计

流落四方

四

一九四九年春天

一声"一定要把淮河修好"的号角

百万军民

应召而动

推着小车

抬着箩筐

浩浩荡荡

云集到治淮工地上

砍下蒹葭辣蓼

搭盖栖身的窝房

喝一口烧酒

就一口咸菜

啃一口馒头

饮一口河水

破冰踏雪

顶风冒雨

披星戴月

挥舞如椽的画笔

在苍茫的大地上勾勒

扯几片云裳

铺陈于淮堤之上

紧紧抓住大禹的梦想

五

二十一世纪初叶

大地的主人摸透了淮水的习性

展开想象的翅膀

让山河换装

从桐柏山到三江营

实施十九项工程❶

修渠筑坝建闸

施展高超的技艺

制服桀骜的野马

淮水汤汤

岸柳成行

白帆点点

水鸟颉颃

撒下金网

把喜悦收藏

高歌一曲

豪情万丈

把酒临风

心情格外爽朗

---

❶ 十九项工程，指国务院 1991 年确定实施的治淮 19 项骨干工程。

长淮新韵

巍峨雄立的闸坝
降伏了胡冲乱突的鱼虾
昔日辛酸的"老灾窝"
处处展现朝气蓬勃
高大宽敞的庄台
冒出洋楼排排
笔直平坦的马路
穿梭阵阵铁牛
报春燕子的颉颃
叫醒泥土的芬芳
天真无邪的髫童
在淮水的温馨里漫泳
心灵手巧的巾帼
把根根杞柳
编成多彩的春梦
赢来五洲四海的垂青
下河屠龙的须眉
壮硕追求的身姿

家园拾英 ／ 庄有禄 著

在城市和乡间穿梭
勾勒出崭新的画图
群鸟和鸣
百花争妍
人间天堂
悄悄降临淮上

站在临淮岗大坝上眺望

初冬的早晨曦光露出赭色
清脆的鸟鸣唤醒酣睡的村落
络绎不绝的羊群在曲曲的淮畔上行吟
田畴无际
绿毯欢唱
汽车，在大坝田塍间穿行
河湾，薄雾笼罩
烙上扁舟渔翁的倩影
柳林婆娑，陶醉南来北往的乡亲
主航道上，波光粼粼
逶迤着吃水很深的船艇
船闸，巍峨耸立
在朝阳的映衬下百倍精神
清新空气，如画美景
心，格外空灵
闭目沉思，满满都是临淮情

家园拾英 ／ 庄有禄 著

霍邱风物吟

一

城东湖
吮着大别山的乳汁长大
习惯了潮涨潮落
春秋冬夏
孕育无数宝贝
馈赠遐迩生灵
始终无怨无悔

二

安阳山
大别山的小儿子
裹着朦胧外衣
隐藏妩媚的容颜
从盛唐开始
发出一声召唤
引来无数虔诚的膜拜

三

水门塘
穿越二千六百多年时空
出落成含羞的睡美人
泌出甜甜的琼浆
滋养一茬又一茬儿女
伫立陂岸的令尹
在睡梦中无数次笑醒

四

临淮岗
昔日的叫花子
蓬头垢面
被洪水欺负成绵羊
大坝从天而降
伸直了腰板
摇身一变
成为举世闻名的俊男

家园拾英 ／ 庄有禄 著

霍邱风景名胜行吟

水门塘

一口古陂
二千六百多岁
额头写满沧桑
一路踽踽走来
泌出玉液琼浆
把古蓼儿女滋养
虽说历经坎坷
始终相貌堂堂
倘若赶上好时光
精心打扮巧梳妆
再度粉墨登场
把名牌擦得更亮

烈士陵园

万古长青的松柏

无论春秋冬夏

都虔诚地仰慕纪念塔

一面醒目的浮雕墙

浓缩历史的沧桑

玄青放光的英名碑

荡涤拜谒者心头的雨霏

庄严肃穆的纪念馆

迸出先烈的铮铮誓言

不惧流血牺牲

为子孙后代

开创幸福明天

淮河文化园

静静地躺在淮河的臂弯

虽说有些羞羞答答

撩开神秘面纱

绽放农耕和艺术之花

一件古朴农具

一幅精美图画

一尊鲜活泥塑

一则动人佳话

一款灵动柳编
一盏醉人香茶
延续淮河文化根脉
弘扬淮河文化精华
氤氲淮河文化之光
人见人夸

临淮岗洪水控制工程

横行千万年的水蜮
终于臣服你的膝下
改去恣睢秉性
变得温文尔雅
由衣衫褴褛的乞丐
出落成炫目的奇葩
一座妩媚的新镇
在臂弯里安家
佳木葱茏
风弄云霞
弥眼鲜花
赋诗品茶

城西湖

生于北宋
一路踉跄
阅尽千年沧桑
性格乖张
时阴时阳
既生金孕宝
又肆掠逞强
爱恨交织
难诉衷肠

围湖造田

以粮为纲
备战备荒
时过境迁
功过考量
趋利避害
退垦还湖
柔云细浪
岸柳成行
鱼肥虾壮

家园拾英 ／ 庄有禄 著

水鸟颉颃
野草飘香
和风送爽
不是苏杭
胜似天堂

李氏庄园

一百六十多岁
一路风尘
洗尽铅华

昔日豪门
灯红酒绿
奢侈无涯

江山易帜
人去楼塌
荒草昏鸦

岁月流转
观念变化
恢复容颜
再绽新芽

疑是天堂落人间

大别山下史河湾
丘岗相依水相连
芳草翠陌阡
百鸟和鸣柳笛喧
疑是天堂落人间

岗峦坡下溪水边
果树芬芳百花艳
羊儿正撒欢
牧羊姑娘笑扬鞭
高歌一曲飘零去

未名湖水碧连天
千陂万渠荷田田
白云落沙滩
一壶老酒醉经年
四季羹汤美味鲜

灵山秀水毓英贤

家园拾英 ／ 庄有禄 著

文武双全万口传

信心倍儿添

全力蓄势气冲汉

诗乡水韵谱新篇

叶集风物说不完

疑是天堂落人间

落人间

冯井之歌

谁不说俺冯井好
山水相依分外娇
蝎山水库藏珠宝
长山叠翠鸟欢笑
禾苗茁壮花更俏

谁不说俺冯井好
资源丰富地妖娆
铁矿开采机器啸
和居家具称时髦
稻麦玉米贵佳肴

谁不说俺冯井好
区位优越兴商贸
铁路高速龙驹跑
乡村路阔通公交
货畅其流泛海涛

谁不说俺冯井好

地灵人杰天下晓
李特故居鸣古蓼
中关村里传捷报
返乡创业功名昭

谁不说俺冯井好
一二三产共登高
土地整治美图描
乡村振兴民富饶
前程似锦乐逍遥

蓼城西湖亦醉人

阳春三月万物新，偷来闲暇西湖行。
携妻将雏和风里，弥眼湖光走来迎。
粼粼柔波跃碎金，袅袅轻雾弄云影。
岸柳滴翠百草绿，鱼虾欢跳青蛙鸣。
野凫结伴水中戏，情侣牵手畔上亲。
置身佳境飘似仙，游湖归来一身轻。
莫道苏杭风景好，蓼城西湖亦醉人。

家园拾英 ／ 庄有禄 著

凭吊李家圩

降生于清朝咸丰年间
年轻时无限风光
日日花天酒地
夜夜笙歌燕舞
衣貌堂堂
称霸一方

时代沧桑
变了模样
昔日烟火
皆成过往
残垣断壁
一片荒凉

欣逢盛世
重新梳妆
屋宇轩昂
松柏茁壮

吸引骚客雅士
驻足怀想

沟水汤汤
烟雾茫茫
兴衰存废
随风飘荡
山岗依旧在
唯有诗书作伴香

家园拾英　／　庄有禄　著

谒鲁迅故居

岁月的锋刃
刈不去沉沉的墨香
时代的烽火
烧不掉后人的景仰
几十间沧桑的老屋
挺拔起一个民族的脊梁
一爿萋萋的百草园
苗壮成文坛巨匠
一口汪汪水井
流不尽滔滔思想

第三辑

人物缅怀

为屈子歌

一位两千三百多岁的骚翁
头戴峨冠，腰佩长剑
身披幽兰，满腹经传
风流倜傥，义薄云天
胸怀五千里江山
上下求索，一路孑吟
离骚声越擦越亮
哀郢调越陈越香
仿佛匕首投枪
直刺宵小胸膛
仿佛明媚春光
滋润芙蓉秋菊怒放

你是魅，为天下苍生苦苦求情
你是神，为天下黎庶挣来昌明
靠心灵冯虚御风
在天阙里散步翱翔
凭双足丈量山川

在洞庭和汨罗岸畔忧伤
无奈的眼神叩问上苍
祈盼化解死结的迷茫

逸响的伟章
滋养古今黔首的稻粱
不老的魂魄
浸润炎黄子孙的妙方
端阳节的烟火
氤氲橘颂的吉祥
江河竞渡的龙舟
弹奏九歌的绝响
英灵与乾坤同岁
湘君一样千古流芳

沉痛悼念袁隆平院士

晴空霹雳响惊雷，
陨落明星举世悲。
遴出志向恒中守，
痴醉稼禾梦里回。
赤胆忠心昭日月，
丰功伟业闪星辉。
饱食勿忘源头水，
夙愿未圆誓不归。

祭拜烈士陵园

清明时节剪不断的雨丝
淋湿了格外凝重的心绪
陵园里巍峨高耸的纪念塔
倾倒了祭拜者的灵魂与肉体
擎起一簇簇洁白的鲜花
低首默诉绵绵不尽的覃思
与日子同在的松柏
鲜活了英烈们的希冀
枕着生生不息的厚土
为子孙万代赋与动力
从一座座无言的墓碑上
读出振聋发聩的寄语
让红色的旗帜世代飘举

家园拾英 ／ 庄有禄 著

写给启蒙老师

您于茫茫的书海中
苦苦寻求立世之基
您于平淡的日子里
矻矻演绎人生精彩
您从孔夫子那里
孜孜接传育人之术
您沟沟坎坎的额头上
布满峥嵘岁月的痕迹
您穿透灵魂的眼睛
常常定格为希望的窗口
您每一个有力的手势
都深深扎根学子的心灵
您口中诵出的玉液琼浆
不断融进学子的胸膛
您每一步坚实的脚印
都嵌入学子脑海深处
您用精神点燃不夜灯火
始终照亮学子前行的步履
老师，请不要为告别讲坛伤心
您的生命将在学子的血脉里延伸

父亲的挽歌

父亲的坟头冒出一棵桑树
不知是天意抑或偶然
村里的老人说"桑""伤"同音
象征一生艰难
农历辛丑年清明前
大哥用刀斧砍倒枝干
在树根上撒一把盐
不让发芽成冠
终结父亲之伤
免却后孙之患
每次给父亲上坟
都燃放一挂炮仗
焚烧一沓纸钱
长跪祈祷
九泉之下安眠
魂魄飞升昊天
再不吃苦遭难

家园拾英 ／ 庄有禄 著

第四辑

暇思火花

松树的风格

寂寞荒原
干燥少雨
唯有一粒松树种子
从干坼的黄土里
顽强地拱出

孱弱的树苗
抛却尘凡的聒噪
贪婪地吸吮晶莹的露珠
倔强地矗立
直插云霄
不问季节
撑开青枝绿叶
为荒原点燃了希冀

盼

盼
是饥渴的眼睛
向往饭庄豪饮大嚼
是迷途的羔羊
渴望头羊从天而降
是干枯的禾苗
祈祷霏霏甘雨洒落
盼是酸甜苦辣的掺和
有人在她怀中新生
有人在她脚下死亡
有人踏着她的肩膀挺胸昂脖
有人拽着她的衣角迷惑萎缩
盼
是强者的新娘
弱者的哀伤

家园拾英 ／ 庄有禄 著

水稻吟

在和煦的春风里萌蘖
在农人的希冀里拔节
在火热的阳光下孕育
在滚动的碌碡下回归

从咿呀学语
到亭亭玉立
把所有的心事
都深藏水底

昂起的头
是轻飘飘的空囊
弯腰的低垂
是沉甸甸的金黄

从下水的那天起
便站成了一道风景
由绿而黄由黄而绿
每一个轮回
都是精美的乐章

心中之鹰

俯视飘举的风筝
顺手摘一朵五彩云
权作远山的花头巾

滑过大地的胸膛
点亮收割的眼神
览阅无边的风景

扶摇天庭之上
经受风刀的铣斫
炼就花岗岩性格

伸展锋利的铁爪
攫取狡猾的地鼠
振翮百鸟之群
似脱弦箭羽
飞向天宇

没有卿卿我我的缠绵
以毫不倦怠的姿势
吟出惊天动地的诗篇

家园拾英 ／ 庄有禄 著

江山绚丽如画

风婆婆病发
恣睢虐杀
蚂蚁迷失娘家
喜鹊逃离妈妈
天空逝去彩霞
大地不见芳华

风婆婆病愈
大树翻身挺拔
衰草返青发芽
彩云唤醒桑麻
旷野布满青纱
甘霖空中泼洒
江山绚丽如画

让生命之树再绽新芽

两耳被闹市的喧嚣吵倦
双眼被炫目的色彩迷伤
鼻孔被浓郁的气味呛麻
嘴巴被肉山酒海填塞
沐浴更衣擦拭好灵魂出发
走进桃花源
采菊东篱下
闲看秋月春风
慢品寒冬炎夏
低吟几阕歌谣
轻捻一曲琵琶
与星辰谈心
同溪流对话
吸纳山川灵气
饱餐天然鱼虾
犁田种地打耙
荷锄耕耘桑麻
每逢重阳佳节

家园拾英 ／ 庄有禄 著

独自登高赏花
抛却尘世芜杂
追寻精神高塔
给心灵放个假
让生命之树再绽新芽

脚下的路

立于生命之巅
伸长脖颈瞭望
脚下的路曲曲弯弯
既有小草的呜咽
也有鲜花的烂漫
有时传来金银召唤
偶或遇见美人弄眼
心如止水一潭
什么都未听见
什么都未看见
俯下身躯
顺着择设的路线登攀
不见尽头
没有悲欢
平平仄仄
平平淡淡
继续踽踽前行
再翻几道山关
直抵生命终点

家园拾英 ／ 庄有禄 著

立于孤独的古树下

大地被白花花的日头炙烤
天空不见一只飞鸟
蛇和蚂蚁躲进窝巢
古树含泪张开臂膀
为躁动的心绪操劳
哀叹早殇的同伴
世间买不到后悔药
存活下来就是英豪
我在树下乘凉
止不住泪水滔滔

一只空杯

一只空杯
在寂寞中企求
不喜欢白开水
还有饮料啤酒白兰地
一直想躲避污浊的气体
还有银子和缥缈
只求盛满稻谷小麦玉米
把虚壳远远抛弃

感悟人生

一

人生天地间，如月缺而圆。
少小不更事，嬉戏犬羊欢。
稍长进学堂，求知若爬山。
弱冠入社会，重担落在肩。

二

历经坎坷路，仿登十八盘。
弱者败下阵，强者永向前。
山路无穷尽，志在勇登攀。
尽力干事业，不论甘与甜。

三

金玉如粪土，切莫掉钱眼。
富贵若浮云，瞬间即不现。

居高不忘卑，发财莫狂颠。
贫穷志不移，落魄莫打蔫。

四

人生不满百，珍惜每一天。
脚踏实地过，生活尚节俭。
怀才莫傲物，天外还有天。
平素慎言行，一生皆平安。

五

人生多歧路，重在把好关。
顺应时代潮，莫做碍流滩。
不恋身外物，力求多奉献。
善待人与己，快乐赛神仙。

自吟曲

我本农家子，生于乡俚中；
髫童牧鹅鸭，稍长进学宫；
热心学文化，老师一点通。
家虽徒四壁，内心不嫌穷；
立志增才干，平素下苦功。
欣逢招策变，深造竹在胸；
一举跳农门，勤学无夏冬。
艺成出校门，传道不盲从；
潜心育桃李，师徒情意浓。
去教就公牍，笔耕未放松；
食指磨出茧，尽职勤撞钟。
岁月催人老，鬓白背弯弓；
调研谋良策，资政显心彤。
天命之年届，转岗不为耻。
荆棘丛生路，放胆往前冲；
打拼近四载，新业初展容；
个中百滋味，难以话肠衷。
成败千古事，冷对方为雄；
为圆旅游梦，奋斗不言终！

后记

20 世纪 60 年代末，我发蒙念书，开始接触到名人伟人的诗句，虽不晓其意，仍饶有兴味，诵读不厌。上初中时，开始接触到唐诗，读来朗朗上口，感觉十分优美，妙不可言。读大学中文系时，宛若坎井之蛙跳入大江大河，学习背诵了大量古诗词和中外名家的诗歌代表作，涵养了无限爱好。于是不揣浅陋，悄悄地信手涂鸦，创作了一批歪诗，每每读起，虽登不了大雅之堂，往往自鸣得意，乐此不疲。

20 世纪 90 年代初，阴差阳错，我离开教坛，改行从政。工作之余，斗胆将创作的诗歌投寄到省市县党报党刊，大多泥牛入海，只有少数诗作见诸报端，不禁足之蹈之，喜形于色，心里比吃蜜还要甜上三分。自此，创作兴趣日增，隔三岔五挤出一首，大多在报刊上发表，三十多年下来，积攒了一百多首，忝列诗歌爱好者队伍，虽说有些底气不足，有时还自诩为"诗人"。

二〇二二年孟秋，受南通知名作家诗人出版家周花荣鼓励，从报刊和微刊上发表的诗作中筛选出 50 首，予以编辑修改，分为"故园撷珍""山川行吟""人物缅怀"和"暇思火花"四部分，结集成册，算是对自己几十年来热爱诗歌的一个交代。

　　诗歌的结集出版，得到了皖西诗坛诸位诗家的指导与帮助，得到了霍邱诗友的鼓励与支持，得到了亲友、同学和学生们的理解与赞赏。在此一并致谢！

　　特别鸣谢中国作家协会会员、著名诗人、霍邱翘楚王太贵，于百忙中挤出宝贵时间，披阅诗稿，提出修改意见，并欣然作序，给予鼓励和希望，令我感激涕零，其深情厚谊，永驻心田，终生难忘。

　　因缺乏诗才，勉为其难，所辑诗作，大多粗浅直白，瑕疵较多，敬请诸位诗家、文友和诗歌爱好者批评指正，不吝赐教，我表示衷心感谢！决心在有生之年，继续学习，努力提高创作水平，让人生少留遗憾！

庄有禄

2022 年仲秋写于蓼城

六安有座英雄山

（紫石苑文萃）

流冰 ◆ 著

中国纺织出版社有限公司

图书在版编目（CIP）数据

六安有座英雄山 / 流冰著. --北京：中国纺织出版社有限公司，2025.7
（紫石苑文萃）
ISBN 978-7-5229-0907-3

Ⅰ.①六… Ⅱ.①流… Ⅲ.①散文集—中国—当代
Ⅳ.①I267

中国国家版本馆CIP数据核字（2023）第164057号

责任编辑：刘桐妍　　责任校对：高　涵　　责任印制：储志伟

中国纺织出版社有限公司出版发行
地址：北京市朝阳区百子湾东里A407号楼　邮政编码：100124
销售电话：010—67004422　传真：010—87155801
http://www.c-textilep.com
中国纺织出版社天猫旗舰店
官方微博 http://weibo.com/2119887771
北京虎彩文化传播有限公司印刷　各地新华书店经销
2025年7月第1版第1次印刷
开本：880×1230　1/32　印张：44.25
字数：741千字　定价：288.00元（全12册）

目　录

六安有座英雄山　／　流冰　著

向美好的往日亲情道歉

坦白地说，我近些年情绪很不稳定，浮躁的心愈发不安，不是对于自己的生存现状，而是对于一日日远去的生命。父亲母亲早已仙逝，亲爱的姐姐离世也已多年，有关他们的往事仍历历在目，想写，却一直未写，怕只怕我依旧残缺稚嫩的文字一不小心伤害了亲人的自尊，亵渎了一份如山、如水的亲情。

天堂里的父亲

父亲嗜酒是由于他性格中的某些瑕疵，而父亲喜食月饼，这还是我在他晚年时无意中发现的，这一发现也因此改变了我对父亲的看法。

如今食品多得让人眼花缭乱，奇怪的是人的胃口却变得越来越小。这好比十个人玩十个球，腻，玩不长；要是十个人玩一个球，玩起来就没完没了。说到月饼，小时候一年盼来一个中秋，一人分一块月饼，那滋味能记上一年。倘若时下有人送你两盒月饼，让你一个人吃，且不断在一边催促"吃呀，快吃，吃不完会坏的"，估计你怎么也吃不下，并且永远也不想再吃了。

我们家当年可不是这个情况，那时，盼着中秋，不是为了看月景，黄皮瘦骨的哪有那份闲情？我们真正关心的是这一天饭锅里油水的厚薄，更重要的是父亲带回来的那一筒月饼，牛皮纸裹着，酥油浸润在纸上，斑迹驳杂着，拆开纸包，一斤正好五块，兄妹五人，一人一块。后来，大姐去了省城，那一块便归了母亲，可是母亲每年只是象征性地咬几口，最后还是被我们瓜分了。父亲从来不吃，当我们小嘴嚼巴着的时候，父亲总是坐在那里端详着大伙，一副满足和陶醉的神情。

有时，母亲将自己的那块一掰两半，递给父亲："你也吃点。"父亲总把头摇得像拨浪鼓一样："甜腻腻的，有什么好吃的。"这种意思的话我们听了许多年，后来再也听不到了，因为，这之后的每年中秋，当大家分食月饼的时候，好像再也没有谁会想起来去问父亲一句。

等我们都大了，工作了，每年的中秋带给父亲的无一例外全部是酒，因为，父亲是不吃月饼的。而母亲则不同了，晚上，几把竹椅子，一家人坐在庭院中，吃着月饼说笑，父亲很少插话。虽有朦胧的月光照着，我们却看不清父亲的脸，好像也没人去在意父亲的表情，只听见父亲断断续续像是要掩饰什么的喝茶和咳嗽声……

1996 年中秋，因为客车中途抛锚的缘故，直到下午三点我才赶到小镇，火烧火燎推开家门，只见父亲独自坐在堂屋，手里捏着半块月饼，嘴，一瘪一瘪地咀嚼着。

一见是我，父亲愣怔了一会儿，举饼的手僵硬地悬在胸前，好一会儿才不自然地挤出些笑容。那种笑容是遍布满脸的，里面的皱纹纵横，就像你往池塘里突然抛入块砖头的地方的那个样子。当我向父亲手中的月饼瞟了一眼时，这个笑容立刻就牢牢地凝固起来，变得毫无生气。我从来没有见过父亲的笑容变得如此的窘迫，并且持续不变……

我突然为自己的冒失而感到愧疚，并为于事无补而深感痛心。我想对父亲说些什么，却一句适当的话语也找寻不到。我悄悄地将带回来的月饼放在父亲的床头边，而此刻，父亲正泪眼婆娑地瞅着我，瞅着我……

晚上，我陪父亲喝酒。说实话，父亲一生嗜酒，虽不拘孬好，却还是极少能够喝得舒心。小时候家里穷，因为拮据，母亲总免不了在他端起酒杯时啰唆个没完没了。等我们兄弟姐妹相继成人，生活条件稍有改善，父亲却染上了严重的支气管毛病，母亲的理由就更加充分，且人多势众起来。所以，父亲在我的印象中，总是那么一副低首垂眉、小心夹菜、小口呷酒的样子。

父亲喝了一辈子的酒，却从未因此打骂过母亲和儿女。相反，赶上哪天开心的日子，父亲便会瞒天过海、钻空子、瞅冷子多灌自己几杯，喝"高"了，便没老没少和他的三个儿子"打"成一片。

记得有一年冬天，酒后的父亲领着我们在雪地上打雪仗，跌打滚爬，毫无顾忌。我们兄弟三人从不同方位向父亲发起进攻，父亲寡不敌众，抱头逃窜，洁白的雪球还是在他的脸上身上纷纷开花。父亲不恼，还笑，很开心的样子。镇上的人见了，都说老刘怕是又喝多了。而我觉得那时父亲脸上流露出来的天真和善良无与伦比。

1988 年，"供销"系统走了下坡路，父亲便主动要求退了下来。父亲的退职，可以说是供销系统的一大损失。父亲十六岁进社，干了将近四十年废品、动物皮革的收购业务，像他这般经验丰富又以社为家的老师傅，现今社里已寥寥无几。因而，那阵子，曾有好几家私营老板企图利用他的业务关系和专业技术，高薪聘请父亲，均被拒绝。父亲说，和废铜烂铁打了大半辈子的交道，该歇歇了。这似乎合情合理。可那时我们家的家境并不富裕，甚至可以说还很贫穷，为此，我们时常数落父亲的不是，父亲并不言语，依旧低首垂眉喝着他七毛钱一斤的散装粮食白酒。

退休后的父亲变化很大，话语明显稀少，成天将自己关在家里，侍弄侍弄花草，看看电视，听听广播，然后是中、晚两遍酒将他完整的一天光阴慢慢地打发过去。父亲的思想和情感可能搁浅于某一时空的荒滩，他似乎在逃避着什么，痛苦地把自己幽闭在一个人的小圈圈里，在这个小圈圈里，他又难以自控、刻骨铭心地怀念着某些热爱，好在这种足以淹没一切的快感往往能持续到第二天一早，然后，父亲再去期待下一个循环。

1992 年，我退伍等待分配期间，时常陪父亲喝酒、聊天。父亲知道的事情很多，谈论起来也很有观点，尤其是对当前的很多不正之风深恶痛绝，说到"疼"处，巴掌落在桌子上，酒杯蹿得老高。父亲是看不得一点丑恶的，却又无力改变什么，这也许就是父亲的痛苦所在。这些事只是偶尔谈及，大多数的时候，我们谈的都是国际问题，父亲不但能对事件的现状给予评点，还能介绍事件的历史背景，但父亲闭口不谈身边之事。我想，父亲可能是太悲观了，他对现实生活连谈论的勇气都没有，只能在那些看似宏大实质上却与自己毫无瓜葛的事情上去寻找自己的乐趣。

后来，我被安置在市内的一家企业工作，临行前，我极力怂恿父亲支个摊儿，从事些小件物品的经营，打发打发时间。父亲始终不肯，他说这些年看别人的脸色够了又够了。说这话的时候，父亲的语气很重，仿佛已经有了一大堆难看的脸色在他面前晃动了。我便不再坚持，父亲脆弱如此，已是不可救药。

父亲就这样生活着，一年又一年，站在真实里看不见自己真实的行踪，立在虚幻里看不到虚幻的阴影。终于有一天，父亲突然被自己的苍白照亮和惊醒，甚至来不及感慨和回顾，以酒代水，吞下了大量的安眠药片，丢掉所有的行囊和道具，微笑着上路了。

那几天里，我甚至没有眼泪，我在沉默中踱来踱去。我想，父亲此行是必然的，天国阳光明媚，仙乐飘飘，我仿佛已经看见他老人家执壶斟酒快乐的样子。

亲爱的姐姐

一

2018 年的七八月最忙，期间，仅去看过姐一次，正是姐第二次手术的准备期，当时她还能半倚在病床上与我们说话。大约一周后，外甥小科打来电话，说妈妈的手术很成功。我们都很高兴，可谁也没有料到，几天后情况发生了逆变，姐陷入昏迷，身体也丧失了造血功能……

就在大家彻底绝望了的时候，姐却奇迹般醒来，连医护人员都感到惊讶。

醒来后的姐嚷着要出院回家，姐夫和外甥拗不过姐，一

六安有座英雄山／流冰 著

个礼拜后，姐回到了国际城广园。

8 月 23 号，我放下手边的事，和妻去合肥看姐。我在车上给姐电话，姐的声音很弱，但听说我们来了，音量就明显提高了许多。

我和妻坐在床边一直陪着姐说话，姐说了很多，姐的脸色也很好看，如果不是鼻子里插着的那两根导管，完全不像术后卧床不起的病人。

吃中饭时，姐居然下了床，走至餐厅，对外甥小科说，给你小舅开酒。

那顿饭我吃得十分舒心，我对姐的康复充满了前所未有的信心。

二

一直认为姐的名字很美，长辈和同龄人都"花裙、花裙"这样叫，其实，书面是"化琼"两个字。

姐的名字美，人也好看，笑盈盈的，年轻时梳着两根粗壮的辫子，一走一甩的。小时候，我就喜欢黏在姐的身边，看小伙伴们投来羡慕的目光。

我曾在小说《溺水》中书写过一个家庭的苦难史，其中有弟弟依恋姐姐的心理描写，该小说始刊于江苏《青春》文学期刊，后来本地杂志又刊发了一次，引起了很多读者的关注，淮南作家王继林为此在评论中说："……《溺水》中的弟弟对姐姐的情感并不是世俗意义上有损伦常的姐弟恋。我是一个认真的人，想从心理学的角度对它进行了解，无功而返……"

坦诚地说，姐的样子和脾性一直是我年轻时择偶的理想标准，这是一种相对比较复杂的情感。年龄在 50 岁上下的人都应该知道，这种情感在当时多子女家庭中是普遍存在的。我在家是最小的孩子，上面有两个哥哥、两个姐姐。那时家里穷，全靠父亲一个人的工资维系生活，捉襟见肘，时常借东借西。姐排行老大，其中有几个弟妹就是姐带大的。可以说，姐的一生，经历的苦难和享受的福禄不能成正比。十几岁时，姐就去了工地参加了工作。姐在合肥工地工作的时候，父亲曾借出差之便带着我去看过姐一次，我甚至认为姐穿着工作服的样子都是美的。姐见到我欢喜得不得了，请了一天假，带着我疯玩了一天，吃了不少好吃的，还去了动物园，看见在铁笼子里活蹦乱跳的猴子，我还哭闹过非要姐买一只带回家……

多少年后，姐还时不时拿出这段往事来取笑我。

三

8 月 31 日晚，一部书定稿，正在分配校对任务时，我突然接到姐的电话。姐的声音很弱，而我这边太吵。我说，姐啊，我这边太吵，听不清，一会我给你打过去啊。

一刻钟之后，我躲在酒店稍微安静的走廊一隅拨姐的手机，连拨几次，均无人接听，包括外甥的手机，此时，我仿佛有了某种预感，心情一下子坏到了极点。

果不其然，大哥在凌晨打来电话，说，姐有危险。

我和妻甚至没来得及考虑送孩子去学校开学的事情，匆匆就上了路，接近合肥市区时，交通开始堵塞，虽然，我嘴里反复叮嘱妻开慢点再慢点，心里却焦灼万分，默默念叨，姐一定没事，姐一定能挺过来。

四

我在成家生子之后，遭遇下岗、南北迁徙，屡受重创，甚至穷困潦倒，无论我在工作和生活中遭受什么样的挫折，姐从没有责备和埋怨过我，见面时首先给我一个拥抱，不管我配合或不配合，姐的手臂总是环绕过来，在我的背上轻轻拍几下，让我很是安慰。

与他人谈及我时，姐都反复对人说，小弟不是不努力，只是运势不好。

背对外人，姐却这样对我说，都是暂时的，一切都会好起来。我和你成祥哥（姐夫名）都是这样过来的。

……

外甥小科告诉我，姐打过那个电话之后就昏迷不醒了。

写到这里，泪水滴在键盘上，心很疼，撕心裂肺地疼！

我心里清楚，对于姐，我先前忽略了太多太多，包括欠姐的无数个拥抱……

五

9月1日晨，姐昏迷着，我走近床头，叫姐，叫姐，叫姐，说"我又来看你了"。

我始终坚信，姐是听见了的，因为她的嘴唇在动，面部也有变化，甚至在某个时分还发出一句听不真切的低语。我连忙点头，就当成她时常叮嘱我的那句：少熬夜，注意自己的身体。

我始终有个幻想，寄希望姐能再次出现奇迹，就像上次在医院里的样子。姐很坚强，这又有什么不可能的呢？

中午接到来自家乡的电话，之前就约好了的，是件很紧迫的事情。大哥说，你先去忙，暂时还没什么事，有事电话你。匆匆扒了一碗饭，我又马不停蹄赶往金安区毛坦厂。

车行至舒城万佛湖路段，大哥的电话就打进来，大哥说：姐走了，时间是 2 点 45 分。

隐约间，我感受到妻的方向盘抖动了一下，行进中的车子突然一个趔趄。

大哥接着说，既然快到镇上了，忙完，安排好一切你再赶过来。

我不再坚持，因为周一报纸要发版面，三个整版，还有手上的那件很急迫的事情。

在镇上谈完事，赶回六安的途中，我感到疲惫不堪，车上，我发了一条微信朋友圈，简简单单的一句：忙的时候没觉得，静下来的时候心好疼。

我默默念叨，姐呀，对不起！

六

书房的灯亮起，因为心绪不宁，一时很难进入工作状态。

妻睡不着，多次来催促，我更加烦躁。

深夜三点，结束案头工作，我打开书房的门，妻迎上来，说，走吧。

一家人缄默无语，唯有车行驶在黑夜里。

车内没有开灯，儿子看不清我的脸，更看不清我脸上的泪。他可能还不知道，那个爱他、疼他，被他唤作大姑姑的人，以后再也见不到了。

再进国际城广园，我没能见到姐，姐已经躺进了冰冷的殡仪馆。

七

姐结婚后，调到姐夫的单位工作，成为一名真正的产业工人，分了房，安了家。淮河机械厂位于距离小镇不远的九丫树大山里，姐常回来，我也常骑车去姐家玩。

镇子上的人，常念姐的好。虽然姐是个要面子的人，但从不嫌弃家乡的人，无论是到淮河厂卖蔬菜的菜农，还是在淮河厂做手艺的匠人，只要是姐遇上的，面熟她就会主动去问，然后带进家，热情款待。父亲曾以姐为骄傲，因为姐是个念乡的人，让父亲在镇子上有了很大的脸面。

八

9月3日，是姐出殡的日子，一传十，十传百，姐在国际城广园的家涌来许多人，这是亲人们始料未及的，姐的同学、同事、朋友、过往邻里……一百来平方米的小屋一下子挤满了人，先来的只能让后来的，想送姐一程的人不忍离去，只能候在屋外，从早晨六点至九点出殡。

殡仪馆的追悼厅内，大家环绕着冰棺，每个人似乎都有话要对姐说，姐不说话，面带淡淡的笑意。

我们忍住悲伤，将时间留给姐需要感念的人。

不想在姐的面前再像个孩子，围绕冰棺，面对姐的遗容，我默默在心里祈祷：姐呀，唯愿你去天堂，那里四季如春，花开遍野，愿苦难一世的你，饱受病痛的你，有一个春天般美好的归宿。

原载 2003 年第 5 期《乡土》

2009 年第 11 期《青春》

2022 年第 3 期《合肥文艺》

收入作家出版社《流金岁月》

湖南人民出版社《穿越时光的思念》

北京燕山出版社《最温馨的亲情散文》

上海交通大学出版社《晨读美文百篇》

六安有座英雄山 ／ 流冰 著

我的父亲母亲和兄长

生命的根

　　1987 年冬，大哥费尽周折，将失意的我送进了军营。那时的我，早已对山镇之外的世界充满了向往，临别那天，直至送行的亲友渐渐散去时，我的心里仍然没有涌起一丝一毫的离愁别绪。

　　一个不经意的回眸，使我看到了无言的母亲，她站在夕阳下的路边，远远地看我，见我回头，母亲摆摆手示意我继续朝前走，随即用衣袖在脸上抹了一把。我知道，母亲本不愿让我看穿她的不舍，却偏偏无意识地用了最牵扯我心灵的方式。驻足看着母亲，一股割离的疼痛如冲破闸门的洪水弥漫我的全身，瞬息发现，即将别离的是自己无论何时何地都无法剥离的生命之根。

　　母亲出生在一个贫苦的人家，大约在她七八岁时，父母就去世了，一个好心的远房亲戚收养了母亲，两年后母亲又被送进了刘家大院，做了一个童养媳，十七岁那年与父亲成婚，生儿育女，含辛茹苦，直至如今。

　　那时，父亲的工资很低，对于一个上有老、下有小的八口人家来说，简直就是杯水车薪。母亲就去父亲的供销社里打小工，那都是些大男人们都吃不消的苦差事，一天一块钱的活计，常使母亲累得一躺在床上就爬不起身来，但一觉醒来还得继续。一两粮票，两分硬币，先攥出汗来再掰着花，除了孝敬爷爷之外，几乎全部补贴家用了。母亲的血压偏高，牙齿也不好，一累就上火，时常疼得她彻夜难眠，父亲每次劝她去医院看看，她总是以太忙为由推辞。其实，父亲心里清楚，母亲是舍不得那两个药钱。而我出生不久，就给这个贫穷的家庭带来了一场劫难。我因病险些夭折，是母亲变卖了家中所有值钱的东西，然后抱着我往返于六十公里以外的县城，求医问药动手术抢救回来的，这也是母亲年轻时唯一的一次出远门。

母亲从未进过学堂，生活中的挫折、艰辛和苦难熔铸了她坚强的性格，她从不向苦难屈服，凭着一双手、一副身子骨领着全家闯过了艰苦岁月以及种种节外生枝的生活关卡。母亲的善良和勤劳有口皆碑。

我在部队里写给家里的信，母亲至今仍保留着，那里面的每一句话都曾牵扯过她的心。记得我第一次探亲，适逢蒿草遍野。我到家的当天，母亲便挎着竹篮去河湾采来野蒿，洗净，剁碎，揉出汁水，又从瓦屋檐下割出一大坨流油的腊肉来，切成丁状，和面搅拌均匀，再团成粑状，大火贴锅而蒸……

母亲说，出门在外，没个亲人照应，做顿蒿子粑粑替你"巴巴魂"，吃了粑粑拿命小鬼不敢近身，可保你一年四季平平安安一帆风顺。这是小镇的乡俗，也是母亲的心愿。那天，蒿子粑粑的醇香竟让我忘记了这几年在外所尝过的任何佳肴。

退伍后，我被安置在城里的一家企业工作。随着年龄增长，恋爱、成家，越来越多的烦琐事情使得我回老家看望母亲的机会变得越来越少。即使偶尔的一次回乡，带给母亲的也只能是眼泪汪汪短暂的惊喜和不知道能否诠释自己孝心的微薄的物品和钱币，相随而来的却是一次次归根之后再度远离的刀割般的长疼。

父亲去世之后，母亲更加孤单，偌大的庭院，空寂得恍如无人之地。母亲也时常到我们儿女家走动走动，带带孩子，烧饭洗衣，做些力所能及的家务，但都不会太久，母亲难以习惯城里的生活，她说关门闭户的，很别扭的。我知道，母亲是难以舍弃她那生活几十年的小镇和老屋……

2002 年，为了生活，我举家迁徙，从安徽来到千里之外的江苏某市。母亲一时放心不下，时常央大哥给我打电话，尤其是对她的小孙子更是牵肠挂肚……母亲托人捎信来，说春节回来吧，她想孙子了。

到家的当晚，就被一位朋友捉去多喝了几杯。母亲已将我的儿子弄睡了，她坐在我的床沿上等我。回到家，胃特别难受，吐得一塌糊涂，母亲扶我上床后，就坐在我的床头边一声不吭。半夜醒来，母亲依旧坐在那里，独自念叨：在外有什么好呢，受罪啊，人瘦毛长的……她一会替我夹夹被子，一会又替我扶扶枕头，我闭着眼睛佯装熟睡，心里却翻江倒海感到一种不可名状的酸楚。我无法脱离根对我的不容抗拒的至深的牵引，而终究也难以成为为之遮风挡雨的一枝一叶。

红色的五月，黑色的六月

父亲病情反复的那段日子，曾多次跟母亲讲过，一定要等到我结婚成家之后他才可以安心上路。

1996 年 5 月 18 日，我的婚期。哥哥、姐姐和母亲都从省内的各个方位提前一天赶到小城，遗憾的是父亲却没有来。大哥递给我父亲捎来的 1000 元现金说，父亲讲那天客人多，事情又千头万绪，他身体不好就不再来给我添累了。攥着这一小叠票面不等的钱币，我的心里很难受，鼻子酸酸的。我知道，父亲的心里一定是想过来看看的，父亲巴望这一天已经巴望得很久很苦了……

新婚的第三天，我便携妻搭车回老家看望父亲。因事先通过电话，父亲前一天就从大哥那儿得信，挂着拐杖早已在路边张望了，一见着我们就慌乱地转过身去，三步并作两步踉踉跄跄踏过门槛迈进屋去，边走边招呼里面的人，说"回来了，回来了"，于是，屋里的人闻声迎上前来，接包的接包，牵手的牵手，围着新娘子问这问那，而独独被冷落在一边的父亲更是手足无措，不知如何是好了："进屋说进屋说，老堵着门道干吗？"

晚饭的时候，父亲出人意料地端起他久违的酒杯。我陪父亲喝酒，父亲的气色一直很好，精神一直很好，并且话语明显见稠。父亲讲，家也成了，欠下的款子明春凑齐了还了人家，持家过日子不比单身汉，钱要紧巴着花，说不准明年就是人上人了，要有思想准备。父亲还说，现在是有家有口的人了，大事小事得让着些对方，他和我妈几十年如一日和和气气过来凭的就是这一点……父亲还讲了许多许多，絮絮叨叨，既有对往昔的回首，又有对我的叮咛。我始终没有走开，觉得能陪父亲坐坐，喝两杯小酒，听听他的唠叨，便是子女对七旬老人的最大宽慰了。

然而，这样的日子却不多，短暂的婚假转眼即逝了。回小城那天，父亲执意送我，那本不能挺立的身躯好像更加佝偻，我想陪父亲说说话儿，可他一言不发始终不肯看我。走至胡同口时，我禁不住又回头看了一眼，父亲依然站在那一动不动，泪挂双颊……

　　也许在这之前，父亲的一切于我都是平淡且寻常的，似乎不值一提，但父亲的泪水又是如此强烈如此明朗地告诉我：这份爱意，这份牵挂。我再不能熟视无睹，再不能不予理会，再不能不加珍惜了。回小城上班后的每一个夜晚，父亲总是挂着泪水走进我的每一个梦里。

　　果不其然，六月中旬的一个上午，我就接到大哥从老家打来的电话，撂下话筒，我便慌慌张张再一次赶回老家。父亲躺在小镇医院的病床上昏迷不醒，瘦小的面部在日光灯的照射下显得更加苍白。我静静地坐在床边，握着父亲布满针眼的绵软无力的手，想起儿时挤在他的身后，就像暖暖日头下一只靠在山墙边晒太阳的小猫儿。如今，小猫长大了，可山墙已岌岌可危了。我伏下身去轻轻呼唤着父亲，父亲不肯理我，泪水就这样悄悄打湿了我的面颊。

　　子夜时分，父亲终于一点点醒来，很费力地歪过头来看我，嘴唇动了动却什么也没有说出。我赶紧凑上前去，父亲将眼睛闭上，说："爸不行了……"紧接着就是一阵无力的急咳，我连忙托起父亲的上身，说："爸，咳吧，咳出来会好受些。"父亲努力了一阵子，但由于身体太弱，痰过浓，最终还是没能咳出口腔。看父亲气喘吁吁一副难受的样子，我再次伏下身去，将卫生纸揉成乱团状，伸进他的嘴里慢慢地转动，父亲似乎很慌乱，动了动却未能如愿。待我将父亲的口腔清理干净后，父亲很难为情地说："乖乖，让你恶心了。"我说："爸，瞧你说的。"这个时候，我看见父亲紧闭着的眼睛周围已是一片潮湿，我伸手帮他拭去，父亲笑了笑，很无奈，很苦涩。

6月17日黄昏，当小镇的天空降下冰冷冷的小雨时，父亲那单薄的身躯在鲜花和绿叶的陪伴下，缓缓飘出了我们的视野。

父亲走得十分安详，除了眼睑下印着的那两道泪痕外，看不出一丝苦痛的迹象，眉宇、嘴角边似乎还流露出一些浅浅的笑意。所以，大家都舍不得退了老屋公房，屋内的摆设更是不忍心去挪动。我们同有一种感觉，父亲又出公差去了，就像儿时一样，我们依然会用一种很美很甜的心境去盼、去等，无论多远、多久。

大哥你好

小的时候，特羡慕有些同学，虽说是打输了架，却能够双手将腰一叉，字正腔圆地吼上一嗓子："你等着，回头我叫我大哥揍你！"在我刚刚记事的那年，大哥因家中困难弃学下放去了农村，紧跟着当兵去了内蒙古。没有大哥的日子不好过，我也曾斗胆吼一句："你等着，叫我当兵大哥打你一顿！"但远水解不了近渴，终究构不成威胁，往往人家还会变本加厉，我鼻青眼肿跑回家，只能拽着母亲的衣襟一次次强烈要求大哥回来。

大哥转业回来时，我已经在摔打中成为"战无不胜"的"将军"。记得有一次在电影院里，我与一位高我一头的小青年打起来，并且夺过了别人抽打我的腰带，大哥闻声赶来，并没有成为我的战友，而是像敌人一样狠狠给了我一下。第二天一早，大哥领着我去了那个人家，还了腰带赔了"不是"。后来，大哥得知我喜爱文学，就将他多年珍藏的文学书籍成捆成捆搬进了我的小屋。第二年冬，大哥费尽周折将我送到部队。

就是从那时起，大哥在我的生活中才有血有肉真实起来。

退伍后，大哥坚持要我分配到城里，并为此付出很多的努力。后来是二姐在城里为我联系了一家接收企业，大哥为此惭愧多时，认为自己没帮上什么忙，对不起我这个最小的弟弟。临行前的头一天晚上，大哥怪怪地对我笑了一下，笑后，用力在我的肩上拍了拍，很重。

那时我尚年轻，并且天真，因此根本不能理解大哥那一拍所包含的是多么深重的意义。只是到了后来，当我面对那么复杂的人生时，才似乎有了些领悟。曾遭遇过几次难以承受的挫折和重创，因为有大哥在，我没有倒下，或者一蹶不振，我一直认为有一双眼睛始终在我的背后关注着我。

家父年迈有病，实质上大哥早已挑起我们这个家庭的大梁，凡事都须操心到场。岳西的二哥结婚，是大哥组织起各方亲人前去援助和操理；合肥的二姐剖宫产手术，大哥连夜赶到，守在医院门口一天一夜，直到她母子平安这才放心返回；蚌埠的大姐下岗，大哥不时电话安慰，并在再就业的经济方面给予了一定的扶持……而我年龄最小，一直就生活在大哥的呵护和关爱里。

第一次见大哥流泪是在父亲遗体火化后的那天下午。大哥伏在父亲的床上着实大哭了一场。我知道，大哥是在哭对父亲细小的不到之处，以及他渐行渐远的美好前程。

大哥是有很多机会调进城里或机关的，但大哥均放弃了。大哥说兄妹五人总得有人看守家园，等家人退休了，老了，还是要叶落归根的。其实我们知道，大哥是舍不下母亲。

2005年6月6日我乔迁新居，大哥发来短信：5号到。经过大半天的颠簸，大哥来到这个本不相干的江南小城。亲兄弟，一壶酒，酒瓶见底之后，我们仍能思维清晰推心置腹地交谈。

6月5日，我们一夜未眠。

6月7日晨，我送大哥回去，看着他走进站台，身体明显发福，以前令我羡慕的身板已渐行渐远，大哥已不再年轻。从来没有思考过大哥对我们这个家爱得有多深，从来没有思考过大哥对我们兄弟姐妹爱得有多真，而此刻望着大哥远去的背影，我明白了，有一份爱平常可以熟视无睹，一旦掂量起来，却重若万钧。

大哥那样的男人，忽视的是自己，看重的是别人。就像一个小小的陀螺，围着别人不停地转呀转——

对父母，尽到了长子的责任；

对弟妹，尽到了为兄的责任；

对妻儿，尽到了为夫为父的责任；

对工作尽到了本职的责任。

这五重责任便是大哥人生的主题。大哥的名字里，总觉得有着一种什么样的精神和光芒在闪烁。

大哥的名字叫——刘炯。

原载 2003 年第 5 期《人间方圆》、第 6 期《侨乡文学》、第 6 期《民风》

　　收入华东师范大学出版社《感动农民的 68 个明星故事》

　　石油工业出版社《60 位著名作家和青少年共同阅读》

　　北方妇女儿童出版社《值得中学生珍藏的 100 篇父爱故事》《值得中学生珍藏的 100 篇母爱故事》

　　北京燕山出版社《最温馨的亲情散文》

　　青岛出版社《用最温暖的方式爱你》

　　福建教育出版社《另一种花开的方式》

　　北京文艺出版社《无论世界多残酷，你始终温暖如初》

　　作家出版社《流金岁月》

快乐老家毛坦厂

久居钢筋混凝土构建的城市，我常常会感到痛彻心扉的孤独，或者从头到脚的烦躁。在这种交替的孤独和烦躁之中，我感觉自己被异化成一个不知所措的没有生命的东西，单薄得就像一片羽毛，在这片楼宇和那片楼宇之间漫无目的地飘荡——

没有着落。

在长久的城市生活中，我总是留不下我生命鲜活的痕迹。

于是我怀旧，开始日复一日想念故土，想念故土许多的人事，包括河流、山峦以及那条青石铺就的古朴的小街。似乎我生命中最生动、最真实、最值得回味的东西全遗留在那里了，我的灵魂也似乎只有在那里才会真实而安宁。

上小学那年，家从拐子街搬进了供销社收购站背后的一幢老房子，院子挺大，有一片葱茏翠绿的菜地，旁边有一架枝叶茂盛的葡萄树，我常常顺着架子的主干往上爬，摘葡萄往衣兜里揣，扔一个在嘴里，那个酸哟，至今想起来还口水不绝。

二道门进去是个天井院，靠窗台的下面有一眼老井，水是冬暖夏凉的，还透着一股浅浅的甜，这种水让我在城市的生活中怀想了很多年。要是在夏天，父亲总是要将磨化石台面的小桌子摆到院子里来，母亲端上几个小菜，父亲便开始小口小口地喝起酒来，我环绕在父亲的身边，起初贪图的是他下酒菜的美味。后来大了，竟慢慢迷恋起父亲在酒桌上所讲的故事，那些故事我至今仍然耳熟能详。

光阴似箭，日月如梭。现如今，临街后的房子已破败不堪，新的主人在原址上又翻新了一幢小楼，那个时常在我梦中舞动的幽蓝精灵，因为找不到可以停留的枝头，也逐渐淡出了我的梦境。父亲母亲已于多年前相继去世，这是自然的规律，就像此刻窗外的夕阳，慢慢地隐去，而我病恹恹的手指依旧在键盘上爬来爬去，怀想过往。

这样的一个黄昏，不知有什么可以让我铭记。在岁月的河流里，每天都有人死去，或者降生，就如同城南殡仪馆里的白骨和匣子，乡村泥泞路上的花轿和鼓点……

怀想过往漾起乡愁的时候，我更多依赖于梦境和笔墨纸张，像一个精神世界里的吉卜赛人随风雨飘摇，执着地寻找着心灵的寄托和归宿。20 岁那年，我就开始离家出走，泅渡在异乡的生活河流里，我始终不肯回头，但是又有多少个难眠的夜晚，我爬上大厦的顶层，浩瀚的夜空下，我依然可以确定故土的方位，依然可以看到故乡的风景：湛蓝的天空，飘逸的白云，山脉蜿蜒，流彩溢翠，一条清澈见底的河流像绸缎般绕镇而过，水映着山，山连着水，还有掩映在油菜花中的羊肠小道，漫山遍野如火如荼的杜鹃……

尤其是临近年关，乡愁一下子膨胀开来，都市浸淫在夜雨中，一阵冷风掠过，熟悉而亲切的故乡，以一种势不可挡的姿态侵入我坚硬冰冷的梦境。

是的，该回家了。似乎春联还没贴上，似乎看到老母亲在路边张望，四邻八下的兄弟姐妹开始向一个圆心聚拢。

真回去了，已有很多人不相识了。这让我的心陡生失落。那熟悉的老街，那古旧的木门，只有安静地去抚摸它们的纹理，才让我这颗经年漂泊的心温暖而踏实起来。

小镇日新月异，渐渐地在向城市靠拢，所幸的是，那条老街引起了政府方面的重视，正逐步往明清风貌恢复，2017年，在市区镇三级政府的大力扶持下，我在老街90号建立了自己的文字工作室，伏案久了，我会独自在街道上走走，遗憾的是，很难再找到年少时的感觉，不知这是应该兴奋还是悲哀。暗自思量，是不是每一种痴迷都烙着所处时代的属性，过了时光的门槛就再也回不到从前？

有一点是注定了的：对于我来说，恐怕这辈子再也走不出小镇的这种情愫了。

愧对母校

4月底接到毛坦厂中学程锦老师的电话，他告诉我"校刊《山花》即将复刊"的消息，并将我二十多年前发表在一家报纸副刊上的《愧对母校》用手机翻拍给我，让我修改一下再回传给他。程老师是个有心人，这份样报和这篇短文连我自己都没有存根，再读旧文，百感交集，现在未作修改润饰，几乎全文照搬如下：

9月底去了趟合肥，回来后已错过了母校校庆的日期，看学友们重聚母校时的留影，听他们叽叽喳喳描绘的那一番情景，心里很是后悔。赶巧听说近日要组织一期母校专版，负责组稿的先生就约我写篇有关"毛中"生活的短文，先生的案头已放有几份这方面的稿件，瞥瞥文尾的署名，都是些有成就有脸面的鲜亮人物，瞅瞅自己，两手空空，一无所获，依旧窝窝糟糟小瘪三一个，原本很明朗的心情一下子就晦暗起来。

有意撇开现状，欲写某一段有情趣的往事，搜罗起来，却又发现多半是些不大光彩的顽皮行径，属于旧丑，不好张扬的。

那就说说有关"校刊"的事情吧。

说是校刊，其实不过是女生宿舍门前的一块墙壁罢了，内容都是詹龙雨老师经过修改编辑、手书誊抄然后贴上墙的，记得还有手绘的插图，刊名为《燕山》。那时我的功课极差，但作文却很体面，《燕山》接二连三发了我几篇文章之后，消沉的我似乎一下找到了自信，正是这份不起眼的校刊，让我日后走上了文学创作的道路。

记得有一回，新刊刚刚上墙，旁边围了很多人。我班的一位女生发现新大陆似的指着墙报的一角，对我说："刘兵快看，你的小说！"我装出一副司空见惯的样子白了她一眼："大惊小怪。"这时，前面一位大女生突然掉过头来，怪怪的目光瞅着我，一副极气愤的模样："你写的？臭美啊你！"我一时被搞得莫名其妙。后来才弄明白，高中部的一位英语教师与我重名，那女生定是把我看作了欺世盗名的角色，至今想想还委屈。

期末，凡是在《燕山》发表过作品的作者，都会得到一件象征意义的纪念品，是韩先悟主任按年级颁发的。

韩主任问：你是叫刘兵吧？

我说：是的。

《×××》是你写的吧？

我还是说是的。

我一直是韩主任要抓的典型，反面的。这次出现了这么一件光彩的事情，怀疑和惊奇都在情理之中。记得他私下曾经同我这样说过：你是聪明的，要把心思用到正道上来。我之所以能够顺利毕业，与他的帮助是断然分割不开的。

离校之后，我牢记恩师的教导，始终没有放弃对文学的挚爱，躲进一个角落，结一张网，暗自作捉。许多年过去，终于有微小的东西被粘住，惊醒中确认不是梦境，于是，就继续惨淡经营起来。

今天，我翻出这些年来出版过的几本小书，找出所有印有我铅字姓名和文字的报刊散张，林林总总，不成体系，望着它们，就像望着我这几十年来的青春和汗水，千余篇作品，千余个羞涩。这个时候，我感到伤心极了，因为，它作为我的心物献给我的母校，我的师长，实在是太微薄，太晚了！

儿时"年"的记忆

小时候盼年，一进腊月心情就格外迫切。

过了腊八，年就近了，食品站大院内，每天半夜时分都会传来杀年猪的嚎叫声。那时过年，猪头肉似乎是待客宴中必有的一道菜，但拔掉猪脸上的鬃毛很是麻烦。记得有一年，母亲拎到中街的大众饭店，求伙计用熬滚的松香粘脱。这道菜有讲究，忌讳叫作猪头肉，都说"元宝肉"，甚至直接简称为"元宝"。那时候我就在想，面目可憎的猪头，怎么会赚得"元宝"这样一个招人抬爱的名字呢？现在想来，将猪头称作元宝是有一定道理的。岁尾，宰一头自家饲养的大肥猪，可供全家人至少半年不断荤，如果再有一头肥猪出售，就相当于得到一个大元宝，过上了丰衣足食的生活。

春节前还有一项好玩的事就是剪窗花。大姐的公公，我唤为"杨家表叔"，他是老街剪窗花的高手。杨家表叔的手虽然看起来没有表婶娘那般优雅，但剪出的窗花却惟妙惟肖，生动活泼。剪窗花的时候，只见红纸在他的手里灵巧地翻转、挪移，花剪游走间，红纸屑如云霞纷纷飘落，不一会儿，慢慢展开，再小心地吹一下，一幅玲珑别致的窗花就绽放在你面前，让你爱不释手。有时，他还将两张红纸叠在一起，剪出两张一模一样的图案，一边一个，分贴在窗上，四周再贴几幅小一点的"角花"来陪衬，彼此呼应，颇有一种对称美。

年三十早起贴门对，是父亲吩咐大哥、二哥和我必做的事，首先要将门上的老对联打湿，然后用锅铲和一切能利用上的工具刮，待父亲检查肯定后才能张贴。贴对子也是很有讲究的，父亲说，必须平服、舒展，皱巴巴的是要影响一年的运势的，你们要是想过好日子就贴周正些。

过年放鞭炮自是不可少的。说到鞭炮，从除夕起一直到正月十五，不同日子燃放鞭炮的出发点各有不同。当除夕年饭的菜肴端上餐桌时，全家人必须在一连串噼里啪啦的炮仗声响中才能动筷子，等于向外界宣告"过年啦"。除夕夜燃放鞭炮是辞岁，也有迎接灶神的意思。灶君老祖腊月二十四小年夜回天界述职，大年三十晚上重新上岗，应该要恭候迎接。正月初一早上燃放鞭炮叫"开门炮"，表示"开门大吉""开门有喜"。初五接财神，传说中的财神爷赵公元帅视力欠佳，听着响声走，故必须早早起来，燃放鞭炮接引财神。初七是人日，人类的生日，民间有"一年吉凶在初七，求子造人在人日"的说法，当然免不了要热烈庆祝。初八是新的一年里第一个"发日"，鞭炮的响声寓意"大发财"。正月十五是一年中第一个月圆之夜——元宵节，老话说"正月十五大似年"，是春节期间的狂欢节，震耳欲聋的鞭炮声当不弱于除夕夜。

　　早年六安，某些地方还有一个很好玩的风俗——大年三十只吃一顿饭。大年三十，全家谁也不准吃早饭和午饭，只准吃一顿年夜饭。因此，大年三十晚上是过年中最关键、最隆重的时候。一般来说家中的女人们都忙着煎、煮、蒸、炸、炒，而男人们却显得轻松起来，贴贴对子、门神、年画，把吃年饭要燃放的烟花爆竹准备好，把吃年饭前祭祖的供品摆放好，再把吃年饭的桌椅碗筷准备好，就等着吃年饭了。大年三十的年夜饭，做得也很有特色。所有人吃罢年夜饭后，年龄最长者将剩下的饭盛出，然后在灶上慢慢烹制锅巴，半个多小时后，一个整体锅状的锅巴就新鲜出炉了。这时，老人虔诚地用双手将它放在稻囤上，（任何人不准吃）意味着来年大丰收。

　　除夕夜要守岁，除了现有的说法外，老街上的人说，晚辈守岁，长辈身体硬朗。所以，儿时的我哪怕再瞌睡都硬撑着，这种体现为孝的行为往往会得到父母的言行或实物的犒赏。大年初一，尽情地玩吧，买气球、买爆竹，看花灯、看舞狮……一直玩到正月初十，大人们很少限制。

　　儿时"年"的记忆，虽是零零碎碎小片段，这看似无足轻重、无关紧要而又无法割裂的微妙的情愫，也许就是所谓的乡愁吧。在平时的物质繁忙中，我们对它的存在意义和价值，漫不经心、不以为意，唯独到了年关，它总会"冒"出来，释放出特殊的温度和向心力。

原载《皖西消费指南报》《张家港日报》《合肥晚报》

别打电话，想我就来封信吧

仔细算来，我这十几年当中，写得最多的不是文学作品，而是书信。

春节回故乡，母亲已搬出了老屋，所幸的是，那只陈旧的木箱也一并带往了新街的房子。

正月一个酒后的午后，我又无意中在床底下发现了它们，里面珍藏着我过往岁月里收到的大部分来信，一沓沓，一摞摞，已细细地分类编号过。本打算避轻就重随手翻翻，哪知一翻就不可停止，整整一个下午，一口气翻到了箱底，因坐姿不规范，腰扭得生疼，但想到曾有过的那么多的关切和情谊，在接下来的这个春天里，我这心，都是快乐且充满欣慰的。

最初离家是 1987 年当兵，新兵教导团坐落在一个四面环山的旮旯里，苦倒没有怎么觉得，只是无休止地想家，是那种骨子里的想，所以那段日子最快乐的事情莫过于收到千里之外家里人的来信，衣食住行、冷暖胖瘦，一一问及，字里行间便可以看到母亲慈祥的容颜，触摸到父亲坚实温暖的掌心。1988 年抗洪救灾，这期间，家里的来信格外频繁，话语也明显见稠，今天读来，那一份亲情的牵挂就显得分外真切。

女孩 W 的来信总是那么洒脱和怪异，有时缱缱绻绻密密麻麻一大篇，有时又结结巴巴语无伦次几行字，七八年间积起厚厚的一摞，这里藏着我们一份稚嫩的爱恋。20 年转眼即逝，她早已在另一片屋檐下穿梭和忙碌，而此刻我只有在心底默默地为她祝福。

早年在福建军队歌舞团打架子鼓的园，来信总是惜墨如金，轻描淡写，但心境和性情却从每个字的起承转合里婉转而出，欢颜和忧愁只有我们彼此才可以真切感受到。尤其是在我失意彷徨时，他的来信总是十分勤勉，赞赏、支持和鼓励对我来说都变得至关重要。毕竟是这么多年的铁哥们了。而他的母亲，温和慈祥的叶阿姨是永远不能再来信了，她是因家庭劳累过度而去世的，在我当兵的几年中，她的来信甚至多过我的亲生父母，记得有一年春节，她还给我寄来家乡的腊肉和咸鸭，那一种滋味至今记忆犹新。

作家雨瑞，一手漂亮的钢笔字，每封来信都不忘给我的新作一个中肯的评说，直至如今，我们仍旧保持着这种既是朋友又是师生的亲密关系。还有河南的文友史丽，许多年来一如既往和我保持着联系，1998 年在我为购房款一筹莫展之际，她随信汇来了第一笔"援助"，那一份信赖让我感动到如今。

……还有一部分是读了我文章的陌生朋友们写来的，全都言语真诚，满纸生动，甚至还有读者给我寄来了他们家乡的特产，那一份昂贵，奢华今生。假如因工作和生活琐碎而遗忘给哪位朋友回信的话，这里我掏一句心窝窝里的话：为了生活，请原谅我！

看完这些，温暖的同时，我突然感到一种莫名的失落，近几年来好像很少再有信来，纸墨馨香的书信可能已经被数字化时代远远抛在身后，但我依然怀念当年怀揣书信时的实实在在和阅读它们时轻盈纯粹的喜悦。每当有写信的冲动时，翻开通讯录，视线里却是清一色的阿拉伯数字的电话号码和 E－mail 地址，我竟找不到可以投寄的方向。偶尔的一封来信，也已是趋向程式化的铅字，失去了由心灵熨烫的温度和表情。鼠标、键盘产生的文字已经屏蔽了太多清晰的交流，而当所有的语言交付于手指时，我们愈发在漫天飞舞的短信中迷失真情。心爱的朋友，我真的很在乎这些，想我的话，就来封信吧！

家里永远有你的一张小床

差不多有一个多月没给园和久如打电话了，他们也很少打电话过来。大家都有着自己并不轻松的工作，为各自的家庭和生活忙碌着。

我和园、久如、四清的友谊是从玩泥巴的童年开始的，期间虽有摩擦和龃龉，但都没什么大碍，彼此间无愧于这份友谊，可以说是天底下最要好的朋友。

园曾经掀起一场轰轰烈烈的恋爱，这份浪漫爱情的终止始于他夏家的破败。园是个有责任感的男人，为承受家庭的重任，他忍受过常人难以领略的辛酸，园忍气吞声的性格的形成，很大一部分是由于这份磨难。园放弃了这份美好的爱情，回到家乡，工作几年后建立了家庭，就在山区竹木检查站的小院里，一间半的房子，狭小拥挤，却是我随时可以去"骚扰"的地方。园当年对我说，小是小点，但永远会有你的一张小床。

几年后，所有的这一切都有所改变，我也成了家，做了父亲，却依然保留着从前的脾性，匆匆忙忙，来来去去，有时三更半夜叩开园的家门，园已习以为常，每次都很少过问我遇到了什么。心烦的时候，我常常将园从被窝里拽出来陪我喝酒聊天，他总是安静地听，很少插话，等我倾诉完，他慢慢地帮我分析，所以，我总是在拿不定主意时想起园。前几年，我处处不顺心，精神也萎靡不振，时常从市区搭车经50多公里山路颠簸来到他家，园总会弄上几个可心的酒菜，然后陪我喝着小酒，静静地听我牢骚。他只是讲，你很聪明，你知道该怎么办，不管你做出什么样的决定我都支持你。2002年，我去了另外一座城市，有一部分是因为园的鼓励，他说那里或许更适合我的发展，我会找到我想要的东西。

没有兄弟，独自一个人在一座城市生活有些孤单，不经意间时常会想起园。写信或者打电话过去，园总是平静如水，安安静静听我说，慢条斯理地分析。因为大家对生活都抱着一种积极乐观的态度，所以经常会给对方以帮助和建议，慢慢发现，互相的赞赏、支持和鼓励对彼此来说就变得十分重要。

如今，每一次回乡，无论行程安排再紧，我都会抽出一定的时间与园小聚，尽管园不胜酒力，但每一次我们都喝至酒酣耳热失去时间概念。对于我的到来和离去，他从来不接不送，只是给我他所能给的一切。末了，总不忘叮嘱一遍：累了就回，家里永远有你的一张小床。

原载 2006 年 3 月 22 日《温州晚报》
2004 年 7 月 19 日《皖西广播电视报》
收入南方出版社《中华人文阅读（中学读本·情感卷)》
山东人民出版社《初中语文·漫·阅读》

漠视·理想·美食

漠视

六一儿童节前几天儿子就在问礼物的事，并举某某同学老爸买了什么什么的例子说明。我当时答了俩字——

送"亏"。

儿子没明白"亏"是什么，所以依然惦记着。

六一那天下午我在开会，开得很晚。回到家，儿子旧话重提，他老妈也在一边帮腔。我只好说去大润发卖场看看再说。

机会只有一次，看得出儿子一时很难抉择，老婆在浏览她感兴趣的商品。我不太适应商场氛围，傻鸟一样随着人流或东或西，以致后来三人在偌大的商场内走散了，老婆没了，孩子没了，心里那个急啊！

找了一会儿，没头绪，索性不找了，站在一寂寥处守望。

还好，没过一会儿他娘俩出现在人群中，只是儿子小嘴噘得很高，仔细看看，原来是两手空空的缘故。

书不要，我说溜冰鞋怎么样？他勉强同意，结果没有适码的，真头痛！

后来儿子说："我就是想要辆自行车，早就说了，你们

六安有座英雄山／流冰　著

不同意!"

真是狮子大开口。我说:"你怎么没说要飞机呢?"

"飞机也行,遥控的"儿子接茬很快。

权衡了好一会儿,我说只要你答应三门主科成绩都保持在95分以上,老子这就给你买!

小家伙比"鬼"都精,先点头再说。

我不想买自行车的原因主要有以下三点:一是从安全角度考虑的,二是从经济角度考虑的,最重要的一点是,我家住三楼,没有车库,真买了的话,这车看来少不了我的伺候,花钱不说还得搬上搬下,你说我冤不冤?但此言一出驷马难追,好歹我还是一家之主,从长计议,咬牙买吧!

天蓝色的,直把,最大的好处是可以折叠,重量也很轻,但比大人的车要贵几倍。

儿子快活,我也很快活,老婆在那里有些心疼。

儿子将这种兴奋的状态一直保持到第二天一早。

6月2日是双休,通常儿子要睡到9点,因为自行车的原因,他6点多就起床开始折腾,没要我们交代啥,刷牙洗脸一切停当之后,搬着车子就要下楼,车子卡在楼道扶手的栏杆里,出不出进不进,儿子在外面嚷:"老爸,快来帮帮我啊!"

我穿着短裤骂骂咧咧地帮他搬下去就上楼了。

老婆说,你得教他骑,多扶着些。

我不乐意了,说:要扶你去扶,小孩子摔打摔打不是坏事,况且我当初说的就是要送他"亏"吃。

中午,我站在阳台上,不经意间看见了楼下的儿子。让我吃惊的是,这小家伙居然可以骑车上路了,这两天也没任何人去陪他练习,我只知道从昨天开始他走路就不大自然了,肯定是摔着哪了，他不说，我也不问。现在看看他那个娴熟的动作和放松的表情，心头一热：行！这"亏"送得好哩！

理想

儿子小学二年级时的某天，中午烧鸭子吃，我烧的，味道还不错。

没端酒杯之前收到儿子英语老师的短信：星期一第三单元小测验。吩咐我们家长督促孩子好好复习。

我读给儿子听，儿子没吱声。我就说：现在不好好念书，大了啥也干不了。

儿子专心吃鸭腿，都不知道听没听我说话。我喝了一大口酒之后，压着脾气问：小子，别忙着吃，你先告诉老爸你的理想是什么？

儿子问：理想是什么东西？

我说就是长大了想做什么工作。

儿子想都没想：做漫画家。

我鼓励他说：好，有志向。不过，现在得把功课做好，等你成绩有保障了，老爸给你找个师傅，送你去学。

现在就学。

我说不行。现在打基础，等你所有的课本知识都掌握了才可以。

"哦。"鸭腿完了，儿子正在进攻鸭翅。

我又随口问了一句：你怎么没说当作家呢？

作家有什么好的？买个肯德基都还要算来算去。当不了漫画家我就跟妈妈去卖童装。

六安有座英雄山 ／ 流冰 著

我有点恼火。我就同他说当个作家灵感给自己带来的快乐，和创作给自己带来的成就感……

儿子打断我的话：写出来又有什么用呢？连我和妈妈都懒得看。

这小子太伤害我了！

之后，半天我都懒得说话，闷头喝酒，如今的孩子这都是怎么啦？我一直在想这个问题，并且想到了我的大侄子元昆，同济大学土木工程系毕业的，现在已经是研究生了。他小时候曾经回答过这同样的问题，答案是：做木匠。因为那段时间他家在打家具，他亲眼看到过家里人给木匠一叠实实在在的钱。

虽然，这都是过往的笑话，但是总感觉哪里出了错，错在哪呢？一中午都闷闷不乐，我的文字连儿子都看不上眼，还写个啥呀？

美食

从腊月开始做"梦"，一场大雪一下子将这个梦捂得严严实实，千里冰封彻底冻结了我和儿子"回老家过年"的念想。

老婆开了家"妈咪世界"童装店，一挨近春节就更加忙乱起来，家里大大小小的差事一下子就落到了我和儿子的肩上。

老婆塞来一沓钞票交代几句后，我拖着儿子就去了大润发年货大街。

花钱的感觉真好！这回很自主，不需要跟谁反复商榷、探讨、研究，想买啥就买啥，饮料酒水油、荤素调料米，不一会工夫就收拾了一架车，爷俩提着累得够呛，特别是儿子，两只小手分别提着两个硕大的塑料袋，摇摇晃晃的。打不到"的士"，就这样走一走再停一停，好不容易挨近"妈咪世界"，把老婆进货用的拖车搜罗出来，把年货码上去，拖着就是比提着舒坦，儿子比老子还高兴，空着手在后面指手画脚鼓噪。

回到家先休息，泡一杯浓茶，抽一根香烟，上网查收邮件，好一会才想起来把年货一一分类放进冰箱，拿出底下的速冻水饺，早被压得没形了，全粘一起了，看来放水里下着吃是没希望了，放油煎，反正是没形了，索性用锅铲拍平，翻身，再翻身，厨房门忘了关，油烟机忘了开，弄出一屋子的烟雾。

有一面有些糊，赶紧盛起来用盘子装着端上桌，儿子吃得唧唧歪歪叫爽，还说：老爸就是有创意，水饺都能做成大饼吃，居然味道还好得不得了。

于是，我因势利导，说不管它好看不好看，味道好才是硬道理，并逐步引申到人生，从因救人被大火毁容的英雄说到《巴黎圣母院》的撞钟人卡西莫多，总之告诉他一个道理：做人不光光是看外表，还要看心灵，就像这"大饼"，形状变了，味道却还在……管它贴切不贴切，糊弄糊弄孩子而已。

可儿子却听得很认真，吃得也很认真，不一会儿，盘子里的"大饼"就被我爷俩消灭得一干二净。

原载 2009 年第 7 期《家长》

2010 年第 1 期《淠河》

六安有座英雄山 ／ 流冰 著

越喝越清醒

冷摊

一个人久了，便无端生出许多的闲来。

入夜，或从一场噩梦中惊醒，大汗淋漓；或收尾一篇文章，心绪尽空……

从淽化出发，沿皋城路晃晃悠悠一路向西。

过了桥，总能看到三两家小吃摊清冷冷昏黄在路灯下。

站定，入座，独饮。

越入夜越清净。

冷摊无名，小而简陋。占地不过径丈，两三张条桌收放自如。条桌围着一橱，三面玻璃橱窗一面纱门，里面摆放着瓶瓶罐罐油盐酱醋。橱高约 80 厘米，架在一辆经过改造的两轮车上，出摊时分别由两条凳支着。紧挨着的是两只煤炉，上面架着铁锅，一边卤着干子、面筋、茶蛋，另一口锅上铁丝篦占据了半壁江山，上面整整齐齐码放着刚出油锅的臭干子、面筋等，香气四溢，热气腾腾。

这样的吃摊，往撑死了吃也不过二十元左右的消费，一般情况下都是作为主场后的夜宵。

入了夜，食客极少。作为摊主，这样的冷僻，只是一种无可奈何的顺应罢了。你若呼朋唤友而来，摊主便颠前仆后忙个不停，无端让你生出一份悲悯来……

此时，没有了大鱼大肉，能够端上台面的也尽是些皖西自古以来的传统小吃。酒，自然要唱主角，但已没有了大酒店的闹腾，进口的深浅也尽随了持杯人的心情和酒量，话语也说得绵软儒雅，仿佛声音一大就亵渎了这夜的清朗。

在这种僻静的地方饮酒寻欢，能寻到的，纯是朋友的情谊和灵犀相通的默契，无论深浅，一口下肚，便能烘出一阵阵的暖意来。

在物质社会的重重包围下，当一个人孑然徘徊在街头，白日里的喧嚣了无踪影，面具也一并拿下。这个时候，诸如"我从哪里来？我到哪里去?"等疑问，都随着劣质烧酒咽进肚中，解与不解已然不再重要。

此刻，街和桥分外安静。

此刻，灯和摊分外清冷。

夜雨未歇，收了雨伞，轻抖两下挂在棚檐上，然后坐定。这似乎是很自然的事情，没有人会责备你的"唐突"，你也不会被人问起由来。摊主从木格里取出一块块臭豆腐放入油锅，随着"吱吱"声响，臭豆腐渐渐转成金黄色，奇特诱人、亦臭亦香的气息弥漫开来。

看着炸好的臭豆腐一块块放在铁丝篦上滴着油，稍息，端上桌面，味蕾大开。当然要有酒，虽是低档，这样的雨夜，一个人却能喝出许多的层次，几两下去，让你感觉苦难不过如此，人生也不过如此。再往下继续，你便进入了一个很神秘的领地，出锅的臭干子咬在嘴里吱吱作响，思想的马群肆意奔放，很是消遣和逍遥。只要你不开口招呼添菜加酒，摊主绝不会主动拢过来说三道四的。除了你外，不会有第二个人过来烦你，更不会有人躲在一边窥视你真实的神情。

仲秋多夜雨，淅沥的雨点打在路边的绿化带上，竟有了"雨打芭蕉"的意境，冷津津的酒喝下去，别有一番怀乡念旧解颐的韵致，其妙处，正合了这渐浓渐酽的酒意。

冷摊之于我，其实都同了这酒，有一种内里的躁性和韧性，将一些激情点燃，将一些怨气扑灭，即使醉了又有何妨？难得心里明亮，睡个好觉吧，醉在今夜，不过是为明天的打拼添些胆气罢了。

谋醉

认识木鬼首先是认识他的画。

我漂在江苏的那些年，木鬼的《纠缠》在北京被书画界炒得沸沸扬扬。缭乱的轮胎、烟囱、工业管状物和一群男女不分、似人似妖的怪物充斥画面，相互纠结交错，荒诞而诡异。我虽不懂书画，却也能从中读出心灵深处的左冲右撞来。报章说："木鬼从古老的中国传统起步，走进了高扬自我的现代精神之门"，我很认同，当时私下揣摩，这大胡子家伙一定很有个性！

果不其然。

2008 年年底我回到安徽六安，在一场酒局中与木鬼不期而遇。

木鬼喝酒的动作很酷，一声闷吼，高举的酒杯倾口向下，弧光像一道闪亮的瀑布，径直落进他仰面朝天黑黝黝的嘴中。完了，一抹胡须，抛出一个鬼脸。

与木鬼斗酒，很爽，一下子回到了那些大碗喝酒大块吃肉虽不玉树也临风的好日子。

因志趣相投，我们一见如故。

我与木鬼的酒量不相上下，风格却迥然不同。他崇尚单刀直入，刀刀见血，即刻进入状态，图的是畅快淋漓；我则慢条斯理，高山流水，渐入佳境，遵循的是循序渐进。这种反差往往会造成一种情状：他喝"高"了，而我却痛苦地醒着。关键是"东家们"看他左摇右摆的样子，每每不舍，却只能以"散场"作罢，每及此刻，恨得咬牙！

日子一久，我便揣摩出一套对策。酒至中场，趁他不注意时往他未尽的杯子里勾兑矿泉水，这个时候，他一般已分辨不出酒的浓淡了；中场以后，一滴酒不再给他，直接加矿泉水，此时他已基本上分不清酒和水了。当然，偶尔也被他识破，在他招牌动作外带特殊声响一饮而尽后，紧跟着咂咂嘴巴，一脸纳闷：咋没什么味道？而后歪过脑袋，拿眼光逐一来剜在座的弟兄们，却总是无人买账。这时，他的胡须开始颤动，倏地伸出手来，迅雷不及掩耳之势，端起邻座的酒杯，无论深浅，只管一仰脖子，"呼——"的一声全倒进嘴里，我们未及反应，就见他扮出一个俏皮的鬼脸，然后坦然落座，一脸憨憨地"坏"笑。

撇开艺术，木鬼是一个至纯至真的人，甚至还有那么一些孩子气。无论是露天排档，还是星级酒楼，喝到尽兴处，手舞足蹈，毫无顾忌，或诗兴大发，或放声高歌，唾沫星乱飞，容不得外人打断，也容不得你不听。

他问：艺术究竟是什么呢？

艺术就是扯淡。我说。

他的眼睛瞪得老大，一场宏论顿时灰飞烟灭。

有时问他为何如此兴奋，他说：我快乐，快乐是应该拿出来分享的。

想想也是，但快乐为何总是在酒后？

至纯至真的木鬼，酒后也说一些过分或狂妄的话，譬如说根本不在乎我所供职的那个平台。在乎不在乎别说出来呀，摆明了要伤害我！反复地讲，我就有些恼，恨不得伸出筷子敲他两下脑袋。再后来，在一场接一场的酒局酒话中我才明白他的意思，大抵是：作为朋友，他不看重身外事物，只重灵犀相通。

这话就中听了许多，心头暖暖的。再看他时，竟分外可爱了。

因个性另类，又不懂得掩饰，所以，我和木鬼真正意义上的朋友极少。真正意义上的朋友应该像清风，像明月，朗朗可鉴。

那么，为何而斗酒呢？而且是往"醉"里去喝？谋醉？

在木鬼那里，答案是没有的。我只能从他那些充满乡野情趣的画里寻找答案。

酒后步行在回家的路上，城市的夜色深重，酒场中的亢奋已随风而去，一种疲惫感如同黑夜里生长出来的千百只手，骤然强加于头顶，朝花夕拾，朝发夕至，朝闻夕死，我们的理想、追求、生活，以及还能动弹的百把来斤都逃无所逃，去无所去。

这个时候，我就觉得自己像极了《纠缠》中的那些男女不分、半人半妖的怪物。

想起那天，朋友在酒桌上很忧伤地说起一部电影，女主角很完美但最后却死了。

木鬼接话：美女都是要死的。

我补充一句：又不是你的人，何苦感伤？

我认为我和木鬼都十分了得，伟大而朴素的短短两句，简直光芒万丈。

所以说，感伤无须说，说了也白说，莫如喝酒！

"不衣不衫不头巾，亦狂亦侠亦温文"。木鬼画中的那些清逸的山野和洒脱的人物，包括闲适的时光，对于现实中的我们来说，也许茫茫一生无法企及，但这并不影响我们隔三差五神往一回。我们带着生理和心理的"三高"，以及按揭款、孩子教育、体制迷茫和人际关系的重负，依然频频碰杯，酒花烂漫，酒酣耳热。许多年来，我们就是这样一成不变地用酒、文字和水墨温暖着自己，那时那境，我们在内心深处虚拟的又是怎样的一个世界呢？

《纠缠》，纠缠于我的知觉中，犹如记忆里的一道淤血。

而酒，越喝越清醒。

原载 2012 年第 1 期《伶仃洋》
2017 年 5 月 18 日《文学报》

六安有座英雄山 ／ 流冰 著

七姨婆和她的老街

　　小镇有新旧两条街道。老街两边大部分是近百年的老屋，青砖灰瓦，临街的一面大多为木板铺门。街面很有特色，青石铺就，因为年代久远的缘故，上面已被打磨得十分光滑，中央部位那道独轮车轧出来的车辙，隐约显现出老街当年商贸繁荣的景象。两边的屋檐下虽留有槽沟，一到梅雨季节，许多的生活垃圾还是从不太畅快的阴沟浸漫到街面上来，腐臭便笼罩了整个街道。

　　20世纪80年代，改革开放的浪潮激荡古镇，马路两边仿佛一夜之间冒出了许多的房屋，一直延绵数十公里，仍有老街的许多居民在悄无声息陆陆续续地向新街区迁移。

　　老街蓦然间沉寂了下来。

　　七姨婆是在老街头出世的，忙碌了大半生，土淹脖子时横竖再也不肯挪窝了。好在老街还在，七姨婆每日拎一小凳屋檐下坐着，看街，看街上稀稀拉拉的行人。如果有戏耍的孩子不小心摔倒了，她便颤巍巍走过去搀扶一下。

　　早年，七姨婆还是丫头片子时也时常跌跤，今儿磕破膝盖，明晌崴着脚脖子，次数多了就总结出许多的经验，哪块儿该把脚抬高，哪块儿该把脚放平，到后来，即使闭着眼睛，也能凭记忆摸索着走得四平八稳。

　　而今，七姨婆走得就艰难了，活动的地盘相应就小了许多。只是呆呆地坐在自家门前，看孩子们奔跑，每每看到孩子们摔倒了，就照例走过去，在那孩子的屁股上拍打两下，再叮嘱几句，也有娃娃不耐烦，甩开七姨婆的手，抹抹眼水，又屁颠颠跑开去。她便跟在后面喊："慢点慢点，当心跌倒！"大多时候，她喊得越凶，那孩子就跑得越欢，果真就再一次摔倒。

这个时候，七姨婆便没有了慈眉善目，两根精瘦的指条夹着那娃的耳朵："叫你别跑就当耳边风，你这娃呦，回头再告你家大人去！"

这样活着，七姨婆感觉挺好，挺舒心。

突然有一天，这平静的日子掀起了波澜，七姨婆的生活一下子就乱了分寸。

一面鲜艳的旗帜插在了老街的街头，粗壮的汉子们舞动着钢钎和撬杠，一块一块地撬起街面的青石来，每撬起一块，便裸露出一方湿漉漉的黑土，老街就像一条浅花裙子无端被火燎出了许多的窟窿。

七姨婆瞅着心就随着一阵阵痉挛。

"你们这是做什么？"撬到七姨婆门口时，七姨婆禁不住就问。

"铺水泥方砖。"

"挺好的折腾个嘛！"

汉子停下来，斜眼瞥她一眼："高一脚低一脚，再不修，等冬天上冻了会摔死人的。"

"也是哦。"七姨婆便不再言语，拎着小凳进屋去了，不敢看街，看了揪心地疼⋯⋯

新铺的水泥路面确实平展，老街看上去也整洁了许多，年轻人的摩托在上面跑起来跟风似的。孩子们依旧在街头戏耍，高兴起来依旧屁颠颠地跑，经过七姨婆面前时，七姨婆就担心，就跟跟跄跄跟在后面嚷："慢点，慢点，当心跌倒……"

然而，有这么一次，摔倒的不再是孩子，而是七姨婆自己。

从新大街赶回来的儿女们围在七姨婆的床头边嗔怪："这街您都走了几十年了，怎么就这么不小心呢？"七姨婆苦笑笑："街修平了，我咋就不会走路了哩？"

说着干瘪的眼眶里漾起一层淡淡的薄雾……

没几天，七姨婆终是走了。

出殡那天，送葬的队伍穿越新旧两条街道，硬是走了近一个小时，这才远远地将七姨婆的老街甩在了身后。

何处是家园

当我打开电脑准备完成这篇某杂志的约稿时，情不自禁地就敲出了以上那个标题。因为，一触及这本杂志，不由自主地就想起一个人来，想起她目前的处境和近况。

那是一位优点和缺点都十分突出的大姐，从接手杂志复刊那一期起，15年，酸甜苦辣弹指一挥间，她像呵护家园一样呵护着这本杂志，这自然是属于精神家园的范畴。大姐现实中的家园坐落在城市以西僻静的桃花坞一个充满诗意的月亮岛上，那是她与爱人共同选址然后一块砖一袋水泥精打细算建设起来的。它向我们展示的是另外一种生活：有自己的园子，园外的菜地里碧绿着各种各样的蔬菜，黄狗躺在斑竹林边晒太阳，黑白相间的花猫在花丛中游戏蝴蝶……

然而，当这个"家"开始有了花香和鸟语，有了像麻雀一样叽叽喳喳的文友们的鼓噪，男主角却因病撒手去了天堂。那是大姐生命中一段暗无天日的日子，在这座他们共同建筑起来的三层小楼里，她字字啼血写出了一大批感动无数读者的真情文字。

2008 年，这是个多事之秋，对于大姐来说，生命中的两个家园都受到了致命的重创，一个面临撕心裂肺的剥离，一个濒临坍塌和消亡。

大姐就要办理退休手续了。那天见她的时候，她不自觉地嘀咕道："杂志怎么办，杂志怎么办？"我常常笑她，退都退了管它干吗？杂志还是会存在，并且有人会去编。她却摇头，轻声说："谁编呢？谁编呢？这份杂志挺到今天太不易了。"每说到这儿，大姐的声音就变得十分奇怪，并且声音越来越小，仿佛带着历经千山万水的疲惫。这个时候，大姐的不舍和牵挂、性情中的本真和执拗都一览无余了。

杂志回顾座谈会上，大姐在发言中说道，她和莽汉有两个孩子，一个是儿子王珂，另一个就是这本杂志。是啊，自己的孩子怎可以交给别人呢？乍一听觉得很荒谬，这怎么可以相提并论？但那时我却不敢再去看她的眼睛，那一种亲情般的血肉剥离和失落的悲伤让人不忍目睹，此时，我从内心不由自主就接受了前些日子她那些不符合逻辑的念叨。

2008 年 11 月 17 日，我接到大姐的电话："小弟，过来帮我搬家吧。"这是一种充满了无助和无奈的声音，急促而沙哑。纵使手边有燃眉的事情我都得放下，我太了解大姐的脾性了，这种语气让我明白，涉及"家园"的事情，如果忽略了，我的心灵将一辈子得不到安宁。

车过云露桥，车速慢下来，这条熟悉的道路突然间让我无所适从。

推开院门，大姐背对着我，雕塑一般。那条被唤作"大壮"的黄狗趴在地上，无精打采。

我叫了两声，大姐没有反应。我轻轻地走过去，看见大姐的眼睛红肿着，里面饱含着欲落未落的泪，它们在太阳光的照射下，一闪一闪刺疼了我的心。

我静静地陪着大姐伫立在院落中，好一会，我说："大姐，我们开始吧。"

大姐擦了擦眼泪，回过神来："来啦？那就从莽汉的书房开始吧。"

书，到处是书。

大姐拿着抹布一本一本擦着，没有言语。这是一种令人窒息的沉默和寂静，我知道：大姐不是在擦拭灰尘，而是在抚摸过往。

等所有的书打包捆好，门外传来熙熙攘攘的声音。大姐说："车来了。"

搬家的人涌进客厅，一时间整个院落充满了嘈杂。我长长地吁出一口气来。

当天并没有搬完。告别大姐之后，突然想起这样的一个特殊的夜晚，她守着那么大的一座空房子是否孤单，是否会更加悲伤？我摸出手机给大姐发去了条短信：家里乱，晚上还是去你侄女家睡吧。

大姐回了一条，很简短：我不怕。

我深知，这是我所不能改变的，就让她怀抱疼痛再亲近这个"家"一宿吧。过不了几天，城市发展的进程会将这里夷为平地。

"家"，终于搬了。

两三天却没有大姐的消息。大街上我拨通大姐的电话，得知她在合肥讨要约定的稿件，杂志在年底前都要按时出来。大姐说，编最后一期了，质量关依然要把住。我说明天我来文联看你吧。大姐说，不要来了，明后天她都要"吊水"，身体不舒服。

我很心痛。捏着手机瞅着这热闹纷繁的大街，每个人都行色匆匆，激战商海、逐鹿官场，奔波在车水马龙的水泥路上，淹没在钢筋混凝土的丛林中。是否有人徬徨过？是否有人失落过？是否有人在心底感叹过？这是否又是真正失落家园后的迷茫和无家可归的惆怅呢？

大姐的"新家"租在齐云路上的一条胡同里，据说是已列入规划和拆迁的片区。我在为大姐担心，一旦又拆了，大姐下一步又该搬向哪里？

原载《映山红》《新课程报·语文导刊》等刊

六安有座英雄山 ／ 流冰 著

景致与情致

晴雨天柱两心境

安徽省的潜山县，古称"舒州"，山川秀丽，地扼东西咽喉，历来是兵家必争之地。

毗邻地区的天柱山，自被汉武帝封为南岳后，更是声誉日隆，文人墨客、达官显贵，纷至沓来，观山赏景，访古探幽，抒怀述志，题名刻石，遗迹颇多。

一个偶然的机会，我搭车抵达潜山县城。当日下午，过"野人寨"，经"三祖寺"，沿着蜿蜒迂回的山路盘旋而上，不多久，就走进了天柱山山腰的茶庄招待所。

不巧，暴雨从傍晚一直下到天明。

夜里，我躺在床上辗转反侧，怨天尤人……

清晨，俯视四野，远山近岭一派清新，洁净得如同洗过一般。

远处，林间激流飞泻，山上云雾缭绕；近处，林木苍翠欲滴，一尘不染，路边花草嫩美鲜活，枝叶生辉……置身其间，确有一种"到此已无尘半点，上来更觉碧千寻"之感。

拾级而上，一路攀越，苍松丛中的"南天一柱"，似一柱达摩神腿立于无边无际的天地中央；巨石偶开的"混元霹雳"，像一扇豁然开朗的洞天之门……

紫石苑文萃

雨过天晴，彩霞漫天。

沿着羊肠小道，我继续向主峰挺进。不久便进入了变幻莫测的"神秘谷"。

在这条长达四百米的幽谷里，我上上下下，左转右拐，时而潜入水声潺潺的水帘洞，时而登上光滑溜圆的"圆背石"，时而漆黑一片伸手不见五指，时而又从千佛洞口射进几束光柱，只觉得晕头转向，如游洞天乐府，如入千里迷宫，令人神情恍惚……

过了神秘谷，豁然开朗，金灿灿的阳光在头顶编织出耀眼的七彩光环，令人眼花缭乱。

再会天池峰顶，一览众山小，万壑纵横，飞来峰远远撇在身后，天柱峰巍然眼前。这时，我确有心旷神怡、超凡脱俗之妙感，不禁灵感勃起，诗兴大发，脱口吟出白居易"天柱一峰擎日月，洞门千仞锁云雷"的诗句来。

难怪游人说天柱峰就像一个含羞待嫁的少女，正当大家如醉如痴之时，她便吐雾生云，混沌一片，顷刻掩住了玉体，只露出顶冠，悬在空中，慢慢地又蒙上了一层青纱，若隐若现，叫人欲罢不能、恋恋不舍……

夜间，月上东山，一片寂静，只有哗啦啦的泉水响个不停。

下榻茶庄招待所小楼，如枕泉而眠。

深夜听泉，别有一番趣味，泉水浸着月色，听起来格外清晰。

披衣而起，独步溪畔，细听泉水鸣唱，白日里浑然一片水声，此刻却能听出许多的层次：那轻声絮语如情侣窃语者，是石缝中溢出的小溪；那叮叮咚咚如敲鼓点者，是石阶下落的清泉；那铮铮淙淙如琴似弦者，是珠帘般小瀑布发出的回声；那轰轰然如连珠炮的厚重声音，是激流下陡壁，飞瀑入深潭的反馈。至于泉水盘亘山涧，由远至近，由高至低，重重叠叠发出的各种不同的音响，难以一一名状。万般泉鸣，汇成一曲恢宏集缓、抑扬顿挫的奇妙的生命的交响。我俯身细听着、分辨着，心神犹如融入水中，随泉而流，那汩汩泉水仿佛滤过心田，冲走污垢，留一胸膛的清凉，任我回味，任我遐想……

白马尖上石

"淠河行"大型文化采风活动——说是"大型"，实质上真正落实到"脚"的不过是本地的几个穷酸文人。因为圈子的小，圈子的弱，以致我对沿途所见所闻的思考，自始至终脱离不开作为一个归乡浪子的这么一个情结和情怀，所以，笔下一系列关于母亲河的文字自然而然就失却了积极拔高的意念。

我的童年、少年和成人初期，基本是在大山里度过的，因而，在金寨张畈乡登佛顶寨的半途中我停留了下来，直至仰望一行人在日落时登上山巅。随行的师友在晚饭桌上委婉地批评了我。来到太阳乡，有人提议登白马尖，我不敢再提异议，心想，无论如何我得紧随大部队。

白马尖除了海拔高度上的"一览众山小"外，与我登临的其他山峰没有什么大的区别。

于我，要说有感觉的山峰，非老家对门的燕山寨莫属。站在燕山寨顶上，我可以轻而易举看见老家的四合院。

说到白马尖的印象，恐怕首先是与众不同、由着自己一步一步走上去的石阶。我弯着腰，低着头，拄着树棍，从后来相机里拷贝出来的图片来看，我的样子"惨不忍睹"。好在终究没有掉队，一路上，我很少说话，我不能够放松，也实在做不到像朋友们那样潇洒地笑着，间或插科打诨地骂一句。

我喘得不行，思想又很混乱，一步一步踏着向上延伸的台阶，我无心看天、看地、看景，无心寻古人看来者，我的脑袋里满满的，一团糟。在白马尖，我不说话是为了实实在在地亲近脚下的石头。吾系山中物，再回山中来，这些长在深山转而又被深山所用的长方形条石始终冰冷冷的，踏在上面我却大汗淋漓。由此我想到自己此次回乡，是否有人愿意来将我打造成这样的一块石头，然后再将我安置进母体，这是否就是宿命？无论怎样，漂泊的心总算有了依附。

这样一层又一层，一块又一块，仿佛永无穷尽，仿佛要让我走过一百年、一千年、一万年。其实，一百年、一千年、一万年又能怎样呢？

历史不过如此，人生亦不过如此。

这种思考显然老套，却让我沉沦。

相对奇松异草，我反倒更看重石头一些。除了脚下的石阶外，给我印象更深的还有白马尖山顶的乱石，鬼斧神工，那刀劈一样的陡直，那手揉过一般的浑圆，那刀锋一样的锋利。千万万年雪雨风霜，没能改变它们最初的容颜，每一块都个性张扬，却又能相安无事，没有模式和复制，没有是是与非非，——静若处子。再环视我们一行的文朋诗友，又有哪一位能够像它们一样坚守住这一份自我呢？

人生是条河，有些事情由不得我们选择，容不得我们想成为什么样子。

站在奇石上，下面就是万丈深渊，那一刻，我想到的是自己跳下去的情状，是否会像一片轻薄的鸟羽飘飘悠悠无所着落？又或者像蒲公英的种子，小伞一样随风飘洋过海？离开了脚下的山石和泥土，或许我会长出翅膀，飞向极乐世界。但这毕竟只是想象，我心疼于母亲等待我的姿势，疼痛着每一块石头的心思，它被人们强行设计成统一模样列队于母体后，怀揣着的又是怎样的一种心境呢？

来时的企盼和好奇早已溶解于白马尖顶峰茫茫的云海。

站在山顶上，我神情恍惚：

失落——一种找不到自我的失落；

惆怅——一种风来雨去无处是家园的惆怅；

欲望——一把钝刀渴望雪亮和锋利的欲望……

像雾，像云，像风，莫测高深且险象环生。

不堪回首，不敢回顾，更不敢正视所有的人奔赴而去的是一条并不遥远而又基本雷同的归宿。

下山的时候，逃离一般。

白马尖上石那沉重而孤独、迥异而纯粹的气势让我不堪重负。

而后的日子，无论是在现实生活中，还是在幻觉的思维中，我是断不敢再上这山的。

面对白马尖上石，我无地自容。

落花时节

我现在站的地方原是比邻"淠化厂"的河滨一隅，因了一座桥的横空介入，很自然地形成了一大片很可观的洼地，土壤的潮润，使得这块地的植被很好，颇适宜花木繁衍和生长。尤其是到了三月，一片春意盎然。早些年，有人突发灵感，从桥面下坡的公路旁支出一条50米长的水泥道来，再用钢筋、混凝土筑建了围墙和园门，圈住这方绿洲，栽种些花草、果树，做些水榭廊亭、小桥流水等基础设施，便名曰"青年公园"了。

走进园内，左右两旁，嫩草绿油油的，亮晶晶的，蒙着金色的尘埃。说不清名目的小花在满眼的绿色中开得绚丽烂漫，小巧、娇嫩，像是一些刚刚破壳的鸡雏，扑动着、鲜活着，显得格外亲切和可爱。

虽是落花时节，但我并未觉得遗憾。你看那红的、粉的、白的，桃儿、杏儿、梨儿正抖擞着身姿赶着趟儿卸妆。钻进林子，披一身浓浓的清香，踩着葱绿的小草漫步，真想把鞋子脱掉。偶尔有几瓣梨花落下，掉在鼻子上、发际间，痒酥酥的，却很受用。几只喜鹊在枝头欢快地叫着，抬起头来，我看见嫩得发亮的枝叶间藏着一簇簇花蕊。甚至还能看见若干雪亮的梨花，像阳光一样刺人眼目，令人莫名地难受，鼻眼酸得欲落下泪来。

一群麻雀叽叽喳喳地叫着，落在一棵桃树上，将树枝压得颤颤的，像是荡秋千。等我稍一走近，它们便一下子炸飞了。最高的树梢上，竟还开着一朵桃花儿，确切地说，是一朵仅剩三两瓣的残花，那一星微红像是在独展风韵，不知是因春光的美好而眷恋，还是为感慨生命的短暂而悲怆？

我蓦然生出一些伤感，愕然于孤独之中。

一阵清凉的风吹过，只见那花瓣轻姿洒脱无声地飘下来，像是伴随着《高山流水》的琴音，落在我指间的香烟头上，掸落灰烬，然后，慢慢地躺进一棵嫩草的胸怀。我一轱辘从地上爬起来，顺着那棵桃树粗壮的枝干缓缓攀援，伸手将那根桃枝压近眼前，却见留在枝头的花蕊已出了一颗淡绿、鹅黄的果蕾。生命是有序的，而事物却在相辅与相成、相克与相生的矛盾中得到生存和发展。我为娇花的姹紫嫣红而陶醉，更为落花的质朴无华而感动。

这时，看园人走过来，我赶紧跳下。他对我诧然一笑："还以为是个孩子捣蛋呢。"

我估计自己那一刻一准是满脸桃花红，极不好意思地从他身边溜了过去。走不多远，我突然在衣兜里触到了一些软绵绵、凉润润的东西，掏出来一看，竟是几片桃花，高兴得蹦跳了起来。

看园人见我这般童趣，笑盈盈地走开了。

此时，将近中午，太阳变得有些灼热，满地的落花在阳光的照耀下，散在草丛里闪着波光。未失妖娆，残留花香。

原载 1992 年 8 月《皖西日报》、2006 年 2 月 18 日《文汇报》、2009 年 8 月《映山红》

2011 年 11 期《作文通讯》

收入北方妇女儿童出版社《值得中学生珍藏的 100 篇散文》

华东师范大学出版社《最受中学生喜爱的 100 篇散文》

南方出版社《中华人文阅读（中学读本·物景卷)》

天津教育出版社《最悦读中学典藏：最受中学生喜爱的散文全集》

火焰与希望的寓言

一直以来有观看灾难片的喜好，《泰坦尼克号》《天地大冲撞》《龙卷风》《完美风暴》《后天》等，惊悸地看着身边那些"美好"被硬生生撕裂开来，让我真切地感受到人类与生命的脆弱和渺小。我之所以青睐这些影片，不仅仅是为了寻觅高科技带来的视觉刺激，更重要的是为了从这些刺激中获得自己尚未拥有甚至是不可能拥有的人生经历，以期最终形成一套对于世界、社会、人性、亲情、爱情等完整、立体的认知。

《末日危途》是一部能够促成我思考的影片，它改编自美国小说家考麦克·麦卡锡的作品，又名《路》。说是灾难片，似乎并不是十分妥帖，关于灾难的原因，电影中没有说明，可能是天灾，也可能是核战等人祸，电影一开始即父子俩行走在荒芜的公路上，而目的地却是一个颇具象征意味的温暖的海边。

电影看似灰暗绝望，但讲述的却是一个充满希望的故事。父子情作为主要情感线贯穿全片。父亲说，如果儿子不是上帝的语言，那么上帝就从来没有说过话。这种堪比信仰的爱如此博大精深，并且产生巨大的能量，它能让父亲带着儿子在末日危途中坚定不移地朝着一个方向前行。

也许，父亲呵护的不仅仅是儿子的生命，还有人性本善的希望。途中他们几度陷入饥寒交迫的绝境，又几次幸运地绝处逢生。一路上，父亲不时警惕着避开"人"的足迹以求自保，幼年的儿子却常期望能遇上和他们一样的好人。期间，他们遭遇了帮派的"捕猎"，这些人在灾难面前沦为行尸走肉，把抓捕来的幸存者关起来，然后再慢慢吃掉；枯萎的丛林中，他们邂逅了一位饱经沧桑的老人，孩子的良善和纯然，使老人误以为自己遇见了天使；在海边，一名黑人男子掠夺盗走他们衣物和食品，却未能成功，孩子不顾父亲的坚决反对，硬是坚持着给那位黑人留下一罐食物。片中，儿子不断向父亲提出那些单纯幼稚的问题和要求，这些善良的言行虽然幼稚，却在不经意间闪烁着人性的光辉，与险恶的环境格格不入，正因为这种"格格不入"才凸显出周遭人性的堕落。

不断向南的求生之旅，将父子俩带到了期望中的海边，可是茫茫的大洋，依然看不到任何生的希望，父亲的咳嗽日益严重，加上腿部受伤，终于不支倒下，奄奄一息，他含着泪将仅剩一颗子弹的"手枪"交给儿子，他原本想借助那把枪带儿子一起离开这个绝望的世界，但真正到了离别之时，他却改变了主意。处于惊恐中的儿子，在父亲的遗言下，握紧手枪，独自上路。

终于，一个有"家"的男人收留了他，男孩被他的女人搂于怀中，他们告诉这位失去父亲的儿子，他们一直在跟随他，他们很担心他，他们的心中也有那团火焰，对人性仍旧怀抱着希望，就算天荒地老，都要坚信人性中的爱与善良，如同父亲的爱，孩子的善，只要它们还在，这个世界就不至于真正毁灭。

维果·莫特森扮演的父亲，心中多少还残存着美好时光的记忆，彩色的闪回片段，在整部影片阴暗绝望的视野中格外显眼，也反衬出绝望的永无穷尽。在该片中，维果仍然是个孤独的骑士，没有《指环王》中的盔甲和圣剑，如受难者的他，挣扎的唯一动力，就是为了保护儿子。仅存希望的人生之路，属于儿子，出生一睁眼，地球就已面目全非，12岁的小演员柯蒂，其表演可谓充满了本能的天分，与维果的对手戏丝毫不差，眼神中那份对末世的恐惧和对父亲的依赖交织，既能沉静，也有情感爆发力，可圈可点，很值得一看。

原载 2010 年《文化周刊》

从前有座山

星火撩人

东窗事发，老子案子犯了的时候，儿子正在乡下基层挂职锻炼，任一个乡的副乡长，分管文教卫和乡镇企业。

春风得意的副乡长得知这个消息后说不出地痛心，同时也对自己的仕途产生了绝望，带着一种懊丧、惋惜、气馁、无奈和些许愤怒的情绪，儿子来探监了。

进探监室一看，儿子呆了，这是老子吗？这是那个曾经叱咤风云的老子吗？数月不见，像换了一个人似的陌生。还不到六十，老子的头发却全白了，腰弯得像虾米，目光呆滞……

两人都不说话，过了好一会儿对面窗口的老子说：跟你讲最后一个故事吧，你是听着我的故事长大的。

儿子没吭声。

故事说的是 20 世纪 70 年代，大队的稻场上放露天电影，战争片《智取华山》，你爷爷曾经参加过这场战斗。生产队长尿急却舍不得离开屏幕，正打得热火朝天哩，直到等换片子时才火烧火燎去稻场旁边的庄稼地里找了个旮旯就地解决了。

那晚队长喝了些酒，有些晕乎，折回来时，发电机熄火了，四周一片黑暗，队长就朝着稻场中央的那几星亮光走去，没想到一脚踩空，掉进了稻场边上大队的蓄粪池里，池子半腰深，又臭又脏，畜粪人便将他的双腿牢牢抱住，拔不出动不了，队长找地方试着往上爬，没成功，安静了一会儿，很恼……

你跟我说这些有什么用处呢？副乡长儿子有些不耐烦。

你往下听。老子没看儿子，很执着。

后来队长想，这满场人，凭什么就我一个人倒霉？说啥也不甘心，于是，他掏出支纸烟，点着，站在蓄粪池里沉思，烟头明明灭灭的。一会儿有个人走过来，果不其然，一脚踏空就加入行列。一看是大队会计，队长窃笑。会计说，队长，你自己倒霉就算了，干吗还弄个烟火在这撩人呢？

队长用手指在嘴上"嘘"了一下，然后递过纸烟，两人又点着……你猜后来怎么着？

儿子依旧没兴趣，木讷着摇头。

发电机修好灯光重新亮堂时，蓄粪池里已经站满了人，其中有大队书记、民兵营长、送信的小豹子、光棍阿楚，甚至妇女主任也跟着进来了……

儿子感到有些好笑了，嘴角就抽动了两下。

老子接着又说，人啊，往往在某些时候是不信任自己的，黑暗处，迷茫时，只要前方有一点星火就偏离了航向失去了自我，星火也撩人啊，官场亦如此，其结果必然如我。你还年轻，我对自己影响你的进步表示歉意，同时，我不抽烟，更不希望你成为后来掉进蓄粪池里的人，好自为之吧，我该去睡了。

老子说完就站了起来，狱警拉开门，发出刺耳的金属碰撞声……

请把钥匙给我

朋友马良这阵子隔三差五往我家跑，一副愁眉苦脸的样子，坐在沙发上喝水，一根接一根抽烟，并不多话。最近遇到什么烦心事情了吧？我问。他木讷着点头，我问：是家庭吗？他说不是。那么是单位的事？他摇头。是孩子？他仍摇头。我便懒得再问了，像猜心思似的。马良走后，爱人说，你这朋友真有意思，有什么需要帮的就直说嘛。我就说，他自小就这性格，明天我再问问，说不准遇到啥过不去的坎了。

马良再来我家时，我们刚收拾完碗筷，爱人给他倒了杯水，我照例陪马良坐在沙发上。这时候，儿子走过来，说他今天忘了买练习本，一堂习字课一个字也没写。我就批评他说，你就不能向同桌先借一本用着？马良也插了一句：是啊，向同学借一下又短不了舌头。儿子晃过去说，难为情死了。我听着很生气，看了看旁边的马良，我想趁着这个机会也给他讲个故事，我说，小子，你坐下，老爸来跟你讲段往事：

那是我和你妈刚结婚的时候，房子是租的，很古旧的老式房子，大门是双开明锁。那时我和你妈上班的时间是错开的，我是白班，你妈是夜班。说的是有这么一天，你妈早晨下班回家没有直接休息，找了几件衣服去澡堂洗澡，我在小厨房里洗脸刷牙，她忽略了，结果将大门从外面锁上了。我那个急啊，使劲晃门，隔壁王大爷过来问了声，怎么被锁里面了？我说爱人估计不知道我在家。他说你别急，我去帮你找她来。我说她在澡堂里。王大爷很抱歉地摇着头走开了。

紫石苑文萃

一刻钟之后他孙子小宝上学经过我门口，听到我无奈的晃门声，他奶声奶气地问了相同的话，我没抱什么希望随口答了两句。小家伙没走开，说，叔叔是要出来吗？我点头。他歪着脑袋对着门缝说：那你把钥匙给我啊。一句话一下子提醒了我，赶紧回房间取外套，从兜里摸出钥匙从窗子的防盗网空隙里递给小宝。小宝踮着脚尖将门打开了，结果老爸那天还是迟到了 10 分钟……

早把钥匙给王大爷怎么会迟到呢？儿子说。

是啊，我们往往在最困难的时候总是抱怨得不到朋友的帮助，归根结底还是取决于自己，就像你什么也不说，同桌想帮你也帮不上啊。

儿子很聪明，红着脸说：是的，就像你没给王大爷钥匙一样……

第二天上午马良给我来了个电话，挂了电话我笑了，当下就找来了我和马良人际圈子里的几个朋友。下午事情就得到了妥善解决。

过后，我对马良说：你那破事 2007 年就应该解决了。

马良望着我，眼睛瞪得老大：那怎么还拖到今天？

你没给我们钥匙啊。我笑了。

财富神话

我原来单位里有位干事，姓杨，写得一手好字，也看过不少书，应该算是有文化的人。

20 世纪 90 年代末，有文化的杨干事加入了传销的队伍，很投入，一谈起"传销"两只眼睛放出灼人的蓝光。

在他的鼓动和宣传下，同事中先后有多人加入了传销组织。

每晚差不多新闻联播的时候，杨干事总是雷打不动来我家小坐一会，说传销说财富，说传销犯不犯法，月收入10万现实不现实，说得一张嘴巴的两角都泛起白色的泡沫。

"28个月收入达500万"的财富神话，让我爱人蠢蠢欲动起来，而我始终坚持着反对意见，明摆着海市蜃楼嘛，哪有这样轻而易举发家致富的道理呢？

爱人反驳：那为什么还有那么多的人参加？

我一时无语。

上班的路上，有鸟在我头顶飞过，我突然想起埃及陶菲格·哈基姆的寓言，晚上在枕头边我给爱人说起了这个故事：

有只小鸟问它的母亲，世界上最高级的生灵是什么？

母亲答是人类。

那么他们比我们生活得更幸福吗？小鸟又问。

母亲答，他们并不比我们幸福，因为人类的心里长着一根刺，这根刺让他们终生都生活在痛苦的煎熬里。

小鸟表示费解。母亲鸟说，等会有人来时妈妈演示给你看。

果然，有个人走近，于是母亲鸟装作受伤的样子落在他的身边。那人伸手捉住了母亲鸟，说："今晚可有下酒的菜了。"

母亲鸟说："我这么瘦小，够填饱你的肚子吗?"

那人说："肉少也是肉，放些调料，和着豆腐一起红烧，总比青菜萝卜好吃。"

母亲鸟说："我可以送你三句话，比我的肉更有价值，有了这三句话你就会发财。但有条件，我在你手中先说一句，待你放开我后，我说第二句，再等我飞上树梢说第三句。"

那人一听三句话可以让自己发财就点了点头。

"第一句：莫惋惜失去的东西。现在请你放手。"于是那人松开手。母亲鸟落在他的脚下，接着说第二句："莫相信不可能存在的事情。"说完振翅飞上了树梢，"笨人，如果你刚才把我杀了，就会在我的腹中获得一颗重达 20 克的钻石。"

那人捶胸顿足懊悔不已，抬头望着那只鸟催促着说："说好的，你要守信用，那么第三句呢？"

母亲鸟说："难道我没告诉过你莫惋惜失去的东西，莫相信不可能存在的事情吗？想想看，我的身体也不过 20 克，怎么可能腹中有这么大的钻石呢？猪脑袋！"

母亲鸟回过头问小鸟："你现在看见人类心中的那根刺吗？"

小鸟答道："看见了，可我还是不明白，这个人怎么会如此愚笨地去相信你腹揣超过体重的钻石还能自由地飞翔呢？"

这就是人类心中的那根刺，本性使然，贪婪所致。

善是一颗灵丹

我有位朋友姓范，那天大家在一起喝酒。

我摇着头感叹："现在的女孩哦——"

范看了看我，然后就说了以下的故事：

20 世纪 60 年代，学校文艺队去乡下演出。

第三站是一个叫大山寨的公社，很闭塞也很贫穷。文艺队到达时已是黄昏，队长领着几个人扛着二十多条租赁的被子。

当晚，无论男女一律在临时舞台上打地铺休息。大伙儿都找左右两边的位置落铺，因为有墙挡着可以避风。

"小铁梅"怕黑，所以一来就找到掌控电源开关的舞台中央后方设铺。

夜深了，叽叽喳喳的舞台安静下来，有人嚷着把灯关了，于是舞台又融进了无边的黑暗。

夜半，一声瓶子倒地发出的清脆的响声将小铁梅惊醒，她从被窝里小心翼翼地探出半张脸来，见床前竟立着一个人影，她不禁浑身一激灵，但很快又恢复了平静，她尽量镇静地问："能看见吗？"说着伸手就拉开了电源开关。

原来是那个演匪兵的小伙子，他眨巴眨巴眼睛，梦呓般嘀咕："我起来方便，摸不着地铺了。"

小铁梅说："我把灯打开了，你现在可以找到了。"小伙子说："你不相信我？"小铁梅俏皮地做了个鬼脸说："相信。"

小伙子说："这瓶子是你有意放的吧？吓我一身冷汗。"

小铁梅没回答，笑了笑，很友善。小伙子原先脸上绷紧的肌肉松弛了下来。

早起，去公社食堂吃早饭的路上，小伙子追上小铁梅，支吾着说了一句："谢谢你。"

小铁梅佯装出一无所知的样子说："谢什么啊"？

小伙子一时语塞，满脸通红，好半天憋出一句："因为你没喊……"

见他那副窘迫的模样，小铁梅笑了："我叫什么叫啊？你是起来方便找不着床啊。"

"是的是的。"小伙子言不由衷傻傻地笑……

听完这个故事，我被小铁梅美好的情怀和水晶般的心灵深深地感染，她用她的机智和纯洁拯救了一颗在梦魇里游弋的灵魂。

漫漫人生路，善是一颗灵丹，它不仅可以拯救自己，而且还可以拯救别人。

街上流行军警靴

20 世纪 90 年代末，街上流行军警靴，三厘米的鞋跟，黝黑深腰，穿带紧口，女孩子穿上它挺拔而英武。当时一双军警靴的市场价格大约在 180 元左右，算是相当奢侈的了，但爱美的年轻人仍然趋之若鹜。马萍狠狠心还价到 160 元买了一双，第二天穿着上班羡煞了班组的姐妹们，大家轮番试穿，亭亭脚型瘦长，码数适脚，当时就舍不得脱去。那天亭亭套班走不开，于是就央求马萍下了中班帮她再跑一趟。本来就乐于助人的马萍知道亭亭晚上与男朋友有约会，没敢耽误，下班就骑着车子上街将这事落实了，但忘了将小票给她，再想起来的时候却找不到了。

没多久，同事间忽然传开关于马萍的流言，是从亭亭嘴巴里传出去的。亭亭说，98 元的靴子，马萍却按 160 元收了她的钱。大伙儿说，都是姐妹，也太不厚道了。

第二天两人同时轮休，马萍就说，鞋庄又进了一种款式的靴子，拽着亭亭说她眼光好，央求亭亭陪她一道去帮着参谋参谋。亭亭不太乐意，但又禁不住恭维。进了店子，两人同时看到了货架上一模一样的那款军警靴，不过标价已变成了78元，马萍就很生气的样子问售货员，原来不是160元吗？售货员说那是第一批货的价，当时小城还没几家卖军警靴的，价格高些理所当然，现在都第三茬货了比较难走，昨天还是98元呢，经理今早又调了价，贱价处理，资金回笼，你俩现在买绝对不吃亏。马萍没说话，亭亭却觉得脸有些发烧。

有人私下替马萍抱不平，说亭亭背后那样说你真不应该。马萍却说：亭亭是不了解眼下的市场规律，这不能怪她。

第二个故事还是关于军警靴，前面的细节我们假设是基本相同的，说的是小伙子杨刚帮王明跑腿买了一双。有一天，王明有意无意地问起杨刚，他帮自己买的那双是否正宗？才一个多月时间就断底了。杨刚看了看王明翘起的脚底板，果然看到一条裂口子。下班换工作鞋时，杨刚把自己的那双丢给王明，说："一样的码数，你穿我的吧，下午正好上街，我去店子调换或修理一下。"杨刚没去店子，因为他知道已过了一个月保修期，直接去了修鞋摊，两只鞋子分别打了前掌。这一穿就是两个冬，擦擦油依然光洁如新。

其实，做人和鞋子一样，相伴的日子久了，品质优劣自然会显现出来。

昨天从图书馆出来，身边的一个小男孩不知道为什么一下子摔倒在台阶旁边的绿化带里，上身卡在灌木丛里哇哇大哭，本想伸手抱他一下，猛一想却缩回手，"要是被他父母看到了不知道会怎么想?"就在我迟疑的当口，从门内走过来一位穿着军警靴的少女，她放下怀里的书，从绿化带里拉起那男孩，正拍打他身上的枯叶和灰尘时，出来一位少妇对着少女大声嚷嚷:"眼睛长哪了，那么大的孩子都看不见?"少女一愣怔，转而嫣然一笑:"对不起大姐，不是有意的!"说着还摸了摸男孩的脑袋，掏出块口香糖递给他，然后，才转身而去。

当我们与误解不期而遇，浮躁的生命只会在无谓的纷争中计较一时的输赢，唯有达观和从容的生命才能练就能屈能伸的韧性。

射雕

故事发生的时间是 20 世纪 70 年代，那时"保护生态"的观念还未普及，我之所以要说这个小时候的故事不外乎想说明一些道理，暂且莫去追究。

二哥扛杆高压气枪去打鸟，我和三哥屁颠颠跟着。

走着走着三哥发现一只雕，歇伏在老公社医疗室大院的板栗树上。三哥指给二哥看，二哥把枪架在半截土坯院墙上，挥手示意我们蹲下不要出声，我们屏息良久，仍没听到枪响。二哥为了万无一失，瞄了很久。三哥不耐烦，猫弓着腰小声地朝二哥喊:换地方，快换个角度，你那地方被许多树枝挡住了。

二哥回过头来眨巴眨巴眼睛，他本来是确信自己枪法的，但还是快快地收了枪，半蹲着身子向板栗树荫下移。风干的枯草在他的脚下摇曳，发出嘶嘶嘟嘟的声响，眼看就挨近了板栗树根部。我们的心悬着，暗暗预祝着二哥成功。

然而，就在这时院落里的狗突然狂吠起来，那雕摆了两下脑袋，扑棱两下翅膀飞了起来，一直飞一直飞，始终没有停歇，越过大北河朝着燕山深处飞去了。

二哥立起身子，抬头愣愣地望着天空中越来越小的黑点，一下子火冒三丈，他对着三哥嚷：本来我是有把握的，都给你搅和了，说过不带你俩的，偏跟着……

我和三哥都耷拉着脑袋，像做错了什么似的惶恐不安……

二十年之后，侄子从同济大学土木工程系毕业，学的是城市轻轨，小的城市还用不上，所以投奔我来了。

从报纸上看到有一家单位招聘的职位和侄子的专业很对口，机会难得。元旦前大型人才招聘会，早晨起床晚了，陪着侄子匆匆赶到人才市场，那家招聘单位工作台前已排起老长老长的应聘队伍，过了上午10点，侄子才逐渐挨近工作台。这个时候，我发现侄子早起没顾上梳理头发，由于闷头睡的缘故，两边的头发都被挤兑到脑袋顶上耸立着，那样子看上去很卡通滑稽，我提醒他，侄子很努力地用手按，结果一点没起到作用。我就说，你去卫生间沾水理一理，那里有镜子，我替你排队。

侄子去了卫生间之后，这边的招聘单位突然省略了一些面试环节和程序，速度一下子就快了起来，不一会儿就轮到了我，我急了，应聘材料可全在侄子的手提包里，我跟工作人员解释，说应聘人马上就到，那人没搭理我，低着头喊：下一个。

现实就是这么残酷。侄子匆忙赶过来时，那家单位的招聘工作已经结束了。

机遇的把握往往要比角度的选择和外在的修饰更为重要，而必要的自信却又是把握这种机遇达到目标的重要条件。因为，雕是活的，它不可能在那傻傻地等你，哪怕你稍有犹豫，它就会振翅飞走。

有关公厕的故事

朋友他们单位的公共厕所因长期无人管理打扫，致使粪便四溢，蝇虫扑面，蛛网尘封。

朋友刚分来时，看不下去，间或打扫两回，却不料扫出了是非。原本很友好的同事突然间开始拿一种异样的眼光来打量他了。当面都称朋友好同志好青年，私底下却又指着朋友的脊梁骨说这小子居心不良说不准就是做给领导看的，要不然，脏就脏呗，反正领导们也是要用的，轮到你咸吃萝卜淡操心……

朋友一肚子窝火，真是出力不讨好，往后给一百个好处也不干了，谁干谁孙子！

于是，厕所很快又恢复原样。奇怪的是，同事们对待朋友的目光重又亲切柔和起来。

再后来，厕所内实在是无处下脚了，部门领导们便聚在一起，经过旷日持久、不厌其烦的探讨、研究、商榷之后，最终达成一致：将厕所交给邻近的菜农老张管理，全年的粪肥归老张所有，分文不取，且每月补贴老张一百八十元卫生费，唯一的要求便是保持好厕所内的清洁卫生。

这样一来，大家就又能够一支烟一张报蹲在清清爽爽的茅坑上慢条斯理地解决肚子问题了。为此，大伙儿无不拍手称赞领导的英明伟大。

　　但日子久了，大家又觉得让老张占去了便宜。且不说每月的补贴，光按每月掏粪四次，每次两单车，每单车折合人民币至少二三十元，不算不知道，一算吓一跳，这一年下来，就不明不白硬是老张小发了一笔，而他又干了些什么哩？不外乎隔三差五地扫一扫厕所而已嘛！怎么来说也算不上本单位的在编职工，哪有这样便宜的事情呢？有人便开始揣摩起这老张的来路，保不准还是哪位领导的嫡亲哩？不说也罢。

　　不说，不代表不想，想着想着就有人感到心里很不舒坦，寻着机会拽住老张半真半假开玩笑，说：老张，今年收成不错吧？要说嘛，这也与这一个大院里的职工分不开，考虑考虑，找个机会表示表示？

　　说的次数多了，老张就很抹不开面子。年底，终于宴请了。一行公干竟然屁颠屁颠地去了。

　　老张一脸谦恭的样子，陪坐于圆桌一隅，敬烟、点火、夹菜、劝酒，不亦乐乎，嘴里还不停地嘀咕："吃吧吃吧，客气什么？反正吃来吃去还不都是你们自己屙的……"

娘性

　　四宝是闹粮荒那年出生的，村里人都说他是"克星"，一出生老子率先去了天国，之后头上的姐姐也夭折了。四宝娘不许人家这样说，她说四宝他爸是肾炎害死的，小丫头那是饿的，跟四宝有甚关系？

　　娘没有再嫁，拖着四宝熬到了如今。

左侧竖排：紫石苑文萃

四宝中技毕业分配进了县城一家企业，就地谈了个对象，后来厂里分了房，小日子一天一天稳定下来，前年又生了个8斤重的儿子，等孩子大了些经济宽裕了些时，四宝开始想娘，寻思着把年迈的娘接到城里来住。

四宝下车就看见白发苍苍的娘靠在山墙边晒太阳，涎水在嘴边拖得老长。四宝喊了一声娘。娘就醒了，用衣袖擦了把脸面，浑浊的眼睛一下子就清澈过来：不是梦吧？这真是娘的四宝？四宝说，是的，娘，我回来看你了，接你享福去，去四宝家住，老房子不要它了。娘就将头摇得像拨浪鼓：娘老了老了，去了带你们怄气。无论四宝把未来的城里生活说得多么美好，娘就是不肯点头。

四宝不解，回城后说给媳妇听。媳妇说，娘的心思你别猜，猜来猜去也不明白，明天你再跟我一起回村，你看我怎么说话。

第二天两人又赶了个早。

下了车，见娘依旧靠在山墙边晒太阳。四宝媳妇在坡上老远就叫了一声娘。娘用衣袖擦了把脸面，抬头张望了好一会，等看到四宝他们，浑浊的眼睛一下子就清澈过来，娘说：咋又跑回来了？快，快，屋里去坐，外面可有风咧。四宝媳妇说：娘，您孙子会说话咧，"奶奶"两字念得可清爽，家里还真少不了你这个奶奶，孩子小，得有个人带着照应着，我和四宝都有工作哩，娘去了不是享福哦，有一大堆家务等着做，娘能干多少是多少，重活吆唤我和四宝帮你。

娘站起来，抹抹眼水：说甚哩？说是老了，还没有娘干不动的家务活，干得动，干得动的！娘说着说着那眼泪就流得更欢了。

原载 2000 年第 1 期《中国青年》

2007 年第 11 期《家庭百事通》；2007 年 9 月 5 日《读友》

2008 年第 1 期《好故事金道理》；2008 年第 2 期《意林》；2008 年第 5 期《辽宁青年》；2008 年 10 期《农家参谋》

2009 年 6 月《合肥晚报》；2009 年 9 月 20 日《打工文学》；2009 年 10 月 14 日《兰州晚报》；2009 年第 6 期《思维与智慧》等

2010 年 7 期《干部文摘》

2011 年 9 期《政府法制》

2013 年第 1 期《微型小说月报》

收入海峡出版集团"作家成长励志系列"典藏丛书《另一种花开的方式》

湖北长江出版集团崇文书局《最美文（第五辑）》

石油工业出版社《名家名师指导·最美的阅读与最美的写作——举起感恩的手》

华东师范大学出版社《2008 值得小学生珍藏的 100 篇励志故事》《2008 值得中学生珍藏的 100 篇故事》

青岛出版社《情感读本》《不忘初生方得始终》

江西教育出版社《影响孩子一生成长的智慧故事》《影响孩子一生成长的寓言故事》

一条河和一座城的荣光

"山不在高，有仙则名。水不在深，有龙则灵。"循着这句名言，自然有了"邑不在大，有河则城"之说。

中国城市无论是都城还是地方城市，其城址都是经过精心选择的，毫无例外地都选择在河流的沿岸，或距河流不远，这是中国城市选址的一条基本规律。河流，成为城市不可或缺的一个有机部分，构成了城市人赖以生存的一个重要因素，甚至，成为一座城市的不可分离的一种文化因素。通过对河流的阅读，我们发现——

文明，往往傍水而兴。

一条河和一座城的渊源

《辞源》载：淠水古称沘水，亦名白鹭河，一源在河南潢川县东，北流入固始合春河注入淮河；二源自霍山县南，北流经六安县至正阳关入淮。清同治十一年修的《六安州志》提到淠河的源头："出州西南二百四十里金家寨之南山下"，又引郦道元《水经注》："以霍山所出为正源"，有的历史资料干脆称霍山的漫流河就是淠河的源头，众说不一。无论是史书记载还是当下现状，汇入淠河的各类山泉、大小瀑布、长短溪渠众多，何为源头？作家胡传永曾在《中国有条河》中认为：目前淠河的主要源头有两处，一是现金寨县境内的天堂寨以及它的姊妹峰佛顶寨山峰和山体（西淠河主源）；二是现霍山县境内的白马尖山峰及它的山脉（东淠河主源），顺北而下，沿途仍然有许多沟渠溪流汇入其中。

"淠河，是六安人的命脉，在陆路交通不便的时代，正是淠河便捷的水路成就了像麻埠、苏家埠、正阳关等这些史上名镇，大别山的麻、茶、木材、竹子等经济作物正是通过淠河进入淮河然后入长江，淠河在当时是大别山丰富物产的对外出口，也是六安人对外交往的最重要的通道。在淠河两岸的湾区，由于水源充足，土地肥沃，非常适宜水稻、小麦、玉米等农作物的生长，因此在传统农业社会，淠河两岸的人民生活是殷实的。"老作家徐航这样分析老淠河在史上对六安人的贡献。

淠河孕育出了一座座城镇，集大成者当属历史名城六安。

淠河上的渡口均有千年以上的历史，在南北朝时六安的茶、桑就名声在外，这正是淠河的功劳，厚重的历史沉淀，淠河因商而兴。作家罗会祥的《正阳春秋》有这样的一段描述："现在回想，正阳码头的盛景依然历历在目，淮（河）、淠（河）、颍（河）三水汇聚，天连水，水连天，云蒸霞蔚，烟波浩渺；河面上千帆云集，百舸争流，汽笛声雄浑而悠长。"

"司法鼻祖"皋陶不但在协助大禹治水、促进民族融合中建立不朽功勋，其主张的"明五刑、弼五教、刑期于无刑"的刑法思想，开创了中国司法之先河，与尧、舜、禹并称上古四圣；孙家鼐喝着这淠河水成为帝师、大儒，成为中国的一代圣贤；孙叔敖更是视淠水社稷为生命，才将治水大任担于肩上，筑塘修堰名垂千古……

中华人民共和国成立后，六安创造出惊天动地、名扬世界的人间天河——淠史杭工程，她是皖西人民用血汗甚至于生命铸就的一座历史丰碑，六大水库更像六颗璀璨明珠镶嵌在大别山深处。

因水而生的歌谣和船工号子，犹如远逝的天籁之音，一个历史文化的符号，一种文化精神的传承。因为这条河，还诞生出《大禹与筷子》《水过岭》《桃花坞与龙爪石》《落水桥和龙盘石》《扒娘河》等一大批脍炙人口的传说，每一个民间故事里都折射出一个史迹沉沉的六安，山水地理的背后，渗透和闪烁着浩渺文化和人文光环。

厚积千百年历史的淠水，潺潺流淌，传递给我们的是悠久厚重的六安历史和丰饶璀璨的河流文化。

一群人与一座城的疼痛

然而，一座城市的河流，在给城市带来繁盛、给人类带来福祉和文明的同时，还裹挟着灾难。有些河流是因常年失修而泛滥成灾，比如运河终端于杭州，本是上苍给予杭州的一段恩赐。它给杭州带出了天下粮仓，带出了宛如天城一般的华贵，也留下了乾隆六下江南的历史印记……然而，曾几何时，船行运河，只要闻嗅到一股河水的恶臭就知道杭州到了。究其原因，是人们长期忽略了"一条河与一座城"的关系，所以，杭州大力整治，手笔磅礴，才使运河杭州段回归应有的光彩……

当我们在处理人与城市、人与河流关系时，总是想着索取，却没有想到反哺和感恩，我们究竟还给河流多少，哪怕是微不足道的维系和呵护。我市中国摄影家协会会员郑金强曾在早年的一篇摄影后记中不无伤感地说："儿时，我常随母亲提着竹篮到老淠河畔的'下龙爪'洗衣、学游泳；骑着自行车来到古城墙边，先后用海鸥 DF－1、美能达 DF－300 留下了老淠河'野渡无人舟自横''碧水映红霞'的美景。时光飞逝，转眼间已届不惑之年，驱车旧地重游，老淠河已污秽不堪，满目疮痍，原本宽阔的河道已是垃圾如山，污水横流，采砂船更是星罗棋布，机声刺耳……"

六十多岁的李大爷，作为在淠河上"摸爬滚打"一辈子的老渔民，对淠河充满了深深的感情。他告诉我们："现在的淠河水不行喽，一天到晚都是浑的，哪敢吃？建筑垃圾、生活垃圾、污水都向河里倒，再清的水也禁不起这样的折腾。"

"幻想一条宽阔的河流/嬉戏的声音，沉入清澈的水底/手持鱼竿的少年/凝望搁浅的废船沉思/他找不到回家的路了/无所依傍/孤零零伫立于一片滩涂/弥漫的风烟缓缓袭来……"这是我市一位诗人眼里的老淠河。

2008 年春，马育良教授和市内几位作家、学者一起率先完成了一条河流的文化寻根之旅，沿途一路看到老淠河的水正在枯竭，淠河流域的一些古老的文化正在消失，他们发出"我们不能失去淠河，更不能失去淠河文化"的呼号，这不是一个人的声音，也不是一群人的声音，而是一座城市的声音，我们赖以生存的六安难以舍河流而去，淠河，它是六安人的奶嘴，六安人的气脉，六安历史的踪影，六安文化的纽带。为此，六安市文联《映山红》刊物特别推出了一期"淠河行"专号，刊发了一大批充满忧患滴血的文字。其中某组诗中写道："……掘沙机戮疼河流的灵肉/吼叫，撕破云朵/我患有'硅肺病'的兄弟姐妹/我坐在阳光下昏昏欲睡的祖父母/谁能潜入河流的灵魂/沉默，已让我们苦难深重……"

历史悠远的淠河之于六安人，如同莱茵河之于欧洲人。如何把"母亲河"打造成为城市的符号、六安的新地标？城市建设过程中，水环境综合治理该如何开展？沿河楼盘、人文景观建设如何与河流有机融合？在水一方，治水有"方"，政府和企业究竟应该扮演什么样的角色？

一座城市的文化理想

一个城市拥有河流是天赐之福，治理好了可以使这座城市更加亮丽，如项链之于女人；但是，如治理不好，它就会像锁链一样地成为发展的阻力。六安城市化进程不可阻挡，老淠河问题愈发突出，城市是一个庞大的生态系统，淠河是其中重要的方面。

2009 年 5 月 26 日，为加强对城区新老淠河的综合管理，使母亲河成为六安的景观轴、生态轴、发展轴，市委、市政府专门成立了城区新老淠河综合管理局。

2009 年 11 月 10 日，安徽省住房和城乡建设厅与六安市政府联合发布"六安市淠河滨水城市设计"方案征集公告，决定将六安市区总面积约 32 平方公里的区域作为滨河新区进行规划设计，提出滨水区域"一岛两岸"，同时，连接城区和河西新区"二桥"建设和老桥改造的完成，打破了中心城市西进的交通瓶颈，淠河西岸的河西景观大道、淠河景观带、金马新区和吴巷新村等工程施工全面铺开，如火如荼，城市西进的号角已经吹响。

这之后，市委、市政府陆续投入巨资对位于我市城区的老淠河和淠河总干渠实施综合治理，随着老淠河橡胶坝建成蓄水，新、老淠河已形成数万亩水面，近万亩两岸绿地的城市生态带。淠河水利风景区，规划总长 56 公里，其中老淠河长 24 公里，其中包括约 5 公里长的月亮岛堤岸，新淠河长 32 公里。景区总面积达 29.48 平方公里，其中水域面积 16.27 平方公里，景区内既有优良的水质、广阔的水域、葱郁的园林等自然景观，又有双塔摩青、上下龙爪、古城墙以及沙滩浴场、城市滨水广场、文化墙等人文景观，依城傍水，园林遍布，水质清澈，岛屿璀璨，绽开了淠水文明和河流文化的第一缕春光。

淠水流韵，既带动了城市空间的拓展，又改变了生态居住环境，吸引了更多人关注六安的发展。2010 年，盛事连连，全国青年赛艇锦标赛、首届龙舟赛、国际女子沙滩手球公开赛以及首届中国国际羽绒节、第十五届亚洲赛艇锦标赛先后在此举行，月亮岛及东西两岸上演着热闹、精彩和激情，一个碧水蓝天相接、古城美景辉映的城市展开双臂，迎接八方宾朋。

2011 年 12 月 14 日至 16 日，在江苏溧阳召开的全国水利风景区建设与管理工作会上，六安市淠河国家水利风景区正式获授证书和匾牌。

经充分的分析和筹备，2016年，六安淠河国家湿地公园生态修复工程启动。淠河国家湿地公园位于淠河中游，南临横排头水利枢纽北端，北至合六叶高速下游500米，园内淠河长43.7千米，总面积4448公顷，湿地率68.9%。公园内湿地包括河流、沼泽和人工湿地三类，具有纳洪蓄水和改善自然生态功能的作用，是全省重要湿地之一，也是大别山重要的水禽歇息地和越冬场所。

2017年工程正式通过国家林业局验收，成为国家湿地公园，更好地促进城市的可持续发展。

2019年8月8日，六安市政府与三峡集团所属长江生态环保集团签署共抓长江大保护推进绿色发展合作框架协议，三峡集团参与推动六安长江大保护工作全面启动，实现水环境综合治理PPP项目3个月落地，迅速启动了涉及污水处理厂、中水厂、污泥厂、市政小区管网改造、入河排污口等10个新建工程和7个存量项目。

均河是六安城的一条城市内河，家住岸边的退休老人郑玉柱说："以前这个地方水质发黑发臭，周边居民苦不堪言。现在好了，河水净了，空气清新了，河岸绿了，我是临老了还能享受到家门口垂钓的乐趣，说实话，老百姓心里都有一本账，感谢政府。"

通过综合整治，均河和蒋家沟，以及苏大雁、大雁河、北郊支渠等，水质得到大幅改善，水生物明显复苏，周边环境面貌也焕然一新。此外，城南水环境综合治理工程与已建成的新安橡胶坝、城北橡胶坝构成了淠河城区段三个蓄水梯级，形成连续的淠河生态廊道。自始至终，六安市政府坚持以系统化思维为指导，在六安市城区水环境（厂网河）一

六安有座英雄山 ／ 流冰 著

81

体化综合治理一期 PPP 项目中，就将污水处理厂、中水厂、污泥厂、市政和小区管网改造、水环境综合治理、入河排污口等各类水处理项目纳入治理范畴，形成了独具六安特色的"厂网河一体化、供排水一体化、城乡一体化、建管一体化"四个一体化治理模式，短暂的时间，基于一期项目的全域治理模式，六安城市"智慧水管家"方案基本形成。

来到六安城南水利枢纽工程施工现场，一派忙碌景象，朝阳洒在河面上，泛起粼粼波光，很多的三峡集团人，以新六安人的身份和姿态，开始了一天的劳作。

以水为魂，滨水而筑，因水而活，依水而兴。

如今滨水城市建设方兴未艾，六安城区的水面还在不断扩大和提质，我们期待着徐徐展开的水城画卷，能够呈现出更加美好的未来。

文明，傍水而兴，厚积千百年历史的皋城，气宇轩昂，蓄势待发。

原载 2011 年 4 月 15 日《文化周刊》

2022 年第 7 期《中国三峡》

华夏五千年　大德礼为先

礼在中国是一个古老的传统，又是一个崭新的话题。它的"古老"在于几千年的文化积淀，它的"崭新"在于礼要复兴。在一个4000多年前倡导并施行"五教、五礼、九德"的皋陶封地谈礼的复兴，似乎是件荒诞的事，但我们不得不面对这样的尴尬。

礼在不知不觉中缺席了很多年，直到今时，当物质丰富之后，我们扪心自问，礼从何来呢？

这还得从上古部落联盟的杰出首领尧、舜、禹说起。

尧年老了，召开部落联盟会议，大家推举有才德的舜为继承人。舜年老了，也采取同样的办法把位置让给治水有功的禹。这种办法历史上叫作"禅让"。相传尧很节俭，住茅屋里，吃糙米饭，喝野菜汤，穿麻布袄。而舜在历山耕田，历山人不再争田界，互相礼让。

与尧、舜、禹并列为上古四圣的皋陶，历经尧、舜、禹三代为"大理"作"士"，为中华司法鼻祖，是德治的倡导者和实践者。他因不堪战乱等原因，率部落迁徙于六，所以六安又称皋城。很多人以为皋陶姓"皋"，据《史记》记载，皋陶生于曲阜（今山东曲阜），后因治国有功，被赐姓为偃。据不完全统计，皋陶是赵、李等30多个姓氏的始祖。

传说少皞氏有个名叫女修的女儿，自幼以花鸟为伴，能识鸟语。一夜，大风乍起，将玄鸟窠吹动。清晨，女修见玄鸟窠摇摇欲坠，便采麻编网，以便将窠固定。一不留神，不慎将窠中的一枚玄鸟蛋碰掉在地上当即摔碎，这时，玄鸟从天而降，用鸟语叫女修将玄鸟卵吞食。女修果真将玄鸟蛋一口吞食入腹。之后，女修的腹部就渐渐地凸了起来，后来生下大业，玄鸟即凤凰，大业即皋陶。

皋陶的思想观念是"人、德、礼、法、和"，五大观念，落脚点是一个"和"字，其关键又在"人和"。人和家和，则社会和，社会和则百业兴旺。皋陶文化是华夏五千年、大德礼为先的源头。

皋陶谟是中国最早的会议记录，其中记载有以下一段对话：

皋陶说：检验一个人的行为可以依据九种品德。

禹问哪九种品德。

皋陶说：宽宏而有原则，温和而能立事，质朴而能尊贤，有才而能敬业，谦和而有主见，正直而不傲慢，具大略而能务实，果断而不鲁莽，刚强而不任性。

"九德"是迄今为止有文字记载的选拔任用官员最早标准，也是后来以孔子为代表的儒学核心——中庸之道的源头。人人都应该有德，才能合乎宇宙的法理。古有明训"以德服人"，翻开史册，从上古的尧、舜、禹到历代君王，能流芳百世者莫不具有高超品德。相传唐太宗要处死一个叫元律师的官员，大臣孙伏伽反对说："元律师固然有罪，可按照法律不能定为死罪。您的处罚太重了，当改。"唐太宗思考了很一会儿觉得有理，立即改正，还下令把一座花园赏给孙伏伽。可又有一个大臣不同意了，说那座花园值一百万钱，这种赏赐太重。这次唐太宗很坚定，说："孙伏伽敢直接指出我的过错，就要重重赏他，好让大家都能像他一样直言规劝我！"大到君国，小至企业，知人善任，听取进谏，这是德，也是礼，唯有具有这样的品性才能使江山永固、企业永续。

《白话尚书》也有段对话——

皋陶说：不要贪图安逸和享乐，当诸侯就要兢兢业业。要遵循伦理，要遵循五种等级的礼节……

禹表示赞同，说要恭敬从政才能保有国土。

皋陶后来把"五刑"置于辅助"父义、母慈、兄友、弟恭、子孝"五教的地位，普施教化，规范人的道德行为。又在兴"五教"的基础上，规范了五种伦常关系，修订五种人分别应该遵从的礼节。大力整顿民俗，对日常生活约之以五礼："吉礼"即祭祀之礼，敬祀天地，祖先是人类最早的信仰，起源于对自然的崇拜；"凶礼"后世演变为养生、长寿之"寿礼"；"宾礼"是部落与联盟之间、部落与部落之间的聘享之礼；"军礼"为组织氏族、约束大众成军之礼；"嘉礼"系"饮食、男女"之礼，饮食之礼能够起到和睦亲近的作用，男女之礼包括成年的冠礼、笄礼以及嫁娶之礼，以提高成年和婚姻的社会责任的意识。

孔融让梨的故事想必大家都听过，这就是"五教"之"弟恭"的典范。传说杨时不惑之年到老师家求教，见老师正坐在椅子上睡着了，不忍打搅，静立门外等候。待老师醒来，他脚下的积雪已有一尺多深。后来，"程门立雪"成为广为流传的尊师范例。

这样的故事俯拾即是，以"五教、五礼、九德"为主要内容的礼仪制度，历朝历代在相袭沿用的同时，又不断进行改革和完善。3000多年前的西周是中华优秀传统文化的发展完善阶段，标志是诞生了周文王修订的《周易》，产生了周德、周礼思想，使周王朝以800多年的历史成为中国最长的王朝。

说到周文王，人们自然会想起其浪漫的恋爱史。话说3000多年前的一天，在渭水河边，文王姬昌碰到了一位年轻女子，一见钟情，决定迎娶。因渭水无桥，姬昌决定造舟为梁，梁梁相连，成为浮桥，"关关雎鸠，在河之洲，窈窕淑女，君子好逑"便成为千古佳话。文王的眼光果然了得，女子太姒不仅人美，而且心灵更美。结婚后，太姒勤劳贤淑，以进妇道，效学太婆周太王正妃、婆婆周王季历正妃，理家育子，尊长爱幼，受到人们敬仰。后人把结了婚的女性尊称为"太太"，就是对其贤德的褒赞。"弟子入则孝，出则弟，谨而信，泛爱众，而亲仁。行有余力，则以学文"，由文王、太姒营造的家风与家教，无形中影响和培育着下一代的意志和品格。所谓一家不礼，何以礼天下？

因为文王广施仁德，礼贤下士，发展生产，周国日渐强盛。商纣王听信宠臣崇侯虎的谗言，"文王到处行善，树立己威，不利商王"。于是，商纣王便将姬昌囚禁于羑里城（今河南安阳市一个叫汤阴的地方）。姬昌被囚禁7年，将伏羲的先天八卦改造成后天八卦。

商纣王整日以酒为池、以肉为林，为了满足私欲，加重赋税，百姓起来反抗，他就用重刑镇压。一向有仁王之称的姬昌决心伐纣，他深受皋陶文化影响，没有穷兵黩武，而是将"兴五教、定五礼、立九德、亲九族"发扬光大，后又有了姜子牙辅佐，举国上下民风纯正，一派"耕者让其畔，行者让路""士让为大夫，大夫让为卿"的君子之风，成为各国诸侯学习的楷模。

文王晚年已控制了三分之二的国土。他将位置传给了才德兼备的周武王姬发（文王之子），武王又是一代至圣仁君，民间不竭盛传他建制立典、仁治天下、大行周礼的传说。文王四子、周武王之弟周公旦将礼乐作为一种维护周天子宗法制度统治的工具，礼乐制度在这一时期又得到非常完善的发展，奠定了中国传统文化的基调。武王崩，周公旦又佐成王摄政。有一次，成王病得厉害，周公旦剪了指甲沉到河里，对河神祈祷说："今成王还不懂事，有什么错都是我的。如果要死，就让我死吧"。周公旦摄政七年后，成王已成人，他回到大臣的位子。后来，有人在成王面前进谗言，周公旦害怕，逃到楚地躲避。不久，成王翻阅库府中收藏的文书时，发现在自己生病期间周公旦的祷词，感动得流下眼泪，立即派人将周公旦接回。周文王得其子孙，不仅在制"周礼"，而且以自己的实际行动践行了尚礼美德。

孔子的儒家学派，把周公的人格魅力作为最高典范，又把最高政治理想定为周初的仁政。孔子终生倡导的也是周公的礼乐制度。

孔子一生坎坷，三岁时，父亲叔梁纥就去世了，他在母亲颜征在的抚养下成长。鲁国原是周公制礼作乐之地，孔子从小在浓厚的礼乐文化的氛围中长大，母亲去世后，孔子不得不独自谋生，勤学好问，掌握了礼、乐、射、御、书、数等方面的知识。51岁时孔子才踏上仕途，在鲁国先后担任过司寇等职。时仅四年，弃官离鲁，周游列国，但终不被用。孔子所处的时代，只有几百万人，但跟从孔子的弟子却有三千之多，都是各国精英，以孔子本身的智慧与人格魅力，加上众弟子的辅佐，如想谋取一国权位是不难的。但孔子认为，社会安定，大众幸福，如果没有道德思想作基础，文化教育不跟上，仅靠权谋势力的支撑是不会长久的。所以，孔子宁肯一生贫穷，也要担当起继承和发扬优秀文化、政治智慧的大任。

大家知道，《论语》是孔子思想的核心和精华。一部《论语》，"仁"字出现了218次。"已欲立而立人，已欲达而达人"，即自己要发展，也要帮助别人发展。如果稍加比较，我们便可看出，孔子的"仁"，源于皋陶的"安民"、周文王的"爱民"，只是比他们更充实、更精深、更崇高。

有个故事，说的是孔子师徒一行被一条河流挡住了去路，却看不到渡口在哪。孔子见河的上游有两名壮实的男子正在田间耕地，便叫子路去问。农夫却反问车上坐着的人是谁。子路答是鲁国的孔丘。农夫对子路说，天下哪儿都是一样的动荡不安，谁可以改变它呢？你与其跟着这种避人之人四处奔波，还不如跟着我们这种避世之人安逸自在。子路遭一番奚落，沮丧地回告孔子。孔子怅然长叹：人是应该有社会责任的，怎么能够隐居山林，置天下的黎民苍生于不顾？天降大任于我等，实现周礼，天下归仁，任重道远。这两位农夫便是当时有名的隐者长沮和桀溺，他们认为天下大乱，已无可救药，只能自保。而孔子却带着弟子奔走各国，到处传播仁心仁政的种子。晚年，孔子回到了鲁国，打破"学在官府"的局面，开创了"私学"。他一边教书，一边删《诗》《书》，编《春秋》，将自己未能实现的政治主张融进字里行间，并钻研《易》《乐》《礼》。

"三十而立，四十而不惑，五十而知天命，六十而耳顺，七十而随心所欲不逾矩"，孔子脚踏实地，对周礼代表作《周易》的研究达到了如醉如痴的程度。当时没有纸笔，所有文字都要用刀刻在竹简上，以至于穿《周易》的牛皮绳多次翻断，这就是后人传颂的"韦编三绝"。孔子对《周易》研究成果几千年来无人望其项背，但他仍心存遗憾：假如让我多活几年，我就可以完全掌握《易》的文与质了。抚昔思今，后人干事业、做学问浅尝辄止者有之，遇困难颓废退避者有之，难道就不能从故事里悟出有些什么吗？

孔子反复强调"礼、乐"的重要性，认为一个国家兴衰的重要标志在于"礼、乐"。孔子认为，一个国家要想和谐、稳固，必合乎礼、正乎乐。

历来聪明的君主和国家领导人，都沿袭以礼乐的精神内涵来治理国家。有个故事，说的是晏子谏齐景公重视礼。一次，齐景公举行酒宴，饮到高兴处，对大臣们说："各位痛快地饮酒，不要拘束君臣礼节！"晏子对齐景公说："国君的话不妥！禽兽都是以雄健有力者为首，弱肉强食。大臣们如果抛弃礼节，就有更换国君的危险。"景公听了，很不高兴地背过身子。过了一会，景公出去了。回来后，晏子坐着也不起立；君臣碰杯，晏子先饮。景公很生气，对晏子说："刚才你不是还教训我人不可没有礼节吗？你的礼节哪儿去了？"晏子离开座席，向景公拜了再拜，恭敬地说："我哪里敢这样呢？之所以这样做，是想让国君了解没有礼节的实际情形啊。"景公听了，说："看来是我的错啊！"此后，景公完善礼制，精心治国，官员守礼，百姓肃然。

孔子把"礼"看作既是治国安邦、平定天下的基础，也是个人追求德行崇高所必需的修养环节与过程。他在教授学生的知识中，将礼仪作为必修的课程，其所授"六艺"之礼在很大程度上就是礼仪的内容。

还有个故事：有一次，孟子的妻子在房间里休息，孟子推门进来，看见她双腿向前叉开坐着，非常生气。于是孟子要休妻。孟母问为什么，孟子就说了实情。孟母听完后说，没礼貌的人应该是孟子。《礼记》说，进屋前，要先问一下里面是谁；上厅堂时，要高声说话，让屋里的人知道你来了；为避免看见别人的隐私，进内室后，眼睛应向下看。你想想，卧室是休息的地方，你不出声、不低头就闯了进去，已经先失了礼，怎么能责备别人没礼貌呢？

有家外企重金招聘公关人才，很多年轻人都来应聘。经筛选，最后的五人被同时叫到董事长办公室。可董事长却说："抱歉，有点急事，你们能不能等我10分钟？"大家说没问题，您去吧，我们等您。董事长走后，大家闲着无聊，围着大写字台转悠，见上面一摞应征资料，都想在其中看到对自己有益的信息，所以争抢来看。10分钟后，董事长宣布了面试结果，这五个人都没有为自己赢得成功的机会。理由是：虽然都懂礼节，却没一个懂得礼的内涵。

孔子的思想体系是以礼为出发点的。他认为唯有实行礼治才能建立"天下有道"的社会秩序。"郁郁乎文哉，吾从周"，也就是恢复周朝礼制，恢复周礼首要一条就是正名。所谓正名，即每个社会成员都按照自己的等级名分尽义务，做君主的要像君主的样子，做臣子的要像臣子的样子，做父亲的要像父亲的样子，做兄长的就要像兄长的样子……

说一个发生在医院里的故事：有一天来了个病人，40岁左右，双眼球结膜充血，身体蜷缩，颈已无法活动。医生从事风湿病治疗这么多年来，第一次见到如此严重的强直性脊柱炎患者。通过对其家族史的了解得知，病人的父亲和弟弟原来也患有此病，患者本人是合并了虹膜炎，视力急剧下降才在政府的资助下来到医院治疗的，医生立刻准备对他进行抗风湿治疗。可这个患者不但拒绝了检查，而且还办理了出院手续。一个月后的一天早晨，医生刚上班，这个病人又出现了，眼中流露出无法掩饰的痛苦。他对医生说："大夫，听说您能治我这种病，我几经周折从村里争取到5000元，我想让您给我弟弟治治，我是单身一人，又已经这个样子了，可他不一样，他有老婆有孩子，如果他变成我这个样子，家就完了。您可一定要把他治好啊！"一个时刻承受极度痛苦的病人却把唯一的机会毫无保留地让给了弟弟，这是什么品性呢？

有个大学生，每逢学校放假，他跟其他工人一样赶到他父亲的工厂去上班。他用工资偿还父母为他垫付的学费和伙食开支。毕业后，他以为可以接管父亲的工厂，可父亲不但不许，还对他的工作百般苛求，最后，他被逼出家门。那时他想，父亲可能不是亲生父亲。他想贷款做生意，可父亲不给他做担保，他只得去给别人打工，攒了点钱开了一家小店。小店的生意不错，不久他就开了一家小公司，小公司慢慢有了规模。但最后还是因为意外和经营不善倒闭了。但他没有灰心，就在他振作精神准备东山再起时，父亲找到了他，决定由他来经营家族的工厂。父亲说："孩子，你虽然还是和以前一样没有钱，但你有了经历，这段经历对你来说是一场苦难的磨炼，你可以了。"

这位父亲深谙五教、五礼的精髓，看起来他是在考验儿子，实际上是在考验自己。一个爱子的父亲，如果让自己的爱失去原则，那就是对"父义"的亵渎。爱也是需要约束的，否则，"名不正则言不顺，言不顺则事不成，事不成则礼乐不兴……"。

有个年轻人叫张良，有一次在闲游时遇见一位老人，老人故意将鞋落到桥下的河里，然后叫张良下去帮他拿上来，张良拿上来后，那位老人又叫张良帮穿上。张良因他是位老人，所以给他穿上了，老人叫张良五天后清晨来这里与他相会。五天后，张良来时，老人已先到了，于是老人让张良过五天再来，张良五天后听到鸡叫就来到这里，见老人又先到了。老人又要他五天后再来。又过了五天，张良半夜就赶来此地，过了一会儿老人才到，对张良说："你就应该如此。"于是取出一本书给张良，对他说："读过这本书后，就可以辅助帝王成就大业了。"天亮时，张良看那书原来是《太公兵法》。一个知礼有美德的人，就会受到别人的信任，甚至会委以重任，从而抓住机遇改变命运。

一次，孔子领子路、子贡、颜渊登临农山之巅，登高望远，孔子开始问弟子们各自的志向。子路说，愿在战场上率领众军，英勇驱敌。孔子点评是：勇士，一个奋不顾身的雄杰。子贡却说，愿在齐国与楚国对垒之时，从容游说于白刃之间，不费一兵一卒，顿解两国纷争。孔子点头称赞：辩士，一个神貌若仙的英才。颜渊却说：听说咸鱼与兰花是不能放在同一个筐子里收藏的。尧舜与桀纣，也是不可能在同一个国家里共理政事。颜渊希望能在一个小国，辅佐一位圣明的君主。使君主在上，可道应天下；使臣子们在下，能德化群生。百姓讲信修睦，人民安居乐业；兵器铸为农具，城池复为良田；怀恩近邻，柔接远方；周边各国，无不感召德义，寝兵释战。如果能有这一天，那么，又有什么苦难需要子路去冒死拯救？又有什么战难需要子贡去劳思化解？

颜渊的一番话，令孔子嗟叹不已。

子路、子贡和颜渊同时问先生的志愿。孔子说：愿颜渊得志！我将背着行李典籍，跟从颜渊这孩子。

我们从孔子和三个得意弟子的问答中，看到了孔子的"礼"实质是"仁"，表现了一个伟大思想家"仁者爱人"的博大胸怀。

有个酒会，因等贵宾开席晚了些，当进入宴会高潮时，忽有一人不识时务地站起来对大家说："抱歉，我得先走，妻子一个人在家，晚了进不了门。"人群一阵哄笑，好在也没人难为他。一个在酒桌上还不忘回家的男人，一定是个好男人；一个为妻子而舍下酒杯离席的男人，不是因为怕，而是因为心里有爱。

一个作家在他的作品这样描述父母的爱情："父亲的有生之年里，我从未见过他和母亲争吵。记忆里有好几回，他因应酬回家晚了，母亲就赌气不让他进卧室，父亲就和颜悦色地站在门外道歉，直到母亲原谅。那时，我不懂，以为父亲当真是怕母亲的。父亲去世后，在和母亲的闲聊里，我才知道，父亲对母亲的依顺并不能和'怕'混为一谈。母亲说，嫁给父亲后，父亲凡事都和她商量，从工作到生活到子女教育。其实，识字不多的母亲提不出什么好的建议。好几次，她都对父亲说，只要你觉得行就行。但是二十几年里，父亲丝毫没有改变过。至此我才明白，父亲是极其尊重母亲的，那种尊重是发自内心深处的爱。"

汉文帝刘恒，以仁孝之名闻于天下，侍奉母亲从不懈怠。母亲卧病三年，他常常目不交睫，衣不解带；母亲所服的汤药，他亲口尝过后才放心让母亲服用。他在位二十四年，重德治，兴礼仪，注意发展农业，使西汉社会稳定，人丁兴旺，经济得到恢复和发展，他与汉景帝的统治时期被誉为"文景之治"。

董永，相传为东汉时期千乘（今山东高青县北）人，少年丧母，因避兵乱迁居安陆（今属湖北）。其后父亲亡故，董永卖身至一富家为奴，换取丧葬费用。上工路上，于槐荫下遇一女子，自言无家可归，二人结为夫妇。女子以一月时间织成三百匹锦缎，为董永抵债赎身，返家途中，行至槐荫，女子告诉董永：自己是天帝之女，奉命帮助董永还债。言毕凌空而去。因此，槐荫改名为孝感。

"礼"，对于个人而言，是规定品德修养、行为举止的具体要求；对于社会而言，是规范社会秩序、人际关系的具体约束。"克己复礼"，就是要人克制自己的私欲，用公认的道德规范来要求自己，回到礼义的规范中去。爱妻子，爱丈夫，爱家庭，尽管不免有所狭隘，但它也是"仁"的内容之一。今天我们常说家庭是社会的细胞，家庭稳定了，社会就能和谐，从这一点上说，我们每个人都是"礼"的践行者和维护者。

祭天敬神为礼，孝悌忠义为礼，尊卑有序为礼，待人接物有礼，婚丧嫁娶有礼，风俗习惯有礼……中华礼文化无处不在，礼是仪式、是秩序、是关系、是人和。

华夏民族，是礼仪之邦；仁礼美德，应世代传承。

自从辛亥革命一声枪响，两千年的专制王朝时代终结，礼开始了它的现代化进程，平等、自由、民主等来自西方的价值观渗入了传统的礼文化之中，女权运动、移风易俗进入实际生活中，礼也随着现代化的进程发生变化。改革开放、社会转型，礼是什么，似乎少有人问津。但礼从仪式、秩序、关系，变成了礼品、礼金和送礼。

依法治国，离不开崇德向善的正能量。因为，人民向往的美好生活，不仅是人人"仓廪实、衣食足"的物质生活，还有人人"知礼节、知荣辱"的社会风气。

十九世纪末，美国纽约有某大富翁雇华工一人，名丁龙。数年后将之辞退，但该翁居室不慎失火，翁幸免于难。丁龙闻讯后即自动返来侍候在侧，翁不胜感动，问道："我早将你辞退，为何自愿重返？"丁龙答："家父早有明训，亲邻有难，必助之。"翁听后又问："令尊是否读过圣贤书，有以教之？"丁龙答："家父不识字。"翁又问："令祖父必读过书？"丁龙又说："我家世代都没读过书。"翁闻后惊叹不止。后来丁龙在富翁处又工作多年，辛劳致病而死，死前对翁说："余多年来所获薪金未尝多用，悉数积存于此，有一万余元之谱，不如奉还。"翁大恸，遂又捐赠十余万美金，加原数总共约廿万美元，在哥伦比亚大学设立"丁龙汉学讲座"，以资纪念这位目不识丁却集中国伦理道德于一身的华工。

六安人以皋陶为荣。几千年来沧桑兵燹，皋陶祠、种德寺、皋陶墓，时建时毁，又时毁时建，反映了人民崇敬皋陶始终不渝。如今，在六安市委、市政府的高度重视下，在众多有识之士的共同努力下，皋陶文化研究大有振兴之势，复兴礼文化的意识与呼声也越来越强烈，2012年《皋陶文化》创刊，2015年4月，六安市皋陶文化研究会成立暨第一次理事会召开，众多皋陶后裔从全国各地前来参会并祭祀皋陶。皋陶文化非但没有湮灭在历史的烟云里，其深邃、深刻的思想依然滋润着华夏这块古老的土地。2013年，占地总建筑面积约48万平方米，以皋陶文化为核心，围绕"吉、寿、宾、军、嘉"五礼文化形成五大组团的悠然蓝溪，在皋陶的封地迎来了礼文化复兴的最绚丽的曙光。

文化传统，是一个民族衍生的精神支柱。无论是上古的皋陶、周天子，还是传播仁心仁政的孔子，几千年来，他们的思想像一面旗帜，凝聚着一个民族，并将理性、文明的光辉洒向四面八方。

原载 2016 年 7 月 15 日《皖西日报》（有删减）
本文由中央电视台《百家讲坛》纪连海 主讲
收入安徽出版集团黄山书社《皋陶与六安》

明清老街：牧马流年　深山古堡

　　毛坦厂镇位于六安市金安区最南端。一般人认为吸引他们的是这里山清水秀的东石笋，古色古香的明清老街。这种说法也不能说没有道理。但仅用这两句话来概括毛坦厂未免失之偏颇。就拿老街来说，除了在街面上能看得到的古建筑、鹅卵石街道路面外，街边的河、四合院的井、沿街的民间老手艺，以及许许多多因历史原因已经消逝和正在消逝的人文奇观，更应该是一个重要的组成部分。

地名由来

　　元朝末年，毛坦厂一带不仅是义军与元朝军队的厮杀之地，也是朱元璋与陈友谅这两支义军逐鹿天下的战场。

　　传说朱元璋和陈友谅在此地交战，至鸡鸣天亮之时，朱元璋还是砍不下陈友谅的头颅，于是大喊一声"我为人雄，你去做鬼雄！"此时，陈友谅才跌下马来。这也是"鸡鸣岭"地名的来历。"鸡鸣岭"脚下有一块盆地，居住的人多了，便形成了集市，然而，在这一时期，百姓被迫离乡背井，四处流浪，加上瘟疫横行，这一带被称为"茅滩场"，意思是茅草丛生的荒凉之地。

　　朱元璋是从马背上夺得天下的，当政后对养马一事给予了高度关注，积极推行"马政"。他认为马匹拥有量的多少，是国家富强程度的一个重要标志。他大力倡导在全国各"水草丰旷之地"养马。由于安徽是朱元璋的老家，他对安徽境内的养马业便显得尤其重视，据有关史料记载："明在内地养马计有十四监所，其中在安徽境内有五监三十三群。""茅滩场"由于水草丰茂，逃难的百姓们又纷纷从外地返回，他们大量为朝廷喂养军马，以代税粮，不久这一带又意外繁荣了起来。该镇现在有很多地名还都与马有关，像"白马尖""驻马冲""走马岗""饮马塘""上马石""马岭""马道子""马栏口""马栅寺"和"养马冲"等。

关于毛坦厂的"厂"字的含义，民间有这样的说法，明时称多面无墙的房子叫厂。有学者进而后说，"厂"那时指的就是大家小户为饲养牛马而建设一种三面或四面无墙的房子。

也就是从那个时候起，"茅滩场"被人们根据谐音，改称为了"毛坦厂"，并从此定名。到了清朝时期，朝廷推行以茶换马的政策，毛坦厂这里正好盛产茶、马，当地经济迅猛发展，成了周边乡镇的首富。皖南和其他地区的商帮陆续来到了这里，运出运进，坐店经商。历经数年乃至数十年，毛坦厂也就有了上、中、下三大主街的架构，其后初步形成了"三街拱一府"（方府）的古建筑群格局，后又陆续兴建了南门、北门和大西门三大闸门，花院墙、五显庙、观音堂等古老建筑也相继落成。下街头十八根柱子的那段风韵别致的出廊，据说也是那时所修建的。

老街现状

毛坦厂有两条河流，均属长江水系，一条为龙舒河（北河），源自霍山真龙地；另一条河为南河，源自该镇东石笋等南部。在南河和北河的交汇口，是古镇旧时重要的水运码头，也是毗邻的老街所在位置，不过，那时舟楫穿梭、载进运出的繁忙景象现今已不复存在。

老街元末始具雏形，形成于清代，基本代表了明清时期江北山乡古街的建设风格。街长1320米，宽3.7~5.3米。临街房屋750多间，有店铺200多家，多为前店后坊或前店后宅，另有民宅近百间。现存老街分成三段，中段曾为富有的商人居住，清一色的徽派古建筑，一般两至三进，大多没有厢房，青砖灰瓦白墙，天井院，封火墙，石雕石刻栩栩如生，雕梁画栋，古香古色，林立的马头墙上当年曾挂满了店招。东部的房子较矮，沿街房屋多有廊柱，手艺人居住较多。西段的房子相对落后，大多为贫民居住，许多是草房，也有许多店铺用斜撑，样式多种多样。

老街的石子路也很有特色，中间为一块石板，位置最高，其余铺石头，大小不一，石头路面向外侧倾斜，在路外缘与房屋交界处各形成一排水槽。中间一块石板为旧时独轮车送货所用，独轮车把货物源源不断地从东门的码头送向西边的店铺。

据拐子街居民徐修生老人介绍，老街原来还有戏楼、庙宇，风格有明代的五柱排山出廊房、清代的大驮小重梁风火山房、民国的人字木架房，具有浓郁的大别山区古民居特色。又因为这里历来是平原地区通向大别山的军事要塞，为防匪患，老街两端曾有多处城楼，共计有五道城门，旧时有宪兵把守巡逻，具有一定的军事防御性质。目前位于老街西端的西门还在，东门也得到了复建。

中华人民共和国成立后，几番风雨，几度春秋，几经磨难，神州大地虽各种"运动"不断，但因其地理位置的独特、乡风人情的淳朴等因素，老街在历史的风雨和时代的沧桑中，始终平静地端详着世事变幻于处事不惊中，遭受破坏的程度相对较小，近些年，经过政府努力，老街中段得到了以旧复旧的修复。

一品大员

《清史稿》里有详细的记载。光绪九年，湖广总督、例领兵部尚书的涂宗瀛，因不满同僚们的诬陷而愤然辞官还乡。三年后，钦差大臣彭玉麟终于将同僚诬陷的事实查清，并奉旨来六安南乡给涂宗瀛平反昭雪，宣读了"特赠振威将军、光禄大夫、准建光禄公祠"的皇家圣旨。

涂宗瀛辞官归居古镇后，在老街大兴土木，请来徽派建筑工匠，运来江南石材，造公馆，盖家庙，筑店铺，其建筑规模、样式、用料超过以往。

涂公馆（涂敦堂）位于老街中段，面阔六间，东三间为住宅门厅，西三间为店铺，前后五进。门厅高6.5米，屋面缶瓦作底，小青瓦覆盖。青条石墙基，青砖墙体，一斗一卧，弓式封火山墙。一、二进间廊房相连。二进高7.5米，明间为排山抬梁式。五架梁上有雀替，饰牡丹花卉。正脊和三架梁均用瓜楞柱，梁头象鼻式。三间阁楼，藏书丰富。公馆东有万年台，即古戏楼，飞檐翘角，气势恢宏。只可惜因年久失修而倒塌。

涂氏公馆一经造成，富家大户竞相攀比，使毛坦厂又进入了建筑史上的辉煌时期。据说当年涂宗瀛有五条大船，常年来往于大江南北，建房、造墓、刻碑、制棺都清一色使用江南某地上等石料。据介绍，这种来自下江的石条、石坊、石碑、石龙、石凤、石圣旨，二十年前露在地面可见的尚有上万块之多。

人文积淀

老街安宁、恬淡而从容，就像那些在门前打盹的老人，和老屋墙角间默默开放的杜鹃花一样，岁月的流光在那里黯黯地沉淀。

现已很难想象老街在历史鼎盛时期的景象：店铺林立，店招飘扬，客商南来北往，各类洋货等土特产品均在此交易，商业十分发达；许多客商最远来自山东，盛况空前；老街的中段，钱庄、茶行、饭店、旅馆等鳞次栉比，仅大的茶行就多达十几家，较为著名的有黄春和茶行、黄豫大茶行、黄泰来茶行等。

咸丰末年，古镇已形成了"七街"——上中下三街，加侉子街、南京街、油坊街、牌坊街；"六帮"——六邑帮、旌德帮、河南帮、湖北帮、南京帮、庐阳帮；"四大家族"——方、黄、刘、蔡；外加东西南北四大闸门。古戏台1座、功德节孝坊3处，全是石条垒成。汉、回、满三个民族杂居在此。

老街上的人家至今仍保持着整洁的门面，特别值得一提的是这里的对联措辞讲究，格式工整，无一家重复，无一户雷同，最能体现出古镇久远的历史和深厚的文化底蕴。其次手工作坊多、工艺多，又是另一道亮丽的风景线。至今，中街和下街头仍有不少家铁匠铺、毛刷厂、纸伞厂，以及假山、盆景、根雕、花卉等制作工艺。最为有名的是这里的茶工艺、茶文化，每逢茶季，街头巷尾茶气氤氲，数里飘香。

2014年，该镇又将喻家湾喻氏兄弟的元亨纪念馆移址至老街中段，分为前、中、后3个展厅，系统介绍了元亨兄弟从事兽医实践和著作《元亨疗马集》的历史，收集展示了埽叶山房石印版等多种版本《元亨疗马集》古籍图书、牛马饮食和治疗器材实物，充分展示这对兽医鼻祖兄弟对世界兽医学的卓越贡献。

在抗日战争特殊历史时期，日军打进六安城，民国政府一些办事机构和社会组织等撤退到此，毛坦厂成为山区的中心集镇，老街也达到它的鼎盛时期。中华人民共和国成立后，陆运逐渐取代了水运，由于毛坦厂地处三县交界，成了陆路交通死角，因此商业逐渐衰落下去。改革开放后，毛坦厂镇老街外围先在军工工业（小三线），后在教育经济突起的影响下，出现新的商业街，老街进一步衰落。目前老街以居住为主，仅保留零星的小商业和手工业。

庆幸的是，清一色的徽派古建筑群保存完好，随着时间的推移愈加散发出独特魅力，这些虽历经战乱、社会动荡的磨损和风雨的剥蚀，至今仍构架皇皇，不失昔日的古韵。

原载 2016 年 1 月 8 日《皖西日报·文化周刊》

文脉绵长的明清老街

人都有自己的记忆，一个地方亦然。

牧马流年，深山古堡，中国历史文化名镇毛坦厂，历来就有晴耕雨读的乡风民俗，在奔流不息的历史长河中，她孕育了独具特色的地域文化，留下了浩如烟海的丰沛史实。

光绪九年，湖广总督、兵部尚书涂宗瀛，辞官归居六安后，在毛坦厂大兴土木，其中，"涂敦堂"位于老街中段，面阔六间，前后五进。涂宗瀛晚年专于刊书立说，著有《涂大司马年谱》《种桑新约》《重建江宁善育堂志》《童蒙必读书》等，并以"六安斋""求我斋"为号，刻印书籍20多种计200余卷，流传于世。

在城镇化建设的大背景下，毛坦厂镇紧抓发展机遇，同时坚持对物质性记忆加以保护，对非物质化记忆强化承继。毛坦厂老街是安徽省重点文物保护单位，被誉为"皖西地区迄今为止保留最为完整的中世纪城堡"，是研究明清街区建设的实物资料。早在2011年，该镇就启动了明清老街修复工作，并逐年呈现出阶段性的成果。2015年始，由镇政府牵头组织，邀约本镇文化人、书法爱好者书写春联，赠至每家每户，竭力倡导"手写春联，回归传统"，抵制泛滥的复制印刷，红纸黑字，翰墨飘香，构成了明清老街最有魅力的审美意境。

近年来，毛坦厂镇先后制定了一批文化发展规划，谋划了一批文化建设项目，组织举办了一系列文化活动，扶持培育了一批民间社团和个人文艺工作室，以文化传承、文化创新和文艺创作为主体的文化事业风生水起，红色文化、茶文化、盆景文化、民俗文化、戏剧歌舞等百花齐放，又有方雨瑞、黄锦璧、刘杰、刘孝田等一批家乡文化名人的带动和推波助澜，境内涌现出一大批文艺新秀，在文学、书法、绘画、音乐等多个领域取得了不俗的成就，形成独具特色的"山镇区域文化"。

2022年10月10日，雨后初晴，秋意渐浓。一场书画展在明清老街264号大吉堂书画馆启幕。宽阔的展厅内百余幅书画作品精彩纷呈，这些作品的作者中有已故的教育家、书法家，有中书协会员，有省市美协、书协会员，以及燕山书画协会会员和本镇书画爱好者。据燕山书画协会会长蔡琦介绍，本次活动展出的中国画、油画、水粉画，楷行篆隶书法作品近100幅，都是经过严格审核筛选的，题材新颖，健康向上，充分展现了中国历史文化名镇深厚的文化底蕴。

安徽省装裱协会会员单位"大吉堂书画馆"馆长刘申才说：活动布展期间，正赶上国庆长假，游客在游览老街时，饶有兴趣欣赏起部分已装裱悬挂的书画作品。布展的老师们常放下手中工作，向游客和学生们耐心介绍，并书写作品相赠。

协会副秘书长秦淮告诉记者，燕山书画协会是由蔡琦、甄维、夏渡、刘申才、秦淮等本镇书画爱好者筹建，在毛坦厂镇党委、政府大力支持下，经主管部门批准，于2019年正式成立，现有会员近三十人，其中中书协会员两人，省书协会员两人，市书协、市美协会员六人，其余为本镇书画爱好者。至2022年，协会已成功举办过三届书画作品展，反响热烈，很受欢迎。

从市内赶来观展的市美协会员邹晓玉说："说实话，一个乡镇书画展能办出这样规模、这样水准，究其原因有两个方面，一是古镇文脉绵长，二是当地政府给力，不简单，我给你们点赞！"

说起文脉，书画家孙崇炯说："明清老街才是毛坦厂镇最沉淀的文化，来来往往，熙熙攘攘，人文、建筑、民俗，连大青砖、鹅卵石路面都透着文化。"

有着浓厚家乡情结的孙老师，他的"陋轩斋"就在斜对面的老街247号，距离展厅仅几步之遥。孙老师原是利群机械厂子弟学校教师，军转民整体搬迁至马鞍山，好在位于老街的祖居老宅还在，退休后，孙老师拿出积蓄，按照政府要求，以旧复旧，加固改造，维修完善，创办"孙崇炯书画工作室"。孙老师的工作室不亚于小型艺术展，迎门玄关和室内四壁挂满了他的书画作品。

采访孙老师时，他从书房里捧出一本精美的"庆祝中国共产党成立100周年大型文献类珍藏邮册"，这是2021年7月中国邮政精心推出的"国礼邮品纪念册·孙崇炯书画册页"，其中包括集邮臻品、小型张票、纪念张、集艺卡、纪念币、首日封、明信片、珍邮纪念张等，这本个人书画册页共收入孙老师书画作品十余幅。翻开首页，孙老师的艺术简介映入眼帘：孙崇炯，中国书法家协会会员，安徽省美术家协会理事。1995年书法作品在国家教委主办的全国教师美术、书法、摄影大奖赛中荣获书法类一等奖；1996年书法行草作品入展中国书协主办的第七届全国中青年书法展；1999 年书法作品入展安徽省文联、省书协举办的迎接新中国成立50 周年全省书法大展；2003 年书法隶书作品入展中国书协主办的纪念毛主席诞辰 110 周年书法展、全国书法、篆刻展，并被授予当代知名书法家荣誉称号。

"承古斋"位于老街中段拐角处，这就是具有百年历史的徐天元油纸伞店，大红袍油纸伞属于珍贵的民艺，店主徐修生，省级非物质文化遗产传承人，14 岁学徒，一直坚持手工制作工艺。如今，老人已经去世，"承古斋"由他的儿子徐晓苗子承父业，加以改进，油纸伞也成了当地热销的旅游纪念品。

特色糕点酥饺，是古镇美食文化的代表，"董大姐酥饺"位于老街 191 号黄金地段，她所创制的饺皮包边十八道褶，寓意福禄寿喜等十八个世俗生活中的美好祝愿，酥饺内馅多以黑芝麻为主，配以白糖、果仁、花生米、咸肉丁、橘饼干果等佐料，食之香脆可口，食后唇齿留香，其制作技艺已列入金安区非物质文化遗产项目名录。

"皖西作家书屋"于 2017 年 10 月落户明清老街 90 号，建筑面积约 150 平方米，现有开放式阅览区约 80 平方米，仿古书架 10 组，阅览桌椅 4 套（包括一个书画案），书屋收藏图书 10000 册左右，主要为皖西籍作家著作和六安文史类书籍，开放后，受惠人群广泛，尤其是对培养学生阅读兴趣与阅读品位，提升阅读能力与思辨能力，提高综合文化素质，创建"书香乡镇"和促进全民阅读都起到了一定的积极作用。2021 年度，书屋获评安徽省委宣传部颁发的"安徽省十佳阅读推广空间"荣誉称号。

明清老街 11 号，"雨中盆景艺术工作室"，其主人的山水盆景"横击长空"曾获九七迎港归花卉盆景艺术展优秀作品奖；"渔舟唱晚""峰奇景幽"荣获 2022 年中国·合肥苗木花卉交易大会盆景艺术银奖和铜奖。

方雨中，自幼钟爱盆景，20 世纪 80 年代初，开始以锰石为主要材料从事盆景创作，奇峰挺拔，雄伟壮观，曲径通幽，峰回路转，再辅以植物、楼台亭阁以及喷泉雾化设施，不起眼的一块块石头在他的手里，变成一幅幅立体的、鲜活的、令人叹为观止的自然山水景观，清雅秀丽，赏心悦目。20 世纪 90 年代，雨中山水盆景享誉六安一带，在他的影响下，古镇陆续出现了十几家盆景创作从业者。2020 年，雨中加入了市盆景艺术家协会，创作激情再次被点燃，2022年国庆，"雨中盆景艺术工作室"正式挂牌成立，不过，工作室的属性发生了改变，雨中告诉记者："孩子们都大了，生活一天比一天好，不愁吃穿，我现在要追求精神上的东西，追求盆景艺术的更高境界。"

作家邵有常在《石头城堡》一文中写道——

毛坦厂很文化，吟诗的，写小说的，练书法的，搞美术的，一圈一圈的。老百姓也很有文化，做假山的，塑盆景的，都像模像样。为什么这么多？难道没有石头的功劳？毛坦厂人有两大特点：执着，细腻。从小就在石头城堡里蹦跶，看的是石头，听的是石头，玩的是石头，慢慢地就有了石头的精神……

涂敦堂、陌轩斋、承古斋、一九五八大食堂、元亨纪念馆、燕山书画协会、大吉堂书画馆、皖西作家书屋、董大姐酥饺、雨中盆景艺术工作室等，历史文化犹如一条流淌的大河，大家都在其中不断地汲取养分，不断为此注入细流和清泉，这座石头城堡从明清一路走来，目睹了世世代代，见证了潮起潮落，她成就了古镇人的性格，也铸就了老街绵长的文脉。

原载 2022 年 10 月 20 日《皖西日报》

紫石苑文萃

李氏庄园的来路与去向

决意去霍邱李家圩（李氏庄园）之前，我给文友韦国华打了个电话。打这个电话不是没来由的，韦国华岳母的父亲与李梦庚是朋友，老人家在很小的时候曾经在李家圩住过一段时间。通过岳母的口述，韦国华了解到许多关于李家圩的旧事，为日益衰败的庄园忧心忡忡，因为这个情结，这么多年来，他一直与李梦庚的后人保持着联系，并且，为修复李家圩付出过许多不为人知的努力。

2013 年 12 月 18 日，笔者一行从六安出发，从 312 国道插入 105 国道，在众兴集路口与穆志强一行汇合。进入马店境内，再向右转个弯，不一会，面前就出现了一座森然的深宅大院，这即是全国四大地主庄园之首、全国重点文物保护单位李家圩庄园。

庄园南边为双圩河，而笔者看到的是其二道圩全景。

话说当年李氏庄园的宏阔

近年来，李氏庄园得到更多关注的是其历史和爱国主义教育方面的功用，更多的原因是其在建筑艺术和考古方面具有的价值。

眼前的李氏庄园已完成了一期"修旧如旧，保持原貌"的修复工作，但对照沙盘模型，其现实规模仅可算是管中窥豹。李氏庄园整体呈方形，布局严谨，飞檐翘角，气势宏大，依稀可见当年辉煌的影子。时任霍邱县文化广播电视新闻出版局副局长穆志强说，我们现在看到的只是李家圩的冰山一角，如再不实施修复，就连眼前的现状都维系不了。

李氏庄园圩东西距离约 250 米，南北距离约 240 米，庄园南方为双圩河，东、西、北三方为内圩河，圩河内壁用石条自水底垒砌，上接围墙，高耸丈余。据管理员介绍，当年四角四座炮楼，对外的每方均有卧、跪、立姿射击孔。圩内三宅也称东、西、中院，三院的三个头道门楼前为第一道圩河，各设一吊桥，头道门楼屋顶上五脊三兽，正中央铁打的雄鹰，展翅俯冲，呈抓鸡状。明间"吞金"，两扇黑漆大门，西厢房朝南开两个石雕花窗，左右朝北开的矮房为骡马厩、饲料库、长工房、枪兵舍，空场南北 60 米，东西 210 米，为收租和家丁（兵）训练场所。

二道圩前为二道圩河。均修成荷花池，养有寿龟，种有荷花，门楣上描金篆书"天河仙府"，门前沟坝口两边立有上马石，门砧有雕狮石鼓。二道门楼两边的厢房、耳房，分别作为碾屋、磨坊、护圩亲兵房以及族门远亲的住处。三道门楼左右及院内，按照封建社会等级制度，设置不同功能特点的楼、堂、厅、阁和偏室、耳房、敞棚，并都设有上下书房，供少爷、小姐读书习字和接待文人雅士。以柜房为主的庭院供管家账房先生居住活动。东院三道院内设有戏台、戏楼，养有京剧"庆福班"，专供演出。

四道院内、东西中院都在一条横线上，各院都建有大客楼或大客厅，宫殿式建筑，五脊挑角，垂梁起架，24 根立柱上有挂匾，柱有抱匾；院庭开阔，置有花池、花台；西院四道院内建有顶礼膜拜，供奉朝廷圣旨的"圣旨楼"，雕梁画栋，金碧辉煌，显得森严肃穆。最后一排，东、西、中三院都建有正堂楼，是长辈、长者养尊处优的居室。正堂楼两侧建有东西堂楼，是小姐们的闺阁绣房，并配有供丫鬟使女居住的厢房，还有妾、婢居住的矮室。东院正堂楼左方还建有"钱库"。

李家圩的建筑文化与符号

说起李家圩的建筑风格，穆志强调侃说，它并非徽派建筑，而应该是霍邱建筑风格。

资料显示，李姓于明朝年间从甘肃迁至霍邱，其庄园建筑风格受山西等北方地区庄园的影响较大，这一点可以从建筑中的雕刻等细节中反映出来，但又融合了霍邱本地的建筑特点。

中国传统文化是一个积淀深厚、无所不包的文化系统。以农耕生产方式为基础的传统文化具有强大的生命力和开放精神。这种开放与包容的特征对建筑产生了重大影响，形成了李家圩建筑兼容并蓄的文化品格，它不但是工程技术的组合体，也是建筑艺术的综合产物。

整个建筑，高低错落，雕梁画栋。每排房屋有其风格和不同功用，每个院落有其不同的规格等级和不同的雕饰。所有房舍驮梁起架，青砖灰瓦。立柱下有石雕磉墩，上有木雕童墩，形状奇异，图案精美。拱撑以房屋出挑深浅而长短不同，有圆柱、扁方、四棱等形状，雕工相当精细，龙、凤、鹿、狮各种奇兽。扯枋长短不一，人物、鸟兽、花卉、鱼虫等，造型逼真，线条流畅，栩栩如生。门窗各异，月洞门、椭圆门、三方门、花瓶门、圆方窗、扇形窗等，还有专为接待文人雅士和绅士而建的上下书房，有精美的匾额……所谓"建筑必有图，有图必有意，有意必吉祥"，正是李氏庄园建筑艺术的真实写照。它们是代表着时代特征和浓郁地域色彩的民俗文化载体，表达特定的文化内涵与价值取向。

一堵影壁、一段花墙、一扇门窗，以至一面墀头、一块方砖，都集合了砖瓦、木石的建筑元素，集中了象征福禄寿的"寿文化"，象征丰收的"农耕文化"，象征富裕的"财文化"，象征官运的"仕文化"，构成了复杂的而不是简单的颇富本土特色的造型文化符号，深邃的智慧与犀睿的创造力可见一斑。抛去政治等因素，李氏庄园的建筑本身是凝聚了劳动人民的智慧与心血的艺术，具有文化传承的功能。

省考古研究所古代建筑研究部副研究员张辉曾经在接受省媒记者采访时说：文物保护是盛世产业，当国家有了一定的经济能力，群众对文化需求达到一定程度，拯救文物就十分必要。李家圩是我国现存圩堡群类建筑中规模非常大的，能成为国家级重点文物保护单位就说明了其价值非凡。

2008年1月，省文物局考古研究所专家进驻李氏庄园，考察制订全面维修方案。2010年5月，李氏庄园修复方案被国家文物局正式批准。2013年1月，修复方案正式实施。

回程的路上，文友韦国华十分兴奋，李家圩抢救修复目前完成的仅是一期，整体工程预计在2015年全部竣工。他

说一定会告诉岳母，政府合理利用，文旅结合，李家圩必然
会产生更大的价值！

原载《皖西日报》

六安有座英雄山 ／ 流冰 著

徐贵祥：六安有座"英雄山"

——著名作家徐贵祥《英雄山》新作访谈

参军之前，徐贵祥经常幻想自己是一个英雄。

他曾亲历两次战争，在硝烟弥漫的战场历经严峻的生死考验。他也用自己的笔在一部部战争题材的作品中塑造着令人心生敬意的英雄人物，新书《英雄山》同样鲜活着一批可歌可泣的英雄。

流冰：首先祝贺徐老师，继 2019 年《中国作家》推出您的长篇小说《穿插》之后，英雄山系列《穿插》《伏击》近日又隆重出版发行，读者反响热烈，家乡读者尤甚，徐老师能介绍一下吗？

徐贵祥：英雄山系列《穿插》《伏击》的背景是抗日战争。抗日战争对中国人民来说，记忆深刻，我们有很多文学作品都在表现，但是，我觉得还是冰山一角，这场战争有更深层次的东西值得挖掘，比如人性，比如民族精神。我在小说中描述的都是常规战争，使用的都是一些轻武器，枪和炮，甚至更原始的武器，像大刀之类的，这样的战争在进行时是非常残酷、惨烈的，因为这种轻武器它可以短兵相接，视觉上更具冲击力。

因为我的每一部作品都带着浓郁的大别山色彩，有很多故乡元素，所以家乡读者更多关注一些。这次的《英雄山》

依然以我所熟悉的江淮文化为背景底色，出版后，我自掏腰包购买了一百多套，分别赠送给家乡的亲友们，感谢他们对我文学创作一如既往的关注。如今生活节奏很快，大家都很忙，我不指望收到书的每一个人都能认真阅读，寄出的这百余套书，如果有十套被人认真读过，并能唤起几个人对家乡红色文化、江淮文化以及军事文学的兴趣，哪怕有三个人，甚至是一个人，因此而走上文学创作道路，我的目的就达到了。

流冰：徐老师的作品其故事大多发生在皖西抗日敌后根据地复杂的斗争环境中，小说中的战争英雄们有八路军将领，也有国民党友军，还有当地的游击队员、进步知识分子，这些人物各显其能，充满了人生智慧和战争智慧。去年我在《中篇小说选刊》5月号上读过您的中篇小说《鲜花岭上鲜花开》，同期还有您的一篇创作谈《擦亮我们的英雄，才能照亮我们的未来》，观点我很认同。这一次读《英雄山》，感觉更不一样，读着读着，内心就升腾起一股豪气，这股豪气与一方水土有关，六安是一部厚重的大书，在那个特殊的年代里，几乎每一个生命都有一段潜能无限的英雄之旅。

徐贵祥：很小的时候，母亲就经常跟我讲，西南方的大山里有红军，有很多英雄。当时，还有很多民间文学，比如大鼓书，比如20世纪六七十年代流行的乡村文艺节目，都在无形中影响着我。从此之后，关于革命、关于平等、关于理想、关于信仰的各种想象就像种子一样埋进我的心里。

有人说散文写作要有精神根据地，小说创作也是同理。一个有根的作家，他的经验，感受，欢乐，悲伤，都是来源于此。写作上的"回家"，重要的在于如何找到可靠的载体，把"一个地方的灵魂"乃至"一个民族的灵魂"诠释、透显出来，譬如说，英雄大别山，以及英勇的大别山人民。我们不仅仅要仰望载入史册的英雄，还必须敬重那些默默无闻的英雄。作为一个作家，一个军事文学的创作者，寻找英雄、发现英雄、捍卫英雄，我责无旁贷。

流冰：徐老师之所以能刻画出一系列鲜活的英雄形象，并且展示出他们智勇双全的英雄气概，这可能与您从小就崇拜英雄，想当英雄的理想有关。那么，您还记得读过的第一篇文学作品吗？您认为一篇作品打动您的最重要的特质是什么？是英雄精神吗？

徐贵祥：我可以讲讲童年阅读印象最深的作品，连环画当中记忆最深刻的是《草上飞》，小说当中印象最深的《烈火金刚》。多年后总结，我对《烈火金刚》之所以有兴趣，除了英雄人物史更新和丁尚武、肖飞等人个性鲜明、战斗勇敢、事迹传奇以外，还有一个很重要的原因，那就是人物关系复杂，特别是何大拿一家，何大拿本人是汉奸维持会长，大儿子何志文是鬼子翻译官，二儿子何志武是国民党特务，而何大拿的女儿林丽，则是八路军的女医生。这个家庭成员的组合不仅让年幼的我产生很多遐想，即使几十年后，当我已经成为一个主攻战争文学的作家之后，我仍然认为，作者这样设计人物关系，令人深思，耐人寻味。这个家庭，甚至可以看成是抗战初期底层人民精神和行为的缩影，尽管它仍然带着阶级划分的特色。

一个英雄的成长，有很多因素，文化心理结构非常重要，也就是要有英雄意识。其次就要看机遇了，看战场环境，看个人遭遇。我对自己有个认识，我觉得，给我机会，我当英雄的概率远远大于当逃兵的概率，机会合适了，我当英雄的概率是百分之九十以上。我是有英雄梦想的，也是有爱国精神的，更有"马革裹尸"的思想准备。参战那会儿我给家里写信，把我的亲人吓得不轻，里面豪言壮语很多，确实挺吓人的。我一到战场就立了个三等功，是全团新兵当中第一个立功的。第一次战斗之后，指导员把手枪交给我保管，他自己扛上了冲锋枪。那几天我背着指导员的手枪，感觉非常神气，如果那几天正好同敌人短兵相接，我一定会像电影里那些英雄一样冲锋陷阵。

流冰：六安红色文化就好像漫山遍野的杜鹃，静止是美丽的，但有风轻拂，这份美丽就更具生机与活力，《历史的天空》是风，《马上天下》是风，《八月桂花遍地开》是风，《鲜花岭上鲜花开》是风，《英雄山》也是风……它们吹得漫山花枝乱颤，那些曾经的英勇过往才得以一一呈现。

故乡之于您，可以说是一处不断从中汲取营养和精神力量的土壤吧？

徐贵祥：叶集西接大别山脉，南依淮河水系，史河干渠穿镇而过，接壤两省三县，是鄂豫皖三省的结合部，曾有"鸡鸣三省"之说。同时，这里也是红色革命根据地，著名的将军县金寨和叶集同饮一河水。我早年读过的小说《破晓记》，把叶集描述得像一个神秘的城市，有着很多神奇的人物和故事。尽管我后来参军，当了作家，有了各种身份和头衔，但我的身上永远摆脱不了故乡的泥土气息。我的故乡诞生过那么多杰出的人物，有那么多精彩的故事。小时候耳濡目染，长大了浮想联翩，它们积淀在我的血液里，活跃在我的血管里，成为我创作的动力和源泉。

　　我一直保存着两本《皖西革命史》，家里和办公室各有一册，什么时候想看，顺手就找到了。记得有一次，在东河口镇老基层干部陈良亭的家里，我看到了民间缴获的几件日军作战用品和一张地图。这张地图成为一个线索，引导我继续探究家乡的抗战故事。还有一次休假，史老师带着我遍走皖西山水，一路上给我讲大别山的故事。有一次他指着几个正在村头闲聊的老汉对我说，这些人里面可能就有老红军，当年参加革命，甚至成为连长、团长、师长，以后因种种原因隐姓埋名的大有人在。史老师的话让我震惊，让我对家乡的每一个老人都刮目相看。战争结束后，那些参加过战斗的人物在哪里？他们的命运发生了什么样的变化？我常常在想。

　　流冰：您渗透于全部作品中的英雄精神和英雄情怀，总能让读者血脉偾张。那么多有血有肉的人物，立体饱满，叙事很有画面感，尤其是战争场面，读之，身临其境。

　　徐贵祥：过去在读军校时学炮兵参谋业务，我有两个方面学得好。一是军事地形学，那时候我们站在山区的某一个高地，看到山川河流道路，我脑子里可以马上形成一个画面，可以精确目测它们之间的方位关系和距离。二是地形图，地形图上有等高线，等高线越密集说明越陡。有了等高线，地图在我面前是立体的，可以变成沙盘。在侦察地形时，我可以利用瞳仁之间的距离形成弧形的弹道——我是带着艺术欣赏的心情学地形学。所以我写战术性极强的战争时有画面感。这是行业文化，是职业知识带来的技术创作。从技术、战术到艺术，这是一个军人在战争当中汲取的营养，同时也给创作带来精神的滋养。

流冰：有评论说，徐老师是"正面强攻军事文学"的作家，不仅不落前人窠臼，也很少重复自己，每一部都有新意，思想高度是递增的，艺术水准是上升的，叙事方法也在不断变化。家乡文友很想听您谈谈在这方面的经验。

徐贵祥：谈不上经验，谈谈真实的体验吧。

"不落前人窠臼，避免重复自己"，这话说起来容易，进入操作层面，可能千难万难。我的作品，要说完全没有重复，那不可能。但我心里有创新意识，有对重复的警惕，重复得少一些，新东西多一些，这是我力所能及的。

除了写作训练，我还有两笔财富。首先，我同样是个阅读者，特别是战争文学作品，读得越多，遗憾越多。每次阅读，就有很多想象，老是想对别人的作品进行补写、续写、改写甚至重写，在这个过程中，脑子里储存了大量的想象。其次，我还是个战争亲历者，而且是两次，特别是第二次，血气方刚，踌躇满志，一年内由小排长升到正连级，这一年的战争体验，是我创作的巨大财富，在以后的创作中，每当设计一场战斗，我的脑海里就有鲜活的形象，山川、河流、丛林、道路、高地……当然还有军人的心跳。当你在丛林里潜伏八天八夜，当你从雨林里接过战友的担架，当你从一场战斗中死里逃生，当你从猫耳洞里睁开眼睛，你看到的月亮都和别人看到的不一样。你可以把月亮写得像万花筒一样斑斓，可以写出一千个绝不重复的月亮，到底写成什么样子，要看写作时心里的底色。阅读积累、亲身经历、如梦似幻般的回忆和思考，构成了我的材料库存，一旦我找到一种合适的叙事方式，进入写作状态，那就非常流畅，就像泉水一样汩汩流淌。从自己的血管里流出来的东西，很少同别人重复。

流冰：在《英雄山》的创作中，您的英雄情结一以贯之，但我发现形式上有了很大的变化。首先是叙事角度变了，"灵异"视角从一开头即在读者眼前升起了一个悬念，引人入胜。接下来，环环相扣，动人心弦。

徐贵祥：多视角进入写作，是文学创作的一个革命性的变化。所谓的现代性，首先是视角的现代性，然后才是视线、视野的现代性。创作《英雄山》，我确实尝到了"灵异"视角的甜头，其实这个视角同"全能视角"有异曲同工之妙，只不过前者被用多了，用滥了，用得让人心生疑窦了，变成陈词滥调了。我这里换了个视角，其实也是雕虫小技。这两部作品，形式上的探索有很多，有的是主动的、设计的，而更多的是被动的、始料不及的，是写作过程中老天爷空降下来的，属于神来之笔。我本人说不清楚有多少技巧、有多少创新，这个恐怕读者比我更清楚。

流冰：说到叙事，我特别想请教一下，您把这两部作品分别命名为《穿插》和《伏击》，是不是想特别突出军事文化元素？

徐贵祥：《穿插》和《伏击》这两个书名或许会让人联想到具体的战例和战术，事实上，这两个属于军语的动词，在作品里只是一种隐喻，是那些匍匐在生死线上具体的人的情感的穿插和思想的伏击，我的创作主旨，是从根本上表现觉醒的良知、激活的感情、爆发的动力、高举的信仰和升华的境界。当然，我是军人，而且两次参战。当基层指挥员的时候，学过战术，学过地形。后来当编辑，研究过战史和战例，军事常识比较丰富。我写到战争和具体的战斗，有具体的感性认识，写出来后就有画面，有动感，挥洒自如，有视觉冲击力。

流冰：两部作品整合为"英雄山系列"，是不是意味着还有可能有第三部、第四部？如果有，是否依然有家乡的元素？

徐贵祥：完全有可能，至少第三部已经在心里播下了种子，只要有精力，我就会把它写出来。但是要有一个比较长的酝酿发酵期。这第三部，我既不能重复我过去的作品，也不能让它成为《穿插》和《伏击》的延续和补充，无论在思想还是艺术层面，必须有新的东西。

关于家乡元素，可以这么说吧，她在我所有的文学创作中是无处不在的。鄂豫皖、大别山，还有我们皖西是座宝库，英雄的故事取之不竭。

流冰：《穿插》和《伏击》同时推出，引起很大关注。这两部作品是一脉相承的关系还是各自独立的？

徐贵祥：说到这两部作品的关系，可以用一个成语来形容，叫作"藕断丝连"，这样说就比较清晰了，"藕"已经成了两截，但是还有"丝"相连，若即若离，可近可远。从时间概念上讲，故事大致发生在同一个时间段，但是空间不一样，彼此的关联主要是因果关系，很少犬牙交错，因此它们各自具有独立性。它们是兄弟关系而不是父子关系。

流冰：从您的创作谈里我们知道，这部作品的灵感来源于一个历史资料，一个来路不明的人的短暂行踪，最后演变成两个人、一群人、数十年、方圆千里的战争。人物之多、事件之多、矛盾之多、反转之多，都是您以前的作品所没有的。但是，我们在阅读的时候，并没有感觉混乱，而感觉到逻辑清晰,不断地满足阅读期待。这应该得益于结构的精心设计。

徐贵祥:小说当然要讲究结构,结构的基本元素是人物关系、故事逻辑、时空置换、情节调度、语言张弛等。这两部作品,结构有个大方向,就是人的命运,分别以红军军官凌云峰和原国民党军官易晓岚为核心,以他们的命运走向为基本路线,相向而行,擦肩而过,角色转换,殊途同归,向死而生,死而后生,这种结构是隐形的,遵循的是"目标牵引"的法则。这里讲的是大的结构原则。

流冰:您的作品始终高扬英雄主义的旗帜,洋溢着阳刚之气,这是读者的强烈感觉。但在《英雄山》两部作品里,似乎有些变化,刚则刚硬,柔则柔情似水。关于爱情的描写,也大气磅礴,回肠荡气。何子非与张达理、凌云峰和安屏、楚大楚和蓝旗……他们之间的关系一波三折、妙趣横生又干干净净。

徐贵祥:写这两部作品,我做了长期的准备工作,阅读了大量的资料。何子非这个人物有原型,是国民党部队里俘虏过来的军官,有点骄奢好色,爱吃辣子鸡丁。我写爱情写得不多,可能体验比较少。但是张婆娘这个人物写得比较满意,写出了中国农村妇女敢作敢为、敢爱敢恨的性格。起初"张婆娘"听说何子非是国民党军官,端起剩菜就要摔到何子非头上;当何子非造了桥,她又杀鸡犒劳何子非。张婆娘后来参军改名为张达理,何子非在长征路上奄奄一息,是张达理背着他渡过生死关。当他死里逃生睁开眼睛,看到阳光从外面射进来,落到张达理的脸上,让他想到了圣母——人的感情是随着时代、经历发生变化的。

创作这两部作品，我有一个隐秘的想法，就是从残酷中捕捉诗意。主人公是有文化、有教养的人。爱情很难描写。那个年代，那种环境，缺乏表达爱情的契机，要有交集，有冲突，才有可能"死缠烂打"，才有可能使感情升级。凌云峰和安屏之间很难有更多的交集，所以我设计了桃木匣子和柞绸马甲，通过这些物件传达他们的感情交流。抗战池为什么出现？我要让楚大楚带着部队去洗澡，要让楚大楚和蓝旗在生死诀别之前的爱情和性爱非常高尚、圣洁、庄严。在一个必须的、不得不走到一起的时候，不得不走到一起的地方，在那个午后，完成值得永久回味的、具有庄严仪式感的一次美丽的行动。我不回避美好的爱情甚至性爱，但我不敢轻易下手，怕玷污了神圣的美好。对于我来说，是郑重其事地、虔诚地写人性的美好。我为此准备了几十年。

流冰：耽误您这么长时间，谢谢徐老师，欢迎经常回来！

徐贵祥：会的，因为我的家在六安。

原载 2020 年 9 月 17 日《皖西日报》

谢鑫：传递幸福快乐的童年

皖西文坛有盏"阿拉丁的神灯"，它的周围聚集着来自五湖四海的孩子。1999 年的春夏之交，这盏灯被一个叫作谢鑫的年轻人所点燃，于南岳山下一直就这么静静地亮着，它发出奇幻的光华，眨着眼睛守望和传递着幸福的童年，它使孩子们迷恋，并在一份又一份的欣喜中，收获一个真挚、正义、善良和纯然的世界。

2009 年 4 月 11 日的霍山之行，将笔者和谢鑫的网上交流变成了现实中的面对面。在霍山县城一家房地产公司的会议室里，褚进龙、万直柱、尹传俊、夏金华、陈伟等近十人，以及谢鑫本人，又将单纯的采访演绎成一场小型的儿童文学创作研讨会，这是笔者始料未及的。谢鑫话语不多，所谈及的个人成绩很少，大部分都是在为儿童文学呼吁，某些观点相当有见地。回到报社后，意犹未尽，加上有些地方不甚明了，我又点开他的 QQ，对"访谈"作了以下进一步整理。

流冰：作为我市唯一的儿童文学作家，你是怎么走上儿童文学创作道路的？

谢鑫：我是警察，写作儿童文学是我的业余爱好，其实这没有什么可以津津乐道的，喜欢写作与别的爱好，诸如钓鱼、下棋没什么两样。只不过我们发表或者出版的作品更容易让更多的人看到而已。

流冰：处女作是什么时候发表的？

谢鑫：初中时我在一本上海《哈哈画报》上发表了一篇大话征文，那次"吹牛"让我成了全班的"明星"，同时拿了8元稿费，大家都称赞我有前途。就是从那时起，我有了当作家的冲动。真正的处女作是工作以后发表的，1999年6月《科幻大王》杂志发表了我的第一篇科幻小说。

流冰：你是怎样看待当前的儿童文学创作的？

谢鑫：就大环境来说，全社会对儿童文学重视不够，比如称儿童文学为"小儿科"。我参加过两次省作协儿童文学创作会，到会三十多人，批评家、教育专家占了三分之一，各级领导占了三分之一，剩下的才是儿童文学作者。中国作协8000多名会员，儿童文学作家只有不到400人。这显然是不正常的。在这样的环境下创作，可以想象，需要的不仅仅是实力和水平，更需要一种坚持下去的精神和动力。

流冰：那精神和动力是什么呢？

谢鑫：童年是美好的，我的童年得益于那些优秀的儿童文学作品的滋养，受益一生，至今让我怀念。我希望继承前辈作家的文脉，把幸福的童年传递下去。

流冰：都写过哪些体裁？最喜欢什么体裁？

谢鑫：最初写科幻小说，后来童话、校园小说、漫画脚本、卡通剧本、侦探小说，甚至恐怖小说都写过。最喜欢的还是童话，因为童话是儿童文学的"正宗"，也具有最广大的读者群。不过当前童话出版形势不容乐观，引进作品对原创作品冲击很大，这需要我们的儿童文学作家反思，更需要出版界支持国产原创，不能只顾眼前利益。我的电脑里至今还有三四年前写的几本长篇童话没有找到出版社。

流冰：听说你还是霍山县小南岳文学社的常务副社长，平时与同行交流吗？

谢鑫：我经常上网和全国各地儿童文学作家交流，面对面交流多半是和小南岳文学社的朋友。其实，文学创作是很独立的工作，一个人思考，一个人创作，不像别的工作依靠群体智慧完成，所以写作中可以交流的部分很少，与其他作者在一起只是谈各自的阅读、创作感受，发表一下文学批评，仅此而已。

流冰：平时的写作习惯是怎样的？

谢鑫：其实每个作者都有自己的写作习惯，有人喜欢听音乐创作，有人喜欢离群索居创作，有人喜欢喝咖啡抽烟……这些我都没有。我唯一的要求是有个相对安静的房间和相对自由的时间。具备了这两个条件，我随时可以创作。因为我是业余作者，有限的业余时间容不得我挑三拣四。

流冰：平时都是什么时间写作？为何会那么"高产"？

谢鑫：大部分是睡前的两个小时，我很少熬夜，规律的作息时间保证了我的创作。"高产"还远远达不到，只不过有时候陆续写的作品会集中在一个时期发表或出版，才给人"高产"的错觉，其实那些作品耗费了之前的很多时间和精力。

流冰：最近两年为什么专注于创作少年侦探小说？

谢鑫：很明显，这与我的职业有关。起因却是很偶然，2004 年底我接到一家杂志的紧急约稿，要我给他们写一篇适合青少年阅读的侦探小说，在那之前我从没写过少年侦探作品，因为我是警察，不会写侦探小说似乎有些说不过去，我答应试试看。结果写得很顺利，发表后受到读者欢迎，那家杂志给我开了专栏，把这个作品做成系列的，没想到居然连载了三年多。这套作品后来结集成一套四本的短篇集出版了，还是全国"五个一工程"奖选题书目。从写作少年侦探小说中，我发现这是一个"富矿"，为什么这么说？因为目前国内此类原创作品很少，而孩子们又需要益智有趣的少年侦探作品，空白亟待填补；再者，写这个我有生活，甚至作品里有的案件就是我亲自参与办理的，这样写出来才有可信度，也才有生命力。我与北京某公司签约的少年侦探小说"课外侦探组系列"已经出版了七本，剩余的几本也在陆续出版；我与四川少儿社签约的"侦探 BOY 杜奇系列"也正在创作中。此外，我每个月还为全国十几家刊物撰写侦探小说专栏稿件。即将创刊的国内唯一一本专业少年侦探杂志《小福尔摩斯》也邀请我担任主笔。

流冰：你写过卡通剧本，想过以后往动漫方向发展吗？

谢鑫：写剧本没有写小说自由，限制太多。2007 年年底我应一位朋友邀请去北京参观了一段时间，实际接触了动漫产业，感触很多。动漫不像文学创作，就作者个人的力量是无法实现宏伟愿望的，从这个角度讲，好的动画剧本很重要，技术力量也很重要，而资金是最重要的。没有足够的资金和热情，就做不出好的动画来。与图书相比，动画市场更大，受众更多，做动画也是一个趋势，我想每一个儿童文学作家都会向这个方向努力的。

原载 2009 年 4 月 17 日《文化周刊》

赵阳：在根据地上打一眼深井

贾平凹之于陕西商洛，迟子建之于黑龙江漠河，莫言之于山东高密，沈从文之于湘西风情……以故土作为自己创作的"根据地"，成为当代众多作家进入文学创作的一个显著特征。丰富的生活积累和坚实的文学准备，使寿县作家赵阳快速进入创作旺盛期。由于挚爱和稔熟，以及近乎偏执的迷恋，赵阳用心灵的笔，蘸着它鲜活的汁液，勤恳地耕耘播种，收获着喜悦，与城墙根下的这片厚土相互馈赠，彼此骄傲。

赵阳的根在寿州，他的文字多以"寿州文化"为叙事中心，以"研究古城""体认古城"和"表达古城"为己任。从一定意义上讲，古城寿州即赵阳灵魂的根据地。2013年，赵阳又推出《城墙根下》散文集，94篇散文缤纷的声色，穿越了烟波浩渺的岁月，折射出一座博大精深的古寿春。

流冰：暂时不谈《城墙根下》，先请您谈谈"处女作"，也就是您创作初期的一些情况？

赵阳：好的。我在初识文字后便迷上了读书。字认不全时喜欢"小人书"，到小学四五年级后开始看小说，临了自己学着写作了，却越来越喜欢读散文，特别是喜欢读中国文人的散文。我从1986年开始尝试笔耕。当时文学热正炽，社会上各类文学讲习所、函授班多如牛毛。在身边朋友的带动下，我参加了合肥市文联举办的《未来作家》文学院函授学习。我学写的第一篇散文是《太阳雨素描》，这篇习作经过编辑老师斧正后，发表在当年六安地区文联的《映山红》杂志上。紧跟着第二篇习作《观安丰塘日出》，刊登在函授内刊《未来作家》第6期上，记得当时收到两刊样刊时，我曾激动得半夜未能入眠。

流冰：说到《观安丰塘日出》，从您既往的作品中不难看出，您对安丰塘是有很深情结的。

赵阳：是的，我原来的工作单位就在安丰塘畔。安丰塘号称"神州第一塘"，历史悠久，风景秀美。沾安丰塘的光，我从1986年到1993年在各类报刊发表作品200多篇，由此赢得朋友们"安丰塘畔一支笔"的美誉。写着写着就有了些小影响，别人介绍时又多了些恭维和夸张，很快就引起领导的关注，1994年我调到县水利局从事宣传工作，眼界开阔了，写作的兴趣高涨起来。2000年，承蒙领导错爱，将我调至县政府办公室从事秘书工作。

流冰：调至县政府办公室工作是否影响到您的创作？

赵阳：随着环境的变换，说实在的，写作的时间确实越来越少。每天，我得规规矩矩去写一些报告、汇报之类的文字。这是我的工作，是赖以谋生、养家糊口的饭碗，我必须把它端周正了。我是个急性子，总想加班加点做完手头上的事情。可是，每当我以最高效率完成一项工作，新的事情总会接踵而来。既然来了，我就必须把它做了，且要做好。周而复始，乐此不疲。我是个本分人，我得恪守自己的职责。

流冰：那么，您的创作又是依靠什么坚持下去的呢？

赵阳：文学一直是我的梦想。即便是最烦恼、最迷茫的时候，依然在我心头时隐时现。有时候我想，我可能是在把这个梦想作为自己的精神家园守护着，生怕失去了她，自己的灵魂就会不安和痛苦，就会流离失所。确实，回过头看看，这么多年我除了写作，还有过什么其他嗜好呢？

所幸的是，我的身边总有一群"臭味相投"的朋友。每当我产生懈怠、偷懒之心时，他们便用自己的成绩来激励我、鞭策我。正是因为有他们的帮助，我在写作的路上才不至于寂寞孤单、郁郁寡欢。

流冰：有人说，《城墙根下》是一部寿县人文的白皮书，以精练的文字、精短的篇幅迅速抓住人心，把自己所了解的、经历的人生经验介绍给朋友，并且打动人、感染人。94篇作品，取材大多是寿州人文，这也是这本书的亮点和特色，对此，您有什么想说的吗？

赵阳：没有人不爱自己的家乡，因为，对家乡的挚爱和依恋是与生俱来的情愫。我总爱走在城墙根下。走在城墙根下，更能感受古城墙的巍峨博大，更能享受古城墙的静谧安宁，我的经验、感受、欢乐、悲伤，都有来源于此。近二十年来，经济突飞猛进，但又有些东西在悄悄流失，确切地说，《城墙根下》里还深埋着我一份深重的乡愁，一种历史的乡愁，真正的乡愁，是立体的乡愁，是地理加历史的概念。

粗略检点了一下，到目前我已在各类报刊零零碎碎发表各类作品500多篇，估计有百把万字了吧，由于自己没有像样读过几本书，文字功力较差，艺术感觉迟钝，悟性不强，所写的文字驳杂不纯，有的作品涉及文史的专著没有读，转引起来就不那么贴切，甚至有错误。

流冰：您太谦虚了，据我了解，您也尝试过小说创作，并且起点较高。您的散文也有部分小说化写作，对此，您有什么想说的，或者说您的散文观？

赵阳：我是写过一些小说，但散文更适合我。我一向认为，散文如水诗如酒。散文就是作家生活中的白开水，一时一刻也少不得。酒香醇，白开水耐渴。酒淡了就是白开水，甚至连白开水都不如；白开水浓了就是酒，甚至比酒还有味道。酒兑成白开水容易，白开水喝出酒的味道，难。所以，写好散文，不容易。

写散文，不允许有功利思想。散文受众面小，被人称作"圈子文学"。耐不住寂寞，心态不正，用情不专，写不了。有人把写散文当练笔，那只能说明在写散文上还处在初级阶段。写散文需要生活的历练，同时还需要写散文的历练。至于我的散文观，说来有些话长。

流冰：没事，您可以概括来说，或就某种现象展开来说。

赵阳：有人说，文品即人品。散文最能够反映作者生活，最能够表达作者思想感情，也最能够折射出作家的思想与灵魂。什么样的人写什么样的文字，做人差劲，散文也好不到哪儿去。优秀的散文作家必须具有优秀的品德，读者可以从他的文字里感受到他的内心世界，感受到他的为人处世风格。散文是作家生活的写照，也是作家心灵的写照。散文作家思想境界的高低，决定着其作品的思想与艺术品位。

所以说，散文应是生活的写照、人生的写照，散文写作一定要说真话，忠实于生活，有真情实感，实实在在，真真切切，切忌矫揉造作、为文造情造事，千万不要为写而写、无病呻吟、言之无物，不能孤芳自赏、作无聊的辞藻卖弄。好的散文应是真实自然的，语言是平实淳朴的。要写自己熟悉的生活，这样才能写出真情实感，文字才能动人，才能引起读者心灵的共鸣。还有，就是写散文要有平和的心态，以平和的心态面对生活、面对写作。不要人云亦云，跟在别人后面，重复别人、重复自己。要显现出自我，写出自己的风格和特点，走出一条属于自己的路。

散文如水诗如酒，没有水就没有酒。任何琼浆玉液，都是从白开水中浓缩的精华。酒是生活中的佐料，而水是生活中的必需品。散文所反映的生活，是作家经过长时间酝酿的葡萄酒，味不重，但舒筋活络、润肺养心。

地域文化就好像一朵鲜艳的花，静止是美丽的，但有风轻拂，这份美丽就更具生机与活力。因为《城墙根下》有风，吹得花枝颤动，古城寿州那些细微的光影才得以一一呈现。

赵阳，中国作协会员，淮南市作协副主席，淮南市第一批"文化名家"，寿县作协名誉主席，出版有《城墙根下》《寿州走笔》《寿州情缘》等作品。

原载 2013 年 12 月 26 日《文化周刊》

紫石苑文萃

平凡的回忆

（紫石苑文萃）

张道同 ◆ 著

中国纺织出版社有限公司

图书在版编目（CIP）数据

平凡的回忆／张道同著．--北京：中国纺织出版
社有限公司，2025.7
（紫石苑文萃）
ISBN 978-7-5229-0907-3

Ⅰ．①平… Ⅱ．①张… Ⅲ．①散文集—中国—当代
Ⅳ．①I267

中国国家版本馆CIP数据核字（2023）第164056号

责任编辑：刘桐妍　　责任校对：高　涵　　责任印制：储志伟

中国纺织出版社有限公司出版发行
地址：北京市朝阳区百子湾东里A407号楼　邮政编码：100124
销售电话：010—67004422　传真：010—87155801
http://www.c-textilep.com
中国纺织出版社天猫旗舰店
官方微博 http://weibo.com/2119887771
北京虎彩文化传播有限公司印刷　各地新华书店经销
2025年7月第1版第1次印刷
开本：880×1230　1/32　印张：44.25
字数：741千字　定价：288.00元（全12册）

目　录

平凡的回忆 ／ 张道同　著

走"天无尽头"

走到"天无尽头"为之一惊，这不是原来的"天尽头"吗？听导游小姐讲，去年的五月，有关人士提出天尽头不正确，就从唐代史书和其他书籍中查找出了这个"天无尽头"，并从康熙皇帝多处写的字中找到了这四个字，拼在一起，"天无尽头"就成了康熙的御笔，为的是有震慑力。从此，"天无尽头"就屹立在海中。

站在"天无尽头"对面，看着"天无尽头"，看着茫茫无际的大海，贺敬之的诗浮现在脑海："天涯海角成山头，千古兴亡去悠悠。秦桥入海渺难辨，雾笛长鸣过新舟。"古人已去，新人依旧，留下的是足迹，留下的是历史。

站在台上眺望四周，群峰苍翠，山峦叠峰，大海浩瀚，峭壁巍然，清澈蔚蓝的苍穹卷云缕缕，脚下礁石林立，水流湍急，巨浪拍击礁石，卷起千堆雪，巍巍壮观。

看着远方，大海烟波浩渺，望不到边际。看身下的大海，碧波荡漾，波浪翻滚，波光一层连着一层，前波刚过后波又来，蓝蓝的海，深不可测。海中，时有艘艘渡船奔腾而过，带起层层涟漪，波澜壮阔。海水冲洗的石礁石，干干净净，形状不一。有的像龙，龙头和龙尾活灵活现，形象逼真，栩栩如生；有的像鱼，似游非游，海水一击，有动有静，美妙可观；有的像猪，嘴腿笨拙，紧卧海中，等待着海

平凡的回忆／张道同 著

1

水的抚摸，等待着海水的洗涤。

在"天无尽头"最高处远望，近海的波涛层层叠叠，却并不觉得波涛是海的一部分，海应该在云遮雾绕的更深更远处。阳光在我们身边飘落，明亮、尖利，充满金属的质感，带着清脆的轻啸。而遥远的海上，那些阳光分明在努力穿越，在拼命战胜云雾的阻隔，在翻滚，在沸腾，成为大海不可分割的一部分。

石阶如带，飘然入海。站在礁石上，可以清晰地看到远处平静的海面和海面上柔和的阳光，而云雾在阳光之上徘徊。在这时的海面上，天空竟是低垂的雾霭。而雾霭之上的天空，是我们在山上俯视的云雾。我们也曾经在那些云雾之上飞翔，并且试图仰望更高的星空，却只能看见更深远的蔚蓝。试图俯瞰大地大海，却只有海浪般翻腾的云雾。宇宙无穷，盈虚有数，一切都让人敬畏，一切都让人不知所措。

海浪奔涌而来，一次次撞击褐色的礁石。礁石上生长的海带在波浪里舞动。当一切柔软的附着物都被海水带走，礁石便坚硬、粗糙，刃口锋利，但苍黑的颜色却给人幽深、柔和的感觉。赤脚在礁石上行走，先有一种皮肤撕裂般的疼痛，后来就麻木了。难以想象的是，海带竟然如此牢固地生长在礁石上。我用力撕扯，海带断裂了，根却纹丝不动。终于连根采下一束海带，才发现，海带网一样的根系几乎就是绣在礁石上的，而根系上面，还密密麻麻生长着小贝壳。

海浪滚滚，我真切地感受到了那种改变一切又包容一切的震颤。那种震颤，从我伤痕累累的脚向全身传递。我渴望融入那样的震颤，随着海的韵律，消解生命中所有的追寻，因为我孜孜以求的追寻，正好受到海浪恣肆的嘲笑。然而我又心怀恐惧，不知道那样会不会失去我固守的梦想和幸福。也许，在这样的恐惧面前，我在潜意识里，还是希望被一种两全其美的方法拯救吧。

在海浪和烟雾中突兀而出的岛礁上，刻着"天无尽头"四个鲜红的大字。我对那样的镌刻从"天尽头"到"天无尽头"的转换及似是而非的故事没有在意，倒是惊诧于那些礁石的孤独与坚守。

与"天无尽头"遥相对应的是秦始皇的雕塑。秦始皇庄严伟岸，目光深邃，而且也不似《史记》中描写的"蜂目隆准"。无数资料都在证明秦始皇的确到过这里。行程到了尽头，在格外荒凉的海边，遥望无穷无尽的海洋，他也许真切地感受到了自己在天地间应有的位置。他当然对自己拥有的权力深信不疑而且深深迷恋，可是，当他在荆轲的匕首前、张良的铁锥下与死亡擦肩而过，在亲手制造的种种死亡气息的浸渍里洋洋得意，对死亡的恐惧和敬畏却瘟疫一般生长起来。他渴望长生不老。这样的"长生不老"当然只是对生命无限制延续和权力无限制膨胀的期求，与宗教情结无关，与个人信仰无关。

沿着弯曲的路回走，几经周转，来到了射鲛台。站在射鲛台前，秦始皇梦想长生不老的故事，浮现脑海。秦始皇统一中国后，为了长久做皇帝，统治人民，就想长生不老。传说，秦始皇东游时，寻找长生不老药，到了荣城，碰到一壮士徐福，此人能说会道，当秦始皇问他有没有长生不老药时，他说有，在很远很远的海那边，需要三千童男和三千童女和大批金银财宝，他才能找到。秦始皇一听，马上给拨了三千童男，三千童女和需要的大批金银财宝。然后，秦始皇就回京城了。第二年，秦始皇又来找徐福，徐福没有办法，就编造了一个谎言，说他们正在寻找长生不老药时，碰到了一条鲛鱼，个大凶猛，挡住了去路，无法前行，所以没有取到长生不老药。秦始皇一听，马上调集全国最好的弓箭手，来到了成山头的海边。说来也巧，海中恰巧有一条大鲛鱼游动，秦始皇就命令弓箭手射它，鲛鱼被射死，秦始皇又回京城了。这时的徐福很明白，秦始皇明年还会来，他只想骗他点金银财宝，没想到秦始皇当真，徐福就带领三千童男，三千童女东渡，在日本这个地方居住了下来。有人说日本就是徐福建立的，日本人至今很崇拜徐福，建了多处祠堂供奉他。为了把射鲛的地方留给后人，就在当年射鲛处建了今天供游人玩的射鲛台。

走"天无尽头"，观历史遗迹，听美丽传说，看无边天际，美好的祝愿给了游人美好的追求。

圈子

春节后，一位博友给我打电话，说有几位博友想认识我，想一块聚一聚，我同意了。

星期日，博友们陆续到来。坐在了一起，就有了互相认识，互相沟通，互相交流的机会。大家说博客，谈文章，话现实，热闹快乐。

博友们坐在了一起，这使我有了一些感悟——这是因为这些博友自觉形成了一个圈子。通过这个圈子，我想到生活中有不同的若干个圈子。

上学了，就有了同学之间的圈子。同学时期，是最单纯、最纯洁、最无私的时代。同学之间形成的圈子也就最纯真，没有高低之分，没有贵贱之别，没有焦点之争、矛盾之争，聚在一起，就是友谊，就是欢乐。我们高中的莱芜钢城的同学，每年都不同形式地聚几次，已经坚持了十多年。每次聚会，都是热闹非凡，恨时间走得太快，每次散时，都有恋恋不舍之意。

参加工作后，就有了同事圈子。同事圈子是一个并肩作战的集体，天天在一起工作，难免互有摩擦，但在一起共事是种缘分，天南地北能走到一起，真是难得的聚会。不是工作，哪有这种相聚。我刚工作时，在煤矿从事技术工作，同我一块工作的同事，先后失去了三位，年龄都不大，我感到惋惜。现在我们一个科的几位，偶尔相聚，坐在一起，还能体味到一起工作时互相配合的那种默契，共同结成的同事之间的感情一直未变。

人在社会上前行，认识很多的人，结识很多朋友，这就形成了朋友圈子。朋友圈子很大很广，可以随时交际，随时认识，谁都可以成为朋友，但知己不是很多。交一个挚友，有时就在电闪雷鸣的一刹那，有时却要经历风霜雨雪一百年。朋友圈子是互相帮助的基石，是生命长河里不时招手的雪浪花，是危难之时伸出的援助之手。

能写文章的人，写得多了，就认识其他写文章的人，认识得多了，就形成了文人圈子。文人圈子大部分都较文雅，对写作比较爱好，走在一起，谈文章构思，谈文章意境，谈写文章技巧，谈写文章的乐趣。有时，同他们坐在一起，只能说说感想，说说见解，认真学习，争取提高。

有生活就要有家，有家就有邻居，有邻居就形成了邻居圈子。邻居圈子的形成，来自互相照顾，互相帮助，友好交往。邻居圈子形成后，在一起聚一聚，聊聊天，散散步，打打扑克，高兴时，在一起喝几杯，也是一种难得的场面、快乐的时刻。

圈子能圈出文气。爱好文学的人，写文章，上博客，发论坛，不断发表，经常学习，逐渐提高。这个圈子内文学气息浓，写作氛围广，感悟体会深，好文不断，精品连篇，浓厚的文学氛围，形成了好的文风，好的文学阵地。

圈子能圈出才气。我认为，人的才气是多方面的，有善于交际的，有善于观察的，有善于出思路的。不同的圈子有不同的才气，比如车友吧！有些车友，对车的研究真说得上是全才，中国的、外国的，哪国的有哪些特色，从性能、组装、原理说得头头是道。让你听的全部是车，处处是车，随时见车。

圈子能圈出喜气。一个圈子的人，走到一起，就有了共同语言、共同爱好，说到一处，想到一处，做到一处。相聚在一起，海阔天空，无拘无束，畅所欲言，难得的热闹，难得的高兴，难得的快乐。相聚是友谊，相聚是缘分，相聚是欢乐。

圈子有大有小，可以缩小也可以扩大，是自然形成的，没有定格的规律，关键在于每个人的爱好。

平凡的回忆 / 张道同 著

房干美景情人谷

房干的九龙大峡谷、金泰山，早已闻名莱芜，闻名齐鲁大地。新开发的情人谷，那更是多彩多姿，美景如画，引人入胜。

观看情人谷，必须先观看两处景点，算是热身运动：一处是森林浴，一处是太虚境。

沿着弯弯曲曲的山路，汽车走了好大一会儿，来到森林浴。步入台阶之上，远看，山上树木如林，郁郁葱葱。古人说，春山如笑，夏山如怒，秋山如妆，冬山如睡。而今正值春夏，这儿的山也该是春山如笑，阳光灿烂，鲜花盛开，万紫千红。这时的山，有着勃勃朝气，有着野性的青春活力，让人感到山的激情，山的豪气。近看，路边自然形成的混杂植物，杂草丛生，绿意盎然，生机勃勃。沿路前行，来到了"金龟夕照"，这是森林浴的一道景观，景点自然形成，在自然中想象，在欣赏中观察，想象是夕龟，观看似龟卧，半伸半卧，似动非动。

下了山来，来到了太虚境，映入眼帘的是两边的对联："北方植物乐园，山东西双版纳。"沿着新开发的台阶上行，一会儿陡峭，一会儿平缓，一会儿路窄。走在新建的台阶上，树遮路，路连树，树在路中，路在林中，人在影中。走在路上，如在森林中漫步，看天然绿色，听山鸟鸣叫，赏山花灿烂。

正在前行，一棵粗大的野葡萄树站在路中，直径有二十多厘米，二米多高，上边开着星星点点的葡萄花。经推算，这棵野葡萄至少有百年历史。能长这么大，实属罕见。这棵树，是一种奇迹，给游人又增添了一种景色、一道美景、一种对野生植物的留恋和想象，让人看古树，赏新花，盼结果。想象过去，瞻望未来，美景如画。

越向前行，绿色越深，覆盖越浓。虚幻的世界，实在的美景，每行一步，都像步入仙境，虚幻的世界让人精神飒爽，信心倍增，游了还想游，看了还想看，久久不想离开。走出了太虚境，走进了情人谷。情人谷建设得绚烂多彩，五彩缤纷，古代的情人，具有历史传说的爱情，在这里安家落户。梁祝、天仙配、牛郎织女等爱情故事，被塑造得形象逼真，栩栩如生，又有了她们相亲相爱的一席之地。这种建设和构思，有两个目的：一个是把美丽的爱情故事，经过加工，搬到青山绿水中，让她们再现历史风采，让后人传颂；另一个是新建的情人爱巢，可以为现代情人提供住宿，提供美丽的环境，让有情人步入情人谷，走进爱情屋，享受情人乐，播撒激情，留下美好，留下快乐，留下那分分秒秒的冲动和涌动。

沿着木制的踏板路行走，看着山下古色古香、门类繁多的建筑，每座建筑物都有每座的特色，每座的人文文化，让人在欣赏中吸取，在吸取中回味。继续前行，来到了鹊之桥，鹊之桥用木板搭成，两边用绳索拉起，并辅有根根扶绳。桥高几十米，人在上边走，略有晃动，就像腾云驾雾，摆来摆去，好不快活。走在鹊之桥上，抬头望天，蓝天悬挂，云起云落，云卷云舒，尽在眼中，舒心开阔。向下看，瀑布飞扬，溪水潺潺，小鸟鸣唱，鱼儿游玩，美景如画，让人心动，让人清爽，让人欣赏它的美丽，记住它的美色，鼓励奋进。从鹊之桥走过，下了桥来，就到了鸳鸯湖，湖水清清，微风一吹，碧波荡漾。湖中放养的各种金鱼，有数百条之多，游来游去，嬉戏于湖水，寻觅着可口之食。它们像天然的舞蹈队，一会儿集体向前，一会儿自动分离，一会儿四处奔走，分分离离，走走停停，金红夺目，美丽可观。

更让人称奇的是，鸳鸯湖中，不断喷散出雾气，雾气腾腾，似仙境一般。仔细观看，是房干人的智慧而成，他们把湖的周围连上了一条条皮管，在管子合适的距离打一个孔，孔用各种细小的网罩堵塞，瀑布流下来的水，放到了湖周围打好眼的管子里，激烈的水形成压力，排放不及，从管子打的眼中排出，自然就形成了喷雾。雾满池边，让游人感叹，让游人称奇，让游人流连忘返。

情人谷的美，美在谷中栈道，那层层的木质台阶，让人感觉好像不是在山林，而是在江南水乡的园林，那种美也许亲身走在上边才能体会得出来。游人来此，大多发出啧啧的称赞声，还有的是被眼底美景所征服带来的感慨，游人大步小步地向前走着，好像前面会有更好美景在等在那里一样，而没有看出他们的劳累。走过情人桥，沿阶而上就是七仙女的寝宫了。看到仙女们摆出各式各样的舞姿，就好像真的到了天外，迷迷离离的寝宫被这碧绿的青山环抱着，还有那些高大的树木，把上来的台阶给遮挡着，俯身向下望去，那些参天的绿树，在阳光和雾气的映衬下，发出斑斑点点的金色光彩。此时"布谷、布谷"的鸟叫声从远处传来，把这种空宁的意境给打乱了，使满山的寂静顿时有了活跃的色彩。在寝宫的下方，看到牛郎和织女，那种男耕女织的场景真的是太美了，在柔和的阳光的照射下，两个人的神采更加地动人。也许是他们的故事，打动了建造这座园林的人，要不就不会有这样栩栩如生的场景，也不会有这样美轮美奂的大峡谷了。

侧身遥望谷壁，绿树摇风，谷底涧流潺潺，谷中飘忽的晨雾迷离，愈往幽谷的深处观望，景色愈是亦真亦幻。好神奇的幽谷，于此情于此景，直把人心朦胧得那样地恍然。拐过一道弯，远远地就听见有轰然的水声兀然而至，凝神眺望，是那情人谷中的瀑布扑入自己的眼帘。那灿若彩锦的瀑帘沿石壁斜飘而下，于底部岩石处四散而开，激流飞溅，绚丽炫目，像是仙子舞动着的霓裳，又像是现代女孩飘舞的长裙，媚着人的眼也染着人的心。飞瀑斜下跌入那波光粼粼的霓裳池中，又幻变出深深浅浅的色彩，有清丽的阳光透过疏疏的晨雾照射而至，透映水中池底，池周斑驳的岩纹如彩带飘入水中，轻携着周遭漫漫绿意的微风把一潭池水吹拂起圈圈的涟漪，一时间令人无端地生出许多的幻觉。

房干情人谷，风景秀丽，环境优美，建筑古雅。愿天下有情人，共同携手，走进情人谷，享受天然的自然风光，享受梦幻般的快乐。

感受华山

莱芜区西北部，有一座山，名为华山。应文友之邀，走进了华山。走进华山，看到的是：草是自然的绿，树是天然的绿，水是微蓝的绿。走进华山，就像走进了天然氧吧，一切是那么的自然，一切是那么的蓬勃，一切是那么的引人入胜。

进入峡口，南北两山便左右对峙。北山平缓，名双庙山；南山陡峻，为照壁山。山上峡中，巨石累累，其势峥嵘，而每块山石都各具其姿，颇可令人欣赏玩味。有的若怪兽，有的像卧龟，有的似蛙，有的如蛤，或仰或立，或伏或跃，形态各异，不可胜数；更有甚者，数石相叠，危如累卵，立于其下，其崔嵬之状让人唯恐避之不及。而所有巨石又都依山势争高竞上，直指山巅。其间高松如盖，亭亭玉立，一树一景，美不胜收。其下即为筑坝而成的白龙湖。

湖上有湾，曰白龙湾，其境空阔，整体为白色山石，唯经水处自然变为黑色，若白色巨龙的黑色龙爪。湾水澄碧，与下面银白的沙滩相映生辉。其上，山势崎岖险峻，为百余米长的巨型石壁，高有二三十米，石壁之上巨石奇松突兀而出，若悬于空中，令人叹奇。石壁脚下，裸露堆积的巨石隙中，涧水泠然作声，如奏仙乐。而大雨时节，峡谷之中激流翻卷，冲向龙湾，飞旋的瀑布若盛开的白莲。

沿阶而上，来到了白龙潭。白龙潭由一、二、三潭组成，它们潭潭相望，遥相呼应。潭中的水清澈透明，一眼就望到潭底。清清的潭水，让人心静，让人透明，让人纯洁。相传，白娘子在外打抱不平，除暴安良，寻求真爱劳累后，就到潭中洗澡、静身、游玩、休息。她枕的石枕斜躺在潭的上方，证明着白娘子的到来，证明着传奇。

过白龙潭，山势陡转，愈加奇险。石壁梯立，又峡中松柏蔽日，在昼犹昏，人入其中，常常晕头转向，因此当地人称为迷糊阵。不过在此可闻鸟唱，乘荫凉，确为仙境。

随山右拐，山石愈奇，简直如入奇石世界。几百米长的一段山峪及两面山岩上，奇形怪状的巨石随处可见，其中有一最大者，长十米，高三米，斜卧峪中，威风凛然，石面如削，无人可上。

移步换景，走进了华山天街。华山天街由若干台阶砌成，陡峭弯曲，曲曲折折，沿陡峭，顺弯曲，攀上山顶。站在山顶，游目骋怀，山风徐徐吹来，荡涤着滞留心底的尘埃，顿觉清爽无比，惬意无限。走累了，歇歇脚，开怀长啸，空谷回声，此时已物我两忘，飘然欲仙。疲劳了，枕一块顽石，卧一铺枯草，沐一轮阳光，看灿烂蓝天，陶然如醉，不知今夕何夕，好一派清幽高雅之气。

山上，林木耸翠，遮天蔽日，形成碧波连天的林海，蔚为壮观。顺着曲径通幽的环山路，置身于云蒸霞蔚之中，那松柏千层绿，花开万点红的盛景尽收眼底。山为水增添了雄姿，水为山增添了美色，好一幅自然景观，风雅秀丽，令人流连忘返。转眼间，来到了华山又一景点层林尽染，站在景点处，举目远望，翠绿的松柏一排连着一排，一棵挨着一棵，站立均匀，就像一排排整齐的士兵，在那里立姿训练，操练出规范，操练出威严。

沿路而下，来到了大舟院。大舟院现在是一片空阔的平地，这里曾建有大舟院的主建筑——志公殿。据说在20世纪40年代，这个建筑完好无损，60年代被拆除。据资料记载，志公殿，地处三面环山的大山前大舟院内，原为一古建筑，经多次修复，新中国成立后50年代拆除，现仅剩两株古银杏及部分碑文。此处群山环绕，翠柏苍松古栎覆盖，环境优雅宜人。

两株银杏树立于殿的空地上，号称千年古树，至今枝繁叶茂。传说为唐末起义领袖所植。两株银杏树，大者为雄立于左，小者为雌立于右；大者胸围4米有余，树高近20米，树冠遮地600平方米；小者胸围2米有余，树高约15米。二者对视而立，令人称奇的是，小者侧身生一小树，与小者形同子母，当地人称大小三株为"三口之家"，老少两代，美态福相，亲情融融，令人动情，自然造化堪称稀有。在银杏树前边有一黄连木树，经省林业部门鉴定，已有千年之久，是我省最老的黄连木树，也是罕见的树，难得的树。虽然千年之久，仍然青枝绿叶，生长蓬勃。它让人欣赏，让人感慨，让人留恋；欣赏它的悠久，感慨它的长青，留恋它的岁月。

走进华山，感受到的是满目葱绿，生机盎然。山如黛，绵绵不绝；水湛蓝，曲曲弯弯；鸟儿鸣，婉转悦耳；芳草盛，争奇斗艳。

走进华山，感受到的是难得的天然绿色，难得的原始森林，难得的山水风光。那绿色，那古树，那潭水，深深地刻在了我的记忆之中。

走进华山，感受到的是，树的绿，水的清，山的美。愿这片山水风光，常青常绿，常绿常新，蓬勃永久。

登莲花山

金秋八月，天高云淡。地里的庄稼结满了果实，等待着收获。随日报参观高庄新农村建设活动，抽点时间，到莲花山游览。

车子停下，下得车来，首先映入眼帘的是一广场，广场已经硬化，干净宽敞，是为游人停车用的。广场的南端是层层台阶，走向莲花山。广场的西端有一凉厅，为游客乘凉所用。广场的北端，有两个笔直的立柱，柱的顶端有一朵莲花，象征着雄伟、秀丽、挺拔的莲花山。为了不虚此行，组织者邀大家在广场集体照了一张合影，以作留念。

莲花山巍然耸立于苍莽的泰沂山脉中段，兼跨新泰和莱芜两市，总面积约 100 平方公里，有大小山头几十个，大小山脉十余条，主峰犁铧尖，海拔 994 米，为新泰、莱芜交界山地之巅。莲花山高风峻骨，横亘我市南部，为境内第一座高山。正面望去，恰是莲花山的背部，其基本的美学特征是秀、幽、险。

时间紧张，游览迫切。等组织者定好集合时间，我们就向莲花山出发，沿着新修的弯弯曲曲的水泥路前行。走在路上，看着前方翠绿的山，望着周围不同的果树，果树分布得星星点点，难以成片，但随处可见，有桃树、山楂、苹果、柿子、栾枣、酸枣。随行的一位摘了几个酸枣，分给大家，酸枣放在嘴里，又酸又甜，清脆可口。

我们走的峪，呈南北走向，依山曲折，蜿蜒十里，如一条长长的莲梗，直举"莲花"，故名莲梗峪。头顶"莲花"缘于莲梗之上，予人以无比美妙的想象。

一会儿时间，来到了吊桥，吊桥呈东西方向，长约27米，宽约2米，用木柱铺底，铁链拉起。行走在上边，晃晃荡荡，自在自然，如故意用力左右摇动，飘飘悠悠，想走欲飞，心境超前，难得的享受，难得的快乐。

前行不远，来到了碧莲潭，潭不深，水清澈透明，一眼能望到潭底，潭中几条金鱼游来游去，为清澈的潭水增添了几分色彩。潭的东边，有一条葱绿的深沟，树木苍郁，杂草丛生，树连着藤，藤连着树，草牵着藤，一眼难望到边，看到的是青绿，看到的是翠绿，绿得让人心静，绿得让人明亮，绿得让人心旷神怡。

莲花山，山多高，水多高。自山脚始，一路上，潭连瀑，瀑激潭。瀑瀑相望，在山涧抛起了一条条飞链；潭潭相连，串起了莲花峪中无数的珍珠、翡翠、玛瑙。更有一些随石流的、清泉洞中过的、山溪石间跳的，一如有着无数性格的女子，带着对山外美好的向往，向汶河行去。游莲花峪，既能让人领略莲花山的美石与俏岩，更能使人感受莲花山飞瀑与流泉的娇柔与秀美。莲花山上的水，都是从山石缝隙中渗出的，经过砂石过滤，非常干净，用其冲茶，其甘甜馥郁，生饮，则觉清、活、轻、甘、洌。莲花山水，可以饮用，可以沐浴，可以嬉戏，可以观赏。潭深流长，千姿百态。沿着层层台阶，或直上、或拐弯、或平坦。行走在台阶上，看中秋的莲花山，满目葱绿，生机盎然。

观赏莲花翠色，须置身于莲花山中。沿蜿蜒十里的莲花峪上溯至莲花顶，但见其满山遍野的绿色层林和充满神奇感的古木秀株，无不散发出原始森林的深远幽密。其树种之多，年代之久，覆盖之密，都是我市其他山所少见的。尤其是松柏，不管是土质疏松的平原山坡，还是悬崖峭壁，都有它们或挺直、或虬曲的身影。其次，经年的老藤树缠花攀木，愈发增添了莲花山的幽密。莲花峪，是"熊咆龙吟殷岩泉"的观瀑胜境，同时也是葱茏佳木开出的一道美丽水上长廊。牛犊凹的北山梁是转壶岭，虽叫岭，海拔也有800多米，下山的路就从这里开始。转壶岭上，参天树木枝杈相接，羊肠小道中伏着柔软的蜡枝子草，踏在上面犹如云步于厚厚的地毯，加之沐浴着星星细雨，颇有置身武夷风光的秀丽境界。这段长达千米的山道，叫它笼翠长廊名不虚传。长廊的尽头是翠松崖，新拓出的环山路从这里直至山脚下与莲花峪相接，宽4米，长3．5公里。自翠松崖回望莲花山诸峰，见群峰聚合，似抱翠而来，举手可摸，建于高峰岭上的空军雷达站清晰可见。身后青山吐润，上顶蓝天，下有碧水，天水交融一体，使人顿觉涤胸静怀、洗心绝尘。

　　沿着曲径通幽的小道前行，来到了爱情门、财富门。这是一处人造景观，两边分别有两块大石头，不知找了哪位高手写上了"爱情门""财富门"几个字，就成了一道简单的景点。站在爱情门和财富门的一边，我们几位拍照留念，为的是对面那葱绿郁郁的背景。站在爱情门向南边山上观望，山上林木耸翠，遮天蔽日，树木从山下连到山顶，形成碧波连天的林海，蔚为壮观。那松柏千层绿，花开万点红的胜景，尽收眼底，山为水增添了雄姿，水为山增添了美色，好

｜17｜

一幅自然景观，风雅秀丽，令人流连忘返。边赏山，边行走，来到了人造景点武松打虎处。打虎处有一简介，大体意思是说武松在此打过虎，同行的一位女寓言家说："莱芜人就是能，只要世界上有的都敢搬来。"她说此话，我感觉有两层意思，一层意思是前人有的，古人有的，只要好的东西，敢于模仿，勇于照搬，借为己用；另一层意思可能是说莱芜人脸皮厚，不是自己的东西，也能拿来贴在自己的脸上。我认为，应该想好的方面，想莱芜人大胆创新，敢于开拓，勇于办事的精神。从这一点看，莱芜人敢于做事，善于做事，敢想敢干，大事只要做成一件，也会留下一点影响，留下一点纪念。

返回的路上，我们几位边走边交流，当说到莱芜的一位有精神疾患的文人时，大家说他文章写得好。这时，女寓言家又说："很多文人，都多少有些神经质，才写出了绝世无双的文章。"此话一出，我连声赞同，真是经典。意思是这些文人，已经融于他写的故事中、情节中，神飞魂思，下笔有神，一泻千里，把文字表达得淋漓尽致。

因时间紧，没达到顶峰，略有遗憾。可以把山顶的美，山顶的景，留到下一次去登攀，等待有朝一日，再登莲花山。

棋山风韵

随日报和莱芜新闻网到棋山采风，再一次领略了棋山的风姿，棋山的美丽。

一路前行，来到了棋山观，看到了"玄之又玄"碑，让我猛然想象，当年一代奇人，一代诗人、书法家雪蓑，穿着蓑衣，戴着斗笠，手握长毫，一挥而就，写下了"玄之又玄"，让人欣赏它的美丽，感悟它的神奇，领略它的深奥；让人看了赞叹，读了体会，回味无穷。并想起了他的诗"济济怜贫凤世音，高情相类野人心，远思八拜天医显，一别十年岁月深。血泪流成江上草，茶铭化作古蛟吟，尘埋大古无人见，唯有空壶听我琴。"这是雪蓑为相别十年亡友董空壶所撰写的祭文，写出了他对朋友的相思，对朋友的深爱。诗意盎然，情谊流长，让人回味。

与雪蓑碑相邻，革命英雄烈士纪念碑巍然屹立。千百名英烈，为了祖国的解放，革命的胜利，在这块土地上，抛头颅，洒热血，同敌人英勇作战，献出了他们宝贵的生命。当地人民为了纪念他们，建起了这座纪念碑。这天，恰巧碰到了莱钢的崔贵平老先生，也在此瞻仰烈士纪念碑，缅怀革命烈士。他讲，这块碑意义重大，价值连城，我国稀少。向他了解得知，原来全国所有的革命烈士纪念碑，都由人民政府投资建设，唯有这块纪念碑是人民群众，出于对烈士的怀

平凡的回忆 ／ 张道同 著

念，对烈士的热爱，自发建起了这块革命英雄烈士纪念碑。从这一点看，当地的老区人民，为革命胜利作出的奉献是巨大的，这块碑也是十分珍贵的。

当地政府为了给游人创造条件，更好地游玩，欣赏神话传说中的美丽，在棋山后宫开发出了一片广场，广场内，塑上了棋山柯烂塑像，塑像美观逼真，栩栩如生。我们同来的同志，都在那里合影留念，享受同仙人般的感觉，找一点传说中的神奇，立一点思绪的新意，写一点神仙般的传奇。

来到南山门，一座洁白的石牌坊首先映入眼帘，"棋山柯烂"四个大字令人想起美妙的传说。建元年间，棋山脚下棋山观村青年王质上山打柴，来到棋子垭，见有两位老者下棋。出于好奇，他便不声不响地站在一老者背后观看。因口渴，他随手端起老者的一碗水喝了一口。谁知，喝后顿觉眼前忽明忽暗，似有白昼黑夜、春夏秋冬来去匆匆之感。等两位老者离去，他才想起砍柴之事，回头一看，斧柄已烂，回到村里，竟无一人认得他。原来"山中方一日，人间已百年"。

拾级而上，正要气喘时，一亭翼然于突出的山石上，名"重阳门"。亭柱上有副对联：圣水洌洌而无色明月朗照雪襄洞；神泉涓涓而有岚清风徐来醉八仙。这是棋山最早的炒鸡专业户刘宝胜父子投资兴建的。穿过茂密的槐树蓬起的"快活林"，眼前豁然开朗，"神怡亭"到了。神怡亭建在尖山子顶、面西北而前倾的一块巨石上，下面是一层一层突出的石牙，石牙形状各异，似蟾蜍，似飞鸽，自下望之，就是一幅无声的四折石瀑。

亭内小憩，一股清风拂面而来，顿觉满身的尘埃一扫而光。复归盘山道上向东走，"观棋台"到了。观棋台是今人为游客观仙人对弈才设定的一个景点，它将南大岭抛出在视线的右前方，即东南方，取尖山子与北大岭之间的空中视线。"不识庐山真面目，只缘身在此山中。"相隔1000米，但见棋子正在凡眼不能窥视的神手里欲拾欲落，全然已脱离了整座山体，神闲气定着的精彩一瞬，使人暗自叹腕，这一观棋的角度哪怕方圆里差个厘米也失去了最佳效果。

走下观棋台几步就是两亭连体比翼的"对弈亭"。游人若有趣，正可借棋山柯烂的灵气在这儿杀上一盘，赢也罢，输也罢，总之过罢了仙人瘾。从对弈亭右侧一道似隐似现的石缝里向下蛇行200米，就找到"雪蓑洞"了。洞口面北，呈簸箕状，高约1米，宽10余米，上方阴刻"雪蓑洞"三个行书大字。入洞后向东南方延伸有一条通道，曾有人试行百余米，但究竟多深，至今无人探究。

传说明朝嘉靖年间姓苏名洲的雪蓑道人曾在此居住修炼仙道。雪蓑，河南杞县人，工书法，善诗赋，喜欢古董和炮制药材，并能行医看病。他浪迹江湖，性情怪诞，高兴时开怀畅饮，醉眼蒙眬中尤喜冒雪披蓑，大书诗词于山谷峭壁间，每有奇笔杰作。

回到盘山道，前行过"折腰石""姊妹松"，就来到了棋山的制高点"望海石"。望海石位于南大岭极顶，石长3米，宽3.5米，高4.5米，其东、西、北三面皆是百丈沟壑。望海石面倾东海兀立在山巅，若是于无云的黎明蹲于石上等待，定能看到红日自东海冉冉升起。下得望海石北去，有一险崖陡壁，壁石迸裂。为了游人方便，凿山工硬是在壁石上凿出了一段长几十米的云梯，与云梯相接处的山垭，乃是棋子垭，棋子垭的另一端就是让棋山名贯古今的"棋山柯烂"。

边走边游边欣赏，我想起了"棋山传说"。"棋山传说"把棋山的棋山柯烂、南大顶北大顶的由来、望海石的故事、蛤蟆石史话、风箱道的故事、雪蓑洞主的传说等，描写得如画如真，惟妙惟肖。读了棋山传说，就等于游了一次棋山，读后的那种意境，涌动在脑海，翻滚着思绪，流淌着记忆。

棋山鸡已经成为一个品牌，成为棋山的一道亮丽风景。早在十年前，我在里辛工作时，就到棋山吃鸡，那时只有几家，当时我预言，棋山鸡最多火五年，可万万没有想到，火了十多年，仍然蓬勃。而且，棋山鸡在原来炖鸡的基础上，又开发出了炒鸡、黄焖鸡、肚子鸡。又引进了兔子头、泡菜鱼。还开发了各种山野菜，从山上摘，从山上采，从山上挖，野菜芬香，回味荡肠。

棋山已经名闻齐鲁，各地的游客纷纷慕名而来，有沂源的，有淄博的，有泰安的，他们吃后都赞不绝口，夸赞不已。有一次，我在棋山吃鸡，碰到一位老先生，他对我说："只要吃了棋山鸡，再吃别处的鸡就没有什么味道了。"从老先生的话就能看出，棋山鸡为什么兴旺，为什么常盛不衰了。

棋山鸡最大的特色是：油大而不腻，色浓而清香，肉美而回味。让人吃了还想吃，来了还想来，常来常吃，常吃常新，常新常想。

棋山上的石头，也是千奇百怪，形象各异。从后宫看，山中有石，石中有树，层峦叠嶂，密密匝匝，显出山的气势，树的雄劲，真是"大音希声，大象无形。"石头是大山的音乐，大气磅礴的音韵呼之欲出，风雨为它伴奏，冬雪是它的背景，阳光里它是一首铿锵有力的钢琴曲，月光下它又是一首低吟浅唱的小夜曲。它是大自然的雕塑，经过千万年岁月之手，聚敛了天地之气，成为一个智者，坦坦荡荡地裸露着斑驳的身躯，毫不遮拦地裸起粗犷的胸怀。在它的面前，人们所有的妄自尊大都显得微不足道。

棋山被评为省级森林公园，有山的魅力，有石的磅礴，有树的苍绿，有吃的特色，有源远流长的传奇，有人的吸引。

有些山，比棋山高，比棋山美，找人投资了，有人开发了，找单位宣传了，可就没有棋山知名，没有棋山风光。看来，人是宝地，人是风水。

平凡的回忆 ／ 张道同 著

雪

久违的雪，纷纷扬扬地从天际飘下，覆盖了山林，覆盖了田野。

雪，你从天际而来，带着你的洁白，带着你的纯洁，让山林银装素裹，让大地一片雪白。"腊月草根甜，天街雪似盐。"吟雪的时候，我们多想它的奇妙，它的纯洁无瑕，像梦一样地飞行，带着诗意与浪漫从一个地方到另一个地方，行走的途径比人要宽广，站立的姿势比人要深厚，无论是繁华的都市还是人迹罕至的角落，似乎人的每一步行走都要在它的身上印上痕迹。可雪不只带给人们这些表面现象，它纷纷降落的时候，大地最清楚不过，大地下的草木之根更为明晰。冬小麦最喜爱雪的到来，那些洁白的棉被给它们带来一个安逸的冬，待到春归大地，雪化为水渗入它们的灵魂、肉体，它们融为一体，用一冬的积蓄向天空伸展。它们带着丰满，带着蓬勃，把果实奉献给人们。

大雪纷飞，苍茫无际。看着纷纷扬扬的大雪，诗人描写雪的诗句涌现脑海："都城十日雪，庭户皓已盈，呼儿试轻扫，留伴小窗明。"傅察描写的雪情雪景似在眼前，浓郁轻盈。对雪的描写，也有孤寒凄冷的，像"孤舟蓑笠翁，独钓寒江雪。""穷冬积阴天地避，知君唯有袁安雪。"让人不可否认雪也有让人悲观的一面，三分失意七分潇洒，雪的飘落，确有含之难舍的情分，它超越一切境界和一切色彩，以一种无拘无束的行为，把你的心和整个视野全部覆盖，让你触目惊心。你会抬头仰望，会奔跑跳跃，疲惫的躯体和灵魂沐浴其中，撞出不少奇异的火花。

纷纷扬扬的雪，勾起了我童年时的回忆。小时候的雪，下得特别大，家中的雪扫起，堆在院子里高高的，占去一大块地方，推出去一部分，剩余的部分，放置要好长时间才能融化。那时，雪后就成了我们儿童的时光，堆雪人，打雪仗，成了我们玩耍的最好游戏。

下雪的景色很美，雪飘来的时候，大地的万物静立不动，雪地里的人们和远处的树木构成一幅清纯的淡水墨画，不用太多渲染也是一种少见的纯美。雪无声地飘着，像轻柔的小手，掠过宁静的眼眸，滑入如水的心境。曾经的无奈与浮躁，曾经的烦躁与苦闷，这时被纷纷的雪花轻轻拂去。在雪中，生命原来可以如此单纯，心情原来可以如此宁静。

月色淡淡，穿过轻盈的云层，柔柔洒向人间，恰似一片逝水年华中的追忆。这个时候，有雪轻轻飘零，穿过枯树，斜过瓦菲，落在童年里的村庄里，像时光一样悄无声息。屏住呼吸，用心聆听，这时会隐约听到雪有节奏的心跳，那是音乐的节拍，是激情的驿动，是岁月的歌声，如清风淡淡，如炊烟绵绵，如钟声悠悠，如花枝颤颤。一颗心紧缩着，本能地抵御着袭入的寒气，诵颂着"忽如一夜春风来，千树万树梨花开"的诗句，放飞着"晨起开门雪满山，雪晴云淡日光寒"的畅想，遥忆着"白雪却嫌春色晚，故穿庭树作飞花"的美好时光。然后，雪又剥开我紧锁的灵魂，轻轻地擦拭沾着的斑斑锈迹，呈现出初春时村庄一样的颜色。

每一次落雪，都是一次生命的洗礼，都让我找回了最初的感动，都让我不堪重负的灵魂变得轻松，变得无所顾忌。

雪天是严冬盛情的邀约，是一种诗意的象征。雪天，在每个人心中铺开一种驿动的情怀，分开过去和未来；雪天，预示着冬天的结束，也预示着新一年的来临。雪天不仅是劳苦的人们歇息的日子，也是善思的人们观察人生的驿站。在雪中，我们细细欣赏和品味那一幕幕精彩的人生片段，一段段令人肃然的人生故事。雪天寂静的故乡，那熟悉而遥远的儿时记忆，显然被现在的喧闹所替代。你或许会为远去的岁月而感到失落，但你更会为明天未知的生活而变得激奋不已。

我喜欢雪，是因为我喜欢生活。喜欢过去的岁月，也盼望将来的岁月，回味所有的日子其实都是一种由衷的幸福。其表宁静、其质圣洁的人，喜欢雪的颜色，喜欢雪的深层意义。在万籁俱寂、无所事事的夜晚，雪随意地飘过额头、脸颊，那种磅礴的气势，使人立即有种宁静、空灵、旷远的感觉。站在苍茫的大地上，用心聆听，会感到对生活透彻心灵的热爱油然升上心头，然后所有的不快、所有的难堪都不重要了……

下了一夜的雪，清晨，起来跑步，脚踏在软软的雪上，每跑一步，就发出轻微的咔嚓声，像是奏出有节奏的乐章。一会儿，来到做操的绿地，圆圆的广场上。广场上覆盖了厚厚的雪，人们站在雪上，舞着手，扭着腰，做着操，别有情调。这种情调，让人清新，让人明亮，让人纯净。

今年的雪，虽然晚来了一些，但我仍然对它情有独钟。因为，它唤起了我童年时代美好的回忆，让我年轻。

蝉

　　每当散步，走在绿荫树下，声声蝉叫，悠扬的歌唱让人心动，让人想起童年时那美好的回忆。

　　童年时代，暑假期间，我们一伙小朋友，最大的乐趣就是捕蝉了。捕蝉有两种办法；一种是我们把吃的小麦嚼成面筋，这种面筋弹力强，黏性大，只要一碰到蝉的翅子，蝉马上就被粘住，它怎么挣扎也无济于事，难以逃脱。有些用力大的蝉，把翅子撕下来了，才逃脱掉，可是飞出不远，就会落到地上，照样被小朋友逮住。另一种是在长长的杆子上，用一块纱窗网兜成圆形，口小内大，绑在杆子上。当网的小口一放到蝉的后边，蝉听到动静，就要飞起，一飞恰巧飞进网袋里，因口小内大，蝉很难逃出。

　　有时，我们一伙小朋友，也到我们村山后的树林里去捕蝉，那里离村庄远，蝉的密度大，基本棵棵树上都有蝉，一走进树林，百蝉齐呼，万蝉齐鸣，似混合的交响乐回荡在树林，飞扬在天空，传播在田野。那种鸣叫，让人有一种难以描写的情调，纷杂中有细腻，鸣响中有暗示，大合唱中有独调，奇特纷呈，夺人耳目，让人难忘。

　　长大成人后，参加了工作，自己建立了家庭，盖了新房。我盖的新房前边有一片小树林，小树林中有很多蝉经常从地里爬出，夜里蜕皮，由幼虫变成成虫。每当回到家中，我就去摸刚刚从地里爬出的蝉，逮蝉的时间长了，就对摸蝉摸索出了一些规律，掌握了蝉出洞的时间：每天太阳快要下山时，有一批蝉从洞中爬出，这时捕蝉，只要在树的附近和树的底部，慢慢寻找，认真搜索，一会儿就会收获很多。另一个时间，就是晚上十点左右，又是蝉第二批出洞的高峰，这时，拿上手电筒，在树上一棵棵地照，挨棵搜寻，只见洞中爬出的蝉在一人多高的地方，人伸一伸手就可以够到，很容易就抓到很多蝉。把抓到没有蜕壳的蝉，拿回家去，放在有水的盆里，让它在里边蹦跳一晚上，洗净身上的泥土，然后用盐腌一下，放在锅里炸熟，透明纯净，味美可口，再配上二两美酒，佳肴对美酒，不是神仙赛神仙，难得的快乐，难得的享受。

吃掉了蝉，读懂了蝉一生充满艰辛、危险和奋斗，感觉有些可惜。蝉从幼虫到成虫，要用十几年的等待、煎熬和坚韧来赢取阳光下一个月的短暂歌唱。蝉像一个沉痛的矿工，挖通通向光明的隧道。整个夏季，蝉用血丝染红东升的旭日，把夜幕唱得如自己黝黑的躯体一样的厚重，将声音中的光和热完全释放，把炎热唱去，把生命深处的悲凉唱出。这激越的声音是长期压抑力量的释放和迸发，是显示自己生命存在价值的浑厚和争鸣，是大自然天籁般的话语，是漂泊者一种精神解放的表白。

自古就有很多文人对蝉进行了描述。如唐代虞世南的《咏蝉》，宋代陆游的《蝉赋》，他们以蝉言志，借蝉抒情，寄托了他们的理想和追求，彰显出他们的气概和品格。朱自清的《荷塘月色》里有蝉，几句话就把"蝉歌柳月，蛙噪荷风"的景致描写得如诗如画；苏浙生在《红尘禅语》中说："不要以为美好的事物都远在天上，其实它往往就在眼前，就是你是否发现罢了，这便是禅。"这正应了"蝉即是禅"的说法，其实何处山水没有禅？记得一副佛联的一句："花即是禅，鸟即是禅，风耶云耶亦即是禅。"大概说的就是这个意思。

蝉是大自然中极其普遍的小昆虫，它尽其毕生精力在夏季制造激情，奏响一曲热爱大自然的乐章，在平凡的生活中鼓动生机，散布温馨，使我们感到大自然的美妙。

我总是以为，蝉是很理智的小东西，知道什么时候可以去把握，虽然那种把握很是张扬，却总是能让人理解与怜惜。生命于它本就短暂，在泥土里沉睡了三年甚至更长的时间，而后历尽磨难，突破重重风险，一朝攀上高枝，在属于自己本就短暂的日子里，把每日当最后一天过着，为何不呢？而它同样懂得什么时候放弃，毅然地放弃，甚至放弃的是生命。于繁华枝头，鸣唱整个草长莺飞的季节，而后繁殖，无悔地死去，伴随一声惊雷，埋入土里，生生不息。

风雨袭来，夏的深夜凉爽许多，此时蝉儿已经睡着了吧，等着明日日头东升，骄傲于枝头，唱起属于自己的赞歌。

蝉，它以短暂的生命，歌唱美好，释放旋律，给人愉悦，给大自然增添色彩。同时，也给人们一点启示：人，不论生命长短，都应在有限的生命里，去奋斗，去拼搏，去奉献。

雪中伞

上午，纷纷扬扬的雪飘落着，星星点点，不是很大，纷纷扬扬在扩张，在飞舞。

打着伞漫步在路上，呼吸着新鲜空气，看着雪花飞舞。天不是很冷，飞扬的雪落到地上，一会儿就化作了水，融进了大地中。

我们处在如仙境般的国度里，四处弥漫着那种飘逸的仙气，天上飘落无数的白色仙子，它们如精灵般将这世界化为仙境。

绿色还没有呈现出来，花儿开放还太早，这个时节，白色仙子降落人间带来的是寒气，留下的是静谧。一把把小伞却绽放在这如幻如仙的地方，红的、黄的、蓝的、紫的，还有其他各种颜色，仿佛是无数的小花开放在白色仙子的身边，而且它们移动着，相互替换着，形成不同的图案，不是人间雕琢，而是白色仙子使了仙术一般风云变幻。

边走边欣赏着飞雪，欣赏着雪中的一路风景。不同的行人，打着不同的伞，行走在雪中，各有各的特色，各有各的风趣，五彩缤纷，让人欣赏，让人赞美。

一对热恋中的情人，男士打着伞，举在女士的头上，男士露出半边身子，淋在雪中，女士拉着男士的手，男士把伞举得正好，把女士盖得很严，盖住的是同女友的热恋，盖住的是同女友的爱情，盖住的是对女友的一片真诚。女友边走边抬着头，看着男士，说着雪中的故事，谈着雪中的爱情，露出甜蜜的笑。可以看出，他们这份爱情有雪作证，有雪为媒，结出甜蜜，结出情果，是必然的，是任何事物难以阻挡的。

一对恋人刚刚消失，两位女士打着伞，出现在眼前，一位女士举着红伞，鲜红的伞同雪的白，形成鲜明的对比，格外耀眼。白白的雪落在红红的伞上，马上化为点点水滴，带着微红，透着明亮，积聚得多了，顺着红红的伞叶滴在地上，每一滴有着一定的间隔，有规律地滴下。另一位女士举着蓝伞，像是春天中的蓝蝴蝶，在雪中飞舞，在雪中游荡，女士漂亮的面孔，被蓝色在雪中一衬，更显美丽。伞托着雪，雪照着人，人走在路上，飘飘摇摇，潇潇洒洒，好一幅雪中美景，雪中景色。

一对老年夫妻，走在雪中。他们每人手中举着一把伞，迈着稳健的步子，不紧不慢地走着。他们相隔一点距离，这点距离不是很远，也就一米左右，斜交着。他们边走边聊，看得出，他们在赞美今年的第一场雪、这场雪为冬天带来的色彩、为对人们带来的益处。他们没有年轻人的激情，可有着老年人的稳重，他们迈出的每一步，好像都代表着一个冬天，代表着一场雪，代表着又一年的过去。他们珍惜这场雪，珍惜这丰收年景，珍惜这美好未来。

两个小学生，打着伞，一前一后，要到爷爷家吃饭。他们打的伞很小，一位小朋友边走边舞着伞，一会儿盖在头上，一会儿斜在肩上，一会儿又举得很高，像是一种自然形成的摇摆舞，不拘形式，不拘场地，任意摇摆，任意放飞，活泼可爱。另一位小朋友紧跟在前一位后边，想超越他的哥哥，可他的力气总是不那么足，走得一快，伞就落在身后，他就用力猛地举起，继续飞速追赶，可伞又同上次一样，又一个后仰，他只好又狠狠地拉回，来来回回，反反复复追赶，最终还是他哥哥先到了家，随后他才气喘吁吁地赶到。孩童的那种天真，那种活泼，在他们身上表现得淋漓尽致。

雪中有伞，伞中有人。人在雪中走，雪在伞中飘，飘出的是景象，飘出的是色彩，飘出的是年景。

顽强的生命

购买的新房内有一盆芦荟，它在盆里已经干瘪，到了奄奄一息的地步。盆内的土已经干得裂开了缝。

就这盆芦荟，儿子每去一次就给它浇一次水，它竟然又发了青，长出了绿，且逐渐扩大。儿子看到后，就从这一棵长大的芦荟盆里又移栽出了四棵，且每棵都长得葱绿茂盛。

让人称奇的是，原来盆里的那一棵，长出了一根七十多厘米高的杆子，杆子上边长出了50多个小花朵，花朵是粉红色的。不久，每个小花朵都张开了它那粉红的小嘴，散发出淡淡的清香。

看到小小芦荟，已经干瘪，经过浇水，竟然又活了过来，且长势喜人。芦荟竟然有如此的生命力，有如此的坚韧性，一般植物到了这种程度，只有化为草灰了。

由芦荟的坚韧性，我想到了人。我们在生活中，无论做什么事，像芦荟那样，只要有坚韧性，永久性，每件事都可以做好，都会成功。但人们往往在做事的时候，碰到了困难，就不想去克服，不想办法去解决，就用消极态度去对待，这么不容易做，就自动放弃。再就是很轻松的事，很有益的事也不能持久地去做，永恒地去做。比如，每天的锻炼，人们都知道生命在于运动，可坚持锻炼持之以恒的为数不多。锻炼的人，春天活跃，冬天冷淡。比如，我们的吃

平凡的回忆 ／ 张道同 著

饭，养生之道是，早吃好，午吃饱，晚吃少。可有很多人早晨不吃饭，岂不知，早晨这顿饭对身体最重要，是供给一天能量，吸收营养最好的时刻。比如，每天早饭前喝一杯开水，天天坚持，长年饮用，清洗肠胃，加快血液循环，对身体很有利，可坚持起来也很难。只要持续地饮用，对身体是会人有益处的。

通过这棵芦荟，也让我学习了一番。经查，芦荟口服可以很好地增强精力，也是非常好的健康滋补品。芦荟汁是良好的体内清洁剂，可以把胃、肾、脾、膀胱中的带病物质清除掉。

小小芦荟，复活的力量来自它顽强的生命力，来自它永久的坚持，经过外界一滴滴水的滋养，就茂盛了起来。

我们做事也是一样，只要永久地坚持，持之以恒地去做，事情就会做好，就会有好的收获。

平淡生活

　　平淡生活要有平常心。在物欲横流、钱欲竞争的年代，保持一颗平常心，就能平淡生活。人最怕攀比：越比心理越不平衡，就会有反感，就会有不满意，就难以平淡生活。平淡生活，就是要看淡社会上的是是非非、生活中的曲曲折折，始终保持平常人心理，平常人心态。

　　平淡生活要做平常事。人活着，做惊天动地事的人少，平常事的人多。平常事就是生活中的点点滴滴，工作中的勤勤恳恳，处事中的和和气气。生活离不开油盐酱醋茶，工作离不开互相交往，处事离不开交流，做好琐碎事，交流好同事情。人生最多的就是平常事，平常事丰富人生，快乐人生。

　　平淡生活要做平常人。世界之大，伟大的人少，平凡的人多。一位名人说过："人可以不伟大，但不可以不高尚。"平常人必须有高尚的情操、高尚的情怀、高尚的美德，赡养老人，抚养孩子，爱惜妻子，对贫困儿童献上一点爱，对无助的人献上一点爱。爱心是平常人的基准，只要爱别人，别人就会爱你，对别人有善心，别人就会用善心对待你。贺拉斯有一句名言："任凭天崩地裂，美德岿然不动。"一个人，只要用美德做事，用美德做人，就会是一个平常中孕育着不平凡事的人，这个人就是一个标准的平常人。

平淡生活，只是一些丝丝缕缕，如果没有一颗平和的心，它们便不容易被感知，因此需要的只是一份随和平静的心境，一种知足常乐的宽容，这些宽容和随和，才是生活快乐的润滑剂。朋友，你看我的眼睛，我只是想说，这是真的关于平淡生活的感悟，不只是一些肉麻的语言，它是面对真实的一种乐观心态。

风行水上，自然最好。生活，平淡最好。庙堂之高与江湖之远，艰难之日与得意之时，生命的过程，都应从容如水流。西哲蒙田告诫我们："最艰难之学，莫过于懂得自自然然过好一生。"

做平常事，做平常人；平淡生活，平淡人生。平淡而自然，自然而快乐。

节日静心好读书

春节就要到来，欢乐的气氛、丰富的物品、轻松的心情、节日的长假，都愉悦着人们。我在这愉悦欢乐的日子里，抽点时间，静下心来，读点好书。

节日里，静下心来，读一本名著，领略名著中的哲理，品味其中的苦辣酸甜，从而丰富如何为人的理智。书是一面镜子，窥明历史，烛照当今，亦能鉴出自己的丑美。捧读名著，美感浮现在字里行间，如同聆听一位知识渊博的尊长谆谆教诲，让人在人生舞台上知道如何鉴赏丑恶，发扬美善，做一个正直分明、奉献人生、奉献爱心的人。

节日里，静下心来，读一本散文集，那诗的境界，文的流畅，语言的精练，由浅到深的内涵，清新可读，温馨悦目，华丽流畅。一篇散文一个境界，一篇散文一个哲理，一篇散文一个心境，心境明，思维新，热情高。

节日里，静下心来，读一本悲欢离合的小说，随主人翁感受其中的悲与喜，苦与甜，爱与恨，有时愤怒不平，有时眼泪纵横，有时眉开眼笑，思绪波荡起伏，忘记了烦恼，忘记了忧愁，忘记了一切。读一本爱情小说，感受那种激情似火的爱情、如痴如醉的恋情、波浪起伏的感情，让人感动，让人年轻，让人活力涌动。

节日里，静下心来，读一本养生健身的书，合理膳食，

平凡的回忆 / 张道同 著

戒烟限酒，适量运动，心理平衡，健康快乐。读一本中外菜谱，做一道名菜，品一道风景，尝一种美味，得一种快乐。

没有了书籍的相随、阅读的滋润，心灵就会日渐苍白浮躁，精神也会贫瘠聊乱。

时光悠悠，岁月匆匆，好读书，乐此不疲。读书只是我们选择的一种生活方式，古人说，太上有立德，其次有立功，再次有立言，真诚地希望各位朋友，不管你们是经常读书还是偶然读一次书，希望你们在这个应该有所作为的时代都做出一点事业来，为我们的国家，为我们的民族，为人类的发展作出应有的贡献。然而，成功并不是人生的目的，心中只有成功两个字的人，心灵也许注定是残缺不全的。因此，还是尽可能多读点儿书吧，洞察历史，省察人生，然后有所作为。如果你不以追求成功为目的，也不以事业为人生为重心，只是喜欢过一种优雅的生活，那请你选择多读书吧。

节日里，寄情于书，托心于书。静下心来读书，陶冶心性，拨动心灵，胸怀宽广，身心健康，节日快乐。

读书是一种情操

读书，从书的海洋中吸取营养，汲取精华，补充知识，开阔视野。我认为，读书是一种情操。

读书是一种情操，关键在于一个"趣"字，即一定要有情趣和乐趣。附庸风雅，为读而读的人，不可能有情趣和乐趣；而带着功利读书，寻求暴富、升迁之道的人同样也难有真正的情趣和乐趣。只有那种把读书作为一种情操，择书、读书均发乎于情，得之以趣，不带任何功利目的的人，才能乐在其中，趣味无穷。假如你正为失恋而痛苦，为工作挫败而懊丧，为失去朋友而烦恼时，无意中得到一本给你分析利弊，排忧解烦的书，就犹如接触到了一个知心朋友，在与其无声的交谈中，逐渐排遣了痛苦和烦恼，精神为之一振。此种乐趣，笔墨难以形容，他人无法体会。浩瀚的书海中珍稀的贝壳俯拾即是，文化使我们深沉，历史使我们明智，哲学使我们睿智，每一本书都向我们打开扇窗户，开启新的视野。

把读书作为一种情操，主要是能充实生活，丰富情感，提高思想修养，使自己逐渐成为思想深刻、情趣高雅、谈吐不俗的现代人。林语堂先生曾说："读书使人得到一种优雅和风味。"一个人若能忙里偷闲，择书而读，忘怀眼前的现实环境，摆脱尘世的烦恼，在书的世界里品味和享受人生，这较之于争名逐利、庸俗无聊地消耗时间，不能不说是一种情操，一种境界。

每个人的生命都是有限的，不可能对每一种事物的认知都要亲身实践，只有通过读书，才能使我们知道，美丽的星空是广阔无边的；人类的进化是经过漫长历程的；大自然是神奇而美丽的；知识的海洋是无穷无尽的……书本中的知识可谓是包罗万象。通过读书，我们可以丰富知识，拓宽视野。读的书多了，自然就懂得多了，"博学广识"也就是这个道理。

读书是一种情操，它能丰富一个人有限的人生。读书不能改变人生的长度，但可以拓展人生的宽度。人生在世，除了物质生活之外，还应有自己的精神生活，而这往往是从读书开始的。一本好书，就像一艘航船带领我们从狭隘的地方驶向广阔的海洋，延伸生命的有限疆域。

读书是一种情操，把读书作为一种习惯，唤起全民读书激情，亲近图书。全民阅读，让社会少一点烟酒味，多一点书卷气；少一些浮躁，多一些书香，让读书成为时代风尚。

春雨润无声

一场春雨悄悄地走来，给人们带来了一种惊喜，春雨润无声。

春雨淅淅沥沥地下着，让人们感觉到了春意，春天真的来了。春雨落在地上，土地开始蓬勃，焕发出生机。春雨落在树上，树木开始发芽，露出绿色。春雨落在山上，点滴着山花，让山花烂漫，五彩缤纷，争相开放，散发出春天的气息，春天的花香。

春雨，滋润蓬勃；春雨，滋润绿色；春雨，滋润芳香；春雨，滋润生长。

春来春去，过了一春又一春，可今年的春天同往年的春天不一样。今年的春雨来得特别少，对悄悄来的春雨，人们更加珍惜，更加爱恋它，深深感觉它的可贵。

春雨过后，走在田埂上，津津有味地欣赏春雨的功力，一夜之间，活脱脱地剥掉了麦苗的冬季戎装，换上了春的秀衣，还散发着盎然的气息呢！春风的威力也不小，巧夺天工，制作出了绿滚滚的麦浪，绵延起伏，跌宕不休，那可是这位丹青高手下的一幅"麦浪之舞"的长幅画卷。麦浪上的阳光泛着点点银光，演绎成了淡淡浅浅的绿，流动着，生长着，欢笑着。远处的电缆上栖着叽叽喳喳的小麻雀，小燕子也在湛蓝的天空中做着各种各样的滑翔动作，划出优美的弧线！我顿时被这大自然的杰作陶醉了，随口吟诵着"一夜春雨润无声，天色成碧麦浪腾，燕儿贪绿舞翩翩，晴光染绿翡翠青"。

春雨贵如油，当"梨花一枝春带雨"的时候，眼前的潇潇春雨会把城市和大地洗刷得格外清新雅致。雨帘中的都市有一种轮廓，若隐若现，蒙蒙的，以往让人生厌的车流此时亮着尾灯，在雨中轻轻滑过，便犹如小河中的轻舟划过，也有了些许的诗意。这时你在屋里看着窗外，听着雨声，情不自禁地就会想起那些优美的唐诗宋词，想起古人那些自然的生存环境"明月松间照，清泉石上流"，悠然的生活状态"竹喧归浣女，莲动下渔舟"，可以想到他们的心态，悠然、恬适、从容。也许只有在这种清心雅致的环境中写下的东西才会流传久远吧。虽然我们生活在现代社会，人懒得连笔都不想动，有了一点思绪就动用手指在键盘上敲打，流出来的好像都是一些机械的、毫无生机的文字，想要流传真是梦了。

人在静谧中听雨，是可以浇灭心里的浮躁之气的，是可以让人的心变得沉稳起来的。生活让我们像陀螺一样不停地旋转，好似有人在一旁用鞭子抽打般不停挣扎，难道真是平时所托词的"人在江湖，身不由己"吗？其实，静静地想一想，原因大都在于我们的内心所求太多、所求太快、所求太强，所谓"人不由心""人不由己"，所以我们才会自找苦吃，哪怕没有人在一旁鞭策，我们自己也会因为自己的私心、欲望而拼命地钻营。渐渐地，我们失去以往的纯真，当我们平静下来，慢慢回首，会有"水流心不竞，去在意俱迟"的慨叹。也许终有一日，我们会有大彻大悟的时候，当我们明白了安稳做人，安心做事，不去计较得失的时候，我们便会在这绵绵春雨中，体会到"春雨贵如油"的珍贵，体会到人生的难得，那些名利上的蝇营狗苟也就如这春雨里的薄雾会渐渐散去，让我们有一个清新的自己。

平凡的回忆 ／ 张道同 著

从照相机看变化

那年，我突然心血来潮学习摄影。

学习摄影，首要的条件是照相机。那是 1982 年，照相机和其他物品一样，也是奇缺。当时，我的一位同学在武汉二炮学院上学，我就委托他，给我买一台友谊牌 120 照相机。

联系好我的同学，寄信、寄钱，来来回回几个月的时间，才收到了照相机，这部照相机用了 120 元。收到相机后，我找来了摄影的书籍，马上紧锣密鼓地学了起来，从调焦、速度、光圈，到光线的运用，逐一学习，并把学习同实践相结合。第二年，单位举办摄影学习班，我踊跃参加，经过十多天的学习，摄影有了进一步的提高。学完后，单位举行摄影展，我拍的一张农家小院的照片，竟然被选上参加了摄影展。那一年，我刚刚买了电视机，电视机需要天线，我就把天线用一竿子加高，让人爬上屋顶，放到了山墙头的顶端。我当时住的是马挂子屋，下边有几层瓦，上边全部是草。放上天线后，我感觉屋顶看上去就像无线电在发报，很有意境，特别是处在农村的小院里，更有几分色彩，我就选了角度，仰拍了这张照片，没有想到，竟然选进了摄影展。

从此，我更勤奋地学习摄影，不断积累摄影经验，努力在"形神兼备"上下功夫，拍各种照片，反映出各种特色：拍儿童照片就要反映出儿童的天真活泼，拍青年照片就要反映出青年的朝气蓬勃，拍老年照片就要反映出老年人的庄重慈祥，拍女性照片就要反映出她的妩媚健美，拍男子汉的照片就要反映出男子汉的英姿飒爽。

后来，又购了相纸、显影罐、显影液、定影粉，并找人制作了暗箱。自己拍，自己冲，自己洗，技术虽然不是那么一流，却也能拿得出门去，让人欣赏，让人观看，也可留念。至今，我拍的一些黑白照片，仍放在我的影集里。

十年以后，环境发生了转变，经济也跟着好了起来。那年，我用200元钱购买了一台"傻瓜"照相机。这种照相机，只要看到人和物，拿稳相机，一按快门，哗啦就是一张，自动调焦，自动取光，减少了调焦距，对光圈的烦琐。

这部相机跟随了我两年，我去外地考察项目带着它，去外地旅游带着它，过年过节带着它回家，用得遂心应手，拍了很多照片，大多是人物留念的照片和外地留念的照片，记录下了我很多美好的回忆。可惜，在1994年的一天，它在家中不幸被盗，我感到可惜，感到心疼，一个原因是我还没有用够它，二是它我已用的熟练，失误的时候很少，对它有一种相知相熟的了解，舍不得它。每个人都是这样，珍爱的物品一旦丢失，就感到心痛，就感到惋惜，就感到可惜。

丢失的当年，我又用200元钱买了一台相同的相机，这次的感觉质量不如上一部好，每当拿起相机就感觉很轻，但拍出的照片还是相当不错的。用了这部相机后，每年的春节，我都买上胶卷，带回家去，留下春节的团圆、春节的快乐、难忘的气氛。

这部相机至今一直陪伴着我。

后来，数码相机问世。当时我就想，无论什么相机，无非是光圈、速度，靠光形成图像，因此对数码相机从不学习，也不过问，更不去涉足。去年，多次同博友聚会，同文友采风，这才认识到它的先进，它的威力，改变了我原来的想法。人的一些观念，有时改变在一刹那，有时改变需要几十年。

改变了观念，认识到了它的先进，经济上又允许，就用2000多元钱购买了一台数码相机，能拍能录，功能齐全，使用方便。

从照相机的发展和购买上，看出了祖国三十年的变化。

贫穷和富裕的变化。三十年前，要买一台120元的照相机，需要半年的工资，攒这些钱需要一年的时间。那时，有电视机的不多，天天吃白面馒头的没有，买照相机的也是寥寥无几，一个村也没有几家。看今天，家家都有彩电，数码相机已经走进家庭，很多人家用汽车作为了代步工具。

先进和落后的变化。三十年前，买盒香烟，买斤红糖，都要托人购买。买相机、自行车、挂钟、手表都是求人购买，市场物品缺乏，经济落后。而今，市场上琳琅满目，物品齐全，想买什么就买什么。发展了，变化了，先进了，物资齐全了，市场繁荣了。

科技带动观念的变化。科技快速发展，带动了人们观念的转变，有什么科技产品，人们就能认识这种产品，掌握这种产品，使用这种产品。电脑、数码相机等就是明显的例证。在三十年前，我连想都不敢想，今天电脑竟然能运用得熟练自如，得心应手，成了必不可少的使用工具。

先进代替了落后，富裕代替了贫穷，科技带动了转变。先进了就超前，超前了就发展，发展了就富裕，富裕了就充实，充实了就饱满，饱满了就专心科研，科研领先，就会腾飞走进新时代。

难舍大金鹿

我家中的大金鹿自行车，整整陪伴了我二十六年。如今，依然完好无损地放在家中。

今年上半年，废铁价格猛增，家人都叫我趁价格好，卖了废铁。我没有同意，因为我舍不得它，舍不得它对我的付出，舍不得它的便利，舍不得它的稳固。

1982年，物品尚紧缺，买自行车需要托人买。经过托人，我终于买到了一辆大金鹿自行车，因车子买得急，买来时分几批到货，刚开始只来了车子的大部分，后货架没有到，直到我骑了一年后，后座才来到，安上后，一直骑到今天。

自行车买到家后，我如获至宝，细心呵护，仔细使用。每隔几天，就要认真擦洗一遍，擦得铮明瓦亮，漂亮美观，让人一看，就感觉到新鲜，感觉到舒坦。自行车要经常地加油，防止快速磨损，我还找了有颜色的塑料带，把车子的主要部位缠了个严严实实，保新，防止它生锈。从此，我和它风雨同舟，共同走过了二十六年。

二十六年中，它随我上下班，同我赶集上店、会朋友，付出了很多。那年，我要办调动，想从煤矿调到地方，需要找人、找单位。那时，交通不很便利，有车的人基本没有，我就靠这辆自行车，跑这家，去那家，匆匆忙忙去，匆匆忙

平凡的回忆／张道同　著

忙来，为的是不休班，不耽误工作。有时，一天要来回往返四趟莱城，虽然紧张，但有大金鹿骑着，并不感觉累，经过努力，办调成功。这项成功，也少不了大金鹿的功劳，因为它让我赶路程，节省了时间，加快了速度。有时候，很多事情就在分秒之间，一旦错过，就会失去它。人生的机遇也是如此，抓住了那一刹那，就可能成功，错过了那一刹那，机会就会失去。

大金鹿伴随我二十六年，给我带来了很多实惠。一是方便，这种方便表现在各个方面。上下班方便，想什么时候走就什么时候走，从不耽误上班，从不影响工作。买东西方便，赶集上店，骑上它，自由自在地去，快快乐乐地来，载着的是物品，骑着的是速度，这种速度可快可慢，任意飞翔。二是省费用，自行车不用油，不用充电，只要轮胎有气，骑上它，就可日行百里，想去做什么，按着意图，按着想法，自由地去做，省去了用钱买车票的费用，还省去了等车的时间，节时省钱，可行可乐。三是稳固，它有一副坚实的车架，耐用的后座，载上一个大人，不晃荡，不摇摆，怎么骑，怎么走，都不偏离方向。那种耐久、坚固、耐用，是其他自行车比不上的。这期间，我给儿子买了一辆小轮自行车，骑了不到五年，就生锈了，到处不听使唤，我就送人了。

代步工具已经发生了很大转变，私家车已进入家庭。近几年，我家也买了小车，可我仍然对我的大金鹿情有独钟。这是因为市场上再也买不到这样的大金鹿自行车了。留着它，作为一种收藏，作为一种纪念，作为一种回忆。回忆那时物品的紧缺，回忆走过的历程，回忆车同我留下的足迹。

如今，在附近办事情，购物品，我仍然骑着我的大金鹿，骑上它感觉比较舒心，比较随意。骑车当作一种快乐，一种享受。我总认为，自行车是环保且方便的交通工具，骑车既锻炼了身体，又观赏了一路的风景，何乐而不为呢！

大金鹿，你虽然没有了刚买时的那些风采，却有了二十六年的经历，经历了摩擦，经历了风雨，走过了历程。这些历程，是我们共同走过的，是我难以忘记的。

大金鹿，你已陈旧，你越陈旧越说明你付出得多，你付出得越多，我就越应好好地珍惜你，爱护你，保护你。

平凡的回忆 ／ 张道同 著

我为妻子买礼物

带着甜蜜，带着喜悦，带着珍爱，走进了金店。

今年，是我同妻子结婚三十周年。在这大喜大庆的日子里，我慷慨解囊，为和我共建家园、相伴三十年的妻子，买上一份礼物，作为纪念。

妻子是甜蜜的。妻子的甜蜜来自她的关心，来自她的温馨，来自她对人无微不至的关怀。自结婚以来，她孝敬父母，抚养孩子，爱惜丈夫。在孝敬父母上，结婚三十年来，妻子从没有同我父母吵过架，拌过嘴，只要父母安排她做的事，她都诚心实意地去做，不折不扣地去完成。为老人送去温暖，送去关怀，送去礼品，她都不阻挡，支持我去做，能做到这一点，是老人的福气，是我的骄傲。对待我更是说不出的温暖，我在煤矿工作时，有时要上早班，早晨五点就要赶班，她四点就起来为我做饭，次次如此，始终如一。每当下午回到家中，热腾腾的饭菜已摆在桌上，可以说，吃着的是甜蜜，得到的是回味，享受的是记忆。

妻子是可爱的。付出了爱就会得到爱，妻子用自己的真心，用她的真爱去爱对别人，爱对家人。付出是艰辛的，得到是必然的。爱一个人，爱一天容易，爱三十年难。三十年的付出，三十年的投入，用真情对家，用真爱对人，辛辛苦苦三十年，一如既往三十年，三十年的真挚，三十年的奉献，让人怜爱。

妻子是值得信赖的。人们常说："一个成功男人的背后，站着一个成功的女人。"这话并不夸张，每个在外想干点事业的男人，没有妻子勤勤恳恳的付出，全心全意的支持，这个男人的事业是难以成功的。我的经历就是如此，从我们结婚后，盖新房、工作调动、买新房，都证实了这一点。我自我感觉良好，感觉是成功的，因为是我同妻子共同做了很多事，共同让我的事业有所收获。记得那一年，在农村老家盖新房，我们夫妻从一穷二白开始，东借西取，省吃俭用，勤劳持家，共建家园，结婚不久，就有了我们的新家。接下来，我又面临工作调动，在那时，一些人认为那不现实，但妻子支持我，做我的坚强后盾，经过努力，又获得了成功。房改以后，个人买房，那时，我虽然从事了行政工作，但享乐观念对我来说，没有占据上风，买房时，又借了一部分钱，我和妻子正确面对，又顺利地买到了房改房。几年后，又还清了借的钱。

我事业的每一次成功，都离不开妻子的支持，离不开她的奉献。她奉献的是力量，奉献的是没有后顾之忧，让我勇敢做事，大胆创新，有所突破，得以成功。

夫妻相伴一生，是一种幸福。夫妻相爱一生，是一种甜蜜。这种甜蜜，是难以用语言来表达的，是用金钱难以买到的。

下一个三十年，我们的爱更深，情更真。花是香的，果是甜的，爱是永恒的。

人生须努力

　　读了《老年教育》的一篇文章，漫画家方成，已经九十岁。在八十岁高龄后，一年出两本书，这使我很受启发，感觉仍须努力。

　　人生须努力，就要不断学习。学海无涯，学无止境，只有勤奋学习，勤奋耕耘，不断更新自我，冲洗自我，人才会思维新，境界高，胸怀宽。

　　人生须努力，就要有所追求。只要有追求，就要去奋斗，只有奋斗才能达到目标。人活着，就要追求不止，奋斗不息。

　　人生须努力，就要看到希望。看到希望就要去实现希望，实现希望就要去努力，希望是灿烂，目标是辉煌。人生，只要肯努力，就会取得灿烂，得到辉煌。

　　人生须努力，就要攀登。攀登就要付出，付出是艰辛的，攀登是艰苦的，付出得多，收获就多。只有走过荆棘，越过陡坡，攀上悬崖，才能到达顶峰。顶峰是无限的，付出是无限的，无限的付出将得到无限的收获。

　　人生须努力，努力就有希望，努力就有收获。

节日祖孙情

大年初一，早晨跑步回来，刚刚到家，孙子就喊："爷爷，爷爷，过年好。"我说："谁教你的。"他说："奶奶。"我很高兴，马上送上了一个红包。

孙子，今年三岁，活泼可爱。孙子对我特别好，他吃糖时，先送给我一块，然后再每人送一块。吃橘子时，先送给我一瓣，他才自己吃。中午吃水饺，是肉馅的，他就把肉馅送给我，我就问他："你是送给爷爷，让爷爷吃好的吗?"他说："不是的，我不吃肉馅，只吃皮。"露出童稚的天真。

初一这天，不知他做错了什么，他妈妈批评了他，他哭着跑到我的怀里，对我说："爷爷，俺过年了，俺妈打俺。"我说："过年了，我去批评她。"他才停止了哭声，露出了笑脸。

过年期间，走亲串友，不管我到哪家，他都跟着我，不叫他去他是不愿意的。吃饭时，他就跑到我的怀里，并马上把桌子上的筷子递给我，说："爷爷，快吃。"在座的人都很受感动。在老家串门时，我前边走，他后边跟，一会儿走，一会儿跑，一会儿跳。跑跑跳跳，跳跳跑跑，好不快活。可到了朋友家，他玩一会儿就玩够了，就嚷着回家，我就让他背幼儿园学的儿歌："爸爸妈妈去上班，我上幼儿园，不哭也不闹，见了老师问声好，我是妈妈的好宝宝。"

他背完后，就不嚷着回家了，可一会儿后，就又嚷了起来，只好领着回家。

　　大年三十，熬五更时节，他睡着了。可鞭炮如雷，声声震耳，把他震了起来，他就喊："爷爷，我怕，快来。"我就马上跑到他的跟前，用两只手捂住他的耳朵，并说："过年，都放鞭炮，咱也放。"他就睡着了。一会儿，鞭炮又响，一声比一声激烈，一声比一声响亮。他醒后，又喊我，我就又重复一遍上次的话，他就又入睡了。一次次惊醒，一次次入睡，睡了醒，醒了睡，反反复复，达数次之多，让人担心，让人反感，让人害怕，害怕明天孙子受惊吓后，是否引出麻烦。

　　活泼可爱的孙子，带来弥足珍惜的亲情。过年，过的就是团圆，过的就是亲情，过的就是那份和和睦睦亲密无间的氛围。

怎样才算富有

人的富有种类很多，如房屋富有、钱财富有、家庭富有、爱情富有、精神富有，归结起来，就是两大类：一是物质富有，二是精神富有。

物质富有，应该说，吃、穿、住、行都已满足，略有结余，就应该算物质富有了。某人存款几千万元，几亿元了，那毕竟是少数，大多数人都是解决了温饱，略有结余。

精神富有是一种内在的力量，美好的心灵，旺盛的追求，宽阔的胸怀，超前的思维，心静如水，品德高尚，处世大度，爱心对世界，善心对社会，孝心对老人。

只有物质富有，人不一定会幸福。中外哲人都认为，丰富的心灵是幸福的真正源泉，精神的快乐远远高于肉体的快乐。上天的赐予本来就是公平的，每个人的天性都蕴涵着精神需求，在生存需要基本得到满足之后，这种需求理应觉醒，它的满足理应越来越成为主要目标。那些永远在功利世界折腾的人，那些从来不谙思考、阅读、独处、艺术欣赏、精神创造等心灵快乐的人，他们是怎样辜负了上天的赐予啊！不管他们多么有钱，他们也是度过了贫穷的一生。

怎样才算富有？生活满足，略有结余；有善良的心，丰富的心灵，高贵的灵魂，这样的人，才算真正的富有。

人是伟岸的

看了一则故事：有一个人，在生活的道路上挫折不断，伤害、打击，让他走投无路，他对生活失去了勇气，最终想一了百了，跳崖自杀，了却一生。当他来到崖边，正想跳的时候，悬崖上长的一棵树说话了："你有什么解决不了的？你看我，长在悬崖上，要土壤没有土壤，要水分没有水分，上不着天下不着地，没有同伴，忍受孤独，遭受风吹雨打，说得上是最困难了。"跳崖人问："那你还活个啥劲？"树对跳崖人说："你抬头看看，我要死了，树上两个鸟巢里的鸟儿就无处安身，所以就不能死。"跳崖人听到此话，悬崖勒马，回家去了。

人是伟岸的。活在世上的人，大人物做大事，小人物做小事。大到国家的治理，祖国的昌盛，人民的富裕。小到在各自的岗位上，兢兢业业，创造财富，创造积累。大人物和小人物本质上是一样的，那就是普通的国家公民，祖国的一员。一个国家的繁荣富强，是由这些相同的公民，共同创造，共同建设，发展起来的。

人是伟岸的。来到世上的人，无论是聪明的，还是迟钝的，都能站住位置，撑起他自己的一片天。聪明的多做事，多奉献；迟钝的少做事，少奉献，但他们的奉献是相同的，那就是大处说为国家，小处说为家庭，家庭好，国家才会好。国家是由若干个家庭组成的，只有每个家庭都幸福，都快乐，才会有和谐的社会，和谐的国家。

人生是伟岸的，人之所以伟岸，是因为每个人都能发出星星点点的光。

平凡的回忆／张道同　著

人生中的不能等

　　人走向社会后，对生活能自理，对工作能胜任，对家庭能照顾，对社会的发展有明确的见解每个人有各自的思路，想法多，见解广，可人生中有些事不能等。

　　孝敬老人不能等。父母含辛茹苦，操劳一生，付出了汗水，付出了心血，把子女养大。长大后的子女展翅翱翔，飞翔在天空，奔波在大地，可千万有一点不要忘记，就是孝敬你的父母。不要说，我刚刚工作，工资不高，等涨了工资再孝敬父母；不要说，我刚刚结婚，才新建家庭，等富裕了再孝敬父母；不要说，我刚刚买了房子，把买房子的钱还完再孝敬父母。如等着工资上万元，家庭百万元，还清房款，父母有可能就不在了。父母不在了，钱再多，家再富，房子再漂亮，想孝敬父母已经找不到人，有钱又能孝敬谁呢？不论工资多少，家庭穷富，孝敬父母不能等。孝敬父母不一定是要给父母多少钱财，关键是随时随地献上你的一片孝心，常回家看看，同父母经常交流，让父母开心，并把父母想办的事挂在心上，帮助父母办理，让父母感觉到子女的孝心，始终真想着老人，服务于老人。

　　对子女的教育不能等。每位家长，每位父母，往往是工作忙，忙于应酬，忙于事务，忙于人世间的你来我往，都忽视了对子女的教育。对子女的教育，我认为，首要是教子女怎样学好知识，怎样做人，从道德、知识、观念上进行教育。抓教育是每时每刻的，现实的孩子聪明，成熟早，接收的外界知识多，往往不从严教育、从早教育，一旦感觉到有危机，才去教育，已经很难挽回。这样的话，孩子就会走向歧途，走向一条难以摆脱的路，甚至走向困境。其次是认识社会，观察社会，做适应社会、适应时代潮流需要的人，做对人民有益的人。

锻炼身体不能等。有名言："生命在于运动。"可真正把天天锻炼放在首位，始终坚持不懈的人为数不多。有时候，有些人有误区，经常说劳动了一天了，还锻炼什么。岂不知，劳动和锻炼是两码事，劳动是被逼迫的，是为完成任务，挣取工资，一板一眼一钉一卯按时操作的，是有固定性和局限性的。锻炼是随心所欲的，愿意爬山就爬山，愿意跑步就跑步，愿意打球就打球，但有一点，必须天天坚持。

对事业的追求不能等。每个人，走向了社会，就应对事业有一份追求。这份追求是自己的理想，是自己的目标。俗语说："少壮不努力，老大徒伤悲。"一旦失去了对事业的追求，对目标的奋斗，对目的的付出，错过了机会，将会后悔终生。

人生中的事很多，那就要找准方向，看准目标，该出手时就出手，错过了机会，错过了年龄，那份追求，那份成功的事业就会失去。面对老人，面对孩子，面对身体，面对事业，让我们去赡养，去教育，去锻炼，去拼搏。

雨中有情

同红从老家回来，天公不作美，下起了倾盆大雨，路上水流成河，雨下着，水流着，我们继续前行。这次的雨，好像没完没了，一个多小时仍不停止，当我们走过北城子坡十字路口后，红的车因被水淋，在路上泡，再也打不起火来，停在了路上。

这时，已经夜里 11 点钟，我冒雨到附近的广源轿车修理厂，想用他们的车把车拉到院子里，可会开车的司机都回家了，只有门卫几个人，都说不会开，我只好回到车上。

雨仍在下着，好像永无休止。车在路上放着，里面还有拉的物品。只等是不行的，这时，我想起了我的邻居，匆忙找出电话给其打去，其说："我已经睡下了。"我说："那就算了。"其说："你们看雨小点时，把车推到路边某家门口，我去接你们回来。"我问了一下红，红不同意，她担心物品会淋湿，会丢失。只好再次同我这位邻居商量用他的车拉红的车回来。邻居说："只要有钢丝绳就好办。"我说："没有。"其说："铁丝也行。"并亲自到我家中，剪下了一根铁丝。

十几分钟后，邻居冒雨前往，我给邻居打着伞，邻居把铁丝接到两个车上，然后慢慢起动，我们很顺利地回到家中，这才放下心来。

雨中有情，这种情不是来自一时半刻，没有一定的友情，这么大的雨，又已经睡了觉，——即使没休息，倘没有点友谊，没有点乐于助人的感情，一般也是不会出车，去为别人服务的。

　　人在危难之时，有人伸出援助之手，被援助的人就会发自内心地感激他，不忘他。平常的时候，车好找，人好找，可在晚上 11 点钟，又是下着大雨，因为路上难行，就很难以找车找人。一位亲戚说得好，你就是给人家一百元钱，这时候也没有人来给你拖。可见，邻居的助人精神，帮人的做法，是让我感动的，难忘的，应该懂得感恩，懂得回报。

　　在这大雨的晚上，我又一次体会到人间自有真情在，在人与人的接触中，我们每天都在真情中生活，在生活中感动。是的，所有的感动都源于心灵深处的震撼，所有震撼都来自灵魂深处，没有真情，哪来的感动？没有生活中这些善良的人，怎么会让我们难忘？只有难忘才让人感动，感动就会感恩，懂得感恩就会热爱生活，善待他人。

　　雨中有情，有友情，有邻居情，有难忘的情。把友情加深，邻居友谊长存，难忘相帮，难忘相助，难忘在危难之时邻居伸出的援助之手。

平凡的回忆／张道同　著

我当猪倌

工作了三十多年，走过了艰辛，走过了磨难，走到了收获。今年终于离岗了，离岗应该是轻松的，是愉快的，应享受离岗之乐，清闲之乐。

很多事不以人们的意志为转移，这就是无意中形成的事。原来不想做，可突然有很多有利条件，有优越的地方，因有这些优越，我当上了猪倌。

当猪倌有利条件很多：一是用的饲料比人家的便宜，省出一部分钱。二是卖猪容易，不用费事找人，就能卖好价钱。三是劳动力廉价，充分利用了劳动力。有以上这些条件，当上猪倌是自然的了。

春节后，我就给红在老家租了猪场，一直没有上猪，没上猪的原因是怕改变了我的生活习惯，一旦改变就影响身体健康，改变了生活习惯就不习惯，就造成一些不必要的影响。习惯一旦改变，就不适应，就不方便，某些部位就受伤害。

养猪是辛苦的。看似简单的喂养，做起来却比较复杂。一是要科学喂养，喂养的饲料要合理搭配，必要的情况下，要加适量的预防药物，防止猪感冒发烧，患上疾病。在喂养时，要按时按量喂养，时间间隔在四小时左右，量是按猪的重量随时增加的，喂半小时后，饮水。二是保持清洁，对猪圈一天一打扫，两天一冲洗，保持圈内干净清洁、卫生。三是要及时消毒，消毒分两次进行，早晚各一次，有猪的圈要消毒，无猪的圈也要消毒，避免空闲的猪圈成为传染源，天天消毒，天天清洁，早期预防，减少疾病。

最头疼的是猪得了病，特别是对初学养猪者来说，只能看，不能做，猪什么东西都不吃，趴在那里不动，看着让人着急，让人烦躁。猪不同于人，人能说话，知道哪里难受，猪就不同了，唯一能让初学者看到的只有它不吃东西。

当猪倌要经受考验。从来没有养过猪的人，突然养猪，什么都不会，什么都不懂，现学现干，就要付出很多，去接受新的东西、新的考验，要想把事做好，首要的是要有事业心，勤学习，多观察，扎实干，摸索养猪知识。同时，要树立不怕苦不怕累不怕脏的思想，下定决心去做，再累再苦再臭，也要踩在脚下，把苦和累、脏和臭，当作必修课，不上不行，上了虽苦，苦中有乐，乐中有趣，在趣中喂养，喂养中吸取，吸取中摸索，摸索中探讨，探讨中收获。

人生就是这样，没有固定不变的生活规律，没有固定不变的劳动模式，更没有一成不变的人生。人生就是努力，人生就是拼搏，人生就是适应，适应了环境，适应了形势，就有发展，就有收获。

人，处在什么环境下，处在什么条件下，就要做那种环境下的事，适应该做的事，把该做的事做好。人，一生多做几件事，就吸取得多，掌握得多，多吸取，多掌握，人生丰富。

养猪的苦和乐

养猪有苦也有乐。

苦就是脏臭的环境。猪是吃食物的动物，吃了就要循环，吃得多循环得多，臭味多，臭气浓，浓浓的臭气散发在满院，到处都是臭气。初闻这种臭的人，感觉很不习惯，有一种难受的感觉，在猪场待不长时间就要离开，那是臭味把他熏走的。

苦就是烦琐的劳动。烦琐的劳动是从早晨开始的，早七点开始喂猪，喂了后饮水，打扫猪圈、消毒、粉碎喂养的饲料，基本不能停歇，一天忙忙碌碌，活路不重，拾拾掇掇，放下这样就是那样，天天如此，一天一循环。烦琐的事情，有时候让人想起来，感到心烦，有一种说不出的劳累和感觉。

在喂养中，也有乐处，那就是看到每头猪吃得香，睡得甜，膘肥体壮，个个精神活泼，也有一种劳动的收获，不知不觉就感到有些快乐。这些快乐是付出劳动而得到的收成，得到的回报。每当看到付出的劳动逐渐变为成果，心中就有一种愉悦，一种欢喜，一种快乐，这快乐是劳动换来的。人，不论做什么，只要肯努力，肯付出，就能有收获，就会有快乐。

从大处想，养大的猪，可以奉献给人们，更有一种说不出的快乐。猪虽然不多，但物资是靠点点滴滴积累起来的，一家养几十头，百头，多家喂养，积累得多了，明年就有肉吃了。想到这些，就感到快乐，把猪奉献给人民，奉献给厂家，这是多么好的事啊！可惜，养得太少，做得太少，不能多奉献，感到遗憾。

从小处看，养的猪，用两个月的时间，挣上几千元，给家庭带来经济上的富裕，生活上的充实，也感到快乐。人，什么事情不做，时光照样天天流失，流失的时光永远难以追回。用力所能及的劳动，充分利用美好时光，换取丰厚回报，也是让人高兴的事，快乐的事。

养猪有苦也有乐。劳动中带有艰辛，艰辛中带有苦涩，苦涩中带有回味，回味那些烦琐的忙碌，回味那些付出后得到的回报，回报是劳动的结果，结果是努力付出而得到的。

孝顺老人是主题

邻居的一位嫂子告诉我，他家弟兄四个，每个都很富有，很有钱。她的母亲，今年七十九岁，弟兄四个轮流照顾，可这次轮到四弟处，却不管了。原因是四弟夫妻闹离婚。母亲又不能在三弟家多住，只好先由她的一位姐姐接去，暂住几天。

听到此话后，总感觉心中有点东西塞着，总感觉有些话要说。母亲，含辛茹苦抚养儿女，到了不能自食其力了，就没人管了，为这位母亲难过，不平和愤慨。

父母给了你生命，你就应孝顺。是谁把你带到人间，是谁让你见到阳光，是谁让你在世上走一圈，转一遭，那是伟大的母亲。母亲十月怀胎，忍受着艰辛，忍受着劳累，用自身的营养一点点培育生命，忍受着生育之苦，给孩子带来了生命，带来了阳光。仅凭这一点，就应孝敬父母，孝顺父母，照顾父母，关心父母。

父母给你成家立业，你就应孝顺。作为儿女，应仔细想想，父母从一点点开始，一直拉扯到你结婚，独立生活，要付出多少劳动、多少钱财、多少精力，才达到这一点。可你成家了，你富裕了，却不照顾老人，关爱老人，这就欠缺得太多太多了。就凭给你成家立业这一点，你就应孝顺老人。

父母把所有的关爱给了你，你就应孝顺。父母从小就呵护你，关心你，爱护你，冬天怕冻着，热天怕热着，饥了怕饿着，饱了怕撑着，每时每刻都把父慈母爱献给你，细心地照顾，无微不至地关怀，才使你长大成人，走向人生，走向事业，走向幸福。

只要是人，就应把孝敬老人、孝顺父母作为主流，这是做人的基本道理。如一个人连这一点都做不到，这个人就不配在世上做人。

孝是中华民族的传统美德，孝是人类爱的源泉。其实，孝很简单，孝就是感恩，滴水之恩，当报以涌泉。父母养育，恩重如山。羊跪乳，鸟反哺，人有二十四孝为范。俗话说：妻贤夫祸少，子孝父心宽。对父母尽孝，就是好儿男；对公婆尽孝，孝贤美名传。老人膝下，儿孙常尽孝，游子在外，常回家看看。孝不是庸俗的投桃报李，也不是表面的蜜语甜言。孝敬父母要无微不至，孝敬父母要任劳任怨。

作为儿女，应把孝敬老人，孝顺父母作为主题，时时挂念着父母，处处想着父母，给父母送去所需，送去温暖，送去体贴，送去欢乐。只有这样，父母晚年才会幸福。

看灯

正月十五，吃过晚饭，到莱钢去看灯。走在路上，车如流，人如潮，熙熙攘攘，成群结队，接连不断。

元宵节是中国的传统节日，早在 2000 多年前的西汉就有了。元宵赏灯始于东汉明帝时期，以后这种佛教礼仪节日逐渐形成了民间盛大的节日。

灯，黑暗中的光明。不管是蓬门寒舍，还是皇家富户，灯总是或简陋或华丽地照耀着一方人世，点缀着千古红尘。到今天，到处都有不夜城，灯也如尘世儿女一般日渐时尚了。家家户户，大街小巷，风姿楚楚，在夜幕下招摇放彩，可谓是火树银花不夜天。自古至今，真数不清有多少人为它歌唱，借它抒情。

正月十五雪打灯，又是一个好年景。纷纷扬扬的雪，飘飘柔柔，像翩翩起舞的银蝶，飞向火红的灯，灯上马上就有了湿湿的图案，似蝴蝶，像蜜蜂，像蜘蛛，一会儿飞来，一会儿变形，一会儿暖化，飞了变，变了化，间接不断，五彩纷呈。

来到广场，到了灯的世界、灯的海洋，百灯齐放，流光溢彩，亮丽多姿。群星璀璨灯、日月同辉灯、九龙腾飞灯、火车飞转灯、塔灯、船灯、歌舞升平灯、国泰民安灯、麒麟送宝灯、八仙过海灯……各展风姿，吸引着观看者。最引人注目的是常回家看看灯，一伙独特的演员，做着各种动作，边唱边舞，形象美观，造型奇特，唱着家乡情，舞着动人曲，走着回家路，看望亲人，同聚团圆。还有别具一格的灯，四个美女，摇着舞曲，吹着优雅的笛子，奏出喜庆的年景，来来回回，优美动听，让人观后赞不绝口，流连忘返。

大灯、小灯、会摇的灯、会摆的灯、会唱的灯、猜谜语的灯、圆的灯、扁的灯、人物灯、动物灯、红的灯、黄的灯、万紫千红灯、火树银花灯，各种灯说得上是百花齐放，五彩缤纷，各有特色，各有所长，让观众看了还想看，久久不愿离去。

灯代表富裕，灯代表和谐，灯代表发展，五彩缤纷的灯反映出一个地方的繁荣昌盛。

灯是文化，灯是传统，灯是时尚，传统的发扬，时尚的创新，创出的是欢天喜地，创出的是富裕文明的时代。

灯是喜庆，灯是吉祥，万家灯火，照出万家欢乐，照出丰收年景。

平凡的回忆／张道同　著

爱在夕阳中沸腾

人到 60 岁已近夕阳，人到 70 岁沐浴夕阳，人到 80 岁夕阳红。

他们是一对夫妻，男 82 岁，女 84 岁。他们是我的岳父岳母。五年前，岳母中风后失去了劳动能力，不能自理，照顾她的责任就落在了岳父的身上。他们已经结婚六十年，在这六十年里，所有的生活基本上都是岳母承担的。可岳母得病后，所有的家务、生活、起居、吃喝拉撒都落在了岳父的身上。

岳父和岳母有六个子女，可每个子女都有每个子女的事情，各自为了各自的小家，奋斗着，拼搏着。80 岁的岳父，一生过着饭来张口，衣来伸手，坐下就吃，坐下就喝的日子。可自从岳母得病后，岳父没有了那份清闲，那份享受，只有现学现用。他学会了蒸馒头，炒菜也样样能拾得起，放得下，只要岳母想吃，岳父都自觉地去做，让岳母吃上可口的菜，让她高兴，让她满意。

虽然岳母得了脑血栓，可非常要强，无论冬天还是夏天，大小便都要到院子里去。岳父只好用身体扛住岳母的身体，一步一步蹒跚地向外走去。到了大小便时，岳父把她放在早就做好的工具上，看着她完成，才又扶起来，同原来一样，慢慢地走到屋里，把她放到床上，脱掉鞋子，盖上被子，他才去做其他的事。

岳母得病后，岳父为了让岳母经常活动，他在院子里埋上两根柱子，中间用一根柱子连起来，门口外边放上同岳母手一样高度的空心砖，只要到了门口，岳母就坚持扶着门口的空心砖，一直走到院子里横着的木杆子上，木杆子不远又连在南边的墙上。岳母不定时间地顺着杆子，顺着墙坚持锻炼，她生活的愿望很强，如每次岳父扶她离得远一点，她就大喊：你要摔死我。岳母经常锻炼，但毕竟是年龄大了，很难以离开扶手，自己行走。

岳父伺候岳母是尽心尽力，服务周到。白天守着服务，晚上守着伺候，他把余生奉献给了岳母，他把岳母一生对他的付出回报于她。春节前，岳父突然得了重感冒，咳嗽发烧，吃不下饭去，只好找来村医输液。输液时，岳母要小便，岳父没有办法，只好拔掉了输液的针，用手紧紧按了几下针口，就坚持着把岳母扶了起来，一手拉着，一边靠着，同岳母到院子里做她该做的事情。岳母做完后，又是同样的程序，一步一步地往返回来。回来后，岳父咬着牙，自己找到血管，硬是把针自己插上，再进行输液。这次的事，他同我说后，一直震撼着我，这是什么精神，他哪来的这么坚强，那就是对岳母的爱，在推动着他，在鼓舞着他，让他不停地奉献着，拼搏着，抗争着。

岳父对岳母的照顾是无微不至的，隔一段时间，他就给岳母梳一次头，洗一洗头。衣服是经常换洗的，不会洗衣，也要学着洗，坚持洗，不断的洗，尽量让岳母穿上干净的衣服，保持清洁。

岳父每天这样守候着岳母，他们面对着面，一刻也不能离开。他们没有豪言壮语，没有海枯石烂，只有相依相守，只有相搀相扶。

一位八十多岁的人，照顾着另一位八十多岁的人，没有一定的毅力，没有那份爱，没有几十年的守候，没有几十年的情感，是难以做到的。

爱在夕阳中沸腾，爱是什么，爱就是点点滴滴，爱就是相搀相扶，爱就是你照顾我，我照顾你。

爱在夕阳中沸腾，沸腾的是余热，沸腾的是人生中的那份真情，真情来自实实在在的奉献，真情来自默默无闻的付出。

两位老人，已经携手走过了六十年，愿他们携手走过更长的岁月，让那份爱，那份情，在夕阳中沸腾。

自由锻炼精神爽

锻炼已经成为我的一件头等大事，是每天的必修课。我的锻炼主要是自由锻炼，没有约束，没有禁锢，自由自在，任意活动。锻炼中，自由跑步，随意散步，自由选择场地，做自由操。

自由跑步。清晨，是每天的最好时光，早早起床，去跑步。跑步时，有时快有时慢，有节奏地匀速跑，快有快的好处，慢有慢的微妙，快能促进血液循环，慢能保持呼吸畅通。有时跑跑停停，停停跑跑，跑中有停，停中有跑，呼吸着新鲜空气，欣赏着大自然，放飞着思绪，愉悦着身心，那种意境，不是神仙似神仙，舒爽极了！

自由散步。自由散步不分时间长短，轻轻松松地玩，散得愉快，玩得开心。把散步当玩乐，玩乐就可健身。再者，散步的距离也可自由选择，有时候，可以走得远一些，有时候，可以走得近一些，随自己的心情而定，随自己的体力而定，做到散步走得恰到好处，适当适中。散步有很多好处，还可愉悦身心。走出家门，一天的繁杂，一天的紧张，全部抛在了九霄云外，悠然自得，自由自在，走得随意，想得自然，想快就快，想慢就慢，舒心极了。

自由散步让人思考。走在路上，把一天碰到的人、见到的事、听到的话，在脑海中慢慢思考，一遍一遍地掠过，进行提炼，感觉哪些事情能让人回味，就在脑海中进行罗列，概括在一起，形成一个框架，回到家中，把这些罗列和概括写成小文。小文写好后，再进行修改，修改一遍是不行的，要修改多遍，我的很多小文就是这样形成的。

自由散步能够交流。散步的路上，偶尔碰到熟人，就进行交流，有的海阔天空，有的日行万里，有的见解广泛。各人的出发点不同，见解就不同。大多数人是聊现实，聊万象，聊不满和现状。也有些人聊人生，聊健康，拉家常，说日子。交流有长处，有短处，有释放，有发泄，也有兴奋和快乐。

自由散步时，人们把赶路的心态转换为散步的心态，就会发觉，得到有味，失去也有味；幸福有味，富足有味，苦难也很有味；成功有味，失败也有味；热恋有味，失恋也有味；青春有味，衰老也有味；明月有味，黑夜也有味；朝暾有味，风雨也有味；春雨有味，冬雪也有味……这时候，你才会恍然明白，你梦想中的东西其实就藏在路上，除此之外，你还要寻求什么呢？

做自由操。每天自由锻炼都要做自编自导的自由操。自由操是根据身体各部位的需求，经过认真琢磨，自编自舞起来的。自己编的自由操舞着顺手，练着舒心。自由操由十节组成，动作包括打背、扭腰、推拳、摇臂、拍胸、打头、脖子旋转等。打背能解除脊背的劳累和疲劳，让脊背有活力。扭腰，由左扭腰和右扭腰组成，分别向不同的方向旋转腰，就会收到不同的效果，让腰保持灵活，减少酸疼。推拳是为了拉动，拉动全身，拉动胳臂，保持肌肉灵活。摇臂是两手同时旋转，向统一方向旋转，过一会儿再向相反的方向旋转，让双臂都得到锻炼。拍胸对缓解胸闷有一定的好处，拍打数十下后，就感觉呼吸轻松，舒服多了。打头是针对脑血栓、脑溢血而设的，每天打头数十下，让头脑上的血管得以放松，减少凝固。脖子旋转是针对颈椎病而设定的，前几年，自己突然腰疼得很，只好到医院治疗，烤了三天电，针灸了四天，医生对我说要加强锻炼，特别是经常旋转脖子。从此，我每天自由锻炼时，又增加了旋转脖子这一节自由操。经过几年的锻炼，腰再没有疼过，这让我感受到锻炼的神奇，锻炼的奇妙，锻炼的重要。

自由选择场地。自由锻炼可以自由选择场地，有时在广场，有时在公路，有时在草坪，有时在田野。选择场地锻炼有随意性和任意性。这种随意性和任意性，能让人每天保持新鲜感，增活力，添激情。天天坚持锻炼，天天呼吸新鲜空气，天天有个好心情。

自由锻炼十多年，已经养成了这种习惯，无论刮风天还是下雪天，我都始终坚持去练，身体得到了强健，身心得到了放飞，精神得到了愉悦。

跌倒了再爬起来

他，二十四岁，名叫艳青。

去年，他经过考察，根据自己的实际，设立了收废旧物资项目，开始了他的创业路。这种项目，又脏、又累、又麻烦，是烦琐的脏累活。

他们夫妻不分早晚，起早贪黑，没白没黑地干，勤勤恳恳劳动，忙忙碌碌运作，一年下来，竟然挣到了六万元的积累物品。看着辛勤劳动换来的成果，夫妻二人露出了开心的微笑。

天有不测风云，人有旦夕祸福。2009 年农历正月初一，家家庆春节，人人庆团圆，人们沉浸在节日的欢乐中。这时，一场灾难向艳青扑来，不知什么原因，他的废旧物品燃起了熊熊大火，火势难以控制。两支消防队伍经过努力，终于扑灭了大火，可收的废塑料、废酒瓶，废纸板，全部化为了灰烬。

夫人二人抱头大哭，哭一年来的辛勤付出，哭一年来所收的物品化为虚无，哭一年来创业的艰辛。这年的春节，对他们来说，是黑暗的日子，是不寻常的日子，是难忘的日子。

沉痛过后是思考，思考过后是振作。艳青没有被灾难吓倒，没有向挫折低头。春节后，他们的第二次创业又开始了。他们重新选择了场地，筹集了流动资金，夫妻二人又投入辛勤的忙碌中。

有付出就有收获。一个月的时间，他经营的废旧回收，就恢复了去年的繁忙，经过成本核算，一个月就获利润5000多元。这让他们夫妻又看到了曙光，看到了希望，更加坚定了继续创业的决心和信心。

创业中总结，创业中吸取。他们针对去年发生火灾的情况，进行了认真总结，做到有备无患。一是备足灭火工具，周围安放了水缸、水桶和其他设施，水缸中经常保持有水，以防万一，随时可用。二是把收购的物品，只要够了一定的数量，及时销售，减少积压，加快流动。这样，资金周转快，场地里没有过多物品。这样做有一定的好处，那就是防止了废旧物品价格的大起大落，差价不好掌握，损失大于收获。及时售出，虽然利润薄一些，可马上得到了收益，不会有亏本的时候。

不论任何事情，都要认真学习，摸索经验，把所做的事情，做得收益最高，损失最小，用小的体力付出，换取大的收获。他经过认真琢磨，摸索出了利用雨水摞纸板的技巧，这种技巧的具体做法是，把收取的废纸板铺在下雨时的地上，用雨浇湿纸板，然后一张张地把纸板摞起来。这样，既减少了平时洒水的工作量，又减少了平时拉压纸板的时间，省时省力还节约了水，降低了成本。另外，他在实际工作时，从垃圾中取宝。他在经营中，联系到了六家饭店，负责收购他们的废纸箱、废酒瓶。他在收购中，靠勤奋赢得了这些饭店的信赖，赢得了这些饭店的欢喜，他每次去收废旧物品，都把饭店的各个房间打扫得干干净净。这些活，服务员都不乐意干，可他在收废品时自觉承担了。因为，这些垃圾中也有收获。他把打扫的这些垃圾拉回家去，又仔细寻找，把里面的塑料瓶盖、铁瓶盖，都一点点拣出来，几家的凑在一起，能有几斤重，这些拣出来的废品，也卖七至八元，足够两人一天的生活费。饭店得到了清扫，个人得到了收获，清扫得到了赞扬，收获得到了积累。

几个月下来，他的废品回收，又红红火火地经营起来。能红火地干起来，是因为他不畏困难，不怕灾难，敢于跌倒了再爬起来。

跌倒了再爬起来靠的是创业精神。人，跌倒了，勇敢地去面对，每个人都有跌倒的时候，都有遇到挫折的时候，在人生的挫折中，想到的是奋斗，想到的是拼搏，靠的是个人创业精神。这种精神是一种动力，是一种鼓舞。只有创业，才会得到财富，得到收获，体现人生价值。

跌倒了再爬起来靠的是聪明才智。每个人，在创业路上，难免跌倒，跌倒了萎靡不振，畏缩不前，不勇敢地站立起来，再进行创业，这个人就会一事无成。但创业只凭勇气不行，还要靠聪明才智，灵活地去经营，精确地去核算，大胆地去开拓，精明地去算计。算计出成果，算计出效益，这种效益是聪明才智的结晶。

跌倒了再爬起来是为了迈出新的一步。跌倒了再爬起来，是为了振作，是为了迈出新的一步。这一步是人生的总结，经验的开始，收获的开端，人生只要迈好了这一步，就会有辉煌，就会有灿烂，就会有丰富的人生。

人，不怕跌倒。跌倒了，勇敢地爬起来，迈出新的一步。这一步是创业的一步，把这一步作为起点，不断地去拼搏，不断地去奋斗，人生的辉煌就等待着你，丰厚的硕果就属于你。

打工让我发展

那年，我刚刚高中毕业。毕业后，我们村的几位同学，一位当了民办教师，一位干了赤脚医生。我被村里任命为团支部副书记，那是为了应对人们的眼眸，好看一些罢了。

刚刚毕业的我，感觉有些压抑，又加上比较年轻，血气方刚，对什么事情，只要看不惯就发表自己的意见，难免村里有些领导就看不惯我。你看不惯我，我看不起你，必然就出现摩擦，造成一些不愉快。这时，我对农村的广阔天地有了更进一步的认识，对农村劳动的付出有了更进一步的体会。有了认识就想到了跳跃，有了体会就想到了发展，从内心决定外出打工，闯出一片自己的天地。

羊里建筑公司有一个队，在新汶矿务局潘西煤矿施工，我被分配到这支队伍里。到了队伍里后，队里给分配了休息的地方，其他也做了适当的安排。施工队主要的工程是为矿上建一座办公楼，时间紧，要求工期短，质量高。

新的工作就这样开始了，我的工作是有队长每天进行分配的，有时和灰，就是把沙子、水泥、石灰掺在一起，搅拌均匀，放上水和成混合灰。那时没有搅拌机，全部靠人工完成。有时运砖，主要是用小铁车推，在地面上运砖还可以，要是安排到楼上运就艰难了。在楼上运砖，周围有一点点护围网，用卷扬机把小车提上去，再从卷扬机的罐笼里把小铁

平凡的回忆／张道同　著

车推出，沿着外边铺好的板子，一车一车地推到所垒的房间里。这种工作，既是高空作业又是重体力劳动，既惊险又刺激，既刺激又危险，稍有疏忽，就有可能脱离铺板，摔到楼下。在我的记忆中，有一位和我一起去的，他在三楼推砖时，一不小心，脚滑落，人摔倒，车子歪倒，砖同车子飞到了楼下，幸好楼下没有人，没有发生伤亡事故。从此，队长再也不安排这位工人在楼上推砖。

每天从分配活后，一天基本不停歇，中午吃饭也只有一小时的时间。那年我才十九岁，一天的忙忙碌碌，一天的辛辛苦苦，到了晚上，坐下就不想起来。我上小学时勤工俭学，脚扭了筋，没有及时治疗，在家休息了几天不疼了，就认为好了。自从打工后，由于每天的劳累，我坐下休息后，再站起来，我的脚就疼得拉不动，需要活动一大会儿后，方才恢复。时间过得很快，转眼到了春节，我参与建设的办公楼也顺利建成。

事物总是发展的，有些事情是不以人们的意志为转移的。春节后，还没有来得及继续去打工，我有幸被招收到潘西煤矿工作。那天，我正在公社参加团支部书记培训班，公社我村的一位武装部干部通知我，说我被招到煤矿工作了。这样，没有参加完培训，我就去报到了。同样，也离开了我第一次打工的队伍。

第一次打工让我体会到了外出打工的艰辛。不走出去，感觉不到外面世界的精彩，不走出去感觉不到打工的艰辛。一是要服从安排，扎扎实实地工作，按时按量地完成安排的任务，才能取得那份报酬。二是打工要自己照顾自己，自己的事情自己办，从洗衣、饮食、休息，一系列的人际关系，都得去处理，特别是人与人之间的关系，需要认真地去分析，去对待，达到工作和人缘和谐，干着安心，一起工作顺心。只有顺心才会劲头足，干劲大，牢骚少，就能不折不扣地完成任务。

也正因为有了第一次打工的经验，我参加工作后，扎实苦干，并把经验付诸工作，很快就适应了新的环境，并得到了大家的好评，领导的肯定。有了好评和肯定，经过区领导推荐，被选到了矿技术科工作。

新的工作给了我新的动力，我把所学的知识全部发挥，把吸取的经验充分利用，不到一年，就胜任了技术科的工作，后来又晋升为助理工程师。这些成绩的取得，应该归功于我第一次打工的经验，归功于第一次打工的磨炼，如没有那种磨炼，很难有以后这种成绩的取得。

打工，让我掀开了我人生外出旅途的第一页，有了第一页就演绎出页页精彩，使我的人生有所发展，走向了亮丽。

打工，是经历；打工，是磨难；打工，是吸取。只有走出去，外面的世界才会更精彩，人生才会展现出一道又一道的亮丽风景。

平凡的回忆 ／ 张道同 著

大度闯出一片天

他叫尹训礼，今年五十一岁。他已经在创业路上闯荡了十几年，靠大度闯出了一片天。

十年前，他同好友一块进行了创业。刚创业时，两人信誓旦旦，共享创业成果，可一年下来，创业成果没有得到分享，却得到了工人前找后问的要钱声。他没有钱付，因为那些工程款合伙人已经得到了享受，得到了满足。

第二年，他二话没说，开始了自己的创业。

他是有创业基础的，因为他有了第一年积累的丰富经验。首先，他从工人上下功夫，找了几位技术高、素质好，身兼多能，能胜任多种工作的人。这些工人，做技工是行家里手，做壮工以一当十，做管理也说得上滴水不漏。很快，他就找到了二十多人。其次，他在设备上上档次，先后上了搅拌机、切割机、电气焊、震动器、震动棒等一系列建筑施工设备，让他起步的队伍，先电气化起来，自动化起来。最后总结了上次合伙以来初始人员多，干劲大，后来人员逐渐减少的原因。经过总结，他得出结论，之所以合伙的队伍下滑，减少了人员，没有人跟着干，就是因为工资没有发放到位。鉴于这一点，老尹对组织的队伍就先明后不争，公开放言：我宁愿不赚钱，也要开工人工资。

有了以上的总结，以上的言论，他组织的队伍很快就形成了。

队伍形成了，就要参加施工，进行竞争，最好的行动就是检验队伍的最好标准。他接的第一项工程，是建一条乡镇沿河路，此工程时间紧，要求质量高，价格低。他经过竞标，接来了这项工程，经过两个月的施工，沿河路顺利完工。经发包单位检查验收，工程全部达到了施工标准。发包单位下发了施工标准合格证书。

此项工程竣工后，找这支队伍干工程的人络绎不绝，一个接着一个。他接的工程逐渐多了起来，工程多，人员也多了起来。这时，工程队人员发展到了 200 多人。

人员多了，管理就要出思路，做到管理有序，有条不紊。在这一点上，他经过认真分析，总结规范了以队为主，队承包与个人劳动相结合的工时制度。这种制度，队里与工人工数都经过考核，严格掌握工时，统一进行核算，但在统一的基础上，谁付出的管理多，技能多，进度快，就得到的多。

有了庞大的队伍，有了一系列的管理，他接的工程，由小到大，由内地到外地。前年，他在章丘接了一个七千多平方米的钢结构车间。此车间跨度大，要求施工质量高，有一定的施工难度，但他不畏难，不怕难，接下了这项工程。这项工程，主要的是建设基础，打圈樑、打地基、铺地面，总造价 30 多万元。

他接这项工程后，认真组织人力，细心安排机械，做到人力和机械搭配默契，相补相用，既不耽误人力，又不耽误机械设备。半年多的时间，此项工程顺利完成。工程完成后，此项工程很快就付诸使用。经过使用，没有出现劣迹，老板很满意。

这项工程实施时，此工程的老板同老尹谈妥，先付三分之一的工程款，以后逐步付清。老尹大度地接受了，可工程建好后，至今一直没有付清施工款，可此工程的老板，每年都来看望他。有些闲话说："看你算什么，又不给你工程款。"老尹听到了，马上说："他有钱的话早就给了，谁愿意欠人家的款。"此话一出，那些闲话人员，无言以对，从此再不发言。

他对发包工程方是大度的，对他的职工也是大度的。他的职工无论谁家有事，只要需要他，他都伸出友谊之手。一次，他的一位职工病了，需要住院治疗。住院需要钱，他自觉地拿出 2000 元，让这位职工去住院。在住院期间，他又买上礼品到医院看望这位职工。在对待职工上，他说了一句话，很值得人体味：只要跟着我干活的职工，就是一家人。正因为他做得好，职工对他信任，在实际工作中，职工就扎扎实实地干工作，归结起来有三个一个样。

老板在场和不在场一个样。他有事外出，不在施工现场，所有在现场的技工、小工，没有一个人偷懒，都是各就各位，把自己要干的工作落到实处，干到预定的目标，并保证质量，达到厂家满意。

午饭吃的好坏一个样。他对他的队伍，不论人员多少，每天都要管一顿午饭。这顿饭，他在场时，自己亲自去做。他不在场时，委托他人办理，无论办得怎样，职工没有说闲道歹不满意的时候。因为职工相信他，他付出更多，只要吃足吃饱就可以了。

工作时间长短一个样。在干工程时，难免出现一些与时间相违背的事。有时候，工程还有一点点尾巴，明天又来不着了，为了给厂家省钱，为了给老尹省工，这样的工程时间长短对他的职工就无所谓了。他们牺牲一部分休息时间，为厂家节约了材料，为老板节约了工时，厂家老板双满意。

大度的人有市场。今年世界金融危机，很多施工队伍没有工程干，可老尹的队伍，找他干工程的人，一直是前呼后拥。之所以找他，就是因为他的大度实在，他的言行一致，他的互相帮助，互相信任。

大度的人宽容。他不计较点点滴滴，不计较星星点点的得失，只要大家都过得去就好，你的工程做好了，可以使用了，你得到了效益，我得到了我应得的部分就可以了。可有时，厂家付给的太少，可他仍然大度地宽容接纳，以大度的心态对待，把别人的事当自己的事来理解。

大度的人诚实。不计较杂七杂八的人大度，不计较零零星星的人诚实。大度的人，从来不把碎乱的东西作为追求的目标，而是以诚实去感动厂家，以诚实服务厂家，诚实就会得到回报，诚实就会得到利益。只有诚实，才能赢得厂家，只有诚信才能重复。这种重复，是工程的再继续，是利润的再提高，是队伍的再壮大。

十多年来，靠他的大度，靠他的诚信，他接了大大小小工程百余件，从来没有耽误厂家使用，赢得了这些厂家的信任。同样，他的队伍得到了考验，他也得到了可观的利润。

他，因为大度，才闯出了一片天。这片天是灿烂的，这片天是辉煌的，这片天是让人羡慕的。

狗

这天，在老家建的厂子搬家，一家人忙忙碌碌，没有人顾得上喂养的狗，可在最后一趟搬运东西时，车开到二百米的拐弯处，狗趴在路的中间，挡住了车的去路，只好把它抱上了车。开车的司机说，到了路上，它准能跳下去跑了，可到了新厂子后，它安安静静地躺在车上。

我把它安置在新厂子里，并拍了拍它的头，对它说："你要老实，不要乱跑。"那时，已经晚上七点多钟，我们都去吃饭了，就留下它自己，我们吃饭回来后，它安静地躺在那里。看到我们时，它猛地跑了过来，对我们又是摇头又是摆尾，很亲热的样子。把带回来的剩菜剩饭，给它倒在盆里，它甜蜜地吃了起来。

去年，新建的厂子，为了有点声音，就喂养了一只狗。后来，朋友又送给了一只，两只狗相依相伴，打闹戏耍，同住一个家，同吃一种饭，活得自在，长得可爱。

每次我回老家的厂子，如坐车去，它们听到车响，就远远地跑来，跟在车的后面，一直跟到家里。我走下车来，它们就摇头晃尾地向我走来，前腿跪地，嘴贴在地面，用嘴舔我的裤腿，它怕我没有发现，还用它的嘴咬住我的裤脚，用力拉一拉，让我知道它饿了，我就马上到屋里拿一个馒头分给它们吃，吃上了馒头，它们才不再跟着我。如我步行前去，它们听到我的脚步声，就飞快地跑到拐弯处迎接我，又是跳又是蹦，同我一块走进家中，我同样给它们一些东西吃，它们才安静下来。

本来，前几天我已经同母亲说好，把狗放在厂子里。叫母亲抽时间去喂它一些食物，等过几天，或者送人或卖掉，由我母亲处理就行了。可没想到，狗竟然有灵性，它看懂了我们要搬家，听懂了我们搬家的一些话。它不愿意离开我们，就提前躺在路上，让我们拉着它。

到了新厂子后，我怕它被人打或者跑掉，就想做一个笼子把它关起来。喂养几天后，它不乱跑，很老实，固守职责，始终在院子里不外出，也就没有禁锢它的念头。

它每天静静地趴在院子里，看着工人干活，看着我们做事，饿了就到它的盆里去找点吃的，盆里的食物有时候不乐意吃，它就找到我，我走到哪里它就跟到哪里。我回头看它一看，它就跑到我的前面向我蹿一蹿身子，好像对我说："给我点好吃的。"我一直不给它，它就跑到我的后面，用嘴咬住我的裤腿，轻轻地拉几下，意思是说它饿了，该给它东西吃了。

我不喜欢养狗，因为在我的观念中，养狗要费精力，还要动经济。原来时，我经常说："养狗还要给它服务，它还没有给我服务的呢，我是不养。"可通过厂子里养的这只狗，发现狗真是人类的忠实朋友，可靠助手，亲密伙伴。狗和人一样，只要和平相处，善待它，爱护它，它就和人结成休戚与共的关系，甚至有时与人类的密切关系超过了同类。

狗有灵性。狗的灵性体现在它的未卜先知，我们搬家，没有人告诉它，它却能用它的灵性去感知，知道主人要走了，要换新地方了。它的这种感知，让它不愿意舍弃它的主人，让它紧跟它的主人，它就把感知放到了实践中，想出紧跟主人一块走的办法。它不会说话，只好用实际行动告诉它的主人，你们走也要带我走，我将同你们继续在一起。这样，才有了挡在路中央的一幕，主人看到它的懂事，也就不能抛弃它，丢下它，将它同货物一块搬走。

狗很忠诚。为了忠实于它的主人，它不愿意离开主人，无论主人走到什么地方，它都紧跟着，服务于主人。主人的家就是它的家，无论主人的家富裕还是贫穷，新家还是老家，它都不离开。真说得上是：不忠实的人不如忠实的狗，忠实的狗赛过不忠实的人。

郁闷

郁闷是一个结。这个结，就像一根无形的锁链，紧紧地把你缠绕，没有一点松动，让你难以轻松，难以喘得上气来，难以解脱。这个结，又像是一座无形的山，压在你的身上，控制着你的情绪，制约着你的快乐，让人闷闷不乐，无所适从，难以自拔。

郁闷是一种苦恼。这种苦恼来自无法发泄，无法对人说，只能藏在心里，埋藏在脑海。苦恼的形成是多方面的。有早已形成的，这种形成的东西，很难改变，可以用外界的力量去冲击，去击破，打破原来形成的东西，改变原来的面貌，达到从苦恼中解脱出来的目的。有些郁闷中的苦恼是随着生活逐渐形成的，这种苦恼的形成，只是短暂的，暂时的，只要努力去克服，去改变它，冲破它，这种苦恼就会随时消失。

郁闷是一种压抑。这种压抑，压得人精神难以振作，思绪难以发挥，情绪难以高涨。这种压抑，让人有一种说不出的感觉，欲说不能，不说又让人疼痛，这种疼痛是发自内心的，是没有这种经历的人难以体会到的。压抑得很的时候，让人吃饭不香，睡觉不甜，精神处在萎靡不振中。

郁闷是难以表达的语言。这种郁闷，让人难以找人诉说。有时候，就连自己的妻子也难以开口，因为你说了，反而造成二人的郁闷，二人的压抑，不如让一个人承担。人活着没有什么大不了的事，困难、恼怒、沮丧、郁闷、烦恼，是每个人都会遇到的，遇到了并不可怕，人活着就是处理这些烦恼，解决这些困难，才达到幸福的。幸福是解决困难的一种快乐，幸福是冲破烦恼的一种愉悦，幸福是打破沉闷的一种开心，幸福是走出郁闷的一种感受。

人，当郁闷的时候，要解脱，只有解决了这种郁闷，生活才会甜蜜，精神才会快乐，美好的人生就属于你。

风雨人生

　　人，就像天气，随时变化，有时阴雨连绵，有时挫折不断，磨难、急流、险滩，随时可见。

　　风雨人生，有的人，经受狂风暴雨，挫折不断；有的人，经受细雨绵绵，平凡平坦。人，不经风雨，不受锻炼，不经艰辛，不知磨难，走过磨难，才有平坦。每个人，随时会顶狂风，淋暴雨，经磨难。

　　风雨人生，人活着不怕风，不怕雨，走崎岖，过艰难。坎坷是吸取，磨难是锻炼，走过吸取，走过磨难，人生才会一马平川。

　　季节在轮转，天气在变化，有狂风，有暴雨，有冰雪，有雷闪。人同天气一样，有灾、有难、有挫折、有不幸，人就是在这种风风雨雨、坎坎坷坷中度过的。

　　风雨人生。

优美环境勤写作

读了《中华散文（我的故事)》中的一篇文章，启发很大，感悟较深。

作者是一位业余作家。用他的话说，二十年前是文学青年，二十年后是文学中年，再过几年就是文学老年。这位业余作家写了二十多年文章，一篇也没发表过。没发表过作品，却到人民大会堂领了奖，原来是安排好的骗局，只要去参加会的就都有奖，他的老婆一个字也没写，也得了奖。

读这篇文章最深的启发，就是他对文学的执着，对文学的热爱。他刚开始写作时，用别人的反面纸写稿子，现在用最薄的纸写稿子，5万~6万字的稿子每寄一次几十元，退回底稿的钱，必须先放在邮件里，出版社不用他的稿子，再用他的钱寄回他的底稿。稿子围着全国十几家出版社转，每年老婆养的几头肥猪钱都花上了。就这样，他还在写，不断地写，勤奋地写。写也是用手写，因买不起电脑。

这位业余作家这篇文章的发表，得益于这次领奖。他领完奖后，对《当代》杂志很崇拜，同他的妻子去《当代》同编辑说一说领奖的事，编辑没有同情他，反而笑了起来，并说明了原因，叫他把这次领奖原原本本地写出来，给他发表。这样，他一生有了第一篇文章发表，用他的话说："能发表就是今生今世第一项文学成果。"

读了这位业余作者的文章，我振奋精神勤写作。我们的条件优越，环境优美，要充分利用好这美好环境，充足的时间，不断地观察，经常地感悟，勤奋地思考，把生活中的点点滴滴记录下来。

　　优越的阵地让我写作。看到这位业余作家，写了二十多年，一篇文章都没有发表，他还在继续地追求着，努力着。我们的条件比他优越得多，市级杂志、市级报纸，时有我的文章发表，而且只要努力，也有较多杂志肯定。更优越的是如今的网络，可以把写的小文发上论坛，发上博客，发上文学网站，把思想的脚尽情地在网络上放飞，把体会尽情地在网络上展示，把感悟尽情地在网络上倾吐。展示自我，放飞自我，渲染自我。

　　优美的环境让我写作。写作有自己的书房，有自己的写作阵地，有先进的电脑。这些优越的环境，对这位业余作家来说一时半会是难以达到的，有这么好的写作环境，不积极写作，不去感悟，就对不起这优美的环境，对不起优越的条件。只有勤动脑，多思维，不断提炼，不断升华，才能有所进步，有所吸取，才能有所提高。

锻炼的风景

清晨，空气清新，天气凉爽。公路上、公园内、绿地上，锻炼的人接连不断，熙熙攘攘，处处是风景，人人是风景。

锻炼时，经常见一位七十多岁的老太太，背微驼，戴一简易帽，在公路上半走半跑，大幅度摆动双臂，就像初学正步走的人，劲头十足，精神饱满，煞是美观。在东区的绿地里，每天早晨都能看到一位四十岁左右的中年妇女，绕着草坪的路散步，转了一圈又一圈，每天都要转数圈。这位女人很胖，她在锻炼时，两手在前边交叉摆动，每走一步一摆动，每一摆动就看到她身上的肉在跳动，弹性很强，她不住地，走不住地摆动，她身上的肉来回波动，就像一条起起伏伏的波浪。公路上，夫妻双双成对地锻炼，老年夫妻，大多数是男的在前，女的在后，紧跟紧随，距离很近。有些老年夫妻边走边聊，行走很慢。有些老年夫妻走路如风，行走快速。青年夫妻锻炼就同老年夫妻不一样，大多数是女的在前，男的在后，像是说现在是女人说了算，男人要在后边做好保卫、后勤工作。

在东区绿地的广场上，经常见到两位老者在那里打太极拳，边练边教，边教边学。同两位老者见多了，便逐渐熟悉起来，得知一位老者七十四岁，早些年胸脊椎骨折，右腿没有知觉，左腿骨折裂了一道纹，他针灸二年，快针慢针都用过，没有治好。理疗一年，效果不明显。吃中药三年，没有治愈。后来，练了练功十八法，腰腿得到了控制，并逐渐好转，现在右腿已经有了知觉，行走方便，身体硬朗，脸面红光焕发。他对锻炼透出一脸喜气，概括地说："吃药不如锻炼。"另一位老者六十六岁，他先后学过太极拳、形意拳，虎拳，每天早晨都展示几招，招招带风，拳拳有力。

来到艾山公园广场，锻炼的人络绎不绝，登山的、打球的、做操的，散步行走的。广场上的各种体育设施物尽其用，上单杠的，走独木桥的、压腿的、按摩腰的、拉臂的，所有的设备都被用上。真是多姿多彩，各为其用，各显其能。

锻炼的人，来来往往，活动形式多样，姿态各异，人们舞动着双臂，活动着腿脚，放飞着心情，形成一道亮丽风景。

做事不容易

红要上项目了，上的是车床项目。

从银行打上款，用了一个多月的时间，车床来了。车床重量四吨，要吊下来，吊下来要用八吨的吊车。车床到来之前，我们到南冶订好了一台八吨的吊车，讲好价二百元，管一顿饭。可车床来了，电话联系，又涨价了，要四百元，还需管一顿饭。只好又到辛庄去找，看到有一台吊车在吊树，走上前去联系，其同意吃中午饭时，用吃饭的时间给吊下来。

车床来了，是用一台十六米的大车拉来的。安装车床的院子进不去，只好在几百米远处的荒坡处卸货。这样，又需要一台130加长汽车，又到潘西处找。

吊车来了，130加长汽车来了。先把车床吊到130汽车上，用130汽车拉到院子里。吊车随后，可进不了院子，只能在大门处，把车床吊在了院子里，离车间还有五米远。这五米，没有了吊车，用人工搬运可真让我们为了难。开始时，把一头撬起，放上铁棍子，因地软，难以运动。又想起了用木头，也就是圆木棍，借了三家，有两家是给人家卖的，不借出。只好到第四家，秦家洼废料木材厂购买，购买了四根。回来后，木棍粗，人撬不到所需高度，后用吊链吊起，放上木棍，依旧难以运行。最后，大家集思广益，找来了木板，用木板搭成两条路，一边一条，在木板上放上铁棍子，把吊链固定在车间内，一点一点地拉动。我们七个人，从下午两点干到晚上十一点，终于把车床拉到了车间里。这时，我们才去吃晚饭，可大部分饭店都关门了，好不容易找到一家，大家才吃上一顿晚饭。

一台车床，在有机械设备的情况下，看来算不了什么。可对没有什么设备的我们来说，那就是艰难，那就是不容易。

做事不容易。对没有做过的事，头脑中一片空白，一点数也没有，只有边干边摸索，边摸索边总结，边总结边使用，直到把这件事解决了，办好了，才放下心来。

做事不容易。主要的是所做的事没有做过，没有做过的事，就没有经验，没有经验就要从零开始，就会有困难，有阻力。有时候，这些困难，不可能一时半会就解决，需要几天或一个月，有些艰难的，可能一年或几年才能办好，但只要不放弃，想办法解决，努力去做，找出困难的根源，再大的困难，也会克服。

人，活着就要做事。只要做事，就不容易。不容易并不可怕，只要动点脑子，想点办法，尽心尽力去做，把事做妥善，做完美，事情就容易了。

人，每天都在不容易中度过，在不容易中成长，不容易让我们吸取了经验，取得了财富，丰富了人生。

有难才去做

有难才去做。俗话说："天上不会掉馅饼。"这话一点不假，要想得到收获，只等待，不努力，见困难就让，不想办法去克服，不去攻克难关、解决困难，那么，一个人就会一事无成，因为他没有做大事、干事业的决心，空想空等，等不来财富，等不来幸福，只会虚度年华，荒废人生。

难是取得财富的起点。跨过了困难，渡过了难关，就走向了顺利，取得了成功。跨过一个困难，就取得一次收获，不断地克服困难，就会有不断的收获。收获多，财富多；收获多，积累多；收获多，经历多。越过一个困难，就会有一个亮点和光点，人生就是在亮点中发挥，在光点中前进，每个光点和亮点都是人生中的辉煌。这些光点，充分检验了人生就是坎坎坷坷，曲曲折折的，只有走过这些曲折，才算真正的人生。

有难才去做是一种精神，这种精神是不畏难，不怕难，把一切困难都踩在脚下，让困难变顺利，让曲折变平坦，让理想变现实，让贫穷变富有。精神是力量，精神是气魄，精神是无价之宝。

助人一点也快乐

朋友的妻子要炸油条，炸了几次，没有成功，找我的妻子去指导。妻子去后，把所需的材料和操作程序说了一遍，就回家了。

晚上散步，碰到朋友夫妻，对我说："有老师一指点，又香又好的油条炸成了。"回到家中，对妻子一说，妻子说："能给人家帮点忙，就是快乐。"

由妻子的话，联想到当今社会，当今社会不就缺少互相帮助，助人为乐的氛围吗！例如，有人打架，围观的人多，劝架拉架的人少。例如，有人发生了交通事故，交警不到，无人过问，是死是活就看伤者的造化了。例如，公交车上有小偷，偷乘客时，有乘客明明看到，就是不吱声，才使小偷得手，如看到者一喊，一车乘客抓几个小偷是很容易的。

处在困境中的人、处在伤心中的人，拥有一朵花，感觉就像拥有了整个春天。我们只要为他们献出一片暖暖的关爱，那么，我们就为他们营造了一个幸福的天堂。

在我们的生活中，我们都喜欢别人关心的感觉，而更喜欢被关心的感觉。我们都希望得到别人的支持和理解。而且很多时候，我们帮助别人也等于帮助自己。我们都处于一个大集体中，每个人都不可能孤立地存在着，有时候，我们也需要别人的帮助，而在这个时候站出来帮我们的，往往就是那些我们曾经帮过的人。

生活在社会这个大家庭中，你我都有需要帮助的时候，遭遇不幸时，渴望温情的抚慰；被恶语所中伤时，呼唤善良的回归；遭歧视时，企求平等；遇到困难时，希望别人伸出援助的手。总之，我们希望这个世界好些，再好些。因此，为别人付出一点应该是做人的善意之举。付出是爱心使然，一颗爱心是一枚绿叶，不要小看一枚普通的叶子，一个蓬勃的春天正是从枝头一点点涌现出来的。每一枚叶都是一道风景，世界因为有了这一道道风景而变得生机盎然。

助人不是单方面的付出，它一定是有回报的，这种回报可能来自被帮助的人，但更多的是来自你自己，因为你的内心不会有亏欠，不会有不安，也不会有害怕，你仍然相信这个世界上是阳光的，你会活得更好。助人的人，生活道路是宽阔的，能够最大限度地与不同的人结缘，一切烦琐的生活细节和平淡的场景都不能圈住爱心，每个人用富余的精力和热情，去关注小小个人生活之外的东西，只要一天还保持这种状态，就一天不会变老。

我国人口众多，人人互相帮助，人人助人为乐，我国就是和谐的社会，和谐的国家。

趣味 感悟 表达

（紫石苑文萃）

朱务清 ◆ 著

中国纺织出版社有限公司

图书在版编目（CIP）数据

趣味　感悟　表达 / 朱务清著. --北京：中国纺织出版社有限公司，2025.7

（紫石苑文萃）

ISBN 978-7-5229-0907-3

Ⅰ. ①趣… Ⅱ. ①朱… Ⅲ. ①散文集—中国—当代

Ⅳ. ①I267

中国国家版本馆CIP数据核字（2023）第164052号

责任编辑：刘桐妍　　责任校对：高　涵　　责任印制：储志伟

中国纺织出版社有限公司出版发行

地址：北京市朝阳区百子湾东里A407号楼　邮政编码：100124

销售电话：010—67004422　传真：010—87155801

http://www.c-textilep.com

中国纺织出版社天猫旗舰店

官方微博 http://weibo.com/2119887771

北京虎彩文化传播有限公司印刷　各地新华书店经销

2025年7月第1版第1次印刷

开本：880×1230　1/32　印张：44.25

字数：741千字　定价：288.00元（全12册）

凡购本书，如有缺页、倒页、脱页，由本社图书营销中心调换

目　录

趣味　感悟　表达／朱务清　著

扬中"五匠"

古训说："积财千万，不如薄技在身。"俗语又说："荒年饿不死手艺人。"可见掌握一门技能对一个人安身立命和养家糊口是多么重要。自古至今，扬中人无不深谙其道，年轻时都要拜师学一门手艺（读书另当别论），于是三百六十行，行行有人学，行行有人干，也行行出能人，在这诸多行当诸多"匠人"中，木匠、瓦匠、篾匠、机匠、裁缝（缝纫匠）"五匠"与我们的生活尤其密切，从他们身上可看出农耕时代扬中先民的生产生活习俗。

一

木匠。 砌房造屋、打家具（包括嫁妆）都得靠木匠。木匠以木头为加工原料，使用斧子、锯子、刨子、锤子、凿子、锛子、锉子、木钻、墨斗、曲尺等工具，纯手工操作。俗话说："歪树直木匠。"再怎么弯的木料，一经木匠量、锯、刨、凿，像变戏法似的，它们便华丽变身为搭建房子的柱、梁、檐、楣、椽、檩，拼接家具的面心、腿足、格板、牙条、垛边、抹头等。

木匠有大小粗细之分，砌房造屋为大木作，打造家具为小木作，专制神龛、箱笼称细木作，箍桶叫圆木作。扬中木

趣味 感悟 表达／朱务清 著

匠以大木作和小木作为主，有的既会砌房造屋又会打造家具。圆木作也有，大家称之为箍桶匠，但从业人数和细木作一样，远不及大、小木作。

瓦匠。瓦匠也称泥水匠，主要任务是砌房子，包括砌墙、盖瓦、粉墙和支灶。瓦匠的劳动工具很简单，只有砌砖刀（瓦刀）、水平尺、吊线坠、抹泥板、托灰板等，一个帆布包就可装下全部家当。

俗话说："木匠看尖，瓦匠看边。"对瓦匠来说，砌墙角很重要，这都是大师傅的活，小师傅是绝对没有资格的。要想墙角砌得直，就得会用吊线坠。每当大师傅一边用手捏住吊线，让坠子贴近墙角，一边眯起一只眼，用另一只眼瞄吊线与墙角线是否平行时，就是在检查墙角砌得如何，稍有出入，都要立刻修正。

瓦匠曾为扬中人民建过茅草房、土坯房、砖瓦房，可以说，他们为扬中人民的"安居工程"作出过不小的贡献。

篾匠。过去，人们的生产生活用具很多是竹制品，如竹床、竹席、竹椅、竹篮、竹簋、竹筛、竹筐、竹箩等，所以篾匠在生产生活方面满足了人们诸多需求。扬中人做篾匠的很多，一个埭上不少于五六个，多则十几个，他们多半是务农之余抓住点滴时间在家忙活，然后把成品挑到集市甚至外地去卖，也有人在农闲时直接外出找活干。

篾匠所用的工具有篾刀、刮刀、锯子、篾针、扎扣、竹板等，加工原料是竹子，主要工序有：选材、断料、剖竹、抽宽、刮篾、拉丝、编织、修边等。特别是刮篾，要将劈好的粗糙篾子用手指按在刮刀上，一根一根地反复抽拉，就像青龙在飞舞，所以篾匠又称"玩青龙的"。

机匠。机匠的工具是一部木质织布机，织布的主要工序有拐线、缠篗（yuè）子、经布、织布等。织布时，机匠坐在织布机前，手脚并用。右手投梭，左手接住，梭子在穿过经线时，"肚"里拉出的纱线成为纬线，这时机匠右手拉动箍子，撞一次纬线，使纬线密实；然后脚踩踏板一次，使箍齿间的经线上下交错，再左手把梭子从经线中投给右手，左手拉动箍子，再撞一次纬线。那光溜溜的梭子在经线之间不停穿梭，如同精灵一样来回窜动，棉布逐渐变长，不几日便成为一匹。

如果织成夏布（又叫苎布、麻布），夏天要用清水多次漂洗，然后可做蚊帐及夏天穿的衣服。蚊帐是女儿出嫁时必备的陪嫁品，所以捻麻线和纺纱一样，是过去女人常干的活。夏布做的衣服透气、风凉、利汗，穿在身上十分舒服。如果织成棉布（又叫土布、家机布），农家人往往用菱荷水染成棕色，或送到染坊染成蓝色、黑色，供全家老小做衣服用。不染的纯白色也可以做被里子。20世纪70年代前，家家都要请机匠织布，这是布料的主要来源。

裁缝。裁缝的主要工具有木尺、皮尺、剪刀、针箍、线蜡、熨斗、粉线袋、划粉片、刮浆刀、喷水壶等。粉线袋的形状像"老鼠"，所以裁缝又被戏称为"捉老鼠的"。裁缝做衣服前，需根据客户的高矮胖瘦来确定面料的剪裁，量和算很重要。然后或用划粉片划线，或用粉线袋弹线，在布料上规划好剪刀的走向。老式裁缝也是纯手工制作，缝衣服、缲边、做纽扣、锁纽扣眼等都要靠反复穿针引线来完成，所以民间流传有"裁缝师傅做衣服——千真（针）万真（针）"这一歇后语。衣服做好后，熨烫是另一个重要环节，有"三分做，七分烫"之说。在熨斗出现前，熨烫用的是

┃3┃

烙铁，这要求对热度的把握必须精准，低了不起作用，过烫会烫坏衣服。

二

有谚云："鲁班的儿子学木匠——一代传一代。"扬中手艺人中也有这种情况，父带子，兄带弟，亲眷带亲眷，形成"家族式"手艺群。由家人带徒的好处是，可以尽心指导，毫无保留传授，这样的师傅只希望"青出于蓝而胜于蓝"，而不用担心徒弟会抢了饭碗。如果不是家人带徒，学徒就会很不轻松，首先很多师傅只是让徒弟自己看、自己悟，不会手把手地教，师傅的看家本领更不会轻易传给徒弟，因为老话"教会徒弟，饿死师傅"，就是告诫师傅要留一手，就像猫教老虎那样。此外，三年学徒期间，师傅不给任何报酬，只管吃住；走村串户时，负重挑担都是徒弟的事；吃饭时，徒弟要比师傅后动筷，先吃完；干活时，徒弟要比师傅先开工，后收工；如果不眼勤手快、做事灵巧，还常会遭师傅打骂，但骂不能回嘴，打不能还手，因过去尊奉的信条是"棍棒底下出高徒"和"师道尊严"。"吃不得苦，当不得徒"这句话也从另一个侧面透露出学徒的艰辛。

老话说，"家有家法，行有行规"，扬中"五匠"当然也不例外。如木匠的行规有：

做工前要拜祖师爷。木匠的祖师爷是鲁班，做工前木匠都要拜鲁班，让祖师爷保佑自己做工顺利。

要爱护自己的工具。木匠的斧子别人不能随意碰。

出活不能说"双"。因鲁班的小名叫"双"，如说出这个字，是对祖师爷的冒犯和不敬，所以木匠要改"双"为"对"或"副"。

长木匠，短铁匠。木匠在下料时必须留点余头，否则经不住几下刨削就会成为废料，而留有余头，就有了机动，最后可以把多余的锯掉。

完工后要留尾巴。也就是留一部分木料废屑，让主人去收拾，这样表示以后还有活干。但若打的是棺材，则绝不能留尾巴。

木匠与棺材匠是两个行当，木匠不给人打棺材，棺材匠也不给人做家具。棺材打好，匠人要先在里面躺一下。一是为了试一下棺材的长短宽窄，二是表示里面已经装过人，就不会咒死别人。

特殊日期不能出工。每季第一个月逢酉的日子，第二个月逢巳的日子，第三个月逢丑的日子，木匠不能出工，因为这三个日子是"红煞"日。而春子日、夏卯日、秋午日、冬酉日是"鲁班煞"日，这四天木匠也不能出工。

不能抢揽生意。每个人都有所长，也有所短，同行匠人可以互相交流，但不能互戳蹩脚争抢生意。

吃饭不能超过两碗。老话说："一碗先生，两碗匠人。"木匠饭量再大，也要有所节制。中饭晚饭东家餐桌上都会有肉，但木匠中饭不能吃，到晚饭时只能象征性地吃一两块。如果有鱼，必须到完工时才能吃。

三

"五匠"不但有自己的行规，而且有很多行话（暗语），便于匠人之间的交流，而一般人不易听懂和理解。如，"锯子"叫"毛刀"，"尺条"叫"横子"，"篾刀"叫"两面删"，"刮刀"叫"刨子"，"被子"叫"关帐子"，"帐子"叫"蒙天网"，"饭碗"叫"火龙"，"筷子"叫"篙子"，"菜"叫"盖味"，"鱼"叫"河里戏"，"肉"叫"外浪"，"鸡蛋"叫"壳碎牢"，管"男人"叫"丛子"，"姑娘"叫"交口子"等等。数字也有暗语，"一"叫"辽丁"，"二"叫"夹子"，"三"叫"称郎"，"四"叫"方四"，"五"叫"起手"，"六"叫"闹四"，"七"叫"星玉"，"八"叫"眉毛数"，"九"叫"钩郎子"等。

"五匠"不但要会做，还要会说，特别是木匠和瓦匠，要会说吉祥话。

砌房造屋对扬中人来说是一件大事，在建造过程中，上梁、装门、砌灶台等重要环节，木瓦匠都会有一些仪式或话语以示吉祥。这一风俗沿袭至今。

四

围绕"五匠"，扬中民间还流传有许多俗语、谚语和歇后语。如：

木匠要巧，郎中要老。

木匠怕摸，瓦匠怕看。

干净瓦匠，邋遢木匠。

木匠好不好，全凭看卯窍。

干椿湿柳，木匠一看就走。

长木匠，短铁匠，不长不短是裁缝。

跟着瓦匠会和泥，跟着木匠会拉锯。

石灰没胆，越和越软。

关公当木匠——大刀阔斧。

木匠打孩子——有尺寸。

板上钉钉——有板有眼。

瓦匠干活——拖泥带水。

木匠对篾匠——各有所长。

瓦匠砌墙——两面三刀。

瓦匠碰上鞋匠——帮不上忙。

裁缝的肩膀——有限（线）。

裁缝不带尺——存心不良（量）。

裁缝打架——真（针）干。

裁缝的尺子——量人不量己。

裁缝撂剪刀——不睬（裁）。

裁缝师傅戴戒指——顶真（针）。

木匠的凿子铁匠的锤，裁缝的皮尺厨子的刀——各有一套。

……

扬中"五匠"和所有匠人一样，身上都有非常可贵的"工匠"精神，即：不只把手艺当作养家糊口的工具，还树立起对职业敬畏、对工作执着、对产品负责的态度，极度注重细节，不断追求完美和极致。今天我们追溯"五匠"的点点滴滴，就是要学习"工匠"精神，并努力戒除心浮气躁、"短平快"和"差不多"。

趣味　感悟　表达／朱务清　著

修锅

　　"要得寻钱多，挑个担子去修锅。"这是 20 世纪流行于扬中的一句俗语。

　　修锅，又叫补锅，其作为养家糊口的一门手艺，还得追溯到 1970 年之前。那时，工业生产不够发达，百姓生活水平较低，几乎所有的农家都有土灶（俗称大灶）。每灶一般都有两个锅堂、两口铁锅，有的甚至有三个锅堂、三口铁锅。铁锅的大小都是论丈（锅的直径，超过一尺，几寸就是几丈。如直径一尺三寸，就是三丈），三丈头的是小锅子，七丈、八丈、十丈的锅子就比较大了，锅大概能盛三四十碗。铁锅有直沿和卷沿两种。直沿的锅口直立，就容积而言，经济实惠，但是易伤锅盖，洗锅时如不小心，锅口会伤到手；卷沿的锅口平卷，同样大的锅子，卷沿的容积要比直沿的小一丈半，但因为卷沿的锅口是平展式，所以锅口不大伤锅盖，也不会伤到手。一般新铁锅使用一段时间，就会剥铁，或者出现砂眼。锅子通了、漏了，不能正常使用，买个新的代价又大，修补一下，使用如常，自然是最佳选择。因此，修锅的行业便应运而生。

　　修锅匠所用的工具全都装在一副担子里。担子有六七十斤重，一头是风箱，上面装有木炭、白煤屑、白煤块的盒子（简称炭盒）；另一头是个椭圆形的高脚木桶，桶里有化铁用的炉子、小锅、小勺、一小段钢管（即通气管，用时一头插入风箱，另一头插入化铁炉），还有火钳、顶针、小铁榔头（一头尖一头方）等工具。

修锅匠每天挑着担子走村串户，沿途吆喝："修锅嗷，修锅嗷……"这样，谁家的锅子坏了，听到吆喝声，就会招呼一声，请修锅匠到门前，从灶上拿下坏了的锅子。修锅师傅手举铁锅，照着光亮，认真查看一番，再根据锅子毁坏的程度开出价钱。价钱讲定之后，便开始补锅。

补锅的过程大致是：修锅师傅为确保修补的质量，必须先对锅的通漏处整理一番，即用砂纸在洞眼处打磨几下，然后用细钢丝或者尖榔头，把洞、眼四周的烂铁清理干净，以确定修补的范围，接着开始生炉、化铁。通常是用一个稻草把做引火草，把炉子生起来，而后把零碎的生铁片，放入特制的耐高温（大概千度以上）的小锅里融化。小锅子外面用圆柱形的铁皮包裹着，里面是耐高温的泥，是用翻砂的坩埚改造的。待铁片化成铁水后，即用特制的小勺子舀出通红的铁水，往锅子的通漏处一倒，迅即用一块石棉布捂一下刚倒的铁水珠子，使其平整且与锅底（或锅壁）粘贴牢靠，再瞅准时机用冷水一激。如此这般，将通漏之处一一补好，最后再用粗布在修补之处擦磨几下，即大功告成。

修锅有火修（亦称火补）和本修（亦称本补）两种。火修即如上所述；本修是用事先做好的铁巴子把漏眼补上，无须生火化铁，较火补简便，因而价钱只需火补的一半，但远不如火补牢固耐用。用于补锅的铁巴子的形状大致类似于大号的图钉。铁巴子的正面是中间凸起的馒头形，铁巴子反面则有一对截面为半圆的两根钉子。修锅师傅将洞眼整理完之后，就将铁巴子上的钉子从锅子里面插进洞眼，然后将锅子翻个身，锅底朝上，搁在膝盖上，一只手的手指从锅子的里面顶住铁巴子的正面，另一只手在锅子的外面用一薄铁片将两根半圆形的钉子分开后，将铁片插到两钉子间的根部，再分别往左、右一掰，使钉子贴紧锅底或锅壁，然后将修补处的锅底或锅壁先后置于铁制的顶针上，用小榔头将铁巴子小心敲实、敲服帖，最后用石灰泥涂抹一下，即告完工。

修锅的价钱是根据锅子通漏处的大小、多少计算的。20世纪60年代，大致是二三分钱一个疤，五分钱两个疤，遇到没钱的人家，一个鸡蛋补两个疤，甚至有用米、麦等粮食抵工本费的。

自20世纪70年代开始，特别是1978年改革开放之后，工业发展提速，铁锅子再也不是紧俏商品，铝锅（俗称钢筋锅子）开始普及，修锅行业逐渐失去了市场。现如今，虽然修锅手艺不值钱，失去了传承，但是，一些与传统手艺有关的生动而又形象的歇后语，不少老年人还会时不时地说起，诸如："修锅的没法，烂泥拓拓（音）；做屋的没法，稻草插插；裁衣没法，糨糊刮刮；木匠没法，上个倒砧刹……"以此来说明各门手艺各有窍门或者各有妙招。时至今日，这些俗语仍然具有一定的生命力。

芦编、柳编和竹编

芦、柳、竹素称"扬中三宝"。芦、柳、竹制品是扬中的特产，编织历史悠久，产品远销海内外。

芦编

芦苇在扬中无处不见，江边、港边、河边都有；尤其是江边，大片滩涂地上芦苇生长茂盛。春天，密密麻麻的芦芽从湿地里探出头，吮吸雨露沐浴阳光，它们茁壮成长着；夏季，芦苇长成绿色屏障，它们心手相牵，共同抵抗江水对堤岸的浸蚀；秋天，芦花抽穗，飘逸的花序在苇秆顶部迎风招展，摇曳生姿；入冬，芦絮到处翻飞，宛若漫天蝶舞，别有一番韵味。

芦苇全身是宝。芦芽（芦笋）含有大量蛋白质和糖分，人畜皆可食用，饥荒年代，它和秧草一样，曾挽救过扬中人的生命。端午前的芦叶，人们常采摘下来用于包粽子，其味清香爽口。带有花絮的芦穗，毛绒绒的，可用来编织"毛窝子"，冬天穿在脚上很暖和；扯下花絮可填充枕头，光秃的芦穗则作扫帚。老熟的芦柴（芦秆）用处更多：因其中含有大量纤维素，可用来造纸和人造纤维；也可编成篱笆、芦席，用于建造房屋；编成窝折，用于囤放粮食。在扬中，芦柴还常被农家用来搭建瓜棚豆架。古代，芦秆还曾用来制作芦笛，所以唐代有"不知何处吹芦管，一夜征人尽望乡""荷蓑（一作笠）出林春雨细，芦管卧吹莎草绿""石楼月下吹芦管，金谷风前舞柳枝"等诗句。芦秆内的薄膜可剥下来，用作笛子的笛膜。芦根是一味中药，它性寒、味甘，能清胃火、除肺热，有健胃、镇呕、利尿等功效；经济不发达的年代，它也曾是小毛孩的美食，就如同甘蔗一样给大家以甜丝丝、美滋滋的享受。就是没有大用的矮小芦柴，被处理下来的芦梢、芦叶，也可用作烧饭的燃料。

除了拥有很大的实用价值，芦苇还有重要的生态价值：大面积的芦苇可调节气候、涵养水源、净化水质，所形成的良好湿地生态环境，也为鸟类提供了觅食、栖息、繁殖的家园。

扬中江滩生产芦苇始于宋代。那时，官府在境内只征收芦课，无忙银（地丁银）、漕粮。随着洲民围滩造田，芦苇地逐年减少。从太平洲开发到 20 世纪五六十年代，扬中人对芦苇的利用主要是在建筑茅屋和制作芦席方面。20 世纪 60 年代起，部分芦苇作为造纸原料销往外地。1986～1993 年，新坝、三茅、西来桥等乡镇沿江一带农民家家从事芦席编制，除少量供本地使用外，大部分产品销往外地。1996 年后，扬中农业产业结构调整，芦苇加工业逐年萎缩，仅作原料销往外地造纸企业。

编芦席、窝折等要经过以下多道工序：

选柴。选择长得直、节巴少、个头长、比较粗的芦柴。

理柴。把芦柴的根部、梢部截去，把叶子摘掉，把芦柴整理得光滑干净。

压柴。把芦柴横放在平整的地面上，反复碾压，把圆棍形的芦柴碾压成平整的芦柴片。

劈柴。把压好的芦柴理顺放平，再用篾刀将压扁的芦柴顺着上下丝路劈成两片，如果太宽就劈成四片，再用两根筷子似的工具固定住一头，来回"打"几次，去除芦柴片上面的节疤，使芦柴片光滑无刺。

编柴。将芦柴片编织成各种芦柴制品。

柳编

扬中杞柳条形细长、质地柔韧、色泽白亮，适宜加工各类柳制品。

扬中柳编历史已有近百年。过去，由于受市场限制，所生产的筐、篓、篮等只是作为本地农民生产、生活的用具，品种比较单一，基本属于自给自足。

柳编所用工具有：剪刀、锥子、叉针、三角劈刀、抽皮机、木模、铁模等。工艺流程分为：

采柳。每年 12 月 20 日左右，将柳割下。挖 2～3 米深的方塘，用芦苇铺在塘底，再把柳条放在上面。每天浇适量水，保持柳条湿度。

刮柳。翌年清明前后，柳条发芽时开始刮柳，即用刮刀将柳条表皮刮去，并将其晒干。

拣柳。即根据柳条长短、粗细进行分类。如需颜色，则将柳条染色。

浸柳。编织前，将选好的柳条浸入水中 1～2 小时，使柳条变得柔韧。

抽皮。把较粗的柳条抽成柳皮，用作编织材料。

打底。先用木模制出底的外形，然后剪去多余部分。

制架。用铁模将底子固定好，在底子上插上经柳，然后用纬柳（或麻线）编织。纬柳可以是细柳条，也可以是薄柳皮。对部分图案可采用"板柳"工艺。

扎口。一般采用"四扎口"，但也有用"辫子口""别口"等扎口法。

上把。对篮类用具进行上把子。为使把子牢固，可在把子上用柳条编织，并与篮子相连接。

修边。用剪子将各接口处的柳条头剪去，以使柳编制口整齐、美观。

扬中柳编制品经过长期的发展，已逐步演绎为一种独特的民俗文化，2004 年 4 月扬中柳编专业协会应运而生。

竹编

扬中人向来喜欢竹子，竹子栽植很是普遍，民间有"居屋居屋，前不可无河，后不可无竹"的俗语。

扬中的竹子主要分布在农户的家前屋后，在先民住茅屋的时代，它曾和树木一起为茅屋挡风御寒，为先民提供建筑、生产、生活用材。扬中竹材产量较高，年砍伐量达 10 多万担，在改革开放之前，经济效益较为显著，因此竹园被农户戏称为"哑巴儿子"。

扬中的竹子主要是燕竹（占 60% ~ 70%），其次是淡竹。燕竹在外形上为"大个子"，淡竹则是"小个子"。燕竹笋也比淡竹笋个子大，出笋早，味道美，常被用来和肉同烧，或用作"长江三鲜"的辅料；用竹笋煮的菜粥也非常诱人，能让人食欲大开。新竹竿上脱落下来的竹箨是个宝，端午节时大竹箨可用来包粽子，小的可以撕成条扎粽子，不适宜包粽子的竹箨会有人来收购用于做爆竹。19世纪末，下洲农民李若根、李德仁父子，就曾贩运淡竹箨至日本长崎销售。

竹编是扬中人的传统手工艺之一，也是扬中农民养家糊口的一技之长。扬中竹编大约起源于宋朝，由外地移民引入。由于竹资源极为丰富，竹编曾一度成为全县农户一项重要的副业。三茅、丰裕、兴隆、油坊、永胜等乡镇，竹器专业村、专业户比比皆是。

起初竹编艺人主要编制各种生产、生活用具，如筈子、篮子、筛子、匾子、席子、筲箕、畚箕、晒垫、箩筐等，后在编制生活用具如凉席时，加入一定图案，从而增强了艺术性。

在众多竹编艺人中，还涌现出一些大师级别的艺术家。新坝就出了个竹编名人——郭国兴，他曾以每寸21根的细篾编成一张竹席，上缀有"二龙戏珠"图案，成为竹编中的精品。后他又编成一张名为"丹凤朝阳"的竹席，在巴拿马国际博览会上一举夺得金奖。20世纪90年代，家住油坊镇良善村的耿月新，对竹编题材及技法大胆进行革新，开辟扬中竹编的新时代，其竹编作品《百子图》《百帝图》技艺巧夺天工，堪称"世界一绝"，曾多次参加国内外精品展，得到极高评价；《竹编书法》《郑板桥书画》《一带一路·圆中国梦》等作品分别在各级各类大赛中斩获奖牌。耿月新还先后受到国家领导人接见，文化部原部长、文联原党组书记高占祥为耿月新题词："青竹一到月新手，便成艺术新华章。"耿月新因此跻身"中国十大艺术家"行列。

为发展竹编这一传统产业，增加农民收入，目前，扬中正大力开发集工艺美术、经济实用为一体的竹艺产品。这些产品具有不褪色、不发霉、不生蛀、不开裂等优点，是国际公认的绿色产品，既有实用价值，又有收藏价值，是馈赠宾朋的高雅礼品。全市现有竹制品生产企业（含个体编织户）近百家，从业人员达1000多人，产品远销欧洲各国、东南亚国家以及美国、日本等国家，年出口创汇额1.3亿元以上。

竹编所用工具有：篾刀、刮刀、剑门、站桩、锯子、篾针、扎扣、竹板等。工艺流程分为：

选材。选择个头高、节把稀、竹龄3年的燕竹、淡竹、毛竹、榉竹、慈竹、紫竹、水竹、刚竹、斑竹等为加工用材。

断料。根据新产品长度要求，用锯子断料。

剖竹。依照新产品用篾的宽度和厚度，用篾刀劈料。

劈篾。用篾刀分离青篾和黄篾，也有用手摇破篾机分离篾片。

抽宽。用剑门（匀刀、铜刀）加工篾的宽度。

刮篾。用刮刀加工篾的厚度和光度。

拉丝。将光度、厚度达到要求的篾，用拉丝刀拉成篾丝。

染色。将篾丝放到染缸内，染上所需要的颜色，然后晾干。

编织。依据产品构图进行编织。大量采用"蛇皮纹"

"蒙七"（一根间一根）的编织方法。

装饰。先用硬纸板固定竹编背面，再配上镜框。

在以农业经济为主导的年代，"扬中三宝"经过扬中人民勤劳的双手，成为一件件芦柳竹制品，为扬中原本并不富足的家庭增添了些许收入，也为扬中这个孤岛递出了最初的名片。

从芦秆到芦席，从柳条到柳器，从竹子到竹编，要实现这一蝶变并非易事，需要繁杂的工序和精美的工艺，需要扬中艺人起早贪黑地辛苦完成。从"扬中三宝"身上，我们可看出"上善若水，自强不息"的扬中精神。

扬中箫笛制作

箫笛，即箫和笛，是我国的两种传统民族乐器。《史记》中记载："黄帝使伶人氏，自大夏之西，昆仑之阴，坂竹之解谷，断两节间而吹之，以为黄锺之宫，制十二箭，以听凤凰之鸣，其雄鸣则为六律，雌鸣则为六吕。"由此可知，箫笛产生于黄帝时代，至今已有四千六百多年历史。

在我市新坝镇，就有一家专门生产箫笛的企业——扬中市长鸣乐器有限公司。

公司创始人是常敦明，今年已 86 岁。他一生从事中国民族乐器制造，有丰富的中国民族乐器制造知识。他是中国音协民族管乐研究会会员、上海音乐协会会员、江苏省文艺家协会会员，享有"民族乐器大师"的美誉。他曾赴奥地利、德国、芬兰、朝鲜等国考察乐器制造技术，多次发表有关乐器制造的论文，分别发表在我国《乐器杂志》《乐器之友》以及美国芝加哥和中国台湾有关乐器报刊上；并与人合著《中国箫笛》一书。

1951 年，15 岁的常敦明来到上海，师从周来有先生学习箫笛制作，1956 年进上海第七乐器合作社工作，1958 年进上海民族乐器厂工作，并在 20 世纪 80 年代担任厂长。其间，他制作的多种乐器，得到国内外著名演奏家的高度肯定。1989 年他退休回到家乡后，毅然创办了长鸣乐器厂和民族乐器博物馆，从事 50 多种民族乐器的制作，开启扬中民族乐器制造的历史。

他制作的巨笛长 3.14 米、孔径 4.9 厘米，最低音为 C 调，每秒振动 97.999 次。这一"中国巨笛"获得"吉尼斯世界记录"证书、中国文化部"科技进步三等奖"、镇江市"巨笛绝技奖"。后来他又制作了 3.2 米长的巨箫，与巨笛交映生辉，堪称乐器精品。

他生产的最小口笛，只有一个吹孔，长度 4.8 厘米，笛身雕饰着龙凤等图案，显得小巧而别致。口笛用于口技表演，能生动模仿出云雀等鸟鸣声。

经过三十多年的发展，长鸣乐器有限公司有了一定规模，生产的种类也日益增加，仅笛箫就创新 30 余个品种，在这些新品中，有的是形制创新，如巨笛、巨箫、双人笛等；有的是材料创新，如紫檀笛箫、红木笛箫、楠木笛；有的是工艺创新，如半浮雕笛、全浮雕笛、微雕笛等；还有倍大低音笛箫、倍大低音弯管笛等，这些新品种的诞生，为笛箫大家族增添许多新的光彩。

箫笛制作工艺流程较复杂，可分为：

选材。一般选择紫竹、黄枯竹、长茎竹、凤眼竹、香妃竹等。选好的竹材需储存 5 年，其间有开裂或变形的竹材不用，符合要求的留下备用，竹子的粗细、节把的长短主要根据笛子种类物色，要去节使内部通畅。

烤料。将断好的竹材放在炉上烤，既要烤透，又要防烤焦。对弯曲的竹材，则放在绞板上扳直。对有些不够平滑的竹材，就用刮刀去皮将表面刮光滑。

分调。分调是乐器制作的一个重要环节，主要根据竹材长短、大小进行分调。

开孔。根据尺寸要求和调子高低开吹孔加塞子。再根据吹孔大小划线，定线后开出指孔，孔形为鸭蛋形，里大外小，有的笛子还需接龙头，增加其实用性和美观性。

校音。以 A＝440Hz 的标准进行调音，8度、5度、4度、泛音、叉手音须吻合，一般采用校音器与吹奏相结合的办法校音，至少要经过两次调音。

修饰。从美观和调音考虑，对一些长度不够的初成品，进行补接。接头处一般为铜料。为防止竹笛开裂和腐蚀，还要在笛管内外涂上虫胶漆。对竹笛表面进行打磨，分段缠线，雕刻名人字画，加镶头雕饰，以增加笛子的美感。

微调。对制成的竹笛，再一次进行微调，音准相差必须小于±5音分。

在制作过程中，所用到的工具有：炉子、绞板、刨床、打孔机、车床、缠线机、上漆机、校音器、绞刀、卡尺等。

箫笛选材考究，制作工艺精湛。在造型上，有一种流动的韵律感，加之笛身雕有书法、绘画作品，并配上缠线、配饰等外在装饰，显得乐器非常精美。吹奏起来，笛音清脆悦耳、婉转悠扬，箫声低沉舒缓、粗犷浑厚，非常悦耳动听，所以深受广大爱好者的喜爱。石家庄音乐协会理事王亚洲曾评价"神韵传天下，妙艺集长鸣"，此言一点不虚。

除生产箫笛外，公司还生产古筝、扬琴等乐器，产品畅销海内外。

目前，常敦明已将技艺传给儿子常本荣以及孙子常阳。"艺二代""艺三代"积极开拓市场，手中订单不断，发展前景一片大好。

"且相逢一笑，笙歌箫笛""新谱同按，相和垂虹箫笛"……古人的诗词，道出箫笛与我们生活的密切关系。是的，生活岂能离开箫笛？愿箫笛永伴我们的生活，时时吹奏出令人陶醉的天籁之音！

趣味　感悟　表达／朱务清　著

鞋帽

　　先说鞋子。热天，大人、孩子都尽可能赤脚。"打啊春，赤脚奔"，是说一到立春，天气回暖，就可以赤脚了。特别是夏天，男女老少，难得见到有穿鞋走路的。那时不管单鞋棉鞋，都是自做的鞋帮，自纳的鞋底，然后拿到皮匠摊上"绱鞋子"。一针一线扎那很厚的鞋底，是一个技术活，非常费时费力。而做鞋子，全是妇女的任务，没见过男人做鞋了的。一个女孩子，出嫁前必须在娘家就学会做鞋子这项居家过日子的基本技能。我们家人口多，所以母亲一年到头总是要争分夺秒地"扎鞋底"。那时不像现在，有橡胶底、塑料底、牛筋底的鞋，更罔论只有城里人才能穿的皮鞋了。

　　下雨天，走烂泥路，常见的是穿"钉鞋"。这种鞋以布料为帮，在上面反复涂上蛋清和桐油，使之变得很硬邦、不透水；再在鞋底下钉许多"枣核钉"，扒滑。也有用木屐的。木屐是两块长方形木板，下面各钉两根木楞，用绳子绑在鞋上，就可以走烂路。从南宋叶绍翁"应怜屐齿（木屐下的木楞）印苍苔，小扣柴扉久不开"、清蒋士铨"怜伊（西施）几两（几双）平生屐，踏碎山河是此声"等诗句中，可知这木屐古已有之。20 世纪 50 年代初，开始有人穿上套鞋和橡胶高筒靴。

　　那时很少有穿拖鞋的，有一种"木靸子"，是两块鞋底大小的木板，前面各有寸许的带子，当作拖鞋穿，既凉爽、又省鞋。

冬天穿棉鞋，都是"两片瓦"的样式。也有穿不上棉鞋的，只能是单鞋过冬，脚就会因严寒（那时天好像比现在冷得多）而生冻疮。还有一种"毛窝子"，自家不会做，要向挑担子的买。这东西用稻草和芦花编结而成，样子很笨拙，不登大雅之堂，但非常保暖，比穿棉鞋实惠得多。还不会走路的小孩，冬天穿"虎头鞋"。就是在鞋的前部用彩线绣上老虎头的模样（似乎含有避邪的意味），鞋底没有扎过。因为这鞋仅是为孩子保暖，不是用来走路的。

袜子呢，平时不穿。如果在不该穿袜子的时令穿上，往往会招来不屑的眼光。所以只有冬天才穿袜。一般是长筒的"洋袜"，袜筒可以拉到膝盖，比较暖和。缺点是容易破，所以经常要补袜子。我离家上学后，开学时，母亲总要补几双袜子给我带去，争取能穿一学期。直到1962年，我才第一次穿上神奇的"尼龙袜"，因为这袜子不易破，容易干，又很舒服。现在，几乎一年四季都穿人造纤维的短筒袜，很牢，也便宜，孩子们有时一次就买五双或十双，穿坏了就丢进垃圾箱，谁还会再去补袜子？

帽子，好像很少见。常见的是干活时用来遮阳的草帽（凉帽），挡雨的"斗篷"。冷天基本上不戴帽子。有的男人戴一种拉下来可以挡住口鼻和颈脖的帽子，很暖和。有的女人用一块毛巾大小的布裹在头上，似倒扣的簸箕状，在脑后打个结，农忙时可挡灰，天冷时可御寒。以前有的男人戴一种由几块黑色的布料拼成的、上面缀一个球状红顶的"西瓜皮"帽。也有极少数人戴礼帽，那也往往是地位和财富的象征。

饮食

扬中历来田少人多，多少年来，粮食总是偏紧。那时候，终年基本上是早晚吃元麦糁子粥，里面只放很少的"呵锅米"。无米下锅时，就吃"没米糁粥"。中午几乎每天吃菜粥。菜粥以瓜菜为主，以米为辅。一年到头，大致只有过节，敬祖宗才有望吃到干饭。

小麦用来磨面粉。面粉可以擀面条、裹馄饨及过年蒸馒头。磨面时筛下的含有较多麸皮的"黄面"，粗糙难食，舍不得做猪饲料，就用来做黄面疙瘩，或做发酵的黄面烧饼、黄面馒头充饥。

还有一种方便食品，是将元麦或小麦炒到略起焦斑，磨成粉，叫作"焦糒"。平时密封在罐子里，过大忙时，肚子饿了，来不及烧饭，可以救急。挑几调羹，开水一冲，就可以调成一碗。焦糒很香，但比较耗粮，舍不得经常吃的。农忙季节，一是时间紧，二是体力消耗大，在条件许可的情况下，早餐会做"圆子"吃，比仅喝两碗稀糁粥熬饥得多。

端午节前后，正是插秧季节，一般人家照例吃粽子。粽子要用糯米，太耗粮。有的人家就用面粉或糁子与蚕豆瓣混起来包粽子，以应时令。

还有一种"烂面烧饼"，有的地方称"家常饼"。在和得较烂的面里包进青菜、韭菜或秧草馅心，拍成薄薄的圆饼，两面用油一炕就成了。最好吃的是苋菜烧饼，里面加大量的蒜泥，炕出的烂面烧饼特别香。一边喝糁粥，一边吃这烧饼，"好吃得不得了"。

扬中人很重视节日饮食文化。例如，"高灯圆子落灯面"，二月八吃馄饨，端午节吃粽子，中秋节吃月饼，十月朝吃糍粑，腊月初八吃腊八粥，除夕吃馄饨，过年蒸馒头、水糕等。什么节日吃什么，一般人家都很重视。否则就是"没时没节"，不是正常人家的家庭生活。但实际上，由于条件所限，并不是家家都能"有时有节"的。

灶间

"民以食为天"，灶间从来就是一个家庭的重要组成部分。

过去，扬中人世世代代普遍用大灶烧饭。支灶是一门专业技术，必须请有资质的瓦工才能完成。

一座大灶上可置二三只生铁铸成的锅。锅的大小以"丈"计算，如"三丈""五丈""八丈"。"三丈"就是锅的口径一尺三寸，五丈口径是一尺五寸，八丈口径是一尺八寸。大灶灶台内侧，锅与锅之间的空档处通常设置一两只"汤罐"，加进冷水，可以在烧饭的同时把冷水加热，节省柴草。炒菜时必须一人在"灶膛"烧火，一人"上锅"。大灶以稻草、麦草、豆秸、棉秸、树枝、劈柴等为燃料。我家因为周围全是树，父亲每年有一项任务就是删树枝。删下的树枝斩成段，一捆捆堆起来，随时用来烧锅。有时柴草紧张，我们就不得不到外面"拈柴拾草"。

有大灶必有烟囱。每到烧饭时间，家家茅屋上炊烟袅袅。这也是当年扬中的一景。烟囱一般从屋顶伸出，也有少数人家烟囱是从墙壁伸出的，谓之"戳壁烟囱"。

有的人家灶间还有一个"缸锅腔"。用这东西比用大灶方便，也省柴火。但锅的容量较小且没有烟囱。如果遇上阴雨天，气压低，烧起来就会"闷烟"，弄得满屋都是烟雾，人被呛得眼泪直流。

灶间必备一只水缸盛水，一缸水用完，再用木桶到河里挑水。如果水不太清，就用明矾打一打，使泥沉淀，水吃得差不多了，就对水缸清洗一次，刮去缸底的沉泥，再盛新水。早年，扬中的水是没有污染的，人们可以放心饮用。

趣味　感悟　表达／朱务清　著

住房

旧时，扬中人绝大部分住草房。草房搭建的基本材料是自产的杂树为梁柱。屋顶，最底层是用扬中特产的燕竹做"橡子"，叫作"竹架子"，在上面铺芦柴"旺"（用芦柴和稻草绳编成）。"旺"上面铺一层芦菲（芦席），再涂上一层用"麦稳子"（麦粒的外壳）羼和的烂泥。最后盖上稻草或麦草（这一道工序谓之"盖屋"）。稻草易烂，几乎年年要换；麦草不易含水，可以维持两三年，而且比较美观。但用麦草比稻草代价大，所以多数人家都是稻草房。"山"和室内的隔间是芦柴编成的"笆壁"。"山"外侧要抹上泥，或再涮上石灰水防雨。前后沿墙通常用自制的"垡头"堆砌而成。一户人家，一般是五架梁的三间正屋。也有的再搭一点更小的厢屋，作猪圈、羊圈使用。这种住房，曾经是世世代代的扬中人的栖身之所。

草房的优点是造价低廉，冬暖夏凉。缺点有二，一是容易漏雨。一年四季，堂屋里，大灶上，帐子顶上，处处都可能漏雨，于是就得将水桶、面盆、脚盆以至澡盆都拿来"等漏"。"床头屋漏无干处，雨脚如麻未断绝"，真是活受罪。二是易遭火灾。这种房子的材料都是易燃物，再加一个埭上的草房靠得都很近，一家失火，往往是"火烧连营"，户户遭殃，非常可怕。所以当时流传一句口号，"清灶膛，满水缸，防火有保障"，意在提醒大家做好防火准备。

也有人家把盖草的房改为盖瓦，叫作"楞摊瓦"，稍显"洋乎"一些。既可免年年盖屋之烦，亦可免雨天"等漏"之苦。但扬中不生产屋瓦，而且瓦比草贵，所以这种房子也不多见。

那时扬中能住上三间实檐瓦平房的人家，通常是经济条件较好，很令人羡慕的。女儿能嫁到这样的人家，就会觉得很幸运。"他家有三间瓦房"，往往是介绍人能拿得出的、响当当的、对女孩子的父母很具吸引力的"硬件"。

楼房则更少。以老郎街为例，东南西北街，共计只有东街施春山的茶楼，我家与陈广喜家相连的各一间住宅楼，仲静轩家的两间街面楼，南街何建武家的茶楼，以及西街的鼎丰茧行，而且全是两层小楼。

现在，扬中到处是将军楼和别墅，不少人家的居住条件已经远远超过城市居民。至于草房、楞摊瓦平房已踪影全无。"楼上楼下，电灯电话，洋房汽车"——当年的美丽幻想，已全成为现实。

出行

旧时扬中人出行，上洲到下洲，主要靠两条腿，到哪里都是"跑"（徒步）。走十里二十里，根本不在话下。我在县中的同学，都是十来岁的孩子，新坝的、西来桥的、玉皇庙的、四墩子的，都是步行到中八桥。而且都觉得这是天经地义，从没有人想过有什么代步的交通工具。特殊人物要坐车，最"高档"的是雇"推脚车的"，在独轮车上绑一把小木椅子，人坐其上。由车夫推着前行，那派头，就觉得非同凡响了。

大概在 1956 年前后吧，扬中第一次有了农村"公共汽车"，从三茅到八桥。那是一辆改装的汽车，车厢和座位都是木板钉的，显得很简陋。每天只开一两趟。

扬中四面环江。要出扬中，近些的如到镇江，我们老郎街人就到头墩子或西新桥乘每天一班的"姚镇班"，要提早吃中饭到江边赶船，"船不等人"，如果误了船，只好悻悻地返回家，明天再来。这新苏号"姚镇班"，"突突突"几个小时，到镇江天就黑透了。远些的如到上海，一是从头墩子乘摆渡船过江到姚桥，再乘汽车到镇江赶火车。二是到东新港乘轮船。如果遇上大风大雨天，那就插翅也难离开扬中了。

洗涤

一年到头，家家户户每天都要洗洗涮涮。

我童年时，刷牙一般是用盐，讲究一点的是用蝴蝶牌牙粉。这牙粉呈白色粉末状，略带薄荷味，装在比香烟盒略小的纸盒里，刷牙时蘸一点。到 20 世纪 50 年代初，使用诸如"黑人"牌牙膏刷牙的人才逐渐多起来。

夏天洗澡用木制澡盆。"秋后十八盆"，从秋末转凉开始，直到第二年春天天气转暖这段时间，因为没有取暖设备，一般就很难有机会洗澡了。

妇女洗头发，当然没有今日的洗发液、护发素之类，常见的是，用木槿（一种灌木）的叶子揉碎后产生的黏液洗发。有条件的才用肥皂，那时的肥皂是"箭刀牌"，香肥皂很少见。

洗单衣，是将衣服放在"水桥"石头上用"槐杖"反复锤打以除污。杜甫《子夜吴歌》中"长安一片月，万户捣衣声"的"捣衣"，说的就是这情景。

还有，将"皂荚"敲碎，和入水中；或将灶膛里的草木灰装在口袋里，泡在水盆中。这两种方法，均取其碱性，用以洗涤被里子、床单和帐子等大件。将这些大件放在澡盆里，用脚反反复复地踩踏，以代替双手搓揉。

洗好的衣物，晾在竹竿上晒。遇到连日阴雨，那就很麻

趣味 感悟 表达／朱务清 著

烦，室内往往晾着一竹竿一竹竿没有晒干的衣物。

洗衣物照例是妇女的任务。像我们家人口多，母亲尽管身体单薄，除为一家人做鞋子，承担一定的家务外，一年到头，洗衣服被子也很费时费力，全靠一双手，真是不容易。

扬中水多，用的全是取之不尽，用之不竭的河水、港水，所以那时候没有"节约用水"的概念。淘米洗菜，洗衣浆裳都是到"水桥"上。在老郎街，有几座公用水桥，常常是一帮人不约而同聚在水桥上，一边洗涤一边说笑。而且，水是活的，同在一起，你洗鱼，我洗衣，孩子在旁边游泳，相互均不受影响。

取风、取暖和照明

夏天取风，除赶自然风（叫"乘风凉"）外，唯一的办法是扇芭蕉扇，也有用麦秆自编的扇子。

有的士绅，摇一把折扇，可以体现其不凡的社会地位，而一般老百姓是没有"资格"用折扇的。

种田人在田里做活计，毒晒一天，汗流浃背，就脱下凉帽当扇子扇几下，或者躲到树荫下凉快一会，别无他法。晚上睡觉，还要放下帐子以防蚊子，闷热得要命，也只能靠芭蕉扇。一觉醒来，大汗淋漓，席子上就会留下一道湿的人印子。

冬日取暖用火罐，就是在陶钵里放些砻糠、麦稳子之类闷烧，以烘手脚。也有用脚炉的。

脚炉，黄铜质，钵状，盖子上布满黄豆粒大小的孔以透气，有把可提，燃料同火罐。记得上小学时，怕脚冷，有时就拎一个脚炉去上学。晚上睡觉太冷，有时将脚炉放到被窝里。这是很冒险的行为，弄不好有失火的危险。怕被父母责骂，只敢偷偷地烘一会，赶紧拿出来。在脚炉里炸黄豆、玉米粒、扁豆籽，边炸边吃，是孩子们的一乐。再就是"汤婆子"，黄铜或白铜质，荸荠形。从上面的小口灌进热水，主要用于晚间焐被窝。但在那时，能用上汤婆子的人家极少。而取暖最简单的办法，当然就是晴天晒太阳了。

趣味 感悟 表达 ／ 朱务清 著

照明。穷苦人家往往晚上不用灯火，早点睡觉。最原始的照明办法当数"灯盏"，就是在一个竹制的长方体架子上置一个生铁的小碗状"灯盏头子"，里面盛菜油、豆油或冻结成块的羊油，油中有两三根"灯草"。点燃灯草即有明火用来照明。为省油耗，有时只舍得点燃一根灯草，灯光极其微弱。睡觉前点一下，赶快熄灯。以后有了"洋蜡烛"，再以后有了烧火油的"洋油灯"（亦称"洋灯""美孚灯"）。这种占了"洋气"的灯，比灯盏和蜡烛亮好多。但不管是灯盏、蜡烛、火油灯，照明效率都很低，而且都极为不便，人到哪里，灯火就要挪到哪里。直到 20 世纪 60 年代初，我晚上仍是用火油灯办公。晚间走路通常是"摸黑"，有条件的才用灯笼。后来有了"马灯"（桅灯），亦以火油为燃料，为行夜路提供了很大的方便，缺点是风一吹就会熄火。手电筒出现得也较早，更显"洋气"，但一般人家是用不起的。

粮食的储藏和加工

　　打下的粮食，先要晒干。量少的，如豆类、芝麻等，用竹匾晒。量大的，如稻、麦，用晒垫晒。竹编的晒垫有如一张大席条，估计有几十平方米。将粮食平摊在上面，隔一段时间用"榻耙"依次翻一遍。小时候我家晒稻子，我常被父母逼着"看稻"，即用一张小板凳，拿一根小竹枝，坐在晒垫旁边看着，防止鸟雀和鸡来偷吃。一坐几个小时，不能走开，很是无聊。直到太阳西斜，收稻了，才如逢大赦，恢复自由。如果突然暴雨来临，立即全家动手，手忙脚乱地收稻，叫作"抢暴"。

　　晒干的稻、麦都是农家自行收藏。通常是用囤子囤起来。所谓囤子，即在室内用"窝折"一圈一圈围起来，将粮食放在其中。窝折由竹篾或芦柴篾编结而成，高尺许，长可二三丈以上，伸展自如。那时候农家堂屋里往往都有一个粮囤。另外，每家都有大大小小的坛坛罐罐，也都是用于储粮。

　　粮食加工，主要是碾米和磨面。

　　碾米到碾坊。碾坊的主要设施有二，一是碾墩，即在平地上垒起的一座大土墩，呈覆碗形，其周围镶石板。碾墩上方架设木制长方形的"斗"，其口径上大下小，稻置其中。"斗"下一个可以开关的小门，以控制斗中稻粒落下的多

趣味　感悟　表达／朱务清　著

少。另有一个碾砣，是圆柱形的石滚，径二尺余，高约三尺。用水牛拉着碾砣，围着碾墩作圆周形走动，斗也随之转动，碾压由斗的小门均匀落在碾墩上的稻粒，使之脱壳成米。二是风箱。碾过的稻子进风箱。风箱内的叶片由手摇转动，噱噱鼓风，使米、糠分离。糠从左边风口飞出，白花花的大米从正面出口落下。在我们老郎街，东街头和西街头各有一家碾坊，为老郎街及周围农家碾米。

小麦磨成面粉，元麦磨成糯子，籼米磨成米粉，糯米磨成米糊，都在磨坊进行。

磨坊有个直径二三尺的石磨，一般用毛驴拉磨。毛驴，扬中话称驴子。驴子拉磨时总要被戴上眼罩，埋着头，"昏天黑地"地围着磨道勤勤恳恳转圈子，走慢了，兴许还会被主人抽上一枝条。磨过的米、麦，上筛子筛，筛下的是"精华"部分，留在筛子里的是麸皮或"糯头子"。

如果是少量的粮食，也可以在家里加工。一种是用舂臼。舂臼，由整块石头凿成深碗状，通常是外方内圆，高二尺许。配以一个"舂米榔头"，这是一根不及人高的结实的木棍，一头安一个荸荠形的、比碗口大的石块以增重；另一端包一个铁圈，圈内嵌三片铁片以磨碎粮食。舂粮时，两手握住舂米榔头一上一下地舂。这是一个很累人的"笨办法"。另一种是用小磨子。小磨子直径尺许，有一个把手，一人操作。还有一种叫"拐磨"，比小磨子略大，上片连接一个木制三角形架子，其底边用绳子系在屋梁上。操作时，一人或二人握住三角形底边横木，来回作水平方向移动，使石磨运转。

捕鱼虾

由于地处大江之中，这得天独厚的地理条件，注定了扬中水网密布。水多，鱼虾就多。扬中人创造了各种各样捕鱼虾的方法。

除用鱼钩、钓饵钓鱼外，还有常见的几种捕鱼方法。一是用鱼叉戳鱼。鱼叉由一组尖锐的细铁条组合而成，以竹竿为柄，戳浮游在水面的鱼。鱼在水中，反应极其灵敏，所以戳鱼要有相当的眼力和技巧。二是用鱼罩罩鱼。罩子由竹篾编成，呈圆锥体形，下口直径近一米，上口较小。罩鱼时，在河边任意将罩快速扑进河里，往往可以在罩里抓到鱼。三是用"棺材网"捞鱼。这是用竹竿撑开的长方形渔网，因形近棺材得名，但有一面是留空的，并以一段竹竿作把手。站在河边下网，以另一根竹竿搅动河水，使鱼受惊而进入网中，然后迅速提起渔网。四是用扳罾扳鱼，即在潮涨潮落的港里设置扳罾捕鱼。扳罾，是一张边长三四米的方形网，四角用弯曲的竹枝呈十字交叉撑开。来潮时下网，隔段时间起一次网，往往可以捕到随江水而来的较大的鱼。

也有毫不费力就能抓到鱼的情况。有一回，栽过秧不久，夜里下了一场大雨，第二天一大早，我弟弟拎回来一篮鲫鱼。原来是下雨时，河里的鲫鱼戏水，从田头缺口逆游到田里，再随水洄游到河里。只要将篮子放在缺口处，鲫鱼就

趣味　感悟　表达／朱务清　著

自然落到篮里了。还有一回，父亲从田里回来，一进门就说："今朝倒霉，在缺口塘拈到两条黑鱼。"因为据说拈到黑鱼不吉利。

常见的专业捕鱼有两种：一是用丝网"揎（音）鱼"；二是用鱼鹰捕鱼。一般都是过年前请专门人员，在本村"家鱼塘"里进行。揎鱼的人乘一只大木盆，撑着竹竿，先在河里布上一道道长长的渔网，然后用竹竿打动河水，大鱼小鱼受惊乱窜，撞上渔网就无法挣脱。而鱼鹰捕鱼则更有趣。放鱼鹰的人乘一叶狭长尖角的小船，把停在船两边支架上的鱼鹰赶下水，鱼鹰在水里就像一支支离弦的箭，快速而机敏地追逐着猎物，不时它们叼着战利品游向小船，向主人邀功请赏。要问鱼鹰为什么不将鱼儿吞进肚里，那是放鱼鹰的人早已在鱼鹰长长的颈部扎了一根线。"吃鱼没得捉鱼欢"，捕鱼的场面很热闹，小孩尤其感兴趣，所以哪里有渔事，总有一帮孩子在河边叽叽喳喳闹腾。

几十年前，扬中的虾很多。在"水桥"上洗脚，许多河虾就拥来钳你的脚趾，快速出击，往往能抓到大虾。

扬中的虾主要有三种。一是河虾，个较大，青色，壳较硬。雄者螯大，叫"爪郎虾"。夏至前后，雌虾腹部充满虾籽，可以刮下来晒干，放在酱油瓶里，就成了"虾籽酱油"，用来下面条，其味鲜美。二是江虾，来自长江，在港里随水来去。个体比河虾略小，壳软。我小时候在家门前港里钓江虾，每网都有二三十只，通常是只选几只大的，小虾全都丢回港里。三是"毛虾"，即"风虾"。长一厘米许，常在河岸边成群游动，密密麻麻。

捕河虾、江虾都用虾网（形与钓蟹网相类似）。虾网里的钓饵叫"虾食",用线扣在虾网当中。做虾食时,先在面粉里加少许豆油,再和成面团,搓成长条,然后切成三厘米许的小段,煮熟,晒干。这虾食有香味可以诱虾,又可长时间泡在水里不烂。捕风虾用扒虾网,这网呈簸箕状,用竹片弯成"U"形,缀上一块兜状的布,U 底装一根竹竿作把手,U 角用两个竹片固定在竹竿上。风虾喜欢在水草里活动,用网一扒,无数的小虾便在网中蹦跶。母亲常说:"宁吃牛肉一钵,不吃风虾一撮。"意思是,一钵牛肉,不过是一头牛的一小部分;一撮风虾,却是许许多多的小生命。

扬中人餐桌上的讲究

自古，扬中人餐桌上就有诸多讲究。每个扬中人的童年时代，均少不了这方面的谆谆教诲。

菜肴方面。菜肴数量讲究双数，忌单数。喜宴，尤其是婚宴即使是汤也分甜汤、咸汤两种。冷盆也好，烧菜也罢，都是如此。扬中人尤其忌讳三、七等单数。"菜不摆三"，意思就是在宴请宾客时，哪怕只有一两个人，也不能上三道菜，原因有三个：首先，中国人聚餐或者吃饭讲究团团圆圆，好事成双，双数在中国人眼中就是成双成对圆圆满满的意思。"三"为单数，听起来不是很吉利。其次，"三"的谐音为"散"，寓意分散，中国人习惯将字谐音化，例如看望病人不能送梨，"梨"意味"离"。同理，"三"这一数字在大家眼中不是一个好的寓意。最后，在祭祀时，常摆设三盘贡品或者菜品，如此招待宾客，客人可能会心生芥蒂。

菜品种类。上桌的菜种类因喜事、丧事而有别。这种区分主要表现在豆制品和鱼类上。喜宴（上梁、结婚、生日等）忌上豆腐、百叶、大粉、鳊鱼，必须上长青菜（叶绿素菜，主要是青菜、生菜等）。生日宴还要上涨蛋，吃长寿面。丧宴则与喜宴相反。

吃相吃法。酒席开席，应由长辈、主人率先动筷。扬中有主不请客不饮一说。席间不得大声喧哗。敬酒讲究长幼之分，讲究礼数到位，"宁隔一村，不落一户。"吃饭不能因个人好恶独霸某一菜肴。吃饭时不能咀嚼出声。席间不能招呼不打一声就擅自离席。筷子不能搁在碗上，不能插在碗里。菜没上齐之前不能动筷子，也不可以敲碗筷。丧宴中的鱼不能留，必须吃光。

碗筷摆放。筷子长短要统一，否则会有"三长两短"的意思，并不吉利，甚至还会得罪人。

席位座次。席位有主次之分，入席应遵循主人意愿依次入座。避免成"乌龟席"。"乌龟席"是指一张桌子的相对两侧分别坐两人，另两侧分别坐一人，俯瞰俨然一只乌龟（别称王八）的形态，虽说乌龟在古代文化中有长寿的意思，但是也难免会让人心生歧义。

令人回味的"脂油圆子"

正月初一，扬中人早餐有喝枣子茶、吃圆子、食鲢鱼的习俗。全家人喝了枣子茶，寓意来年生活甜甜蜜蜜；吃了圆子，寓意一家人团团圆圆；食了有头有尾的鲢子鱼，寓意年年有余。

儿时，每年大年三十的晚餐后，妈妈就开始准备正月初一的早餐：煮枣子茶、做汤圆、烧蓝边碗盛得下的小鲢鱼。妈妈做圆了的时候，我们兄妹几个总喜欢围着看，有时妈妈也让我们练练手学着做。妈妈一般会包三种馅的圆子：青菜馅包得圆圆大大、红豆馅搓成椭圆、脂油（猪板油）馅做得小小的，还捏一个尖尖的"嘴"。妈妈说这样做好标记，圆子煮好后，我们可以各取所需。其实，在那个样样东西都要凭票供应、人人肚里少油寡水的年代，脂油圆子也算是上等珍贵的食品，爸、妈是舍不得吃的，总是留给我们兄妹四人。

在我的记忆中，妈妈腊月中旬左右就会用肉票去买一块上好的、厚厚的猪板油回来，用温水洗干净、沥干水分，然后轻轻地将包裹在板油两面薄薄的皮撕掉，切成两三厘米大小的正方形，放入一个褐色的玻璃罐中，一层板油，一层白糖，压实盖上盖子存放在碗柜中，等到大年三十才拿出来包圆子。

在我的印象中，脂油圆子比其他馅的要好包一些，关键是不容易破，将糯米糊倒入盆中，放入开水，用筷子不停地调和，当调成一大团时，用双手不停地反复揉搓，直揉到有黏性，然后分成一个个小团，一个个搓圆，用大拇指将中央捏个洞，放入一两块用糖腌制好的脂油，再搓成圆形，脂油圆子就算做好了。锅中水开后，下入圆子煮十几分钟，当圆子浮上水面，说明熟了，即可以食用。

"脂油圆子烫又烫，一不小心把嘴伤。"吃脂油圆子要讲究方法，不能张嘴就吃，如同吃小笼包子一样要"先开窗，后喝汤"。因为圆子在煮的过程中，猪板油里的油和糖融化成了浓浓的油汁。小时候，妈妈嘱咐我们要先将碗里的其他东西吃完，最后吃脂油圆子，而且要用筷子将圆子夹破一个小洞，让里面的油汁凉后才能吸食。那圆子里甜甜的、油油的汁水，轻轻吮吸一口，会让人回味无穷；那经糖腌制过的板油不肥不腻，入口爽滑，真可谓齿颊留香。

脂油圆子是时代的烙印，过去我家大年初一必吃，它是我儿时青睐的美食之一。随着生活条件的改善，物质的丰富，可选品种的多样化，那油腻腻的食品我已经多年不吃了。

趣味 感悟 表达／朱务清 著

腌菜

在扬中，对很多上了年纪的人来说，腌小菜是再普通不过的事了。记忆中，扬中人春末夏初腌秧草，夏天腌黄瓜、菜瓜、茄顶角，秋去冬来的时候就忙着腌大棵子青菜和雪里蕻。每到腌菜的时节，父母亲就会把几只放在廊下壁角处布满灰尘的瓮头缸（扬中叫牛头缸）搬出来。那是一种不常用的粗陶缸，小脸盆般粗细、齐膝盖高。父母把瓮头缸搬到场上，用水洗净，再烧锅开水把内里烫一烫，然后把瓮头缸倒扣在屋檐下，沥水晒干，等待腌菜。

无论春末腌秧草，还是秋冬腌青菜雪里蕻，扬中人都是驾轻就熟。腌秧草时逢春播，做秧田前父母先从秧草地里割回那种不老不嫩的秧草茎，洗净沥水晒干，然后一层秧草一层粗盐，用擀面杖层层揉实，最后用塑料布盖住，再用交叉成十字或井字的竹片封牢缸口，有时缸上还要加一块石头压实。腌青菜和雪里蕻要复杂一些，父母在一大堆青菜和雪里蕻里挑挑拣拣，择除黄叶，然后把菜洗净，挂到外面晾干。每逢此时，晾衣服的竹竿、菜园田的竹障上都挂满了绿油油的菜，一排排一层层，给单调萧瑟的冬日农家平添了一丝生机。一两天后，菜变得蔫头蔫脑，水分蒸发得差不多，就可腌制了。记忆中，那并不是件轻松愉快的活。先要将菜在"腰子盆"里反复揉搓，直到搓出绿色的汁水，再把变得软塌塌的茎叶像拧毛巾一样拧干，一层青菜（或雪里蕻）一层粗盐，层层码放进缸内，父亲穿上套鞋层层踩实（也有人家直接赤脚踩），直到把缸填满，缸口用塑料布封好，在上面压上一只石墩，腌菜就算大功告成了。

腌好的秧草开坛时，扒掉最上面一层，映入眼帘的是那"黄辣咕咕"的特有色彩，嘴馋的我总是先尝鲜，那种刺激味蕾的咸鲜不仅满足了少年的口欲，也深深浸入我的血液里，绵远悠长。其实，单纯的咸秧草远没有秧草煮老蚕豆来得爽口，那是上好的早饭搭粥菜，也是过去扬中人早餐的标配。秋冬季节腌好的青菜或雪里蕻，切成碎片，跟豆腐、蚕豆瓣烧成的汤，没有比这更下饭的了。当然，雪菜炒肉丝、炒毛豆、炒丝瓜，可演绎出许许多多的扬中小菜，调剂着当年因物质贫乏而显得单调的饭桌。

晚年的父母，延续大半辈子的习惯，每年依旧腌制秧草、青菜和雪里蕻，只不过，这些腌菜一部分卖给扬中的咸秧草公司做罐头了。父母勤劳，始终不肯闲着，他们觉得菜园田、边角地、小秧田也不能荒着，于是一年四季秧草、雪里蕻、油菜、黄豆轮番上场，苦了回家帮工的姐姐，愁了解决销路的我。好在朋友帮忙，这些咸菜大多能顺利卖出。为了讨父母欢心，也是打心底里尊崇他们的劳作，我总是自掏腰包，把咸菜钱凑整。

随着父母的先后离世，菜园田、瓮头缸、咸秧草、雪里蕻已渐渐远去，只是留存着斑驳的记忆。那天，女儿订婚，我回老家父母的坟上看看，给他们带点糖果、烧些纸钱，抬头间看到老屋后面干涸的小河里竟然躺着半截瓮头缸，瞬间眼泪模糊了视线，心头一热差点哭出声来，那是承载着我将近二十年口欲记忆的物什啊，那是父母艰难困苦中给予我们鲜香美味的希望啊！

虽然腌菜伴随着一代又一代扬中人走过一个又一个春夏秋冬，但随着物质生活的丰富，以及人们对腌制品危害的认识，如今腌菜逐渐淡出了扬中人的生活。尽管如此，对在外的扬中人来说，腌菜却是一种实实在在的家乡味道。大舅在上海生活了七十多年，跟许多在外打拼的扬中人一样，回到扬中，吃不够的是秧草：早上咸秧草搭粥，中午鳜鱼烧秧草，晚上秧草下面。回程时，什么都不要，只带一坛子咸秧草或雪里蕻。也许，这腌菜里，他能看得见家乡的田，闻得到家乡的水，记得住那丝丝缕缕挥之不去的乡愁！

这是剧变的时代，人和事比任何时候都走得更快。无论他们的脚步怎样匆忙，聚散和悲欢来得多么不由自主，总有一种味道，以其独有的方式，每天三次，在舌尖上提醒着我们：认清明天的去向，不忘昨天的来处。

换碗

20世纪六七十年代，经济落后，物资紧缺，百姓生活普遍不富裕，一年到头难得吃一两回红烧肉。即使吃一碗大米饭，也要等上十天半个月，或者更长时间。偶尔闻到邻居家吃鱼吃肉的香味，便垂涎欲滴。邻居有时客气招呼顺便吃个饭，若是比较亲近的便毫不客气，好似雨落稻田，求之不得。

在那个年代最盼望的是祭祖或来亲戚，这样就能改善一下伙食。还有就是寄希望于邻居换碗。换碗这种习俗不知起源于何时，我小的时候此风就很盛行。一般是前后左右隔壁邻居间换碗，尤其是近邻。邻居家祭祖或来亲戚了，几个小朋友总会聚在一起，在邻居家前屋后地转。因为我知道，邻居家会盛上一碗米饭和一碗品种繁多的菜送过来，作为家中最小的我自然是近水楼台先得月，可以美美地吃上一顿大米饭。

邻居换碗除了相互间送饭送菜也送馄饨、苋菜烧饼等。我的奶奶和母亲是吃斋的，隔壁的堂伯母也是吃素食的，她们之间也常常换碗。

随着社会的发展，经济的繁荣，人民生活水平的提高，家家户户的餐桌发生很大变化，这种邻居间换碗的习俗也很快退出人们的生活，取而代之的是逢年过节邻居间轮流做东下馆子。

　　尽管邻居间换碗这种习俗已淡出我们的生活，但它是一种历史的见证，折射着一个时代的变迁，寄托着一种乡愁，也涵盖着一种美好的愿望。有道是邻居好赛金宝，远亲不如近邻。

挑马兰

马兰，也叫马兰头，是多年生草本植物，其嫩茎和叶均可食用也可入药。马兰，冬天枯萎，春天发芽，其生命力特强；它生长在田埂、河岸、港边、江滩上，与野草为伍，随遇而安。

马兰，是春天里最好的野菜之一，挑马兰，主要是为了食用。20世纪50年代，正是我小的时候，虽然家乡的马兰到处有，但没有多少人经常食用它，没有像现在这么普遍，因此它的价值没有显现出来。但是到了清明节的时候，家家户户都用马兰做馅包米粉团子，扬中方言称"糊圆子"。只有这时，妈妈才会吩咐我们兄妹去挑马兰。埭上的孩子们也与我们一样，大家提着篮子走出家门，有的拿着弯刀，有的拿着小锹，有的拿着剪子，不约而同地向田野出发。

明媚的春光，桃红柳绿，鸟语花香，我们无心去欣赏。我们一边在麦田间的田埂上挑马兰，一边玩麦叫叫。有谚云："清明到，麦叫叫。"这句话的意思是，清明节到了，麦苗拔节长秆了，截一段麦管可以当哨子吹。不同的麦管能吹出不同的声音，有的清脆悦耳，有的低沉嘶哑。我们在相邻的田埂上像比赛似的，你方吹罢我登台，麦叫叫声此起彼伏。这支吹坏了，再换另一根，心里只想着玩乐，根本没把损坏麦苗当一回事。其实，出发之前，爸妈都嘱咐过，不要

趣味 感悟 表达／朱务清 著

吹麦叫叫，因为一根麦叫叫就是一颗麦穗。一条田埂挑到头，我们的篮子差不多满了，于是走到港堤上扔弯刀比赛，以马兰为输赢的筹码，直玩到太阳快下山，方才高高兴兴地回了家。

第二天是清明节，我们眼巴巴地等着吃圆子。那时候，农村口粮紧张，一日三餐以稀饭为主，只有过年过节敬祖宗的时候才能吃上干饭，家里来亲戚或者有手艺人时才会包圆子，所以春节过了以后，我们这些孩子就数着日子盼清明节。因为从春节到清明节这一段时间，正是青黄不接的时候，俗话说"神仙都怕过三春"，家家户户都在过紧日子，孩子们肚子里的馋虫就等着这一天呢。我看到妈妈先将我们挑的马兰洗净，在开水里焯一下并挤掉水分，然后剁碎，留一部分做小菜，一大部分调成馅包糯圆子。有时候，妈妈也在糯米粉里混一些没有切碎的马兰头一起调和，这样做出来的圆子蒸熟以后像青花瓷一样，非常好看。有时，也将焯马兰的水直接和糯米粉，糯米粉被染成绿色，这样做出来的圆子就成了"青团"。我记得，家乡的习俗清明节要用糯圆子敬祖宗，在这之前，我们是不能先吃的。尽管糯圆子的香味让我们垂涎欲滴，但也必须强忍着，等着仪式结束。

今天，马兰的价值被充分利用，多种多样的马兰菜品被开发出来，种植马兰已成了新兴的农业项目，马兰完全走进人们的生活，人们想吃随时就能买到。尽管如此，春游的时候，大人领着孩子去郊外挖野生的马兰，仍是一件非常有趣的事。

挖荠菜

初春时节，扬中人有去野外挖荠菜的习俗，特别是二月初八，有吃"野菜馄饨"的食俗。

荠菜初萌于严冬，繁茂于早春。晋人夏侯湛在《荠赋》中说它"钻重冰而挺茂，蒙严霜以发鲜。"经过一冬冰霜的浸润，蓄足精气神的荠菜在早春时节把不可遏制的力量爆发出来，它们朝气蓬勃地生长着，田埂上、小河边、草地里……到处可见它们清新润泽、喜气盈盈的形象。它们或分散，或集中：分散的，如正在玩捉迷藏的顽童，要想找到它们还需一定的耐心和眼力；集中的，如团聚的一家子，它们紧紧相挨、稠叶交错，显得亲情十足。每当这时候，苏东坡所谓"时绕麦田求野荠"的情景便常常出现。三两村姑、几个孩童，他们一手挎篮、一手拿铲、低着头在田野上专注地寻找着荠菜，不时蹲下身去采挖一番。荠菜是那样的鲜嫩肥美，他们的快乐随着荠菜不断被扔进篮内，很快就将小篮填得满满。

回到家中，将荠菜洗净，然后视荠菜的多少来决定食用的方法。如果不多，那就烧碗荠菜蛋汤，也可做成荠菜拌豆腐这道凉菜；如果采得比较多，那就剁成馅裹馄饨或包圆子。相比较，荠菜馅最好吃，还不像韭菜馅那样味重。做法也简单，首先将干净的荠菜放进开水中焯一下，捞起、挤

趣味 感悟 表达 ／ 朱务清 著

干、切细，加进剁碎的鲜猪肉，再磕上三四个鸡蛋，然后与作料充分搅拌就可，如果在馅中再加进二三两剁碎的活江虾，那就更美。当热气腾腾的馄饨端上桌，香气便在屋中四散；轻轻一咬，一种鲜美便由舌尖到喉咙再到肺腑。一边享受美食，一边用心体会苏东坡"虽不甘于五味，而有味外之美"，以及郑板桥"三春荠菜饶有味"等语句，一种幸福便会溢满全身。

据资料显示，荠菜具有和脾、利水、止血、明目、降压等功效，古人所谓"三月三，荠菜当灵丹"颇有道理。

如今，大棚生产已使荠菜随时可买到，但比较起来，采自野外的荠菜更鲜美。

旧时手工制鞋

　　"鞋头鞋脑，全靠姑嫂"，这是流行于 20 世纪 70 年代之前扬中农村的一句话，意指那个年代男女老少穿的鞋子，都是妇女们凭自己的勤劳双手制成的。

　　鞋主要由鞋底、鞋帮两部分组成。

　　制作鞋底工序比较复杂。首先要购买或自编宽 3 尺、长 5 尺的蒲草席，将其正反两面糊上一层废报纸，晒干后，按脚掌的大小和形状剪成模型，用布条将边沿缝好。再利用旧衣服剪成的碎布，分别在模型的正反两面加填，要求厚度一致，达到 7 厘米后，再蒙上一块扎实新布，其中着地一面蒙纯颜色的新布，朝上一面则颜色不拘。继而用剪刀把边沿修齐，用布条绕边沿一周，用针线固定好，形成鞋底雏形。接着就要忙里抽闲，花大量时间穿针引线，一针一线地扎，这叫纳鞋底，一双鞋底要扎近千针。为提高效率和保护手指，姑嫂们会在中指上套一只表面有若干小窝的圆形铜制针窠（即顶针），用来抵住针尾，使针容易穿过而手指不至受伤。如果鞋底太厚，她们就先用针锥锥一下，再把针从锥眼中穿过。为增加针尖的润滑，姑嫂们会不时把针尖放在头发上别几下，那熟练而自然的动作给人温馨的感觉。最后，扎好的两只鞋底，大小一致、相互对称、经久耐磨。

　　姑嫂们纳鞋底做鞋子，虽然大多在农闲季节，但她们白

趣味　感悟　表达／朱务清　著

天要操持家务，还要带孩子，便只能利用晚上的时间，在微弱的油灯光下进行，常常忙到深更半夜才上床休息。所以用"三更灯火五更'针'"来形容姑嫂们纳鞋底的辛苦也是恰如其分的。特别是到过年前夕，为了确保一家老小能在大年初一早晨穿上新鞋出门拜年，姑嫂们更是忙得不可开交，甚至通宵达旦。

制作鞋帮的第一道工序是糊骨子，即用糨糊把两块布糊在一起晒干；第二道工序是把鞋面布（一般用灯芯绒布）加糊在骨子的正面；第三道工序是用一块新布加糊在骨子的反面，叫糊里子。三道工序完成后，鞋帮的半成品形成了，将其置于太阳下晒干，也可放在煤炉旁烘干。第四道工序是把鞋帮的半成品依鞋帮模型剪好，用黑布条把鞋口包好缝好，俗称滚口。滚口标志着鞋帮的成品诞生。

鞋底鞋帮制成就等着绱鞋子，可谓"万事俱备，只欠东风"。

绱鞋要把鞋帮下沿里折1厘米，用较粗较长的针和较粗较扎实的线，把鞋帮下沿和鞋底边沿缝合起来。鞋里再附一块鞋垫，穿在脚上，舒服得很。

有的姑嫂觉得自己绱的鞋不够令人满意，就花钱请专业的鞋匠（又称皮匠）绱。专业的鞋匠绱鞋技术更为精湛，用的又是带钩的锥针，拔锥和抽线省力得多，绱好后还要用楦头撑进鞋的前部分，用锤敲打几下，使之饱鼓鼓挺刮刮。这是绱鞋子的最后一道工序，由这道工序还产生出一句歇后语："皮匠上鞋子——算（楦）了。"当面临小是小非问题时，这一句话展现出的是说话者谦让、包容、大度的美德。

旧时，扬中姑嫂们手工制作的鞋有圆口鞋、松紧口鞋，以及老人穿的两片瓦鞋（鞋帮形似两片瓦）、小孩穿的虎头鞋、妇女们穿的绣花鞋等，特别令人难忘的是水鞋。扬中四面环江，堤外滩涂盛产芦苇。每年寒冬腊月，沿江一带的青壮年男女都要下滩割芦柴。而芦柴滩里，大大小小的脚汪塘深浅不一，滩面泥泞难走，割过的芦柴桩子，有如尖刀，下滩割芦柴穿一般的鞋子，不要半天鞋底就会被戳通，鞋帮就会被撕裂。沿江一带的姑嫂们便设计制作了一种能在滩里行走的水鞋。这种水鞋造型结构和普通的布鞋差不多，只是鞋底和鞋帮的厚度是普通布鞋的 1.5 倍，后跟上多钉了两根约 20 厘米长的鞋带，从后跟系到脚踝前，以防鞋子因滩涂泥泞而脱落。

旧时扬中农村，谈婚论嫁的女子会不会针线活是男方暗访了解的重要方面，所以女子到了十四五岁，做母亲的总会亲自教女儿穿针引线纳鞋底、做鞋帮、学绣花……20 世纪 70 年代后，随着科技的进步，机械化的普及，妇女手工制鞋逐步退出了扬中的历史舞台。

童年的虎头鞋

虎头鞋是一种童鞋，中国传统手工艺品之一，因鞋头呈虎头模样，故名。扬中虎头鞋始于何时已无从考证，应该是随先民一同登陆扬中岛吧。虎头鞋在扬中一直流行，并在20世纪中叶，随着绣花行业的盛行而达到鼎盛。

虎头鞋的作用有三个：

实用价值：宽敞的内部空间既有利于幼童小脚的生长发育，又可为宝宝防寒保暖；既能满足幼童小脚的安全防护，又便于宝宝脚踏实地练习走路。

观赏价值：虎头鞋艳丽的色彩搭配和栩栩如生的虎头造型，满足了人们的审美情趣，有较高的美学价值。特别是老虎雄健的外貌，威猛的气势，以及其额头像"王"字的花纹，自古受到中国人的喜爱和崇拜。

美好的寓意：人们认为虎是百兽之王，它不仅能吞食鬼魅、威慑敌害，还能庇佑人类、赐福示瑞，所以虎头鞋是一种吉祥物。

关于虎头鞋可以辟邪有这样一个传说：很久很久以前，某个村里有位妇人心灵手巧，很擅长刺绣。据说她绣的鱼见水就能游，绣的花能引来蜜蜂蝴蝶。有了这样的巧手母亲，这家孩子的穿着自然就与众不同。有一天夜里，突然来了个妖怪，抓走村里许多小孩。等到大家惊魂稍定后发现，全村就这户人家的小孩安然无恙。究其原因，原来那天小孩穿的是母亲新做的虎头鞋，孩子觉得新鲜好看，穿上便不肯再脱，连睡觉也穿着。村里人便认为是这双虎头鞋让孩子躲过了一劫，从此大家就效仿给孩子穿虎头鞋，并相沿成俗，流传至今。现在，凡女儿生了宝宝，做外婆的就必须送上几双虎头鞋，以此来表达老一辈对新生儿的期盼和祝福。

幼童穿虎头鞋的时间其实并不长，一般在一岁前后时穿，但因为虎头鞋所包含的民俗学价值，所以它才得以在民间广泛流传，其制作技艺已被列入非物质文化遗产。

做虎头鞋所需工具有：绷子、针线、剪刀、镊子、针窠等。

传统的虎头鞋全部由手工完成。主要工序为：剪鞋样、褙"骨子"、纳鞋底、做鞋帮、绣鞋花、钉虎头、滚鞋口、绱鞋帮等。

剪鞋样：包括鞋底和鞋帮的样子，都要先用纸画出并剪出。

褙"骨子"：在平整、无裂缝的木板上铺一层纸，再把一块块碎布用自制的面糊粘成一个方形整块。碎布要贴得平整，否则做出来的鞋底或鞋帮会凹凸不平，孩子穿着就会不舒服。将贴好的碎布放在通风处晾干，揭下来就成了鞋"骨子"。

纳鞋底：先按照鞋底纸样从"骨子"上剪出鞋底，用整布将两面覆盖缝起来。在其中一面铺二三层碎布，此谓铺底，厚度一般 0.5~1 厘米，这样纳出的鞋底就饱满、柔软。然后再铺一块纯色软布，这层软布应略大于鞋底，缝制时将布边向里折，用细小而匀实的针脚将其缝住。接着进行包

趣味 感悟 表达 ／ 朱务清 著

57

边。包边所用的布条宽度大约有 2 厘米，颜色以浅色为好。剪布条时要格外注意，不能顺着布料的纹理剪，而要与布纹成 45 度角，否则布条容易脱线。包边时要顺着鞋底的走向，均匀而平滑地将布条包在鞋底四周，两侧布条宽窄要一致。最后就是纳鞋底。鞋底线花可以纳出各种形状，有斜排列、十字花、菱形，以及其他各种图案。

做鞋帮：依鞋帮样子在"骨子"上剪出鞋帮的大致形状。一只鞋有两块大小、形状完全相同的鞋帮，所以要在"骨子"上剪出四块鞋帮。剪下后与鞋帮样子简单地缝在一起，再进行仔细裁剪，去掉多余部分。不过鞋帮的后部和前部要多留 0.5 厘米，以便最后缝合。然后比着样子剪下做鞋帮的面子和里子。面子多为绸缎，或红或绿，颜色鲜艳；里子则选择棉布，柔软舒适，素净淡雅。如果做的是冬天穿的棉鞋，则需在骨子和里子之间衬上一层棉花，然后缝制好。

绣鞋花：选择大于鞋面的布料，将它固定在绷子上，按原来设计好的虎头图案，用不同颜色的丝绒进行平针绣、刺绣和挑绣，用剪短的丝线绣出虎眉、虎眼、虎鼻、虎嘴，用鸡毛绣出虎耳、虎须。为表现出虎的威猛，往往采用粗线条勾勒。

钉虎头：剪下绣好的虎头，用布条进行包边。包边布条须与包鞋底的布条基本相同，可再窄一些。然后将虎脸放于鞋尖处，用线缝起来。缝制时要沿着虎脸的走向，依序进行。

滚鞋口：就是把鞋帮上留作鞋口的地方，用同样的方法进行包边处理，使鞋看起来齐整、美观。

缃鞋帮：待鞋底和鞋帮全都准备齐全后，就用棉线把它们缝到一起，也就是绱鞋帮。绱鞋帮时，先从前端虎头处开始，针脚扎得要匀，线绳拽得要紧。要将鞋帮的底边向里折一折，以方便扎孔。绱鞋帮需要针锥、棉绳和大针相互配合，针锥扎孔，大针引线、拉线、紧线。在两侧都上到一半时，将鞋帮后部比量合适后缝起来，再继续绱完鞋帮。

到此，虎头鞋就算做成了。

由于布艺品实用性逐渐弱化，且靠手工制作费时多、利润小，出售时间只局限于端午节前1个多月的时间，所以学习制作虎头鞋的人越来越少。目前扬中只有少量的年龄在65岁左右的老年人还在默默坚守，其中经开区德云村的童国芳是虎头鞋传承人。

愿虎头鞋这一传统手工艺品能够永远流传，也愿天下穿着虎头鞋的宝宝们个个吉祥如意、健康成长！

捻麻纺纱

从种麻种棉到上机织布是一个漫长的过程，需要经过许多道工序。单说苎麻布（夏布）的制作，就是由种麻、浸麻、剥麻、漂洗、绩麻、成线、绞团、梳麻、上浆、纺织等12道手工工序组成，一道也不能少。

当苎麻长到一人多高、根部第二茬的小芽约有一尺高的时候，就可以收割了，割下的麻杆必须浸在水里泡一两个小时，这样才便于剥皮。所谓剥皮，就是将麻杆上的纤维撕下来。剥了皮的麻杆雪白雪白的，非常脆，随意撂在地上就会断几截，所以"麻杆"有时被拿来形容一个人又高又瘦，弱不禁风。

20世纪五六十年代，仍然保留着老祖宗传下来的男耕女织的传统，捻麻和纺纱这两样农活都由妇女来做。所谓捻麻，就是将漂洗后的麻片劈成丝，然后捻成麻线。劈麻的时候，一只手抓住麻片的一头，一只手用拇指的指甲将麻片划开，一分为二，二分为四……细到不能再分，而后将它们连接起来，连接的时候，一只手捻，另一只手拉，既要连接得牢固又要保持麻线的粗细均匀，不露接头。为使捻麻时滑溜，拇指和食指上要不时沾一点滑石粉之类的粉末。捻好的麻线一般盘旋着存在木桶里，满了以后，用三、四寸长的细竹竿做芯子将麻线绕成纺锤形的线团，扬中人称它为"纤子"，积攒到一定的数量后就可以织布了。

同样，纺纱也多由妇女来做，在我们村，我本家一位叔叔也会纺纱，由于妻子早逝，留下两个男孩，他既当爹又当妈，又纺纱又捻麻，被传为佳话。

　　纺纱比捻麻复杂得多，首先必须将棉花去籽轧花，然后做成棉花条。就是将弹好的棉花撕成一寸宽一尺长铺在桌面上，然后将一根细木棍卷在中间，再用小锅盖搓圆，最后将木棍抽出，空心的棉花条就做成了。

　　纺线在老式的手摇纺车上完成，通常是左手三个指头捏住棉花条，右手摇动手把带动纺轮旋转，纺轮旋转再带动锭子飞速旋转将棉花条抽成线，然后通过控制摇把将线绕在锭子上，绕成纺锤形的线团，这个线团也叫"纡子"，也要积攒到一定数量才可织布。

　　织布由专门的织布匠（扬中人称之为"机匠"）来做，当时的织布匠均为男士，没有见过女的机匠（南方少数民族织布的大多为女性）。扬中织布还有一个特点，一般都是合伙，由几家甚至十几家共同完成。也就是说，布的纬线是由大家共同组成的，只有经线是自家的。开机之前，大家必须商量好，张家几目、李家几目（相当于"匹"），这"目"的多少与纬线的根数相关。也有商量不成的时候，那是因为有的人家纺的线质量不高，会影响布的美观，别人不愿意与他合伙。

　　机匠开机后，为哪一家织布时，这一家必须提供经线，这时机匠会送来一篮子特制的小竹管，让主家绕经线纡子，绕这种纡子的活也是由纺车来完成，就是将原先的大纡子变成许多个小纡子，其大小为正好能装进梭子里。

　　织成的布扬中人称为"家机布"，"家机布"一般都是白布，没有先将纱染成各种颜色再织成花布的。

扬中婚嫁饮食碎谈

俗话说："无宴不成婚，无酒不嫁女。"婚宴是人们在举行婚礼当日宴请宾朋的喜宴。从前，扬中人虽生活清苦，但婚嫁喜宴十分讲究，多在家中操办，且十分繁杂。

米糕

男女青年经媒人介绍，或自由恋爱到一定程度，得举行一个订婚仪式，俗称"拎糕"或"押样"。男方要采办彩礼，当然少不了"米糕"（亦称"云片糕"）。用"青布手巾"包裹米糕数条，多者数十条，加上香烟、糖果、钱之类，装进提盒，拎到女方家中，就算礼成。有时，由于糕的数量较多，香烟、糖果也多，就用一对提盒，装盛糕、糖等食品，用青布"绸腰"系好，准新郎在媒人夫妇的带领下，挑着提盒前往未来的岳父、岳母家赴宴改口。糕的条数很有讲究，一般为六、十六或二十六条，六为顺数，暗喻事事顺当。准新郎到达女方家，首先招待的是果子茶。果子茶其实就是用红枣加糖煨制的，因为颜色枣红，枣和茶又十分甘甜，寓意今后的生活甜甜美美。吃茶时茶食是少不了的，扬中茶食一般有桃酥、糕片、京果、麻酥（也叫麻雀蛋），果子茶就着茶食，既充饥又解渴，这也算在吃饭喝酒前预先打个底子。

喜蛋

订婚饮食中一项重要内容，就是把煮熟的鸡蛋放进预先调好的"胭脂膏"（食用色素）中，用筷子不断地翻滚，待鸡蛋完全着色后，捞出晾干即可。熟鸡蛋容易着色，红色的喜蛋可以增加喜庆的气氛，同时，人们认为红色可以驱邪，保佑新人平安。女方要按照男方拎来糕的条数，以每条糕四枚喜蛋的标准回礼给对方，连同馒头、粽子一道让准新郎带回，散发给亲朋好友，这叫"回寄"，也称"押样"。

准新郎、媒人夫妇吃完果子茶，稍等片刻，便吃女方的订婚酒。女方订婚宴比较简单，席间准女婿要敬酒、改口、拿"叫钱"。午饭后，便可以带着准新娘，挑着女方回寄的喜蛋、馒头、粽子，和媒人夫妇一道回男方家中。

六洋盘

在扬中，订婚宴菜肴无论是在女方还是男方，均用盘子装盛，当地称"六洋盘"。菜品一般有：红烧肉、红烧鱼、炸粘肉、蛋皮丝、炒茨菇、炒青菜。旧时生活困难，订婚宴的规格及菜量均不及结婚宴多，红烧肉的原料选猪的肋条肉，肥多瘦少，切成厚片，烧出来的红烧肉色泽油亮，咸甜适中，非常腻人；鱼多选750克左右的白鲢，如果买到江中雪鲢，则为上品；蛋皮丝即鸡蛋全蛋磕入碗内，加少许盐、料酒，打散，锅烧热，淋少许油炝锅，用勺舀入一定量的蛋液，均匀呈圆形浇在锅面上，至熟成为蛋皮，冷却后切丝装盘，色泽金黄，香糯松软；茨菇片一般配以瘦肉片，瘦肉片厚薄匀称，和茨菇片同炒，出锅前加几片蒜叶，增加香味，这道菜颜色洁白，十分清爽。订婚宴席虽不很丰盛，但菜肴颜色红、绿、黄、白搭配合理，非常诱人，总体要求够吃就行。

圆子面

这是扬中男方订婚宴上的一道主食，从字面上来看，就是面条和小圆子加青菜一同煮熟的食品，有圆子有面，有汤有水，吃这道主食，意在祈求一对新人将来长长久久、团团圆圆、人丁兴旺、多子多福。

圆子面制作也有讲究。面是手擀的，手擀面第一道工序和面非常关键，和面前先准备适量的干面粉，冷水放盐少许化开，条件好的人家会打几个鸡蛋放进面粉里，将水徐徐地倒入面粉中，边倒边搅和，将面粉和成絮状粉团，即停止加水。

然后用力将面粉揉合成团，用干湿的毛巾或纱布盖上搁置一边，略醒片刻，再行二次揉合，直至面团由硬变软彻底揉透。

用粗而长的木制擀面杖将面团擀开，边擀边向两边延展，并不断撒些淀粉，保持面饼滑溜不粘台面，直至将面团擀成厚度2~3毫米面皮饼，然后叠成Z字型，均匀地将面切成3~4毫米的面条备用。

圆子是实心的小圆子，扬中人称为"子孙圆子"，因为圆子小而多，喻指一对新人以后会儿孙满堂。具体制作方法为：取糯米粉用开水调和，不硬不烂，揉透，揉上劲，搓成食指粗细的条，捏成一个个小丸子，搓匀、搓圆、搓上劲，备用。

锅里烧足量的开水，将小圆子和面条分别下入锅中，待其烧开，再下入青菜，放入盐、荤油慢慢养透，就可以盛装上桌食用了。订婚宴所用白酒多为当地产的乙种白酒，黄酒也多为周边县市所产。当然，准新娘席间得敬酒、改口、拿"叫钱"。散席后客人、媒人各自打道回府，但准新娘不可回家，晚上一般和未来的婆婆同住一房，或者和未来的小姑子睡一床。

半副三叶担与全副三叶担

三叶担也叫"三道担"。所谓"三叶"，即万年青、柏树叶、青菜，有着"吉祥如意，万古长青"的寓意。一般是用箩筐装盛，由媒人夫妇俩在吉日良辰前两三天送至女方家中。按照女方争彩礼量的不同，又分为半副三叶担与全副三叶担两种。半副三叶担里新鲜的鱼肉加起来一般为56斤，外加几条烟和十几斤糖。全副三叶担，即116斤鱼、肉，此外还有双鸡、双肚，16条香烟和26斤糖果。

六大碗

结婚宴仪式隆重，宴席要求较高，但迫于生活条件，旧时扬中结婚宴菜肴也就"六大碗"，家境殷实的用"八大碗"。"六大碗"为：红烧肉、红烧鱼、炸粘肉、烧金针、烧鸡块、烧茨菇。"八大碗"一般在六大碗的基础上加炒青菜和萝卜肚肺汤。

红烧肉仍然取带皮的猪肋条肉，拆去骨头，整块入锅，焯水断生，洗净切成一寸见方的块，放入锅中慢慢煸炒出油，加入预先炒制的"糖色"、酱油、料酒续炒上色，注水，放入葱姜大火烧开，文火慢炖，调味，直至酥烂入味。

扬中人对粘肉有着特殊的情结，酒席上每人两只，按人装碗，厨师一般提前一天上门制作。其制作方法为：按一定比例，取猪五花肉剁成肉泥，馒头去皮，芯子揉成碎末，全蛋打散，加淀粉、料酒、葱姜末、盐、糖、味精等调料，入一大盆内搅拌上劲，做成比核桃稍大的丸子，入六成热素油锅里炸熟，捞出，待冷却后用竹篮装盛，宴席时放蒸笼中蒸热，装盛上桌。烧金针、烧茨菇属于素菜，但好客、讲究、要面子的扬中人在婚宴上往往会在素菜碗碟上放些瘦肉、肥肠做成的"浇头"，以达到"素菜荤做，素中见荤"的效果。

裹嘴馄饨

馄饨是起源于中国北方的一道民间传统面食。它皮薄馅鲜，下锅后煮熟，食用时一般带汤。古人吃它是为了祭祀祖先，故有"冬至馄饨夏至面"的说法。各地馄饨叫法不一，制作各异，鲜香味美，深受人们的喜爱。在扬中，举办婚嫁喜事期间吃馄饨，则又有一层特殊的含义——裹嘴。所谓裹嘴，说白了就是不多嘴。无论是订婚的第二天还是结婚的第二天中午，男方一般要为未过门的准媳妇或已成婚的媳妇包馄饨"裹嘴"，其用意是媳妇过门后不要"多嘴多舌"，做一个"小新妇",免得以后在家婆媳关系不和,在外邻里相处不睦。这反映出旧时扬中的新媳妇地位比较低下,在婆家少有话语权的状况。民间有"多年的媳妇熬成婆"的俗语,讲的就是这个意思。让新媳妇吃"裹嘴"馄饨这个习俗,在扬中一直流传至今,但现在的公公婆婆更多的是为新人祈求平安,免遭"口舌"之祸。

回门酒

新婚的第三日,是新娘的"回门日",俗称"待女婿"。按风俗,这一天新娘兄弟要携带糕点及各种茶食,前来看望和邀请新娘新郎回家省亲。新娘从娘家嫁到婆家,俗称"进门";从婆家回到娘家,称"回门",这是婚事的最后一项重要仪式。它含有三层意思:一是女儿成家后不忘父母养育之恩;二是女婿感谢岳父母对其妻的养育之恩;三是女婿、女儿婚后很恩爱,让岳父岳母放心小两口以后的日子。"回门酒"是婚宴中菜肴规格中最高的,一般是"六碟""十碗"加"双汤"。"六碟"是冷菜,为三荤三素;"十碗"有肉、有鱼、有粘肉、有鸡、有鸭、有扒蹄,素菜碗上有"浇头";"双汤"为冰糖银耳莲子汤,肚肺萝卜海带汤。俗话说:"丈母娘看女婿,越看越欢喜。"回门酒席上的扒蹄,是希望女婿吃了后脚上有力,日后经常往丈母娘家跑。在回门酒席上,新郎入席居上座,由女方兄弟及同辈陪饮,女方亲邻还要闹新郎,席间陪客频频举杯相劝,必欲新郎大醉方快,此时,岳母必须出面干涉,散以香烟糖果,确保新女婿不被灌醉。

送茶

　　扬中婚俗中的"送茶"，是指男女双方订婚一段时间后，男方择日准备结婚，并将写好的"年庚"（结婚喜帖）送达女方，女方父母将喜讯告知所有亲戚朋友，女方的伯父、叔父、姑父、义父、舅父、姨父家得知喜讯后，给女方送茶食的习俗。

　　"送茶"时间必须在结婚之前。长辈之间"送茶"不分先后，但都必须送到。一般长辈们都会认真对待，作为体现亲情的一件大事，积极主动做好，做得漂漂亮亮，觉得才有面子、有光彩；反之就会"失礼"，遭到所有亲朋、好友和邻居"看不起"，很没有"面子"。

　　"送茶"前，送方先与女方父母联系确定好送茶时间，然后精心准备好"茶食"，一般有馒头 36～56 只、粽子 36～56 只、糕 2 条、蛋 20～60 只（根据各家经济状况而定）等。到约定日的上午，用一担"提盒"盛装"茶食"，再用"绸腰（带）"系好"提盒"，用扁担挑到女方家中。

　　"提盒"是两只用毛竹（或篾竹、木板）制作、用来盛装食品的用具，上面一般印有"囍"字，四周漆成红色，既适用，也大方，更喜庆。

　　"绸腰（带）"是用"家机布"染成青色，一幅布撕成两条，每条宽约一尺九寸，长约一丈二尺。"家机布"是农民把种植的棉花脱除棉籽后，用纺机（棉花机）纺成线，再请织布机匠织成的布。

女方父母得知亲戚上门"送茶"的日子后，会在家认真准备丰盛的午餐，盛情款待"送茶"的亲戚，一般有红烧鱼、红烧肉、金针（黄花菜）、青菜、歪歪烧秧草、鸡蛋炒韭菜等菜肴，佐以白酒（红酒）、米饭，热热闹闹、欢欢喜喜。

席间亲戚少不得夸赞女方漂亮、乖巧、聪明，夸奖女方父母教女有方、家教严谨，再夸自己如何关心、疼爱、支持女方等等。

扬中人一般都会遵循"男方先请后封，女方先封后请"的民俗，女方亲戚要先把人情（礼金、叫钱和礼品）送给女方，并与女方约定，"带嫁女"（也有叫带女儿）到自己家中"过"一天。如此，女方才会请亲戚到大喜之日前来喝喜酒。

到约定的这一天，女方的伯父、叔父、姑父、义父、舅父、姨父家会精心准备好早餐、午餐和晚餐，女方分别到各位己亲"长辈"家吃、喝、玩、乐一天，畅叙亲情，祝愿天长地久、幸福美满，希望常来常往。

扬中婚俗"送茶"，上洲、中洲、下洲略有差异，主要缘于扬中是一个移民城市。据新修的《扬中市志》记载，1988年扬中姓氏只有242个，2006年达464个，短短十多年间，姓氏数量增加了将近一倍，人口及结构都发生了显著变化，来自各地的移民，带着家乡的民俗习惯来到扬中，与扬中的地方民俗相融合，在融合过程中，形成了一定的差异，也促进了民俗的改进。如现在的"带女儿"，已改成既带待嫁女儿，也带未来女婿；三餐饭改成仅吃午饭；原来多数是在家中设宴，现在多数是在饭店吃。再如，挑提盒也改成直接用红色礼品盒包装，放在轿车上运到女方家……

总之，随着时代的发展和人民生活水平的提高，民俗文化也不断改变，婚俗"送茶"也不例外，必将向着更文明、更和谐的方面发展。

箍腰烧饼

扬中有给宝宝过"百露"的习俗。"百露"也就是旧时所说的"百晬""百岁""百禄",是婴儿出生100天时举行的一种礼仪。

从历史记载看,给婴儿庆祝百日的习俗从宋代开始流行。宋人孟元老在《东京梦华录·育子》中记载:"生子百日置会,谓之百晬,至来岁生日,谓之周晬。"此后,这种习俗兴盛不衰。民国时期的文字训诂学家胡朴安在《中华全国风俗志·京兆》中说:"一百日后,名曰百禄,请客与满月时同。"

为什么要给宝宝过百露呢?因为旧时医疗水平很低,婴儿出生后百天内死亡率很高,如能平安度过百日,就算是"过了坎",长大成人的概率便会大很多;而且,"百"在中国传统文化中,常含有圆满吉祥之意。所以婴儿满百日,是一件大喜事,值得隆重庆贺。

这天,外婆家要挑提盒送礼物,其中坐车(现在是跑步车)和箍腰烧饼是不可缺少的两件礼物。

箍腰烧饼是用来给宝宝箍腰的,老人说,宝宝箍了腰后就有腰了,腰以后也不会疼了,预示着今后能健康成长。

箍腰烧饼用糯米糊做成,圆而扁,底衬竹箬或芦叶,里面的馅可青菜可芝麻,当然青菜里还需加适量猪肉。箍腰烧饼经蒸笼蒸熟后,馅味外又多了份竹箬或芦叶的清香,吃起来非常爽口。箍腰烧饼出笼后还要用茼麻果点红，茼麻果的顶端就像一朵花，所以点的红非常好看。现在茼麻果少见，人们就简化为用筷子在中间点个红点。

制作箍腰烧饼须用模具。模具为木板制成，三个圆孔为一组，圆孔底部分别刻着"花""寿""囍"三个字，这三个字都寄托着美好的祝福：花开富贵、长命百岁、双喜临门。制作箍腰烧饼的过程大致为：先把糯粉兑水、调和，再充分踹揉，然后分成一个个小块，对小块再加工，搓圆、捏薄、包馅；最后放进模具中，轻轻一压，带有花纹和字样的箍腰烧饼就做成了；用竹箅或芦叶一衬，箍腰烧饼显得素雅、清爽、别具一格。

外婆家所做箍腰烧饼要有 100 个，但送到外孙家只要 99 个就行。因"9"谐音"久"，寓意生命长久。

举行箍腰仪式时，先把宝宝放进坐车里，把装有 21 个箍腰烧饼的青布绸腰绕在宝宝腰间，同时说吉利话："车里宝宝车里坐，手抓把，脚踏车。车里宝宝车里蹿，车里宝宝过千年。恭喜宝宝万事如意，长命百岁。"接着用一双老人鞋给宝宝套一套，这个老人得有子有女、有福有寿，寓意宝宝将来也是福寿双全、儿孙满堂。

箍腰结束后，把箍腰烧饼分送给邻里，让邻里也分享喜庆，同时祝愿大家吃了箍腰烧饼腰也不疼。

百露礼仪是中华民族的优良传统，蕴含着父母及长辈对新生儿的关爱和祝福，也反映了父母及长辈看到新生命健康成长的喜悦之情，所以整个礼仪过程充满亲切和欢乐的气氛。

虽然现在医疗水平有了极大提高，古人担心的事情已经不算什么事，但透着浓厚亲情、充满美好祝福的百露习俗还是值得传承的。

赶人情

生活中，如果一个家庭有嫁女娶媳、添丁进口、生日做寿、房子上梁、生病丧葬等事情，亲朋好友都会前去"随礼"，扬中俗称"赶人情"。它是人际关系中必不可少的润滑剂。

"赶人情"起源于西汉时期，汉宣帝刘询起初禁止嫁娶时摆酒席，搞得百姓都没有生活乐趣，后发现情况不对，不得不下令修改。此后上至王公贵族，下至平头百姓，结婚时又可以大摇大摆地摆酒庆贺。但是，参加酒席的宾客一般不会直接出"份子钱"，而是比较含蓄地送一些礼物。土豪送古玩、字画、首饰，条件一般的送喜饼、喜烛、对联、鸡鸭等，总之量力而行，意思到了就行。

直到明朝，朱元璋发布了一个《教民榜文》，第一次从官方层面提出了"份子钱"的重要性："乡里人民，贫富不等。婚姻死伤吉凶等事，谁家无之。今后本里人户，凡遇此等，互相周给。且如某家子弟婚姻，某家贫窘，一时难办，一里人户，每户或出钞一贯，每里百户，便是百贯，每户五贯，便是五百贯。如此资助，岂不成就。日后某家婚姻亦依此法，轮流周给。"就是说，乡里如果谁家结婚钱不够，每户出一点，就把婚事办了。而且要求将此形成制度，乡亲们互相帮助。

趣味 感悟 表达／朱务清 著

从此，在亲友结婚的时候送"份子钱"，便在民间流行开来，成了一种重要的婚嫁礼俗。

到了清朝，更是一发不可收拾。清代吴敬梓的《儒林外史》就多处提到"随份子"一事。比如第二十七回："归姑爷也来行人情，出份子。"

"随份子"渐渐成为一种重要的社交礼仪，尤其在婚嫁大事上，所出份子钱的多少，不仅标志着关系的亲疏，更是一种财力和地位的象征。

到了20世纪五六十年代，当时崇尚俭朴的社会风气，使"随份"的习俗不再受到重视。很多人参加亲友的婚礼，会送一些简单的生活用品，而不再给钱。

改革开放后，随着人们生活水平的提高，经济条件越来越优裕，随礼时直接送钱的方式，开始重新流行起来。并且随礼的名目越来越多，波及面越来越广，花样不断翻新：结婚要随礼，丧事要随礼，孩子满月要随礼，过整生日要随礼，乔迁要随礼，开业要随礼，孩子上大学要随礼，不一而足。

具体说来有以下情况：

结婚是一个人一生中的重要大事，所以主家会盛情邀请亲友前来喝喜酒。过去有"男方先请后封，女方先封后请"的习俗（"封"就是"赶人情"、送礼物），现在这一习俗已发生改变：办婚宴前写好请帖送给亲友，大喜之日，亲友都带着礼金前往酒店吃酒。由于亲友太多，主家会安排专人负责收取礼金，并登记在册。礼金多少不等，看各人的交情或经济状况而定。

乔迁一般有两种情况，一种是自家建房，很多人都喜欢在建好的新房内设宴，请专门的办酒公司上门服务，这样可以让亲友认认门，新家宾客盈门也显喜庆有人气；另一种是买了商品房，由于空间受限，酒席只能设在酒店。赶人情都是送礼金或礼物。

过生日设宴一般是孩子满月、抓周、过十岁，成年人过二十岁、三十岁、五十岁、六十岁……（民间有"做三不做四""做七不做八"等习俗）谁家养了孩子会通过送喜蛋的方式告知亲友，亲友会在满月之前带上礼物或礼金去看望孩子，到了满月那天，主家则摆酒席招待宾客。抓周和每隔十年一次的生日宴，主家都会摆酒席招待亲友，客人则带上蛋糕或礼物、礼金前去赴宴庆贺。

家中老了人，丧家会派专人前去给亲友报丧，亲友在接到通知后会带上纸钱或者花篮、礼金前去吊唁，由于赶人情的人多，主家会专门设一个礼桌，请一到两个人专门负责收礼记账。开吊的那天会在家中摆酒席，由于亲友多，就分批开流水席，一批吃完再上一批，前客让后客。

升学宴是在孩子考上大学后，主家设宴招待庆贺的亲友，同时借机向辛勤培育孩子的老师表示衷心的感谢。

还有很多名目繁多的赶人情，比如升迁、出院等。

赶人情通过某个机会和亲友欢聚一堂，促进人们之间的感情交流，但是随着不断增加和变异的人情项目，也会让很多人感到不堪重负，从盼望赴宴到害怕赴宴。

赶人情本来应该是我们表达感情和心意的方式，不应该成为攀附和敛财的手段，人情无大小，礼轻情意重，只有良好的交往方式和简单的礼尚往来，才能体现感情的深度，才能让每一份交情变得更加诚挚融洽。

趣味 感悟 表达 ／ 朱务清 著

寿碗杂谈

扬中历史不长，最早有人居住也只是七八百年前，由于移居此地者来自四面八方，随之带来的民间风俗也多种多样，其中"寿碗"便是其中之一。

据史料考证，最早出现寿碗之说在明朝，天子为庆贺生日，命手下大臣制作寿碗款待皇亲国戚和大臣，受邀者可以将寿碗带走，一是广为传播为皇帝祝寿；二是让大家沾沾喜气，福寿绵长。到了清朝年代，差不多各个在位帝王都会在诞辰之日命官窑制作图案各异的寿碗，图案大多为"万寿无疆""松龄鹤寿""龟鹤同寿""南极寿星"等。

朝廷有此举措，民间自当效仿，当年移民大批移居扬中是在明朝，所以扬中有寿碗的风俗估计也始自明朝。那时大部分居民寿命不是很长，七八十岁者已属高寿，到了知命之年（50 岁），有条件的人家就开始祝寿，同时出现寿碗之说。家人 50 岁诞辰之日，亲朋好友便携带礼品礼金前往祝贺，吃饭时大多使用寿碗，酒席结束时亲友可以将寿碗带走，有孙辈的还可以多带几只，儿孙用沾上老人福气的寿碗吃饭以求长命百岁；左邻右舍也会向主家索要几只寿碗，图个吉利。主家当然也很慷慨不会拒绝，这一风俗一直沿袭至今且更为隆重、复杂。

首先从年龄上讲，现代人高寿者很多，一般要到 80 岁才用寿碗；其次从寿碗的档次上讲，由过去的到市场购买改为定制，寿碗上印有高寿者的姓名和寿龄以及子女的姓名，大多为红色字。出售餐具的商家也乐于接待这样的顾客，可以轻松地赚上一笔。年龄越大（如90岁、100岁）定制的寿碗档次越高、数量越多，不仅亲朋好友乡邻可以得到寿碗，知道信息的陌生人也可以向主家索要且能满意而归。

如今城里人大多住公寓楼，遇有喜庆之事常在酒店摆设筵席招待来宾。倘若是为长者祝寿，宴后主家会在回礼的提包（袋）中放入寿碗，数量一至三个不等。笔者曾有幸参加原扬中县委书记李明远的九十寿辰，获赠寿碗至今保存完好；家中还有朋友赠送的百岁寿星碗，80岁、90岁寿碗好多只，平时都用来盛饭。

除了寿宴寿碗，在扬中还有一种喜丧寿碗，即高寿者去世时所用之碗。丧家会根据逝者的身份、家庭状况（如是否夫妇皆高寿、儿孙满堂、经济条件好、邻里关系和睦、社会口碑佳等），预估购买"寿碗"的数量。办丧过程中，参与帮助料理丧事者会优先藏几只"寿碗"带回家，前往吃斋饭（又称"倒头饭"）的亲戚朋友和乡邻在用餐后也会将"寿碗"带走，丧家此时明知却不会阻拦，若发现碗不够用，只得再行购买，用老百姓的话说，这叫"丧事当作喜事办"，即使花费不少，丧户也不会埋怨，而得到"寿碗"者心里盘算的是希望自家兴旺发达，家人添寿添福。尽管有关部门和地方提倡移风易俗、丧事简办，但"寿碗"之风依然如旧。

其实，不论是"寿宴寿碗""喜丧寿碗"，说到底只是人们的一种心理作用而已。随着科学的不断发展、文明的不断进步，关于寿碗的心理作用也会逐渐淡薄。

贴春联

以前，贴春联是家家户户年前的一件重要事，现在好多人家都不贴了，而是改挂红灯笼，这样省事。大红灯笼高高挂，虽也不乏年味，但总觉得缺少了点文化内涵。

开始贴的春联都是本地人写的。我村有三位做老师的毛笔字都很好，一位是施老师，一位是冯老师，一位是姚老师，那时的春联基本都是他们写的。姚老师是我们生产队的，又是本家大哥，他的书法在全市还有一定名气，所以我们生产队住户的春联也就近水楼台先得月，不必舍近求远。那时，我们往往是在除夕的前几天就到大队的小店（代销点）买来红纸，然后送到姚老师家请他早点写好，免得忙时排队。

贴春联一般是除夕午饭过后，妈妈把面糊打好，然后我就和哥哥两人一起贴。门脊（门框）的春联是写在一张纸上的，得先裁开，我们有时用小刀裁（因功夫不到家，往往裁不直），有时用缝衣线拉（裁得虽直，但有毛边）。说实话，手写的春联我们也不知道哪是上联哪是下联，只是凭感觉，哪个读起来顺口，就把哪个作为上联先贴在右边的门框上，然后贴下联，随后贴大门上的春联（门中联），最后贴横批。等大门上的贴好了，再贴后门、房门、厢屋门，贴金纸（金钱），贴"福禄寿""招财进宝"等红字，还有灶头上也要贴一张金纸，这样春联就算贴好了。

春节的早上，人们一边拜年，一边赏读、品味每家每户的春联，那是一种多好的文化浸润啊！

随着时代的变迁，后来的春联也就不用写的了，我们直接到新华书店去买印刷好的，记得有著名书法家如武中奇、肖娴等写的春联。印刷的贴起来方便，因为有落款和价格印在下联上，所以一看，我们就知道先贴哪联后贴哪联了。

春联中有两种比较特别的：一种是有亲人过世的人家，贴的春联是黄纸写的，据说这种颜色的春联一般要贴三年；另一种是军属家贴的对联，内容是"一人参军全家光荣""光荣人家"等。

放炮仗

　　我们小时候，经常会到小店里买小鞭炮燃放：用火柴点燃捻子，捻子便"哧哧"地冒火星，我们把小炮往远处一扔，两只小手赶紧捂住耳朵，只听"啪"的一声炮仗炸开了，一阵快意。

　　为了增添春节的喜庆，每年过年爸爸总要买一些炮仗和烟花回来，放炮仗都是我和哥哥的事。除夕的晚上要放，正月初一早上要放。放烟花我们很开心，看那五彩缤纷的烟花在空中绽放，多姿多彩，心想要是人生如此绚丽该多好！每次放大炮仗我和哥哥都是胆战心惊，不愿意放，但又怕爸爸骂，只好硬着头皮放。把那个大炮仗竖在水泥地上，点上一支香烟，小心翼翼地点燃捻子，然后赶快抱头跑得远远的，站在远处看炮仗上天爆炸，声震天空，成功了。其实，我心里一直欣赏那些勇敢的人，他们敢于把大炮仗抓在手中燃放，而自己至今不敢。

　　整个除夕的晚上炮仗声此起彼伏，硝烟弥漫，响彻云霄，一直到零点迎来新年。

拜年

正月初一早上，我们男的要早早起来开门，然后放炮仗，先拜父母的年，热好除夕煨的红枣端给父母吃，然后去塪上的人家拜年。

生产队里的拜年一般有领头的，跟着这样的一个大部队从塪头跑到塪尾，看到人都要打招呼，说祝福的吉利话，如恭喜发财、健康长寿、今年抱儿子……通过拜年，平时有点小矛盾的两人，心中的结也解开了。一般家家户户都要拿出好吃的零食和香烟分发给拜年的人，零食品种五花八门：有蚕豆、花生、菱角、糕、桃酥、京果、柿饼、水果糖、爆米花、爆玉米花、"麻雀蛋"、葵花籽、南瓜籽、西瓜籽等。香烟有飞马、大前门、牡丹、凤凰、金叶、勇士、雪峰、芒果、劳动、红双喜、恒大、阿诗玛、花苑、玉溪、云烟、贵烟、红塔山等。中华烟也有，只是不多。凤凰香烟给我的印象特别深，黄色的包装，是其他烟无法比的，因为那烟加了香料，点燃后烟味很香。

春节拜年也是一场服装展示。从头到脚，男女老少穿的都是新的。特别是女的，个个打扮得花枝招展。新衣有的是买的，也有的是做的，大家走在一起总要先谈谈衣服鞋帽的话题。

一个宗族的人拜年，是要讲辈分的，晚辈是必须要去长

趣味 感悟 表达 ／ 朱务清 著

辈家拜年的，哪怕你只有十岁，他有八十岁，但他是你的孙子辈，大过年的，他照样要叫你爷爷。同宗族的人走到一起，总要问这是哪家的孩子，该称呼什么，是长辈、平辈还是晚辈，是孙子辈还是曾孙辈。哪家生小孩了，长辈都要亲手抱一下小孩子。

记得我们队里同　宗族的人拜年，晚辈都是用盘端鸡蛋果子茶一家一家敬长辈。当然长辈也不会把鸡蛋果子全吃了，总要留一些在碗里。我想：那时一是条件不好，有点果子也舍不得吃，还要留着招待别人；二是可能有要把丰收的果子留到来年的意思，就像过去过年吃鱼一样，一条鱼端上来，总舍不得吃，总要留着下次再吃，不知要端多少次，就是图个"年年有鱼（余）"的好兆头。

随着时代的发展，拜年的形式可丰富了。电话普及的时候打电话拜年，后来是发短信，现在是用 QQ、微信语音或视频拜年。

看 "花节"

　　"花节"是我们对文艺表演的笼统叫法，包括：崴花船、打莲湘、快板表演唱、独唱、小品等。原先乡里文化站和大队为了迎新春，到了春节都要组织文艺宣传队表演节目。

　　花船是用彩纸糊在用竹子扎的船形框架上。崴花船的一般是妇女，也有男的会。崴的时候有一定步法，船头由男的牵引，边走着固定的步法边唱着崴花船的曲调。

　　打莲湘，也是文艺表演的一种形式，它的器具是用竹子做的，两头装上能发出金属声的小铁圈，像古代的钱币那种，表演节目时通过击打地面和手臂发出金属的碰撞声。

　　快板表演唱印象也很深，一般是讲农村的新人新事新气象，特别是计划生育的宣传都是保留节目。

　　独唱时的伴奏一般有二胡、手风琴，后来又有了电子琴。演唱的有歌曲和戏曲，记得老的曲目有《洪湖水浪打浪》《绣金匾》《大海航行靠舵手》等，还有戏剧黄梅戏《天仙配》里的《夫妻双双把家还》，越剧《红楼梦》里的《天上掉下个林妹妹》，锡剧《双推磨》的选段，后来还有了流行歌曲，比如《少林寺》里的《牧羊曲》等。

　　唱麒麟表演的人数不多，队伍不大，带一个扎好的麒麟和锣鼓就行了。一般主唱是年纪大点的老人，另外四到五个

趣味　感悟　表达／朱务清　著

人附和，由锣和腰鼓作伴奏。大过年的说的唱的都是吉利话，而且押韵，朗朗上口，一般看到什么唱什么，唱得听众开开心心的。

舞狮子的不多见，舞龙的却常见。一条长龙大概要十多人舞，舞龙者穿着黄色的演出服，游走于港岸、乡间小道、田埂上，到达生产队的晒场上或农户的门前，在锣鼓声、口哨声伴奏下，舞龙者使出浑身解数一番表演，给人们带来无尽的欢乐，给春节带来喜庆的色彩。

过新年穿新衣

"新年到，放鞭炮，穿新衣，戴新帽。"这是扬中流传甚广的一则民谣。扬中传统年中，至今仍有"一身新到底"的说法，无论地位贵贱、家境贫富，过年时从头到脚总得穿戴一新，图的是讨个好彩头，沾点喜气，去去晦气，祈愿来年好运、事事如意。

历史上，扬中新年服饰与周边县市并无多大不同。据有关史料记载和老人回忆，清末和民国期间，男子戴毡帽、西瓜皮帽、风帽、"汤罐头"者居多，老年妇女戴帽箍，中青年妇女扎头巾（首捏子）；男子多穿大襟袄、大腰裤，条件较好的着长袍，有的外罩马褂，用绸带束腰；女子穿大襟短袄，俗称"大袄头"。20世纪三四十年代，中山装、旗袍在上层社会渐渐流行，中下层着大襟袄、长袍。无论男女，均穿自制的土布袜。衣料质地基本是自纺的"家机布"，有钱人则用布行布店供应的"洋大布"，颜色单一，以黑色、蓝色居多。成年男人多穿两节头、"两片瓦"黑棉鞋，少数达官显贵穿皮鞋，妇女穿绣花鞋，小孩穿虎头鞋。如遇雨雪天，则穿"钉鞋"，鞋帮上桐油防水，鞋底钉圆头钉防滑。

清末至民国时期，战乱频仍，民不聊生。过年，成了当时绝大多数家庭的一道坎。这些家庭的主妇们，打年头就开始盘算。棉花一收上来，晒几个毒太阳，她们就忙着脱籽、

趣味 感悟 表达 ／ 朱务清 著

擀棉花条、纺线，请机匠织布，再送到染坊染色，然后将这些土制的"家机布"整整齐齐叠好，藏进箱子橱柜。平时省吃俭用，手头有些宽裕了，她们就计划着为一家人添置过年的衣服，考虑最多的自然是老的小的，自己是否做新衣总是摆到最后。还有，在农闲时节，她们要赶着剪鞋样，糊骨子，纳鞋底，揎鞋帮，经常"做夜作"，只是为全家人都准备一双新棉鞋。

在那个年代，扬中人准备过年的衣裳是有分别的。家境好的，里外全是新；而家境贫寒、子女较多的，往往是"新老大、旧老二，缝缝补补把老三"，穿旧衣裳的，只不过添一件新的罩衫罩裤而已。经济富裕的人家，一般请裁缝上门做衣裳；请不起裁缝的邻居亲戚，说两句好话，贴补一点工钱，也借机添几件新衣。不少聪明手巧的妇女为了省下工钱，常常自己亲手缝制。

进入年关，裁缝生意变得十分火爆，工期排得老长老长。请裁缝，主家要拿出最好的饭菜，供师徒一日三餐，一般要有鱼有肉，跟供私塾先生差不多。工钱按工时计算，一件棉袄、一件长袍，都按市面价约定，从不讨价还价。到了裁缝上门这一天，主家搬出八仙桌或两条板凳，卸下一扇门板搁在桌上或凳上，然后把准备的布料摆上门板，恭候师傅上门。请裁缝是小孩子们一年中最开心的事，因为他们知道过年有新衣服穿了。一大早，他们就溜到村口，望到裁缝就蹦蹦跳跳带进门。吃罢早饭，裁缝打开布包，拿出竹尺、剪刀、针线、粉袋，为一家老小量尺寸，在布料上画线，然后是裁剪、缝制，忙得一刻不闲。家庭主妇在一旁不时插话，问布够不够，吩咐小孩的衣服袖子、裤管要长一些。碰到有零头碎布，央求再额外做一副袖套或别的小东西，再碎一点的，赶紧收拾起来，留着日后褙鞋底。几天忙碌下来，新衣做成了，家庭主妇一颗悬着的心才算落地。

转眼到年三十晚上，一家人吃过一年中最丰盛的"年夜饭"。先安顿老的小的上床睡下，妇女们这才把筹办了一年的新衣新帽新鞋新袜从箱柜中取出，一件一件仔细检查个遍，发现白线头，就拿刀剪掉，因扬中新年忌白色，且不能动刀子。检查完毕，主妇们又把这些衣服帽子鞋子袜子摆放到一家老小的床头，这回总算是布置停当。

大年初一，洗漱完毕，男主人换上新衣开大门，晚辈换上新衣向长辈拜年，再接着到左邻右舍拜年。直至正月十五后，才脱下新衣，洗好叠好收起来，除非家中办大事，才又穿上身。而除夕换下的旧衣裳，当晚要先收好，初一不能清洗，据说怕惊动了水神。

扬中传统新年服饰的话题，现在已很少有人提及。诚然，祖辈们的服饰和今天的相比，是简陋、粗糙的，甚至是寒酸的，但透过那些略显沉重的画面，略带苦涩的记忆，我们依然能感受到那弥久不散的浓浓血脉亲情、家的和谐温馨。

扬中人过年的饮食

从前，扬中人生活十分艰苦，但过年饮食十分讲究，历史上流传下诸多食俗。

"腊八粥"。腊八节是春节的序幕，每到这一天，人们是要吃别具风味的"腊八粥"的。扬中人煮腊八粥至少要放八样东西，将粳米、豆类、芋头、萝卜、瓜干、豆腐、百页、青菜等先后放一起，熬成稠柔软粘、咸鲜可口的稀饭。寻常人家一般都要熬上两大锅，盛的第一碗先端到灶柜前敬灶神，第二碗敬观音（敬观音的这一碗是不能放荤油的，因为观音菩萨只吃素，不吃荤）；然后，盛上一碗碗，左右邻居，相互馈赠；最后，全家老小才开吃。

"豆豆饭"。豆豆饭是扬中人廿四夜必吃的饭。这一天"送灶"，祈求"灶老爷""上天言好事，下界保平安"。旧时送灶，除了敬香，将神像、纸马和草料放进锅堂一并烧掉外，向灶老爷敬供豆豆饭是一项重要内容。豆豆饭是取干红豆，用水先浸泡、煨烂，再添水加米，煮成红白相间、香味浓浓的干饭。煮好的饭先敬灶老爷，余下的家人才能享用。程序一般是：用手抓一小团米饭粘在灶柜上神像下面，另盛一碗豆豆饭供于灶老爷神像前。

"年夜饭"。除夕是一年中最后的一天，扬中人称为"三十晚上"。三十晚上又是个特殊的日子，称为"一夜连双岁"，这一天的饮食也是全年最丰盛的。早上糁子粥锅里下糯米糊圆子，圆子是实心，还是带馅的，这要根据各家的条件而定。经济条件好的人家，还会煮些鸡蛋。中饭是全天最为丰盛的，融祭祀、年夜饭于一顿，根据各家条件，准备6～10道菜，数字逢双，荤素搭配。一般有红烧肉、红烧鱼、粘肉、涨蛋、烧金针、烧茨菇、烩豆腐、煮猪血、煎大粉、炒青菜。其中红烧肉、烧金针、烧茨菇的量会比较多，用钵子装起米，鱼一般选鲢鱼，也会多烧几条，这些菜做好后，用碗一一装盛，先用于祭祖，扬中人称"敬祖宗"。敬完祖宗后，一家老小才能坐下来，享用这些祭祀用过的菜肴。

"果子茶"。正月初一清晨，家家户户都要开门放爆竹，扬中与别处不同，这一天起来开门的应该是男人，放爆竹的是男人，去灶间生火烧茶、煮早饭的也一定是男人，到灶间第一件事，抓一把芝麻秸点着，把除夕夜已经煨好的果子茶烧开。用芝麻秸作柴火，是取"芝麻开花竹节高"的寓意。第一碗果子茶是敬供给"灶老爷"的，并要点香揖拜，然后，将果子茶装在碗中，用红色木托盘端给父辈以上的老人，同时还要说"新年快乐""健康长寿""长命百岁"之类的吉利话。果子茶一般得煨一大钵子，以供拜年者享用。

"拜年饭"。扬中人称"煮中饭"。正月初二至正月十五前后，亲朋好友相互拜年，你来我往，互相请邀，共叙友情，这是扬中人相互沟通感情、密切彼此往来的一种社会风俗，直至现在，这种风俗仍很普遍。扬中"拜年饭"最丰盛、规格最高的当数正月初二这一天。女婿上门拜岳父、岳母年，这一天的茶饭，可谓"双茶、双饭加美酒"，即便是在不富裕的年代也是一样。所谓"双茶"，即午饭前吃的"拜年茶"，除了果子茶，鸡蛋、茶食、糕点是少不了的；晚饭前吃的"晚茶"，吃点包子点心，喝点茶水。中午这顿是主打，一般是"六碟""十碗"加"双汤"。"六碟"是冷碟，为三荤三素；"十碗"是鱼、肉、粘肉、鸡、鸭、扒蹄，素菜碗上有"浇头"；"双汤"有冰糖银耳莲子汤，肚肺萝卜海带汤。

"糖圆"。元宵是民间最隆重的节日。元宵节活动起于正月十三至十八日，扬中人称为"灯科"，"交灯圆子落灯面，元宵节晚上炒糖圆"是元宵节期间扬中最为典型的食俗描述。十三日"交灯"，早上要吃糯米糊圆子，十八日"落灯"，要吃青菜下面条，元宵节晚上炒糖圆吃糖圆。扬中的糖圆有别于其他地方，其他地方叫汤圆，内包芝麻糖馅，是用开水下熟；而扬中的糖圆是实心的，甜味于外，是炒熟的。

趣谈舞龙

龙，既是中华民族的图腾，也是中华民族精神的象征。舞龙的来历有这样一个传说：一天，龙王腰痛难忍，龙宫中的所有药物都吃了，仍不见效。只好变成老头来到人间求医。大夫摸脉后甚觉奇异，问道："你不是人吧?"龙王看瞒不过去，只好说出实情。于是大夫让他变回原形，从他腰间的鳞甲中捉出一条蜈蚣。经过拔毒、敷药，龙王完全康复了。为了答谢疗救之恩，龙王向大夫说："只要照我的样子扎龙舞耍，就能风调雨顺，五谷丰登。"这件事传出后，民间便有了扎龙舞龙的规矩和习俗。

扬中岛四面环江，岛内多河多港易水患，因而养成扬中对龙图腾的崇拜。逢年过节，重大庆典，扬中人必有舞龙表演。但与江南江北不同，扬中人喜欢黄龙和青龙，而且流行布龙。以竹蔑扎出龙珠、龙头、龙尾和若干节龙鼓（龙身），糊上棉线或纱布，涂上颜色，再以布帛将龙头、龙身和龙尾连接起来，布面绘上鳞片。所扎"龙"少部分为7节、9节，大部分"龙"为11节，舞时一人举一节，举龙珠者在前，珠引龙舞，上下起伏，成"S"形滚动。

扬中的舞龙人必须练会几个常见的动作和套路，才能加入舞龙队伍。他们在龙珠的引导下，随鼓乐伴奏，通过人体运动和姿势的变化，完成龙的舞、游、穿、腾、翻、滚、戏、跃、缠等动作和造型。扬中老辈们在上述常规动作外还自创了几个高难度的绝技。一是躺在地上边舞边挪动前进。十多个舞龙人全仰面躺在地上，一边舞龙一边打滚往前挪动。二是叠罗汉。户主安排几条板凳，舞龙的人从最底层往上爬，一层踩一层，最后龙头放在最高处，形成一个七层宝塔形状。三是喊号子加速舞。开始以平常速度舞，往后速度越来越快，舞龙头的人不停吆喝着，疯狂追逐火球。舞的过程中，舞龙头的还不停换人：第一个舞龙头的人，突然把龙头扔给另一个人，接住龙头的人继续舞，后面跟着不停地循环扔龙头，一个接着一个换着舞。此时，现场往往会响起阵阵喝彩声。四是变换场所舞。舞龙的人从场上舞到家中，从大厅再舞上楼梯，一直舞到二楼正房间，引得客人喝彩，讨得主人高兴。

每年腊月，扬中各地舞龙人便早早准备好龙灯并开始紧张地排练。大年初一舞龙队便集合敲打着锣鼓出发。"锣鼓响，脚底痒"，年头空闲的人们也闻声聚拢而来，随着观龙的人越来越多，龙灯后面的队伍也是浩浩荡荡，很是壮观。有时候两条龙相逢于一条路上，便要争个上风，先是各队没命地奔跑争上游，如果再分不出输赢，便各自舞龙比胜负。于是双方锣鼓齐鸣，喊声震天。你舞一个"老龙翻身"，我舞一个"金鸡啄米"；你舞一个"猫儿洗脸"，我舞一个"鲢鱼咬尾"。最后，技艺逊色者只得让道。

扬中的舞龙还有一个代代相传的习俗。每逢重大节日、重大活动或庆典，舞龙队伍都要前往现场助兴。家庭殷实的农户过生日、上梁、结婚等也有舞龙队伍上门贺喜。甚至新宅暖梁（上梁的前晚）还要请"龙"上门过夜，以求大吉大利，大富大贵。新人结婚遇到龙上门，家人还要讨一根龙须，以保佑新娘来年喜得龙子。每年的正月初五上午，舞龙队伍还习惯前往相关企业和商家舞龙，俗称"开财门"，恭贺他们来年大喜大发。下午一般会聚到当地政府门口或体育健身广场，来一个"群龙聚会"，他们随着锣鼓，有的"龙游四方"，有的"随波云游"，有的"盘龙擎天"，有的"跳跃腾飞"，真可谓"活龙活现"，煞是好看。

改革开放后，随着扬中经济的迅猛发展，扬中舞龙已由纯民间组织转向半民间半官办，或由大型企业资助，或由村镇政府组织。闻名江洲的西来桥镇，全镇共有20条龙，最多的一个村就有6条，不仅有男子舞龙队、少儿舞龙队，还有一支平均年龄近40岁的"娘子军"舞龙队，从事舞龙的"常规军"超过600人，男女老少都会舞龙。八桥镇利民村为了挖掘、保护、传承家乡的"龙文化"，也于2018年4月23日，成立了一支由48人组成的"龙之梦"舞龙队。其他镇村在他们的带动下，也都相继建立了较稳定的业余舞龙队伍，并同时开展各具特色的舞龙活动。这其中，西来桥镇尤为突出。如今的西来桥，除春节、国庆等重要节日举行舞龙表演外，还从2016年开始，每年以"二月二"龙抬头为节点精心筹划形式新颖、别开生面的舞龙大赛；先后成功承办了2017年全国龙狮大赛、2018年长三角龙狮精英赛、2019年"大津杯"中华龙狮大赛。该镇的舞龙队伍先后斩获十三届全运会舞龙项目传统套路银牌、自选套路铜牌，溧阳国际龙狮争霸赛自选套路一等奖、全国舞龙舞狮锦标赛儿童组传统套路第一名，省舞龙舞狮比赛传统套路金奖、省第十九届运动会舞龙比赛第一名等荣誉。西来镇也因此先后获得"江苏省龙狮运动之乡"和"中国龙狮运动之乡"称号。

为让扬中的龙文化走出国门,西来桥镇舞龙队还代表扬中市应邀亮相第四届"马韩节"庆典,其精湛的舞龙表演让韩国民众如痴如醉,赢得一片欢呼和赞扬。在2019年的首届中国·扬中西来桥龙灯文化节期间,扬中还举办了以创造开放共赢的龙狮世界——携手共建龙狮发展共同体为主题的国际龙狮高峰论坛。各地龙狮运动从业者及爱好者齐聚扬中,相互交流,重点探讨龙狮文化世界共建、青少年龙狮发展、龙狮发展新动力等议题。进一步弘扬中华优秀传统民俗文化,促进龙狮运动的对外传播与文化交流,鼓励更多国家和地区开展龙狮运动。

扬中各级政府和有关部门还努力做好龙文化的弘扬和传承工作。西来桥镇举办了首届"雕龙画凤"糊塑展,本镇糊塑技艺传承人创作出一批与龙灯文化有关联的糊塑作品,丰富了龙灯文化节内涵。全市各镇还积极开展舞龙运动进校园活动,在学校传播龙文化,培养在校学生舞龙兴趣爱好,让舞龙文化在学校落地生根,枝繁叶茂。同时成立镇村龙狮协会,将一群热衷于龙文化的民间人士吸纳为龙狮协会会员,并对各村(社区)舞龙舞狮队员提供技术指导帮助。由于领导重视,措施得力,全市呈现民间舞龙高手辈出、舞龙表演水平逐年上升的繁荣景象,舞龙表演发展成为扬中一项最具影响力和群众基础的民俗文化活动,龙文化成为扬中一张闪亮的文化名片。

非遗"九狮图"

列入镇江市第一批非物质文化遗产的"九狮图",既是深受当地群众喜爱和欢迎的民间舞蹈,也是传统的体育健身项目,笔者为此走访了"九狮图"第三代传承人,从他们的回忆和讲述中了解到"九狮图"的创始、传承与发展。

"九狮图"主要流传于扬中市的永胜等乡镇,起源于何时已无从查考。据"九狮图"第三代传承人钱小明和虞家保等老人回忆,他们儿时听老艺人说,此舞蹈流传于清道光年间(公元1821～1850年),距今已有170年以上历史。据传,家住玉皇庙钥匙头(原八桥镇得胜村),当时在镇江黄塘衙门当保镖的钱广庆等人,因受唐伯虎的"九美图"和壁画"九龙图"的启发,编排出一套既能表现武术套路又能体现狮子威武矫健的舞蹈,取名为"九狮图"。当时,艺人们以竹篾和纱布为原料扎制狮身,再用纸条剪成纸须裱糊在纱布上形似狮毛,狮子的口内有红舌、白齿,头部有金睛。手柄用细竹制作,彩球也是用竹篾弯曲扎成球体,外用红布裹体,支撑在"丫"字形状的铁手柄上,球能转动,球内挂铜铃,手柄下端系一条红绸。每逢庙会、新年、正月十五元宵节,或是值得喜庆的日子,人们便舞起"九狮图"以示庆祝。表演中,1人执球,1人舞大刀,9人各执1小狮。随着"咚锵咚锵咚咚锵"的锣声鼓点,执球者口吹哨

趣味 感悟 表达／朱务清 著

子，手挥彩球，进、退、沉、盘、逗，引得狮子翻、滚、跳、跃，雄姿勃发，千姿百态。舞狮的套路也随之不断变化，一般有：狮子抢球、九连环、元宝阵、狮子挽结、五瓣棉花桃心、乌龙摆尾等。其间还穿插武术和杂技表演，有舞大刀、喜鹊登梅、金钩钓鱼、竖蜻蜓、蛤蟆跳、倒挂金钩、摞石锁、磨四角等。艺人们高超的演出技巧和过硬的武术杂技功夫深受观众欢迎。

百余年中，"九狮图"这一古老的民间体育舞蹈艺术，经过了几代老艺人的不断传承和发展。第一代创始人为钱广庆、刘增金、虞守贵等，20 世纪 30 年代，当地的武术高手秦老四和钱进青成为第二代领班人，秦老四逝于 50 年代，钱小明的叔父钱如柏等人成为第三代领班。后来钱小明和虞家保也跟随其叔父加入了"九狮图"舞狮队，在数十年的舞狮生涯中，他们除逢年过节为群众拜年和慰问表演外，还经常参加市县举行的重大活动以及镇县市举行的中老年人体育健身项目的展示和比赛。尤其值得一提的是，1982 年"九狮图"还代表扬中赴常州参加江苏省苏南片民族民间舞蹈调演并获得金奖。后来他们又与专业老师一起，对"九狮图"进行改编，创作出"狮舞龙飞"，一改过去 9 只雄狮单调的表演，增添了雄雌狮子温情脉脉、磨鬓擦肩的情节，使表演情趣倍增；狮身涂上荧光粉，眼睛装上灯泡，当灯光转暗时，舞台上狮子首尾相接，通体透亮，领头狮子吐烟喷火，昂首吼天，犹似一条金光灿灿的正欲腾飞的巨龙。"狮舞龙飞"曾于 1991 年代表江苏赴太原参加中国第二届民间体育艺术节，并荣获中小型歌舞杂技表演金奖，首创镇江市在国家级文体演出中获奖纪录。

后来由于"九狮图"队伍的老化，加之受市场经济大潮的冲击，这一民间体育舞蹈沉寂和荒废了多年，好在近年来群众性体育健身活动的蓬勃开展，这一非遗项目很快引起市镇老年人体育协会的关注和永胜村村两委和村老年人体育协会的重视。2015年初，永胜村老年人体育协会牵头召开会议，研究对策后采取相应的抢救措施。首先成立永胜村"九狮图"体育健身团队，并通过自愿报名、村老年人体育协会审核把关的方式招收队员，来自全村的20多名身强力壮的中青年文体爱好者加入"九狮图"健身团队中，年纪较大的原先老艺人则留在团队作技术指导。当年3月，村老年人体育协会开始专门举办"九狮图"培训班，由该村"九狮图"传承人钱小明主讲，学员们在老艺人的精心指导下认真排练，每个动作力求准确到位。通过培训，学员们较好地掌握了动作要领，很快胜任了"九狮图"的表演。

为将"九狮图"这一传统体育健身项目打造成精品，村老年人体育协会接着与村企业镇江春环集团挂钩结对，由该企业出资，从苏州太仓民间艺术龙狮工艺品有限公司订购了新设计的狮子、大刀、彩球和表演用的衣帽鞋子等物品。

为让队员们不断提高表演技艺，镇村老年人体育协会逢年过节或重大活动都组织新组建的第四代"九狮图"健身团队参加表演和展示，如每年举行的江苏省老年人体育节开幕式或闭幕式、全镇广场体育健身项目展演等活动。永胜村老年人体育协会在2018年工作部署中还明确提出，建立"九狮图"陈列室，将"九狮图"健身团队平时开展的各种活动以文字、图片、录像等形式展现出来，同时重视"九狮图"人才的培养，除在本村建立"九狮图"培训点外，还计划与当地中小学取得联系，将"九狮图"列入乡土教材，开辟第二课堂，让"九狮图"的传承后继有人。此外，将"九狮图"作为一项特色传统体育健身项目重点扶持，开展经常性的学术研讨和经验交流等活动，使"九狮图"的传承与发展更上一层楼。

扬中记忆之"唱麒麟"

　　"唱麒麟"是扬州、镇江一带新年常见的民间娱乐活动，江南江北各具特色。扬中因其先民来自五湖四海，多元交融赋予了"唱麒麟"独特的文化韵味，经过上百年的传承、发展，逐渐形成了独树一帜的方言小唱，被列入扬中市非物质文化遗产名录。

　　"唱麒麟"这种民间文艺形式究竟起源于何朝何代，一时难以考证。旧社会，"唱麒麟"的艺人把它作为一种谋生手段。每逢新春，歌手们便挨家挨户去唱。每到一家，图个彩头的主人，都会拿出"红纸包"、香烟馈赠他们，哪怕再穷也会给几个馒头水糕。于是，"唱麒麟的"变相成了"乞丐"，直到中华人民共和国成立，人们富而思乐，"唱麒麟"才真正成为自娱自乐的民间艺术。

　　"麒麟"班子由五六个人组成，一人扛麒麟，一人挑箩筐，另外三四个人分别手拿大锣、镗锣、钹、鼓，他们走街串巷，不时开唱。那锣鼓点子节奏舒缓，声音铿锵，让劳作了一年的人们听来浑身上下每一个毛孔都舒畅熨帖，够味带劲。而歌手们亲切的乡音，即兴的编唱，更叫人倍感亲切。你瞧！一班"麒麟"后面跟着一大帮人，有的小伙子大姑娘甚至能跟一整天，嗑着瓜子，聊着闲话。也许，今年的听众，明年就成了歌手，"口耳相传"的民间文艺就这样传承

趣味　感悟　表达／朱务清　著

下去。

扬中"麒麟"土生土长，带着江水和泥土的气息，歌手往往一曲四句，从形式上看，颇有广西壮族对山歌的味道。例如："什么鸟飞飞眨眼飞？什么鸟飞飞落沙滩？什么鸟飞飞青草地？什么鸟飞飞九龙山？麻雀飞飞眨眼飞，大雁飞飞落沙滩，野鸡飞过青草地，凤凰落在九龙山。"唱者思维敏捷，对答如流，歌声甜润响亮，悦耳动听。于唱者是一种表演，于听者是一种享受。

从内容上看，扬中的"唱麒麟"可谓是一部"百科全书"，几乎无所不唱。一个出色的"麒麟"歌手，应该是粗通天文地理、文学历史和风俗民情的。例如"天上哪个三光？盘古哪个三皇？列国哪个五霸？世上哪个五常？天上三光日月星，盘古三皇天地人，齐晋秦宋楚五霸，仁义礼智信五常。"再比如"天上娑罗树是什么人来栽？地上黄河是什么人来开？什么人把守三关口？什么人出去不回来？天上娑罗树是王母娘娘栽，地上黄河是东海龙王开，杨六郎把守三关口，韩湘子出去不回来。"不仅如此，家事、情话皆能入唱，荤的能煽情，素的有情调，比如"什么东西尖尖尖上天？什么东西尖尖在水边？什么东西尖尖街上卖？什么东西尖尖在我面前？宝塔尖尖尖上天，螺螺尖尖在水边，笋子尖尖街上卖，小脚尖尖在我面前。"整段唱词，充满了地方俚语，乡土情味，或许正因如此，"麒麟"才被大伙儿喜闻乐见吧！

更令人叫绝的是歌手的即兴填词：唱眼前景，叙眼前事。锣鼓点子一停，四句词便脱口而出：新屋前唱"华堂春暖"，商店前唱"生意兴隆"，教室门前唱"桃李芬芳"，医生门前唱"妙手回春"……没有那种奇才、急才，哪怕你是大学文科毕业，也不一定敢敲锣登场吧？

"唱麒麟"还有一个活动是最令人忍俊不禁的，那就是正月十三"送状元"。每年，"麒麟"班子一帮人总要排排，村里谁家新媳妇结婚几年还没有怀孕，到了正月十三"上灯"这一天晚上，就敲着锣鼓、扛着"麒麟"到这家去"送状元"。"麒麟"端放在堂屋正中，唱的人围坐在四周，看热闹的里三层外三层，屋里站不下，场院里也挤个满。唱到高潮，将下几根"麒麟"胡须，往新媳妇衣襟里一抛，好，大功告成。新媳妇半推半就，那神情，那举止，令人捧腹大笑。主家讨了吉利，"红纸包"、果子茶、香烟心甘情愿地往外拿。如果这一年新媳妇真怀上了，那可是不得了的大喜事，待生了孩子，手头宽一点的人家会办酒请歌手，手头紧一点的也会登门送"红蛋"，生下的孩子会起名叫"小麒""小麟"。人们总这样想：没有"送状元"这个吉兆，哪来的"小麒""小麟"呢？不过，随着科学的进步和医疗水平的提高，"送状元"的活动越来越少了，再过若干年，恐怕只有研究民俗的专家才会留意这种"文化遗迹"了。

指尖上的"非遗"：扬中面塑

面塑，俗称花馒头、花圆子、囍塑，是民间广泛流传的一种传统手工艺品，主要应用于小孩生日、老人祝寿、新房上梁等喜庆场合。经过揉、搓、捻、刻……一个个普通的米糊团子在匠人们手中转化成千般模样。扬中何时有了面塑，已无法考证。但扬中的先民们全都为移民，面塑由外地传入，这点可以确定。随着一代代人传承创新，最终形成了扬中面塑的特有风格。

扬中面塑大多以面、糯米粉等原料制作而成。尤其花圆子的原料是糯米粉，粉质精细雪白，细得像面粉一样，做出的艺术品质量才高，软硬度适宜。花圆子要用煮过的竹箬或芦叶垫底，为的是便于叠堆携带。做得少的用盒子或用竹篮盛装，也有的装在提盒内；做得多的则装进箩担。提盒或箩担上配上万年青、鱼、肉，并用新毛巾盖在花圆子上，防止风干开裂，保证花圆子新鲜和卫生。

扬中面塑种类丰富、形态各异。这与当地的面塑传人善于学习、不断实践和创新分不开。八桥镇八桥村的兰章英就是一个面塑高手，她的面塑技艺堪称一绝，享誉江洲。今年已90岁高龄的她，从小就心灵手巧，做事勤快。那时候左邻右舍砌房造屋，大人、小孩过生日，做满月，都请人做花圆子、寿桃等喜庆食品，她总要跑过去目不转睛地观看，并默默记在心里。有时到田边割草时，她就在地上画画，画出一朵朵花的根、茎、叶及花果等，用泥土代替糯米粉，学着做花圆子、寿桃，捏鸡做鸭。由于兰章英对做花圆子的工艺烂熟于心，加上她认真仔细，久而久之，她做花圆子在周边地区有了名气。为了将花圆子做得更好，更结实，更美观，造型多样，别具一格，兰章英在实践中大胆创新。比如，做寿桃，不仅外形像桃子，而且色彩和桃子也一模一样：桃尖子是红色，桃身子是浅红色，浓淡得体。为此，她用牙刷沾上红水，用竹板轻弹牙刷，把雾状的红水洒到桃子上。这样寿桃上就有深红和浅红，看上去与真桃子毫无二致。花圆子上的花原先是用小刀等硬器刻画的，她在此基础上，又有新的创意。她自备五彩画粉、剪子、小刀、针筒、镊子、笔刷子等小型工具，在制作上有刻花、剪花、提花、装花、画花等，特别是她做的龙，有龙须、龙角、龙齿、龙眼、龙鳞等，她做的凤，装有凤冠、凤嘴、凤眼、凤翅、凤尾，显得更有立体感。她用糯米粉掺红色捏成花瓣，掺绿色捏成花叶、花梗，就像开的鲜花一样，青茎、绿叶、红花、翠蕊、黄果，朵朵花形十分逼真，栩栩如生，巧夺天工。2005 年，她参加扬中市文体局举办的特色文化家庭比赛获得第二名，被授予"镇江市特色文化家庭"荣誉称号，中国妇女网还刊载了她的事迹。

破"四旧"中，做花圆子遭到批判，扬中做花圆子的人少了。到了 20 世纪 90 年代，随着改革开放不断深入，人民群众生活逐渐富裕起来，砌新房、买新房的多了，结婚、做寿、小孩满月、抓周、大人过生日等喜事不断，做花圆子的人家也越来越多，开始一户做数十只，现在，一般的人家

趣味　感悟　表达／朱务清　著

要做八十只、九十只，多的做一百零八只，最多的达到五百零八只。而且不同的喜庆需要做不同的花圆子，如新房上梁，要做龙做凤，过去只做一对，现在要做双龙、双凤、双鱼、双笋、双百合。孩子抓周，过去大多数是做一些鸡、鸭、笋、鱼等，现在独生宝贝，还要做笔、算盘、文具盒、橡皮、菱角。"菱"是祝福宝宝灵活可爱；"角"是祝福宝宝长大后出人头地，学习成绩冒尖。大人做寿要做出寿星老捧仙桃，寿星老秃顶含笑，胡子拖在胸前，一手拄拐杖，一手捧仙桃，形象十分逼真。寿桃上还有"福如东海，寿比南山"或"福禄寿喜财"等祝福语。订婚用的花圆子，要嵌上"百年好合""喜结良缘"等祝福语。

面塑，属于非物质文化遗产。扬中的面塑历史源远流长，目前的代表人物除八桥镇的兰章英外还有西来桥镇的姚圣法、黄金龙等人，尤其是西来桥镇三新村的黄金龙，其作品入选江苏省民间艺术展览会，中央电视台7套农俗文化采风组一行也曾慕名到其家里，现场拍摄面塑制作流程。该镇创作的作品"龙腾盛世""凤凰戏牡丹"亮相中国花馍艺术节后，让很多北方人认识和了解了南方的"花馍"。

面塑作为扎根于乡土的传统民俗技艺，是属于一方水土的文化记忆，是值得我们精心呵护、永久珍视的无价之宝。近年来，扬中市有关村镇和面塑传承人在传承的基础上持续创新工艺和内涵。在融合外来面塑精髓的基础上，更加彰显精致温润的南方气息。2014年以来，西来桥镇的面塑开始陆续亮相各大活动现场，无论是在南京的全民活动周，还是镇江旅游产品推进会，抑或是大运河文化旅游博览会，他们的面塑都充分展示了其艺术魅力，同时也在交流与分享中不断汇集经验，为面塑发展聚集能量。

　　为让面塑技艺后继有人，扬中有关镇村和民间文艺团体高度重视面塑文化的传承与发扬，积极推进面塑文化进校园活动，学校聘请民间面塑传承人为社团辅导教师，指导学生制作面塑，让学生在动手制作中感悟民俗文化的魅力。

　　面塑作为扬中民俗文化中不可或缺的元素，有关方面也在积极探索传承发展的新路子。传统面塑是由糯米粉制成，蒸制后可食用，但保存时间短，为此，西来桥糊文化艺术馆已先后研发半永久性和永久性材料来制作面塑产品，努力将食用面塑转化为可以永久收藏的艺术品。

趣味　感悟　表达／朱务清　著

摇花船

摇花船又叫作"划旱船""采莲船",是一种模拟水中行船的民间舞蹈,是过年、过元宵节时才进行的一项民间艺术活动。相传起初是为了纪念蔡状元修桥和观音娘娘坐船筹款的善举而进行的表演,后相沿成习,随着时间的推移,已发展成为在重要节日以祝贺为主要内容的表演。这项艺术活动流传到扬中后,人们用它来祝福新的一年中乡邻的福寿安康,特别是在春节期间,摇花船者去每家拜年,目的就是送祝福。

花船是用竹、布、纸等为主要材料扎成的,造型大小不一,一般长约 2.4 米,中宽 0.6 米,两头宽各 0.5 米,高约 0.6 米,整个船体分船舱、船舷、舱棚、花窗四部分,集书画、剪纸、扎花、竹编等优秀民间手工艺于一体,带有强烈的地方文化特色。花船制作工艺复杂,工序多,需选材、砍竹、晾干、开材、造型、扎花等。由于花船体积较大,活动中需上下摇晃,摇的过程中还要巅走、奔跑等,所以花船要做得十分结实。

摇花船是深受扬中人喜爱和欢迎的一种民俗文化表演形式。摇船队伍一般有 10 ~ 13 个成员,其中一人负责掌舵(扬中土话叫作"烧刺子",也有人称"花船老头子"),一人负责摇花船,两人负责撑篙划桨,两人负责挑花担,五人负责乐器（鼓、大锣、小锣、镲和二胡），还有三四人演唱。上述人员中的掌舵、摇船、撑篙、乐器必不可少，挑花担的和伴唱的可根据情况而定。表演中，有负责掌舵的、划桨的、乐器的、演唱的，大家各司其职，配合默契。当锣鼓一停，掌舵人首先开嗓唱起来，船娘和摇桨的、伴唱的接下去跟唱，曲调大多是人们喜爱的民间小调，如《杨柳青》《手扶栏杆》《四季游春》《无锡景》《八月桂花》等，歌词大多简单质朴，如祝福这户人家来年风调雨顺、财运到、辈辈出人才等。边唱边舞动，掌舵人打着扇子跟着船头来回跑，花船里的人踩着节奏摇着船，撑篙的人配合着船有节奏地前后走动，挑花担的人踩着四方步晃动着肩上的担子。花船到了哪户人家或单位，主家一般都会以红包、香烟、糕点等以示答谢。在吹吹打打的气氛中，围观的大人、小孩个个笑容满面，好不热闹。

挑花担

挑花担是扬中民间喜闻乐见的文艺形式之一，传说，明末清初，扬中境内就出现了挑花担这一传统舞蹈。开始时，表演者大多是为了生计的民间艺人，他（她）们在门前小院唱古人、唱花名、唱丰收、祝太平。花担即以其道具命名。后经过专业人士加工，成为民间文娱活动中经常表演的节目。

挑花担是用一对花篮表达吉祥如意、节日喜庆的民间表演。一对精致的大花篮为竹篾扎制，缀以各色鲜化端阜（尺寸可大可小，色样也有很多）。扁担以篾竹削制，柔软而有弹性，长 1.5 米左右，两个花篮系在扁担两端。

挑花担的动作来自农民挑担的动作，表演者模拟上肩落担，走田岸，跨坎沟等。挑花担的多为年轻貌美的姑娘，肩膀挑着一副装满鲜花（多为纸花）的花篮，和着音乐的节拍，踏着轻盈的碎步，晃晃悠悠、婀娜多姿。在前进后退之中，换肩不用手扶，能巧妙地保持平衡，动作十分优美，有时两副花担一起上场，相互交叉，不断变换角度，错落有致，令人赏心悦目。解放后，扬中每逢重大节日与庆祝活动都有花担出场，它和花船如同姐妹篇。由两个穿红着绿的俊俏姑娘挑着花担分别列于花船两边，配合花船表演，以群众熟悉的民歌、小调来伴舞，曲调节奏明朗、粗犷、奔放。唱歌则以问答形式，一问一唱，内容大多恭喜祝福或歌颂农村的新面貌、新生活、新风尚。

打莲湘

打莲湘也是扬中的一种民间舞蹈，具有浓厚的地方文化气息。

莲湘也称"竹签""花棍"，是用 1.2 米左右长的细竹筒做成的。竹筒两端镂三个圆孔，每一孔中各串数个铜钱；两端再饰花穗彩绸，节间扣上纸扎小花。这种传统上的莲湘，由于用竹子制成，容易坏，扬中艺人便开始采用新材料改制。八桥镇利民村莲湘队的季广荣近年来就采用不锈钢管等材料进行改良制作，既牢固又美观。

据当地老年人介绍，扬中许多民间老艺人的拿手绝活之一便是打莲湘。据说，她（他）们是苏北一带来扬中谋生的民间艺人。他们手拿着莲湘敲击肩、背、脚、头、臂、腰、腿，变换快慢节奏，发出清脆的响声，呈现出轻松活泼的风格。同时编唱一些应景捧场的莲湘词，或民间流传的故事和小曲。解放初，在"解放区的天是明朗的天，解放区的人民好喜欢……"的一片欢歌声中，全县上下相继建立腰鼓和莲湘队伍，以花船、莲湘等多种民间文艺形式欢庆人民站起来了。改革开放后又迎来文艺的春天，莲湘的表演动作更新颖别致，20 世纪 90 年代后，八桥镇成教中心和利民村、幸福村老体协相继成立莲湘队后，在传统莲湘的基础上融进新的套路和动作，创作编排了"采茶莲湘"等节目，

趣味 感悟 表达 / 朱务清 著

表演中，她（他）们可从头打到脚，从前打到后，边打边唱，其中穿插男女双人对打，形成舞、打、跳、跃的连续动作。行进时，可打出前进、停留、蹲下等多种步法。表演中，男女交错对击，一起一落，节奏鲜明，生动活泼。

近年来，每逢一些重大节日或活动，打莲湘都会出现在扬中的文艺舞台上，如今扬中莲湘注重继承传统，大胆创新，借鉴和吸收了全国各地"莲湘"的套路、技巧，创造出单棒单打、单棒对打、双棒单打、双棒对打以及群打等10多套动作，配以队形变化，使莲湘打法灵活多样、刚柔相济、此起彼伏、高潮迭起。

踩高跷

踩高跷是汉族传统民间活动之一。踩高跷俗称缚柴脚，亦称"高跷""踏高跷""扎高脚""走高腿"，是民间盛行的一种群众性技艺表演，这项"非遗民俗文化"传入扬中后，多在民间的传统节日或庙会等场合，由民间艺人或喜爱这项运动的中青年群众进行表演。

传说，踩高跷与春秋时期的晏婴有关。一次，身材矮小的晏婴出使邻国，为不被邻国讥笑，他就装一双木腿，顿时高大起来，弄得那国君臣啼笑皆非。他又借题发挥，把外国君臣挖苦一番，使他们很是狼狈。由此，踩高跷活动流传民间。

制作高跷的材料简单，只要木料坚硬有韧性就可，如榆木、槐木、柳木等。然后将木料加工成 4 ~ 5 尺长的木棍，木棍上扁下圆。脚踏板的设置，根据高跷的高度而定，一般在根部 3 尺以上，也有在五六尺以上。高跷的绑腿绳一般是布条，这样的绑绳既能绑紧，又不勒腿脚。

过去，扬中每年都要举行民间高跷会，一般由民间艺人和喜爱这项运动的中青年群众自发组织。时间通常在正月初一开始，一直到十六结束。当时的高跷会有文跷、武跷之分。文跷主要表演走唱，有简单的舞蹈动作。武跷则表演倒立、跳高桌、叠罗汉、劈叉等动作。除少数民间艺人表演武

趣味 感悟 表达 ／ 朱务清 著

跷外，大多爱好者选择的是文跷，表演者扮演的多是戏曲中的角色：关公、张飞、吕洞宾、红娘、济公、神仙、小丑等。他们如履平地，边演边唱，逗笑取乐，生动活泼。

解放初，扬中民间流行打腰鼓和扭秧歌，当地的艺人和文艺爱好者又经常将打腰鼓、扭秧歌与踩高跷表演融合在一起。因跷高易倒，表演者为保持身体平衡，双臂必须上下不停摆动，演员由此形成既走又打又扭的基本动律，形成扔、跨、蹲、别、拧等技巧和美、浪、俏、哏、逗等形态，动作潇洒漂亮，场面热烈火爆，有扭中美、美中浪、浪中俏、俏中哏、哏中逗等突出的表演特色，充分展现出扬中民间艺术的地方特色。

20世纪五六十年代，因为物质文化生活贫乏，踩高跷还成为人们的代步工具。当时人们没钱买雨鞋，大多青少年学生只能用燕竹或树干自制高跷，踩高跷上学去。学校还将踩高跷作为一项体育健身项目，班级利用课间或体育课学习和练习踩高跷。开始时用矮一点的高跷，学会后再用高一点的高跷，学校还经常举行展示和比赛。

而现在，随着时代的发展，科技的进步，扬中人的娱乐方式日益增多，大众审美也逐渐改变，人们对踩高跷的关注度持续走低，尤其是年轻人，好多人都不知高跷为何物。好在有关部门为避免踩高跷这项传统民俗活动失传，正在全力做抢救工作，已将踩高跷列入非物质文化遗产项目，开展"非遗文化进校园"的综合实践活动，为非遗文化传承带来新的契机。

扬中剪纸

剪纸是我国一种别具特色的民间艺术奇葩，具有单纯、明快、朴实、富有装饰性的艺术风格以及夸张变形、大胆构图、简练生动的艺术造型特点。

扬中从何时开始出现剪纸，已无从考证，但至少从民国开始，剪纸就十分流行。扬中人过春节都要在门框、房梁上贴金钱、挂笺。百姓家有婚嫁喜事，也要用红纸剪成各种喜庆图案来装饰新房和用具。

剪纸从纸张的"藕断丝连"开始练习，从硬纸片到薄软的宣纸练习剪线条，从线条不断再到线条粗细均匀光滑，这样的练习是必不可少的。经过大量的基础练习后，才能进入花纹、动物、剪影、人物等复杂图样的练习，最后到达自我创作的成熟境界。

剪纸工具相对比较简单，只要有彩纸、剪刀、刻刀、镊子、橡皮、尺子、订书机和染色工具等就成。一个剪纸造诣颇深的艺术家，凭借这有限的工具，就能灵活地表现千变万化的自然形态，随心所欲地表达内心世界的美感。

剪纸的工艺流程分为：

折纸。一般折叠方法是：取一张正方形色纸，把带颜色的一面向里对折，每折一次随即把折线压平。常用的折叠法有：对称形、三角形、四瓣形、五瓣形、六瓣形。一般创

趣味　感悟　表达／朱务清　著

作，纸的层数不宜太多，以四层为佳。如果想多折几次，最好选择软且薄的纸。

描绘。在折叠好的纸面上，按自己的构思，用铅笔进行描图。描图要突出绘画的比例、透视及远近大小的关系，善于抓住物像的主要部分，舍去次要部分，适度夸张，注重传神。

剪制。遵照从细入手、由里向外的原则，按照构造进行剪制。剪小圆孔时，应首先对准圆孔中心空白处轻轻扎一个眼，然后顺着眼往边沿剪。剪柳叶形，应从中间空白处下剪刀，自右往左剪。而在剪锯齿形时，应先剪出一半圆线，顺着半圆线右边剪出一条弧线作为开口处（不宜太大）；然后把右手持的剪刀尖放在左手的食指上，大拇指把剪的花瓣部位压牢，使之不错位；剪刀尖不离原处，左右移动，一刀紧挨一刀，排列长短、大小均匀。两手与剪刀要协调，使锯齿毛剪成自然圆形，阴与阳、黑与白反差明显，艺术感强。

装裱、衬色。根据作品形态和设色进行装裱或套染颜色。

从技法上讲，剪纸实际就是在纸上镂空剪刻，使其呈现所要表现的形象。目前，扬中剪纸已形成了以剪刻、镂空为主的多种技法，如撕纸、烧烫、拼色、衬色、染色、勾描等，剪纸的表现力有了无限的深度和广度。

过去剪纸多用于春节和婚嫁时张贴和摆衬。现在象征吉祥喜庆的金钱、挂笺在春节时虽然还流行，但由于灯笼、红绸扎花等替代品的出现，使用金钱的人家变得越来越少；不过男女青年举行婚庆典礼时，红双喜、百年好合、麒麟送子等剪纸，是万万不可少的，在门窗、家具、嫁妆上都会张贴或摆放。除此之外，剪纸创作基本以愉悦心情、供人观赏和收藏为主。

20世纪90年代，扬中以孙永青、尹明兰为代表的一批剪纸艺人逐渐成长起来，他们创作了大量剪纸艺术品，并在省、全国大赛中获奖。

孙永青从小对剪纸就非常感兴趣，七八岁时跟随村里老人学习剪纸。1997年开始系统自学剪纸技艺，并从事剪纸艺术的教学，现在江苏省扬中中等专业学校建立了孙永青剪纸工作室。其代表作有：《千手观音》《四季平安》《红楼梦人物组图》《喜上眉梢》《年年有鱼》《水浒一百零八将组图》《民间花会》等。

尹明兰从小跟随祖母王桂芳学描鞋花、剪鞋样。1988年就读于丹阳师范美术系，开始涉足剪纸艺术。后又拜中国民间艺术家陈耀为师，专业学习剪纸艺术。其代表作有：《雅香》《仁女》《倩影》等。

随着教育教学改革的深入，扬中不少学校也将剪纸纳入教学课程中，以此作为提高学生艺术修养的一个抓手，并取得很好的成绩和荣誉。

扬中市丰裕中心小学开展剪纸教学已有10多年，形成了完整、成熟的校本教材和年级课程，在国家级、省级各类比赛中获过不少大奖。

2019年7月13日，扬中市丰裕中心小学剪纸娃志愿服务队的小志愿者们在党员老师的带领下，出现在第四届江苏省志愿服务展示交流会上，他们以剪刀代笔，以家国为题，描绘出祖国的大好河山、家乡的风土人情，展示中华民族古老的剪纸技艺。

剪纸这一散发着永恒魅力的民间艺术，给孩子们的能力培养、心灵成长构筑了一所精神家园，为扬中的物质文明和精神文明注入一股可持续发展的新活力。

水边的城

（紫石苑文萃）

陈跃 ◆ 著

中国纺织出版社有限公司

图书在版编目（CIP）数据

水边的城 / 陈跃著. --北京：中国纺织出版社有
限公司，2025.7
　（紫石苑文萃）
　ISBN 978-7-5229-0907-3

　Ⅰ．①水… Ⅱ．①陈… Ⅲ．①诗集—中国—当代
Ⅳ．①I227

中国国家版本馆CIP数据核字（2023）第164215号

责任编辑：刘桐妍　　责任校对：高　涵　　责任印制：储志伟

中国纺织出版社有限公司出版发行
地址：北京市朝阳区百子湾东里A407号楼　邮政编码：100124
销售电话：010—67004422　传真：010—87155801
http://www.c-textilep.com
中国纺织出版社天猫旗舰店
官方微博 http://weibo.com/2119887771
北京虎彩文化传播有限公司印刷　各地新华书店经销
2025年7月第1版第1次印刷
开本：880×1230　1/32　印张：44.25
字数：741千字　定价：288.00元（全12册）

目　　录

水边的城／陈跃　著

扬州笺谱

（组诗）

小秦淮河

深夜走过街道
能听见小秦淮河的流水声

那流水像两个悄悄说话的人
两个人懂得彼此的声音

我扔了一颗石子进去
他们停住了

好像放任一段往事过去
好像石子的出现他们本来就知道

我白天不知道他们的存在
他们也不知道夜晚有我这么一个人

夜归

街道空旷起来

水边的城／陈跃　著

你感觉不到它白天的窄
人声消停，鸟儿归眠
只有行道树，开始走动

秩序显现，原来树叶会随风飘动
河流一直在缓缓向前

纵观世界
一言不发的往往是城市的主宰
可想而知，人们多语
就是怕不能自已

甘泉路

冬天好像搬过来住了
店铺挂起了保温的窗帘

每个人的呼吸
都是有形状的
女孩的呼吸
暴露出她们十八九岁

在甘泉路打工
家乡人都感觉很骄傲

那是扬州的中心啊
有娱乐城有弯弯鸡

还有大药房

那梧桐树的胸径
有锅盖那么粗
常常有落单的人扶在上面哭

甘泉路有过一个八十年代
甘泉路还曾经车水马龙

天灰时

天灰时太阳在哪儿休息
树叶开始落色

天灰时会埋住喉咙
说话的人很少

街道倒退了几十年
城市一点儿也不像南方的样子

我在埂子街头打了个鞋样
这是我给长大的我准备的行头

天很灰，只有街头缝纫机的声音
它要缝上即将抵达的北风

绿扬旅社

一个很老很老的旅社
我记得有一个很漂亮的舞池

舞步从"民国"迈出
然后便是几十年的笔挺的中年
它是扬州的国际饭店
它住过作家、名伶与进步青年

它有风情的铁艺栏杆
有不少人倚着聊天谈着恋爱
如今，绿扬旅社歇业了
可老旧的舞曲还在耳旁

我昨晚从绿扬旅社经过
莫名其妙地走了一段舞步

富春茶社

同于隐士
扬州包子，是藏于深巷里的

它们与季节为友
四时菜蔬，从没有断了拜访

煮干丝是家乡的味道

而魁龙珠，是续命的良药

人们总是藏金藏银
而它们，收藏了最多的春天

要的就是这，花局的雅致
堂食的热闹

一只包子说大不大说小不小
它代表着，扬州的味道

扬州的夏日

（五首）

蝉鸣

江南的夏天
虚拟的背景流着汗
它们相互并不服气
彼此相望，欲除对方
最终，只有自己声嘶力竭

风扇

虽然隔着玻璃
但是你的转动表示着努力
剪除热浪，目睹街市变形
有些人形被化开来
剩一些春天的种子

荷叶

一颗天落的珠子

你接不住是对的
你做过努力
许她以单独的存在
可是她依旧摇头，投湖赴死
你捧她在手只有一季。她是对的

乘凉

老井里浮上来的西瓜
老街里四处奔跑的风向
一位老人拿着蒲扇拍着腿上的蚊子
还有蚊香，星星闪烁
今晚的月亮站在高处，月光清凉

读书

把心读成静悄悄的屋子
洒过水了，你在等一个人
这间屋子有这个人的气息
你哭过一阵便睡了
希望在梦里找一个就范的理由

扬州居俗

（三首）

福祠

家门口的神龛
头顶上的神明
在自家的院落里
也有一定的规矩

像庙宇的模型
又像门楼的缩微
没有人觉得它小
因为这里面
存放着我们的心灵

门海

硕大的水缸
在檐下稳稳地立着
它感应着天的悲伤
将泪水悉数珍藏

一缸之水谓之海
扬州人家
恭敬地承接着"天落水"
或烹茶，或消防

居一隅的闲适
也不丢海的目光

花台

依着墙角，几块砖
开放成海棠与半月

这块被忽视的厢房的窗下
有许多热闹的春兰秋菊
它们的目光向上
有陪伴的紫藤茑萝
它们的目光向前
有伸展的疏叶繁花

这是寂寞的院落一角
却是时光托付终身的地方

扬州月景

（三首）

月窗

从这里望出去的大千世界
是亭台楼阁的江南
亭台楼阁望我
是待字闺中的不满

月池

借我无数的想象
也不敢想借来月亮
美人蹑足而行
生怕惊扰这如水的宁静

月楼

小楼名字叫月，拾级而上
你会发现月亮很陡

保持平衡，平常心是砝码
你或许是一个人
或者背后，有许多人

水边的城 ／ 陈跃 著

藏书楼

许多年的语言，被整理
朝笏之上的
闺中闲话的
宣纸听任流淌
听任声音力透纸背

许多走动
许多被折叠的灵魂
我看着有趣的他们
把长衫敞开来
青丝解开来
故意抖给史官看

作为读者的我
将游客引为知己
在挥师而过的夏季里
没有一个字被带走，因为
因为我
被沉淀在这里

瘦西湖长短句

（八首）

春天十四行

春天，对扬州说了什么
扬州处处是春天的耳朵
可以听见
柳丝拂耳畔
舟桨敲船沿
瘦西湖紧了腰身
口中轻舒的那一声"扬州慢"

春天，究竟对扬州说了什么
千古以来参不透的谜团
许多人三月里来
读湖问柳
原来相爱，有更高的境界
除了给姹紫嫣红
还要有，风轻云淡

水边的城／陈跃 著

游湖

金子在五亭桥的顶脊上下腰
顺着瓦道一跳而下
满湖燃烧
金子选择了扬州
是金子总要闪光

这是个接近晚饭的时刻
一里之外的美食街上到处是失散的食客
他们是真饿了
饿的人不知道瘦西湖有金子
只有纯净的眼才能看清金子

住在瘦西湖畔的人
当然知道自己捡着了金子
他们把金子掰成两半花
一半买了春光，一半买了秋凉

凭窗

夕阳不再炽热
多了慈爱的颜色，凝视中
有温柔的绿叶守候

石桥很健美，一脚跨入池塘
就那么静静地裸着

坦诚的小园
完全不顾忌自己的羞涩
陪嫁的物件竟是虚度

轩呀，有一池水的心事
廊呀，有走不完的雨季
陪伴着，一个以小楼作为掩体的人

瘦西湖中的叶林

这是儿子献给父亲的礼物
人们沿着长堤，向小金山行进时
往往忽略了这份孝心

对父亲，松柏的想象是最多的
金松、雪松、五针松
龙柏、花柏、露水柏……

他拒绝将父亲的墓地迁入
他认为，瘦西湖的四季
会有父亲的灵魂交替

学植物的匍匐与参天
学鸟虫的出发与归心
他相信，父亲会回到林间

风亭

风站立的时候
不用柱子
鸟结伴而来
悬浮在风上

南朝的山不高
复印了几朵云彩停留
登山的人就是一个
习惯在风下乘凉

月观

月亮活出了自我
在扬州
有一处休息的地方
她向人们交出皎洁
还有，一丝丝的凉

浑然忘我的照耀
终于
能自己看见
有一朵莲花
在向光亮处
盛开

凫庄

没打算深入
也没打算离开
只是张开翅膀
等待拥抱

总说等待富有诗意
可是每年的八月十五
你送我十六轮圆月
可是没有一轮
拥我入怀

瘦西湖的小野鸭

瘦西湖的小野鸭，一振翅
便压下了夕阳
静婉的湖水，将扇面放大
有了一个大大的家

埂上镶嵌一朵莲花
花开得很早很大
皇帝来赏百姓来赏
小野鸭常常嬉戏在莲花下

锁雾的清晨里

第一个露脸的常常就是她
她划呀划，噗噗声
蹬醒了一个睡眼惺忪的扬州城

虹桥修禊

在水边
我们总能想起一些往事
"浴乎沂，风乎舞雩，咏而归。"

在水边
我们能感受到柔软的力量
"上善若水，水善利万物而不争。"

还有，在《边城》的水边
我们与俗世互为交代

在《大淖记事》的水边
我们在市井风情中流连

而在瘦西湖的水边
我们看到的是
文酒之盛、禽鱼蜂蝶

向王渔洋致敬
让扬州有了
"绿杨城郭"的雅誉

向孔尚任致敬
《桃花扇》里氤氲了
瘦西湖的水汽

向卢雅雨致敬
七千诗人在全国各地向扬州抒情
昔为"八省之会"
今日为东方与西方的交集

瘦西湖
诗歌的滥觞
湖边的聚会
让诗意永存

（2019 年 11 月 29 日，我应邀参加虹桥修禊，并向各位诗人宣读新创作的告文《虹桥修禊》。参加仪式的有：中国著名诗人北岛、秘鲁诗人雷纳托·桑多瓦·瓦西加洛普、匈牙利诗人托丝·克里斯蒂娜、希腊诗人安纳斯塔西斯·威斯托尼迪斯、美国诗人爱丽丝·佩特韦、扬州诗歌学会会长朱燕等。）

四望亭边

（外一首）

在丁字路口的古迹
似乎更能理解繁华的意义
西边
最繁华的一条街
从它这里分了出去
一路向北
一路往南
比人走得快

植根数百年
亭子
也有了源远流长的根
户牖经过的风
与吹过林梢的风没有区别

这个路口
寒暑交替最明显
有人打马过御街
有人落第归故乡

水边的城 ／ 陈跃 著

四望亭呀四望亭
有谁理解你
驻足四望的心情

街头的钟

为俯视而担忧
街头的钟
恐高
目视前方的时候
听得见自己的心跳

是时间把它送上高处
在高处的时间里
它知道
只有自己
愿意数清每分每秒

街头的钟
没有自己的十字路口
它没有徘徊的命运与焦灼
它召唤着鸟儿来听风
在秒与秒间
或在人类仰头一望的时候

过枣林湾

（三首）

一

这一片黄沙
曾经包裹着唐朝的月亮
马蹄"嗒嗒"而过
烛照着几孔明亮的思想

这样的层楼，曾经
摆放过几行诗句
是李白杜牧的锐器
一千年来用夜色磨砺

唐朝之水
正在往天上流去

二

大路的尽头
是扬州的山

水边的城／陈跃 著

我爱着这样的相逢
不需要一马平川

我有一位好友
为著书而隐居
他相信山川的发力
殷勤地等待季节的返青

冬雪融化了，有人叩门
潮湿的脚印
向着两个方向消失……

三

栽不同的树
同样为了结拜
这种祭祀的方式
依旧是为了情怀

小酒一杯，红枣三颗
请不动山，我就走进山
栽几棵树，请根系为我代言

这个被湖水浸泡的园子呀
是我心上的一艘船，朋友不来
便是野渡，舟自横

（2017 年 9 月 28 日，是第十届江苏省园艺博览会开幕倒计时一周年的日子。我走访十届省园博会举办地——扬州枣林湾，有感，得诗三首。）

润德菲尔庄园里的你我他

（外两首）

你不要贪图暮霭的花色
即使近在咫尺，唾手可得
你尽可以自由地欢笑
因为天地纵容
一切被你收割

我真切地看着自己的笑容
原来上一刻的自己
是那么放松
我被百花黄袍加身
我向相片里的自己俯首称臣

一个手持长矛冲向风车的人
他所凭借的
仅仅是一把铁器
一个背对风车
与大地和解的人
他的铁器
或许是一把农具

紫石苑文萃

26

或许就是无欲

润德菲尔的气息

她是旧影，一袭西汉的锦衣
匆匆走动的花树
凋零与换装都不清晰
她是新景，你驰骋过万里疆域
却总也走不出这千亩家园
梨花开了，讲故事的人回来了
绣球路水杉道果树林
春天的花海中故意看不见你
冬天的书房里只愿意与你为邻
她是在的，"每时每刻的存在。"
你却看不见她。
"当你默念诗歌的时候，
你能感受到她害羞的呼吸。"

读书岛
——在左岸，向右岸致意

当我置身四面环水的岛上
我觉得，我有了读书的天地
文字是长在书上的
它们渐渐地长高
撑开，开始为我遮风挡雨

水边的城／陈跃 著

鱼，愉悦地翻身入水
多像我身心洗了一回
夜莺掠过我的肩头
她与我共同读了书中的一句

因为四面环水
我以后的路便有无数条
只不过我现在盘膝而坐
身后景即眼前景，可以
在左岸，向右岸致意

我出发之前，必定先合上这本书
和这本书中的欲望
把它们留在岛上
一身轻松地，走向人间

闺房的秘密
——为好友刺绣收藏展而作

对于戏曲中的大家闺秀
我总是好奇于她们
对爱情的敏锐
她们裹足于二门之内
以丫鬟、香囊、手帕作为代言
不着一字
传递出去的信息却是全方位的
材质、绣工、内容，甚或
流连于其上的若有若无的香气
完美地诠释着
让人着急的中国爱情

所以
中国最古老的谜语来自闺房
每一张绣品之上
花鸟鱼虫交颈歌唱
待到凤冠霞帔那人揭开红盖头
同时揭开的，还有
从立春猜到大寒的，谜底

夜落园林

我的小园
被大风敲门
栏杆睡了
又被夜雨拍醒

池塘比白天热闹
石桥上布满雨溅的花纹

夜访不需要打着灯笼
这个园子
此时处处畅通

此楼到彼楼
须经过假山
今夜
可以把最难的话说出口

船村传奇

这艘蓄势了六百年的大船
一直没有收起自己的跳板

这里的三个庄子
康家庄史家庄韦家庄
前舱定锚中舱息桅后舱止舵
把个天下第一的大船
稳稳地泊在扬州的东乡

东乡土沃源于长江南移
人们用扁担一筐筐垒高自己的家园
既得良田又免了水患
高处俯瞰竟是船形

四周环水的村落，外人以为不便
船村人却理解为舟行水上
大水的年份，高处的船村
将赈灾的口粮分送四野八乡

村有六姓，家家视屋如船
建起厅堂，必留船厅

坚固大屋的墙把
竟也是系锚铁环的造型

既眷恋故土，也不丢扬帆起航的抱负
船村人懂得，走得再远也得回家

父亲的元宵

这个日子我会想起父亲
每个喜庆日子的元宵
都出自他皲裂的手
酒酿，豆沙，芝麻糖
所有甜蜜的馅
都被他紧紧地包裹

那时候面不多，馅心少
堂屋里只有白炽灯泡
我们姐弟三个
围坐在八仙桌的三面
看另一面的父亲揉面摘团
父亲扎着围裙
姐姐扎着小辫

父亲白案的活计很少
不下面条不包饺子不蒸糕
可他就喜欢做元宵
父亲的元宵
看不到一丝裂痕

水边的城 ／ 陈跃 著

就像我们这个
团团圆圆的家庭
外表上瞧不出热度
却有很烫很烫的心呵
八年前的某一天
父亲躺在家乡医院的病床上
他望着窗外圆圆的月亮
皲裂的手布满了针眼
那年的正月半
我第一次没吃上父亲的元宵
之后八年，年年落空

谁能告诉我元宵的滋味
谁能告诉我，父亲在哪里

写在父亲节

我常常想
作为继承人
我为什么不能
继承父亲的学识
当他撒手而去
有好几个月
我似乎陷入了
一个生命与知识的断层
他带走了
我与祖辈的联系
带走了农业知识
乐器乐理
他带走了
散文小品的谐趣
像一个守更人
消失在黑暗里
他还会照片冲洗
留下了家庭五十年的影像
他留给我的海鸥 135 与 120
提示我其实有很好的文艺基因
他的书法很棒，在他

当年泥脚耕耘的水泗乡科研基地里
至今镌刻与流传着他的不少墨迹
珠圆玉润的颜体里
一定还留着
岁月的记忆
与泥土的馨香吧
我很羞赧地坦白
至今我还常常梦见他
那种真切的感觉
让醒后的我怅然若失
我奇怪我继承了
他一些好像无用的习惯：
对语言的吝啬，对星空的仰望
对文字的敏感
对亲情与友情与爱情
不能直抒胸臆地表达
——我后悔父亲在的时候
我没给他一个热烈的拥抱……

这个节日，我在陪伴着母亲
父亲
是我与母亲在这个世上
交集最多的人
多年前
我远走他乡，深浅不知
是安睡在故乡的父亲
平衡着我，常常失重的心

今天，叫一声爸爸

父亲去世的时候
母亲悲怆地对我说，
"从此，你没有爸爸叫了！"
我的眼泪奔涌而出。爸爸，
我叫了四十年，从此
在我的认字簿上，突然丢失了这个词
一个永远不可能找回的词

一个让我后背炽热的父亲
我甚至没有来得及回头
时间的长河已将我们冲走
这种湍急的分手，让孤悬于世的我
对自己出发的地方，越来越模糊

幸好有母亲。我还没有被剥夺
做小孩的资格
我将母亲带在身边，贪婪地
做着我最后的小孩，没有什么能
比母亲，更能唤起我对父亲的回忆
西方的节日中，我独钟情于父亲节

水边的城／陈跃　著

今天，叫一声爸爸

祭奠这，容易被孩子们遗忘的称呼

写于2020年6月21日父亲节

祭扫

我知道，陈家丰沛的族谱树上
有一颗饱满的种子埋在这里
他以汉字的形式存在
他以一个节气作为归期

风吹的方向都是朝着故乡
百家姓在这里并没有按着顺序
职业和身份已被埋葬
基因和长幼是新的坐标

一张张相似的面孔被清明筛选
返回种子的原形，让春风送
在最初发芽的土地上
弯腰，沉默

仁丰里故事

（五首）

释义

七百米小巷，可以讲一部扬州史
从飘摇的南朝，到对峙的宋金
世界都是动荡的，所幸这里
尚有一方安静的天地著书
尚有一隅高大的黄墙护佑病体
佛珠绕指柔，这仁丰里
寺墙挨着民房，晨钟暮鼓
便是百姓生活的滴漏
仁者寿，因恬淡而多寿
仁丰里这条小巷，已活了千年
一巷二巷，三巷四巷鱼骨形的肌理
说明着它的底线与规则
它乐于做一些牵线搭桥的事
比如，把古城的烟火气
与文昌路上流光溢彩的人潮连接
仁丰里名字显然来自唐朝
仁者从容显示大国气象

丰者安逸方有容人雅量
今天的仁丰里，居住着这样的人
著书的人，唱曲的人
弄巧于榫卯的人
一群在时光里种花的人
是仁丰里如今的主人

行者

游进古城的那条鱼
千年来已有了灵性
会击鼓，会撞钟
会摆动双尾作沉思状

黄色庙墙投射了很多人影
一背包收纳了一肚子的心事
希望能够行囊空空离开这里
扬州，供人呼吸也教人倾倒

也许此行是为了重新了解自己
僵硬的过往需要肢解重构
当你淹没于仁丰里的夜色里
你未窒息因为你曾经是一条鱼

巷子的灯笼

这个巷子我来过

水边的城 ／ 陈跃 著

四十年前我生活在这里
那个绿色邮筒还伫立在这里
依稀能望见我丢在里面的叹息
老浴室还在
这么晚了木拖鞋的声音格外响亮
蹚过岁月的坑坑洼洼毫不费力
这是唯一可以高声聊天的地方
那个寺庙，庙门关了
里面的菩萨都还站着吧
其实晚上，也是可以坐下歇歇的
巷子的灯笼，隔了几步便有一盏
这盏与下一盏，正是我小时候
跳房子的距离

重构

北平破碎的天
掉落成屋面上的星星
广陵古屋的天花板
从此宛若星空
一对旅人，种树于庭
祭奠越来越小的天空
水流无影，归去来兮
故乡承诺让一切重构

寻找韩北屏

在仁丰里五巷的巷口
我徘徊不前
我知道此刻的前行
将叠印上你的脚印
一双整洁、宽宥、包容的脚印
家中你居长
所以有了你的担当
平素爱文学
所以你对未来
有了超乎寻常的期待

你的青少年
属于你的扬州
你的梅英中学
总是伴随着五巷的雨天
那石板路再凹凸
也是家乡留给你的跌宕的记忆
我学着你的儒雅
写着我们
共同喜爱的诗歌
我学着你做记者、编杂志
学着你把一副柔臂
打造成担道义的铁肩

水边的城／陈跃 著

在五巷的巷口
你的背影越走越远
可是你的澎湃的心跳
现在我分明能感觉得到

一石在手

（外两首）

我与此石
真的有万里之遥
当她躺在我手中的时候
已穿过熔浆
越过风霜
在千万人中过往
目睹了人世间
所特有的欲望
她具备了
君子的山高水长
所有人都感受到了她的重量
因为这是大山
捧出的心脏

链子活

玉有千种，活
却只"活"在扬州
从塔、炉上垂下的相扣之环

把天地间的隔阂连接了
把我们的呼吸屏住了
给富贵风流增添了气质
让守着长夜的孤影
多了一个陪伴
一汪温润之玉
我不知她是如何跃起的
跃上炉之臂、瓶之耳、塔之巅……

玉仕女

你比真人小了百倍
可你的发髻依旧有万缕
我不相信如此坚硬的骨骼
依然能扭出如此曼妙的身形
你带来了唐代的盛世容颜
并将盛唐的词赋烂熟于心
所以
我们穿过
你身体的纯净目光
不著一字
尽得风流

读海兄画作《风月》

（外一首）

月亮联起两截断开的乌云
流水被搅碎了，芦苇向江心问询
正在受孕的黑夜，无处使劲
鸟在低飞，每一个晃动的身影
动机都值得怀疑

黑夜的宣言，也有诗情画意
让风进来，进来制造一些涟漪

海兄赠鱼

这许许多多的游动
存在于你我看不见的虚空
他们悠然地活着
只因你的眼中，有悲悯的湿润

我相信有一片海
对时间有着执着的守望
当我们朝夕相约

水边的城／陈跃 著

47

便有浪花涌上空寂的河床
我们多么像这画中的鱼呀
长着与生俱来的胡须
我们不惧怕老去，追逐嬉戏
欢娱于没有边框的生活

孟先生的致敬

（外两首）

以飘飘长髯来致敬
这路，赶得太久
一路上，逢山开路遇水搭桥
山川在眼里
是可以做几案上的盆景的
种石在自己的园林中
理水在自己的梦中
"虽由人作，宛自天开"
没有人知道，园林除了休憩
还有许多呼应
琼花让天地皆白
围墙迤逦，竹林"沙沙"
天地还原在自己的睡梦里
与山川待久，话便少了
饮山风，听水流
还有大自然的千言万语
能听懂万一足矣！
因此懂得了"留白"
喜欢留白的风景

水边的城 ／ 陈跃 著

49

留白的人
在枣林湾的园林中
一分建筑，九分山水
要让坐拥山水的人
忘却自己的"拥有"
只有呼吸、坐起
起高阁是为了眺望
造船舫是为了远航
搬来了海上仙山
天上繁华重现人间
所有的一切
不知是不是为了让人们明白：
"营建园林的人走了，
他的园林为他讲述四百年。"

扬州园

我用红色描绘大唐的宫殿
宫殿无墙，只见夕阳

大唐是吉兽，它活跃于
我们抚今追昔的驿路

在殿宇的连缀中
历史的步履显得沉重

月亮造型的桥

选择大唐的月光来蹲守

鸢尾花遍布江滩
表述着唐诗的盛开
水中石灯笼
举着亮照耀唐朝的一角

扬州扬州，是大唐女子
悄然绽放的衣袖

园博园小记

幸福的建筑师
筑着童年的梦
他在真山真水之间
寻找着需要的那块积木
这片江南之园
是一幅古画的倾泻
液池左右着月桥
瀛洲拒绝人烟
这里的几何美学
这里的吟哦哀怨
全是他砌筑的故事
一天填满一间
直到成就一个世界

（江苏省第十届园艺博览会专门邀请《园冶》研究专家、中国风景园林界唯一工程院院士、年近九十的孟兆祯院士主持设计园冶园（琼华仙玑），立体展现《园冶》的重要思想和造园理法，实现了近四百年后园林宝典的"精神返乡"。）

蚂蚁的行军

一支队伍
行进在桂花香中
开启了一场
小人物的宏大叙事
突遇雪崩
原来是人类土埋
突遭雨淋
原来是人类水淹
本都是苟且生活
它们不明白
有人热衷杀戮
胜过这闻香的季节

水边的城 ／ 陈跃 著

知了的世界

以夏为家的是谁
不是我们
我们是穿过夏的过客
在这个房间里
我们喝一杯凉白开
挥儿下蒲扇，吃两片西瓜
把铅桶扔在井里
然后，记住回声
——此季唯一的回忆
蝉声阵阵，热浪滚滚
天地之间，只有此声
我们才知道
知了主宰了夏的一切
我们只是季节的搬运工
入春包扎棉被
入夏安装电扇
入秋逢晴晒衣
入冬添柴取暖
......
不管愿不愿意

我们没有一刻做过主人
我们败过很多次
也败过，一种喧嚣

水边的城 ／ 陈跃 著

卧读

黑夜来临

床和闲书是个标配

打开昨天的折页

还要回忆之前的情节

两小无猜

情非得已

爱情有许多可能

我被动地接受

手中的这一种

小作家在布道

大作家在说自己

其实慌乱的是自己的内心

这个世界过于平静

卧读的状态接近于弥留

体会死亡又欲说还休

致陈从周先生
——写在扬州梓翁亭命名日

伐自山间的巨木，被斩断
扑倒，然后从一条大河的上游
浮向今生
梁枋、瓜柱、檩、椽……

他能体会，巨石
脱离母体的切肤之痛
千疮百孔呀，可是他知道
这样的来自天地的洞悉
能抚慰人间的千疮百孔，或者提供
一孔之见、拳石洞天

从一扇花窗望出去，越过
月亮的肩膀，五亭的脊面
我们的视野止步于月色朦胧

他离我们很近
在不知第几桥下
他是停下脚步了，似有些话
要对扬州说……

水边的城 ／ 陈跃 著

在扬州，完成对海的想象

扬州有海，广陵潮为证
只是海岸线
已退至几千年前
我们曾经也是海的儿女
驱船逐日破浪
胸襟映照蓝天
之后，从海洋到固守长江
再逐浪归去
欣赏运河的夕阳
翻腾的心已经安静，安静得
可以盛放一条峡谷的空旷
当今天
人们漫步小秦淮小芒萝小金山
我抽动着年轮
让时光扭转
出河、跨江、入海
当睡梦中
我无意间啜饮到自己的眼泪
那咸涩的滋味时刻提醒着我
前世，与海的约定

汴河南下

汴河以为自己可以永远流淌
霸中原 巡齐鲁 赴江南
浇灌唐，滋润宋
在元的时代加入征伐
它没有想到送它最后一程的是明
它彻底没了活路
它不再咆哮诉说
它钻入地下 做了隐士

这是一条河的一生
数百年后
当汴河重回人们的视线
好像是唱着那首诗而来：
"汴水流，泗水流。
流到瓜洲古渡头，吴山点点愁。"
这就是宿命呀：
汴河南下，到了扬州

在扬州的中国大运河博物馆
我看到了汴河，准确地说

水边的城 ／ 陈跃 著

我看到了一块汴河的剖面
它无比巨大，唐宋元的堆积
作为旁观者的我
竟能一层一层数得清楚
这就是兴衰呀
唐宋时的桥高水深
宋辽金元的战争疮痍
都显影在
这块超大立面上
我举目这块高达八米的河床
犹如坠入深不见底的历史
究竟
我是此刻博物馆里
一名参观者
还是这巨大剖面
抖落下的一粒尘埃

赏樱

（外一首）

心，"呼呼"燃烧，点燃丘比特之箭
穿过樱花园，成红色栈桥

这樱花园呀，让相爱的人着迷
栈桥方便最快的相遇
而跑道，难道是为了逃离？

每一次战栗，便下一场花雨
初遇只有一回，所以莫忘记沟渠里的过去

游园

厅移来，榭移来几折桥蜿蜒水面
酷似问号，山水何在？

向天空，借鸟鸣
向水面，借一个声音
你排遣心事的时候
园林就有了生机

水边的城 ／ 陈跃 著

扬州有祠，在徽州拜祭
任何的跋山涉水
总是迟于心之所至

橡木之恋

（外一首）

致力于夺取天空的橡树，最终回到人间
化身酒桶，取悦于凡人的味蕾
或者，直接俯地承受地球之轻

做酒的邻居需要包容与迷醉
铺地，承接脚趾，与脚趾划过的华尔兹
同样是包容与迷醉

无意窥视隐私的木材
遇见了大量的人间对白
明天吧明天，一切烟消云散

橡木酒桶

我听说了橡木酒桶的故事
对酒只接纳一次
这种一生一次的过程可以保存很久
因为，童话神话疯话只相差一字
在庄园的深处

水边的城／陈跃　著

慢饮永远是最恰当的节奏
溪流转弯的地方，是你酒后的一个嗝

庄园存在于橡木酒桶，一旦打开
我们将正式与微醺的人生，碰杯

瑜伽

（外两首）

我弓成一座山
夕阳与我做伴

我的气息里
有白云、露珠与摇曳
山里的日子比较平静

吊桥的曲线
与我的曲线相对
这正是彼此柔软的时刻

夕阳下山了
我闭上了最后一缕光线

太极

我掌中的圆正是我想象的
我的巨大来自我的面积

没有多余的空间

水边的城／陈跃 著

我占据了我自己

静止有时只是貌似
没有对手愿意站在你的圆心

拳击

看不见所谓的"力"
只听见风声
以为只是皮囊的追逐
却把仇恨与利益
包裹在里面

我看不如
初生婴儿的挥拳一击
至少他们在叩问世界
他们闭着眼
还在努力证明自己

下午三点

（外一首）

古巷隔离了什么
战争，离人，旧人的哭泣
"新"在找自己的反义词
来充实自己

下午三点
我明确地隔离了一段喧哗
如咖啡落杯，绵软无力

我关注隔离感
这里隔离的，正是我想要的春风虚度

汤匙之梦

下午三点，迷惑了所有人的视线
提前了十二个时辰
让等待有了想象的空间

有许多买花的人

水边的城 ／ 陈跃 著

走进了仁丰里的巷口
他们的借口是坐一坐
顺便晃动一下自己的影子

多么令人神往的陪伴呀
有一搭没一搭地，汤匙一勺一勺地
打捞将要沉入暮色的下午

春江花月夜

（外一首）

去瓜洲
看张若虚
虚化住宅丛林
看唐朝的水袖舞至江南

江与河的表述
总是存在差异
这是一条母性的江
月落人间
孕生瓜洲

江里的沙砾从天上看
正是星星
启航的除了旅程
还有诗篇

有谁了解这千年的红尘
我差唐朝一个梦
今夜来做

水边的城／陈跃 著

扬子江畔

你说
有一江春水送我
收纳了我们的相识
相知和相别
既有江畔邀月
也有逆流壮行
现在
一股脑地倾倒给我
我如何受得了
这潮水的撞击与侵蚀
我洞开的心房
寄居着无数的欢喜与忧愁
我挑出那些忧愁与不安
目送它们
跟随浩渺的江水东去
我留下的便是欢乐的故事了
江畔在载歌载舞声中
簌簌作响
我们为一切入迷而沉沦
就像百年前瓜洲
为你不顾一切的模样

北湖之恋

（外一首）

像星星一样散落
银河承接了
这些可能失散的孩子
让她们仍为一家

在北湖
所有的生命
有了栖息之地
那些追踪嬉戏的鸥鹭
每次降落
都可以拥有一座星岛
在河汉的怂恿下
再次排列组合

飘浮的星星
她们离散又彼此照耀
她们的身体里
藏有蔚蓝的天
还有
孕育生命的水位

水边的城 ／ 陈跃 著

北湖之士

在扬州，我们常常忽略北方
南方有水草、粮仓、红颜
有着一切以生活为中心的排场
而北方，是时间的沙漏
一切的不如意，尽在此间过滤

好在北方有湖
从黄子湖到赤岸湖
从朱家湖到白茆湖
伴着漫天摇曳的芦苇
一群抱负一腔愁苦，终有了去处

岸宜居，湖宜隐
百年间的士子频繁舟赴此间
有居士文士，有武士侠士
他们原谅了自己的仗剑天涯
北湖教会他们敬畏、修心与担当

我们看见了，与乡民闲聊的焦循
提酒访友的孔尚任
以医行善的郭天魁
北湖存在一个世界
在浩渺千岛间
有一袭长衫替代我访问先贤
枕涛安眠……

银杏叶儿飞呀飞

我看见
她飞舞的时候
其实她是在俯冲
我们不要打扰
一个貌似放松的人
也许她
正在与尘世诀别
根本就忘了曾经的矜持

她不顾一切地飞
接近了曾经那么远的屋顶
经过了那个挂着
拳击手套的窗户
整个盛夏
震惊院落的拳击声
是那么令人怦然心动

她经过了一片水面
那水上的故事
竟然像水汽一样多

碰碰撞撞的
聊天，牵手
倚着栏杆误入水下的口红
还有初秋夜里
不识寒冷的初吻
呀，快要落地了
以前看不清的东西
竟然那么真
国庆路上的电动车
跑在夕阳前面
那个少年的后座上
居然有了宝宝椅
呀，落着落着变黄了
她正好落在了
我的手心里
我在史公祠的天井里
有许多像她一样
不顾一切的叶子呀
结伴、抱团着老去
把这初冬的院子
铺成了回忆

写给一个戴着红色手表的盲童

这只价廉的红色手表
被小主人呵护着
一刻也不曾离开手腕
它代替了主人的
听觉、视觉、触觉
也许还盛放着
主人的悲伤和理想

它能自由地走动
似乎比小主人走得快
它能看见时间
小主人常常把自己的黑夜
提前到了白天
它有自己的色彩
小主人的世界
似乎只有黑白

可是，主人偏偏戴着它
戴着一个处处
与自己作对的敌人

水边的城／陈跃　著

75

它的时间
小主人看不见
可是把它戴在手腕上
小主人觉得心安
觉得能掌握一些看不见的东西
小主人吹着
抒情的黑管
悠扬的声音
在她的黑屋子周围
栽满了花
她觉得可以出去看看
手腕上的红色手表
多么像一只指南针
通过黑管她喊出来了
通过这只红色手表
她试着睁开了自己的
眼睛

（去市特殊教育学校看望孩子们，一位盲童为我们演奏黑管，她腕上的手表鲜艳夺目，这鲜艳的色彩，她是看不到的。我百感交集地写下这首诗。后来听说，老师把这首诗读给她听，她泣不成声……）

刻石
——贺凯歌兄弟篆刻集出版

对于石头
从来都是坚硬的感觉

接受了朋友的名字
同时接受了他们
审视自我的庄重

他们卧在线条里
开始了在这个
狭小空间的喋血生涯

人比一段线条自由
人又比一段线条
更能绑缚自己

坚硬的石头
是从什么时候开始温软的
恰恰是刻完名字
最后一笔的时候

水边的城／陈跃 著

瘦西湖小令

一

我们捧着满满的瘦西湖
一动不动
引鸟来喝水
就能看见湖水有几层

二

在这个深夜
梦给了二十四桥
即使再努力地数数
终究还是忘记了
脚下是第几桥

三

这是城市里的山桃花吗?
好像一直以来
没有成为西湖的主角

城空的时候
我们才听见鸟鸣

四

那湖边的柳
是疯长的思念吧
她才冒出的时候
千万不要打断她的话头

五

我转身，辜负了一个人
我离开，辜负了一座城
我不能出门
辜负了一片春光

水边的城 ／ 陈跃 著

园林·静物

（三首）

鱼骨石的复活

个园里
有尊鱼骨形的石头
它是岁月的残骸

它曾经是有肉的
风吃过一遍
雨也吃过一遍
誓言吃过一遍
把骨头吐在这里

园林里风剪过的竹叶
至今还在摇曳
那块石头
也在摇尾

在夏山的池沼里
许多人看见，那条鱼

跃出水面

水心亭漂流记

这汪水，是何园最大的
这座亭子
一直飘在水上
有人在上面唱曲
好像与天上的嫦娥对歌

白日里看不见
这座亭子的通灵之处
而夜晚
会有白色的链子
从天上垂下来
以亭子为终点

周围的水花，在雨天
托着亭走
永不靠边的感觉
是不是为了
居家，也能行走天涯

在山中寻找石狮

只有扬州人知道

水边的城／陈跃 著

大树巷内关着九只石狮
它们忽隐忽现
有时只是为了
雪后晒个太阳

在人们动手之前
它们主动囚禁了自己
至少自己建造的牢房
雪化之日可以放风

它们家住小盘谷
它们一直遵守着丛林法则
那便是，适者生存

锔缮之人

锔缮的人是修行的人
当美丽行将就木时
他们试图接续与诉说

龚公子在三祝巷内
守着老城的一小块天空
那是前朝某个朝代
某段爱情的碎片

龚公子要么埋头锔缮
要么抬头望天
设想修补天空倾漏的可能

一片片痛彻心扉的碎瓷
来到他的手中时
早已冷却

拼接、拉拢与黏合
他对瓷的结合
是认真的
可对于人的结合
他实在没有把握

屈原之谜

（外一首）

如果无人诉说
而大地山川沉默时
诗人的出走便是唯一的理由
他对缄默已不再怀恨
怀一粒沙
是他对世界最后的乞求

一些人在偷偷地撤退，他早就知道
某次背信弃义的事件，很可能就是
压垮王国大厦的最后一根稻草

如今唯一能够掌控的
是他对诗歌世界的统治
他不断地问询
那些无解的早于他的历史
让他的诗歌版图
成为另一处战国

与艾草同行

用艾草
将一些毒
挡在防盗门外
在关门的瞬间
突然想起故乡的六月天
艾挂在木门上
比木质纹理更舒筋活血
纯白的粽子等在堂屋
比父亲更像个主人
母亲剖开了一只咸鸭蛋
那真是人间最美的满月！
稀饭呀
照见人影
亲情却分外浓稠
艾草飘着香
我们就着绵白糖
在远离汨罗江的苏北
听父亲
讲屈原

水边的城 / 陈跃 著

从森走到林，从林走到木

（外一首）

一个不语的中年
在木质的栈道上停留
把夏天出的汗
一盆盆地浇在七月荷上
这清新的雨后
蝉鸣挂在天空

我们看不见的地方
宋朝的井
幸会唐朝的树
蝼蚁有空散心
前朝的路说话就到
这木质的故乡
我们一直遵循年轮的安排
本以为可以回到当年
没想到越走越远
许多的参天大树
我们举目它的高远
它陪同生命成长
它陪同世事变迁

它永远倾听着别人的故事
而把自己的旋律
放在不为人知的横截面

漫过

当江水漫过江堤
那人终于
忍不住自己的泪
蜻蜓的翅膀敲击着
夏日的午后
那人盘桓在
自己的悲伤里
此去瓜洲
在江边买一面铜镜
没有必要
考虑它的清晰
那人需要的
只是映照一段历史
那举过头顶的
那抛掷江中的悲愤
比汹涌的江水
还生无可恋
那人在江边
等着江水退去
等着四百年前的故事
浮出江面

我玩过的老游戏

（四首）

打弹珠

弹珠里开着绿色的叶片
用拇指弹出去
我能看见一株独自旋转的花

弹珠的归处，是滚进一个小洞
而我，却总是有点偏差

如此美丽的弹珠，不去设计好的窠臼
代替我，去了很多地方

打水漂

一个不会游泳的小孩
为什么会喜欢河边

他踢着成堆的瓦砾
他觉得，是他踢垮了高楼大厦

一片瓦，两片瓦，三片瓦
他挨着水面飞出去

他看见自己，在水面上
钻进，钻出

抽陀螺

一个无欲无求的精灵
独立于天地间的方式
竟然是不断被抽打

或许这眩晕的世界
要用这眩晕的方式对抗
绳绕螺身的瞬间
便开始我们一生的角逐

滚铁环

无论是高处、低处，左拐和右拐
我的铁环，都不会倒下

就像今天的我，无论是高处、低处
左拐和右拐，都不会悲伤

人到中年

（三首）

买鞋偶记

我的飞翔，借助于的工具
有梦，有诗，有一双敦实的大脚

脚把浪趟开了
脚把山踩平了
脚告诉你健康指数，每天几万步

我们对手百般呵护
对脚却缺乏照顾
人到中年，我们才对它持续关注

我们才开始
不毛手毛脚不慌手慌脚不七手八脚
我们轻手轻脚脚踏实地不步人脚

我们的赞美诗
习惯送给明眸、纤手与香肩
可有想过谁在驮负着你的欢颜与悲伤

不见天日的劳累
也许是一辈子
比如母亲，比如脚

答医生问

左肩上的疼痛有一周了
隐隐约约地疼
我没有提重物
记忆中，我的蛮力
在四十岁前就用完了
我现在走路都不会蹦蹦跳跳
不穿皮鞋
旅游鞋和布鞋舒适而跟脚
我不选择贴身竞技的运动
足球呀篮球呀。只选择
隔着网打的乒乓球、羽毛球
所以这个痛，肯定不是人撞的
五十岁以后
我害怕无中生有的疼痛
倒是欢迎，被青春撞了一下的疼
被爱情，割了一下的痛

对于爱情

我是作者。在宏大叙事的篇章里

有时被描绘成一位王子
玉宇澄明。这全部的世界
都是爱情的版图
有时候富有无比有时候衣衫褴褛
我们亲历着这丰饶的世界
而这世界，回应着这满世界的我
后来，我成为读者
我明白我成为旁观的读者
对于花境与颤抖，世人允我评判
却不令我拥有。我有白发一束
是我年轻时看到的对岸的星火

在皮市街小酌一杯

一处叫息心居的地方
想象窗外有大雪
一层层加厚
室内的酒已温好
老友在座，心情妥帖

我们从川西归来
从四千米高处降落平原
执行一项
看似不可能完成的任务
把大雪运送至人间

我们在皮市街里拐了四五个弯
踉踉跄跄地追赶着童年
板井巷内有老井
井底有白日喧嚣
和今日之雪

水边的城 ／ 陈跃 著

雪在路上

（外一首）

我们总是感觉到黑暗压近
熟悉的黑暗
我们无所畏惧，我们躲它八小时
或者闭眼，躲自己八小时

可有一种黑暗我们无法躲过
它以洁白的方式降临
现在，我们甚至可怕地预测到
它正在赶来的路上

世界为我们准备了站立的地方
我们守着四战之地
不能挥手也不能驰援别人
受命一人守城，实际上城守一人

雪，报到

她很密，被风一吹
无所适从

她的弱小显而易见
但她坚决抵达的心情
也非常人可比

她来得匆忙
没有形成鹅毛
没有降临人间的华丽伴奏
因为与雨同来
她好像朝不保夕的蜉蝣

我观察了一会儿
她渐渐染白了枝头
在双层的玻璃窗外
她一边沉默
一边十二万分的狂野

水边的城 ／ 陈跃 著

新年致故乡

出生的时候，便欲走一段长途
并且准备了口粮和包袱：
学历、阅历和不断完善的口才

越走越远
当故乡成为背景的时候
我们在另一座城市操着普通话在讲演

城市里的人都不属于这座城市
他们分别有着故乡
只有梦呓的时候才喊出故乡的语言

年轻时的义无反顾
变成老境时的频频回望，所恨的是
这段路途被自己跑出好远

那些不断收割的口粮
那些日益沉重的包袱
年老的时候只想卸掉，换一身轻松

那些故人还好吗？

曾住的小巷是否改造？
"城南"这个地名是否已成记忆？

还有，不知道我回家乡的时候
这一身轻松，是不是
别人眼中的一无所有

水边的城 ／ 陈跃 著

昨夜花落

她站在一尊颀长的透明的瓶子里
没有人看见她站在一指水里

她为整间房子提供了花香
在旷野里她以无香的身份存在

昨夜当我经过的时候
她，两朵最大的花掉落

那惊悸的声音吓我一跳
我一直以为落花是无声的，我错了

她分离自己的时候，是生闷气的姑娘
到处扔着她的围巾，扔着她的想法

住在城市的小区里

（四首）

私家车

真的不用伞
我只是从一个家
钻进另一个家
人呀
一生争取的空间
不出周遭的五尺内外

池塘

冬天埋没的
春天也没必要打捞
一天望上两回
她真是
一个美丽的凹点

水边的城 ／ 陈跃 著

小广场

政策咨询
电信促销藤具贱卖
我觉得这个广场很大
大得能装全世界
但是现在
我啥都不缺

电锯声响

当电锯声响起的时候
我看见这个小区
一分为二
中间走出一个人来
他远远地落在
影子的后面

运河流过市镇

我们常常这样说
运河流过繁华的市镇
仿佛市镇的等待
是我们站在船头所见

其实，运河不需要驿站
人们逐水而居
所有的繁华故事
都是运河
流经过后的遗迹

水边的城／陈跃 著

我

进入镇子
好像雨就是跟着我进来的
我在雨廊中走
雨与我并行

古镇里有寺庙，有祠堂
有住在观巷口的阿燕
我的亲人们
还不知道我回来吧

曾经

古镇是分为两半的
水划分的两半

我在南岸走
保持着极大的克制

就像北岸的你
恨不得化身为鱼

水边的城 ／ 陈跃 著

回家

水的汩汩声隐匿不见
雾气越过一座又一座石桥

我曾经拼命地逃离
现在无怨无悔地归来

这里只有水草
能够蜿蜒
而自由的呼吸
水阁在早晨，是悬在半空中的
多数人的命运，就是这样无所皈依

天放亮了。我走向家门
以门环轻击辅首……

水边

（组诗）

船上人

住在河边的小孩
是那么向往船上的生活

前舱是天井，后舱是院子
中间篷里遮住的
是沉默的船上人的语言

岸上人

我从没有这样称呼过自己
这个称呼是船上人送的

作为不会游泳的岸上人
面对这样的称呼，我是羞愧的

船队

没有孩子

水边的城 ／ 陈跃 著

会忍住，不去数
缆绳串起了多少只船
这条长龙代替了
他们常见的蜈蚣
没有见过的火车
还有
不断涌起
走出去的愿望

大桥

真正的大桥在哪里
告诉你
是在童年的眼睛里

那时候
看什么都是大的
大街、大楼、大风、大树
不用说，大运河上的桥
自然叫——大桥

航运小学

水上人家的孩子
从舢板上倒在了罗巷口

他们发现
黑板上的字是摇晃的
不像船上的字才是最清楚的

彼岸

彼岸是个很洋气的词
其实就是河对面的意思

对于会游泳的范五来说
彼岸就是扎个猛子的事儿
对于我来说
彼岸是诗，彼岸是未来
彼岸能望梅止渴

水边的城／陈跃　著

107

陪娘记

（三首）

十九层的病体

我爬了十九层楼
在十九层的风中住着
垂在风中的种子
大概是我这个样子

娘睡了，关闭了她的
复读功能
她以为她的每句叮嘱
对我都是郑重其事的"头遭"

我认真地听着，有着
初次闻说的新鲜。希望
我的靠近窗口的陪护床，明晨
也收获一床新鲜的阳光

等候在手术室外

平凡世界里
不多的战场之一。我是
信号兵、通信兵、军需兵
战士是——母亲
既是隐蔽的战线
分明又有一道门横亘在前
我写下一行行诗
这是为母亲草拟的战书

煎熬如斯啊
青丝如瀑的母亲，白发胜雪的母亲
你留下的夜灯
五十年后，我为你擦拭点亮

拿出身体里的痛

彼此忽略
有时来自相互舒服
当有一天突兀地自我表达时
恰恰因为彼此不能相处

广播里有人请我去谈话室
透过玻璃看到那块"痛"
医生的奇妙

在于"大胆假设，小心求证"

身体里的痛
我们有必要拿出来
当我们面对的时候，彼此牵挂
再也不用伤害对方

与母亲同游沿湖村

（外一首）

这里是扬州的秋水
连着故乡的长天
渔歌佐着船菜
喉管里吞咽着音符

小舟驶入我们的眼帘
满湖捞不完的星星
这里到处都是鱼的造型
母亲
从此再也不怕鱼尾纹

安详、慈爱
来源于母亲
大湖同样无悔于孕育与付出
与不老的湖在一起
与不老的母亲在一起

水边的城／陈跃　著

船菜

离开后
我的心再也盛不住往事
邵伯湖的水
成了我每夜翻滚的潮汐
那些操着异地口音的乡亲
把湖那边的口味
打捞出来
即煮于行驶的船上
将清风雨露煸炒入味

云朵下的味道
矮于炊烟
沸腾的渔家锅贴
比我们的心情
抢先登岸

扬州与你

——悼大诗人洛夫

你有一段漂木
涉海峡而来
一苇渡江不可考
可是你的眼中
世界的确没有界限

你是那么爱扬州
你爱西湖的瘦
你爱唐槐的虬
我也爱你九十沧桑的面孔
那是一张诗歌的地图

水边的城／陈跃 著

台湾组诗

（六首）

桃园慈湖

草木飞渡，故乡在前
坐在湖前的从容呀
原来就是孩提的表情
这里有曲颈的天鹅
让人想起凝望襁褓的母亲
安详与满足，属于眼前这片湖
安息于此，暂解忧愁
因为此湖一眼即达彼岸

翠玉白菜

这里也有一棵白菜
新鲜而又亲切
它的翠仿佛此刻的天色
将海峡两岸的天空连成一片
哦，还有螽斯和蝗虫
它们在白菜叶子上

寻找着北方的虫鸣
听，一样一样的声音
出自一个洞穴
无疑，这是一颗来自北京的青白
它在思念初冬的霜寒

阿里山

华山泰山是老年的山
黄山嵩山是中年的山
阿里山是少年，站起来比长辈们高
这里有参天巨木
可惜没有二十层的电梯攀上树梢
巨木的第一米生长于汉朝
之后，长一米便换一朝天子
我们今天，站在巨木的树梢
巨木垂泪，泪珠儿穿越一圈圈的年轮
那是我们遥望自己的未来
不能自已

西子湾

大海就是这样
藏着朝阳，又藏着夕阳
升起落下，尽在股掌
我们看是这样

水边的城 ／ 陈跃 著

大海很棒，沉默的老人
酝酿与颠覆它都预先知道
在高雄的夜市上
我们一本正经地去寻找
木瓜牛奶与芥末花枝
与大海相处，愈是岁月恒长
仪式感愈强

　　（西子湾位于高雄市西侧，北靠万寿山，南隔高雄港，与旗津半岛相望，是台湾最具港都特色的风景区。"西子夕照"为台湾八大胜景之一。）

海边的女王

浪就是浪，还有风来强吻
铁打的汉子
也受不了这般厮磨
凭你们塑造任何模样
烛台也好，拖鞋也罢
抑或豆腐与蜂窝
你们总有你们的寓意吧
可是万万没想到
你们把我变成同性的你们
还是女王
千万年来让我端着
听晨昏潮来潮去

看人间沸腾的欢愉

（台湾野柳地质公园，无数菌状石形成地形景观，尤其是"女王头"雍容尊贵的形态，成为台湾旅游业的一张名片。）

北回归线

北回归线标志塔下的老兵
今天，终于可以掌握自己的人生
一脚跨入热带
一脚任意留在北温带
北回归线
这条不存在的线
人们居然把它划了出来
就像老兵整齐的人生
却被一条无形的线洞穿
对大陆的记忆
只有最小的故乡
他日日坐在
北回归线标志塔下
他以为
北回归线可以告诉他
回家的路

观黄果树瀑布

（外一首）

许多瀑布只是瀑
它们没有布幅
以线的姿态呈现
从来没有
考虑过自己的宽度
我访问黄果树的下午
瀑下形成百米彩虹
布幅与黄果树相当
你真的得感谢大自然
为彩虹在人间找的背景
美好的事物转瞬即逝
我要认真地看她一回
黄果树织布五万年
多少人自负地千里而来
然后回去谦逊地生活

荔波荔波

毋敛、婆览、莪州

到了宋太祖
才找到合适的名字

没有机器轰鸣
他们把世界遗产的标志
做成了这个城市的 logo

雨水成了问候语
只要乌云在顶
捅破天似乎很容易

我从南方的艳阳中走来
七彩的多民族
给我一个彻底的灌顶

荔波
我爱着这名字
如同爱着
散发水果香的你

水边的城 ／ 陈跃 著

119

桃花潭·写给儿子

一

与儿同行，我们去看一场友谊
一千年前的友谊，至今如胶似漆

二

我与二十岁的儿不谈父子
谈友谊我们一路攀谈讨论，促膝

三

桃花潭水千尺深，很多人沉溺于此
可是正逢清明呀，有相聚就有分离

四

越发珍惜与儿的同行，他正在离开我的途中
他扑腾着羽翼，我咬着牙与他一同努力

五

这是一场最诗意的分离，李白给一位年轻人写了诗
桃花潭因此而芳菲四月，我与儿陶醉于此

水边的城 ／ 陈跃 著

过贺兰山

（外一首）

烈日晃眼
掉落人间
成舞动的金戈
九百年的旌旗
被岁月收了去
成一片
只闻人声的荒野

二十米的封土堆
与岁月对望
它怎敌岁月
它原先的高度
是高傲的四十米
它老了
佝偻了

我们驾长车
在贺兰山下
无一敌手

我们没有
需解救的徽钦二帝
唯一需要解救的
也许正是
所向披靡的自己

遇见王维

剑侠与诗仙
如何穿越大河山川
今天，我得交通之便
在神州创造一个又一个抵达
却仿佛
永远到不了你们的内心世界
譬如你，王维
我与你亲近至极
希望以行为上的效仿
保持与你身心的一致
我居扬州园林
只当是你的辋川
我用茱萸湾
做出你登高的山
我别旧事，作一首首送别诗
可是今天，我摇翅四千里
来到你的身旁
才知道，我永远做不了你

我复原不了塞外
我请不来黄河之水
我兜不住义无反顾的落日
却不断地丢失自己
我发现
只有内心的万亩荒凉
与你的大漠有点像

病中·十四行

下雨
你就知道
满腹心思的时候是多么沉重
好天气多么重要
晒晒
彼此蒸发了怒气
便能轻松地相见

我突然踩在一堆棉花上
我觉得五官四肢皆能组合
我点地即飞
跨越千山万水
我点着了地球的痛处
它一痉挛
万物都在旋转

悬浮于何处
如棉花般洁白
我被什么系在天上
我机械地闲逛着

人们仰着头
欢欣地叫着：看
白云

一个字的诗

（八首）

水边的城 ／ 陈跃 著

纹

皮肤薄薄的，有青色的纹路
我走得很小心，怕误入歧途

背

不要让我，仰望你的后背
光洁的白矾石
试过多少勇士的锋利
我越过肩头，找你的微笑

飞

我住在荷塘
叶子的边缘

我常常驾着蜻蜓起飞
放任心事

从荷叶上跌落

放

荷花池畔
一个人学着鸟鸣

他把许多鸟
放出去了
再也收不回来

落

擦破天际
流浪千里

流星呀
终于载不动
那个人的愁

滴

雪化，洞穿深夜
我在梦里，钻着圈圈
我是承接泪滴的烛台
孑然一身，被烫了许多年

跃

我知道这个字的好
它是跨越千山，它是青春年少
它是健硕的小腿
它是冬天向春天的赠予
它藏在我的一支笔里
它让爱人不假思索，它是我的名字
我在等你，轻轻唤我

绿

我是一个种树人
最擅长伺候虬树老根
我的敌人是荒芜
我的秘诀是生长

在三月的微风里
种子像鞭炮一样炸响
我数不清破土而出的孩子
全都痒痒地轻拂我的心田

老去的闪电

这是一个老去的闪电
咳嗽了好久才倾泻而下
他把光柱
打在他想念的地方
那个地方的人一片惊呼

年轻的时候他收藏了时光
曲折的理想需要光的照亮
老了
他把光做成折尺
度量的时候附赠一米阳光

湖面上有一个漂浮的家
棂窗上印着某个人的模样
她没有想到
老去的闪电会来
我会一直等待
即使他刺我胸怀

秋的作战

（外一首）

秋天隐身，匍匐而来
一个又一个的高温，是她发出的通牒
植物复苏了，有了妇人的姿态
它遮住秋和秋扔过来的炸雷

秋与池塘，秋与归途
秋见证两只相握的手，缓缓地摩挲
听不见任何声音，和默默旋转的落红

秋的控诉

她走出门，走向稻田
她有很多话，要对她们说
不管天有多热，不管她们
故意弯腰不听

她控诉那个夏种的人
在稻田里疾走如飞的人
承诺秋收回来的人

成熟者，沉默着

南方的稻田，体谅所有人
特别是眼前这个显怀的女人

雪夜之想

（外二首）

夜与雪无比默契
是夜开的门

我们接受了雪的莅临
雪很慢
有加冕的意思

我已没有了走出去的勇气
因为没有那个人

雪陪伴雨
有人相遇，就是越来越冷

以后几天都是零度以下
瘦西湖会不会越冻越瘦？

明天会发生很多事情
水管冻坏、小车碰撞，上班迟到
你们真的，真的不要怪这场雪

水边的城／陈跃　著

会审美的，明天穿一身红
天地皆白，你会温暖不少人

其实单纯地下雪好
离过年就不远了

穿雪而过，穿城而过

温情也许并不好
对于冰融化了
更加尖锐
北方的风渡江南下
在每一座爱过的城市里
丢弃一件曾经的信物
雨与雪混合
掩饰着各自的单纯
把自己弄脏的事情
发生在她们之间
万事的原谅
所以那么顺理成章

夜晚没有活力
冻枝岌岌可危
轻飘飘的雪
是那么沉重的话题
说着晚安的人

转身走向了
她的第一个黎明

化雪

很长很长的泪滴
没有人想到用线去接上
你记得自己哭过
把自己累得昏睡一场
你感觉不到被子的冷
屋外
照旧有许多行人

天气预报
暴风雪来临
你没有相信
因为你们没有遭遇过冬季
雪下的时候静悄悄的
下了吗
雪化的时候烦躁无比
原来积雪这么多
你有点热
梦里出了太阳

水边的城 ／ 陈跃 著

樱花大道

这是春天借的冬天的白
在我们头顶盛开
好美就是这样
好美，有时就是一片空白

我们走上一条雪白的路
把春天过成冬天
我们喜欢生长
也喜欢"扑簌簌"的落瓣

我们喜欢望不到尽头的大道
我们喜欢漫步大道的相搀
再有春风吹，落花白
走完全程便是爱

多久不说爱了
烟花三月，到扬州来

截句·风

一

风见着了莲花
莲以泪珠儿相赠
点点头，一切无痕

二

我们常常忘了自己
是江边上的人
在城市的森林里
我们吹不起江风

三

我捕捉了一些自然的风
装在瓶子里
你若洗了发，我便放风来吹

水边的城 ／ 陈跃 著

四

我的双手，是灯影里的蝴蝶
我舞动着它们
给高烧的爱情降着温

守在节气或节日里

（十八首）

谷雨，参观江苏油田

人苍老，已根植大地
反而是谷物，这个季节
在大地上奔跑

我们可能上九天
却实在入地无门，今天
地下三千米，送来一张请柬

新鲜原油，是大地母亲的乳汁
稻花香里的抽油机
列队，向母亲磕头

谷雨，坠入大地深处
低到尘埃里不够，还要
在尘埃里，有滋有味地活着

水边的城 ／ 陈跃 著

139

小满刚过

腕珠真美，一粒跟着一粒
识得旧人，擦拭着岁月
她不依不饶，像固守老屋的
母亲，日汲甘甜的老井
幸亏这滋味没变
丢失的人只记得这一个地址
原来再见不是告别
再见是徐凝门桥下的诗篇
轻启朱唇，依旧满月
念首诗好，都在念扬州的好

春分时分

那些欢腾的斑马
在人世间的黑白间
从来只有一半的正确
桃花盛开，一日春分
幸福的草料都是今天的生产日期
你的饱腹的样子，除了你自己知道
我们也很享受
你看我家中的书也是随意堆放
白天减去黑夜
今天是我清空的一天

惊蛰

三月，阳光开始艳
所有人，关心自己城市的花海
自从小飞机可以航拍
人们感觉生出了第三只眼

星星点点，车如蚁行，如果可以
上帝愿意收回自己落下的眼泪

惊蛰代表了不甘，苏醒
从来就是自觉自愿的行为

啄开树皮，有一封过去的信
她紧紧裹在向上伸展的身躯里

她没有被人读过。她的存在
在于坦白自己的时候，有话可说

谷雨

一个可以跟粮食说话的季节
就像走进故乡
有人唤你的乳名

几十年不用的俚语
成套成套地

放在童年的橱柜里

街道安静，饭香熟悉
没有什么记忆
比端着搪瓷碗
隔壁邻居家串门惬意
爸爸带我去看粮食生长的地方
牵着的手放开了，因为我的成长
他睡在了那里

雨水

芭蕉没有想过
打她的人，会比情人
还要温柔

石头没有想过
与他作对的人，是想
永远走进他的心里

天空没有想过
对她狂轰滥炸的人，会给她
留下一道彩虹
我没有想过
你的哽咽与哀愁里
藏着梨花浅浅的笑

小满

人生的二十四节
我喜欢这一刻
等待、孕育、酝酿
和花苞不开的季节
是我坐在课堂里听讲
是收到一个慰藉的来电
是作品得到了大部分人的认可
是你，微微点了头

缘溪行，忽闻渔歌
天气不冷不热
我识得稻田里的稗草
我也知道我今年的收成很好

近清明

一株菜花
没有说过自己的颜色
等到她们集结完毕
天地全都默认了
她们的占领

她们在春分里列阵
护送着哭泣的人

水边的城／陈跃 著

这三月的悲戚来自故乡
还有被风，刮倒的亲人
我挺立了身子
比一株菜花
更想开口说话
我有户籍。我的感情
也如她们漫山遍野
我与父亲有约
诗歌，是我们交流的方式
在一个仰天吟诵的瞬间
入侵记忆的她们，停止了摇曳

立夏

春天
抽身而退的春天
把刚刚苏醒的土地
交给一片种子
挂着泪痕
诀别的女人
给身后无辜的城市
下了一场暴雨
一串串银铃般的
灿烂的槐花
是这个季节的笑脸
水珠扑打，掩盖了以泪洗面

芒种

这个季节
讲述一种
脱胎换骨的优雅
貌似锋利的指向，又何尝不是
对天地的温柔
许眼际辽阔
许心胸丰饶
许这人间
自由自在的生长

入伏

老城的庭院里
植物耽于绿色
而人耽于睡眠
这应该是
夏天搭售的产品
敞开肚皮
有敞开心思的快乐
中午的交响乐是蝉声
中年的交响乐是鼾声
夏天将我打回原形
我是正午的一只蝉

水边的城 ／ 陈跃 著

处暑

今天凉快了，好像
大兴安岭的风
南国椰岛的风
都在向我赶来
我一动不动地
看着翠鸟
踩在一支莲蓬上
每天每天，许多人
都是被风，吹得团团转的样子
我看不清他们的脸
好在我安静地站着
等待着处暑这天

处暑这天，皇历说
风最小

白露

我们倾慕于凝结
所有的日子都依次走着
当它们在房间见面的时候
光鲜与平凡都只有一个席位
我们一直在凝结
所期望一个透明的自己

不掺杂质不掺假
不掺入任何自己拒绝的东西
我们逐渐地饱满起来
可以映照走入眼帘的事物
隔着一层玻璃说话
好在没有必要点破

霜降

好像没有为你写过诗
你不在任何一个节点上
虽然改变总是
从立春立夏立秋立冬开始
可是像普通人一样
这个世界
更多的是像你一样的普通季节

普通挺好
万物苏醒在惊蛰
播种移苗在谷雨
鸿雁南飞在白露
当秋尽江南的时候
没有什么言语
比一场霜降更决绝

这是普通人的季节

当英雄美人踏入朝堂的巅峰时刻
江湖上的人们，总是更关心
一场节气的悄然降临

立冬

这是严肃地告诉你
你看不成花了
穿不了漂亮裙子了
放不成风筝了

可在我眼里，花枝犹俏
裙子独放衣橱间
心情依旧可以放飞上天
阳光钻进被子里，一起去看江南雪
手捧热茶，老友相聚
有了这些，冬天就很短

冬至

冬至这天很寒冷
我只有烧了纸钱来取暖
那种温度是父亲在世时就有的

虚掩房门点三支香，冬至冬至
有人看作结束有人看作开始

我陪母亲去纸上寻梅
瘦西湖的梅岭史公祠的梅花岭
在这天最先得到春消息

二十岁时没有发现
插柳、寒食、守岁这些老套的风俗
是今天五十岁的诗与远方

守着母亲守着节气
吃踏实的元宵过踏实的年
明日开门，必然是春风拂面

又春分

春分
如同爱情
一会儿春暖，一会儿春寒
坐在节气里
便知了寒暑，需陪三分小心
春分春分，告诉我们
从来没有四季平安，只有
一分为二的春天

下雨的七夕

今天，天上应该有一座桥

宽度、长度
至少能通过我们的思念
今天，人间没有喜鹊
它们集体飞升，为爱搭线
今天，雨下得很大
我们躲在家里
但是知道
有人去矢志不渝地相会

诗人去远方
——致春阳

二十岁时，他有了诗人的形象
四十年后，他才有了诗人的行动
坐绿皮火车，独自出发
他告别了故乡、运河、文学活动
告别了女儿，爱人和我们这群好友
此刻，他正经过黄河
咆哮着一路西去
他从人口密集区域剥离出来
挤瘪的身体瞬间灌满了自由
虽说飞翔可以抵达得快些
在没有想好目的地之前
他情愿坐着火车
看一片一片的村庄
驰骋的诗人，终于有时间
追赶他的心了
听说，这个疯狂的人
还要骑行黄河，他是为了探究
世界的热闹
是否与黄河的咆哮有关

水边的城　／　陈跃　著

夜荷
（外一首）

与夜呈九十度，就像折扇打开一半
展开一面的香气，混迹于市井
未展开的里面，写着多少悄悄话

随风飘荡的荷盘
是一个个舞台，露水蜻蜓与诗歌
居然相继地谢幕与呈现

坐过风雨飘摇的船，有一只手
守候在胸口。这荷花每年就这样开着
喧嚣的生命里需要这样一个静谧的夜

莲语

撑一把伞，去荷塘
是为了伞下遇见另一个伞下

那看不见的雨线，她的流速
比黄河壮观，她在寻找江南

郊野。荷花彼此安慰
美丽因为身在郊野而不分彼此

仪征丘陵，让荷塘错落
让心情，在每个年龄段都有笑容

我笑了。世事若尘
香远益清让我们莲步轻盈

一组小诗，弃之可惜

（十首）

与自己书

我一直向前
直到，在人群中走失
我从来没想过转身
怕一转身，就
踩疼自己的影子

淹没

所有的淹没是有预谋的
多少泪水
多少礼物
多少劈头盖脸的甜蜜
好像幸福海里
水位刚刚停留在脖颈
你看见远去的人
淹没在风尘里

昨天她还对你说
我们要相互救援，我们要
空出梯子的另一面

忽略

一路掀着雨帘
去迎天上的客人
也许是我迟了
所见只是地上的泪痕
我清晰地听见夜归的脚步
在飞溅的珠玉间穿过
我们被大地所俘
是在雨击中我们的时刻……

独行

执杖远行
点到之处是山水

大地开心的时候有了峡谷
我沿着河流寻找出路

我们在穿插人生的时候
常常以自己的回声为自己壮行

水边的城／陈跃　著

玫瑰

从枝头剪下，尽管不愿
它还得带着伤痛去赴约
它希望能医治别人的心痛
它希望所有人，能暂且收起自己的刺
留待于日后，与生活博弈

雨水

没有目的的访问
是最轻松的
你会和盘托出
需要湿润的心田
坐在茶树下托一盏水
思想冒着热气
等一片叶落下

雨夜

醒来后
就再也没回到那洇湿的梦
那庞大无际，又卑微的梦
那装着天下兴衰，又自我的梦
可以回到过去，又可以想象未来的梦
那个梦

已离我远去
它留在世上的遗迹
便是窗外的雨，和眼角的泪滴

谁的故事

被雨包围的午夜
每个人都被梦淹没
梦境好大呀
装了许多忘却的故人
梦见四面环水的古镇
遗世独立的岛屿

梦见一个自己，喊不回来
最后一班客船，离岛远去

喝茶

茶叶在杯底，等水

我看见她在水底站起来，很美

逛街

好好的大街不走
我偏要钻进小巷里

水边的城 ／ 陈跃 著

因为那家的墙头
好像被凌霄花占领了

我偏偏走到花下
身子被她一阵乱摇

千人奏

（外一首）

古琴的力量，在晚间格外沉重
下坠的夜，因为浅浅的拨弄
测不到自己的深度

松间有月光，掩护着
一大片白色的影子
众琴千丝万缕，爱同一个音符
你拥有了所有的寂静
除了一颗余音袅袅的心

隐喻

所有的音符
千里奔袭去轰炸一个黑夜
有的夜亢奋无比，有的夜因此无眠
星星布了阵法
只派出流星打探消息
攻势由弱变强，星空流矢迷离

水边的城 ／ 陈跃 著

谁都想不到，大师的一个指令
如山河定身
让几乎破城的高潮，戛然而止

长假

铺开来的长假
本来阒无一人
好多人做了计划
十分像战斗前的沙盘推演
然后，两军交锋
一个又一个景点被攻陷

朋友圈里是各路的战报
可见每一场收复都不简单
失败者钱囊空空
胜利者大腹归来
可是谁又说得准呢
谁败谁胜

长假终将远去
许多战士不知经历了什么
都以为自己去了一趟战场
撤退的心情比归家的车轱辘还快
度假
永远是一场不分胜负的干仗

水边的城 ／ 陈跃 著

搭轮渡，逢雾

江南绿消失了
扬州月不见了
在视线之外的地方
有十万雄兵在悄悄集结
我还未出发
便觉已被包围
我是仗剑天涯的稼轩呀
今天，被困在这里
大好的一幅水墨画
被删除了山峦与江帆
沙鸥点点
以及渡归的心情
此刻无数情话
不如一声汽笛

岁月流痕

（紫石苑文萃）

秋树 ◆ 著

中国纺织出版社有限公司

图书在版编目（CIP）数据

岁月流痕 / 秋树著. --北京：中国纺织出版社有限公司，2025.7
（紫石苑文萃）
ISBN 978-7-5229-0907-3

Ⅰ. ①岁… Ⅱ. ①秋… Ⅲ. ①散文集—中国—当代 Ⅳ. ①I267

中国国家版本馆CIP数据核字（2023）第164059号

责任编辑：刘桐妍　　责任校对：高　涵　　责任印制：储志伟

中国纺织出版社有限公司出版发行
地址：北京市朝阳区百子湾东里A407号楼　　邮政编码：100124
销售电话：010—67004422　　传真：010—87155801
http://www.c-textilep.com
中国纺织出版社天猫旗舰店
官方微博 http://weibo.com/2119887771
北京虎彩文化传播有限公司印刷　各地新华书店经销
2025年7月第1版第1次印刷
开本：880×1230　1/32　印张：44.25
字数：741千字　定价：288.00元（全12册）

序

　　这本书起因于一段我并不愿回忆的病痛经历。但真正喜欢上文字便是在那段病痛中，也是在那时起发现文字有排忧之效。此前，我并不喜欢写作。

　　1999年深冬，我36岁。青春年华，医院诊断我患上肝脏肿瘤，我的心瞬间坠入了谷底。从那一天起，我走上一条与病痛不断抗争之路。

　　从肝脏介入治疗到肝脏手术，4次肺转移手术，到2009年11月的肾转移手术。10年间，近10次躺在医院手术台，6次开腔手术，另有一次伽玛刀手术，其间还经历局部化疗、经皮酒精注射治疗等。其中一次肺术背部撕裂疼痛到绝望，肾术中腹腔胀气难受到想死。

　　想起这些经历，我一直心有余悸。那几年在针刺、抽血、拍片等检查求医中步履不停，不断吃药和随时面临病情复发，过程真是非常恐慌，痛苦不堪。其间，我时有思想上颓废、意念上消沉、行动上惊惶失措，以及悲天悯人的反复心情。那种状况，内心世界无法做到泰然。内心苦不苦、生活难不难、身体痛不痛，只有自己知道。

　　你说，一个人被架在手术台上让刀切割，心里怎能平静，怎能想开？

　　生这样的病，多少次躺在医院，我深深感受到世态的炎

岁月流痕／秋树　著

凉、人情的冷暖。我看过许多濒危的病人，特别是少数患者因没钱治病的绝望眼神，让人跟着无奈揪心。我庆幸自己没有倒下，没有在此年龄与世长辞。我对朋友说，我够奇迹，太像一条漏网的鱼，还悠然自在地活着。

因此，多年来，我对于亲人同学的照顾、同事朋友的支持与关心、良医的诊治，心里的感激之情是非常特殊的。现在尽管很少和他们联系，但我内心是一直念着他们的。

作为凡人，七情六欲、离合悲欢无法脱于现实。生重病的人，要想很快从病痛的阴影中走出是很难的。我曾几次躲在夜的角落暗自流泪，心理真的极其脆弱。又有什么办法？

流泪过后只有苦笑着坚强起来，只有打肿脸充胖子地寻找支撑，像小时候黑夜行路哼号壮胆的坚强。我不得不时常带点糊涂的心态过着生活，寻求一点适度的精神上的自我安慰。终发现，良好的心态是手术后身体较快恢复的法宝。到如今，不用再老往医院跑，无疑是生命创造了奇迹。

人生过程像塞翁失马，跌宕起伏的命运在世界上时时发生着。再想想自己的病痛经历，其实是再寻常不过的事。然而，经历中某一天心灵被触动的瞬间，便有不一样的新的憧憬。

人的性情易被励志文字激发。有些人在遭受手脚损残、双目失明，牢狱之灾后，没有消极沉沦，表现出百折不挠，直面人生，披肝沥胆，倾其一生，勇对苍穹发问，勇对灵魂发问。

他们以敏锐的眼光、深刻的思想、博大的情怀洞察世间，奏出了命运强音；诠释了责任担当，人性的"真善美"。

生命不屈的写照，开启了时代的光明前景，开启了历史的厚重不朽，跃然纸上的张力与精神，已远远超越了生命本身，自将激励一代代人。真爱写作的人似乎有种种原因。

为此，当自己经历的多方面曲折沉重远超自己想象时，特别是身体的非同寻常，我并没有就此失去信心。

二十多年来，我坚持孩童般初心萌动地自在读写，把读写当成好闻、好触、好抚的珍玩，时觉一些文字左右了我的生活，也支撑了我的内心。这样，我似乎也多了些自信、自恋、自赏，多了些坚持、坚强、坚定，而没有拘泥在不幸与悲伤的困境中。

后来，我就有了写本书的想法。我二十多年来便一直在磨剑。这样，此生的苦难、幸运、巧合、意外等过程，飘在了晨雾中，散发出些许凄婉。

这一天，微笑回望，我感觉人世的经历，像自演的一部清晰电影。难道我真的可以写作了？我在许多时候问自己。

不过一次次卸下无奈、伤感和苦痛的行囊，真是由于这一路读、一路思、一路写。当拾起风情旧事堆筑文堤时，有缓解了压力、消除了忧虑的感觉；当倾心露胆、殚精竭虑相待文字时，激情真似扑火的飞蛾和那一枝喜欢缠绕高枝的青藤一样，我自觉向文学之路跨出了一小步。

有作家说："生活的涅槃和历练，可给高于生活的真实，可给心间一片广阔的创作沃土。文字可以浸润骨髓和灵魂，燃起思想，砺成坚韧和善良。"当一个人把心绪写在蓝天，写在大地，写在星辰，写在古今……从此，此生将与山川河流，与夏蝉秋虫……诗吟同醉，沁人肺腑的文字如香茗品饮不尽。

然而，俗世生活，无奈人的惰性时来，写作步履总是蹒跚沉重。先前读书少，我无法领会修身齐家治国平天下的含义。

我内心喜欢的真实、真情和真诚的文字，是肤浅的且有些勉强。我对岁月的沉淀和感悟归根结底是偏于狭隘的，且有呻吟、颓废之意，文字有些不食人间烟火味，而少了朴实精练。

不过想想，凡人有梦已是上乘。尽管只是人生低沉时的乱绪，但也有昙花般瞬间绽放的美丽。

这些年来，沉思凝虑只为宣告一次内心的真挚情志。也希望是化了春风细雨，秋月落叶，化了飞鸟游鱼，花草芬芳，山河斑斓……轻灵曼妙、悦人眼眸的无限美色；做成一盏亮了自己，也亮了别人的佛堂心灯。

希望走进这天地，不再为一切身外之物所累。像智者在日月下静坐，采菊东篱，悠游山水。而无心争名，来去无利，淡泊于市，和乐于生。

我虽没拜佛诵经，做遁入空门的佛徒，但我已有修身立德的心。我可以善心善念，或予人涉川渡河。

命之幸运，我祈望上天分我健康平安，能让我多读一本名作，多写一篇文章，多得一些诗情词意。从而滤去生命的低俗、平庸和轻浮，得些生命的智慧、优雅和悠然。从而也去激励慰藉那些正与病魔抗争或因生活遭遇各种磨难的人。

当人有了写作的追求，情志也有向禅向善的追求。尽管岁月无常，此生难料，人世无法定约戏论，但有心的对待，是可以出尘于江湖恩义情缘之上的。

天地自然，星月依旧。心灵一份纯净，心坚如磐石，无论遇上怎样的困苦烦恼，世界都这般丰富美妙。

我的心情，我的光影，沉寂在童年的秋河边，我采上一把细秆的苇花，轻轻揉动，放在清凉的风中，然后一动不动地站着。我凝望着千百银絮自由地飞向天空，直至消失得无影无踪……

　　其实，向往一种美梦，应属于永恒的童年。飞舞的银絮已深深印在了我脑海里，每想起总是清晰如昨。而我抒写的文字也多与童年的银絮、梦境有关联。

　　这本《岁月流痕》，愿与朋友们分享。

　　此为序。

岁月流痕 ／ 秋树 著

目　录

岁月流痕／秋树　著

第一辑

花开堪折直须折

永远的风景

沙石成山，千淘万滤，才得半两真金。拂去岁月之风尘，人生修炼的最高境界，是诗书成心中之山水，山水成心中之文章。读出书中的无穷魅力和无穷智慧，化作人生路上的永远风景！

——读书有感

"如果在十年里有这样的选择：一种有用不完的钱物，但没有书读；另一种去坐牢，但天天有书读。我宁放弃荣华富贵选择坐牢，做个清贫快乐的书生。很多时候是书教我们做人处世走出愚昧。"这是香港武侠小说名家金庸对读书的超凡领悟，此言令人艳羡。

其实，人类在劳动中创造了文字，又因文字开创了人类文明的先河。当人类从贫瘠走向富有，从愚昧走向智慧，一切贫穷、苦痛、灾难已阻挡不了人类向往自由和美好。

一代代，读书之路如"涓涓之水，可以成川；星星之火，可以燎原"。无数圣贤成了苦读的先锋楷模，坚定、刚毅、执着追求文明进步的精神信念，完全融在生活的寒窗苦读里。

在生命有限的时光里读书，因读书学会写书，因读书学会生命的选择——思想的选择和对时代承担责任的选择。

读着想着写着，享受着探索的乐趣，发现的奇趣，收获的快乐。

其间：范仲淹居破庙苦读，晨起煮粥一碗，冷后划作四块，为一天口粮，写出"先天下之忧而忧，后天下之乐而乐"的绝世名句。居里夫人读书常一天只吃一顿饭，寒冷时就拉把椅子压在被子上面，以取一点感觉上的温暖。她终于发现了元素"镭"。

他们这种心无旁骛，耐得苦寒的读书品格，书写了人类非凡的生命真谛。

古今中外，许多读书至理名言："读史使人明智，读诗使人灵秀，数学使人周密，科学使人深刻，伦理学使人庄重，逻辑修辞之学使人善辩。凡有所学，皆成性格。""腹有诗书气自华。""书中自有千钟粟，书中自有黄金屋，书中自有颜如玉。""饱读贤书，才能近贤，乃至超贤。"

然而，当今现实生活的复杂和矛盾，明显的功利性左右了人们对读书的喜好。很多人一走出校门便不再爱读书、好读书，把读书益智达理、修身养性、陶冶情操看作老师和孩子们的事，认为读书于己过时。酒桌、牌桌、娱乐场，闲聊晃悠，遛狗嚼舌，东家长、西家短，人云亦云成了生活的主格调。自己没读好书，只好寄望于孩子。

生活中鲜有人在走出学校后，能把读书当作生活好习惯。就是我自己也曾经没有好读书的习惯。

后来，真正喜欢上读书是无意得来，完全可以用"众里寻他千百度，蓦然回首，那人却在，灯火阑珊处。""有心栽花花不开，无心插柳柳成荫。"来形容了。

那一年，我因病痛缠身休息在家，孤独寂寞、情绪低落时有发生，偶拾书只作消遣。在没有功利、没有压力的随心闲读中，竟发现以前从没悟到的美妙。无聊的日子变得如云淡风轻的四月天。立岸迎日望落霞，秋山雨蒙添远梦。这一发不可收，从此开始了广读、选读、深读，也学会了慢读、精读、细读。

几年来，自由徜徉在远古天穹，寒宫冷月烟雨江南间；快乐逍遥在苍山洱海，浩瀚江河，渭城柳丝里。

古今中外的诗词歌赋、文学史书，一本本、一篇篇，由眼眸到心坎再到骨子，如一杯春之绿清芳润心，如一湖秋水静心宁神，如游在千山万水，赏看绿肥红瘦，静观三秋明月，眺尽长河落日。

"书海无涯，自喜读之。"书已是最忠诚可靠、最值得信赖的爱人、老师和朋友。沁人心脾的书在左右，成为不可缺少的伴侣，是生命重生的力量补充，医治着灵魂的孤独，抚慰着心灵的创伤，完善着高贵的人格。由此遇上生活困境，也能变得淡定从容。

人在岁月流逝中，经历过世态冷暖，物事多变，命运不济后，才会更渴求心灵的本真，才更能体会书中丰富的营养与芬芳。就这样，一本本好书不但储备了生命的能量、气息，还滋养出生命的光度、色度和厚度。

如此，每每读书，总会触动心灵。从春到夏，从秋到冬，从晨曦到日暮，心灵就因一本好书而百转千回，起伏跌宕。时常带着膜拜、虔诚和尊敬；带着好奇、狂热和喜悦；带着柔情、坚贞和执着；带着感悟、理性和分析，以智慧吸纳智慧，以精神丰富精神。咀嚼、细品、慢饮，悟出了人生哲理，慨叹世间苍茫，感受人间真情。真可谓饥之可当食，寒之可当衣，忧之可当乐，暗之可当灯。不失为人生之最大幸事。

特别是书读多了，对于好写的人，一下笔真似神助，其心间藏下遍地锦绣，如江水滔滔不绝，一段段绮丽动人的文字，已迸发出开怀舒心的幸福。生命的真意趣、高雅兴、美滋味也全在其中了。

书是心灵的自然音符，经久不衰，经得住岁月的敲打；为心灵打开了窗，开启了门，指明了路，令人类少走弯路，心智成熟，内心从容。

由此，无论是平民、贵族，不读书就等同于一个虚度年华、野蛮无礼的愚者。没有书的世界就是黑暗的世界，人们的生活将会残缺不全，生命将空白无望。一个人要走向大悟，拥有大智慧、大心胸，唯读书是最好的捷径。

智慧之书，育无数风流雅士、灵秀才子。一个被书浸润的人，由内及外，由表及里，为人处世，举手投足，自然养成了风度翩翩、超凡脱俗的高雅气质。书中透着犀利，透着清澈，饱含对人生的剖析，修炼性情，纯粹精神，清洁灵魂。记录一个风花雪月的江南秋夜，步入一处芬芳清雅的幽静山林，饱食一餐永远回味的珍馐佳肴。鲜活的文字，捧之于手，付之以心，润之于肺，生活变得豁达明朗，意境层生。

书中春秋，述尽人间万象，多少沧桑随浮云掠过；书中岁月，忆思菁华几箸，如呷一口陈年老酒，道出几句天地箴言。

读书，读人读己，读生活，读世界。读出的是真善美；读出的是滤去虚伪，改变恶习，去除污秽；读出的是自然简洁，流畅意象，严密逻辑；读出的是大度宽容，心藏四海，胸怀五岳；读出的是善待生灵，善行万事，气度无边。

清风朗月，炉火灯下，盘膝静坐，面前是温馨的文字，在页与页之间，段与段之间，句与句之间，续着青春激扬，续着英雄笑傲，续着两情相惜，续着死生契阔，续着历史烟云……读来高尚的境界，思维的敏捷；读来视野的开阔，生命的感动；读来情感的真挚，思念的悠长。

岁月的河，夺不走青春的激情、精神的充实和灵魂的追求；岁月的书，催生意志的坚贞，心志的高远和行为的端正。漫漫人生，站高望远，见微知著，唯撷取书中灵气和精髓。

读一本好书就是经历一次别样的人生，拥有更丰富的人生经历。生命的长度、厚度和高度得以拓宽，像一棵四季常青的挺拔松柏而生机勃勃。

来一次生命的远行吧！带一个简单行囊，装一本心灵之书，在无垠的书海里，挖掘内心的梦想，寻找生命的光源，与天地同游，与古今连心，见贤思齐，让圣贤的慧光照亮我们前进的方向。

好书相伴，在酸甜苦辣的人生里，只会锦上添花，帮助我们实现梦想。是书让我们坚守真情、信心和力量，不怕生活的黯淡。

走出校园，不惧岁月之变，能爱上读书真的是好！

遇上张若虚

——品《春江花月夜》

卞和泣玉，伯牙绝弦，知音难遇。每一个时代的诗人和作家将其心理活动转化为语言，诉之于读者，希望被人读识和理解。

有多少作品尽管出色，却因时代、现实、身份，而被久远遗忘在时光的角落里。直到有一天，人不在了，文字却被人发现了，从而让人似乎又重新活过来了。终于在后人的理解中获得了不朽的艺术生命力和文学史上的杰出地位。

张若虚的《春江花月夜》就是这样一部作品。从盛唐到明初，它被冷落遗忘了好几百年。如今已是家喻户晓的唐诗名篇。南朝的钟嵘《诗品》中评鲍照云："嗟其才秀人微，故取湮当代。"张若虚生平后人所知无多。

宋代文献如《文苑英华》《唐文粹》《唐百家诗选》《唐诗纪事》等书均未载张若虚此作。只收录于《乐府诗集》而保存下来了。但由宋到明初，这一历史阶段诗词歌赋不断变迁，始终没有人注意到《春江花月夜》是一篇值得关注的作品，更不用说承认它是一篇杰作了。

直到明万历年间的某个深夜，一位年过半百的举人诗论家胡应麟，赋闲在家，编他的一部诗选《诗薮》，他搜罗了有史以来许多的诗歌珍品。

岁月流痕／秋树 著

当翻阅到两句从未见过的唐诗"江畔何人初见月？江月何年初照人？"这个举人竟然胡子一翘，一拍大腿，"唰"的一下从躺椅上跃起，健步奔向书案的油灯下，瞪大眼睛，浑身颤抖地吟诵起来。

春、江、花、月、夜五个字，瞬间光芒四射。胡应麟激动地来回踱步，喃喃自语："要不是我在宋人郭茂倩的《乐府诗集》中找到了它，不知道它又要沉寂多少年呢！"

胡应麟激动得有些骄傲。因为正是从他编纂《诗薮》开始，这首天才之作才在人们的眼中发出了从没有过的夺目光芒，而后被推举为唐诗的巅峰之作。

"好了，有了这首《春江花月夜》，我的《诗薮》可以完满收官了。"胡应麟恭敬地抄录了下来，抄完，夜已深，叫上书童推开后花园的朱门，发现此夜的月光与往日似已不同，清亮的光照在庭园一棵树的枝叶上，天空正是千年前张若虚叩问的一轮明月。

胡应麟《诗薮》内篇卷三云："张若虚《春江花月夜》流畅婉转，出刘希夷《白头翁》上，而世代不可考。"

一颗明珠、一块璞玉终于被人发现，发出夺目的光彩。无数后人会进一步认识它、研究它，确定它的特别价值。此诗一出后，历代大家也纷纷发自肺腑地赞叹！

明代谭元春在《唐诗归》说《春江花月夜》字字写得有情、有想、有故。

明末清初毛先舒在《诗辩坻》记下，不着粉泽，自有腴姿，而缠绵蕴藉，一意萦纡，调法出没，令人不测，殆化工之笔哉！

清代王闿运在《湘绮楼论唐诗》云："张若虚《春江花

月夜》，用《西洲》格调，孤篇横绝，竟为大家。"

近代闻一多也在《宫体诗的自赎》中写下，诗中的诗，顶峰上的顶峰。

是的，一个诗人，首先是爱读诗的人，当读上好诗，心里也有了想写的好诗，历史就是这样不断地延续。

张若虚，作为一个诗人，在世声名不显，一度湮没在历史长河中，一生也仅留下两首诗，除《春江花月夜》外，张若虚另一首《代答闺梦还》，写的离人思念之苦，读来却是普通的。

> 关塞年华早，楼台别望违。
> 试衫著暖气，开镜觅春晖。
> 燕入窥罗幕，蜂来上画衣。
> 情催桃李艳，心寄管弦飞。
> 妆洗朝相待，风花暝不归。
> 梦魂何处入，寂寂掩重扉。

为此，张若虚的一生，是跌宕起伏，还是平平淡淡？似乎无人知晓。翻遍史料，无见细述，仅在《旧唐书·贺知章传》里有句"与贺知章、张旭、包融，称吴中四士"。但知他是扬州人，曾任兖州兵曹。我想，张若虚能称吴中四士，想来已不简单，应当说在当时是有一定名气的。

张若虚一定深读过乐府诗篇。比如隋炀帝的诗：

> 暮江平不动，春花满正开。
> 流波将月去，潮水带星来。

岁月流痕／秋树 著

夜露含花气，春潭漾月晖。
汉水逢游女，湘川值二妃。

隋诸葛颖的诗：

花帆度柳浦，结揽隐梅洲。
月色含江树，花影拂船楼。

以及唐张子容的诗：

林花发岸口，气色动江新。
此夜江中月，流光花上春。
分明石潭里，宜照浣纱人。
交甫怜瑶珮，仙妃难重期。
沉沉绿江晚，惆怅碧云姿。
初逢花上月，言是弄珠时。

为什么这么说呢？从这些乐府诗中，我发现，张若虚写《春江花月夜》时，有这些诗的部分范本和影子。他熟悉陈后主等创作属于宫体诗唱的艳丽面貌，也读过隋炀帝创作呈现的非宫体面貌的乐府诗。

张若虚自己在创作《春江花月夜》时，其渊源、意境、布局各方面，可以看出他兼收并蓄地借用了这方面的内容，又加进他很熟悉的南朝乐府民歌《西洲曲》的格调。

南朝文学的精华和同时代文学的营养被他充分吸收，为他开拓诗歌的高远意境和韵律，使诗歌的内容和形式达到了完美统一。是意境化的"达观洒脱",哲理化的"永恒相遇"。

从而,张若虚在《春江花月夜》中将真切的生命体验融入美的兴象,诗情和画意的结合,浓烈的情思氛围,外加空明纯美的诗境,使诗歌的创造达到了炉火纯青的顶峰阶段,为盛唐空前诗况的到来,不知不觉做了无声胜有声的特殊贡献。

张若虚笔下的春、江、花、月、夜,五个字组成了非凡的诗歌意象。那是一个皓月当空,微风习习,花香四溢的春夜。他悄悄来到扬州南郊的曲江边,他有太多的梦。

当眺望远方,万物静默中回见一轮明月,碧波万顷,江天一色,滚滚江水东去,刹那间,他感到前所未有的孤独,仿佛跨越了时空,贯通了古今,已不知今夕是何夕。

种种复杂的情绪凝聚成胸中一团无比灼热的烈火,喷发点燃了他内心的万千思绪和积累已久的旷世才情。似有神助地用写景、叙事、抒情融合一体的手法,以惊艳时光的崭新的诗歌格局,铸就了中国文学史上的传奇。

《春江花月夜》全诗共三十六句,四句一组,四句押三韵,四句一换韵。以平声韵起首,最后一组用仄韵作结束。

全诗随着韵脚的转换变化,平仄韵交替,高低相间,转承和谐,既循环往复,又层出不穷,音乐的节奏感既强且美。这种语音与韵味的变化和内容间的相互协调,又随着诗情的转换而转换,做到了声情与文情丝丝入扣,和谐一致,情深意切,极其浓烈而通俗地富有民歌色彩。

此外,诗中还用明喻、借喻、拟人、对比、映衬、对仗、叠字、设问、象征等手法,韵律、意境、哲思等几方面完美配合，使情景交融，虚实相生，给人留下了无限丰富的想象空间。

而音韵的婉转动听，语言的清浅流畅，更近于盛唐之音的"深入浅出"之特色。以至于后人发现李贺、商隐，挹其鲜润；宋词、元诗，尽其支流。将张若虚在诗坛上的地位空前地拔高了。

而且靠一首诗而被尊为"大家"，这是文学史上绝无仅有的。初唐四杰王、杨、卢、骆四人也没有获得过如此殊荣。

永恒的江山，无限的风月给诗人一种夹着悲伤、怅惘的激励和欢愉。对此诗意义的探索，发前人之所未发，真的是前不见古人，后不见来者，叹天地之悠悠。

诗是哲学，哲学也是诗。古老的哲学疑问，有谁能回答这个疑问。"江畔何人初见月？江月何年初照人？"便使其具有了永恒的魅力。

张若虚迷茫的心灵，迷离的眼神，对着天空凝望，求索感怀，使得人类的哲学意识绽放在了历史的长河里，使得诗歌在文学上具有了划时代的意义。

面对无形无息的时间和遥不可及的浩渺星空，而发出"人生代代无穷已，江月年年只相似"的无奈慨叹。由此，张若虚点亮了唐诗一片璀璨的星空，《春江花月夜》真正成为一首生在时空，却又超越时空的好诗。

应当说，张若虚本就没有被时光忘却，化为虚无。他的《春江花月夜》是空前绝后、冠绝古今的诗。

当诗惊为天人，必传唱于天下。如今，名诗与名曲，你不妨侧耳轻轻地听，或闭眼静静地听。

这是一幅悠悠的山水画卷，铺在了静谧的江南春夜。一轮月亮在东山渐渐升起，一只小舟在江面悠悠地荡漾，一簇簇花影在西岸轻轻摇曳，一幕幕迷人景色在天空展现。

一琴悠扬一笛清雅，此道入禅，再听琵琶声清亮，如山中泉水，古筝弦拨流畅，轻如雪花。

读张若虚的《春江花月夜》，温厚古朴的情，悠远绵长的心，已在这空灵杳渺、神秘朦胧的春江之夜，抑扬顿挫，柔情似水。

怎叹世间人，匆匆一过客。唯山河不移、明月永存！

一花一世界，人生各其法。你既坦然自若，我就尽情绽放！

岁月流痕 ／ 秋树 著

再遇张若虚

遇上一首诗，费我许久光阴，想想一品实在是不够，需反反复复品味。

吟诵张若虚的《春江花月夜》，似乎也如胡应麟手捧诗书，胡子一翘，手拍大腿，"唰"的一下站起来，瞪大眼睛，到浑身颤抖了。

诗太美，让人千读万读不厌。在我看来，古今中国诗歌史上反复将明月融在诗中，没有一点烦赘，又那么唯美的，张若虚的《春江花月夜》在我心中真数第一好。

站在江边，一缕春风吻幽花，千江波涛生明月。二品《春江花月夜》：

春江潮水连海平，海上明月共潮生。
滟滟随波千万里，何处春江无月明！
江流宛转绕芳甸，月照花林皆似霰。
空里流霜不觉飞，汀上白沙看不见。
江天一色无纤尘，皎皎空中孤月轮。
江畔何人初见月？江月何年初照人？
人生代代无穷已，江月年年望相似。
不知江月待何人，但见长江送流水。
白云一片去悠悠，青枫浦上不胜愁。

谁家今夜扁舟子？何处相思明月楼？

可怜楼上月徘徊，应照离人妆镜台。

玉户帘中卷不去，捣衣砧上拂还来。

此时相望不相闻，愿逐月华流照君。

鸿雁长飞光不度，鱼龙潜跃水成文。

昨夜闲潭梦落花，可怜春半不还家。

江水流春去欲尽，江潭落月复西斜。

斜月沉沉藏海雾，碣石潇湘无限路。

不知乘月几人归，落月摇情满江树。

就这样，夜色下的灵魂，心中的千丝万缕不断游走在《春江花月夜》，句中句外，体会非同凡响的诗情、诗心和诗魂。我们会发现其对后代诗歌创作的重要启蒙作用和深远影响。

张若虚《春江花月夜》中的好多名句，确实被后世诸多诗人所引用或化用了。

如崔颢的"黄鹤一去不复返，白云千载空悠悠"，应是"白云一片去悠悠，青枫浦上不胜愁"的化用。

张九龄的"海上生明月，天涯共此时"，应是据"春江潮水连海平，海上明月共潮生"的化用。

李白的"青天有月来几时？我今停杯一问之"，以及苏轼的"明月几时有？把酒问青天"等，都有化用"江畔何人初见月？江月何年初照人？"的痕迹。

而无数诗人化用之迹，挹其鲜润，尽其支流，是历史必然，也是文字给人类的伟大意义和文明的传递。

以至一代代人吸收先人之作而再创作；吸收创作，创作吸收，产生了一篇篇辉煌不朽的经典作品。可谓："江山代有才人出，各领风骚数百年。"

所以，遇上好诗好文是值得品读和推崇的。不妨让我们静静走进这个诗中神话般的美妙世界，多吟它几遍吧。

吟诗的题目，便有探寻奇妙及其艺术境界的心动。春、江、花、月、夜，五个寻常字，沿用了陈隋乐府旧题，其最常见的景物和意象给人以澄澈空明、清丽自然的感觉。

作者别出心裁的将五个字结合在诗中，体现了人生最动人的辰光美景。眼睛里，浩瀚无垠的江上，一轮清朗的明月升起，从心中奏出了一曲流传千古的绝唱。

第一部分四句，是作者细致观瞻了天地美丽景色。

> 春江潮水连海平，海上明月共潮生。
> 滟滟随波千万里，何处春江无月明！
> 江流宛转绕芳甸，月照花林皆似霰。
> 空里流霜不觉飞，汀上白沙看不见。

春天的江潮连海，烟波浩渺，月亮伴随潮水共生，极其宏伟壮观。这明月与潮水如活泼的生命，艳艳闪耀的波光达千万里，哪一处春江无明月朗照！

江流曲折，绕着花草丛生的原野，月光照着开遍鲜花的树林好像细密的雪珠在闪烁。月色如霜，夜间霜飞无从觉察。洲上的白沙和月色融合在了一起，已看不分明。

第二部分四句。作者感触天地无限美景，不由自主地在心中把人与景物相连起来，对宇宙人生产生了思考。

江天一色无纤尘，皎皎空中孤月轮。
江畔何人初见月？江月何年初照人？
人生代代无穷已，江月年年望相似。
不知江月待何人，但见长江送流水。

　　江水、天空一色，没有一点微尘，天空有一轮孤月高悬。江边上什么人最初看见了月亮，江上的月是哪一年初照耀着人？

　　人生就是这么一代代地无穷无尽，只是江上的月亮年年相像。不知江上的月亮在等待着什么人，只见江水不停地奔流向前。

　　第三部分四句。作者将人之情感与深邃宇宙、时空无限联系起来，表达了生命有限的惆怅。

白云一片去悠悠，青枫浦上不胜愁。
谁家今夜扁舟子？何处相思明月楼？
可怜楼上月徘徊，应照离人妆镜台。
玉户帘中卷不去，捣衣砧上拂还来。

　　那游子像一片白云缓缓地离去，只剩下了思妇站在离别的青枫浦，不胜忧愁盼望。

　　游子今晚坐着谁家的小船在漂流？在什么地方有人在明月照耀的楼上相思呢？

　　可怜那楼上不停移动的月光，应该照耀在那离人的梳妆台了。月光照进思妇的门帘卷不走了，照在她的捣衣砧上已拂不掉。

第四部分四句。诗人心中淡淡的哀伤思念跟着月光、流水在冉冉地流淌。

此时相望不相闻，愿逐月华流照君。
鸿雁长飞光不度，鱼龙潜跃水成文。
昨夜闲潭梦落花，可怜春半不还家。
江水流春去欲尽，江潭落月复西斜。

天各一方，这时互相望着月亮却互相听不到声音，而我多么希望随着月光的流动去照耀着你。有一只鸿雁不停地在飞翔，却飞不出无边的月光；月照江面，鱼龙在水中跳跃，激起了阵阵波纹。

昨天夜里梦见了花落闲潭，可惜春天过了一半自己还是不能回家。江水就这么带着春光将花朵流尽，水潭上的月亮又西落了。

最后两句。诗尾作者令读的人也堕入了对宇宙人生的深思。

斜月沉沉藏海雾，碣石潇湘无限路。
不知乘月几人归，落月摇情满江树。

斜月在慢慢下沉，藏在海雾里，碣石与潇湘的离人距离无限遥远啊。

不知有几人能趁着月光回家，唯有那西落的月亮摇荡着离情，洒满了江边的树林。

大自然的奇丽景色展示的美，让人抒发相思离别之情，及对青春年华的珍惜和对美好生活的向往。诗人以不同凡响的艺术功力，在意境、情趣、韵律上都开拓了新的天地，使诗成为历史长河的明珠。

春江花月夜，它跳动着诗人深情怀远的脉搏，月在诗中犹如生命的舞者，共潮生，悬空中，西斜落，触处生美，诗情也随之起伏曲折，韵律节奏含深蕴，隽永似梦幻神曲。

三十六句，四句一换韵，共换九韵，却用了十二个"江"字与十五个"月"字，韵脚的转换变化，平仄的交错运用，一唱三叹，前呼后应，回环反复，层层接力，环转交辉，各自生趣。

起笔景语浓淡相间的笔触，勾勒描绘出一幅幅春江、花林、江月的画卷，即景抒情，从江月美景中托出作者离愁的情怀，情融于景。

良辰美景衬出离愁之苦，而离愁又将美景染上了感情色彩。徘徊在明月倾江上的月光，成了知人意、通人情的有情体。勾勒点染，淡浓相辅、虚实相生，显出绚烂多彩的艺术效果，宛如一幅淡雅的中国水墨画，充分体现出《春江花月夜》的清幽意境之美。

江水、天空、飞花、草木楼、镜台、砧石，长飞的鸿雁、潜跃的鱼龙，不眠的思妇以及漂泊的游子，海潮声、江流声、捣衣声、凄凉的雁叫声与游子思妇的叹息声，巧妙地编织成声音的旋律。

在月光之下，天地朦胧像披上了美丽的轻纱，组成了完整的诗歌形象，语音与韵味，互相交融，声情文情并茂，节奏感轻盈强烈而又优美多姿。

语言清新优美，韵律婉转悠扬，诗中将画意、诗情与对宇宙奥秘和人生哲理的体察融为一体，创造出情景交融、玲珑透彻的诗境。而在明净的诗境中，又融入了一层淡淡的忧伤。诗人将真切的生命体验融入美的形象，诗情与画意相结合，表明唐诗意境的创造已进入炉火纯青的阶段。

时至如今，无数人读着《春江花月夜》抒发思念，无数人听着《春江花月夜》思考人生。月是永恒的，而《春江花月夜》让我们在望月时，找到情感的唯美抒发口，而思念不绝。

江边上什么人最初看见月亮，江上的月亮哪一年初，照耀着人？人生一代又一代，无穷无尽。个体的生命转瞬即逝，但生命一代代传递，可让人类永恒存在。

月亮永远是那个月亮，而人已不知更迭了多少代。

代代思念因离人，游子想家总关情。经岁月浸润和洗礼，对所处生活的境遇领悟，对天地山川、日月星辰的膜拜和向往，无论古人也好，今人也好，凡触及那些带着灵魂、带着温度、带着精妙韵律的文字，便闪耀着永恒的光芒。

一个人，一个时代，当婆娑斑斓的光影暗下去，在纷繁喧嚣落尽之后，遇上天空一轮美到惊心的明月。月光融融，天清一色，便有一种久久无法忘却的眷恋情怀。

心灵深处的那片宁静和自由，已与挂在幽蓝深邃的夜空下的月亮，共同流泻光华，倾洒在天地之间，洒在读者心上，情韵袅袅，摇曳生姿，动人心弦，又令人心醉神迷。

再品再读依旧齿颊生香。

自此往后，爱上了诗，时打开诸多唐诗宋词的画卷，那些"举杯邀明月，对影成三人。""露从今夜白，月是故乡明。""无言独上西楼，月如钩。寂寞梧桐深院锁清秋。"

"今夜月明人尽望，不知秋思落谁家。"等句子，像一个个黑暗中的图腾，皆记载千万年的亘古秘境。

月明人远、思深情长，远古今朝，浴天地芸芸众生，梦里梦外萦绕。这是生命的一往情深，也是赋予生命本身深厚悠远的意蕴，而渲染出了天地日月山川无边的风雅美感。

为此，也让我们透过深邃而神秘的天空，看这一轮清澈明朗的江月，去探索人生的哲理与宇宙无穷的奥秘。我们面对着这样的宇宙境界，也会感叹人生的短暂，同时也执着地追求自然的永恒，重新审视自己的生命价值。

我仿佛听到，一声声无言的呼唤，穿过澄明的天空，穿过若隐若现的花林，穿过朦胧的江海……在月光中成为幻象。

原是一代代人在遥寄相思，在旷达明净的诗情里，找寻人类特别的生命价值和意义。

时光永逝，生命短暂。这自然皎洁的月亮，静静地挂在寥廓的苍穹；铺陈了永恒遥远的岁月，也刻录着岁月的风霜所带给人类的灿烂文明。

此刻，夜深了，我也像胡应麟抄完张若虚的《春江花月夜》，我心里想，可以收尾了。当推开静闭的门窗，如水的月色似潮水涌了进来，滋润着我的心田。

望窗外，天上真是张若虚叩问过的月亮！

"秋树"之意

风儿想爱树，无数次渴望栖在树的枝头。树深切明白风儿的狂烈率性。然而，风儿那多变的本性，使树不时地为此受伤而落泪。有一只鸟儿看见树难过，便为树唱起了世间最动听欢快的歌。每唱完一首美丽动听的歌，又用它灵巧的尖嘴特别细心地为伤痕累累的树捉去虫害，树的心里便把最美好的爱留给了鸟儿。鸟儿爱树，也将最温暖的小窝搭在了高耸的枝丫间。

然而，树生活的每一天不得不与风儿相遇，当看到风儿对感情的喜怒无常，且每次总要树上的枝叶绝对地服从，树的心里明白，今生无法让风儿停留。树坦诚地对风儿说："你的爱应给天上的一片云。"

这是我在江南一个早晨，见了一棵开着纯黄色小花的蜡梅之后，写下的一段话。那时用维多署名发表。

不久后一位做老师的文友问我，你为什么叫维多啊？我开玩笑地说："我的名字不是比唐代大诗人王维多一个字吗？我说父亲起我名字时也许渴望我以后多点文化吧。"交流之后，文友兴奋地给我写了如下两段点评：

"维多，一个西化的名字，一个富有诗意的名字！如其人一样，有着西方的浪漫，东方的柔情！维多，一个直爽之人，豁达之人，其情感的细腻仿佛是冬天里的一块豆腐，不加任何佐料的豆腐，看之清，食之纯，吞之凉……"

"维多的话，让我想起了罗马神话中美丽的女神——断臂维纳斯。维纳斯是希腊人最崇拜最喜爱的女神之一，她是美的化身。如果不是断臂，也许她在人们心中永远只是维纳斯，一个普通的维纳斯像而已；但正是因为断臂，她在人们心中的印象全变了，那是怎样的一种美丽呀！"

文友的点评让我倍感欣慰，十几年来我一直保存至今。记得当时真是激发了我写作的兴趣。但之后总感初入写作，文字少点什么。可惜维多之名，渐在写作中淡去。说实话，尽管后来我一直没用过维多之名，但她的评论今日重温，尤其令我振奋和感慨。这是多么温馨和美好的一种激励。

因此，我从未停下过写作的步伐。当在美篇平台编发文章，我的微信名叫"三秋树"。遇上文友千江月，她说直用"秋树"不是更好？后来想想，"秋树"名不错，我的文章便以"秋树"之名发布。而今有人问我"秋树"之意，我想以我多年来心里对"树"产生过的特别感受来作答。

我的故乡在南黄海边的一个小镇上。那是一块由长江水东流到下游尽头，水中泥沙冲积形成的肥沃平原，这片土地的历史并不古老。所以，儿时生活的地方，古树名木没有见过，能见到的大多是桃、梨、桑、榆、柳、杨、松、柿等常见的树。

我童年与树的趣事也多：和小伙伴聚在一起，在树下避日躲雨，绕树戏闹，以及爬树折枝，摘花采果，捕蝉捉鸟……几双小手摘几朵树上带着露水雨滴、灿若烟霞、娇艳欲滴的花，或半生不熟的青果放在嘴里，涩甘清甜似乎丰富了当时因生活贫穷而枯乏的味觉。记得看电影《天仙配》，银幕中出现一棵古槐树，像一位满脸皱纹的老者开口说话的镜头，觉得好玩又有趣。看春天各种树枝泛起绿油油的嫩芽，夏日的树叶蓬勃苍翠；听蝉在枝间竭力嘶鸣，不知名的鸟儿在树上叽叽喳喳，偶尔去追寻几只飞停于树上的美丽小鸟；与干活累了的大人们一起在树荫下纳凉，在萧瑟的风里捡起树木落下的黄叶，和寒冬的枯枝一起伫立在冰雪之中。只是眼里和耳边的一切都平淡无惊。

岁月如梭，时光荏苒。上学之后不断地接触书本，读到了茅盾的《白杨礼赞》，席慕蓉的《一棵开花的树》，舒婷的《致橡树》，三毛的《如果有来生，我要做一棵树》等与树有关的文字。再后是参加工作，经常远行出游，又见到并熟知了诸多古树名木。像南海边上的椰林，北方沙漠中的胡杨，以及古村、园林、寺庙、大山处的各种树木。其间去过杭州，还特别写了《江南烟柳》。

今聊起树，应当是我与树相遇的亲历感想。记得2004年我去了西双版纳的原始森林，见到许多参天古树，其中一种植物，对它呼喊时，叶子会伸缩变化，我那次真切感受到了草木的灵性。记得刚工作不久去登黄山看到山上的松树，给我的震撼是极其深刻的，我专门写了黄山之篇。《黄山》篇中对树有此描述：山川寂寥，苍茫浩荡，诸多黄山松虬枝峥嵘，扎根挺拔于莽莽山脊岩壁，风餐吮露，仙骨铮铮，不惧风雨雷电，耸入云天，直视苍穹日月，看尽人世尘烟。

云天泠泠，岁月烟尘染过苍生，春风雨润又出新枝。后来，为看古枫之叶我去了三次天平山，其间在深秋血色的红叶中知晓了先者范文正公的伟大；在河北正定寺见到千年槐树又有特别的思考，看到树的年轮里记录了一代又一代人的荣辱兴衰；以及了解到陕西黄陵的"轩辕帝手植柏"、孔庙的"先师手植桧"、河北定州文庙的"东坡槐"、朱熹庐山白鹿洞种植的丹桂、天平山唐伯虎亲手栽的罗汉松、欧阳修扬州平山塘种植的"欧阳柳"等。诸多寺庙村落里的古杏黄柏以及其他名木古树，清晰展现了一部由古树目睹人间悲喜兴衰、风云变幻的千古史书。

斗转星移，扎根大山、黄土或荒漠，吸取日月精华，饱经风霜雨雪，坚韧顽强生长的树，就这样在我心中隐隐地产生了虔诚膜拜的浓烈情结。

每想起遇过的那些古树，我总会伸出手轻轻抚摸，抚摸粗糙皲裂的树皮通过手掌传至心间，让我认知多少古往今来的历史风烟。我几乎每次都在苍劲的古树前，像一个教堂里的牧师，会把手按在心口默默祷告。多次的梦中，我也依稀听见过天平山下，那片古枫的呼唤。

当知自然界中长寿树木并不多，古人便爱把松、柏、槐、楠、银杏等长寿之树栽在陵园庙宇之地。《含文嘉》："天子坟高三仞，树以松。诸侯半之，树以柏。大夫八尺，树以奕。士四尺，树以槐……"庶民百姓太多，死后难以久存，也许只能在坟前种些杂树罢了。

当知所有的树在其成长的过程中，因裸露天地间，根扎岩隙尘土之中，像坚守阵地的战士，随时会遇到各种各样的危险：狂风断枝、生病枯死、人为砍伐或火灾雷电，林林总总，生存环境极为恶劣，能走过千年长成参天大树，真的是艰辛不易。所以，树不仅具有特别的灵性，还有其倔强的生命力，我便像鸟儿一样喜欢树，心魂爱树，栖息于树。

所以，当有人说中国有最贵的三棵树：黄山上一棵 800

多年的迎客松；贵州青坡岗自然保护区内一棵 1300 多年的金丝楠木；武夷山的九龙窠悬崖绝壁之上一棵 360 多年的大红袍母茶树。当有人说，屋前不栽桑，屋后不栽柳，院内不栽杨，在古树上系上许多红布条，在根部前方点上几支香，磕头跪拜以寄托思念，祈福亲人。我理解了那是每一个人对古树顽强的生命品质的敬重，和那叶落归根时对故土的热爱与守望。

所以，留在记忆中的多少树，历千年沧桑岁月，任寒来暑往，世事变迁，承载历史、文化、科学和文明，守望一方山水，净化一片天空的坚韧优秀品性，让"秋树"之名，拥有了特别的意义。

书情最真

有人说，风花雪月的世间，虽难遇一见倾心的伴侣，也少有护身的神符，但有一样东西与之相遇，便多生美妙，甚至深陷其间，无法自拔。诸多时光，感受温暖，与之面对面、近距离深情的侃谈，会无数次让人忘了时间里的忧伤，仿佛是你今生最心爱之人。唯她不厌其烦告诉你：桃花与杏花之间、柳枝与杨树之间、风热与风寒之间、韭菜与麦苗之间、生灵与物种之间等，所有特性和意义，会让你得到属于你生活最本然的安宁快乐。

她是什么？来自哪里？其实我不说你也会知道，她就是书本。你用心对待她，她会给你最好的回报。她像一棵山松、一片芦苇、一丛幽草，无须你培植浇灌，自会带给你快乐、希望和收获。你一旦真正喜欢上读书，你便属于灵魂生香且懂乐趣的那个人。

写完一段，伸腰起身开窗，一阵风入窗而来，体悟到清明过后的温和天色。只见不远处路灯旁，一棵开着粉色花朵的桃树，其枝头很有诗意，仿佛瞬间被风吹出了岁月中最美好的青春诗句。此时，我的内心有了遗憾。如果曾经青春岁月能多读几本书，没有懒怠荒芜时光，那该多好，不至于如今想起一声遗憾叹息！好在现在爱上读书，少了叹息！今夜，我便思考再谈谈读书了。

时光默然催人老，山河岁月亦惘然。风吹过每一个人的脸颊，皆在诉说每一个人生活背后有过的后悔与遗憾。风过之后，如何让生活少一点后悔与遗憾，就是学会独处时不再浪费时光，学会每一天不忘读两页书。无论年岁，无论早晚，多读书，便少一分遗憾，多一分安然。

书中拥有助人前行的智慧，书中有一把智慧钥匙，可打开梦想的大门。书是生命中最美好的伴侣，如天上日月照亮人间一般。

人活着若不想枉负时光，是即便孤独痛苦，依然不放弃读书。

坚守心中一尘不染，灵魂放纵旷野天宇，享受自在、洒脱、开怀的读写生活。时间的风中，你将望见生命有限，时光无限；望见行走有限，读看无限。要让有限的生命延伸到无限，有限的步伐里看到无限的风景。

今再谈读书，我愿自己倾尽往后时光，苦心志、耐寂寞、忍孤独地去多读书，希望自己能以书取慧语，写出一些有思想、有深度、有美善的语段，既乐于自己，也安慰别人！让大家彼此分享多读书的美好！

读荷千遍不厌倦

很喜欢朱自清的《荷塘月色》："一个人在这苍茫的月下，什么都可以想，什么都可以不想，便觉是个自由的人。白天里一定要做的事，一定要说的话，现在都可不理。这是独处的妙处，我且受用这无边的荷香月色好了。"

天上月好，地上荷香，有关荷的文字，读上千篇也不厌倦。

赏荷时节，走在荷塘边，十里碧波之上，含苞绽放、姿态万千。那名句"生如夏花之绚烂"的夏花，就是荷花。

清晨，走在荷塘边，荷叶上露珠闪着光，一只蜻蜓停下，塘中一切似会呓语。人生百味，犹如昨夜一个温馨的梦。微风轻拂，一个崭新、充满希冀的一天啊！

南宋诗人杨万里"接天莲叶无穷碧，映日荷花别样红。"就是这样吟出的。

若是在雨后访莲，"莲花迎我至，婀娜我自痴。"又雨后赏荷，"满塘素红碧，风起玉珠落。"林林总总，别有一番烟雨朦胧之景。

为此，一段时间，我一直想触及荷莲文字。这一晚读到北宋词人贺铸的一阕《踏莎行·杨柳回塘》，时序已是秋中了。

杨柳回塘，鸳鸯别浦。绿萍涨断莲舟路。断无蜂蝶慕幽

岁月流痕／秋树　著

香，红衣脱尽芳心苦。

返照迎潮，行云带雨。依依似与骚人语。当年不肯嫁春风，无端却被秋风误。

上片：一处迂回曲折的荷塘，浮萍太密，隔断了"莲舟路"，蜂蝶不来，人亦不来，唯自开自落，孤芳自赏。

下片：望落日潮水，流云微雨。满腹心事只告诉懂赏莲花的诗人。当年不肯春放，如今却无端地在秋风中受尽凄凉。春天百花都风风光光选择"嫁与"春风，唯莲花不愿与群花争艳，甘愿孤独开在炎炎烈夏。

作者写照似与我无多区别。"绿萍涨断莲舟路。""红衣脱尽芳心苦。"老大无成，心中的苦楚只有自己知道。"返照迎潮，行云带雨。"多少风霜雨雪、世事沧桑、人情冷暖，都已尝遍。

"当年不肯嫁春风，无端却被秋风误。"当年太过耿直，以致晚景凄凉，人生迟暮多悲叹！

夜里，赏析品字，每一代，人生自有景不同。起身望窗外，秋月明亮。荷塘，月色。我突然有去荷塘边走走的想法。

徒步城郊一处只生了几株荷茎的水塘。路上的月光有些清冷，行人已稀少，经过河边一排柳树，一片竹林，再走上百米，便是一片水域。

夜凉如水，塘边幽静。水塘迂回曲折，荷茎稀少。但尽管只有几枝残荷断茎，我还是有些兴致。零荷几枝，叶片上晶莹的水珠，与星月相映生辉。走到近处，微风吹来，月光下的水塘似一幅水墨丹青画。

离开荷塘的时候，夜非常静。月光在路旁树丛中穿梭，朱自清描述"落下参差的斑驳的黑影，峭楞楞如鬼一般"，真是如此！

若是年少，脚下的步子肯定会匆促慌乱。而此时的我，已无一点恐慌之感。

走过竹林，望着远处高楼上的光影，对于今晚的荷塘一行，那极具诱惑力的还是关于《朱自清》的散文；还是贺铸的"当年不肯嫁春风，无端却被秋风误"的诗句；还是"出污泥而不染"的抒怀。

我去过不少荷塘，读过不少有关荷花的诗句，也采过莲蓬。虽然我不懂江南旧俗采莲，但我很喜欢《西洲曲》："采莲南塘秋，莲花过人头。低头弄莲子，莲子清如水。"

时光易逝，时有寂寞，关于莲荷，古今比喻拟人的字句，我多有赏读。今晚我真感叹：我生君未生，君生我已老，夏荷怎知秋莲心啊！

但如果是你，现正漫步荷畔，我写此篇，是多么希望你的心里不要为枯谢的残荷忧伤。

在寂静的秋风中，独立秋塘，读一读，那片静美残荷，而添上一句，久远的思念。

走出校门谈读书

　　我喻自己是一条挣脱鱼网的鱼，在于经历了凤凰涅槃般的重生。我总在深夜中思考一些问题。当思维和记忆能力快速退化的时候，我明白应写点对生活有益的文章。思来想去，最深的体会大概就是走出校门后对"读书"的理解，我应写出来。

　　孩子在学校好好读书的重要性，我们每个人应该都懂。而走出校门的读书，懂的人似乎就大大减少了。我曾在《永远的风景》一文中也写过。所以，今天我再一次谈谈走出校门的读书感受。

　　校内的读书更多为了升学、求职、生存。而校外的读书，特别有了工作，成家立业以后，读书方式以及书的内容有很大的区别。琳琅满目的百科书，万花筒似的丰富内容，与我们的日常工作与生活息息相关。

　　母亲吃了没文化的亏，病至晚期才就医，一直是我心中的遗憾。在我第一次住院后，也体会到对日常医学知识无知是件可怕的事。从那时起，我对"黑发不知勤学早，白首方悔读书迟。"是由衷感叹的！

　　随着岁月流逝，走出校门后对社会现实、对人的生老病死感受也越发的深。年少时，记忆力尽管好，却普遍不更事，上学时读书范围相对太小，自然在学校懂的道理也就太少。而到大了，走入社会，经历了生活的各种困境，有一天明白了知识的重要性，才真感慨书到用时方恨少。

所以，人活在世上，错过了年少的读书，绝不能再错过校门外的读书。年老无所谓，无论何时何境，特别在寂寞枯燥的时光中，天天读点书，拥有读到老、学到老的思想，无疑将带给我们身心不一样的安然与享受。

为此，有人说："世上唯有读书一事，不要去多犹豫。一个人用生活所感去读书，就一定会用读书所得去生活。任何时候，任何地方，读书一事是不会让人后悔的选择。"又有人说："读书是人生第一爽心事。"我也非常赞赏。十分敬仰好读书、读好书的家风和书香四溢的人家。

日常行囊中带上几本书，闲时拿出来看几页。这时候的自己，不为功利而读，不为急于任务而读，也不为装点门面虚伪炫耀而读，更不为应对枯燥专业硬啃研读。

或悠闲光景，泡上一杯茶水，有时伴点音乐，或坐或躺，且饮慢读，专心中随心，似思中非思，不经意读到繁星四起，读到万籁俱寂，或不经意地轻合后而满足地睡去。

你说，这心灵是怎样的自在惬意？

体悟思考由此更进。书可以给我们一个广阔的世界，人的步履和精力有限，行不到的地方，可以在书中获得，眼不见的风景，可以在书中看到。从而，我们每天读一点，有了点小收获，小寸进。

就是那么一点小收获、小寸进，没有解不了题的苦恼，没有完成不了作业的压力。从心灵里产生化学反应，以至于能分解心灵的孤独和恐惧，产生的新物质给枯燥的人生增添了许多乐趣。从而心里能变得更加通透光亮，对许多生活的

岁月流痕／秋树 著

| 33 |

理解不再偏执。胸襟由此辽阔无涯，是因为从书中得到了力量，拥有了更多选择的权利，而不苟且平淡地生活。

此种寸进，入至心骨，那一本好书，如"久旱逢甘露，他乡遇故知"。

人生一路上，心灵放牧于书海，从而在妙语奇句中相识，在旷世名篇里结缘。

就如秋夜看到的天色和星光，心里就多了一幅"落霞孤鹜齐飞，秋水长天一色"的美图。

此种寸进又是"书卷多情似故人，晨昏忧乐每相亲。眼前直下三千字，胸次全无一点尘"。在好书里徜徉，必远离浮华喧嚣，内心静，宠辱不惊，灵魂净，超然物外。

从而，好书像那医人愚昧的良药，暖和身体的棉衣，可口养心的佳茗，和孤寞时的伴友。读到兴奋高潮时，再推荐给别人，等于将世界上最伟大的灵魂之爱给了别人。

而当一个人读书多了，便让有趣的灵魂成为万里挑一，也自会鉴别书本内容的优劣而懂得了择读，以至于得到更好的书。

视野更加开阔，思维更趋周全，生活更有动力。对阅读鉴赏力有大大的提升。好书是可以百读不厌的。如我们读经典《红楼梦》般，你十遍百遍地读，在不同的岁月成长中总生出不同的理解，越读越有味，越读越有深义。

没有见过的东西，通过在书中细细体味，显现于眼前，妩媚工巧，意蕴绵长。生活既可以是柴米油盐酱醋茶，又可以是琴棋书画诗酒花。

生活就像春天里的草木，汲取了有益的阳光雨露，而淋漓酣畅地快乐成长，其美妙可见一斑。

察观世间，诸禅师高僧，才子佳人，其内外修养，风度气质，举手投足是那么从容得体，且不同寻常。其笑侃生活皆是妙语，言语世理皆有据有典，而非人云亦云，信口雌黄。这些人一生无不是读了很多书。

况且，他们爱书如虫子垂涎嫩芽。他们由此修心，善良仁爱存于心间，体态优雅，内心圣洁超尘，而有一天升华至浩然伟大。

反观任何一个民族，凡对读书信崇的，是不会走向衰落的。又观世间那些有天赋的神童，若后天不努力读书的，成年之后和普通人已无两样。而不少普通人，通过后天的苦读有的达至高贵圣贤。

再观世间任何想跃在纸上，成为作家的人，没有什么秘密和捷径，人生阅历中多读书是最基本条件之一。

一个伟大的作家在于广泛读书，博采众长，才有深刻入理，清新隽永，思人所未思，发人所未发的传世作品。

为此，走出校门后，那句"读他个明月照大江，读他个荒漠起斜阳"，令我非常地欣赏喜欢。

一个人，将一本本厚书读薄了，又将一本本薄书读厚了。如鲁迅所说："吃的是草，挤出来的是奶。"有一天能写就一本愉悦心灵、催人奋进的好书，那是多么的美！

所以，走出校门再谈读书，人生读书不能停下，"天下爽心事，读书算第一"。

而生活的意义，更在于年少白首须勤学，年老依然能趣读。

荷之韵

　　岁月书页翻到水面这一节，我毫不出声地去抒怀畅意。因她不停地渗透浸润，而进入灵魂深处。

　　终究，我的眼眸被水面上盛开又凋零的独特花朵深深吸引了。便与水面自由的风儿一起翻阅了多版本的唐诗宋词，不断地寻找着水塘中出尘的诗句。并且用心中一支生机勃发的笔，和青春浪漫的激情话语，尽情抒怀水面这一节。

　　这是春天的第一个惊雷，携同一场绵绵细雨袭来了。我看见诸多根植于冰冷淤泥之中的莲心，渐渐苏醒萌发。没几日，整塘叶花，展姿勃发，错落有致，铺在了一片波光粼粼的水面上。

　　时值初夏，湛蓝色的天空下，宋代诗人杨万里走到荷塘边一看，满眼绿意。

　　一朵初荷生机盎然，一只小巧玲珑的蜻蜓悠闲立于花苞尖，此情此景是何等妙趣横生。

　　瞬间吟出一首旷世绝美的名诗《小池》："泉眼无声惜细流，树阴照水爱晴柔。小荷才露尖尖角，早有蜻蜓立上头。"

　　到了晚上，美丽的夏夜星空，倒映在摇曳多姿的荷塘中，碧绿伴艳红，叶花共天月。一片风荷以极美的姿势摇曳在水面，与周围的虫鸟锦鱼，齐歌同戏与欢飞，上演了一场盛大的舞剧。

至夜深人静，皓月当空。清风徐来，露闪银光。惹得朱自清披起外衣在荷塘边独自漫步。浮世清欢，不惊扰妻子梦乡，忘其移步，而凝神月光下一方田荷之美。一篇《荷塘月色》出手，成了旷世杰作。

水面这一节，主角无疑是荷花。据说千万年前，在天上云游的观音菩萨看到人间疾苦后，随手从莲花座上取了几粒种子撒在了人间水塘，从此荷花一生在水塘中，四季轮回，生生不息。

每到夏天，荷花开时花朵非常艳丽诱人，叶子碧绿宽硕。这时看荷，舒心润眸。到了秋天，荷的根藕、莲子是人们心中上佳的食材，从而出现在一代代文人墨客笔下和如今大量的镜头之中。历代以来，人们尊称荷花是净化灵魂的人间圣花。

出淤泥而不染，濯清涟而不妖。水面的天使之花，内藏清香纯净的灵魂，让蜂鸟蜓蝶、青蛙游鱼皆喜欢它，甚至爱上。我的笔墨也是爱赞其之美。

有一夜晚，我临近荷塘边，看见一缕清风摇晃着水面之荷，似在窃窃私语，风荷对水塘说："我愿把吸取日月精华的青春、美丽和爱恋，托付于你；我会尽情绽放、灿烂吐香。"

我以此赞荷：最是雨中一轻歌的温柔；又风中一摇摆的婀娜；于月光中是极其的出尘清幽。

真的美！

从而，雨里听荷，月下思荷。在春夏秋冬不同季节中，在晴晨雨夜不同天色光景下，在南亭北阁不同地域的荷塘边，带给了人们多少视觉、听觉、触觉上不同寻常的体验！

春天的热烈奔放，夏日的清新雅丽，秋冬的枯残。其色彩分明的一生，呈以人们灵魂的质朴纯净。

她像一位钟灵毓秀、端庄美丽的女子，以伟大母爱般的柔情，含辛茹苦，倾尽一生地传递着馨香，传递着大爱。

从而，让号"青莲居士"的李白发出"秀色空绝世，馨香为谁传"的感叹！让孟浩然发出"荷风送香气，竹露滴清响"的赞叹。

荷花的美，由此启迪朴实勤劳的人们产生无穷的灵感，怜爱人间，荷花是天地一朵生动有趣的最灵光之花。

听，每在夏日，雷雨说来就来，池面泛起漪涟，轻波涤荡池边，忽闻荷心，万点声声。心醉化飞，魂梦相牵。雨落荷叶之上，似美妙梵唱。

诗人雨中听荷，提其笔，以一首《苏幕遮·雨荷》：

雨羞羞，风碎碎。

点点霏霏，莲脸清珠坠。

绿梦红笺添妩媚。

雨洗青荷，沐透罗衣翠。

嫩红樱，娇绿贝。

笑面芙蓉，出水香妃醉。

含玉蜻蜓闲倚蕊。

戏品鸳鸯，不解花滋味。

这完全是一幅雨中的水墨清荷。雨羞羞地来，风轻轻地吹，荷叶溅起水珠，塘中荷韵妩媚销魂。而雨水清洗后的青荷如出浴妃，蜂蝶闲蜓喜欢依偎在花蕊上呢喃，笑叶下鸳鸯，你怎懂荷花滋味？

秋风起的时候，荷灿之别样。再几场秋雨下来，不久玉钩微吐，夜凉败叶，心中泛起了凄美的意象。

恰巧李商隐那一刻站在枯花残叶的荷塘边听着雨声，作一首："竹坞无尘水槛清，相思迢递隔重城，秋阴不散霜飞晚，留得枯荷听雨声。"枯荷秋雨声声，思念涟漪迢迢。

而唐朝李群玉也在细雨中写下《北亭》："斜雨飞丝织晓空，疏帘半卷野亭风。荷花开尽秋光晚，零落残红绿沼中。"

尘世纷纷，零落残红，有多少人能知能悟？

人间一草一木，一花一叶的一生，其背后也是承受了多少隐秘的凄苦，和不为人知的艰辛、磨难和困惑。

而在某一天某一刻，一旦时机成熟，遇上诗人词客，或你和我，正在荷塘边，便有人间风月多诗情的思念与梦幻了。

雨过天晴后，在荷塘边，傍晚时分，西天的火烧云越来越远，东边的夜月悄然挂在了树梢，阵阵清凉的北风似吹来了梦，听那草丛间一阵阵吱吱呀呀的悦耳的秋虫切切，似最后一次在呼唤远空中几颗依稀闪烁的星星。

举目看水面的荷花已凋零无几了。再后来，我站在冬日的荷塘边，水面是一片残枝断茎的败荷，却呈出孤静之美！

所以，面对荷塘，无论春夏秋冬，我费尽时日，复绘了一幅特别的荷之韵！

生如夏花之绚烂，死如秋叶之静美！

想送给那些勇往直前，不怕牺牲，传递大爱的人！他们是一朵朵绽放在人间最美的圣花！

第二辑

阁中帝子今何在

梦回滕王阁

青春自古谁无梦，问在山水多风月。1990 年初秋，工作出差南昌，没错过南昌赣江东岸那座滕王阁。

对于滕王阁，和登过的黄鹤楼、岳阳楼等风景名胜一样，起初是从课本上了解，后来内心也有学古代诗贤多登名楼高阁的情结。

倾慕那些将毕生最唯美出彩的诗词，写在亭台楼阁之人。可惜我多少年行走，眼里的山水日月、亭台楼阁，淹没于茫茫人海，无笔下之诗词。

碌碌无为，空负时光。于某一天醒悟，喜欢并爱上了写作，想到用笔记下几言：忆忆几十年来，山、水、亭、台、楼、阁上发生的人文故事。以此抚慰灵魂中失落许久的一个梦想。

当站在时间的荒原上，看花开花落，月升日落，心里泛涌诗情。回头看时，已记不清中学阶段，朗读、背诵《滕王阁序》有多少遍。清晰的是朗读、背诵过程呆板，机械又缺少理解。

可有一天，站于滕王阁楼上再读《滕王阁序》，那已是无法形容的灵魂的感慨。为此，我一直有些遗憾，当时没有文字切入的能力，感慨只是一刻，转眼如落花流水，一去不复返。

直到发现心灵需要文字，需要真实场景与文字相交。此时的深刻，才令灵魂震撼。用到笔下，产生思考，心灵便穿越千年时空，由阁间溯往，上至初唐，我找到王勃。

王勃，生于公元 649 年，古绛州龙门（今山西河津）之地。祖父王通，隋末大儒，后授业辅助大唐，是唐皇李世民两位名臣：房玄龄、魏征两人的老师。父亲王福畤也是朝廷州官。

生于优越富足的家庭，享有得天独厚的教育，又天生聪敏好学，6 岁能诗文，且文才流畅，被誉为"神童"。9 岁时，读颜师古注《汉书》，作《指瑕》十卷以纠正其错。16 岁时，科试及第授职朝散郎。要知道，现在这个岁数的孩子还在读中学。

许是太优越的家庭背景，天才一路太过于顺畅，像初生牛犊，助长了恃才傲物的性格，以致后来惹火烧身。为了给沛王斗鸡添彩助兴，以他文采飞扬、酣畅淋漓的才情，挥洒写下一篇《檄英王鸡》。此文一出，令当时人们争相抄阅，有长安纸贵之说。可没想到，这篇文章被唐高宗李治看到，瞬间大怒。认为两王斗鸡，王勃非但不劝阻，还作檄文，有离间挑拨两王嫌疑。

王勃也由此事，一下子跌落神坛，被赶出了沛王府。重重的一次打击，使其多有失意，无奈落寞之时，离开长安，狂游巴蜀诸多的山川，其间创作了大量的诗文。但自觉不能这样整天游手好闲下去。三年后，重返长安，想方设法求人扶助，得到了虢州参军之位。

然而，在参军之任上，其还是个性太冲动，又一次迎来打击。他私自藏匿了一个叫曹达的逃跑官奴，后又怕走漏风

岁月流痕／秋树　著

声，竟然杀死了这个曹达。杀人偿命，死罪难逃。而恰恰就在此时，天助英才，唐高宗更改年号，天下实行大赦，王勃就这样逃过了一劫。这事据说是嫉妒他的同僚有意设计陷害。但已是命案，王勃的父亲也受牵连被贬到了遥远的交趾任一小县令。交趾位于现在的越南，贬到这里做官，无异于是屈辱赴死之惩。这让王勃对父亲感到深深的内疚和自责。

唐高宗上元二年（公元 675 年）春天，失意落魄的王勃很是想念父亲，离乡南赴交趾探父。一路转折，正值重阳佳节，到了洪州（今南昌），恰逢洪州都督阎伯屿新修的滕王阁刚落成，其在滕王阁上摆大宴迎各路宾朋。

王勃前去拜访，阎知其名，便邀之一同赴宴，席间说要众才子为滕王阁作序。恰好的时间、地点、机缘，遇上恰好的人，王勃一赋《滕王阁序》，就此惊出三江，艳至九州。

写完此序，王勃即刻离开了滕王阁。十一月到达广州，适逢宝庄严寺开设法会。而受宝轮法师托请，又写下中国文学史上至今篇幅最长、内容包罗最广的宝塔铭文《广州宝庄严寺舍利塔碑》。雄文已成，何有不安？

然，天妒英才，次年八月，探父归途中遇上了风暴而溺水罹难，长眠于南海，年仅 27 岁。此年秋天，落霞孤鹜同泪哀，秋水长天共无色。

王勃只活了 27 年，但他在初唐文学史上成就非凡，是世间奇才，用典高手。他的五律五绝，如名句"海内存知己，天涯若比邻。"，骈文如《滕王阁序》等，无论数量还是质量上，堪为"初唐四杰"之最。

为此，他高频度地被后人传颂了千年，研究了千年。千载之下，胸中万卷，已令无数老骥感叹，难追云中俊鹘啊！

他死后 25 年李白出生；36 年后，杜甫出生。若他没死，诗歌史上，大概一哥非他莫属了。

当读王勃所有的作品，从中可看到，典故经王勃之圣手，既异原文又不离原文，并循规"言必有出处"，而彰显点石成金之妙。

思绪回到那篇《滕王阁序》中，我时有探问，王勃作序，挥之即成传世名作，也不用修改？史书记载这是一个千古之谜，说此乃是文学中的神话故事。读冯梦龙著写《醒世恒言》，不少记载中，描写了王勃作序有神助的故事。《马当神风送滕王阁》记载了一段佳话："江神有意怜才子，倏忽威灵助去程。一夕清风雷电疾，满碑佳句雪冰清。直教丽藻传千古，不但雄名动两京。不是明灵祐祠客，洪都佳景绝无声。"

其实神助，从本质上说，是建立在王勃先辈们对他自小悉心培育，和他天姿聪明，爱好读写，而积淀了深厚的才学基础之上的。

据史学研剖，王勃到滕王阁作序之前，他为了南赴交趾探父，已读过了许多天文地理历史，如《越绝书》《汉书·地理志》《水经注》等书。

何况自古至今，想通过行走了解天地山川，一个人的步履是有限的，最好的方法是读书。书能让人游历更多的地方，从而可以抵达更多更远的山川。每在笔下，便信手拈来，写出来的就似他亲历的一样。而人类的文明也只有通过文字，才能体现出精彩和伟大。

从此，文以阁名，阁以文传，而千载不衰。关于《滕王阁序》，本由阎都督爱婿所撰写，轮不到王勃。而酒过数巡，阎公邀众才子作滕王阁序，是其表面热肠之说，众才子知实情，纷纷谦让。

唯年轻的王勃，个性使然，根本不管这些细节。他放下酒杯，直趋案前，展开纸砚。阎都督一看大为不悦。王勃没看阎公之不悦，又豪饮几杯玉液，笔走蛇龙，洒脱狂放，一泻千里。

不悦的阎都督，只好使小吏探报，初报所写诗文，开首"豫昌故郡，洪都新府"，都督说老生常谈，了无新意；片刻，小吏又报"星分翼轸，地接衡庐"，都督沉吟不语；俄顷，小吏再报"物华天宝，龙光射牛斗之墟；人杰地灵，徐孺下陈蕃之榻"，都督大喜；再听报"落霞与孤鹜齐飞，秋水共长天一色"，简直是风景大片，阎公拍案而起："此才子，当不朽也！"

今天，我们因王勃而受益匪浅。《滕王阁序》的音律、对仗、辞藻、典故，完全把汉字的美发挥到了极致。一顿饭工夫，所用典故有46处之多，且运用得当，毫无拥挤生涩之感。大量现代成语都出自此文，比如：钟鸣鼎食，时运不济，命途多舛，一介书生，物换星移，人杰地灵，萍水相逢，高朋满座，青云之志等。一篇文章，真可谓横绝千古，为后人作出这么伟大的贡献，至今无人能超越，用"前无古人，后无来者"来形容一点不过。

有意思的是，在《马当神风送滕王阁》中，还有一个超级高潮的故事。相传，王勃文不加点，佳句频出。挥毫泼墨，一气呵成。众人正交口称赞，阎公女婿吴子章眼见王勃抢了他的风头，忽然间，高声叫道："此乃旧文，吾读之久亦！将先儒遗文，伪言自己新作，当以盗论！"

阎公惊诧地问道："何以知之？"吴子章说："若不信我可以当众背诵。"当下便在众客面前，朗朗而诵，从头到尾，竟无一字差错。念毕，席间诸儒失色，阎公亦疑。这个吴子章居然朗朗而诵，从头至尾一字不差地把王勃的文章背出来。这也算是个人才。

　　王勃听罢，不慌不忙地说："吴兄真是过目成诵，佩服佩服！请问这先儒旧文，后面有没有一首诗？"吴子章道："无诗！"

　　王勃再三问之，皆说无诗。王勃乃拂纸如飞，落笔生花，有如宿构。其诗曰：

> 滕王高阁临江渚，佩玉鸣鸾罢歌舞。
> 画栋朝飞南浦云，珠帘暮卷西山雨。
> 闲云潭影日悠悠，物换星移几度秋。
> 阁中帝子今何在？槛外长江□自流。

　　写毕，不待辞别，便匆匆离席下楼，直奔江边而去。这便引出了下面的阎公千金求一字的故事。

　　其实，那个阎都督既具备中国古代文人崇才惜才之心，也颇有官场隐忍圆通胸襟。已命女婿写序文，现岂能让一个落魄潦倒的王勃抢了风头？内心似矛盾着。阎大人邀请众才写序是面上的酒中热肠，对恃才傲气的王勃心中确实不悦。但真看到一出古今的才气，便没有了卑劣之心、小人之为。他选择的是对真正才华的心悦诚服，王勃的佳作也因他而流传千古。

　　所以，所谓神助的本质，是与先天的聪明、后天的勤奋和接受的教育有关，以及与所处的环境、遇上的人有关。王勃一生数次不顺，不幸之幸，关键时也因为有才，他遇到了真正的怜才识才之人，而让其名垂万古。

对于南昌都督阎伯屿，在后人的眼中，也是值得称道的，他是伯乐，有发现千里马之心。

王勃飘飘然离席而去。此时，阎都督满是惊喜地来到案前读看，当发现序文结尾之诗，末句怎么空一字未写？"槛外长江□自流"。□中字是什么？众才子围看，猜"独"的，猜"水"的等等。阎都督却直摇头，不满意中，迅速吩咐下人带上千金，骑快马疾追王勃。待下人几经奔波，从王勃那里得字而回时，都督一脸喜悦，急切问道："究竟何字？"下人答道："字已写在我手心，大人请看。"谁料想，下人伸开手掌，竟空空如也。

都督正欲感叹，灵光一闪，猛一想，莫非一"空"字？"阁中帝子今何在，槛外长江'空'自流"。好一个"空"字！"千金难买一字，原来是真的！"

万千感慨，化在一"空"字之上。在场众多才子无不称奇！

王勃，他的灵魂纵横于山水间，他这一笔挥就的千古文章，无不使一代代后人对他千敬万仰地膜拜。

从王勃的灵魂世界中徘徊后走出来。我看着滕王阁在赣江边巍峨矗立之影，然后，踏上阁楼。

在楼阁大厅中一幅汉白玉浮雕《时来风送滕王阁》前凝神。我似闻到了阁楼上有当年一杯残酒，依然飘着千年前玉液琼浆的袅袅之香。

感慨王勃太幸，是偶然走向必然，而风华流芳。

斗转星移，烟云远去。孤舟犹在奔腾不息的赣江行走。眺望着苍茫无尽的江涛，他年也去赴一场滕王盛宴。

秋水霞光，风烟俱净。观楼人影，相逢刹那，为景而来，为梦而来。王勃也是。

"秋风一夜已千山，长天万里何是远。赋就滕王高阁句，便随仙仗伴中源"。

上之一层，汤显祖《牡丹亭》故事也绘画以壁，据说今现场又添琴管丝竹。从而可听：春花秋月，流年似水，人生自多伤情泪！

看来，人们很希望王勃之魂回到楼阁之上，同听一首惊天动地、千年不朽的生死恋曲。

往上走，四块匾做成的《滕王阁序》，字体闪光。

再往上，楼阁最高处，想象古人，独立楼台，凭栏眺望。人生遇有挫折，心自悲欢，意象万千。乃眺不尽的落霞孤鹜，望断了的秋水长天。

仰观俯视，东、西重檐之间一块苏东坡手书"滕王阁"彩匾，赫然醒目间，却隐隐浸染历史的尘埃风霜，又沾满岁月的锈迹斑痕。这匾额像是滕王阁的一双眼睛，在无数个静静的日子里，晨送一片片白云，晚盼一缕缕霞光。默默无闻间，与天地同行，与日月共辉。

天色行晚，赣江边，暮色霭紫，山峦隐没。江洲依稀有野鸭飞过。栏外江水悠悠。从楼高处顺阶梯缓缓下来，每下一个台阶，步履愈轻松，思绪却增添太多感叹！

落霞、孤鹜，长天、秋水，望断在楼高处。下来时，心里也真真实实感慨：雅逸无边，博大精深的一代代古贤们，呈给世间绝美风韵。

离楼回望曾来这里的时光，至今日，王勃之《滕王阁序》能清晰如昨，并触动心灵，让自己有一种坚持。似乎也在告诉世人，人有灵魂，无论天边如何遥远，只要努力往之，何愁无风到达！

若错过一缕晨光，就莫再错过一道晚霞。爱之写作，曾去的那些山水楼阁，经岁月沉淀后，再用文字忆于笔下，就凸显出了生命特别的意义。

那一片海，一道光穿越时空，又回到滕王阁之上，人们正用心品读：一个泣血灵魂写就的生命悲歌——《滕王阁序》！

云烟苍茫，风月同天。秋水长天犹一色，孤鹜落霞又齐飞。

二上黄鹤楼

远望现代高楼林立的江城，近望矗立于汉江边的黄鹤楼，感觉不再显得高耸云天。但登上黄鹤楼，透过历史的风烟，这时觉得它依然不失巍峨之气。因它是一座历风雨而重生的显赫之楼，一座隐藏日月山川灵气的苍黄之楼，一座凝固生命、凝固灵魂的诗意之楼。

黄鹤楼让伟大诗人李白爱到高亢激昂，无以复加地连呼："一忝青云客，三登黄鹤楼。"

一座几经焚毁，又重立于山川之上的楼阁，有人赋予其灵魂，产生出非同寻常的文化意义，从而使其有生命灵魂一般的存在感。

我两次登上黄鹤楼，第一次是20世纪80年代，第二次是隔了20年。我无法与崔颢、李白登黄鹤楼时，拥有的超凡诗情相比。但从内心来讲，任何一个凡人，在任何时间以任何方式登黄鹤楼，都会有一丝心灵与宇宙万象间的触融之感。仿佛在圣人面前膜拜，想的是读一读人文天景以达修心净魂。来过的人或多或少是如此。

楼上有崔颢诗："昔人已乘黄鹤去，此地空余黄鹤楼。黄鹤一去不复返，白云千载空悠悠。晴川历历汉阳树，芳草萋萋鹦鹉洲。日暮乡关何处是？烟波江上使人愁。"我亦多次反复吟诵过。第二次登黄鹤楼，心中更是崇仰于这些传世

岁月流痕／秋树 著

名作。

概说崔颢：他生于公元 704 年，出身唐代顶级门阀士族，19 岁就高中进士。《旧唐书·文苑传》把他和王昌龄、高适、孟浩然等大诗人位列一起。但他命运不济，仕途屡受挫折，后纵情声色、迷于赌博。再后弃官漫游离开首都长安，足迹遍布大江南北。这首著名的黄鹤楼就是他在漫游时创作的。正是后来徒步千山、跨越万水的漫漫旅途，让他见识了人生的艰辛。他的视野开阔了，内心亦丰满了。

人一旦褪去年少轻狂不羁，那双走过无数地方的脚登上黄鹤楼，面对白云悠悠，千载楼空，仙人、黄鹤一去不返，岁月不再。叹息人生苦短，苍凉茫然间，万般感慨涌上心头，气韵一出，行若云水，不为词不骇异、韵律平仄所拘，信手拈来，浑然天成。

楼台望远，从天上到人间，自己的怀才不遇，浓浓乡愁，融在了滔滔的江流、莽莽的平川里；融在了历历汉阳树、萋萋鹦鹉洲之间；融在了蓝天白云、春江水绿、草木青翠，极富色彩、音韵之美中。"日暮乡关何处是？烟波江上使人愁。"霞光美景如此让人留连不归，不觉已是薄暮冥冥，又见缕缕青烟笼罩着一群归林倦鸟，想想客居他乡，心涌太多挥之不去的乡愁。

唐诗的巅峰多有如此表述：如王之涣《登鹳雀楼》的"白日依山尽"；孟浩然《宿建德江》的"日暮客愁新"；马致远《天净沙·秋思》的"夕阳西下，断肠人在天涯"等手法。把读的人，和后来的登楼之人，皆带进了无边的意境中，也仿佛带入了无尽的思乡怅惘情绪之中。

崔颢登黄鹤楼，近观远望，意象在楼外，将泛涌的情思交融于天地人景，把文字用得出神入化，一笔下去，鹤去楼空，凄婉苍凉铺在纸间，从此无人能过，成千古之奇，楼之绝唱，连诗仙李翰林都甘拜下风。从而奠定了此诗乃七律之首的杰出地位。一座黄鹤楼也因他这首诗，而成为名扬四海之楼。

诗述：仙人跨鹤本是虚无，然以无作有，以心寄象时，鹤飞仙去，楼空不复，而憾在岁月流逝。天际白云，悠悠千载，而慨于世事茫茫。

诗人的伟大在于游山玩水之中，能在各处留下人们极其敬仰的文字或诗作。千年来，黄鹤楼也为此吸引了历代众多文人墨客登高览胜题诗，而留下了众多脍炙人口的诗篇。

再说李白：盛唐天宝年间，李白第一次登黄鹤楼，在被楼上楼下美景引得诗兴大发，正想题诗时，忽然抬头看见楼上崔颢一诗，吟诵之间，连称"绝妙、绝妙!"。这是李白平生第一次遭遇如此挫败，便以四句"打油诗"抒发了他的感慨赞叹："一拳捶碎黄鹤楼，一脚踢翻鹦鹉洲。眼前有景道不得，崔颢题诗在上头。"便搁笔不写了。

后据说有个少年丁十八讥笑李白："黄鹤楼依然无恙，你是捶不碎的。"李白又作诗辩解："我确实捶碎了，只因黄鹤仙人上天哭诉玉帝，才又重修黄鹤楼，让黄鹤仙人重归楼上。"传说变得煞有介事至神乎其神。黄鹤楼东侧确建李白搁笔亭，因此志载记其事。

作为极度爱诗的人能搁笔不写？李白为何三上黄鹤楼，个中原因是什么？其中有一点可以肯定，因为他极其爱诗。自古以来，写诗之人也是读诗之人，诗如食物般在其每天的生命中。当遇到崔颢这首绝好的诗，他极为赏识并用了心品尝，通过复来登楼而深深体会诗意。诗人的伟大就是取人之优、引人之长来补己之短，从而更有高格之意。他后在《黄鹤楼送孟浩然之广陵》借用了这惟妙传神的诗风。"故人西辞黄鹤楼，烟花三月下扬州。孤帆远影碧空尽，唯见长江天际流。"他的《鹦鹉洲》前四句"鹦鹉来过吴江水，江上洲传鹦鹉名。鹦鹉西飞陇山去，芳洲之树何青青。"也与崔诗句法颇为相似。

爱诗之人，出手于山川楼阁之上，必是深情挚意的诗。可谓句句景，句句情，道尽心中无限的山河情怀。从这里，我们可以看到，诗人行游天下，在风景中邂逅好诗而出更好的诗。自古如李白、杜甫、崔颢、苏东坡等，多少名人概莫能外也。

再看世间，游人多是楼阶上或亭台间的匆匆过客而已。为此，哪一天，你第一次或第二次甚至多次登一座楼，或去一处景，当沉湎于旧时烟云中风月，黄尘古道上铁马，青山绿水涧轻舟，或怅叹仕途坎坷，抱怨现实不平时，对于过往的历史人文，结合现实所见的山河美景，会滋生出怎样千丝万缕的情怀和诗象？只有亲身一观，心里才真切明白。

那一只飞去的黄鹤，谁再去寻？那一首乘鹤远去的诗谁又会忆？几度苍云日，叹尽岁月逝。

人世总在不断地重复着，一代人去了，一代人来了，不断地在制造色彩与传奇，不断留下无边的向往。对于过往的风景，我们是否已忘却？是否重作一次怅惘至深的追忆？我们都难以预料。

那一年的秋天黄昏，第二次在黄鹤楼顶层时，伴随风里清脆风铃之声，一度沉浸在西天的夕烟霞光里，我如梦般见到了天边登楼怀远的那些伟大诗人。可当时于我，眼前的白云、孤帆、江水、林木、一群前来觅食的江鸥、上上下下沉醉于风景的旅人、一只无法飞动的铜铸黄鹤、对岸一幢幢高楼，均无法匹配诗词里的山水楼台。

我不知道是否也像李白一样，也有三登黄鹤楼之意，再作诗忆古今的情感放逐。只是自觉第二次来，无意为潇湘水云之地的风景迷离感动。楼壁上散发着千年的故事，以及诸多芳墨泼就的一幅幅写意长卷，令我肤浅的思想有了增添宽、厚、深的立体动力。尽管现在黄鹤楼的高耸程度，无法匹敌当今城市的太多高层楼宇，但我真想他年再来一次。

人类自然流淌的风景，前世今生的命运，注定要在风景中寻找。一座历史的楼台给了后人最佳的答案。谁天天目送江水东去，目送风烟云月，而阅尽人世悲喜离合？今明不知哪个游客来，哪个游客走？他们是怎样的心境，只有一只无声的铜铸黄鹤，和天上的一片白云最最清楚。

不断地有人登上楼、走下楼，远山朝日，长河落霞，万物风华，是否会才下心间，却上眉头？是否会将眼里一切入画，将心中一切化情，也写出一首不朽之作？这也许是登楼看风景最有深度、广度、厚度的行游意义吧！

而作为普通人，直到多少年后，仔细回忆两次在黄鹤楼的心理过程。崔李在上头，有谁出左右？

记得第二次黄鹤楼入眼时，似乎黄鹤楼非楼，仙鹤泪悠悠。山水无尽，上楼意休。但无论是何来此，灵魂必为崔李所化。

岁月流痕／秋树　著

总算涂墨：

二立楼台无白忆，西天黄鹤问云鱼。

梦吟崔李几回首，久愿终来一句余。

忆岳阳楼

喜欢冠绝古今的名篇《岳阳楼记》，很崇拜范仲淹写文用句时信手拈来的非凡能力。

古人"滕子京"为重修岳阳楼，托人画了一幅《洞庭晚秋图》，请范仲淹为楼作记。范仲淹凭一秋图，将洞庭天地描绘得深邃透彻，文采闪光，美似流苏：

衔远山，吞长江，浩浩汤汤，气象万千；北通巫峡，南极潇湘。雨霏之下，阴风浊浪，满目萧然，感极而悲。景明之上，心旷神怡，宠辱皆忘，喜气洋洋。仁人心中，"不以物喜，不以己悲"。特别是千古名句："先天下之忧而忧，后天下之乐而乐。"更是折服了一代又一代的炎黄子孙。

20世纪80年代，我参加工作第三年，期间出差贵州赤水，返程由重庆坐船往长江下游经岳阳停靠，瞬间想到学过的《岳阳楼记》，我决定下船去登岳阳楼。

过后日常，自己匆忙于工作生活，多少年间尽管去过不少名胜古迹，心中却恍惚糊涂，纸上没生出一字半句。

人至半百，在苏州天平山范家宗祠感读范仲淹的生记。知悉童年的范仲淹，跟随任安乡（今湖南安乡）县令的继父朱文翰一起生活过一段时间。安乡位于洞庭湖一角，与岳阳楼隔湖相望，这片湖光山色自然地印在了他童年的脑海。尽管后来没有到过岳阳楼，一幅《洞庭晚秋图》，借由丰富想象，心神似于楼上高处，放遥八百里洞庭湖。天地苍茫浩瀚，挥毫间结合忧国忧民的圣贤胸怀。在洞庭湖苍茫的天地中，蕴藏一颗明澈透亮之心。发自内心呼唤："居庙堂之高则忧其民，处江湖之远则忧其君。"一篇《岳阳楼记》，就这样诞在人类历史长河中，发出了永恒不朽的灿烂光芒。

后来，再读《岳阳楼记》，内心忆想文章之美，似重游曾去过的岳阳楼。

此时，画面清晰，记得当初凝视细看的《岳阳楼记》是刻在几块檀木屏上。整座楼建筑：飞檐、斗拱、盔顶等，没用一钉一铆，仅靠木构件连接。内有唐代杜甫晚年写的诗："昔闻洞庭水，今上岳阳楼。吴楚东南坼，乾坤日夜浮。亲朋无一字，老病有孤舟。戎马关山北，凭轩涕泗流。"以及诗仙李白流放途中遇赦后在此写下的"水天一色，风月无边"八字。令人内心自生敬仰。

思绪入此，人生数十年，纵横于大江南北，把绝句印在山川之上，印在楼阁之间，激励了一代又一代人，并让后人循着他们的诗句，真正感觉生命与山水关联之深，和灵魂丰富中的律韵之美。

所以，我认同有人说："许多楼阁在天地生成，是为下一个懂得欣赏风景的人而生。"而岳阳楼也是如此，成为一座自然和谐，令无数文人骚客神往的天下名楼。

画面中，一个青年从岳阳楼上走了下来，在不远处遥相对应的三醉亭与仙梅亭间停望。然后轻吟三醉亭边吕洞宾七绝："朝游北海暮苍梧，袖里青蛇胆气粗；三醉岳阳人不识，朗吟飞过洞庭湖。"又默念起一个有鼻有眼的传说："吕洞宾知岳阳郡中将有神仙度化，就来此处买醉，初次试图劝千年柳树精和梅花精出家修道，却劝不动。后柳精、梅精二人投胎人间，结为夫妻，夫名郭马儿，妻名贺腊梅。吕洞宾第二次前来度化，他们依旧不为所动。直到吕洞宾再次来到岳阳，饮下郭马儿之酒，并给他一把剑，叫他杀妻随其出家。郭马儿怎肯杀妻？持剑回家时，却见贺腊梅头颅已落地，郭被告到官府。直到吕洞宾出现，得知贺腊梅未死，而众官皆为八仙化身。郭、贺这才自悟自己的前生是柳树和梅花，并非凡人，于是跟随吕洞宾升仙而去。"

时间紧迫，步履匆匆。仙梅亭：迎面松、竹、梅，"岁寒三友"的诗情风韵袭眸过后，亭上清代花湛露那一句诗"坚贞一片不可转，此是江南第一枝。""情之坚贞"，吟之心扉油然敬颂。

半里之外是小乔墓，有宋代苏东坡手迹："遥想公瑾当年，小乔初嫁了，雄姿英发。"让人浮想课本上注释周郎与小乔的相爱，和电影中一场惊心动魄的历史经典之战：赤壁火烧连营的激烈画面。

人生往去，行游时光，相遇某些美好物事与人缘，记下方有永恒。若相遇且由心喜欢，即便百读，犹如新始。

印象流年，自然风化，侵蚀岁月，自是渐稀渐远。而多年后突然怀忆于纸上，就如"水天一色，无边风月"一显空灵明净，这便是岁月中的文字之美。

今日回头评判，当年匆匆登岳阳楼，尽管楼不高耸，内心无叹为观止，却在回忆中，感受到诗贤馈赠的福恩。

所以，时光岁月，无论怎么摧蚀人颜，心中有忆念，想起某些人和事以及去过的名胜古迹，能化作字句于人，实乃生命之幸。

俏花与诗人

听！柔情温婉，低缓软绵的歌声。林徽因对徐志摩的初情，和徐志摩失事后林徽因的真情流露，还是让我心潮泛思。

那年她16岁，随父亲游历英伦，于伦敦康桥邂逅24岁的徐志摩。佳人遇才子，俏花与诗人，似一对夜莺。康桥互望的日子，英伦的山水也为之动情。

灵魂交于秋天康桥上，迷离的浓烈诗意。二人曾一同接待过泰戈尔，期间为泰戈尔做翻译。

20世纪就这样诞生了一位才华横溢，最有活力的诗人。《再别康桥》：轻轻的我走了／正如我轻轻的来……悄悄的我走了／正如我悄悄的来……

徐志摩决意与带着两个儿子的发妻张幼仪离婚。对林徽因展开狂热追求，在还是青春少女的林徽因心中是既幸福又惶恐。以至于林徽因的父亲知道此种情况，在给徐志摩信中写过这样一句："足下用情之烈令人感怅，徽因亦惶恐不知何以为答。"

然而，林徽因似有天生的佳人特质，她无法许可"有妇之夫"，且内心纯得如一块无瑕璧玉。况且来英伦之前她与两小无猜，父辈世交，在建筑上志趣相投的梁思成已有定约。

可惜与徐志摩是一场美丽的错遇，当徐志摩陪泰戈尔去了日本，林徽因在梁启超的安排下与梁思成一起出国留学。此后，林徽因与徐志摩四年间再没见过。

而面对徐志摩"心甘情愿冒世之趣，竭全力以全斗"的追求，林徽因便显出了与众不同的才华和智者的光芒。尽管她也从心里喜欢徐志摩，但她没懵懂昏头沉溺于疯狂诗人的理想世界。

在看清了诗人性格的偏执狂烈，她尊重于诗人的真实而放弃内心掩映的虚伪，凭本能的纯洁善良，坦诚相告了徐志摩。她要的是踏实安稳的生活。

"爱不等于生活的全部，生活不是纯粹的诗。"她就这样拒绝了徐志摩的爱情。她的理性，让我们看到了一个懂生活懂爱也很会寻爱的人。爱，或者不爱，得自行了断。

在梁思成给她选择伴侣的权力时，她终于做出了决定，且感动万分地对梁思成说了句能让世上所有男人都无法拒绝的话："你给了我生命中不能承受之重，我将用我一生的行动来偿还！"

林徽因后来也曾对子女说过，徐志摩当初喜欢的是浪漫情怀下所想象的林徽因！她和梁思成留学期间互生情愫，能够走到最后，正验证了那句话："有情人终成眷属。"现实生活也证明了林徽因和梁思成婚后生活美满，异常恩爱。

当然，有人将这场婚姻看作中西文化的结合，既有西方的追求爱情，也有"门当户对"寓意深远的中华文化。是的，生活安稳是她的现实。徐志摩只属于她的一个少女梦，她必须拒绝。

徐志摩最终只能在心间塑造了一个理想爱人：茫茫人海中寻访唯一灵魂之伴侣。天空的蔚蓝爱上了大地的碧绿，悄来的微风叹了一声！即是临近，却已隔天涯。

面对当时社会动荡的现实，梁思成在知道徐志摩疯狂爱恋着林徽因时，用他建筑家的风范加倍地怜惜她、爱护她，给她稳固的安全感，特别在林徽因父亲遇难后更是倾尽身心地关爱。林徽因内心也正需要这样稳妥的生活。

生活不是拿出来看外表的。在情爱的范围内，理智常态的生活才最重要。只有理智的生活才会长久。若只沉于理想与疯狂的不切实际就越容易走偏！如诗人顾城，海子，就是因过于理想化而走上极端，而毁了自身。

徐志摩后来遇见了陆小曼，陆小曼具有的风情万种让诗人暂时得到了慰藉。林徽因回国后，徐志摩和陆小曼已成婚，林徽因也嫁给了梁思成。

然而，陆小曼只是风月，而林徽因才是真正的珠玉。这使徐志摩对林徽因一直情心不渝。

那一次，他为了能及时赶上听林徽因演讲，匆匆搭乘一架邮政飞机前往，谁知飞机于途中坠毁。真是天有不测风云，可怜诗人一场无望的追寻，生命漂泊化成世间绝唱，以至太惹人惋惜又伤心。

红尘之中，一代俏花林徽因就是不同于普通女子。虽情感上回绝了徐志摩，但她本质上是个有情有义的人。对于徐志摩不幸遇难她非常伤心，这伤心后来成了她一生刻骨铭心的痛。徐志摩飞机失事，丈夫梁思成亲自去现场捡回一块碎片，林徽因就将它挂在卧室。

诗人死后，她为了诗人一只"八宝箱"而生务必得之的决意。理由是：我只是要读读那日记，给我是种满足，好奇心的满足，回味这古怪的世事，只想纪念老朋友而已。

林徽因在给胡适信中说：我觉得这桩事从事情方面看来真不幸，从精神方面看来这桩事或为造成志摩成为诗人的原因，而也给我不少人格上知识上磨炼修养的帮助。徐志摩与她情爱无缘，在她生命中却有一种激励，使她坚强而不惭愧。

若知不幸事，宁作陌上人！她为徐志摩的失事真的伤心至极。岁月经过漂染，一个坦荡的胸怀，多少年后，注定了当事人的真性情。林徽因即便后来在病危时分，心底对徐志摩那份纯情仍没有否认。

许是初恋真的有永远之美，是的，她对徐志摩的怀念，内心承受的煎熬与感伤，许多时候化在了她的文字里和她的行动中。

1934 年，她和梁思成去南方考察，路过徐志摩故乡硖石。她下了车，在昏沉的夜色里，独自站在车门外，有这样的叙述："凝望着幽暗的站台，默默的回忆许多不相连续的过往残片，直到生和死间居然幻成一片模糊，人生和火车似的蜿蜒一串疑问在苍茫间奔驰⋯⋯"

一样的月明，一样的灯火⋯⋯

望满天的星只有人不见，梦似的挂起，若问黑夜要，那一句话你仍得相信？山谷中有留着的回音。

林徽因这一生，徐志摩成了她特殊的"朋友"。其中究竟是怎样的一种感情，是灵魂契合投缘中的情感纠葛？别人不解，只有她心中明白。

是的，在世界中，人与人的感情，有的只能遥遥相望，但依然不失为一种幸福。

俏花对诗人，这般情意，冬至的夜色下，真的令人品味再三，咀嚼再三，而赋予笔端。

一代俏花

西日透着微红，晚归的倦鸟匆入林间，林中落叶有些忧伤。空寥的秋塘，只有断荷的影子，月光画好了一幅婉约宁静的秋图。

白落梅触碰林徽因灵魂时，她得了其神韵，写了本书《你若安好，便是晴天》。由此书我进一步了解了一个多才多艺、真实比想象更丰满的民国一代才女——林徽因。

尽管时已至秋，翻开书页，却隐现出一股风软云轻的四月花香，和一片粉红嫩绿、鹅黄梨白点缀的自然美色。似一只叽叽喳喳的绕梁燕妮在眼前呢喃，林徽因将爱与暖给了四月里的希望。

落入凡间的精灵，像佛座前一支莲花，让无数女子遥望。步入成熟的岁月，她丽不张扬，雅不冷傲，让读她的人满是愉悦激动。

民国时代，一批名流俊彦云集沙龙会，围着她似如盏盏壁灯，柔光集照。冰心说她很美丽，很有才气。沈从文说她是具有创造才华的作家、诗人，具有丰富的审美能力、广博智力和交际的迷人魅力。胡适更誉她为中国一代才女。

与她一起长大的堂姐妹说，她任何时候衣着打扮、举止言谈处处令她们倾倒。此后，与天才诗人徐志摩相遇，让百年来文人与非文人津津乐道；与中国近现代著名哲学家金岳

岁月流痕 ／ 秋树 著

霖交识，金岳霖为她终生未娶。

最后选择与青梅竹马的梁思成为夫妻，后来成为中国近代建筑学奠基人的梁思成曾诙谐地对朋友说："中国有句俗话'文章是自己的好，老婆是人家的好'。可是对我来说是，老婆是自己的好，文章是老婆的好。如果一百个人来问我完美女子的标准，那么我一百次都会回答说是林徽因。"

可见林徽因其出众的才，倾城的貌，散发出女性精妙绝伦的美，让几个才俊羡到极致。

林徽因的情感经历，胜过了张爱玲、陆小曼、三毛等众多才女。她一生活得乐观执着，坚定干脆。她身边有众多男性朋友，但她的性情不曾放纵过度，也不存多少破碎，她的一生没有被花边的口水淹没。尽管与三位男性有情感交往上的纠缠，但没有人说她水性杨花。

她在人生问题上处理得极为安稳妥帖。与徐与金，不因成不了夫妻就成敌人。他们有最好的友情，最好的呵护。了解林徽因这样一个女子，将使我们对生命与爱情有更深切的理解。

尽管她出身于名门，数历繁华，青年时旅英留美，深得东西方艺术真谛，且有英文好得令众人赞叹称羡的资本，却一生耐得住学术清冷和寂寞，并受得了生活的艰辛和贫困。

她在战争期间困居李庄乡下时，亲自提了瓶子上街头打油买醋，还从事繁重的乡间劳动和家务。就是在一贫如洗、疾病缠身时，也执意要留在自己的祖国。

所以，她真的具有极高的素养，具有秀外慧中的气质。一生处处表现出了坚忍真诚，不顾重病、不怕艰辛，和丈夫梁思成坐骡车、住小店，踏遍中国近二百个县，在荒郊野地，穷乡僻壤里的民宅和古寺中寻访考察，凭广博深厚的中、西学功底及敏锐而准确的洞察力，研究"人"与建筑物的关系，探索古代建筑的构造方式，协助夫君梁思成完成了《中国建筑史》初稿和用英文撰写的《中国建筑史图录》。

夫妻俩为中国建筑学术的发展提供了极其珍贵的研究文献。大家风范的才学与小家碧玉的柔情融合，在她身上是如此完美。

建筑是她心灵的牧歌，是凝固她思想和灵魂的音乐。中华人民共和国成立后，她参与设计了新中国国徽和人民英雄纪念碑，从而实实在在成了二十世纪中国第一位杰出的女建筑学家。

无论在恬静、飘逸、清丽、婉约的青春时代，还是在迷惘、惆怅、苍凉、沉郁的风雨岁月，她身上都拥有文人的素质和眼光，她深谙民间百态。在生活中从不闲言碎语，也从不拐弯抹角，模棱两可。细腻的文笔间，包藏了非凡的语言功底。

其委婉清丽，韵律自然的散文、诗歌、小说、剧本、译文和书信等作品，如《你是人间的四月天》《九十九度中》等成了后人公认的文学佳作。林徽因也成为现代文学史上一位出色的作家。

她又是一个关怀祖国前途和命运的人。书中有一段：为保护古牌楼，尽管多次遭到批判，却不忘自己的良知和血性，竟指着北京市副市长吴晗鼻子，大声谴责。以学者见地，句句显深情，犀利敏捷地提出严厉的批评。在明清古城墙拆毁现场抚砖痛哭。

一个人于纷扰红尘中，一生如一朵清而不傲，淡而不孤，乐而不纵的亭亭白莲，不求浓烈，只求淡香于世。林徽因做到了，也确实到了让人只能仰望的境界，而成为传奇，成为一个时代杰出女性的标尺、气质的范本和美好的象征。

她的一生活得像春天里的童话让人神往，而她只活到51 岁又让人悲叹。

作为一名读者，当目光抚过书页，我的心已深深存下了一代俏花——林徽因的故事。

第三辑

何入秋天总多情

何入秋天总多情

岁月匆匆，秋缘太深。给一段寂寞时光，何入秋天总多情？我曾反复叩问。

临近秋天，心里怎多了青春不舍的惆怅与眷念，让整个心情融入秋色里？以至于有时感慨是否过分沉溺于秋天的景物人事了？

听吟一方残荷；染墨秋林山峦；情寄十里香桂；诗忆古寺红叶。归根结底，是生命灵魂有了不同寻常的梦。

特别是生命过程中经历了那么多的沧桑与伤痛之后。

如一片叶，其受寒风袭击凋谢入尘，母体无法挽留地心碎，从无数有灵生命来来去去，是自然规律导致了无法改变的结果。

一颗心经过风霜雨雪的净化洗礼，灵魂有别于凡常，从而对高贵、善良、美感不停地追求。

于你我，尽管许多追求，因年少里的懵懂无知而消失，而如今，面对一些凄婉的忧伤，甚至悲痛，我们的内心更充满了丰富、悠然、娴静之美。

事实是：当我们看到孤雁惊鸣，急匆南飞，担心孤雁这一路是否能安然找到南方栖息之地；当我们遇见一棵高耸榆枝上一个残缺破损的鸟窝，担心鸟窝能否经受即将到来的瑟瑟寒风和几场雨雪的反复袭击。

70

世间不安，为了生存，对孤雁、鸟窝时受风霜雨雪袭扰的忧虑：雁鸟可安？离人可安？本质上是我们灵魂的可贵，和我们心底的善良。便以诗词歌画的方式，颂扬、传递自然生命蕴含的伟大。

比如，叶落时分，看一幅幅自然多彩的油画在秋风中展开，心中憧憬在山野林间尽情享受那份自然带来的静美。

同时，看身边诸多生灵放慢脚步，紧缩身子，做抵御严寒到来的准备，或看南来北往萧瑟的风里，形单影只地飘摇在矮墙之上、沟壑田埂边的树木杂草开始枯萎，我们的心情也好似秋圃里经霜后的一朵孤怜野菊。

特别是那些爱上读写的人，在见到或经历诸多战争、疫灾、人祸等，太多无奈，让生命经历了残酷现实的打击，身体和情感在体会太多苦难与伤痛之后，最想尽情抒怀心中的命运与悲欢。

拿自己来说，每看皓月当空，由眼入心。心里想着，天上的月最好沉落在一河碧波荡漾的秋水里，那眼里是何其舒坦，心里也自然回味那种风花雪月般的唯美意象。

如今虽无法用确切的言语表达完整，但剖析内心多年来对那份梦想追求的坚定信念，从尝试走一走写作之路，一直到今天，并没有停下寻梦追梦的脚步。

这一路，读书、思考、写作，署名"秋树"，无疑印证了"何入秋天总多情"。

以至于多年来，喜欢秋天，让灵魂于秋风中感受凛然、优雅、飘逸的参天大树，以及其枝叶表现的翠绿、灿黄、丹红、枯灰的色彩变化之美。

曾采撷一枚枫叶，在不同色彩阶段，放在阳光下仔仔细细地看好多遍，叶脉经络，其一生太像我们生命的历程。

在眼里，一叶知七色，赤橙黄绿青蓝紫；在嘴里，一舌懂五味，酸甜苦辣咸。色彩与味道是我们日常生活最真切的感受。

于是，我们的眼眸，我们的心灵，爱上风中之树。无论岁月怎样变化，始终立于广袤的原野上。这种云淡风轻，天清水净，便让内心有了描不尽的色彩，抒不完的柔情和吟不完的诗意。

一张纯净的白纸上，可集天地自然原色，画最美艳图画，思考生活箴言，写成文章，献给永远不老的时光。

由此看来，大自然展现的诸多景，如雨后彩虹一般的美丽，不仅给人们生活带来了丰富独有的诗情画意，同时也让人体会生命那特别的生动和意义。

有人写下这样的诗："我想站成一棵树，一半浮光一半化影，一半白天一半黑暗，一半快乐一半痛苦。"

为此，心里敬慕秋天之树，站在秋树下，一棵棵"秋树"呈现欢乐苍翠与凄美枯黄的过程，让心底细察到不一样的秋意。望夕阳里一片起伏摇曳的芦絮飘飞，目不转睛地对着夜空中闪亮的星月凝视，感受大自然自由和谐的色彩转换，体悟没有酷暑寒冬，没有春花张扬的秋天中，所拥有的美妙心境，和灵魂的独特与丰富。

回味感叹：那些过往时光岁月的落寞寂寥，终于心中有了随秋水一起流淌的美妙文字。

生命中，尽力保持努力快乐、向着阳光的心态。

正如有哲学家谈人生：一个无止境地只对欲望奢求的人，生命是无味且没有方向的，心灵更是不富有的；因最后于他而言，口袋里装的是一堆毫无意义、毫无用途的东西。

所以，生命老去的过程，要真正会聆听季节美妙的音符，学会懂得取舍，淡泊名利，让生活回归清宁，灵魂丰富有趣。

这不，人世百转千回，在对秋的感触太深时，啰里啰唆复述秋的文字，犹是有趣不厌的。

秋意漫过了山川河流，漫过了村庄田园，漫过了黑夜白天，也漫过了一棵迎风耸立的秋树枝头。

所有这一切，怎不使人情不自禁思念？

若你想问，何入秋天总多情？

你不妨在深秋的时候，站于凛冽的秋风中，静静看我描述的"秋树"之意吧。

岁月流痕／秋树 著

秋水文章不染尘

常忆儿时故乡秋日，宁静空旷的田野，无机器、车流人流之喧嚣，稻花香里说丰年。

尤其在夜晚，月光辉洒河上，波光粼粼。小桥、流水、人家，极美的风景，一幅无题的水墨画里，主角是自己。

月亮升在了树梢，秋来情最浓。

如杜甫的"月是故乡明"。孤人边关，望月怀乡，感物思人，一番愁肠上心头。以致如今一站在故乡平原，脚下步履迟缓，对儿时故乡的光影越发留恋。

那一个少年，多少次静静坐在田埂上遐思。这一刻，时光乍变，怀春之梦永恒不变！

生命一路，苦乐交错。遇到难，吃了苦，心中最念儿时故乡原风景。旷野上一缕风，清河中一朵莲，静夜里一轮月。故乡啊，有亲人在，没有地方可与之媲美！故乡啊，离乡背井的梦，永不失落的魂！

对于故乡，思念如此。几十年后，眼前的原始小木桥早已不在；桥边下的洗菜提水的石阶也不见；离桥百米一棵刻过字的小树已高耸；夜色下水中一轮明月却依然。心中太多感慨：寂寞秋水，融化了多少纷扰不尽的往事！

今真切体会，于广袤无垠的故乡天地，常有秋的忧思悲伤。"窗前望云满秋泪，坐盼伤愁容颜老"。

"熠熠秋辉照君心，不是天堂胜天堂"。地点、时间、原景，方向一转，心境天壤之别。人生过程原来是本读不厌的哲学书。

到深秋时，站在田野上，站在堤岸边，放眼遥望南飞的大雁，是她将寒冬到来的消息告诉大地万物，告诉你我！

如此，倾心聆听，田野草丛、泥地中，秋虫起伏无序，吱吱叽叽，享受着最后的逍遥。凝神静看，夕阳余晖散发的最后一抹艳红。

经过田埂地头，遇见忙碌收获作物的人们，尽管劳作烦累，全身上下汗涔涔的，脸上却喜气洋洋。触手可及的秋天之美，真该先造访那淳朴辛劳的耕种收割人。

不用描画的秋美，令人心旷神怡，艳羡十分。原始的丰饶与纯净足以让人升华到灵魂出窍。就如道家理念"上善若水"，水之精神，一切崇山挡不住，一切刀剑杀不死。生生不息，矢志不渝，奔向大海，走向永恒。

出入自悠哉，听惯轻风吟。

出入世间，感觉活着时努力了，一生没有枉然荒度，回忆不过是重逢。当我们老去时，再品味儿时秋天，那才是来自生命灵魂里一段"秋水文章不染尘"的唯美岁月！

秋夜忆诗

秋天，于黄昏时分散步，其间，时不时闻到路旁桂花树上飘来的阵阵浓烈花香，心情倍感清爽。

记得童年，在乡村小路上，对着无际的星空、西下的夕阳、明亮的黄月，有过许多回朦胧、辽远、广阔的想象。我从那时起，便喜欢诗，爱做梦！

可惜，青春与童真如此短暂，我的梦一度止于后来的忙碌工作与生活现实。因一路走得不是那么一帆风顺，内心的怅然、失意增多，为了生活，不得不机械地奋斗着，我哪里再有童年向往的诗与梦？

直到有一天，第一次躺在手术台上，麻醉之中，我的灵魂嗖一下从肉体飞了出去。醒来时，我似乎重新回到了童年的梦中。

从此，我开始有读诗写诗的真实想法，并以行动坚持了下来。

我也终于在诗里看到那些诗人的灵魂，于浩渺无垠的天地之间所追寻的美好人生的理想境界。

从此，自然的诗、生活的诗、艺术的诗、古人的诗、现代的诗，洗涤着我沾染世俗功利和欲望的这颗锈迹斑斑的心，许多美丽的诗陪伴我度过了多少个寂寞无聊的日子。

之后，我的心已拥有遥远和辽阔的诗的想象。浩渺星空、西山夕阳、东天明月时常会唤起我梦中无限的诗情；神性的山水、灵动的草木和自然界的一切勾着我深深的诗意。

我的灵魂属于诗，我成了诗中的自然之客。

我的思想一次次行走风里、旷野，或在感情的流离中，或在遥远的天际里，不再为生命的晦涩而掩藏追逐的梦想。

我以独白的方式、富有美感的想象力抒发心中的思念、悲苦和寂寞。我更坚持用纯真的心表达人生的思想和精神。

生命从来处来，到去处去！生命会死，诗可以不死，我用喜爱的诗解读着人生。

我追求纯真美好的情愫，我敏感的心灵穿越了遥远的时空，我既与无限的风景、人间的情与爱碰撞出些许充满幸福美好的生活之诗，也去解读赞颂富有韵律和伟大精神的古今美诗。

当我理解了诗，我愿站在生命意识的高点，将心灵投射给世间万事万物，投射给人类古老永生的文学图腾，我为无法感知的世界歌唱。

我深知人生舞台上，自然原始生命中有一首遥远的歌吟，这歌吟包含着许多忧伤和痛苦的成分，这忧伤痛苦的成分也无法轻易去改变，这就是美丽的爱情思念之忧苦，我也用诗为之倾情地歌唱。

我把人生的酸甜苦辣，融合在了大自然原始本色的灵性里。当生命感性的形态，转化生成理性的萌芽，捕捉来闪耀智慧的灵光，我就给人类一首美艳、自由又奔放的诗。

我终于写成了诗，我的诗是一剂抚伤的良药，很像给生命在吸氧，一颗爱诗的心似可以在千年时光里不停地跳动。

我对自己说，当我哪一天死了，我的魂不去墓地，我就留在诗里，留在我的爱里。

我的一颗诗心就这样落在了这美丽的秋夜。

当诗意迎面扑来时，我好像在亲吻眼前一朵于宁静夜幕下带给我些许芬芳的金桂花，令我欣喜又悠然！

秋叶

路见黄叶纷飞，季节的轮廓里，秋寒悄来。告诉你，注意早晚冷暖，莫忘添衣。

街巷，行色匆匆的人群，可有谁正看着落叶的风景呢？这几日，我对飞舞的秋叶多观了几眼。而每入秋天，心里总有寻找些什么的冲动，似乎就在这飘飞的落叶中隐藏着。而这些许和张爱玲《中国的日夜》中的一首诗很吻合：

落叶的爱

大的黄叶子朝下掉，
慢慢的，它经过风，
经过淡青的天，
经过天的刀光，
黄灰楼房的尘梦。
下来到半路上，
看得出它是要
去吻它的影子。
地上它的影子，
迎上来迎上来，
又像是往斜里飘。
叶子尽着慢着，

岁月流痕／秋树 著

装出中年的漠然，

但是，一到地，

金焦的手掌，

小心覆着个小黑影，

如同捉蟋蟀——

"唔，在这儿了！"

秋阳里的

水门汀地上，

静静睡在一起，

它和它的爱。

诗很有意境，蕴含着凄美，记下了岁月的轮廓。生命之尽，极目之外，落叶归根，化为尘泥。多像它和它的爱，如青藤痴绕一生，绵柔不绝；多像它和它的爱，默契到血脉相连。为此，我多少次想，爱就是在叶与根之间，共同守望一生，大化在三山五岳，江河海洋，星月云天里，是绝美风景，小化在日渐清淡的日子里，是遇危险波澜不惊，保持水一样的平和心态；更是缓如涓流，润物而无声的久远，和共赴心灵之巅，一路安稳地"行到水穷处，坐看云起时"。

如果不是彼此相爱，不能同甘苦共患难，不能以叶根相连之心，同床异梦，那倒不如这样做，这段生活不去执固，恰当地放弃吧。

世上有太多的悲喜，太多无法承诺的人世之情。西施、范蠡太湖涤荡在吴越春秋，李隆基杨玉环马嵬坡叹了苍茫岁月，朱丽叶罗密欧教堂里生死绝恋……多少世间记载以凄美、生离死别的苦恋而流传的千年故事，很值得后人思考。

左宗棠曾在江苏无锡梅园泼墨挥毫："发上等愿，结中等缘，享下等福；择高处立，就平处坐，向宽处行"。"上中下，高平宽。"六个字充满人生处世的智慧、真义与健康的心态。

人生相爱不正是这样的心境吗？需要叶根间的同脉相连，生死与共。需要先虑人生死，不因祸避之。需要先人之事，后人之利。需要坦然面对困难，欣然接受一切挫折，依旧努力向上的达观心境。

用一段话送热恋中的人，是我自己的读后感：人格的魅力不是以智商、才识、成就、地位、容貌来衡量其高低；而是以内心善良、自律、勤奋、追求为根据。如果人一味摇尾乞怜讨好，卑躬屈膝奉承，通过欺瞒巧取信任，隐藏污垢贪心，最后狐尾毕露，得到的必是苟且偷生的可悲之爱。

虚荣的内心会降低人格的高度。做人当清白独立，保持心灵如荷花出淤泥而不染的正直。敢于顶天立地，不为铁链枷锁而屈辱人格。能普济天下，苦当其乐。

爱的永恒和美好在于人格的正直、高贵与善良。苦点、累点算什么呢？

一生之爱，不应在过多的忧郁感情里。爱本身是人生的苦旅，也是人生的恩慈。爱应以宽容信任之心，倾情奉上。从执子之手，到生死契阔，将希望、艰辛和幸福，激情、脆弱和坚定汇聚，从而体会人生繁华过程与凡间沧海。

体会点点滴滴的问候关爱，冷时添衣，雨路小心，累了多休息；注意营养，把身体养好，倦累的时候，在一个怀里安稳睡去。所以，人生日常可以无大酒大肉，只要情浓于心，一杯清茗守候，自会生出温馨融洽与芬芳自然的美味。

岁月流痕 ／ 秋树 著

这其中是因我们拥有可以见证，滴水穿石的平凡朴实的爱情信念。

落叶无声，是默默地祝福生命，同行霜林，漫步夕照，微笑地把记忆藏好；是一切铅华褪去后，互"信"人品，慎"细"美德，"和"事万兴，适"度"其分，发乎自然而不刻意求之。而享受世间的成熟与丰实，是生命由青转黄，枯衰凋零中，以从容悠然的姿态，淡看风云，远离浮华，心归宁静。

不是伟人名人，但可以学伟人名人。不放弃做一个坚定的赤诚的顽固的，那个醉倒在温暖怀抱，完成生命永恒之爱的美梦。

岁月无言，但出凡语。如落叶无了华光，不足以惊蛰天地，甚至带了凄美，却为冬的到来积蓄能量，为春的新生供尽养分，而令我们感怀动心，感受幸运、幸福和快乐。

从而也让我们体会，人之一生出入世间，和叶之过程无本质区别，必有得失生死，春灿秋萎，荣枯自然。当生命大难中没枯黄，还有黄灿的过程，由衷发出，生命仍在，有情有义地活着，还不足够吗？

她回答："足够了！"

秋叶静美

一场初秋的雨下到近傍晚才停。害苦了水边老柳树上的一只蝉，竭尽全力地作它最后一次嘶鸣："知吱，知吱，知……"

慌乱无序的鸣声，定是惊吓了书里的阁楼厨娘，厨间切藕丝丝连连的愁肠突然泛滥，无奈地思量：他在那儿，一切还好吗？

雨后天晴，夕阳恰在地平线。合上书本，出门走到一片思念过的田野。谁知竟多了漫画里自由洒脱的意境。田园的秋韵，诸多果实便在枝杈间展露出迷人的色泽，一片片不同的叶子在霞光中展露闪金。而旷野地头，河堤水边，有的生灵似早早地开始打点过冬的行囊，在啁啾声中，盘算着去向。

此时，眼中的莲藕河塘，石桥小树，黄桂红菊皆有种惬意的清爽宁静。耳边一支悠闲的笛声，在河桥一角似缠绕了天空一弯残月。此景如六朝金粉殿里走来一戏子，舞姿翩翩，演绎了一段深情婉约又走心的戏曲。

这秋天的风物大概就是这么幻化，令人拈诗惹词，以至生出无限的美、无限的繁华、无限的精致。

秋光悠悠入心，我常欢喜其间，抚抚花木草树，听听雁鸣蝉嘶，望望蔚蓝的天、鱼鳞状的云；或眼随几只青鸟，在河边清风、花草间追戏之后，一起匆匆奔宿于一片竹林；或在庭院坐看西天一弯月慢腾腾变圆；或过十多天后又站立河边，望东天一轮圆月渐渐变成弯月。上弦下弦交替，不觉已是深秋！

北风冷寒一阵阵地吹来，当再走进这片思念的田野，意境变了。枝头无数的叶子，纷纷掠过眼前，有的随风落在了一片秋塘里，似让月夜多了以一片秋叶来表达孤独寂寥的《秋思》。

她是树的孩子，于枝头的时光是多么的快乐，若此生不离枝头永享快乐该多好！无奈秋风无情肆掠，许多树叶褪去色彩，枯萎凋落，不得不痛苦地离开给她生命和爱的树。

无人知道寂寞的夜色下，树木是否流泪。我只有猜想，枝头每有一片叶子飘落，树得用整整一冬的时间，慢慢舔舐、慢慢平抚枝头的无形创伤。此时，树大概最想念的莫过于嫩芽自由、快乐、幸福、安然生长的时光。

枝上时光，她像是一个穿嫩绿、油青、橙黄、暗红等多种丰富多彩衣裳的美丽舞者，无拘无束、逍遥自由地在风中展现美姿。有时浓密的树叶下，成了老人、孩子避暑纳凉的好地方；有时和小鸟、蜜蜂、蝴蝶一起在清风中共舞，而显尽季节的风韵、成熟和诗意。

最后，像一个甘受世事无常之苦，苦心修得大悟大智的高僧，在生命璀璨至极的最美时刻，化作一颗舍利。

她离树瞬间，宠辱皆忘、身心清空，做最后的飞舞。然后，落地化泥，护围树根，将爱化成永恒。下一个春天里，山峦更秀、水塘更碧、草木更苍翠。

风雨之后，于枝头展尽优雅。一生不为争一箪食、取一瓢饮地活着。虽枯萎入尘，护花英名却留了世。

这就是叶，不凡之叶，启迪之叶。拟人的生动、精彩、美好，且活着的意义，是这"春蚕到死丝方尽，蜡炬成灰泪始干"。吟诵一个灵魂的不凡。行路中再难，是这"长风破浪会有时，直挂云帆济沧海。"歌唱一个勇者的无畏。

然人世多无奈，生时无论怎样波澜、壮阔、轰烈、不平凡，也只能在人间烟火和平凡琐碎中产生。路上每遇一处风花雪月之景，只能先写柴米油盐之诗。

人惜物的本性，无法遏止内心欲望，在肉体比心灵、思想要老得快时，不想皮肉退化，而想要确保青春和灵魂不老的哀叹者常有。

一个肉身，触景生情的特质，决定了人类无法避开世事的无常悲伤。此时，见落叶纷纷，不由自主地起了悲秋之意。自然四季周而复始，永远不知疲惫里，愁的是生命太短，叹的是命运无法轮回！

但不管怎么样，人类是高级有思想感悟的动物。见那一叶，让人知尽了天下秋。更知人生的本然：

> 面朝黄土背云天，
> 厨写锅前火也烟。
> 为有一份多可口，
> 便是人世最闲仙。

如2007年诺贝尔文学奖获得者多丽丝·莱辛说："生命的秘密在于，你经历了几十年的岁月，只有你的身体在变化，而想法却一点也没变过。"一生过下来，颜老情不老，身老心不老。

又如伟大诗人泰戈尔说："生如夏花之绚烂，死如秋叶之静美。"生时如花尽力灿烂，死后如叶静心护树。一个伟大智者深思熟虑之下的生命选择，是保持善良、高贵、感恩的心不变，是面对苦难、艰辛生活时的信念不弃。

再看深秋里，一片片树叶被风吹落，和远去了的蝉的"吱吱，吱吱，吱……"

耳边是记忆的嘶鸣，行于路中，偶有瑟瑟脆叶在脚边滚动。当无意间发现了一片暗红的五角叶，我兴奋地拾取来，将之轻轻放于秋风中。风吹一叶秋色浓，夕阳西下月正东。

眼前的叶片在风中，很像一只翩翩蝴蝶，晃晃悠悠地飘落于树丛……

这一刻，我感觉到了——秋叶恋树的那份静美！

秋晚故乡

秋晚故乡，我的眼眸，我的心里，许多次感受了这片天地林河，如诗画般的原风景。慢步西望，遥遥天边，银色的流云悠然飘飞，夕阳的流光时断时续，余晖顺着幽静的小河斜射而来，河面如镜子泛起碎金般的光芒。一缕缕轻风抚过河边的芦丛，千百枝叶来回摇摆，云天苇影折射在水底。此时，升在东天的一轮黄月，美轮美奂，整个旷野天空，寂静、空灵又辽阔。

不经意间，田地庄稼，河边草树，在秋风里变彩。悄然无息的时光，匆匆行走在每个人的鬓间，人间往事像秋飞的叶草渐渐枯去直至遥远。

心的一角，不时地显出故乡的旧光人景。只是景似还在，旧人却已寻不着。

一代代人，无论经历怎样的精彩丰富、平凡普通，无论忙者闲者、富者穷者，皆是时光里的匆匆之客。身边父辈的亲人邻人，或曾路遇的陌生人，已皆如过眼云烟般一一离去。

路上的人悄然换了一代。不久的一天，不可抗拒的自然，我们这一代也将走向黄昏、走向黑暗。每一代只是眼里的过程不同，从而成为历史的纷繁花絮。

命运似早已注定，就是换到佛道仙界里同样难有安静。

想那《西游记》中孙悟空，能有上天入地的本领，也得背负生命的沉重，一路上赤胆忠心，却屡遭唐僧误解念咒，几被赶离，以至于痛心疾首地呐喊。

人世自然有别，和花树草木受日月恩泽的密疏差别无几。

有人能够纵情享受，你却无缘，还得面对极其残酷的现实与难以抗拒的病痛困扰，甚至连渴望享受的机会也没有。

有人幸福安然，生得富贵命，你却西风残阳，生命不堪回首，一生得经历无奈之痛，相思之痛，漂泊之痛。

有人青春如花，光艳绝世，你却一生没有受到阳光恩泽长出青春的花叶，枝头仅有的几片残花枯叶，也被无情的风雨摧残毁灭。

有人为此说，人的生命不过是一场虚妄，虚妄得如一朵花一片叶一棵草的过程。

花开叶绿草青到花落叶枯草黄，自然法则。入世想要的安适之地只不过是一片迷惘遗憾后的安慰，是风吹枯黄时的寂寞思念，是黄昏里心血付之东流泛湿夜枕的泪水。

为此，人生旅途，信佛者便以乐也一天，苦也一天自然而过；信道者便以自然心境应对万物多面性；诸多百态由此了解人世的各种场景各样过程。

但一切过程有一共同点，凡经历太多无奈和苦难活下来的人，其间最大的收获是获得了一颗坚强崇善的心和灵魂中一个不灭的追梦情怀。

无论路途多么艰险，无论路遇多少困境，向着远方，跋山涉水，战胜困难，担负起生命的重度和广度。

从而，一代代人对于生命纷繁的过程赋予了文明的意义。

秋晚故乡，西风凋树，芳草残阳，翩翩落红，在一步一观一思一感间，心中浸透了泪水。

秋晚故乡，一个人的黄昏，与草木相处，云水互望，静美无言。

而手上似得了一支神笔，勾画美丽的秋晚故乡时，我看得见生命的孤赏之美和灵魂深处一首永不卑微的诗歌。

每一代人走向黄昏、走向黑暗，虽多遗憾，但其间隐含并传承了生命的文明意义。人哭着来到笑着去，应努力治学，如花绽放，将生命中最美的微笑和善良留给再后来的人！

岁月流痕／秋树　著

我言秋日胜春潮

季节交替，天地变换。春夏秋冬，不同气候与不同色彩，使人间处处生长诗词。

一句"冬天来了，春天还会远吗?"，一句"春花秋月何时了，往事知多少?"诸多匠心之句落在了季节里，令人世多了这样一种诗情。

这是落在秋天里的一种诗情。又遇风里旋转的一片枯黄落叶，开启一个季节，划出了秋天的痕迹和意义。只见无数文人墨客在这片叶上描绘了或愁肠或喜悦的秋天思念。使灵魂入诗出于秋水，情心化词寄于秋月，意境作画涂于秋野。

秋季很美!望天上之秋色，品地上之秋味，听风中之秋语。人沿着小桥幽径，一处竹篱瓦舍，晓月溪水，垂柳烟霞的黄昏幽景……

而脚下身旁，虫鸣悠扬里，已是情思浓烈，而泛起别样的芬芳。

很美的季节!酡红的落霞，深暮色的山林如一条巨龙卧伏在远处，晚风里的炊烟已带着宁静的心意，好让无数人的遥望入诗化词作画。

盈盈秋水与天边落霞互相辉映，一轮明月悄悄而来。古人王维"长河落日圆，大漠孤烟直"名句，莫不是就在这样遥望的意境中?

原来世间不需要任何东西来装饰的自然天地，在世世代代的人身上就是这样的生着诗长着词。

有人采拾了一片红叶夹在信中，有人轻将一片黄叶放入了水中，有人喜于田埂不停地遥望……而有人却在言秋画秋。

以至无论怎样的岁月，只要站在秋天无际的田埂上用心望远，眼前的蓝天白云，朝霞落日，明月繁星……无数风景中总能找到梦想中的永恒之美。

翩翩浮想间，在心灵充满诗意的沃土上种下一份对友人的芬芳思念，在无际的秋水间流淌，在丰收的喜悦里守藏。

所有这些，让我从此欣赏那些喜于秋天田野之上的遥望者，那些生活始自希望的坚定之心。

当站在田野上，想起诗人余秀华一首诗"穿过大半个中国去睡你"。我惊诧余秀华，身体残疾，经济也穷困，但心中诗情没有沦失。尽管生活面临种种委屈、叹息和残障的无奈，心却始终充满活力。

她终是一个遥望者，无数次独自在旷野或于街头，遥望之心于书海，遥望之魂于纸上。

一天天，一月月，一年年，终于十年磨了一剑，收获了时代赋予她心灵中一首出凡的诗句。这样的一个遥望者，让我起敬。

当后来面对生活病痛的重挫，每想起儿时独自在故乡田野上的点点滴滴，也似看到了再生的希望。心里的枯枝又重新生起了一片新绿。

自此，落在秋天里的这一诗情，在风里一片黄叶飞舞的瞬间，我获得了些许平静与安宁。在边走边聆听秋虫的幽鸣中，我为了描绘秋天的诗意之美，取刘禹锡的《秋词》：

自古逢秋悲寂寥，我言秋日胜春朝。
晴空一鹤排云上，便引诗情到碧霄。

其中一句"我言秋日胜春朝"，"朝"化"潮"作题，涂抹了一篇遥望秋天的文字。送给正站于秋风，遥思望故乡的人。

不妨抽点时间，做个季节中爱追梦的遥望者吧！

紫石苑文萃

画阑开处冠中秋

桂花在枝头有多香，心便对桂花有多爱！

桂花又在枝头摇曳，看街头巷尾来来往往的行人，脚步似慢了些。读丁立梅《桂花开了》，文中开句："是在突然间，闻见桂花香的，在微雨的黄昏。"

这让我想起小时候，不知桂花树是什么样，亦不懂桂花在何时开落。模糊记得外婆的挎篮里带来过好吃的桂花芝麻圆子。

人总有很多遗憾，怎到不惑之年才相识桂花树呢？

参加工作十年之后，旧城改造，城镇规划布局有了漂亮绿化，引进大量树种，不少桂花树出现在了路边、庭院和小区内。

真正去品识桂花树，也是从这些桂树上飘香开始的。平时行走，不太在意这些花木。一个风清月朗的深秋夜，我在小城一隅散步，突然嗅到空气中有隐隐约约、时断时续、特别好闻的香气。在树多的地方，觉得香味越来越浓。啊，是桂花树？惊讶中，只见几棵树上盛开着一簇簇金黄色的小花朵，好像天上的繁星。我不由得靠近树丛，伸手在树枝上摘了些花朵。一大把小花朵摊在手心，放到鼻下深深一嗅，好香，好香啊！就是这第一次，当时的感觉很特别，那种香是瞬间侵入肺中，且有深入心里的舒服惬意！

岁月流痕 ／ 秋树 著

所谓一见钟情莫过于此，我就这样爱上了桂花树。再回忆当年外婆的桂花芝麻圆子味，明白很好吃的原因在于有桂花映衬。

每到秋天，往往反复不断地去接近桂花树。在有桂树的地方漫步，上看看，下瞧瞧，秋已过半，桂花树该要开花了？再过几天，桂花徐徐地开了。

桂花初开，花不多，用手轻轻摘几小把桂花，托在手掌心，边走边闻，是一种活泼可爱、独特纯净的淡雅香。

桂花开到八九分，真是十里香飘，空气中到处弥漫着花香。走在街区，即便离桂树老远，还能嗅到时隐时现的香味。

之后，和朋友聊起在老家屋前屋后该种什么树，我自然地说，要多栽几棵金桂花树。有一次听友人说，赏月品桂香，最好等秋意浓时，在万籁无声、月明星稀的深夜时分。不要约别人，独自一人，静静地绕着桂树走。就像朱自清《荷塘月色》的意境。

此时此刻，体会桂花之香，才会感受什么是世间最纯净和可沾上灵魂的香气。

爱上桂花后，亦去摘桂花。用几张报纸或大一点的薄膜纸铺在地上，摇桂花树枝，花瓣纷纷落下；或站在板凳上轻轻摘取。

回到家，夜深人静的灯光下，轻拔分拣又装瓶。色泽金黄的桂花用白糖腌渍在透明的玻璃瓶子里，这浓甜的香，自然极其诱人。

到了严冬，把它放到年糕中，此桂花糕无疑是糯软香甜的上佳美食。

巧的是，有一天我在电脑前想着写篇桂花文章，电视机也开着。思绪断开时，眼睛顺便瞄瞄电视。那天中央2台正介绍"桂花女孩子"是如何收集桂花做直销的。

女孩生活的一方水土上，有一棵近三百年的金桂花树。深秋时分，树叶似柳刀，花朵似黄金，开的桂花绝对是桂花中的极品。这让我心里痒痒的，羡慕又喜欢，真想哪天去看一看这一棵古老的桂花树。

由此知道桂花盛开在枝头时，最怕雨水和高温的暴晒。而摘下桂花后需及时晒干，或脱水烤干即刻密封包装，才能保持其本来的色泽和香气。

从初识桂花，到爱上桂花，再找资料了解桂花。桂花树有金桂、银桂、丹桂、四季桂之分，不同品种的桂花在枝条、叶片、叶色、花期、形状等方面呈现不同特性。王维的《鸟鸣涧》："人闲桂花落，夜静春山空。月出惊山鸟，时鸣春涧中。"起初，我只知金桂，我说春天怎有桂花落呢？现在心中释然，王维诗中的桂花应是"四季桂"。

日常生活用桂花做茶饮糕点或糖果等，取的是金桂银桂之花。古代阴历八月亦称桂月。有一句古诗"安知南山桂，绿叶垂芳根。清阴亦可托，何惜树君园"。是人们喜欢在亭边或庭院种植桂花树的体现。现代人在讲稿中多见表时序之美的"丹桂飘香"四字。吴刚月宫中伐桂的传说，他砍的是一棵金桂。

自一见桂花，便爱上桂花。自然地想写桂花之篇，心里一句：摘在东堤边，香入西窗里。而且好多时日我沉浸在想象中，每看桂花开的时候，风越过河面，吹到树梢上，那清淡出尘，浓香远溢，似乎可以传到千里之外。让人欲罢不能，魂牵梦萦。

有爱必用心，用心写之并读古今文人墨客关于桂花的诗词。如宋朝第一才女李清照的《鹧鸪天·桂花》："暗淡轻黄体性柔，情疏迹远只香留。何须浅碧轻红色，自是花中第一流。梅定妒，菊应羞，画阑开处冠中秋。骚人可煞无情思，何事当年不见收。"

娇艳女人花，香是第一流。春时独无花，偏占一秋光。冠于秋中，轻色重芳。能让梅花嫉妒、菊花含羞，说明相遇好花，莫不让骚人墨客皆恍惚多梦。

此刻，皓月当空，枝绿花繁，玲珑簇簇，香味浓烈。我也多梦了！

人生在世，什么时间遇一个人、一朵花、一物件，往往是不以人的意志而定。能一见倾情，自是人生大美。我对桂花有相见恨晚之叹。能相识好花，相识贵人，最好能早点。但人生本有遗憾，所谓当年未遇君，今遇吾已老。好在，虽短了一程，却犹念一生。

看桂花开时，诗也来了：

年少不知花美好，遇之惊喜憾时迟。

即今若我已终老，亦愿寻香醉至痴。

桂花在枝头有多香？我心便对桂花有多爱！

第四辑

寻山问水为诗梦

黄山

无意间，心扉泛飞黄山之巅，我轻剪一片白云，刻上黄山风景，忆在青春岁月。

我对黄山的美，赞叹感慨很深，黄山牢牢扎在我心间。如黄山松根扎于绝壁之上。黄山落在天地，是人类之幸。黄山的风景家喻户晓，千百年来无数游人将脚印、身影留在了黄山。

小时候家中橱壁上贴着一幅题为"无限风光在险峰"的黄山迎客松画，让我吃饭时常想真的黄山到底有怎样的风景？直到有一天真上了黄山，年少时的憧憬终于实现。

参加工作第三年的一个十月底，我去了黄山。从贵州赤水河边完成一项工作任务返回，取道重庆，在朝天门码头坐船顺江直下，在一路青山绿水的风景中，在一路古诗名句的来去中，由安徽贵池下来，坐汽车和小渡船进入黄山。而坐船在接近黄山的太平湖上，湖水清澈见底，肉眼能看到水底十几米深的物体。

那一刻，我对黄山的第一感觉非常好，感觉上黄山周边有如此纯净之水润眼，一定可以看尽黄山的秀色风光。

由水路再坐公共汽车到黄山脚下，当第一步踏上黄山的石阶，曾经画中的迎客松就传来了迎客的信息，恰似见了久逢的亲人，想与之拥抱。

观望黄山，真是雄伟、险峻、秀丽兼而有之。站在黄山之巅，黄山的松、云、雪、石、泉，与黄山的奇、幻、美、险充分结合，组成一幅大自然极品画作。遗憾的是黄山给了我美景，也给了我一点教训。

十月天，我是着单衣上黄山，黄山顶上很寒冷，我不知道自身被冻伤，几个月后才察觉到身体的不适。

千岩万壑，孤岭险峰，灵幻奇巧的怪石，经人三分形容、七分想象，心移情于山石，使无数块冥顽不化的石头凭空有了像精灵一样生动的生命。半山寺前遥望天都峰，石头展翅啼鸣，一雄鸡唱亮天下。另一平峰上，石头如猴蹲坐，静观云海起伏，"猴子观海"，栩栩如生。大自然的奇妙巧石，画就了生动的象形。

伫立山峰，眺望四周，浩瀚云海，无边无岸，波澜壮阔。轻柔与静谧，暗涌与奔腾，在奇松怪石间，时隐时现，变化莫测。人似在孤岛，身边云雾缭绕，触手可及。此时，我真想掬一把黄山顶上的柔云带到故乡放飞。

当东方日升，阳光照射，白云如雪，青松碧绿，石奇俊美。松石浮于云海之上，瑰丽绝妙。黄山顶上的云海真美啊！

十月的黄山山顶已飘雪。雪中雾淞、雪挂晶莹剔透，把黄山装扮成山上的珊瑚之海。第一高峰"莲花峰"，气势雄伟，像一朵放大了千万倍的雪莲花。"登峰造极"四个石刻大字，把天都峰"风光无限在险峰"的魅力表现得淋漓尽致。

桃花峰旁，温泉喷涌常年不息，静听溪水潺潺，令人心旷神往。登山的疲劳似乎恰时出现，好想停下来享受一番黄山温泉的柔情，却因时间仓促只能艳羡了。往前是诗："飞泉不让匡庐瀑，峭壁撑天挂九龙。"青潭与紫云峰间壮丽的百丈瀑布，瀑布顺千尺悬崖而降，悬垂如练，飞溅喷玉。

黄山之松，更是黄山风景之绝。峭壁千仞，巨石裸露，山崖光秃，草木不生，黄山松却比比皆是。其针叶短粗，干曲枝虬，色绿深沉，枝干极其坚韧，极富弹性。一棵棵苍松根系于石缝，或悬、或横、或卧、或起，或独立峰巅，或独悬绝壁，十分夺目。

大自然淬炼一种生命基因，经无数次风吹雨淋，忍受百般摧残，不折不挠，以无坚不摧的钻劲，扎进冰冷或酷热的极其贫瘠的岩缝间，又经多少次艰难坎坷的命运磨砺，顽强的生命终化岩石为己养，破石而出，立于绝壁，傲然天地。

粗犷的身躯，独绝的姿容，像大风大浪中的舵手，像战火中顶天立地的英雄，更像风骨飘然、道行高深的圣者。

这是顽强不屈的生命与大自然搏击的结果。而在温润阳光肥土下，长得笔直高耸，叶嫩枝粗的山下之松或平原之松，势必无法拥有这样的生存品质。人的品性长期在不同的环境中，气质和姿容也如松一样迥然不同。

心飞向黄山之巅，黄山在心中真的很美。可我不能把黄山胜景看够写尽，也无法用更多美艳的语言描述黄山。但我深深感叹大自然鬼斧神工，匠心独运，把山水雕琢得如此完美无缺，其呈现出的雄奇、庄严、俊美到了自然的终极，而留给了我今生不可忘怀、不可磨灭的美丽记忆。

"江山如此多娇""黄山归来不看岳"！

黄山，大自然永恒之美，在人们心中胜过一切宗教式的朝圣和膜拜。

如今，黄山胜景历历在目。我仿佛看到黄山的松魂，正在孤峰野岭的极顶，在人迹罕至的地方，在高不可攀的地方向我频频招手。

　　只是那个时代，条件所限，我只能用眼睛当相机，把黄山奇绝留存心底。经年以后，当用文字翻开记忆，再一次感受了天地的博大和浩荡，人生的价值和意义，以及此生对诸多自然山川风景产生过的不绝痴恋和向往！

岁月流痕 ／ 秋树 著

爱上了天平山

有一年，因读了《枫叶》一文，悉知苏州天平山有惟妙惟肖、秀冠江南的奇石、清泉和古枫，人文景观也非常特别。为此，我三次去了天平山。

刘禹锡写《陋室铭》开头："山不在高，有仙则名。水不在深，有龙则灵。"天平山就是。山虽不高耸也不雄险，却有仙名和灵气。

天平山下，有400多年前范仲淹后人从福建移栽，如今长得耸入云天、享尽"天平红枫甲天下"美誉的一片古枫；由四大才子之首唐伯虎亲手栽种，至今生机盎然的一棵罗汉古松；山门处一尊"先天下之忧而忧，后天下之乐而乐"的牌坊和一尊范仲淹铜像，极易让来者与中学时代读的传世名篇《岳阳楼记》联系在一起；还有乾隆下江南，四游天平山时题写的碑文，以及白居易"御书楼"等诸多名迹。从而，印证天平山是一座人文气息浓郁，能让游人墨客感怀的不凡之山。

去天平山，时光最好莫过深秋看甲天下之红枫。第三次去时，正是十一月深秋，当一缕缕北风吹来，一丝丝秋霜降临，一片片阳光洒照，天平山脚下几百棵高耸的古枫，大部分叶子开始变成如火似血的红色。用手摸摸一棵棵粗糙的树身，望一望呈多种颜色的枫叶，从心内由衷发出遗憾的感叹：这个地方早年竟不知？

上中学时，很喜欢范仲淹的《岳阳楼记》。因此名篇，在我参加工作不久出差中，还绕道去了岳阳楼。只是当时岳阳楼上感受不到范仲淹的生活气息。而在天平山，三次细致观赏史馆室和忠烈庙，从中我便真切了解了范仲淹的人生轨迹。

他出生不久随父来苏州，两岁失父，从小经历了生活的苦难。年轻时发奋读书，非常感人的是"划粥断齑"的故事。为官时做了许多颇具影响力的大事：办府学、治水、建义庄等。

关于治水，就在我的家乡江苏通州骑岸镇上还有一尊他高大的铸像。他即使三次被贬也没有沮丧，总"持一节以自信，历三黜而无悔"。

他的一生做到了在布衣为名士，在州县为能吏，在边境为名将，在庙堂为贤相，在文场为大家。让后人看到一个绝世才谋，绝对经得起千代历朝检验，而为千百年间不见一二的一流人物。

天平山史馆中有范家后人评述。天平山上一草一木，一石一水寓意范文正公精神化身。山上石林万笏朝天如他推己及人，自择绝地一般的高风亮节；云水纯澈的"白云泉"是他初入仕途时立下"下山犹直在，到海得清无"的律己官箴；而高耸入云的红枫是他"岂无桃李姿，贱彼非正色，岂无兰菊芳，贵此有清德"的高贵人格，一片丹心唯"经霜色更红"。足见范公做官与做人的品德。

每次以平静的心走进馆室，到走出时都已心潮澎湃，百感交集。后来从天平山回来，我在网上与书店中翻遍了范仲淹所有诗词文字。《岳阳楼记》是根深蒂固。而那一首意境深远，情心切切的思乡之词《苏幕遮》也让我喜欢。他的这一首词现在已仿佛印在深秋里，天平山下的那一片片血色的枫叶之上。

一片片枫叶，从经脉上，我仿佛看到一位名将，一位普通的思乡人。他正站在烽烟四起的边关，登楼凭栏，明月当空，碧天旷野，飒飒秋水，云霭渺渺，眼前一地黄叶；秋江寒烟，斜阳芳草，断肠人于天涯漂泊，思乡之情，横亘心头。怅惘愁肠，化作无尽的相思长泪。怎不令人黯然悲怆？

从内心深处流淌出的词："碧云天，黄叶地，秋色连波，波上寒烟翠。山映斜阳天接水。芳草无情，更在斜阳外。黯乡魂，追旅思，夜夜除非，好梦留人睡。明月楼高休独倚。酒入愁肠，化作相思泪。"一幅秋景和思乡图画。这情这景这心，离乡之人对故乡真是欲遣相思更相思啊！

几百年后，在他的故乡，霜叶红过了二月花。是他后人栽下380棵红叶树纪念他这位伟大先辈。

我一年三次上天平山的意义也在此。每次再读范仲淹的文与词，感人并触动了心灵。在我内心看来，人与风景之间息息相关，无论时光如何流走，这文化与灵气染过的天平山枫叶，将在无数来过这儿的人心中成为一处永不褪色之地。

人们说，花织春天的云衣，叶送秋天的思念。天平山让我用一生去思去记。如今，一到深秋，总有天平山之念。面对浑然一体而染成的红，心灵时觉受到了特别的洗礼。

范仲淹在《严先生祠堂记》赞扬严先生曰："云山苍苍，江水泱泱，先生之风，山高水长！"其实他本人更是。"先忧后乐，划粥断齑"将激励一代代后人。在官场与文场的品德足以令后人"贪夫廉，懦夫立"。

　　所谓"天平红枫甲天下"，是在于一片枫叶的经脉里藏下了名到其实的仙人和灵气。无论其他高原、极地等处红叶如何艳美，只能排在其二。

　　夕阳里的归鸟，爱的是那片山林。而我就是一归鸟，爱上了天平山！

海之赋

　　小时候，听着传遍千家万户的一首《军港之夜》，激起过海之梦。对大海充满了好奇、神往，希望长大后哪天也能如歌所唱，实现远海之梦。只是中学毕业后，几次站在故乡海边，面对混合泥沙的黄色海水，有些怅然若失。这是大海吗？听船工说："待在这黄海近岸只会看到浑浊的海水，只有去远海才有空旷辽阔的海之韵。"

　　工作之余，五月天的一个午后，受朋友之邀，一行几人去老家几十公里外的黄海边看看。正好赶上退潮，便换坐拖拉机去了距岸十里开外的滩涂。

　　当第一次站在一望无垠的滩涂上，惊讶至难以言说。内心油然一种广阔、顺畅之感。阳光不烈，海风轻拂，鸥鸟飞旋，水迹处处闪光，眼前一切是那么清爽宜人。我们脱下鞋子赤脚在滩涂上漫步，任松软柔滑的清凉海泥从脚心传到全身，真的舒服极了！边走边望远处的海面，这时想起船工的话，一点不错，远海深处的水不再是浑黄色，似乎有点歌中的意境了。

　　环顾四周，赶海的人们有的在抬头遥望，有的在低头踩踏蚊蛤，捡拾泥螺，或翻挖海虫等。一群可爱活泼的鸥鸟，在人们周边一会儿振翅飞舞，一会儿在浅水滩处蹦蹦跳跳、戏水觅食。此时，回望来时的海岸，模糊中似有动感，很像一条蜿蜒游动的巨龙。

时光流逝，夕阳下去了。许多赶海人步履匆匆，或背、或提起网兜，满有收获地返回到渔港。当晚餐与友人分享一顿亲自采拾的海鲜，那种滋味不由得令人对故乡这片黄色海域涌上眷爱之情。

有一次，工作出差从上海乘海轮去大连，算是到了真正的海上。记得轮船行到黄海与渤海交界处，我从船舱来到甲板，一看海面，海水一清一黄，风平浪静之中分隔明显。正好又是清晨，很有缥缈苍茫、无边无际之感。偶然见到远处的船帆，好像一只小白鸥悠浮在水上。突然，东方云海连接处，一轮红日裹在云纱中，如羞涩少女，脸露醉红，雾气渐渐散去，整个海面波光粼粼，一片金色。此时，天海之间显得特别宽广、清明、深远，也让人感觉格外安然、祥和、宁静。自然风景熠熠生辉、美到绝伦之时，该让多少人流连忘返？

到了晚上，船至渤海深处，狂风大起。只听船舱外，海浪如猛虎咆哮冲上几层楼高的船舷，船在狂涛里颠来覆去不停地猛烈摇晃。人的五脏六腑给翻了无数遍，很多人头晕目眩、呕吐难忍而无法站立。我也是头晕目眩，脑海中的美景、辉煌与文采早已没了影子，只有心里内省、惊叹和正视。沧海一粟，人真如蝼蚁之渺小！

再次见到真正意义上的海天一色，算是在海南三亚了。在三亚坐船离岸几里后，眼前那种海水的晶莹、深邃、蔚蓝，此时想起《军港之夜》，似乎离梦近了。尽管没有从军，但天海之蓝色，已成心中喜欢的颜色。我也由此做了海的囚徒，湛蓝大海时常在我梦中、在我脑海中。当多少个夜色来临，我的思绪会飞越广袤的大地，朝大海奔去。

从人生的某种意义上说，我喜欢海、依恋海、敬重海。灵魂中的激扬、狂烈和柔软之情常系于蓝蓝的大海。海的世界呈给生命的是：不凡的视觉、听觉和触觉。海的激情澎湃、荡气回肠；海的烟波浩渺、气象万千。如悠扬、广博、雄浑的交响曲，写进了我生命的摇篮。海的广远、博大和气魄真的给了我特殊的幸福，神奇的力量，也激发了我创作的灵感。多少日子，心魂喜欢跟随大海波涛一起奔涌。

那次在南海边：天蓝云白、湛蓝的水、干净的风、银色的滩和高耸婆娑、姿态万千的椰树林，伴随嬉戏踏浪、花团锦簇的泳衣映衬，真是人间一幅如诗如画的美景。我与诸多游客一样，兴奋地挥舞双手跃入海中，与起伏的波浪搏几回。然后，伸展手脚仰身浮躺水面，任海浪时而沉郁顿挫、时而缓缓吟诵、时而徐徐荡漾。

这是一张柔软无边的大海床，仰望天空，时空与情感似在海水中得以转换，广远而生动，淋漓又洒脱，形神更是自然流畅。我仿佛看到忧郁、平和、幽深、广远的海之美；仿佛听到高亢、激昂、狂怒、幽静的海之声；仿佛抚摸到清凉、咸涩、坚定、奔放的海之情。怦然心动间，灵魂寄托油然而生。那是我心底魂牵梦萦、心神合一，品味生命风采、咀嚼人生沧桑、感受生命激情，为天醉、为地痴、为人狂的蓝色大海之梦。那是火焰燃尽生命之后我最想去的蓝色墓地，大海！

所以，我非常敬佩郭川，用波澜壮阔的生命情怀将灵魂谱写在大海。

一个人，梦深锁于心，在平实的生活中，自然地想去看海，重新编写那些消逝的梦境。在波涛冲天的大海深处，倾听婉转的鸥鸣、汹涌的涛声；于婉若游龙的绵延海岸，静静走走，呆呆坐坐；或躺在柔软的滩涂上，悠然出神，放松自己；面朝大海，让海风刷去记忆，远离尘嚣、功利，远离恩怨、情仇……

有一次梦里，我在海边建了一座小屋。和心爱的人，晨起劳作、暮来共憩，步于海滩、读于涛声……醒来唱叹：爱情此相依，何等幸福人！

看海、听海、触摸海；读海、思海、感受海。自然一切，苍茫浩荡，亘古不息，生命的起源，生命的摇篮，皆来自波涛汹涌的海洋。千万年之后，海水滋润孕育出了无数生命，然后以不同的色彩、姿态走向陆地。一路上面对无数坎坷，始终义无反顾、奔腾向前。人类一部万古流芳的伟大史书，开篇必是海洋与生命。

从而，海之恋、海之情、海之梦，让大海更加生动、更加壮观。

海，狂浪冲天、掀沙卷石、拍岸沉船，欲把世界掀翻；海，跌宕起伏、博大神奇、演绎天籁之声；海，狂烈与清纯交融、奔放与典雅联合；海，张扬不失气度、真实不失魂魄。

所以，海之雄伟博大，海之情感魅力，很值得每一个人品读和深思。当面对以一叶孤帆，奋击海浪，铸写生命之魂的勇者时，我们的潜意识由衷为之赞扬。

夜梦常坐海边，想念曾一起走过的日子，便作此文。

岁月流痕／秋树 著

长江情

你是我故乡的仙子，你是华夏大地流动的精灵，你是东方传承的古老文明。我一直用心灵与你相通相连着。即使在梦中，在异乡，在天涯……我总能听到你向东奔腾时灵魂的呼唤。

来自灵魂里的，犹如高山对河流呼唤，犹如天空对海洋畅怀，犹如玫瑰爱情间的倾心相思，也犹如中秋月夜对亲人的牵念祈盼。

我从你清澈的眼睛里读出了跨越时空的祝福和一颗纤尘不染的心灵。我的心魂也随你化成了一朵山中常青的幽兰。

无数次我从你身边走过，那时而低缓、时而高耸的蜿蜒长岸；那时而静缓、时而急湍的东流江水，洗涤了我模糊的眼眸和病痛的身体。

清晨，橙红的太阳从东方江面缓缓升起，薄曦里波光潋滟，阳光穿过云层放射万条光柱，灿烂地照耀着我，似乎也在激励着我。

我时常是情不自禁地想你并接受你的呵护。每一次与你相遇，红尘的喧嚣和内心的纷乱统统烟消云散，瞬间神清气爽，倍感快乐、倍感舒心。是人性的真诚填充了我久远的渴望与梦想，是你的坦然与从容润泽了我心的坚强与勇气，是你的聪慧与灵气滋养了我的超常与幸运，是你的梦想与希望成就了我人生的重生与完美……

多少年来，我历经的沧桑，与古老的你相比，是不值诉说，但因你能让心中不再痛苦忧伤。虽然青春中渴望的一切绚烂归于平淡，但我已真正从肉体到心灵与你融为一体。

我希望自己能把你那奔放、自信、努力、善良的品格刻进生命的记忆里；我希望自己能细腻传神地把你那如青春勃发的心境写成一部传世之作呈献于后人；我更希望自己能倾注毕生的心力，把你鲜活的灵魂安安稳稳地收藏于我的灵魂深处。

而面前一切的一切，令我欣慰的是，我已经看到你心中的活力使古老的东方振奋起来，航行于你胸怀中的万千船儿，荡漾起的波浪，美丽而浪漫了整个东方民族。

我遇你是幸运的，你更是幸运的，所有的东方都是幸运的。大自然的慷慨和偏爱，让你独占了"长江洲头"富饶的丰美，成了中华民族经济腾飞的引领人。你给东方文化雨露般的滋润，使我们在你的岸边拥有了一座座美丽的江城，一处处美丽伟岸的风景。在波涛滚滚、钢桥飞横、纤夫长号、船儿鸣响的每一声浅唱低吟中，我都能听到你身边民族音乐的韵律。一颦一笑中，你的光晕、你的娇媚、你的活力，激发了所有青春的梦。

你不愧是东方大地流动的精灵，神秘而又美丽。我被你深深感染，你吸引着我追梦的眼眸，更吸引着我驿动的心，让我任何时候不能忘怀于你。

你就是长江，长江就是你。你这条东方大地的神龙，一双天然雕就的灵秀慧眼，一颗坦诚博爱的善良心灵，在与天地山川的相濡以沫中，张扬不妖冶，无私无悔地孕育了无数的生灵和龙的传人。你是中国的灵魂，呈给人们的是永久的青春、单纯、善良、天真与美好。

千古长江，千古的你，不仅仅是一条河，还是一条历经诸多劫难、见证了中华民族历史永恒的象征之河。你不仅活在自己的名字里，更活在历史与生命的奔腾里。你外在的美、心灵的美、人性的美包容了任何劫难。让有心人战胜了一切烦恼与苦痛，并且抵御了一切外来的侵蚀和黑色的诱惑。

"人间的美景就是多姿多彩，真情难得亦易得。"生于此，长于此的人是幸福的，是因为你用生命之水循循善诱入我心肺，劝解着我、抚慰着我，给了我乐观、豁达、坚强和勇敢。

是呀！你让无数人生命无限，爱之永恒。

你，就是长江！从雪山走来，灿烂华夏，让我灵魂敬仰膜拜的长江！

云南之行

行万里路，读万卷书，品万千味，是无数人心中的向往。我亦如此，喜欢游山玩水。记得曾借工作出差之际，尽管当年交通差，总会想法抽空余时间绕道去一些名山、楼阁等。遗憾的是当时只看不写。

后读整本《徐霞客游记》，很崇尚他在缺乏交通工具的明代，不畏艰险，系统考察了中国许多地方的地质地貌，并以优美的文字，详细描绘记述了中国大好河山的美。所以，那一次去云南，我发现云南真的很美，它给我的心灵震撼，是至今我到过所有风景中最强烈的一次。我觉得它如我读一本好书，多去几次绝不会生厌，并且去了不写一写它，心还真的有所不安。所以，云南之行，我对所见所闻所感，是震撼加冲动抒于笔下。

西双版纳的原始森林里，丽江的玉龙雪山上，茶马古道边，昆明的奇特石林间，民族丰富多样的文化中，每一处可感可记可忆。其实自然人文景观各地都有，在云南我觉得灵魂被洗涤升华了。在云南，作为一个匆匆的行客，那么几天，感知浩如烟海的自然博大，是我长这么大，真正意义上觉得草木也有灵魂。我多年来书写《岁月流痕》，似乎在这一处找到了想要的一切。

飞机从上海往云南飞，看机窗外，无数浮云如水波，如小山，如松树，或如奔马，如游鱼。冥冥之中，天空的辽阔，似隔断了人世间的红尘繁杂。

不知不觉已是晚上九点，飞机停在西双版纳，下飞机后，迎面感受微微小雨，夜幕笼罩下的西双版纳，山峦起伏，青黛一色，幽静清爽。

从机场出来，坐大巴下榻于西双版纳的金地酒店。一进酒店大门，瞬间惊叹！一整块足有一米宽、三十多米长的原木板台是今生见过的最厚最宽最直的原木板。这树木该有多粗啊？也许在这块板台上，已隐含了西双版纳的神奇。这座位于中国西南端，与老挝、缅甸山水相连，与泰国、越南毗邻，澜沧江纵贯南北的美丽地方，自然地吸引人流连忘返。

九月的西双版纳，日照充足，雨量充沛，山林碧绿优美。许多楼房顶正面嵌画着金色的凤凰图案，大意是人们渴望自家屋中飞出金凤凰。导游又介绍，本地傣族男孩大多生下来不久，要送到佛寺接受洗礼。傣族老太爬树比猴快，这里女子比男子勤劳很多且相当能吃苦。

对于生活在平原的人，当走入森林，那奇花异草、珍禽异兽，那乔木直耸云霄，古藤如蟒蛇一般，树上树、树中树、树连树千姿百态。看到了笔直的箭毒木，据说树的液体很毒，在古代战争中用于涂抹箭头，让人感到了森林的神秘原始。随呼喊声微动的"跳舞草"，一只只美丽的孔雀大开屏，蝴蝶园中的"枯叶蝶"像一片枯叶，及野大象的拙笨又聪明的表演等。真真切切认识到那动植物真和人一样具有灵性。也似乎觉得这一生必须至少来云南一次。前世今生，人到底是否有灵魂之说，在这里我似乎可以释怀了。

离开西双版纳又到丽江，已晚上十一点。第二天上午观看特别的《印象·丽江》表演，生命一处原风景和一首爱情的圣诗歌剧，把生命不息的爱恋写进最艰苦的大自然深处，这才是人类的崇高伟大。

古道上马帮击着鼓，奔放雄浑地舞着，悠扬的葫芦丝，正与高原天空里的云和雨一起飘着，这片土地留下了自然界有灵魂之说，和我敬畏的人类真实的伟大爱情。

转眼间，又站在玉龙雪山之上，什么是一山四季的美，什么是高原反应。自然风光的秀丽，山峰的挺拔，山势的陡峻雄伟，山上山下诸景随时间的明暗变化，云雾的若隐若现、缥缥缈缈。神圣之山，南滇第一峰，北半球距离赤道最近的雪山，有着许多美丽动人的神话；七十万年冰川不化，南北13峰，峰峰终年披云戴雪，如一条矫健的玉龙碧空蜿蜒，腾跃于大地之上，迄今为止成为无人登顶的"处女峰"。由此定格了一个民族艰难生存的精神象征。在对自然的虔诚朝拜里，必令无数游客神往又畏惧！

下山后，走进叫蓝月谷的海子边，只见滔滔清流在云雾缭绕中若隐若现，与蜿蜒绵绵的山峦组成了一幅气势恢宏的水墨画。走进东巴神庙的殿堂前，一种神圣让相爱的人生长出了坚定而悠远的力量。有时候，因遇特别之景，万千思绪便聚于一处。我为这片土地上勤劳勇敢的姑娘小伙历经沧桑、饱经磨难献身爱情所打动。我一生虔诚的梦想、诗和文字，不正是我今生今世为之写、为之歌、为之深深眷恋的大自然和人类神圣的爱情吗？

再回到丽江古城是傍晚。晚上的丽江不愧是一个久负盛名的高原俏美人。古城充分将天地山川的清雅之气与王宫的典雅富丽融为一体，充分彰显纳西族人广采博纳多元文化的开放精神。四方的街，熙攘的人，石桥流水，莲花水灯。沿河商店、酒吧，一盏盏灯笼在夜风中摇曳，欢歌笑语充满整个街巷。悠闲的街景，轻快的生活，真令人陶醉忘忧。当我在主街、小巷和泉水环绕的桥上走过时，语言为之羞涩，为高原上拥有如此漂亮整洁的城市而惊叹！它也是至今为止我认为到过的最美丽城市了。纯粹、唯美和勾魂，在我的心里留下了可忆的一笔。

人有许多第一次。在拉市海，我生平第一次在紧张与兴奋中跨上马背，感受了一段茶马古道，途经纳西族村庄、原始森林和崎岖的山路时，我想起马致远写的最凄美的句子："古道西风瘦马。夕阳西下，断肠人在天涯。"此瘦马就是我骑的这种马，而在古道上，我是否断肠在天涯？当下午坐小船看水波清澈，倒映蓝天白云，恍若画卷的拉市海，看这自然赐予的山明水秀，我才觉言尽词穷，无法表达其美。

走出拉市海，又去虎跳峡，大客车一路在弯弯曲曲，充满危险的悬崖公路行驶，做这样的驾驶员真需要高超的技术和胆量。几个小时后，经过了金沙江转身向东的长江第一弯。到虎跳峡时，正是江洪汛期，奔腾的江水与巨石搏击发出的澎湃涛声，有鸟不敢回翔的壮观，江宽仅 30 余米，我们站在边上，真心感到地动山摇的震颤。自然的力量有时太巨大，令人不得不心生敬畏。

在象山脚下，我们步行绕过晶莹清澈、流韵溢彩、泉水涟漪的黑龙潭。那意境中如月到天心，风来水面，别致幽雅，一种无穷的美，心里梦想永久驻足此地。要是哪一天与心爱之人一起在这休养散步，我想这地方真的好。且问何时有可人？

云南好风景太多，时间太短，步履有限，所见也有限。当最后从千姿百态的昆明石林奇观和溶洞中走出，在挥别传说中的阿诗玛侧身石像，坐上回上海的飞机时，我再回味云南，虽仅几个地方，但已触动了灵魂。

感受颇深，不枉此一行。

梦里西藏

对于西藏，我未有缘踏入这片土地。只是在梦中，在文字、音乐、电视或电影的画面中，感受西藏的辽阔与宁静、高远与苍凉。然而，西藏的美、西藏的充盈、西藏的旖旎风光却一直流淌在我的心底。年少向往着那座圣山。我一直想象生命的某种意义，似乎为它而来。

在我经历多次的生死关口上，我的心时有听到遥远的苍辽之声。我在梦里经常感觉站在广袤的高原上，站在莽莽的雪山上，站在柔白的云朵下，感受与日月同辉的山的苍茫与雄伟。

在千千万万个岁月的期待里，在蕴含着人类难以征服的神秘天地间我与之相逢，是我清晨醒来，读到别人在西藏真切感受的一系列悲壮、博大和神圣的文字时，西藏，以超凡和神奇的魅力将我吸引、将我诱惑，也将我润透。让我卑微的灵魂得以升华，蒙尘的身体得以沐浴。生命为之萌动、为之叩击，思绪为之翻飞、为之延伸，也为之激荡。

我知道，一切的感受，没有那些亲身在西藏有所经历的人来得真切，来得深刻。但我一直记住，人的能力有限，人不能走遍所有地方，也不能阅尽世间所有，却可以站在文字之上、音乐之上、电影之上，站在别人经历的西藏之上，一样有其深切、广阔与辽远。有秀才不出门，也知天下事的能力。如范仲淹写《岳阳楼记》，他虽未亲临岳阳楼却写成了流芳千古的名篇。

所以，我未到过西藏，而我愿写一写它。

从影片里，从歌声里，从去藏回来人的叙说里，从文字里，我的心绪、我的目光已真实地走进了西藏！那片雪域高原，遥远里我紧靠，陌生中我熟悉。

我的故乡在东南黄海边，曾在小学课本上我知道世界上最高峰——珠穆朗玛峰就在西藏。当小时候在广播里上百遍地听到倪惠康、李德祥两个人去援藏，我有点知道西藏那片土地的非凡与不同寻常。那时我似乎已把西藏与故乡相连，放在易记易梦的地方。

亿万年前，没有谁能说清是哪一刻，不分昼夜，风雨苍茫中谁施展了法力在沧海桑田上升起这样一座神秘的高山？让人类无法看清他的容颜，听清他的声音，只是山顶上终年为雪花染成白色的长髯在金色的云霞中飘扬……

这样的地方，岁月冰刀让它失血过多。极目远处：四野八荒，山川苍白。对于从青山绿水、杏花春雨、丝竹悦耳的秀丽水乡之人来这里，雪山冰峰、渺无人烟、烈光紫线、酷寒缺氧，无疑能把人的身躯冻裂成碎片，魂魄和膂力被狂风钝化了。走进它，很多欲望悲怨必将全然退去，只有把生存放在首位。人想生存，必须重新锻造强劲的肌肉，坚硬的骨骼，坚韧的体能和意志，付出加倍的辛劳才能好好活下去。我听说过从平原初去西藏工作的人，因高原反应、头痛缺氧被折磨得半死的经历。听说过在低海拔生活的人上西藏旅游，一下飞机没出机场就又乘飞机返回的事。

雪山严酷，高原茫茫。人与动物、植物都必须与恶劣的自然环境长期抗争。从了解的康巴人雄浑刚健的舞蹈里；野牦牛、藏羚羊、麋鹿的强壮奔跑里；雪莲、冬虫夏草、藏红花长在奇峰险处成为世间的珍稀极品里；在布达拉宫的壮观、大昭寺的终年香火缭绕里，我读懂了这是片神奇的土地。

这片土地上一道道风景与大自然保持着对应。这片土地里生出的坚定信仰和精神世界深深震撼着人心。他们前半生辛勤劳作，后半生风餐露宿、步履沉稳，摇着转经筒，独自数年，经历了无数艰辛困难：一步一叩，走在朝圣路上，甚至死于朝圣路上，只为一颗牙能嵌在佛柱上，让生命从容走向圣殿，接受佛祖的恩赐普照。

这是人类信仰中永恒不灭的精神。每个人遇见他们的瞬间，心灵定会变得简单纯净，会被这样的环境放逐思想而淡化生存以外的欲望，从种种欲望中挣脱出来，生出一种神性、善性。尽管此后，多数时候行为欲望难以置身于自然现实之外，但神性、善性在心中已有鲜明的记忆。

由于西藏这片神秘的土地具有如此神性，生活在这里的人，灵魂可以更接近自然，可以与山川默契会晤、交谈、真诚对话。许多时候我心里很想去西藏，但我知道自己难有机会走近他，只好先在梦里满怀虔诚而神圣地仰望。

所以，梦里的诱惑，让我看到离天最近、离梦最近、离心最近的西藏了。我非常热爱他。我现把梦幻化成文字，让人们一眼就可以看出人与大自然邂逅而融入灵魂，如心归故乡的感觉。让人们和我一样有西藏的梦境。遥远、神秘、艰难生存的地方，是我们灵魂的故乡。

回味去过的一些海拔高的地方，我站在几千米高的山上感受过白云绕身。在前望不到头，后望不到尾的光秃秃的群山之间，感受过生命的渺小。而如果能站到这座最高的圣山之上，看尽天边地头，让灵魂亲近圣地，我想，那该是人生中多么美好的事！

神性的西藏。山的呼唤，雪的祈盼，久久不能忘怀的眷恋。多少悲欢的歌谣，如五色经幡猎猎飘扬在雪域上、青河上、山峦上；在藏家木楼、栈桥和磨坊处；在那不可企及的高度中；在那广漠的天穹下；在苍鹰自由地盘旋，野牦牛、藏羚羊潮水般涌动里；在雅鲁藏布江汩汩流淌间……

我从梦里的西藏看到了时光车轮碾过的历史风尘，听到无言梵唱和着阵阵法螺在蓝色天空里的回响声。

灵魂向着雪山凝望，眼前一派空旷辽远、触目惊心的苍白，如一条围在山顶的洁白哈达。而山下很多木屋里飘出青稞酒与酥油茶的醇香，在凛冽的寒风中生了诗、长了词、成了歌、成了舞。

传统的习俗和神灵的光辉，荡漾在起伏无尽的山峦与草原上。抹去岁月的泥沙，生命呈现一种光亮。我的心、我的梦和我的灵魂一起与西藏融合了。

千万年的梦幻，经无数个晨昏，灵魂守望在蓝天白云里；经无数个春秋，与千年不息的流云、星月为伴。在许多次面对人生的风雨里，我心灵呼喊：西藏！

神秘之西藏，本色、纯净、独一无二的自然与人文，在晨曦中洋溢着勃勃生机。在大地与天空，在心灵的旷野，袒露出自然的雄姿与伟大，已多次出现在我的梦里。

有一天，我打开所有的门窗，万物醒在天地光明中。那天边一缕朝霞，透着我的心意，将我的诗词篇章献给了梦里的圣山，梦里的西藏。当太阳升起的时候，我虔诚的心灵已到达西藏的最高处。

现实里，我敬仰那些默默无闻从平原走进西藏工作奋斗的人。特别几十年一直在这条雪域高原线上奔走劳作的人，他们的伟大真的让我在梦里也感动。过后我时常会读一读真实的西藏。

梦里江南知多少

　　时光荏苒，岁月老去。一幕幕往事随风消逝，唯青春梦中一个寄托思念的江南之恋，在多少年后，依然藏于心底。

　　那是从李白"两岸猿声啼不住，轻舟已过万重山"的诗句中，和刘白羽《长江三峡》的纤夫号声里，感受千里滚滚江水，转千弯、绕百滩，向东一去不复，淘尽多少梦想。

　　有一天读"我住长江头，君住长江尾。日日思君不见君，共饮长江水。"，心中改成了"君在江南，我在北，思君一如飞星河，南北共江月……"

　　原来君生江南，我生北。北遇上了江南。一江之隔，与之隔出了诗情，隔出了画意。自此心里"江南好"，"春来江水绿如蓝"啊！忆江南，诗江南；梦江南，词江南。夜多了无声无息又无绪的思念泪水，心起了思不尽、望不断的江南情结。

　　来到江南，远望青山隐隐，近看碧水迢迢。烟雨轻柔，清雅婉约。园林古巷、亭台小桥、流水人家……如诗如画的天堂江南，心为之倾、情为之恋。

　　有人说，人生何处不相逢。一次缘遇，目光相视瞬间，只要用心倾注，便可留住瑰丽清秀的江南。之后的日子，竟记不清次数，常于晚霞落暮之时，伫于林田、行于街头、坐于水边，静静凝望江南上空的明月。心随云涛飞，相思无边际。对江南展开无限的遐想。

原是那一瞬遇上的江南，已如一个爱人，为我开了一扇创作的启蒙之窗，同时赠予我今生一支会生花的神奇妙笔。因她，我创作的灵感就像一汪汪清泉源源不断地流淌了出来。

这不，江南的月，升在了一座高耸的古寺林塔上。塔尖风铃叮当，时时响在了梦里。

这不，一幅《春江南》映亮眼眸，一首《秋江南》栖入心海。再后来，每一个秋天里，我爱站在一望无际的平原上，静静遥望天空南飞雁，悠悠几回间，做着江南梦。

梦里，一只孤寂的苍鹭，正穿过成片成片在霞光中闪烁、在轻风中飘舞的江边苇花。如此，梦中的生命磁场，早被江南的目光牢牢吸住，灵魂已无法抵挡江南的诱惑。思念有多浓？像一杯老酒攻心、一枝春藤疯长，无数秋叶纷飞。

思念至极，似可怨、可恨江南了！江南，你怎么能令我今生如此倾心，朝一个方向。原来梦里泛起了太柔美的江南身影。曾记得一次夜梦惊醒，感慨的泪水湿透枕巾。一个人在这无际的思念里，欲放怀灵魂，生就一种生命无法诉清的特别情感。

如此，思不断的是江南，念不尽的是江南。江南仿佛是凝聚日月星辰之光、饮尽江河大海之水孕育的一个善良的精灵、仙子，在心灵闪烁着永恒美丽的光芒。

如今，季节之风吹过旧时光里的碎片，每看长江，思绪即与江南产生碰撞。

这就是江南，山清水秀，风光无限的江南；这就是江南，诗人词客，文人雅士的江南。所以，生命之遇，太清太秀，太雅太逸。遇的是沉鱼落雁的风花雪月之美，灵魂彻底被诱惑迷离。

终于，无人的夜，我从心里深切地呼唤：江南，江南！

假若有一天，你来到江南，经过春雨绵绵的一条幽静小巷，恰遇一个打着油纸伞，长得很美的丁香姑娘，你说你能不动心吗？我想动心的根源是因为你曾三遍五遍、十遍八遍读过戴望舒的《雨巷》。

于心灵何述幸福？大概一生因有这样一个梦里的江南！堪比婴儿躺在妈妈怀里，吮着乳汁，做着最纯的美梦。也似步入晚年，与人分享一壶悠远绵长的俏江南，来个一醉不起。

夜夜，让人牵；年年，让人念。是幽幽的魂灵随了江南啊！从此，诗她画她歌她，思时至极。一支心笔，就这么融合了江南的春花；一砚纸墨，就这样编辑了一个江南的秋夜：

> 伊本无心等有期，桃花柳絮复清池。
> 何年共剪西山月，夜忆江南梦化诗。

如此，江南！倾城心恋，梦寄之地。其可歌可吟可忆的永恒之美，甚于《可可托海的牧羊人》。

玄鸟

（紫石苑文萃）

冯新民 ◆ 著

中国纺织出版社有限公司

图书在版编目（CIP）数据

玄鸟 / 冯新民著. --北京：中国纺织出版社有限
公司，2025.7
　（紫石苑文萃）
　ISBN 978-7-5229-0907-3

Ⅰ．①玄…　Ⅱ．①冯…　Ⅲ．①诗集—中国—当代
Ⅳ．①I227

中国国家版本馆CIP数据核字（2023）第164219号

责任编辑：刘桐妍　　责任校对：高　涵　　责任印制：储志伟

中国纺织出版社有限公司出版发行
地址：北京市朝阳区百子湾东里A407号楼　邮政编码：100124
销售电话：010—67004422　传真：010—87155801
http://www.c-textilep.com
中国纺织出版社天猫旗舰店
官方微博 http://weibo.com/2119887771
北京虎彩文化传播有限公司印刷　各地新华书店经销
2025年7月第1版第1次印刷
开本：880×1230　1/32　印张：44.25
字数：741千字　定价：288.00元（全12册）

目　录

玄鸟／冯新民　著

玄鸟／冯新民 著

玄鸟／冯新民 著

孤山印记

在我的记忆里
孤山是一块石头
被刀刻了又刻

刻一株孤独的梅
刻一只孤独的鹤
刻一个孤独的人
孤独在孤山

几间破屋
几个印人
为一块石头
刻春秋

一尾鱼打破一座城池
水草咽下一座城池的苦果
收集的印章
无梅无鹤
被一个人
让石头孤独

玄鸟／冯新民　著

孤山

孤山　一块石头
被汉唐之刀刻成一方印
盖在西湖上

凋谢的文字
走过落叶铺满的小径
为鹤为梅
为一个人的荒野树碑立传

水下的鱼被人播种
在那块石头上留下风雨

说是许多人来过
说是来过的人都成了石头
一条上山的路
记不清有多少汉唐之刀

没有刀痕的水
把石头的印记抱在怀里

沉默于水草
等待一座寺院
在那里坐禅

玄鸟 ／ 冯新民 著

汉风

大汉

有山不在砀　无水在泾渭
我听见石头的呼吸
和一座山在一起

我听见一个人揭竿而起
竿子上除了石头还是石头

天下的石头
是山和山的呼吸
水不在的时候
山已经崛起

给一片土地的封号
长着庄稼长着生活长着百姓
那时候土地是一块石头

我听见一个人在石头上揭竿而起
呼啸而至的风
占领了没有到来的季节

汉语

不在西北　不在东南
山和水的纠结　山和水的战争
部落走出神话

我想听见大风起兮云飞扬
最初的声音
是一把刀还是一株麦穗

语言的版图
走过千万足迹
鸢尾花茉莉花桃花梅花和雪花
作了一种花语

让西北听见　让东南听见
那个朝代
还在

玄鸟 ／ 冯新民　著

汉风

我想和你说句话
说话的时候云一动不动
云不想离开天空
离开下雨的日子

那句话
在梧桐叶子上
在一池清水里
一动不动

没有刘邦的一首诗
天空在一朵云里
不会飞扬

谁找到了一座山
让那座山西行

剩下的空白
留给最初的风
西望四百年

汉家陵阙

龙在天　龙在地
在一块石头上按下指印

草的季节树的季节
守着二千年的墓

线条和线条曾经的硝烟
棱角和棱角曾经的干戈
终于在这里休息

一张纸上
写着大风千里
从海水到荒野

如果我想寻找一个人
如果我想寻找一个朝代

我在干涸的水上
找到龙指
找到西风残照

玄鸟／冯新民　著

落笔

在腾格里的沙子上
湖泊
听见了夕阳西下的声音
吹起沙砾的风
追随一路烟尘
回到岩石

在沙子的梦幻里
腾格里张开一张网
缓存了一天的饥渴

烽火台
集合了一代天骄

冬至

一碗汤圆
把寒冷从手上移去

日出和日落同时出子落子
太阳的路
只是一盘残局

玄鸟 ／ 冯新民 著

风景

一

早晨来了黄昏又走了
朝朝夕夕散去的是云
而山一动不动

几个散客来了又走了
不动的是风景

山目送着那些人
走下流水

二

所有的凸凹平突都在一扇窗子
可能在早晨可能在黄昏
可能是一扇窗子的凸凹平突
失去的朝朝暮暮

在风景之上在风景之下
走过一千年的台阶一千年的步履
在一条路上
看风景

过去的一千年
谁和我说过风景

玄鸟／冯新民 著

鱼

一

为一支渔竿
离开水

在空中
用最后的舞蹈
涅槃

二

听见一种声音在下沉
离开水的刹那
被光包围

天空在森林里迷路
那条鱼
从此不知去向

鱼的深渊在岸上

水岸人家

在万顷碧波上
撒一张网

春水是一幅
秋水是另一幅
子夜和正午消失在网里

在碧波万顷上
收一张网

鱼在家里虾在家里
网上的炊烟
在星空下袅袅升起

屋子织了一张网
没有人知道网里网外的时辰

杯在网里酒在网里
水岸是网的一条边线
住着多少人家

玄鸟／冯新民 著

读山

不会离开自己的位置
不会离开历史的记载

山有山的雄伟
山有山的奇幻

站在云雾中的山

集结了森林瀑布的山
集结了英雄好汉的山

在烟雨迷蒙中读你
在云雾缭绕中读你

没有山的土地终究平淡

海滩边的园林

水可以沉默
屋子可以沉默
子夜在这时候沉默

握一把风景
握一把江南
握在一丛丛芦苇间

一叶孤独的舟
一叶孤独的荷
一齐泊在孤独的水上

缓缓而来的海风
缓缓而来
一只迷路的羊
停留在子夜

玄鸟 ／ 冯新民　著

一些人在山上

一些人在山上
一些人在林中
一些人在水边
一些人在影子里

山的影子
树的影子
水的影子
做成一个影子
挂在没有打开的窗子上

东北的山
西南的水
做了南方的剪影

打开窗子
影子就回家了

你想看见的影子
不在影子里

中秋月

过了中秋　天高云淡
剩下的流水只是山的路

有一些日子不说中秋
那些日子天不高云不淡
只有月亮

月亮是李白的对影
一壶酒坐在花间

天过去之后
风是山和水的影子
倒映了唐宋的平仄

杯中的唐诗
杯外的宋词
没有人说
中秋

玄鸟／冯新民　著

那一枚圆月是我夜夜的思念

那个季节
天高云淡

墙上的网

在一张网下
山水开始遮盖容颜
你想看山
你想看水
都在一张网下

小小的渔舟
驶离一座山的坎坷
听一曲晚唱
梳洗风雨雷电

远方正在模糊
南北正在一张网里
模糊山水的记忆

那时候你记住了我
一张网

玄鸟 ／ 冯新民 著

跪拜

向着
远处的那座山
向着
云雾缥缈的那座山
向着
那座你无法说出的山
跪拜

台阶在跪拜
路在跪拜
阿妈在跪拜

没有上山的路
没有下山的路
你抚摸的每一粒石子
都在上山下山

上山是愿
下山是梦

看不见云雾缥缈中
留下的山

那座山被传说了千年
一千年磨破了
上山的路
和下山的路
山在跪拜的那个地方
看见失落的足印
云雾缥缈

玄鸟 ／ 冯新民 著

竹林

给你
千山叠翠万里铺绿的竹林
给你
风卷声涛云盖色起的竹林
给你
莽莽苍苍辽辽阔阔的竹林
给你
山前屋后水边溪涧的竹林
你的竹林

你为竹而生
操琴　弄弦
为一片竹叶而凋落

竹林的目光
穿透竹叶

枷锁　铐子
锁住一支弦

弦外是千万支竹节
吹一声竹笛

千年以后还在寻找你
大风里听见山呼海啸
听见一声断弦

飞鸟和云朵
看不见土地下的生长
为春天的萌发积聚力量

那片竹林
叫嵇康

玄鸟／冯新民 著

浔阳江头

孤山　孤水
浔阳江头泊一叶孤舟
琵琶在弦
弹出的声音在水

山在秋天的色彩
找不到春的回应
只有一滴水
流离到千里之外

孤山　孤水
一支弦将断未断
一行诗
在一条船里写另一条船的弦

那支弦
弹不出的声音
被江州司马
湿了青衫　湿了唐诗

那时候船帘已经关闭
剩下那个夜晚
在弦上

玄鸟　／　冯新民　著

夜听

音乐在凡尘
歌声在凡尘
只听见一个声音
正带你离开凡尘

田野不是田野
茅屋不是茅屋
三百里三千里三万里
在方寸之间

晨露下的尘土
透视出黎明前的阴影
留给一级台阶
复活青苔和她的子孙
复活一个足印里
上天的祈祷

你在哪里
在哪里

除了影子我看不到影子
只看到独唱和合唱的流逝
袅袅升起
消失了音乐的情节

玄鸟 ／ 冯新民 著

环

环不在环里
说是村庄那一边的田头
考古了三千年

我从黎明出发
被一把铁镢
填补了出生籍贯和树枝上的鸟
灯光离开很远
那只鸟没有找到黄昏

笔直的山
不会让河流流过弯曲的路
如果我走过
谁能找到
我在河流中的足迹

躺在山的怀里

躺在山的怀里
感觉到山的呼吸博大深远辽阔

山从不挽留什么
再美的云彩也只是过客

山只留下种子
在自己的躯体上生出绿荫

石头给你的记忆
胜过一树繁花

玄鸟　／　冯新民　著

云

一

在晴空万里中寻觅
想有苍茫云海间的一念
天山在隔壁　已是一千年前

今生今世　仿佛离你遥远
错过黎明的星空
在水中在窗棂上
却是变幻莫测的景色
填补天地的空白

被高山托起的色彩
被大水倒映的梦幻
让一人停留在千呼万唤之中

想念一个人
在苍茫之间对山说对水说
给我昆仑给我黄河
不如给我一朵云

二

水在空中的分娩
让蓝天多了一分牵挂

乘风驾雾的日子
看见你在诗经里
看见你在唐诗里
看见你在宋词里
你从不和我说巫山云雨

牵挂的是蓝天
不走的是山
当宋玉写下那篇赋
千百年的心思
不过是水
在蓝天的痕迹

水梦幻了一场云雨
想留在山上的云
随风漂泊

三

从海上来从江上来
从河上来从湖泊中来
从山间来
聚集在天上

朝霞　晚霞
雨水　雾霾
千变万化的姿态
没有动过声色

不知道什么时候出现
不知道什么时候离开
只知道那一片土地
在为季节泼墨

谁有那支笔
聚海聚江聚河聚湖泊聚山
在天上
给你一个梦幻

江湖谣

给你三两风二两雨
仗剑天涯
一袭戈壁半襟沙漠
把夕阳和残月留在地平线上
面壁

十年有山百年有水
无山无水在千年之外
一支剑是姓是名
无名无姓在天涯之外

朝饮屈子之离骚
暮宿嵇康之竹林
仰天听一首满江红
三两风二两雨
都落在郁孤台上

一叶扁舟

玄鸟 ／ 冯新民　著

横在一生一世的出口和入口
等待那片飘落的桃花
仗剑天涯
面壁江湖

想象中的季节

总有一个季节
迎春和菊花一起开放
给石头留的道路
被孤弦弹破

不想有水
天空划过的弧线
被光线凝固

终于找到一点光阴
修筑音乐的东篱
许多熟悉的名字带着交响而来
交响神话和手中的玄铁

我想摆一桌高山流水
听天地玄黄
邀洞庭湖岳阳楼作伴依栏而坐
坐看那个季节
在一支弦上
论语春秋

玄鸟 ／ 冯新民 著

漂泊

我想漂泊
带着一间屋子一顶草帽
走过一把斧子和她生锈的路

累了　找一个古代的驿站
在梅花树下
和一个远在天边的人
说一句远在天边的话

那句话行程万里
抵达那条想去的江河
也已经生锈

一颗漂泊的钉子和一棵漂泊的树
在和谁问答

我想漂泊
一匹狼踏过大雪
正向我走来

黄昏

天空无法解释
云的语言
在远离地平线的地方
异化了声音
黎明走了许久
把辉煌留给即将到来的黑暗
你不会看见
归巢的鸟正用一树枯枝
为月色筑梦

玄鸟／冯新民 著

喊山

为所有的草为所有的树木
为一滴水
喊山

山上生养的生命
在这一刻听见
埋藏的呢喃和谚语
一片片剥落为衣服的碎片

看见和没有看见的地方
在山上的人
下山是一把枷锁

声音出发的时间
被一座山阻挡
我想借大禹的斧子
给声音一个出路

声音的自由掠过山花的娇艳
我在喊山的那刻
喊醒了自己

我想在山水里走过一天

我想有山
在山的峭壁上看一点绿色
我想有水
在水的波纹里看一叶扁舟

我想这一天
看见的没有看见的都是山水
山给我高处的天空
水给我低处的河床

在那里
有鹰的天地和鱼的世界

我想这一天
那条路上走过的我
或者是一个影子
或者是山水的另一种面具
为即将到来的风
留下时间

留下
我想在山水里走过的一天

玄鸟　／　冯新民　　著

微信

尽管不会为生活设置密码
也不会把日子放上公众号
偶尔在朋友圈里
留一二行诗句
那些朦胧的情感
很快就会被岁月删除
剩下的空白
不过是千里江山图上
最后的春江花月夜
一个人的茅屋
想上高原

立春

如果没有季节
岁月不会有长短之句
不会有立春

我站在我失足的地方
看见唐诗看见宋词
看见那些是不是该失足的名字
少了昨天或者今天

重读一些人
重读一些人的颜色
我想的人不在那里
但在颜色里是一种聚会

立春
给颜色作了长短句
没有平仄

玄鸟／冯新民 著

被雕刻的牡丹

雕刻的牡丹不在四季
四季都在开放

在一间屋子里
或者在一首诗里

活着的叶子
呼吸和呼吸不会忘记
来的地方

活着很短
雕刻的时间很长
没有一刀
知道木头的命运

我想问荷泽
那时候看见了牡丹
还是看见了
雕刻

破碎

你看见了一块城砖的破碎
你看见了一座屋子的破碎
你看见了水的破碎
你看见了云的破碎
你还看到我在河西走廊

我看见的戈壁
看见雅丹最初的风貌
在为风呼啸的一粒沙子里
站在一粒沙子的风中

唤一声父亲唤一声母亲
苍茫的回声被沙丘折返
八百年没有走过的路
离家在八百年外

城砖和屋子都在半路
驿站和行李都在半路
树木和季节都在半路

玄鸟／冯新民　著

43

我遗忘在张掖的弓箭
听见的总是风声鹤唳

想找到一块城砖
想找到一间屋子
我想在八百里外
找到一块记忆的碎片
我看见我在河西走廊
被雅丹一块
没有成熟的石头破碎

正在开花的桃园

正在开花的桃园
让经过的路忘记了行走
惊蛰站在枝头
和春分握了握手

白云和红霞开出的花
总是让这个季节情意不断

看花的人
想从花上看到自己

最后来看花的人
错过了姹紫嫣红
不知在哪一棵树下
可以读到崔护的诗句

玄鸟 ／ 冯新民 著

有声音的地方

那时候青黄未接
野草组合的风景
给深山老林带来春天
听见的水还在远处
还在没有声音的乱石丛中

那时候
我可以拜访古代圣贤
拜访四书五经
拜访山水的灵魂
做一座茅屋
把李贺李白李商隐李清照
供奉在诗律和词牌之间

我还有谁
和我共坐在西窗下
吟咏诗经吟咏雨雪霏霏
那个人已经离我远去

五百年一千年
或者只在一个时辰
那个有声音的地方
只让我独白苍茫

玄鸟／冯新民　著

在哪里

灰尘的扬起
曾经的晴朗　天空
也会哭泣　在暴雨中

落下的风已经枯萎
上下不是岁月
这个日子给我的淡泊
不在这个日子

我可能做了一棵草
做了草的世界
我想静静地坐下来
和一棵瓜秧坐在一起

让那些风做那些灰尘
我在哪里
枯萎的岁月
在空中

我在哪里

山不会告诉我
水在哪里
水不会告诉我
山在哪里

天空滴下的风尘
或许做了东篱或许做了南山
做了谁
已不是那时候的文章

我想煮豆
我想燃其萁
我想在三国
出晋走汉不在此地

窗子关闭了门
门关闭了灯
一盏灯的朝代

玄鸟　／　冯新民　著

49

关闭了风花雪月
和钓鱼的楼台

那时候的一首词
去了晏殊
去了清照
去了东坡
剩下一个朝代
或南或北

剩下最后的平仄
做了一个词牌
我在哪里

我在

梦是一扇窗子一扇门
开着的窗子和开着的门
为一页经书关上
漏风的网

没有漏过的记忆
被夕阳扫描
一座空灵的城池
在缥缈的土地上
道别生和非生的阳关

还有一个人站在梦的门口
邀酒　邀友
邀不会再来的往昔
一座桥　一枝柳
一声叹息
一首诗词

那个冬天

玄鸟／冯新民　著

那个春天
走了许多路
走了许多山海经
总是一支笔轻描淡写

那支笔在梦里
坐禅
坐禅的季节不在春夏秋冬
蒲团上坐着曾经的阳关

三千里梦
谁在高唐
非云　非雾　非我在

忽然听见了雨声

雨的声音
不会被瓦檐忘记
一千年前和一千年后
都是一句重复的话

温度在一个季节
热情在另一个季节
旋律组合不出弦的梦幻
被雨打湿的街道
消失在洄游的路上

瓦上的草默数着雨点
现在正是子夜
阳光在另一片瓦上
还没有被淋湿

我听见的雨声
和黎明隔了一条回家的路

玄鸟 ／ 冯新民 著

岸与其他

岸上的树郁郁葱葱
岸边的行人行色匆匆
没有听见两岸的猿声
啼过一首唐诗

一只鸟以山为壑
一只鸟以水为邻
还有一只鸟
停在独钓寒江雪的句子里

你在今天的梦里
重复昨天的梦
梦在一棵树里播种
流产了春夏秋冬

曾经把岸种在天上
浇水的人正和归去来兮对饮
一行字一地荒芜
唐诗不会在那里谈平论仄

唐诗里布满了前朝的断戈残戟

风雪交加的夜晚
是宋词之岸

玄鸟／冯新民 著

瓦窗

一片瓦和另一片瓦
或者在上或者在下或者说左或者说右
都被一只手轻轻抚过

那只手没有抚摸过史记
史记上的一片瓦
只有风和雨昨天的感觉

爷爷和孙子
与这片瓦结下的因缘
在尘土之上

一片瓦和另一片瓦
给天空留下空白
纵横了一只手的狂言乱语

目光透视的远方
看不清
瓦和瓦是谁的风景

一扇门

我看见的屋子
有两盏红灯
门是老门
石是老石

屋上的一片瓦
和你说二十年三十年

已经过去的岁月
被风谈起
那一片瓦
被铸造了一千年

风雨之外
有沙漠有瀚海有天地有日月
门是老门
石是老石

左边开日
右边开月

玄鸟 ／ 冯新民 著

日月之间
是一扇老门

我看见的屋子
在门之外

长安月

月色淡
淡出一树杨柳一枝桃花
月上宫墙　待人题字
红叶早已流殇

碑陵在前
拓一行字了却了三生梦想
水下的酒
杯在谁的手上

无语　走了许多苍茫
打开的画卷
从左到右不着一款
五千年的目光
留在秦砖汉瓦上

一行字握不住一行月光
走街走巷都是酒旗的战场

玄鸟／冯新民　著

不知道还有一个人
在花间对影
却忘记了长安

月色淡淡

今夜

划过的一粒灯光
点亮了正在离去的兰舟
即使有千年百年的山呼海啸
都不在今天的岸边

或许不记得莲花的生日
或许不记得牡丹的生日
一杯酒
只要和李白苏轼共饮
都是孟德的杜康

墙在墙上
有琵琶和飞天
走出没有雨的门

把灯光变成沙子的人
和把沙子变成灯光的人
在一首诗里

玄鸟／冯新民　著

过莲花和牡丹的生日

没有看见水
水已经离开被杨柳解缆的岸
子夜或许在那里醉入江南

女娲第七日

谁知道山是海海是山
谁知道山海是经经是山海
谁知道女娲第几日
做了经外的山海

山是骨头海是经络
在纵横里纵横水之梦幻
摆上一张桌子
请玉皇请瑶母请二郎请三清
东边的风西边的雨
开始在一亩三分田地
归去来兮

第七日
风雨过去山海过去
之外有一两片叶子与叶子
看山海之日子
完成了山完成完了海

玄鸟　／　冯新民　著

完成了你的肋骨我的血肉
完成了补天的石头
书已经没有文字
壁画已经没有图案
给你
一个湮灭的朝代上下之笔

那时候我听见秦砖汉瓦
零落的宫殿
我听见楚辞汉韵
留下的残卷
第七日
踏过风雨飘摇和飘摇中的风雨

断章　总是和一个日子
写在一个版面

女娲
第七日
山海之经

一幅画

为一幅画
错过
克利达利卡萨特夏加尔
错过
墙壁和墙壁上的声音

匍匐的色彩
从日月星辰下
开始线条的音乐
一本书的飞天
和一个人的坐禅

我读到蒙德里安蔡斯
读到一块墙壁
出卖的光线

我在一幅画里涅槃
没有时间　没有空间
没有人间

玄鸟　／　冯新民　著

看见的是
一种色彩的凋谢
在一幅画上
种下的种子

我想
和我的兄弟在一起
烧烤剩下的岁月
也许有一座桥
给我们走过
没有桥
我也想读一下精卫

那是一幅画
达利和我
不会有其他人
愿意成为
墙壁的色彩

一堵分裂的墙

被瓦覆盖的空间
阳光一半
青苔一半
时间在移动
移动
移动冰川移动山峰
移动女娲的一块石头
移动史记的一页列传
移动日月星辰
移动风雨雷电
在一片瓦上
看见一堵分裂的墙
公元前的世纪
和公元后的世纪
造了一块破碎的瓦
没有谁可以站起来
钓鱼　撒网
砍柴　种树

玄鸟／冯新民　著

可以播撒的名字
已经不在我的记忆之间
西南
西北
东南　东北
都在移动
在阳光的一半
在青苔的一半
天空浩渺
终于可以放下
一柄剑一滴血
一支笔一张纸
一段情怀
我不再是墙

雨中

天空灌满了水
到处是迁徙的鱼

北溟之客来自水中
往来的日子不知何年何月

摊开上下八万里
在一本书上徘徊空蒙的章节
说风说雨
都是海阔天空

目送海阔天空的水
留下点点滴滴的雨声
一位种花老人
寻找着昨夜走失的月季

玄鸟 ／ 冯新民 著

经过

我经过了
山呼海啸
经过了
柳暗花明
经过了
我的童年我的壮年
经过了
一句成语的岁月

我在一间屋子里问天
我是不是天下的
一座山一河水
是不是
山水之外的一条鱼
正在经过的天荒地老
孕育了一棵草

我听见的风没有方向

我听见的雨没有路标
上下是山呼海啸
左右是柳暗花明

我在一个村子里
租了一间屋子
我在一间屋子里问天
那柄锄头那件蓑衣
总是
在不会记忆的时候出现

经过一个人
经过
一颗等待发芽的种子
阳光为黄昏画下的句号
正在经过

玄鸟／冯新民 著

一窗之隔的风景

水上的荷叶　荷叶上的露珠
露珠上的阳光　阳光上的天空
天空上的水
是一窗之隔的风景

一叶小舟从谁的指下飘来
过往的涟漪留在桨声之中
采莲的人隔了三千二百年
还是让你在三千二百年里遥望

树已经睡去叶子依旧醒着
岸告别了杨柳之后不再是岸
而从远处看来
风景都在窗子
剩下的残影正被玻璃梦游

叶子和鱼的那一撇

叶子和鱼
从东山到西山从东湖到西湖
那一撇
没有说叶子没有说鱼

我坐在剧本上
为叶子和鱼拉开帷幕
然后做一个南戏或者昆剧的
剧中人
封闭了山湖移步从此的水袖

谁也不知道那些剧目
曾经和一个人浪迹天涯
让我看见天和地的深处
一朵莲语的行吟

我只想知道
左边是不是那片叶子
右边是不是那条鱼
叶子和鱼的那一撇
是不是我

玄鸟 ／ 冯新民　著

墙上的路

坎坷和坎坷中的雨水
在一个季节之后开始发芽
种子在此发芽　在此抽穗
坑坑洼洼让许多山峰
不会露首

峭壁为过客砌了一堵墙
青苔藤蔓落叶瀑布
却是常驻的灵魂

向上的痕迹和向下的痕迹
不在候鸟的路标
走过的风雨总是想贴近过去的声音

山站在这里水站在这里
山水站立的地方
我把影子贴在山水的墙上
只是为了让另一个影子通过
山水
墙上的路

一群鱼

一群鱼
在网里游泳

借助天空看见蓝色
借助云朵看见白色
借助浮萍看见绿色
借助水看见自己的影子

总是有风推波助澜
总是有鸟在上俯视
只有那张网不动声色

那些漏网之水
还叫河流

玄鸟 ／ 冯新民　著

鱼之语

游在网里的鱼
和另一条鱼说
什么时候我也撒一张网
把那些撒网的人
一网打尽

雨程

一把失去骨子的伞
打开雨的行程
黄昏纠缠的叶子
飘落天空

从空中到地上从地上到空中
一场又一场的雨
不断清洗着大千世界
透明的灵魂可以望见一生

没有一丝空隙给雨留恋
总是有一扇窗户为客人点灯

雨给你一条听水的路
古琴和高山流水　丝竹和雨打芭蕉
听见南朝三百六十寺外
雨在屋檐上敲响的木鱼

来路在上去路在下
中间发生的江河湖海
谁也没有看见

玄鸟　／　冯新民　著

遇见暴雨的那一刻

那一刻我是一条河流
在水中

雨水　河水
天上的水地上的水
碰撞出浩浩荡荡莽莽苍苍

不见日月星辰
不见山峦森林
一滴水统治的一望无际
都交给了雨的声音

河流让岸失去了方向
我看见的天空越来越远

虞美人

让名字写在书上的是一个词牌
让乌江泪目的是一个传说
站在炫目的色彩里摇曳的
也许是一朵花也许是一个人

风尘不解不解了千年
站在江边还是没有读懂
那把刀有没有自刎

一朵花年年在开
看似亭亭玉立却又瘦瘦依人
弱不禁风的江水
在那一刻做了弱不禁风的泪

豪气只在那把刀上
一刀割断了江东
割断了楚河汉界
剩下一朵摇曳的色彩
让你悲伤千年　在一个词牌

玄鸟／冯新民　著

一个人会有海吗

我在一间屋子里想海
关了门
依然有波浪滔天
关了窗子
依然有涛声千里

一座山一条河可能在昨天
被山河掩埋于乾坤
八卦走失在洛河
水已经出山
天空知道的鸟
还在天空

一个人正在回顾自己
种了许多不认识的草木
把黎明种在夜晚
把夜晚种在黎明
种了泾渭之水在夜晚在黎明

听见栏杆上的声音
被风吹散
潮冲击着正午
汐拍打着子夜
踏浪而来的鸟
在潮汐上听海
我如果是那座山
我如果是那条河
向谁问
山在哪里
水在哪里
山水
消失在消失之处

八卦在门窗外八卦
一个人会有海吗

玄鸟／冯新民　著

谁

没有坐着的人
会把椅子作为人生
他不想走路
但他在路上
他不想做一条鱼
但他发现没有鳃
他就不能活着
他离开水很久
却始终不能适应陆地

山峰　森林
溪谷　河流
这些养活了人类的名词
对于他非常陌生
他在这些地方
居住了多少年
他已经没有印象
他的印象只是一把椅子
或者是椅子上的一条鱼

他读过水草　读过螺蛳
读过龙王和龙女
海水的尽头
总是在他没有读过的地方
缓缓流过
他可以有一千次返回
却再也找不到
他读过的那一页

他把自己放在草原上
放在悬崖上放牧
他回望辽阔也回望深渊
他把回望放在天空的最高处
放牧一颗渺小的灵魂
在千里万里之外
河谷里的岩画
正在演绎祭祀没有说清的故事

故事从什么时候开始
到什么时候结束
谁能看清楚那个故事
是一扇打开还是关上的门
他的印象只是一把椅子
不在水上　不在陆地上
只是一个印象

玄鸟／冯新民　著

83

柳敬亭说书

一粒麻子
向左　让你起起伏伏
向右　让你颠颠簸簸

一条窄窄的余西老街
一条窄窄的柳家小巷
只让给麻子一块斑斑驳驳的青砖

凹凸不平的老街小巷
天生就是扬扬抑抑的评话

一句话
说尽了坎坎坷坷
半屋声音
坐稳了东南西北

一粒麻子
从此山高水远

重阳

一

这个日子
比清明元宋唐古老比三国古老比汉朝古老
在古老的日子登山
走过的都已渺小
直至河流模糊地流入夕阳
直至许多河流又从那里出发
在这个古老的日子出发
秋天不会老去我不会老去

二

过去了那个日子
山上安静了许多

庄稼还在生长
已经没有了浅浅的蛙声

玄鸟 ／ 冯新民 著

阳光乘虚而入
做了阴影的墙

第二个日子跨过青铜
在秦砖汉瓦里寻找出路

流传的神话
给那个日子搭建了上山的阶梯

谁会在那时候
看见第二个太阳

三

今天　重阳来登门
带来了海拔六千米的山峰

约了王维一起去插茱萸
走到半路却折返在唐诗

山路走不动这个日子
尘世间的人今天都在山上

三角旗站立的地方

鸟和天空正在过渡

薄薄的那片白云
在高塔的第七层漂泊不定

谁在山顶上
伸手接住飘落的阳光和路过的风

谁又知道
海拔六千米上

许多没有看见过的风景
都是插在重阳的茱萸

玄鸟 ／ 冯新民　著

雨中之鱼

鱼在水里呼吸着水的呼吸
一支篙的插入
截断了来路和去路

下雨了
一群惊慌失措的鱼
打着一把伞
潜入水底

雨在河中
沉淀了天空的呼吸

不会看见岸上的风景
渔舟深处
是一盏渔火的心思
鱼的心思在水里

写意江南

——读吴冠中

轻描淡写
即将隐入雨丝和薄雾

江南就是这样
若浓若淡若远若近
若隐若现若有若无

江南如果有雨
那也一定是泪
被一只柔指轻轻一抹
淡淡的杏花就会推开窗子
缓缓飘落在你的目光里

江南的桥走不完
江南的水走不完
江南的深巷走不完
江南的吴语方言走不完
江南的梦走不完

玄鸟 ／ 冯新民 著

漏花窗

看见了什么
在江南　在看不清楚的江南

屋子疲惫了三千年的檐口
一滴雨　一滴水　一滴阴霾
住在这里的人
总想和江南结缘

已经不在隶书
已经不在行草
江南那个字
被一舟一网打尽

网上网下
是行船的人　行过江南

江南的漏花窗
住宿过清朝的风明朝的雨
一目望去
看不清楚的船
都是瓦片

夜晚，想和一朵花说话

几点钟
一天和一天的缺失
茉莉不开梨花不开牡丹不开
夜晚想和一朵花说话

谁的手悄悄合拢了那些花
那些花不在手上
做了一朵旋涡
可能是你　可能是我
是一个没有边际的
手

想和花说句话
三角四蜀五行

玄鸟／冯新民 著

我今天是什么

我今天是山今天是水
今天是山水
我今天是星今天是月
今天是星月

走了那么多地方
走了那么多时辰
山水星月就在那一刻聊斋

那一刻
不在山里不在水里不在星月里
我有文字的诗经
我有宫商角徵羽的音乐
我有峡谷里的一湾溪水
那一刻
我盘古历今

过去的印章玉玺
憔悴了三皇五帝

翻开一个册页
都叫司马迁
那不是我
那不是水的过去山的籍贯
笔误在一幅江山万里图

我已经不在山里
我已经不在水里
不在山水里的江山万里
那是万里江山
宫商角徵羽
说聊斋

玄鸟 ／ 冯新民 著

场景

走过唤醒死亡的戈壁需要勇气
这里没有影子
忽然来的风手上也不拿刀剑

荒丘站在这里的历史
这里就是一段残戈断戟
死亡是没有生命的生命
什么时候走来了刀光剑影

戈壁没有记忆
戈壁不会说话
风沙扬起的天空剩下的是沉默

有时候沙子就像一只鸟
一只鸟被沙化的场景
给唐诗宋词寻找戈壁上的日常生活

当它们陷入梦中的杨柳
沙子的生存是另一种力量
即使不在戈壁
死亡也会在场景里活着

那只鸟

找一片瓦覆盖冬天
覆盖纷纷扬扬的大雪
让一只鸟在这里筑巢筑家筑梦

那只鸟
为一条水迁徙了万里之路
一片叶子是最后的家

那只鸟
填海　飞空　在路
没有忘记关雎

有一千里雪看一千里雪
有一万里雾入一万里雾
入口是诗经　出口是汉赋

徘徊只在徘徊里徘徊
忘记了过去的山
在一首诗的背后

玄鸟／冯新民　著

突击了春天和秋天的草

那只鸟最后的家
是一片叶子

漂泊

一块石头过去的地方　是悬崖
没有云彩的天
在悬崖边

看见一个足迹的坠落
失去许多想象
没有看见的地方　住着神仙

你经过了那块石头
经过了那块石头的坠落
你在坠落之间　认识了漂泊

跟踪而来的天空
挤压在季节的缝隙里
许多年过去
终于抓住了一棵草
在一棵草的呼吸里呼吸

悬崖上　石头正在过去
不知道
那棵草挂念的云彩

玄鸟／冯新民　著

树叶那边的房子

那间房子被树叶包围着
白色是唯一被包围的色彩
那间房子是你的过去
还是没有过去的过去
总有话说

透过玻璃的水
和透过水的玻璃
不会为长长短短的空间理解
坐在哪里
都是沙漠

一只鸟的羽翼和另一只鸟的羽翼
为天空飞翔
云在飞翔的羽翼下飞翔
不知道我的落点

谁已经过去
谁还在守候

静心

在所有的声音里
静下心来
在花开花落里
静下心来
在季来节往里
静下心来

静下来
不在炊烟不在巷陌
不在有人敲门有人沽酒
不在一粒石子的抛落
和一条鱼的浮沉
不在你的呼吸之间

静下来的子夜
和静下来的正午
会听见什么
静下来

玄鸟／冯新民 著

不会开花的苔藓
和牡丹的对话
听见的都已经过去

风声　雨声　雷声
迷失了天空
土地还没有接纳
行走的足迹
跫音在一首词里
抚摸断弦
不再壮怀激烈

静下心来
只听一曲灵感真言
观自在

拉二胡的人

拉二胡的人　坐在回廊坐在弦上
把乐曲拉到廊外雨外天外

廊是一条长弦
落在弦上的阴晴圆缺
在什么地方回旋

目光只在指上
指下的空弦有许多岁月
他看见二泉映月他听见空山鸟语
他徜徉在江河水

一弦天地　一弦时空
一弦草原　一弦山川
一弦鼙鼓　一弦旌旗

左弦　右弦　流淌着声音
弦内　弦外　声音在流淌

玄鸟／冯新民　著

坐在回廊里的人
不知天空弹奏的雨点
坐在弦上

古城墙

西安　平遥　嘉峪关
一些砖头
总是会唤醒一些记忆
关于墙
关于筑墙的人

城墙在西　城墙在中
城墙在北
构筑不同的方言
方言构筑的旌旗和戈戟
是一块城砖的激烈

八面来风在城墙上
四面楚歌在城墙上
刀光剑影在城墙上
满江红和八声甘州
在城墙上
道白季节外的春秋

玄鸟／冯新民　著

没有发芽的种子
早已不在这里发芽
寻找发芽的土地
已经被历史关闭

在一块墙砖上
寻找西安
平遥　嘉峪关
寻找筑墙的人
你会想起
那些曾经的泥土
独怆然而涕下

东山的庙

我不想你抬头的时候
看见东山上的庙
看见庙里的彩绘素写
随着时间而走

一座雕塑伴随了你的左右
另一座雕塑伴随了你的东西
东西左右的目光
是离开湖水开始入山的写照

没有听见的声音
没有走过那座园林
园林不会说话
把最后的色彩给了那座庙

那座山　再也走不过去
给你一座山一片林木的诗词
那座山　是打开一扇门看见的流水

我想寻找我曾经的日子
总是误入深山

玄鸟／冯新民　著

高枝上的巢

一个鸟巢在树的高处
离雷电不远
离风雨不远
离阳光不远
住着一群小鸟

包罗了日月星辰的浩瀚
也包罗了一声声鸟鸣

小小的喙啄着时间的外壳
试图唤醒睡梦中的地平线

在小鸟张开羽翼的日子
天空起飞了

三更梦

三更的梦五更醒来
梦里山水
却不是山水

说是云　云在天外
说是雨　雨在地下
说是一间茅屋
堆砌了无数的断句

看不见的海市
在你看见的蜃楼
一指走去
八仙过海

三更入梦
不是三更的聊斋
坐在淮北不如坐在江南

南北的梦都在三更
错了那个时辰
说是再见又舍不得再见

玄鸟／冯新民　著

今天这个日子

今天这个日子
走一步从冬天到春天
回首　还有倒春寒的那天

今天这个日子
走一步从今年到明年
中间的朦胧
横跨了正午和子夜的地平线

无是　无非
一万年古往今来
不知道
在一座桥上　在一座塔上
在一座蒲团上

今天的钟是否敲响了明天
等一声菩提
有三万六千年的默愿

前行万里
不知道谁在等我

伴侣

我看见的一朵花
一片叶子
我听见的一声鸟啼
一声涛响
是我今生的相伴

破土的声音
只有土地听见
微弱得如同一片嫩叶

岁月的战争
从原始的石头
被风化的那天
还有另外一块石头
被女娲补天

天上到地下
路并不遥远
一天　一年

玄鸟／冯新民　著

一个世纪
都在一瞬间
岁月的流逝
一朵花开　一片叶绿
一声鸟啼　一声涛响

从前是一本诗经
关关雎鸠
今天是敦煌的壁画
在传奇之后
有三万六千种色彩
在石头上
培养出的嫩叶
相伴今生

初二，在水边的风景

初二的风景
在水边
在一条路的遥远
零点的感觉
还没有过去
水在玻璃上
已经流出幻觉

初二
隔着人生
看见杨柳
和没有发芽的春天
有时候
一个季节的转换
在水边

那条水
其实你不认识
其实和你无关

玄鸟 ／ 冯新民　著

初二
离你遥远
尽管你还在这一天

这一天
我走过了江南江北
我只想问
高原和山脉
是不是在水边

水边是我的风景
只有一个人
可以坐在那里
不需要帷幕
不需要场景
时间在玻璃上
遥想风景

这个地方
在初二
穿过玻璃
是水　是季节　是日子
坐了三百六十五天
没有人说
你在哪里

唐宋随想

给你所有的姿态
是隋　是唐　是宋　是元明清
那个影子
是三千里江山

或舞　或静　或有　或无
在一本书上
记录田原和城郭的记录

一个人的一首词
流尽了风花雪月
之外　是另一首词
横戈千里

那时候我在南宋
读南唐
一袭夜色照不出的夜晚
隔着一扇窗子
流水　静止或者流殇

玄鸟／冯新民　著

在王维的一首诗里

不谈一只鸟
不谈一棵树
不谈日出日落的辉煌
不谈月圆月缺的壮悲

一杯茶泡着淡泊
泡着一个人的终南山
山不说高水不说远
黄昏驻守在茅屋的流水之间

敲着窗子的风
不知在南不知在北
窗花总是一个姿势陪伴夜晚

不再寻找童子
不再寻找月下　清泉　石头
醒来或者睡去
山水都在身边

读曹植《洛神赋》

一首诗　一幅画　一个人
从一条河开始
到一个愿望结束
横越瞿塘之上

为梦断想
轻珮　罗衫　低眉　回眸
一支笔
不敢落纸

你想看见的山
总是有一生云雨
罩住你走过的路

那里没有峰回路转
那里没有柳暗花明

一支笔不敢落纸
一幅画不敢铺张
怕那个梦
断在巫山

玄鸟／冯新民　著

115

风尘下的影子

坐在这里　看风尘
看云水之月在风尘里

归去来兮不在这里
螣蛇乘雾　终为土灰
为一句在千年的酒水

上是上的影子
下是下的幻觉
风尘　一个朝代的叙述
为一个人
说昨天的感觉

那时候
一座山被水流过
那时候
被水流过的一座山
已经黄昏

那一句诗不知所措
没有谁　没有谁

一张桌子的夜色

几更几点
倾斜在一张桌子的边缘
没有人说没有人语
没有人醉了八仙

过江的日子
海市在蜃楼不想燕语

沙漠的风和江之水
都在天上
关闭了史记

坐在桌子边的杨柳樱花
欲开欲放
一片叶子在读懂树木之前
没有人说没有人语

你看见的夜色
是一张桌子和一张桌子的倾斜

玄鸟／冯新民　著

莲

一朵花
从出水到含苞　绽放
一天　一月　一年　一生

给池塘的许诺
不带一点污泥
一塘清水
让影子清清楚楚

风从千里而来
只为吹一滴晨露
在荷叶上的晶莹剔透

从北宋起　有一个人
一辈子只和一片叶子在一起
为一朵花读爱莲说

那朵花
一直开到今天

有一句话

有一句话不在人间
随水而去随风而散

有一句话
隔着玻璃
看见千山万水
被冬天挡住了一棵树

有一句话
为水里的草摇曳
东来西往的舞蹈

左拐是水
右拐是水
水底有黄昏的烟火
和你漫谈昨天
没有来到的黎明

远处
转弯的歌声

玄鸟 ／ 冯新民 著

让我听见河水的过去
在舟　在桨　在鱼鹰
在三更里响起的号子
划过的波澜

风中的号子
在岸边行走
为风而生
是我
为风而逝
是我

那句话
是我
一个人的心经

碧螺春和龙井

不在一座山上　不在一泓湖边
不在一个籍贯　不在你我之间
不在你我
你我的山水　半湖　九曲　十八弯

不是上山的路
天的经脉　地的经脉
没有路　关口封闭了欲望
升天的话
发付给那朵等待的云

花开了万朵　草生了千叶
你我对望
五千年只在一瞬

从来没有望见
岁月的来去
从来不知道来去之间
你　我

玄鸟／冯新民　著

郎中

山上的经　　水上的脉
一幅山水之帜
在南在北

风有风的脾气　　雨有雨的性格
给八卦摆个脉
深深浅浅都在一指之中

走街　　串巷
铃声治愈了千家万户
井台上的苔藓　　石阶上的雨水
和掩埋在屋瓦下的水浒三国

来是一个人
去是一个人
留下的足迹有三千年的气息

来就来了　　去就去了
没有人读过
那个人手指间的黄帝内经
让走过的路不再生病

生存和死亡

敲了敲窗子
这一瞬间玻璃碎了
这一瞬间看见了朝阳和夕阳的余光

玻璃的光隐藏在黑暗里
折射的余晖如一堆钻石

一只停在枝头的鸟
看见了千百只鸟
在破碎的玻璃上　寻找另一个生命

生存和死亡
在一条线的上下
上面有玻璃　下面有破碎

枝头的鸟已经不在枝头
无处可去的一棵树
给流浪者一扇玻璃

玄鸟／冯新民　著

或者没有生存　或者没有死亡
这一时刻
只有一只鸟是玻璃的瞬间

在抽象的世界里观画听乐

被冬天射杀的一棵树
寻找没有被冬天射杀前的自己

声音被冻结　影子被冻结
活着的一个穴道
被山峰流放

颜色在出生之前
在一块岩石上禁锢了风风月月
天网封锁了颜色的出路
让一棵草埋没了一朵花的开放

不合时宜的声音
在不合时宜的地方
开启了风　开启了风和山的坐标
坐标上的穴道
声音被冻结　影子被冻结

冬天
正在射杀自己
在一棵树下

玄鸟／冯新民　著

125

今晚的一盏灯

灯光没有休息
在水上在陆上在天上
在哪里都是灯光
打开的世界

叶子在休息
鸟在休息
最早休息的门
已经关闭了目光

只想问
今晚是不是有一盏灯
映出戈壁的沉默和大漠的空寂

倚着一棵古老的树
今晚正在过去
过去的今晚已没有过去
只剩下一盏灯

过去
点燃了灯光　今晚
在诗经

日常生活

河边淘米
灶上煮饭
不是风　不是雨
不在一张桌子上
河边淘米　灶上煮饭

和祖先一起读出污泥而不染
都不在火　不在灶
没有谁知道
河边的人　灶上的人
有一把柴火
点燃了日常生活

我希望这个日子晴空万里
就是有一滴雨
也已经在竹枝词上晾干

淘米　煮饭
只是一张桌子

玄鸟／冯新民　著

在唐诗之路

灯有没有灭
不在今生
点燃你的香火
也不会说前世和前世的桥
燃灯不会　如来不会
唐诗之路的尽头
有水　有山
还有布袋
走了再远的路
都在那条路上
走了再远的湖
都在那个湖里
梦游天姥的那天
只有一首诗知道
那个日子的离别或山或水
没有离开一个布袋的山高水远

将进酒

竹林抚琴
碣石观海
走出去
已经不在那时

一杯酒
让黄河如天直奔万里
让青丝如雪住在梦中

一杯酒
是晋　是汉　是唐　是宋
千里万里
也走不过东临西住
开始的一朝一代

一个人的名字被酒记住
一杯酒被诗记住
狂楚邀约了尼山
去看那一路上的青枝绿叶

玄鸟／冯新民　著

在风雨交加的夜晚
模糊正在模糊
那个夜晚的东西南北
说不清在哪张桌上
有一杯酒
从晋来
从汉来
从唐来　从宋来
开怀三千年

那杯酒
从竹林喝到碣石
那个衣袂飘飘的汉子
举杯与天
只要有一首诗坐在桌边
那个朝代就不会说醉

竹林抚琴
碣石观海
酒将进

如影如幻的那刻

我不惊讶
弯曲的目光
同时填补了山和树的空白

色彩的变奏
坐在时间的阶梯上
等待不会到来的空弦

记忆的卦象悬在忘却的星辰
昨天的影子俯身在今天
我的琵琶反弹着贴在岩石的洞窟

风和雨都已经散去
声音也已经散去

站在空无一人的那刻
听见空白和空白的对话
走出时间

玄鸟／冯新民　著

扬州二十四桥

二十四桥是扬州的梦
在一首诗里在一首词里
在没有人看见的明月里

箫声做的桥不知去向
桥上的月光
映出一滴说不清楚的露水

追寻竹子的踪迹
有琼花有山堂还有勾栏
都在一座桥上

谁也不知道那座桥
写桥的人是不是听见了那声夜箫
唤醒了扬州的梦

二百年后
有一个人不在桥上宴客饮酒
过了桥　就过了扬州　过了去处
过了昨夜的雨今晨的露
过了箫音外的江南

大滩涂

你是唯一被阳光暴晒
又被海潮清洗的土地
你是唯一不出山峰
不出峡谷的土地
十万大山没有你的浩瀚
沟壑重峦没有你的远望

一声下小海是你
最早醒来的声音
踏海归来
踏着百年的沧桑
那里有风那里有浪
也有一个人
对着空阔的呐喊

渔歌在网里
一网不缺大海的波澜
重重叠叠握着一手的浪花
在浪花里握住一生的向往

玄鸟 ／ 冯新民 著

133

无人　无物　无星　无月
下海的人要在
隐隐约约的晨曦里升起炊烟
醒来的总是梦
不会醒来的是
梦外的村庄

你看见潮水的进攻
也看见潮水的退却
年复一年　月复一月　日复一日
百万虾兵蟹将过去了山山水水
还在遥望海市蜃楼的远方

这一切都在你的怀里
你怀抱风月　怀抱空阔
怀抱一望无际
千潮万汐过后
只有你
在天空之下守着苍茫

向喀纳斯河道一声晚安

那时候还没有雪
那时候都还在黎明
一条河流的历史
在砾石上
在水草下
在蜿蜒中

雪不是句号
黎明也不是逗号
雪删除的季节
让黎明流过
那座睡着的毡房

喀纳斯
是谁的草原
被嘶哑的声音唤醒
云已经覆盖了
这片土地

玄鸟 ／ 冯新民 著

一条河流
在雪在黎明
河流的语言
在那条道路上
靠岸　系泊
或者走缆
都在一个地方

喀纳斯
流过的雪和黎明　流过
没有走过的足迹
为毡房掀开昨夜的门帘
为一棵草
羞羞答答的出生
道一声晚安

草原

在一顶帐篷里看见草原
看见一棵草的帐篷和他张开的地方
草原

草原就是草原
今天不是你　明天不是你
你是不是荒漠上的帐篷
告诉我草原的名字

草原不是一棵草
草原不是东来西去的驼队
绿色走了百里
剩下的是黄昏的路

没有读懂一棵草的余韵
走不出草原

你什么时候
有一个黎明或者黄昏
不在草原

玄鸟／冯新民　著

在草原

那一声敕勒川
唤醒了草唤醒了草原
让声音摆出起伏的姿势

你想过去的时候
草已经过去草原已经过去
马背上的鞭子
已经过了山穷水尽

那一声呼唤
是驰骋的风醒了昨天的睡眠
你想听见帐篷的呓语
找一个没有睡去的梦

我想我的草原
只有一声敕勒川
辽阔了千年

沙漠

带着一滴水
走过去
沙漠就是河流
带着一把剑
走过去
沙漠就是烽火
带着一株茉莉
走过去
沙漠就是花海
带着一只鸟
走过去
沙漠就是飞翔

在这里
听风声的辽阔
在这里
看砾石的深沉
在这里
朝来朝往

玄鸟 ／ 冯新民 著

不会被一个昼夜记住
昨天走过的足印
已经被昨天的风沙掩盖

黎明不再是黎明
黄昏不再是黄昏
沙漠给你的天地
看你是水是剑
是茉莉是鸟

沙漠的路
来时是沙
去时是漠

在荒漠

入水
也不知道前方的一堵墙
摆出的各种姿态
是水　非水

一片鳞
握住一个生天
摆脱你的黄昏
也许是没有醒来的黎明

风有尘雪有霜
沾染了一点就成南方
沿街的瓦片或醉或醒
洒落了西北　那片土地

那时候不再言语
那时候石头在沙丘之上
看荒之舞漠之舞无水之舞
留下最后的雕像

留下空旷

玄鸟／冯新民　著

梵净山

一座桥　　两座峰　　三炷香

一山日出
一山日落
中间重岚叠雾
今生坐南
来世在北
中间万千星辰

听见天说话
听见云絮语
听见漆黑里阴影的碎裂

一千年敲钟
三千年击鼓
风雷制造的磅礴
走进大殿
瀑布酝酿的气势
落在佛堂

树
天天都在坐禅
水
时时都在流意
天风在晒经台上
阅读一块石头的轮回

说法的人说山的虔心
如影如幻

走山的人
在千里万里之外
记住了一座山

是否还记得
香火中的一句禅语

玄鸟 ／ 冯新民 著

在戈壁

你可以想象
你是一片天空
看见石子　看见红柳
看见曾经的唐诗
你的目光一扫而过
寸草　尺树
只有土地
是另一种辽阔

星辰升起来　夕阳斜照
点燃烽火台的人
已经走远
留下的断垣残壁
谁来收拾

给你一万年时间
给你一万里空间
不如给一粒沙子
对一粒沙子的回忆

声音在这里消散
足迹在这里湮没
不要记挂过去的远方
风是这里唯一的伙伴

燃一堆火
看见自己
在沙丘上的影子
影子是黎明和黄昏的路
读一首唐诗上路
给土地留下另一种想象

玄鸟 ／ 冯新民 著

大西北

风沙千里　戈壁千里　空旷千里
昨天这样　今天这样　明天这样
诠释行旅的路不在行旅
烈日熏烤着对水的渴望

没有一条路有戈壁这么宽广
星罗棋布的历史
在这里是一粒沙子一声喘息

时间在旷野里沉默连声音也是
沉默
沉默有三千里有一万里
也有熄灭的烽火
在一座城墙之上

城墙之上
没有来客没有过客只是一块晋砖

从一壁残垣向另一壁残垣张望
看见一地月色的惨淡

从一个朝代向另一个朝代呼喊
听见对乡风田埂麦穗和祠堂的牵挂
没有听见的声音
在风里不会听见
风肆无忌惮地肆虐着
旷野和旷野上埋没的边塞
只有远方知道
也有风到达不了的地方

三千里唐诗宋词
横扫刚刚露出绿色的萌芽
让这里再次陷入生命的脆弱

打尖　露宿　四顾苍茫说是万象为宾客
我住在这里或者不住在这里
都让我如梦如一首词牌

走不到尽头的故乡
辽阔　放得下的辽阔和放不下尽头的故乡

如同把一尾鱼放在池里　把一只鸟放在笼里
只会让时间停摆　那是另一种声音
不在鱼不在鸟
打尖　露宿　四顾苍茫

苍茫之间
如果放得下血肉就把血肉放下
如果放得下灵魂就把灵魂放下
陌生　空阔　驱除了沙峰
和弯弯曲曲的沙语
莽荒正在寻找童年的伙伴

也许一千年长一棵草也许一棵草长一千年
也许一千年只是一粒沙子　就让
一粒沙子为我披荆斩棘
一粒沙子为我寻杨觅柳
一粒沙子的空阔在一粒沙子之上
在一望无际中放浪形骸

一盏灯和另一盏灯在你手上在我手上
三千年五千年点燃的一盏灯
能否点燃灯和灯的距离

为你而去的诗经为我而来的楚辞
指向不可来去之处

这里不属于白天　这里不属于夜晚
你来的时候它是一个秘密
你走的时候它还是一个秘密

回望西北

在荒凉中出现的一弯冷月
在荒凉中出现的半壁断墙
留下荒凉的传奇
回望西北

戈壁还是一万年前的戈壁
风沙还是一万年前的风沙
空旷还是一万年前的空旷
荒凉还是一万年前的荒凉

抓一把泥土就听见过去的声音
从手指间一点一点滴落

谁是那片失去　又回来的土地
谁是那件寄出　却收不到的雁书
谁是那只鸟
站在没有树干的枯枝上
啼叫万里外的故乡

玄鸟／冯新民　著

解开你的衣襟
可以看见万里怀抱
解开你的盔甲
可以看见万里云烟
解开你的荒凉
可以看见我孤独的足迹
踏过的冷月断墙
在那里涅槃

一个朝代是
一个朝代的叠影
深远从一个人到一个人
挂在枯枝上的回望
少不了冷月和断墙
只要有戈壁　风沙
空旷　荒凉
你就是一万年不会改变的
大西北

大敦煌

一

走进你就走进生命的禁地

沙漠构建了孤独　孤独构建了敦煌
大漠孤烟直说的是你
明月出天山说的是你
春风不度玉门关说的是你
你孤独在唐诗宋词里

那些粘贴在边关的诗词
年年都在发芽　年年都在开花

二

站得最高的是城堞
望得最远的是关楼

东张　西望　一样的景象

玄鸟／冯新民　著

前瞻　后顾　不变的模样
数了一万年沙子　数了一万年思念
日子已经疲惫　懈怠　孤立无援

谁还站在那里
一地的沙子正是当年的枪林
一地的砾石正是那日的箭雨
一地的寂寞是不是雁字回时的失落
盘旋于高空

勾起思念的沙棘　红柳
勾起乡愁的羌笛
都放在一粒沙子上
掩埋哭泣　泪水　掩埋被掩埋的空寂

千里的风千里的沙
女高音在风里男中音在沙里
交响出敦煌的万里襟怀

三

沙子也有渴望　寂寞也有渴望
渴望埋得太久太远

和一条鱼的对话复活了远古
不用妆扮　蓝色在上

一簇簇烽火一声声号角
都在　一支支枪刺刀锋上
挑着一缕缕凄风和一首首绝句
夕阳残照的悲凉是另一种辉煌

断墙　乱壁
那些残存的名字　唤醒了历史

我是否感觉到那些凄楚
正一点点渗入苍茫

三万平方公里
装得下什么
沙尘可以告诉我　朔风可以告诉我
死亡和生命的来龙去脉

四

沙丘在跋涉
一万年跋涉一个僧侣

一万年跋涉一卷经书

终于看见你了　三危山
袈裟　木鱼　洞窟
经过一千里荒凉
进入一个洞窟

声音
开始了洞窟的草莽生涯
从天上而来
从地下而来
那里来的声音从小就习惯了呼啸而至

声音
总是从生命出发
进入最后的洞窟
一个洞窟给我的声音
唤醒曾经消失的记忆

紫石苑文萃

莫高窟：第1窟

从开凿的那天
就已经消失
那一窟
只剩下一个名字
也被风洗了　被沙淹了
只剩下黄昏
和黎明的谈判

一支禅杖的跋涉
左边有天地玄黄
右边有晨暮钟鼓
一边听沙听泉
一边沐光沐风
从沙砾上来往沙砾里去

一望无际的南腔北调
没有着落的东海西山
红柳在远处寄怀北魏

玄鸟　／　冯新民　著

门已经不是门
窟已经不是窟

我在迷蒙中看你
我在逝去中看你
一粒沙中的世界有你有我
从开凿那天
就已经消失的窟里
随岁月老去

莫高窟：第96窟

谁写了这个数字
96
在一片荒原之中
在雨不能抵达的沙漠
96 建筑了一个传说
九层楼

色彩的舞蹈
和天地在一起
在墙壁之上
记录已经忘却的记忆

九层楼的空间
住着一尊佛
从初唐住到此刻
从没有迁徙的念头
为了一万里空洞的路
和一万里没有生长的柳
楼是一种不需要种子的植物

玄鸟 ／ 冯新民 著

窟外有失去风的沙漠
窟内有失去沙漠的风
天地在九层楼上
阴晴圆缺

也许那时候
你记住了一篇汉赋
也许那时候
你记住了一首唐诗
也许那时候
你记住了一个数字
却忘记了进去
也忘记了出来

你所在的地方
是没有尽头的苍茫
九层楼

莫高窟：第 158 窟

一

石窟里都是静止的空气
静止的石壁
静止了上古到唐的呼吸

雕琢的人　是最后的影子
刻刀已经腐朽为沙

被刀雕刻的佛　安详平静
不知道还有一朵失落的云彩
追随着飞天

没有门开着　关着
一里路一百里路一千里路
都是风尘仆仆

门里门外　世里世外
被刀雕刻的佛　安详平静

等待一万年后的醒来　出世
然后有第一声啼哭　初到人间

玄鸟 ／ 冯新民　著

二

它就是我
在我没有出生之前
它就已经在这里
随意地
做了一粒石子
和戈壁自成一体

我是这粒石子
我在这片土地上仰望天空
看见一首首唐诗
被冻成了一具具尸骨
看见一首首宋词被肢解为柳絮

我不知道哪天
有一封书信来过
在我坐拥的苍茫里
声音和声音失去传递
只有来来去去的风坐怀不乱

目睹了石子上的八声甘州
目睹了戈壁上的木兰花慢
目睹了走廊上的六州歌头

目睹了走廊外的霜天晓角

我让一粒石子在水上飘洋过海
一个个漩涡就像一重重天空
不断孕育着惊涛骇浪

一粒石子
裸露在霜风雪雨里
有胆　有肝　有魂　有魄
有说不尽的柔情蜜语
有道不完的金戈铁马

这时候是一抹斜阳的告别
万种柔肠即将埋入的昏暗
谁还能看见一粒石子
正在诞生正在成长
正在衰老正在死亡

已经过去的是
一粒戈壁上的石子
没有过去的是
石子上的千里戈壁
烽火燃烧的黎明
在一粒石子上涅槃

玄鸟／冯新民　著

玉门关

突然出现的荒凉
在突然出现的戈壁上
撕裂了天空

残垣破壁
长　一支枪
宽　一支枪
塞不下一首唐诗的断句

你看见骨骼被风蚀
你看见刀剑被雨腐
你看见自己不再是玉门之关

寻找你
是千首边塞之诗
寻找你
是荒凉中的荒凉

即使失去了刀戟剑戈

依然在这里孤独地留守
告诉我
一千年的魂魄

在突然出现的戈壁上
还有回忆

玄鸟　／　冯新民　著

再忆敦煌

一千年前寻找你
一万年后寻找你
孤烟　黄沙　漠风　烈日
埋下的一句偈语

洞天　洞地
琵琶之弦弹破了晋唐
舞袖下的尘土
覆盖了荒凉中的荒凉

总是在落日之中
听见一千年前和一万年后的呼唤

风在打开的洞口合十
什么人把影子留在那里
等待黎明和黄昏的祈祷

来了又走了的足迹
空空荡荡
只有孤烟　黄沙　漠风　烈日看见

濠河

在北方和南方之间
粗犷和婉约之间
环抱一座城市穿越一座城市
和一座城市相生相伴
濠河
你默默无语只是静静地流动
把温柔带给两岸的花草树木
去滋养一座城市的性格和气质

拜访你的昨天
渐行渐远的渔舟渔网渔火渔歌
留给诗歌去思念

没有惊涛拍岸卷起千堆雪的念奴娇
没有八千里路云和月的满江红
没有钢刀利剑却
也有钢刀利剑的魂魄
没有惊雷闪电却
也有惊雷闪电的气势

玄鸟 ／ 冯新民 著

濠河是蜿蜒千年的城墙
守护了天宁寺的香火十字街的钟声

春水　夏水　秋水　冬水
水是一座城市的路
从东到西　从南到北
鱼在这里呼吸　鸟在这里散步
江鸥是这里飞翔的市民

六桥　委蜿从容宁静地架在水上
清波　微浪
二十四桥　让桥上的人走过
透明的玉　透明的风　透明的砖瓦
掬你一捧水
可以洗风尘洗青丝三千
流你一滴泪
可以看池塘看乡贤一百
水在桥上　桥下的水
做了公园　做了假山　做了灯光

濠河　我听见你的声音
是微波　是细流　是莺声燕语
濠河　我看见你的容颜

是迎春　是荷花
是桂枝　是腊梅
一路杨柳为你梳妆
一路桃花为你打扮
一路香樟牵手梧桐
牵手陶渊明的梦想

去盆景园看不同的色彩
去文峰园看不同的季节
你在晨曦中留云
你在晚霞里流光
风说你有千种姿态
云说你有万种风情

木桥　吊桥　一改旧颜
只在记忆里诉说沧桑
伶工学社　女红传习所
多少往事难以寻觅
城墙　瓮砖
在泥土里沉默至今
却看博物苑里一株紫藤
留住了百年风光
映红楼的荷花

日日陪伴着杨万里的六月
把爱莲说写在一片片莲叶之上

文峰塔上被风摇响明代的风铃
竹竿上高高晾起的蓝印花布
被阳光温暖又去温暖生活

濠阳路　听见沈寿刺绣的声音
濠南路　看见张謇深远的目光
声音和目光为今天留下标志
濠河　在钟楼上敲响第一声钟声
你是一座城市
风韵犹存的千年老字号
你是一座城市
独具生命力的非物质文化遗产
你是濠河
千年气息在水里萌芽傩戏
百年脉搏在水里跃动近代文明

濠河　你的北边是大运河
濠河　你的南边是大江水
濠河　你的东边是南黄海
波浪相接　气度相接　志向相接

你的烟波在前方
你的浩渺在前方
你的辽阔在前方
你的襟怀在前方
濠河　你是一条河流
河流的道路总在前方

玄鸟／冯新民　著

吕四

没有人看见那个人来过
没有人知道那个人走了
只有地名记得
一座庙一炷香一个叩拜
虔诚在虔诚里涅槃

传说是大海里的一朵浪花
不断消失　　不断出现　　不断起伏

海始终在这里
为那个传说注释
一百年　　一千年
没有注释的年代

海始终在这里
看渔船出港　　入港
看岁月中的生生息息

吕四是一支桅杆
吕四是一张网

每一支桅杆都知道风的走向
每一把橹都知道水的印辙
看见渔船就看见渔民
一生的波浪没有退让
看见帆就看见渔家
一缕炊烟总是和阳光一道升起愿望

出海的风印出生活的轨迹
出港的路总在浪花之上
打捞大海的渔网撒向万顷波涛
打捞中餐的虾晚餐的鱼早餐的文蛤
打捞网上的生计

初一　十五　退潮　涨潮
初三　十八　午潮　子潮
都是海
海的语言　海的气质　海的风格

我在这里看见那个来过的人
我在这里看见那个走了的人
那个人是海　海是那个人
那个人模糊了一个传说
这个地方却为那个人
留下了地名

沈绣

吴越已经过去
谁有一句话
说苏绣　湘绣　粤绣　蜀绣
中国刺绣
和阳光一起上路

不知道的风
从 2000 年前
一个叫女红的吴国女子
将第一朵花刺上衣装而来
从三国的闺阁
将山岳河海城邑行阵
绣万国于一锦谓之针绝而来
从魏文帝之妃
不点灯烛裁制立成的针神
随夜而来

夜来的绣市
风和阳光是一支针一支线

风和阳光编织的山水
在一个人的目光里
诉说山水

为山而作
为水而作
沈寿是一支针一支线
针上的世界
线上的世界
是沈寿的世界
是风和阳光刺绣的山水
为山而作为水而作

没有看见的针
在针上
没有看见的线
在线下
针的世界
有山脉　有河流　有平原
有过去的平仄
线的世界
有光影　有色彩　有风韵
有平仄的过去

玄鸟／冯新民　著

想象的日子都随针线而走

不能放下的情感
留恋不能放下的岁月
从江南到江北
一支针
在江南绣出吴越的风景
在江北绣出江南的风景
在江南江北绣出一个人的风景

把阳光和月色铺开
从光影的纵横交错中
阳光和月色
走上绷框
让天地万物在丝绢上鲜活

阳光静静的月色静静的
静谧中
听见鸟的声音
听见竹子的声音
听见刺绣的声音
听见针线与世界的对话

哪里能放得下针间的山川风物

哪里能放得下线上的别有洞天
八面来风天地玄黄
在发丝上建筑梦里谦亭
将情感的对白
抒情在绣谱
黄昏和黎明都已经错过
这个从江南而来的大家闺秀
在静海之山崇川之地
将苏绣带给了江海
将仿真绣带给了苏绣

江风海涛
将这个名字刺绣在江海平原
刺绣在女红传习所
刺绣在艺术馆
刺绣在南通的山山水水里

最后一针
是神是圣
是沈绣

玄鸟 ／ 冯新民 著

| 175